KB057244

Adventures of Huckleberry Finn
Mark Twain

허클베리 핀의 모험

초판 1쇄 발행 | 2019년 4월 15일
초판 2쇄 발행 | 2021년 7월 5일

지은이 마크 트웨인
옮긴이 여지희
발행인 한명선

편 집 김종숙
마케팅 배성진 **관리** 박미실
디자인 모리스

주소 서울시 종로구 평창길 329(우편번호 03003)
문의전화 02-394-1037(편집) 02-394-1047(마케팅)
팩스 02-394-1029
전자우편 saeum98@hanmail.net
블로그 blog.naver.com/saeumpub
페이스북 facebook.com/saeumbooks
인스타그램 instagram.com/saeumbooks

발행처 (주)새움출판사
출판등록 1998년 8월 28일(제10-1633호)

새움
세계
문학

Adventures of Huckleberry Finn
Mark Twain

허클베리 핀의 모험

마크 트웨인

여지희 옮김

새움

일러두기

1. 이 책은 Canterbury Classics(2011)에서 나온 Mark Twain의 『Adventures of Huckleberry Finn』을 원본으로 삼았다.
2. 등장인물의 이름과 지명 표기는 국립국어원의 외래어 표기법에 따르되, 현재 널리 쓰이는 표기법을 참고했다.
3. 본문 하단의 설명은 역자 주이다.

경고

이 이야기에서 모티브를 찾으려 하는 자들은 기소당할 것이다. 도덕을 찾으려 하는 자들은 추방당할 것이다. 플롯을 찾으려 하는 자들은 총살당할 것이다.

작가의 명에 따라
군수사령관 G.G.

일러두기

이 책에서는 여러 사투리가 사용되었다. 즉 미주리 지방 흑인 사투리와 남서부 오지에서 사용되는 가장 극단적인 형태의 사투리, 오하이오주 '파이크 컨트리' 지방의 일상적인 사투리, 그리고 '파이크 컨트리' 지방 사투리가 완화된 서로 다른 네 가지 종류의 사투리 말이다. 사투리들 간의 미묘한 차이는 아무렇게나 한 것이거나, 대충 짐작으로 한 것이 아니다. 신뢰할 수 있는 안내자와 이러한 여러 형태의 말투들에 대한 개인적인 친숙함에 힘입어, 공을 들여 한 것이다.

내가 이런 설명을 하는 이유는, 설명을 하지 않으면 많은 독자들이 여기 나오는 모든 등장인물들이 비슷하게 말하려 애를 쓰고 있는데 성공하지는 못했다고 짐작할까 봐서이다.

1장

　여러분이 『톰 소여의 모험』이라는 책을 읽지 않았다면 나를 잘 모르겠지만, 뭐 그건 상관없다. 그 책은 마크 트웨인이 썼고, 그 사람은 주로 사실을 말했다. 좀 부풀린 것들이 있긴 하나 대체로 사실을 말했다. 그 정도야 뭐 별거 아니다. 나는 폴리 이모나, 과부나, 어쩌면 메리 정도를 빼면, 거짓말 한두 번 안 하는 사람을 한 번도 본 적이 없다. 폴리 이모와—그러니까 톰의 이모 말이다— 메리와 과부 더글러스는 그 책에서 다 얘기됐고, 그 책은 아까도 말했듯이 좀 부풀려진 부분이 있는, 거의 실화다.

　자, 그 책은 이런 식으로 끝난다. 톰과 나는 강도들이 동굴에 감춰 뒀던 돈을 발견했고, 그건 우릴 부자로 만들었다. 우린 각각 6천 달러씩을 모두 금화로 갖게 되었다. 돈이 한 무더기로 쌓여 있으니 어마무시해 보였다. 어쨌든 대처 판사가 그 돈을 가져가 이자를 불려서, 1년 내내 우리 각자한테 매일 1달러씩 주었다. 그걸로 뭘 하겠다 말할 수도 없을 만큼 많은 돈이었다. 과부 더글러스 아줌마는 나를 아들 삼아 데려가 문명인으로 만들겠다고 마음먹었지만, 온통 자기만의 방식으로 끔찍하게 규칙과 예의를 따지는 그 과부의 집에서 산다는 건 나한텐 몹시 고됐다. 그래서 더 이상 견디기 힘들어지자, 훌쩍 나와 버렸다. 나는 내 낡은 넝마와 커다란 설탕통 속으로 다시 들어갔고, 자유롭고 만족스러웠다. 하지만 톰 소여 그 애가 날 찾아내서, 강도단을 시작할 건데 내가 과부한테 돌아가 착실하게 있어야 끼워 줄 거라고 말했다. 그래서 나는 돌아갔다.

과부는 울면서 나를 길 잃은 불쌍한 양이라 불렀고 또 다른 많은 이름들을 나한테 갖다 붙였지만, 뭐 절대 나쁜 뜻으로 그런 건 아니었다. 아줌마는 나를 다시 그 새 옷들 속으로 집어넣었다. 나는 땀이 나고 온통 경련이 날 것 같은 기분이 들었지만 달리 어쩔 수가 없었다. 그렇게 늘 하던 것들이 다시 시작됐다. 과부가 저녁 먹으라고 종을 치면 그 시간에 와야 했다. 식탁에 앉아서도 바로 먹을 수가 없었고, 과부가 머리를 수그린 채 아무 문제 될 게 없는데도 음식들에 대고 뭐라구시렁거릴 동안 기다려야 했다—그러니까 모든 게 따로따로 요리되는 것만 빼면 아무 문제 될 게 없다는 것이다. 온갖 것을 한 통에 집어넣으면 그건 확실히 다르다. 이것저것 서로 섞이고 즙 같은 것들이 바뀌어 스며들면 더 맛있어진다.

저녁을 먹은 후 아줌마가 자기 책*을 꺼내 와 내게 모세와

* 성경책을 말한다.

부들*에 대해 가르쳤고, 나는 그 사람에 관한 모든 걸 알기 위해 진땀을 뺐다. 하지만 이윽고 아줌마는 모세가 엄청 오래 전에 죽었다는 말을 꺼냈고, 그 뒤로 나는 그 사람을 더는 신경 쓰지 않게 되었다. 죽은 사람한테는 아무 관심도 없기 때문이다.

나는 곧 담배를 피우고 싶어졌고 과부한테 허락해 달라고 간청했다. 그러나 아줌마는 그러려고 하지 않았다. 그건 못된 버릇이고 깨끗하지도 않으니 앞으로 더는 피우지 않으려 노력해야 한다면서 말이다. 어떤 사람들은 꼭 이런 식이다. 뭔가에 대해 쥐뿔도 모르면서 그걸 비난한다. 지금 아줌마는 자기 친척도 아니고, 알다시피 이미 죽어 누구한테고 아무 쓸모도 없는 모세를 가지고 귀찮게 굴면서도, 내가 얼마쯤 괜찮은 점도 있는 그걸 하는 거 가지고, 엄청 잘못한 것처럼 난리친다. 게다가 아줌마 역시 코담배를 피웠다. 물론 그건, 자기가 하는 거니까 괜찮은 거였다.

최근 아줌마와 같이 살려고 아줌마의 여동생이 이 집으로 이사를 왔다. 안경을 낀, 몹시 마른 노처녀 미스 왓슨이 철자책을 들고 와서 내 옆에 앉았다. 한 시간 동안 미스 왓슨이 나를 꽤 닦달하자 과부가 좀 살살 하라고 했다. 나는 더 이상 견딜 수 없었을 것이다. 그 뒤 한 시간은 끔찍하게 지루했고, 나는 계속 꼼지락거렸다. 그때마다 미스 왓슨은, "거기 발 올리

---

* 부들과의 여러해살이풀. 아기 모세를 나일강에 띄워 보낼 때 부들로 상자를 엮어 그 안에 눕혔다.

15

지 말거라, 허클베리." "그렇게 소리 내지 마, 허클베리— 똑바로 앉거라."라고 했다. 또 금방, "그렇게 하품하면서 기지개 켜지 마라, 허클베리— 예의 바르게 좀 굴지 그러니?"라고도 했다. 그런 뒤 그녀는 내게 그 나쁜 곳에 관한 걸 모두 얘기해 주었고, 나는 거기에 가고 싶다고 말했다. 그러자 그녀는 화를 냈지만, 난 절대 나쁜 뜻으로 그 말을 한 건 아니었다. 내가 원했던 건 단지 어딘가로 가는 거였다. 그저 변화를 원했을 뿐이지 꼭 거기에 간다는 건 아니었다. 그녀는 내가 한 그런 말을 하는 건 사악한 거라며, 자기는 온 세상을 준대도 절대 그런 말은 하지 않을 거라고 했다. 그녀는 자기는 그 좋은 곳*에 가기 위해 거기에 어울리게 살겠다고 했다. 뭐, 미스 왓슨이 가려고 하는 곳에 가는 건 내게 아무 득 될 게 없어 보여서, 나는 그곳에 가려고 애쓰지 않기로 마음먹었다. 하지만 절대 그렇다고 말하진 않았다. 그래 봤자 말썽만 일으키지 아무 좋을 게 없을 것이기 때문이다.

이제 발동이 걸리자 그녀는 그 좋은 곳에 관한 온갖 얘기들을 계속 늘어놓았다. 그녀는 거기서 해야 될 일이란 종일 하프를 켜고 노래를 부르며 영원히 이곳저곳을 돌아다니는 거라고 했다. 그건 뭐 별로 대단하게 생각되지 않았다. 하지만 절대 그렇게 말하진 않았다. 톰 소여가 거기 갈 거 같냐고 물으니 그녀는 조금도 그럴 거 같지 않다고 했다. 그 말을 들으

---

* 헉이 이야기하는 '좋은 곳'은 천국이다. 지옥은 '나쁜 곳'으로 표현하고 있다.

니 기뻤다. 나는 그 애가 나랑 같이 있기를 바랐다.

　미스 왓슨이 계속 쪼아대서 나는 피곤하고 지루했다. 이윽고 그들은 검둥이들을 집 안에 불러들여 기도를 했고, 모두들 자러 갔다. 나는 양초 한 토막을 내 방에 갖고 올라가 테이블에 놓았다. 그런 다음 창가 의자에 앉아 뭔가 기운 나는 걸 생각해 보려 애썼지만 아무 소용 없었다. 너무 외롭게 느껴져 차라리 죽어 버리면 좋겠다는 생각이 들었다. 별들이 반짝거렸고 숲속의 나뭇잎들이 구슬피 바스락거렸다. 저 멀리서 부엉이 한 마리가 죽은 누군가를 '누우―누구엉' 하며 부르는 소리가, 그리고 쏙독새와 개 한 마리가 죽어 가고 있는 누군가를 위해 울고 있는 소리가 들렸다. 바람은 무언가를 내게 속삭이고자 했고 나는 그게 뭔지 이해할 수 없었다. 그래서 싸늘한 전율이 내 몸을 훑었다. 그때 숲속 저 멀리서, 유령이 속에 품고 있는 무언가를 말하고 싶지만 그게 잘 전달되지 않을 때 내는 소리 같은, 그래서 무덤 안에서 편히 쉬지 못하고 밤마다 비탄에 잠겨 여기저기 헤맬 때 내는 소리 같은 게 들렸다. 가슴이 철렁했고 너무 겁이 나서 누가 옆에 있어 주었으면 싶었다. 이내 거미 한 마리가 내 어깨로 기어 올라왔다. 툭 튕기자 그게 촛불에 떨어져 불이 붙었고, 내가 미처 어떻게 하기도 전에 완전히 오그라들어 버렸다. 누가 나에게 그건 끔찍하게 나쁜 징조이고 어떤 불운을 가져올 거라고 말해 줄 필요도 없었다. 너무 겁이 나서 입고 있는 옷들이 벗겨질 정도로 떨렸다. 나는 일어나서 그 자리에서 세 바퀴를 돌았고 돌

때마다 가슴에 십자가를 그었다. 그런 뒤 마녀들이 가까이 오지 못하도록 머리털 한 줌을 실로 묶었다. 하지만 조금도 맘이 편해지지 않았다. 발견한 편자를 문 위에 못질해 걸어 두는 대신 잃어버렸을 때 이렇게 하는데, 이게 거미를 죽였을 때 액운을 피하는 방법이라고 하는 말은 아무한테서도 들어 본 적이 없었다.

나는 온몸을 부들부들 떨며 다시 의자에 앉아 담배를 피우려고 파이프를 꺼냈다. 온 집 안이 이제 죽은 듯 조용했기에 과부가 알 리 없을 것이었다. 흠, 한참 후, 저 멀리 마을 시계가 딩―딩―딩 열두 번을 치는 소리가 들리더니, 다시 모든 게 고요해졌고, 아까보다 한층 더 고요해졌다. 곧 저 아래 어둠 속 나무들 한가운데서 잔가지 하나가 툭 꺾이는 소리―무언가 부스럭거리는 소리가 들렸다. 나는 가만히 앉아 귀를 기울였다. 저 바로 아래쪽에서 들릴락 말락, "니 야옹! 니 야옹!" 하는 소리가 들려왔다. 다행이다! 나는 최대한 부드럽게 "니 야옹! 니 야옹!" 한 다음, 불을 끄고 창문으로 나가 헛간 위로 갔다. 그런 뒤 땅바닥으로 미끄러져 내려가서 나무들 한가운데로 기어들어 갔다. 물론 거기엔 나를 기다리고 있는 톰 소여가 있었다.

2장

우리는 가지에 머리가 긁히지 않도록 허리를 굽힌 채, 발꿈치를 들고 살금살금 나무들 한가운데 샛길을 걸어서 다시 과부네 정원 끝으로 향했다. 부엌을 지나고 있을 때 내가 뿌리에 걸려 넘어지면서 소리를 냈다. 우린 몸을 웅크린 채 가만히 드러누웠다. 짐이라고 하는, 미스 왓슨의 덩치 큰 검둥이가 부엌문 안쪽에 앉아 있었다. 그의 뒤로 불빛이 새어 나와 우린 그를 꽤 뚜렷이 볼 수 있었다. 그는 일어나서 1분쯤 목을 쑥 빼고 귀를 기울였다. 그런 뒤 그가 말했다.

"거기 뉘여?"

그는 조금 더 귀를 기울였다. 그러더니 가만히 발끝으로 걸어와 바로 우리 사이에 섰다. 우리가 손을 뻗으면 거의 닿을 만한 거리였다. 흠, 아무 소리 없이 몇 분 또 몇 분이 흐른 것 같았고 우리는 그렇게 아주 가까이 함께 있었다. 내 발목 한 부위가 근질거리기 시작했다. 하지만 감히 긁을 수가 없었다. 그러자 다음엔 귀가 근질거리기 시작했다. 다음엔 바로 어깨 사이의 등이 그랬다. 긁지 못하면 죽을 것 같았다. 뭐 이런 건 전부터 숱하게 느껴왔다. 점잖은 사람들하고 있을 때나, 장례식에 있을 때, 또는 졸리지 않은데 자려고 애쓸 때—마음대로 긁을 수 없는 그런 어떤 곳에 있을 때는 왜 그런지 몰라도 온몸이 천 군데는 더 간지러웠다. 이내 짐이 말했다.

"말해. 너 뉘여? 너 어딨어? 옘병할, 내가 암것도 못 들었을까 봐. 그려, 난 내가 뭘 할 건지 잘 알고 있어. 내는 다시 뭔 소리가 날 때까정 여기 죽치고 있을 텡게."

그래서 그는 나와 톰 사이에 주저앉았다. 그는 나무에 기대앉아 한쪽 다리를 쭉 뻗었는데, 거의 내 다리에 닿을 뻔했다. 내 코가 근질거리기 시작했다. 너무 간지러워 눈에 눈물이 고였다. 하지만 감히 긁지 않았다. 그러자 이번엔 몸 안이 근질거리기 시작했다. 다음엔 아랫도리로 옮겨 갔다. 어떻게 해야 꼼짝 않고 가만있을지 몰랐다. 그 비참함은 6, 7분 정도 지속됐다. 하지만 그보다 훨씬 길게 느껴졌다. 이제 열한 군데의 서로 다른 부위들이 근질거렸다. 1분도 더 버틸 수 없을 거 같았지만, 난 이를 꽉 물고 준비 태세를 갖췄다. 바로 그때, 짐이 무거운 숨을 내쉬었다. 다음 순간 그가 코를 골기 시작했다—그러자 나는 금방 다시 편안해졌다.

톰이 나한테 신호를 보냈고—입으로 작은 소리 같은 걸 내서— 우리는 네 발로 기어갔다. 우리가 10피트쯤 멀어졌을 때 톰이 재미 삼아 짐을 나무에 묶으면 좋겠다고 속삭였다. 하지만 나는 안 된다고 말했다. 짐이 깨서 난리를 부릴지도 모르고, 그러면 내가 집 안에 없다는 걸 그들이 알게 될 것이다.

톰은 양초를 넉넉히 가지고 오지 않았다면서 부엌에 살짝 들어가 몇 개 더 집어 오겠다고 했다. 나는 톰이 그러지 않았으면 했다. 짐이 깨서 올지도 모른다고 내가 말했다. 하지만 톰은 위험을 무릅쓰고 그러려고 했다. 그래서 우리는 슬그머니 안으로 들어가 양초 세 개를 챙겼고, 톰은 양초 값으로 5센트를 테이블에 올려놓았다. 그런 뒤 우리는 나왔고 나는 서둘러 거기서 벗어나려고 했다. 하지만 톰이 반드시 짐한테 기어가서 뭔가 좀 웃긴 짓을 해야겠다는 데야 달리 어쩔 도리가 없었다. 나는 기다렸고, 아주 오랜 시간이 흐른 듯 느껴졌으며 모든 것이 너무 고요하고 적막했다.

톰이 돌아오자마자 우리는 급히 오솔길을 걸어 정원 울타리를 돌았고, 이윽고 집 건너편의 가파른 언덕 꼭대기를 오르고 있었다. 톰은 짐의 모자를 벗겨 그의 바로 위에 드리워진 나뭇가지에 걸어 놓았다고 하면서, 짐은 약간 뒤척였지만 깨진 않았다고 말했다. 나중에 짐은 마녀들이 주문을 걸어 자기를 몽롱하게 만들어서 주州 이곳저곳으로 타고 다닌 다음에 다시 나무 아래 데려다 놓고는, 누가 그랬는지 보여 주려고 나뭇가지에 자기 모자를 걸어 놓은 거라고 했다. 그다음에는 마녀들이 자기를 뉴올리언스까지 타고 갔다고 했다. 그 얘기를 할 때마다 짐은 점점 더 과장했고, 그다음엔 이윽고 마녀들이 자기를 타고 전 세계를 돌아다녀서 죽을 만큼 피곤했으며, 말 안장 때문에 등은 온통 종기로 덮였다고까지 했다. 짐은 그걸 끔찍이 자랑스러워했고 다른 검둥이들을 거의 거들떠보지도 않을 지경이 되었다. 그 얘기를 들으려고 몇 마일 너머에서 검둥이들이 오기도 했다. 짐은 이 고장의 어떤 검둥이들보다 더 우러러 보였다. 타지에서 온 검둥이들은, 마치 짐이 경이 그 자체인 듯 입을 떡 벌리고 서서 그를 위아래로 훑어보곤 했다. 검둥이들은 늘 어두울 때 부엌 아궁이 불가에서 마녀들에 관한 얘기를 했다. 그러나 누군가 거기에 관한 말을 꺼내거나 그런 것들에 대해 자기가 알고 있는 모든 걸 꺼내 놓으려 할 때마다, 짐이 슬며시 끼어들어서 이렇게 말했다. "흠! 네가 마녀들에 관해 뭘 아는디?" 그러면 그 검둥이는 기가 죽어 뒤로 물러나야 했다. 짐은 그 5센트짜리 동전을 줄에 매달아 늘 목에 걸고 있었고, 그건 악마가 자기 손으로 직접 준 부적으로서 악마가 자기한테 그걸로 누구든 치료할 수 있고, 또 원한다면, 거기다 대고 어떤 말을 하면 그때마다 마녀들을 불러들일 수 있다고 했다고 말했다. 하지만 거기 대고 하는 말이 뭔지는 절대 말하지 않았다. 여기저기에서 찾아온 검둥이들은 그 5센트짜리 동전을 한 번 보는 대가로 자신들이 지닌 무언가를 짐에게 줬다. 하지만 그걸 만져 보려 하진 않았는데, 악마가 손을 댔던 것이기 때문이었다. 짐은 하인으로서는 거의 못쓰게 돼 버렸다. 악마를 보고 마녀들을 태우고 다녔다는 이유로 너무 거만해졌다.

어쨌든, 톰과 나는 언덕 꼭대기까지 오르자 가장자리에 서서 저 아래 마을을 내려다보았다. 불빛이 서너 개 깜빡이는 게 보였다. 어쩌면 아픈 사람들이 있을지도 몰랐다. 우리 머리 위로 뜬 별들은 몹시 환하게 반짝거렸다. 마을 옆으로 흘러가는, 전체 1마일 폭의 강은 무시무시하게 고요하고 위풍당당했다. 우리는 언덕을 내려가 옛날 무두질 공장이었던 곳에 숨어 있던 조 하퍼와 벤 로저스, 그리고 다른 두세 명의 사내애들을 찾아냈다. 우리는 소형 보트를 끌러 언덕 비탈에 우뚝 솟은 큰 절벽까지, 2마일 반 정도 강을 내려가 거기서 강기슭에 올랐다.

우리는 관목들이 덤불진 곳으로 갔고, 톰은 비밀을 지킬 것을 모두에게 맹세시킨 다음 언덕의, 관목이 가장 무성한 곳에 난 구멍을 보여 주었다. 우리는 양초를 켜고 무릎걸음으로 기어 안으로 들어갔다. 2백 야드쯤 가니 거기에 뻥 뚫린 동굴이 나타났다. 톰은 통로들 한가운데서 뭔가를 찾아 헤매더니 이내, 어느 누구도 거기 그런 게 있으리라고 눈치채지 못할 벽 아래쪽 구멍으로 몸을 감췄다. 우리는 좁은 공간을 죽 따라 걸어서 온통 축축하고 습기 차고 차가운, 일종의 방 같은 곳으로 들어가 거기서 멈췄다. 톰이 말했다.

"이제 우린 강도단을 결성할 거고, 그걸 톰 소여 강도단이라 부른다. 가담하고 싶은 사람은 다 서약을 해야 하고, 피로 자기 이름을 써야 해."

모두들 기꺼이 하고자 했다. 그래서 톰이 서약을 적어 온 종이를 꺼내 읽었다. 강도단에 충실하고, 결코 어떤 비밀도 누설하지 않는다는 맹세였다. 만약 누군가가 강도단의 남자애한테 무슨 짓을 하면, 명령을 받은 애는 반드시 그 누군가와 그 가족을 죽여야 하고, 그들을 죽여 가슴팍에 강도단의 상징인 십자를 새길 때까진 먹어서도 잠을 자서도 안 된다. 강도단에 속하지 않는 어느 누구도 강도단의 상징을 사용할 수 없고, 만일 그런다면 반드시 고소당한다. 또다시 그러면 그땐 살해된다. 만일 누가 강도단의 비밀을 누설하면 목이 잘리고 사체는 불태워지고 그 재는 여기저기 흩어질 것이며, 그 이름은 명단에서 피로 뭉개져서 그 후로 강도단 입에 오르내리는 일이 절대 없을 것이고, 저주가 씌어 영원히 잊힌다.

다들 그건 정말 멋진 서약이라 했고, 그게 다 톰의 머리에서 나온 거냐고 물었다. 그는 일부는 그렇지만 나머진 해적들의 책과 강도들의 책에서 따온 것이고, 고결한 강도단은 다 이런 걸 가지고 있다고 했다.

몇몇 아이들은 비밀을 누설하는 단원들의 가족도 죽이는 게 좋을 거 같다고 생각했다. 톰은 좋은 생각이라면서 연필을 집어 그걸 적어 넣었다. 그때 벤 로저스가 말했다.

"여기 헉 핀 말이야. 앤 아무 가족도 없잖아. 얘는 어떻게 할 생각이야?"

"뭐, 아버지가 있지 않나?" 톰 소여가 말했다.

"그래, 얘한텐 아버지가 있지. 하지만 너 요새 얘네 아버지 보기 힘들걸. 취해서 무두질 공장에서 돼지들이랑 뒹굴곤 하더니만, 1년 넘게 이 근방에서 통 보기 힘들어."

그들은 계속 그 얘길 나눴고, 나를 강도단에서 제외시키려고 했다. 모든 남자애들이 가족이나 죽일 수 있는 누군가가 있어야 하는데, 그렇지 않으면 다른 아이들한테 공정하지 않을 것이기 때문이었다. 흠, 아무도 뭘 어찌해야 좋을지 몰랐다. 다들 난처해져서 가만히 앉아 있었다. 난 울기 일보 직전이었다. 하지만 갑자기 그 순간 한 가지 방법이 떠올랐다. 그래서 아이들한테 미스 왓슨을 바쳤다. 그 애들이 미스 왓슨을 죽이면 될 것이다. 모두들 말했다.

"아, 그럼 되겠네. 좋아. 헉도 들어올 수 있어."

그런 뒤 그 애들은 피로 서명하기 위해 모두 자기들 손가락을 핀으로 찔렀고, 나는 종이에 나라고 표시를 했다.

"자." 벤 로저스가 말했다. "이 강도단은 어떤 종류의 사업을 하는 거지?"

"강도질과 살인 말곤 아무것도 안 해." 톰이 말했다.

"하지만 누구한테 강도질을 해? 집이야, 소야, 아님……"

"헛소리 마! 소니 뭐니 하는 것들을 훔치는 건 강도가 아니지. 그건 도둑질이야." 톰 소여가 말했다. "우린 도둑이 아니야. 그런 건 절대 폼이 안 나. 우린 노상강도야. 복면을 쓰고 역마차나 합승 마차를 길에 세워 사람들을 죽이고 시계랑 돈을 뺏는 거야."

"늘 사람들을 죽여야 해?"

"아, 물론이지. 그게 최고야. 어떤 권위자들은 생각이 다르지만, 죽이는 게 주로 최고로 여겨지지—너희가 여기 동굴에 데려와서 몸값을 치를 때까지 잡아 둘 몇몇만 빼면 말이야."

"몸값을 치른다고? 그게 뭔데?"

"나도 몰라. 하지만 다들 그렇게 해. 여러 책에서 봤어. 그러니 우리도 당연히 그렇게 해야 하는 거야."

"하지만 그게 뭔지 모르면 우리가 어떻게 그걸 할 수 있냐?"

"제기랄. 우린 그렇게 해야 한다니까. 내가 너한테 책에 그렇게 쓰여 있다고 말하지 않았냐? 너는 책에 나온 거랑 다르게 하고 싶은 거야? 모든 걸 엉망진창으로 만들면서?"

"오, 말이야 그럴듯하지, 톰 소여. 하지만 도대체 어떻게 몸값을 치르게 할 건데? 우리가 그 친구들한테 어떻게 해야 하는지를 모르는데? 그게 내가 알고 싶은 거야. 자, 너는 그게 뭐라고 생각하는데?"

"아, 몰라. 하지만 몸값을 치를 때까지 잡아 둔다는 건 아마, 죽을 때까지 잡아 둔다는 뜻일 거야."

"그래, 그럴 거 같네. 그럼 되겠다. 진작 그렇다고 말하지 그랬어? 죽을 때까지 몸값 치르라고 붙잡아 둔다. 그러면 그자들 땜에 또 무지 성가셔질 텐데—아무거나 먹어치우고 늘 달아나려고 하겠지."

"무슨 소리야, 벤 로저스. 만약 1인치라도 움직이면 곧바로 총을 쏠 준비를 하고 있는 보초가 있는데 어떻게 달아나?"

"보초라. 흠, 그거 좋군. 그럼 누군가는 한잠도 못 자고 꼬박 밤을 새워야겠네. 단지 그자들을 지켜보려고 말이지. 내 생각에 그건 멍청한 짓이야. 왜 그자들이 여기 오는 즉시 몽둥이찜질로 몸값을 치르게 할 수 없는 거지?"

"왜냐면 책에 그렇게 안 돼 있거든. 그게 이유야. 자, 벤 로저스. 넌 일을 규칙대로 하고 싶은 거야. 아니야? 바로 그 문제라고. 넌 그 책을 만든 사람들이 어떻게 하는 게 옳은 건지 알고 있었다고 생각하지 않는 거냐? 네가 그 사람들한테 뭔가 가르칠 수 있다고 생각하는 거야? 그건 절대 옳은 생각이 아니지요. 선생. 절대 아니지. 우린 그냥 쓰여 있는 대로 해나갈 거고. 규칙대로 몸값을 치르게 할 거야."

"좋아. 맘대로 해. 하지만 어떻든 간에 그건 좀 멍청한 방법이긴 해. 어이, 우리 여자들도 죽이나?"

"음, 벤 로저스. 너처럼 무식하다면 난 티 안 내고 가만히라도 있겠다. 여자들을 죽여? 아니. 책에 그렇게 쓰여 있는 걸 본 사람은 아무도 없어. 넌 여자들을 동굴로 데려와서 항상 정중하게 대하는 거야. 이윽고 여자들은 곧 너와 사랑에 빠지고 더 이상 절대 집에 가고 싶어 하지 않는 거지."

"뭐, 그런 거라면 나도 좋아. 뭐 그다지 흥미는 없지만. 아마 동굴은 머지않아 여자들이랑 몸값 치를 때를 기다리는 친구들로 넘쳐나서, 강도들은 발붙일 곳도 없게 되겠군. 하지만 그렇게 해. 이제 난 더 할 말 없어."

어린 토미 반즈는 이제 잠들어 있었고, 아이들이 깨우자 겁을 먹고 울면서 집에, 자기 엄마한테 가고 싶다며 더 이상 강도가 되고 싶지 않다고 말했다.

그래서 울보 아기라고 부르면서 애들이 그 애를 놀렸고, 그 애는 화가 나 당장 가서 모든 비밀을 다 불어 버릴 거라고 했다. 하지만 톰이 입 다물라고 그 애한테 5센트를 주면서, 우리도 모두 집에 가고 다음 주에 만나서 누군가에게 강도질을 하고 사람들을 좀 죽이자고 했다.

벤 로저스가 자기는 밖에 자주 나올 수 없고 오직 매주 일요일만 가능하다면서, 다음 일요일에 시작하기를 바랐다. 하지만 모든 소년들이 일요일에 그러는 건 사악한 짓이라고 해서 그건 그렇게 일단락됐다. 그들은 될 수 있는 한 빨리 함께 모여 날을 잡자는 데 동의했고, 우린 톰 소여를 강도단의 두목으로, 조 하퍼를 부두목으로 선출한 다음 집으로 출발했다.

나는 동트기 직전 헛간에 올라 유리창으로 내 방에 기어들어 갔다. 내 새 옷들은 온통 끈적거리고 진흙투성이였으며, 나는 죽도록 고단했다.

3장

흠, 나는 아침에 옷 때문에 노처녀 미스 왓슨한테서 꼬치 꼬치 취조를 당했다. 하지만 과부 아줌마는 날 꾸짖지 않고 그냥 기름 자국과 진흙만 털어 냈는데, 아줌마가 몹시 안돼 보여서 되도록이면 잠시 착하게 굴어야겠다는 생각이 들었다. 미스 왓슨이 나를 골방으로 데려가 기도를 했다. 하지만 거기서 나오는 건 아무것도 없었다. 미스 왓슨은 매일 기도하라고, 그러면 내가 구하는 건 뭐든 다 얻을 수 있을 거라고 했다. 하지만 그렇지 않았다. 해봤었다. 언젠가 나한테 낚싯줄은 있었는데 낚싯바늘이 하나도 없었다. 낚싯바늘이 없으면 그건 내게 아무 쓸모 없는 것이었다. 나는 낚싯바늘을 달라고 서너 차례 기도해 봤지만, 어떻게 해도 잘 되지 않았다. 이윽고 어느 날 미스 왓슨한테 나를 대신해 기도해 달라고 부탁했더니 나보고 바보라고 했다. 왜 그런진 절대 말해 주지 않아서 도무지 이해할 수가 없었다.

언젠가 한 번 숲속에 앉아 그것에 관해 오래 생각해 보았다. 나는 이렇게 혼잣말을 한다. 만일 기도하는 걸 뭐든 다 얻을 수 있다면 왜 원 집사 아저씨는 돼지에 투자해 잃은 돈을 회수하지 못할까? 과부는 왜 도둑맞은 은제 코담뱃갑을 도로 못 찾지? 왜 미스 왓슨은 살이 붙지 않나? 그렇지. 나는 중얼거린다. 그 안에는 아무것도 없는 거야. 나는 과부한테 가서 그 얘기를 했고, 아줌마는 기도를 통해 우리가 얻을 수 있는 건 '영적인 선물'이라고 했다. 그건 내겐 너무 어려운 얘기라서 아줌마가 자기가 말한 게 무슨 뜻인지 설명해 줬다—나는 다른 사람들을 도와야 하고, 다른 사람들을 위해 할 수 있는 건 뭐든 다 해야 하고, 항상 그들을 보살피고, 절대 나 자신을 생각해서는 안 된다. 내가 이해하기론 미스 왓슨도 그 다른 사람들에 포함되는 거였다. 나는 숲으로 가서 머릿속으로 이리저리 오래 따져 봤으나, 그렇게 하는 게 뭐가 득인 건지 알 수 없었다—다른 사람들한테나 좋은 일이겠지. 그래서 마침내 그런 걱정은 더는 하지 말고 그냥 잊어버리자고 생각했다. 때때로 과부는 나를 한쪽 구석으로 데려가 신의 섭리에 관해서 군침이 돌 만한 말을 해주었다. 하지만, 아마 다음 날쯤이면 미스 왓슨이 다시 그걸 무용지물로 만들어 버렸다. 나는 이렇게 결론을 내렸다. 신의 섭리가 두 개가 있는데, 딱한 녀석이 과부 쪽 신의 섭리와 함께하면 꽤 잘 버티겠지만, 미스 왓슨 쪽 섭리는 그 녀석한테 아무 도움도 되지 않으리라고. 차분히 다 생각해 본 다음 나는, 그 섭리가 나를 원한다면 과부 쪽에 붙어 있으리라 생각했다. 이렇게 무식하고 이렇게 천하고 성질 더러운 날 보건대, 그렇게 하는 게 그 섭리한테 이전보다 조금이라도 더 나은 게 될는지는 모르겠지만 말이다.

아부지는 1년 넘도록 눈에 띄지 않았고, 나로선 그게 편했다. 더 이상 안 봤으면 싶었다. 술이 깼을 때 내가 손 닿는 데 있으면 늘 두들겨 패곤 했다. 비록 아부지가 근처에 있을 때면 거의 대부분 나는 숲으로 피신해 있었지만. 흠, 이 무렵, 마을에서 12마일쯤 떨어진 강에서 그가 익사한 채 발견됐다고, 사람들이 말했다. 사람들은 어쨌거나 그게 아부지라고 생각했다. 익사한 남자가 딱 그만한 몸집인 데다 누더기를 걸치고 있었고 또 흔치 않은 긴 머리를 하고 있었는데, 그 모든 게 아부지 같았다. 하지만 얼굴에서는 아무것도 알아낼 수 없었는데, 너무 오래 물속에 있었기 때문에 전혀 얼굴처럼 보이지 않았기 때문이다. 사람들은 그 남자가 등을 물에 댄 채 떠 있었다고 말했다. 그들은 그를 건져 강기슭에 묻었다. 하지만 나는 오랫동안 맘이 편치 않았다. 문득 무언가가 생각났기 때문이다. 익사한 남자는 등이 아니라 얼굴을 물에 대고 떠 있는다는 걸 나는 아주 잘 알고 있었다. 그래서 그때 나는 그 사람이 아부지가 아니라 남자 옷을 입은 여자란 걸 알았다.* 나는 다시 불안해졌다. 그 늙은이가 머지않아 다시 나타날 거란 판단이 들었다. 비록 그러지 않기를 바랐지만.

우리는 약 한 달을 이따금 강도 놀이를 했고, 그러다 나는 관뒀다. 다른 남자애들도 다 그랬다. 우린 아무한테도 강도질

---

* 물에 빠져 죽은 여자의 시신은 얼굴을 위로 하고 뜬다는 속설이 있었다.

을 하지 않았고, 사람들도 하나도 죽이지 않았으며, 그냥 그러는 척만 했다. 우린 숲에서 튀어나와, 가축 몰이꾼이나 수레에 야채를 싣고 장에 가는 여자들한테 통행료를 내라고 쫓아가긴 했지만, 결코 그들 중 어느 누구도 해치지 않았다. 톰 소여는 그 돼지들을 '금괴'라 부르고, 순무 같은 야채들을 '보화'라 불렀으며, 우리는 그 동굴로 가서 우리가 한 짓들과 얼마나 많은 사람들을 우리가 죽였는지 표시하며 떠들썩하게 집회를 열었다. 그러나 나는 그게 어떤 이익이 있는지 도무지 알 수 없었다. 어느 날 톰은 남자애 하나를 보내 불붙은 막대기를 들고 마을을 뛰어다니도록 했는데, 그것을 그는 슬로건(강도단이 다 함께 모이자는 신호)이라 불렀다. 그러더니 그다음 날 스페인 무역상들과 부유한 아랍 행상들이, 각각 다이아몬드를 한가득 실은 2백 마리의 코끼리와 6백 마리의 낙타, 1천 마리가 넘는 노새들을 끌고, 겨우 군사 4백 명의 호위를 받으며 케이브 할로 야영지로 갈 거라는 비밀 정보를 첩보원들한테서 입수했다면서 우리가 매복, 그는 그렇게 불렀다, 하고 있다가, 모두 죽이고 물건을 가로채자고 했다. 그는 우리가 반드시 검과 총을 잘 손질해 놓고 대기해야 한다고 했다. 심지어 순무 수레조차 추격할 수 없었으면서 그는 칼과 총들이 모두 반짝반짝 윤이 날 때까지 잘 닦여 있어야 직성이 풀렸다. 비록 그것들이 고작 나무막대기나 빗자루들일 뿐이었어도, 또 썩어 문드러질 때까지 죽어라 닦는대도 그전과 마찬가지로 한 줌 재만큼도 값어치 없는 것들이라 해도 말이다. 나는 우리가 그런 스페인 사람들과 아랍 행상 부대를 해치울 수 있을 거라 믿진 않았지만 낙타와 코끼리는 보고 싶었기에, 그다음 날 토요일에 매복을 했고, 신호가 떨어지자 우리는 얼른 숲에서 나와 언덕을 달려 내려갔다. 그러나 거기엔 스페인 사람들이나 아랍인들은 하나도 없었고, 낙타나 코끼리도 마찬가지였다. 그건 단지 주일학교 아이들의 소풍, 그것도 초급반 아이들 소풍일 뿐이었다. 우린 대열을 흐트러뜨리고 도망치는 아이들을 공터까지 쫓아갔다. 하지만 약간의 도넛과 잼 말고는 아무것도 얻지 못했다. 비록 로저스는 헝겊 인형을, 조 하퍼는 찬송가 책과 팸플릿 하나를 얻었지만 말이다. 그때 인솔자 선생이 뛰어와 하던 짓을 중단시키고 우리가 가진 모든 것을 내려놓게 했다. 나는 어떤 다이아몬드도 보지 못했고, 톰 소여한테 그렇다고 말했다. 그는 어쨌든 그런 것들이 거기 쌓여 있었다고 했다. 그는 아랍인들도 거기 있었고 코끼리와 물건들도 있었다고 했다. 나는 말했다. 그렇담 우리가 왜 그것들을 볼 수 없었던 거냐? 그는 내가 그렇게 무식하지 않고, 만약 『돈키호테』라고 하는 책을 읽었더라면 묻지 않아도 그 정도는 알 거라고 말했다. 그는 모든 게 마법으로 그리 된 거라고 했다. 그는 거기 몇백 명의 군사들이 있었고 코끼리와 보물과 기타 등등이 있었으나, 그가 마법사들이라 부르는 적들이, 단지 심술 때문에 모든 걸 유아들의 주일학교로 바꿔 놓은 것이라 했다. 나는 알겠다고 했다. 그러면 이제 우리가 할 일은 그 마법사들을 뒤쫓는 것이겠군. 그러자 톰 소여가 나보고 돌대가리라고 했다.

"야," 그가 말했다. "마법사는 수많은 정령을 소환할 수 있어. 그러면 그 정령들이 눈 깜짝할 새 너를 완전 작살낼 수 있다고. 그것들은 나무만큼 키가 크고 몸집이 교회만 하거든."

"흠," 내가 말했다. "우리도 우릴 도울 정령들이 있다면, 그땐 다른 무리들을 물리칠 수 있지 않아?"

"어떻게 그 정령들을 찾아낼 건데?"

"몰라. 마법사들은 어떻게 찾아내나?"

"뭐, 오래된 구리 램프나 쇠 반지를 문지르면, 귀를 찢는 요란한 천둥과 번개를 사방에 거느리고 몽글몽글 연기를 내뿜으면서 정령들이 튀어나와 해달라고 부탁한 걸 전부 해주는 거야. 정령들은 탄환 제조 탑을 뿌리째 뽑아서 그걸로 주일학교 선생 머리빡—아님 뭐 다른 누구라도, 그렇게 후려갈기는 것쯤 별거 아니라고 생각하거든."

"누가 그렇게 정령들을 튀어나오게 하는 건데?"

"뭐 누구든 램프나 반지를 문지르는 사람이지. 정령들은 그게 누구든 간에 램프와 반지를 문지르는 사람 거고, 뭐든 그 사람이 말한 대로 해야 해. 만일 그 사람이 정령들한테 다이아몬드로 40마일 길이의 궁궐을 지으라 하면, 그리고 껌이든 뭐든 자기가 원하는 걸로 거길 다 채우라고 하고 또 결혼할 거니까 중국 황제의 딸을 데려오라고 해도, 정령들은 그걸 해야 돼. 그것도 다음 날 해 뜨기 전까지. 게다가 그들은 나라 어디라도 그 사람이 원하는 곳에 그 궁전을 재깍 갖다 놔야

34

해. 너 무슨 말인지 알지."

"흠." 내가 말했다. "그렇게 바보짓거리 하는 대신 자기들이 그 궁전을 차지하면 되잖아. 그것들이 한 꾸러미의 얼간이들이 아니라면 말이야. 게다가 만약 내가 그것들 가운데 하나라면 난 그 낡은 구리 램프 문질렀다고 해서 하던 일 관두고 그 사람한테 달려가기 전에, 예리코*에 그 남자를 데려다 놓을 거야."

"얘 말하는 것 좀 보게. 야, 헉 핀. 그 사람이 그걸 문지르면 너는 가야 해. 네가 좋든 싫든 간에 말이야."

"뭐! 내가 나무만큼 크고 몸집이 교회만 한데도? 그렇담 좋아, 갈 수도 있지. 하지만 난 그 남자를 나라에서 제일 높은 나무에 올려놓을 거다."

"제기랄, 너한테 말해 봐야 아무 소용 없다니까. 헉 핀. 넌 정말 아는 게 하나도 없는 것처럼 보여. 완벽한 멍청이라고."

나는 이 사흘 동안 곰곰이 이걸 생각해 보았고 그런 뒤에 만약 뭔가가 그 안에 있다면 보게 되겠지 싶었다. 나는 낡은 구리 램프와 쇠 반지를 가지고 숲으로 가서, 궁전을 지어 그걸 팔 궁리를 하면서 넋 빠진 인디언처럼 땀범벅이 될 때까지 문지르고 또 문질렀다. 하지만 아무 소용 없었고 거기선 어떤 정령도 나오지 않았다. 그때야 나는 이 모든 게 단지 톰 소여의 거짓말들 중 하나라고 판단했다. 내 보기에 톰은 그 아랍

---

* 예리코는 국내 성서에서 '여리고'라고 하는 팔레스타인의 옛 도시다. 여기서는 불가능할 정도로 먼 장소를 의미한다.

인들과 코끼리들이 정말 있다고 믿는 것 같았다. 하지만 나로 말하자면 난 생각이 좀 다르다. 그건 주일학교*스럽다.

* 주일학교에서 배우는 것들처럼 그럴듯한 거짓말이란 뜻.

4장

흠, 서너 달이 흘렀고 이제 깊은 겨울로 접어들었다. 나는 대부분의 시간을 학교에 다니면서 철자법과 읽기와 글쓰기를 약간 배웠고, 6 곱하기 7은 35라는 것까지 곱셈을 할 수 있었는데, 내가 설령 영원히 산다 해도 여기서 더 나아질 수 있으리라 보진 않는다. 어쨌든 나는 수학 따위에 그다지 관심이 없다.

나는 처음에는 학교를 증오했지만 이윽고 내가 그걸 견딜 수 있다는 걸 알았다. 나는 유난히 피곤하다 싶을 때마다 학교를 땡땡이쳤고, 그다음 날 받는 체벌은 활력이 되고 나를 기운 나게 했다. 그래서 학교에 더 오래 다닐수록 점점 더 편안해졌다. 또한 나는 과부의 생활 방식에도 그럭저럭 적응해 가는 편이었고, 그다지 거슬리지 않게 되었다. 집 안에서 생활하기와 침대에서 잠자기가 대개는 가장 나를 갑갑하게 만드는 것이었지만, 날이 추워지기 전까진 가끔 몰래 빠져나가 숲속에서 자곤 했고 그러면 숨통이 트였다. 나는 이전의 방식들을 가장 좋아했지만, 새로운 방식 또한 아주 약간 그렇게 좋아지는 쪽으로 가고 있었다. 과부는 내가 느리지만 확실하게 따라오고 있고, 아주 만족스럽게 잘하고 있다고 말했다. 이제는 나를 부끄럽게 여기지 않는다고 했다.

어느 날 아침을 먹다가 나는 그만 소금통을 엎질렀다. 액운을 막기 위해 소금 한 꼬집을 왼쪽 어깨 너머로 뿌리려고 될 수 있는 한 빨리 손을 뻗었으나, 미스 왓슨이 한발 앞서 나를 막았다. 그녀가 말했다. "손 저리 치워라, 허클베리. 넌 왜 늘 사고만 치니!" 과부가 나를 거들며 한마디 했지만 그게 액운을 차단할 순 없을 거였고, 나는 그걸 너무도 잘 알고 있었다. 아침을 먹은 후 나쁜 일이 어디서 내게 닥칠지, 무슨 일이 벌어질는지 궁금해하며 걱정스럽고 떨리는 기분으로 나는 집을 나섰다. 어떤 종류의 액운들은 막는 방법이 있지만 이건 그런 종류의 것이 아니었다. 그리하여 나는 그냥 의기소침해져 어떤 시도도 하지 않고 경계를 늦추지 않은 채 흐늘쩍 걸었다.

나는 앞마당으로 걸어가서 높은 울타리를 통과하기 위해 만든 계단에 올라섰다. 땅에는 새로 내린 눈이 1인치 정도 덮여 있었고, 누군가의 발자취가 보였다. 그 발자국들은 채석장으로부터 와서 계단 주변에서 한동안 멈춰 있다가, 마당 울타리를 돌아서 가버렸다. 그렇게 서성거리고 있다가 안으로 들어오지 않았다는 것이 이상했다. 이해가 되지 않았다. 그건 어쨌든 호기심을 몹시 자극했다. 울타리를 돌아 따라가 보려다가 우선 그 발자국들부터 살펴보려고 멈췄다. 나는 처음엔 아무것도 눈치채지 못했지만, 다음 순간 알았다. 왼쪽 장화 뒷굽에 악마를 쫓기 위해 커다란 못으로 박은 십자가가 있었다.

나는 벌떡 일어나 부리나케 언덕을 달려 내려갔다. 자주자주 어깨 너머를 살폈지만 아무도 보이지 않았다. 내가 낼 수 있는 가장 빠른 속도로 대처 판사댁에 도착했다. 판사가 말했다.

"아니, 얘야, 몹시 숨이 찬 모양이구나. 이자 때문에 왔니?"

"아닙니다, 판사님." 내가 말했다. "이자가 들어왔나요?"

"오, 그래, 지난밤 반년 치가 들어왔다. 150달러가 넘는구나. 네게는 꽤 큰돈이지. 그 돈을 네 돈 6천 달러랑 같이 내게 맡겨 투자금으로 쓰는 게 좋겠다. 네가 가져가면 다 써버릴 테니."

"아니요, 판사님." 내가 말했다. "전 그 돈을 쓰고 싶지 않아요. 절대 쓰고 싶지 않아요. 그 6천 달러도요. 판사님이 그 돈을 가지세요. 그걸 다 드리고 싶어요. 그 6천 달러랑 전부 다요."

그는 놀란 것 같았다. 내 말을 잘 이해하지 못한 것처럼 보였다. 그가 말했다.

"흠, 그게 무슨 뜻일까, 얘야?"

나는 말했다. "거기 관해선 아무것도 묻지 말아 주세요, 제발. 그 돈 받으실 거죠─ 그렇죠?"

그가 말했다.

"글쎄, 이거 어리둥절해서 원. 무슨 문제라도 있니?"

"제발 받아 주세요." 내가 말했다. "그리고 아무것도 묻지 마세요. 그러면 제가 아무 거짓말도 안 해도 되니까요."

잠시 생각해 보더니 그가 말했다.

"오호라! 이제 알겠다. 넌 네 자산을 모두 나한테 팔고 싶은 거구나. 주는 게 아니고 말이다. 그게 네가 의미하는 거겠지."

그가 종이에 뭔가를 쓰더니 그걸 죽 읽고 나서 말했다.

"자, '대가를 받다'라고 적은 거 보이지. 그건 내가 너한테서 그걸 사고 대가를 지급했다는 뜻이야. 자, 여기 1달러가 있다. 이제 네가 서명해라."

그래서 나는 서명을 하고, 떠났다.

미스 왓슨의 검둥이 짐은 황소의 네 번째 위胃에서 떼어 낸 주먹만 한 털공을 가지고 있었고, 그걸로 마술을 부리곤 했다. 그는 그 안에 모든 걸 다 알고 있는 혼령이 있다고 했다. 그래서 나는 그날 밤 짐한테 가서 아부지가 여기 다시 나타났다고, 눈 위에 난 발자국을 발견했다고 말했다. 내가 알고 싶은 건, 아부지가 무엇을 하려는 건지, 그리고 이곳에 머물 것인지? 하는 거였다. 짐은 그 털공을 꺼내서 거기 대고 무슨 말인가를 했고, 그러더니 그걸 들어 바닥에 떨어뜨렸다. 그건 꽤 둔탁하게 떨어졌고, 겨우 1인치 정도 굴렀다. 짐이 다시 해보고 또다시 해봤지만 매번 똑같을 뿐이었다. 짐은 무릎을 굽히고 거기다 바싹 귀를 기울였다. 하지만 아무 소용 없었다. 짐은 그것이 말을 하지 않으려 한다고 했다. 돈을 안 주면 가끔 말을 안 하려 한다는 거였다. 나는 그에게 놋이 약간 드러나 보여 별 쓸모 없는, 설사 놋이 보이지 않는다고 해도 너무 반질거리고 또 너무 미끄러워서 가짜란 게 매번 들통나기 때문에 아무한테도 쓸 수 없는 25센트짜리 가짜 은화가 나한테 있다고 말했다(나는 판사한테서 받은 1달러에 대해선 아무 말도 하지 않을 거였다). 나는 이건 꽤 형편없는 돈이지만 어쩌면 저 털공은 받을지도 모른다. 왜냐면 털공은 아마 별반 차이를 모를 것이기 때문이라고 말했다. 짐은 그걸 냄새 맡아 보고 깨물어보고 문질러 보더니, 털공이 그걸 좋은 거라 여기도록 자기가 어떻게 해보겠다고 했다. 그는 생감자를 갈라 동전을 그 사이에 밤새 끼워 둘 거라고. 그러면 다음 날 아침엔 아무 놋도 볼 수 없을 것이고, 더 이상 반질반질하게 느껴지지 않을 것이며 그래서 털공은 말할 것도 없고 읍내의 어느 누구라도 주저 없이 그걸 받을 거라고 했다. 흠, 감자가 그런 도움이 된다는 걸 알고 있었는데, 내가 잊어버렸다.

짐은 동전을 털공 아래 놓고, 몸을 굽히고 다시 귀를 기울였다. 이번에는 털공에 아무 문제가 없다고 그가 말했다. 그는 내가 원한다면 그게 내 전체 운을 말해 줄 거라 했다. 나는 그러라고 했다. 그래서 그 털공이 짐한테 말했고, 짐이 그걸 내게 말했다. 그가 말했다.

"너의 늙은 아버진 아즉 자기가 뭘 하려는지 몰러. 때때로 떠나 버릴까 생각허다가, 다시 그냥 있을 거라 생각혀. 맘 편히 묵고 그 늙은이가 알어서 허도록 내버려 두는 거시 최선이제. 그 인간 주변에 천사 둘이 맴맴 돌고 있네. 하나는 하얗고롬 빛나고 다른 하나는 검어. 하얀 천사가 그를 아주 잠시, 옳은 길로 이끌면 검은 것이 나타나 다 작살내 버리네. 어떤 것이 최후로 그를 차지할지 아직은 몰러. 하지만 넌 아무 문제 읎어. 넌 살면서 아주 많은 어려움을 겪고 또 많은 기쁨을 겪을 거여. 넌 가끔 다칠지도 모르고, 또 때론 아플지도 몰러. 허지마는 그때마다 금방 다시 나을 거여. 네 일생에 두 여자가 맴맴 떠도네. 하나는 빛이고 다른 하나는 어둠이여. 하나는 부자고 다른 하나는 가난혀. 넌 첨엔 그 가난뱅이랑 결혼허고 곧 부자랑도 혀. 넌 될 수 있으믄 물을 피해야 헐 것이고, 어떤 위험한 짓도 하지 말 거시여. 왜냐믄 너는 목매달릴 운명으로 예정돼 있으니께."

그날 밤 양초를 켜서 내 방으로 올라갔더니, 한 남자가 거기 앉아 있었다— 아부지였다!

5장

나는 방문을 닫았다. 그러고 나서 몸을 돌렸더니 아부지가 거기 있었다. 나는 늘 그를 무서워해 왔다. 나를 몹시 때렸기 때문이다. 나는 지금도 내가 겁을 먹고 있다고 생각했다. 하지만 곧 틀린 걸 알았다―그러니까, 예상치 않게 그가 거기 있는 바람에 숨이 턱 걸린 듯했던 그 처음의 충격 같은 것이 가신 즉시 내가 그렇게 전전긍긍할 만큼 그를 무서워하고 있지는 않다는 걸 안 것이다.

아부지는 거의 오십 살에 가까웠고, 그렇게 보였다. 떡지고 엉킨 머리카락이 길게 늘어뜨려져 있어서 두 눈이, 마치 그가 포도 넝쿨 뒤에 있는 것처럼 머리카락 뒤에서 번쩍거리는 게 보였다. 머리카락은 새치 하나 없이 온통 검었다. 길게 뒤엉킨 수염들도 그랬다. 얼굴이 드러난 부분은 아무 혈색도 없었다. 하얬다. 다른 사람들의 하얀 피부와는 다른, 보면 사람을 질리게 만드는 하얀색, 피부를 오싹하게 만드는 하얀색―두꺼비한테서 볼 수 있는, 물고기 뱃살 같은 하얀색이었다. 그가 입은 옷으로 말하자면 그건 그냥 넝마 조각일 뿐이었다. 그는 한쪽 발목을 다른 쪽 무릎에 올려놓고 있었다. 발에 걸친 장화는 다 찢어져 발가락 두 개가 삐져나와 있었는데, 이따금 그는 그 발가락들을 꼼지락거렸다. 모자는 바닥에 뒹굴고 있었다. 정수리 부분이 움푹 꺼진 낡고 검은 챙 모자였다.

나는 아부지를 바라보며 서 있었다. 그는 의자를 약간 뒤로 젖힌 채 나를 바라보며 거기 앉아 있었다. 나는 초를 내려놓았다. 창문이 올라가 있는 게 보였다. 그러니까 아부지는 헛간을 올라타고 들어온 것이다. 그는 나를 계속 샅샅이 훑어봤다. 이윽고 이렇게 말했다.

"풀을 먹인 옷들이군—잔뜩. 그러니까 네가 무슨 대단한 사람이라도 된 걸로 생각하는구나, 넌. 그렇지?"

"어쩌면 대단하고, 어쩌면 아니겠지요." 내가 말했다.

"함부로 입 놀리지 마라." 그가 말했다. "내가 사라진 뒤로 넌 엄청 점잔을 빼며 지내고 있구나. 너랑 볼일 끝내기 전 그 콧대부터 꺾어놔야겠다. 네가 교육도 받는다고 사람들이 그러던데—읽고 쓸 줄 안다고. 너는 그러니까 이제, 네가 네 아비보다 잘났다고 생각하냐, 네 아비는 못 그러니까? 네놈 혼쭐을 내줄 테다. 어이, 누가 너한테 그렇게 되지도 않는 멍청한 말을 지껄이며 끼어들라고 했냐. 엉? 누가 너한테 그래도 된다고 했냐고?"

"과부요. 그 아줌마가 그랬어요."

"허, 과부가 그랬다? 그러면 누가 그 과부한테 자기 일도 아닌 일에 껴들어서 감 놔라 배 놔라 해도 된다고 했냐?"

"그런 말 한 사람 아무도 없어요."

"그렇담 내가 그 여자한테 참견은 어떻게 하는 건지 가르쳐야겠다. 이봐라—너 학교 때려치워, 알아들어? 내가 사람들한테, 자기가 자기 아비보다 낫다고 생각하고 지 주제보다 잘난 척하는 놈은 어떻게 기르는 건지 가르쳐야겠다. 한 번 더 학교에서 어물쩍거리다 나한테 걸리기만 해봐라, 알아들어? 네 엄마는 죽기 전까지 읽지도 못했다. 쓰지도 못했고. 가족 중 어느 누구도 못 했어, 죽기 전에. 나도 못 해. 그런데 여기 넌 이렇게 잔뜩 헛바람이 들어 가지고 있구나. 난 그런 걸 봐줄 수 있는 사내가 아니다. 알아들었냐? 자, 어디 네가 읽는 소릴 좀 들어 보자."

나는 책 하나를 들고 워싱턴 장군과 전쟁들에 관한 뭔가를 읽기 시작했다. 30초가량 읽었을 때, 그가 책을 낚아채더니 홱 집어던졌다. 그가 말했다.

"그렇군. 읽을 수 있군. 네가 그렇다고 했을 때 의심했는데. 자, 이봐라. 너 그 잘난 척일랑 때려치워. 내 가만 안 둔다. 널 지켜보마. 이 잘난척쟁이야. 만약 학교 근방에서 널 붙들면 흠씬 패주마. 뭣보다 네가 교회도 다니게 될 거란 거 알고 있겠지. 난 그런 아들 절대 못 본다."

그는 소 몇 마리와 소년이 그려진 파랗고 노란 작은 그림 하나를 집어 들고 말했다.

"이게 뭐냐?"

"제가 공부를 잘해서 받은 거예요."

그걸 찢고 나서 그가 말했다.

"내가 더 좋은 걸 주마—소가죽 채찍으로 갈겨 줄 테다."

그는 잠시 불만족스럽게 구시렁대며 거기 앉아 있었다. 그러더니 말했다.

"어쨌든 네가 좋은 냄새 풍기는 멋쟁이란 거 아니냐? 침대에다, 침대 시트에다, 얼굴이 비치는 유리에다, 바닥엔 카펫까지—니 애비는 무두질 공장에서 돼지들이랑 자야 하고 말이다. 난 그런 아들은 본 적이 없어. 너랑 볼일을 끝내기 전에 우선 그 콧대부터 반드시 꺾어 놓겠다. 흠 네놈의 그 헛바람이 한도 끝도 없으니까. 사람들이 그러던데 너 부자라며. 어? 그러냐?"

"사람들이 거짓말하는 거예요—그래서 그런 거예요."

"이봐라—너 제대로 말해. 지금 간신히 다 참아 주고 있는 중이야. 그러니 그렇게 건방 떨지 말란 말이다. 내가 마을에 있던 이틀 동안 말이다. 난 네가 부자가 됐다는 말밖에는 들은 게 없다. 저 강 하구 쪽에서도 그 얘길 들었어. 그게 내가 여기 온 이유다. 넌 내일 그 돈을 나한테 주는 거야. 난 그 돈이 필요해."

"저한텐 한 푼도 없어요."

"그건 거짓말이야. 대처 판사가 갖고 있잖아. 네가 갖고 와. 난 그게 필요해."

"분명히 말하는데, 전 돈이 한 푼도 없어요. 대처 판사님한테 물어보세요. 그분도 같은 소릴 할 걸요."

"좋다. 내가 물어보지. 또한 그 돈을 토해 내도록 할 테다. 아니면 왜 그런지 이유라도 알게 되겠지. 말해 봐라. 네 주머니에 얼마나 들었냐? 내놔."

"1달러밖에 없어요. 난 그걸로……."

"네가 그걸로 뭘 하려 했건 그게 무슨 상관이라고—넌 그냥 꺼내 놓기나 해."

그는 돈을 집어 진짠지 깨물어 보았고, 마을로 위스키를 마시러 갈 거라고 했다. 종일 한 잔도 못 마셨다면서 말이다. 그는 밖으로 나가 헛간에 올라섰다가, 다시 창으로 고개를 들이밀고, 내가 헛바람이 들어 자기보다 나은 사람이 되려 한다며 한바탕 욕을 퍼부었다. 이젠 갔겠구나 생각했더니 다시 돌아와 또 머리를 들이밀고, 학교에 관한 걸 명심하라고, 만약 학교를 관두지 않으면 몰래 지켜보고 있다가 요절을 내버릴 거라고 했다.

다음 날 그는 술에 취해 대처 판사를 찾아갔고 공갈 협박을 해가며 판사가 그 돈을 포기하도록 애를 써봤지만, 어쩔 도리가 없었다. 그러자 그는 법대로 하겠다며 으르렁거렸다.

대처 판사와 과부는 나를 아부지한테서 떼어 놓고 자신들 중 하나가 내 법적 보호자가 되려고 법원에 갔다. 하지만 판사는 막 새로 부임해 온 터라 그 늙은이에 관해 잘 알지 못했다. 그래서 되도록이면 법원은 가족 일에 끼어들어 식구들을 서로 갈라놓아서는 안 된다고 말했다. 그러면서 자기는 아버지에게서 아이를 떼어 놓지 않는 쪽으로 하겠다고 했다. 그래서 대처 판사와 과부는 그 건을 그렇게 중단해야 했다.

그건 그 늙은이를 주체 못 할 정도로 기쁘게 했다. 그는 내게 자기한테 줄 돈을 마련해 오지 않으면 온몸이 멍투성이가 될 때까지 두들겨 패겠다고 말했다. 나는 대처 판사한테 3달러를 빌렸고, 아부지는 그걸 가지고 가 술을 마시고 취해서 떠들고 욕하고 고래고래 소리를 질렀다. 거의 자정 무렵까지 양철 접시를 들고 온 마을을 돌아다니며 그 짓을 계속했다. 그러자 사람들이 그를 유치장에 넣었고 다음 날 법정에 세우더니 다시 한 주간 유치장에 가뒀다. 하지만 그는 만족한다고 했다. 자기가 자기 아들의 우두머리니 아들놈을 흠씬 패줄 거라면서 말이다.

그가 나오자 새 판사는 그를 사람답게 만들어 보겠다고 했다. 그래서 그를 자기 집으로 데려가 깨끗하고 좋은 옷을 입히고, 아침, 점심, 저녁을 자기 가족들과 같이 먹도록 했는데, 말하자면 오랜 친구처럼 대했다. 저녁을 먹은 후 판사는 그에게 금주니 뭐니 등등에 대해 말했고 늙은이는 울음을 터뜨리며, 지금껏 자기가 그토록 바보라서 인생을 허비해 버렸다고 말했다. 하지만 이제는 새사람이 되어 어느 누구한테도 부끄럽지 않게 살 것이니, 판사가 경멸하지 말고 자기를 도와주길 바란다고 했다. 판사는 그 말을 들으니 그를 안아 주고픈 심정이라고 말했다. 그러면서 판사가 울었고, 그의 아내도 다시 울었다. 아부지가 지금껏 자기는 늘 오해를 받으며 살았다고 하자, 판사도 정말 그런 것 같다고 했다. 늙은이는 사람이 밑바닥에 있을 때 필요한 건 연민이라고 했고, 판사가 그건 정말 그렇다고 했다. 그렇게 그들은 또 울었다. 잘 시간이 되자 늙은이는 일어나서 손을 내밀며 말했다.

"이걸 보세요, 신사분들, 숙녀분들 모두요. 이 손을 잡으세요. 흔들어 보세요. 이건 돼지의 손이었습죠. 하지만 더 이상 아닙니다. 이건 새 인생을 시작한, 죽을 때까지 절대 옛날로 돌아가지 않을 한 인간의 손입니다요. 이 말들을 명심하세요—제가 이 말을 한 걸 잊지 마세요. 이건 이제 깨끗한 손이라오. 잡고 흔들어 보세요. 두려워 마시고."

그들은 한 사람씩 죽 돌아가며 그 손과 악수하고 울었다. 판사의 아내는 손에 입을 맞췄다. 그러고 나서 늙은이가 서약서에 서명했다—자기식으로 말이다. 판사는 이건 역사상 가장 신성한, 혹은 그와 비슷한 순간이라 말했다. 그런 뒤 그들은 늙은이를 손님용 방인 한 아름다운 방에 재웠는데, 한밤중 어느 때 그는 어마어마한 갈증을 느껴서 현관 지붕 위로 기어 올라가 지붕 받침대를 타고 내려와서 자기의 새 외투를 밀주 한 주전자와 바꿨고, 다시 지붕을 타고 올라가 호젓한 시간을 즐겼다. 해 뜨기 전 그는 다시 기어나갔고, 고주망태로 취해서 지붕에서 굴러떨어져 왼쪽 팔 두 군데를 부러뜨렸으며, 해 뜬 후 누군가에게 발견됐을 당시엔 거의 얼어 죽기 직전이었다. 그들이 그 손님용 방이 어떤지 가보니 수심부터 측정하고 항해에 나서야 할 판이었다.

판사 그는 쓰라림 같은 걸 느꼈다. 그는 그 늙은이를 혹시

총으로나 개조시킬 수 있을까. 그것 말고 다른 방법은 모르겠
다고 말했다.

6장

흠, 늙은이는 곧 다시 일어나 돌아다니더니 돈을 포기하게 하려고 법원의 대처 판사를 쫓아다녔고, 학교를 관두지 않았다는 이유로 나도 쫓아다녔다. 그는 두어 번 나를 붙잡아 두들겨 팼지만 나는 똑같이 학교에 다녔고, 대부분은 그를 피해 숨거나 쏜살같이 달음질해 잡히지 않았다. 전에는 학교를 별로 다니고 싶지 않았으나 이젠 아부지를 골려 먹기 위해 가야겠다는 생각이 들었다. 소송 건은 느리게 진행되었다. 아직 시작조차 안 한 것처럼 보였다. 그래서 나는 소가죽 채찍질을 피하려고 대처 판사한테 자주자주 2, 3달러씩 꾸어 그에게 주었다. 돈이 생길 때마다 그는 취했다. 취할 때마다 온 마을을 들쑤셨다. 마을을 들쑤실 때마다 감옥에 갔다. 아부지에겐 이런 게 어울렸다. 이런 것들이 아부지한테 딱 맞는 삶이었다.

아부지가 과부네 집 근처에 너무 자주 어슬렁거리자 마침내 과부가 그에게 만일 근처에서 얼씬거리는 걸 관두지 않으면 혼쭐을 내줄 거라고 말했다. 흠, 아부지가 꼭지가 돌지 않았냐고? 그는 헉 편의 우두머리가 누군지 보여 주겠노라고 했다. 그래서 어느 봄날 아부지는 바싹 지켜보고 있다가 나를 붙잡아 보트에 태우고 강 상류 쪽으로 3마일쯤 간 다음 거기서 일리노이주 쪽 기슭으로 넘어갔다. 그곳은 숲이 우거지고 나무들이 몹시 빽빽해서 만일 그런 곳이 있다는 걸 알지 못하면 누구도 찾을 수 없는 낡은 오두막 한 채 말고는, 다른 집들은 하나도 없었다.

아부지가 줄곧 곁에 붙어 있었기에 나는 절대 도망칠 기회를 잡지 못했다. 우린 그 낡은 오두막에서 살았고, 그는 언제나 문을 잠가 두고 밤마다 열쇠를 자기 머리맡에 두었다. 그는 훔친 것으로 보이는 총을 가지고 있었고, 우린 낚시나 사냥을 하며 그렇게 먹고 살았다. 그는 때때로 나를 오두막 안에 가둬 놓고 배를 타고 선착장에서 3마일 떨어진 강 하류의 가게로 가서 물고기와 사냥한 것들을 위스키와 바꿔 가지고 돌아왔고, 기분 좋게 취하면 나를 두들겨 팼다. 이윽고 과부 아줌마가 내가 어디 있는지 알아냈다. 그래서 사람을 보내 나를 데려가려 했으나 아부지가 그 사람을 총으로 쫓아 버렸다. 얼마 되지 않아 나는 내가 있는 곳에 익숙해졌고 또 좋아졌다—쇠가죽 채찍만 빼면 전부 말이다.

담배를 피우고, 낚시를 하고, 책을 읽거나 공부하는 일 없이 온종일 느긋하게 뒹구는 것. 그건 일종의 게으른 행복이었다. 두 달 남짓한 날들이 흘렀고 내 옷들은 모두 때가 타고 너덜너덜해졌다. 어떻게 내가 과붓집의 그런 것들, 그러니까, 씻어야 하고, 접시에 먹어야 하고, 머리를 깔끔히 빗질해야 하고, 규칙적으로 잠자리에 들었다 일어나야 하고, 평생 책이랑 씨름해야 하고, 줄곧 쪼아대는 미스 왓슨을 견뎌야 하는 일들을 심지어 좋아하게 됐었는지 이해가 되지 않았다. 더 이상 돌아가고 싶지 않았다. 나는 욕하는 걸 관뒀었다. 과부가 좋아하지 않았기 때문이다. 하지만 아부진 전혀 뭐라 하지 않았기에 이제 나는 다시 욕설을 내뱉었다. 나는 그 숲에서 여러모로 꽤 괜찮은 시간을 보냈다.

하지만 이윽고 아부지는 히커리* 채찍질을 점점 더 자주 해대기 시작했고, 나는 그걸 견딜 수가 없었다. 내 온몸은 채찍 자국투성이였다. 또한 그는 나를 안에 가두고 너무 자주 떠나 있었다. 언젠가는 나를 가둬 둔 채 사흘 넘도록 사라졌다. 무시무시하게 외로웠다. 나는 아부지가 익사했고 이제 난 더 이상 밖에 나갈 수 없게 된 거라고 생각했었다. 무서웠다. 나는 그곳을 떠날 어떤 방법을 찾아보기로 마음먹었다. 그 오두막에서 나오려고 여러 번 시도해 봤었지만 어떤 방법도 찾아낼 수 없었다. 개 한 마리 빠져나갈 크기의 창문 하나 없었다. 굴뚝을 타고 올라갈 수도 없었다. 너무 좁았다. 문은 두껍고 단단한 참나무 판자였다. 아부진 자기가 없을 땐 오두막에 칼 같은 거 하나 남겨 두지 않을 만큼 몹시 치밀했다. 나는 그곳을 백 번도 더 꼼꼼히 살펴봤었던 것 같다. 대부분의 시간을 그렇게 보냈다. 그게 내가 시간을 보낼 수 있는 유일한 방법

* 북미산 호두나뭇과의 나무.

같은 거였기 때문이다. 하지만 이번엔 마침내 뭔가를 찾아냈다. 나는 손잡이가 없는 낡고 녹슨 톱 하나를 발견했다. 그건 지붕 서까래와 물막이용 판자 사이에 놓여 있었다. 나는 거기에 기름칠을 하고 작업을 시작했다. 오두막 맨 끝 테이블 뒤편 통나무 벽에, 말을 덮어 줄 때 쓰는 낡은 담요가 못질돼 있었다. 벽 틈새로 들어온 바람이 촛불을 꺼뜨리지 못하게 하려는 것이었다. 나는 테이블 밑으로 들어가 그 담요를 걷어 올리고, 통나무 벽 아래쪽에 내가 충분히 빠져나갈 수 있을 만큼만 톱질을 하기 시작했다. 흠, 시간이 꽤 오래 걸리는 일이었지만 숲에서 아부지의 총소리가 나는 걸 들었을 땐 거의 그 일을 끝내 가고 있었다. 나는 작업한 흔적들을 없앤 뒤 담요를 내리고 톱을 감췄다. 그러자 곧 아부지가 들어왔다.

아부지는 썩 유쾌한 상태가 아니었다—그러니까 평상시 모습대로였다. 마을에 내려갔는데 모든 게 잘못돼 가고 있다고 그가 말했다. 아부지의 변호사는 일단 재판이 시작되기만 하면 소송에서 이기고 돈을 찾게 될 거라 했었지만, 재판을 오랫동안 연기할 수 있는 몇 가지 방법들이 있었고 대처 판사는 어떻게 그렇게 하는지 잘 알고 있었다. 아부지는 나를 자기한테서 빼앗아, 법정 보호자로서 과부한테 맡기는 또 다른 재판이 열릴 텐데, 사람들이 이번에는 과부가 승소할 거라 추측하고 있다고 말했다. 그 말을 듣자 꽤나 몸서리가 쳐졌다. 이제 더는 과부의 집에 돌아가서 소위 그들이 말하는 문화인이 되어, 그렇게 몸에 쥐가 난 것처럼 살고 싶지 않았기 때문이다. 늙은이가 욕을 해대기 시작했다. 그는 자기가 생각해 낼수 있는 모든 것들과 모든 사람들을 욕하고, 하나라도 빠뜨린건 없는지 확실히 해두려고 또 한 차례 욕을 한 다음, 자기가이름조차 모르는 한 무더기의 사람들을, 뭐시기, 라고 불러가며 욕을 해댔다. 이렇게 사방팔방 온 천지에 대고 한바탕욕을 하고 나서도 그는 쉬지 않고 그대로 욕을 계속했다.

아부지는 과부가 나를 차지하나 어디 두고 보자고 했다. 똑똑히 지켜보고 있다가 사람들이 와서 자기한테 수작을 부리면, 그놈들이 찾다 지쳐 떨어질 때까지 6, 7마일 정도 떨어진 자기만 알고 있는 장소에다 나를 처박아 둘 거라고 했다. 그 말을 듣자 나는 다시 몹시 불안했지만, 고작 1분쯤이었다. 그런 기회가 아부지한테 찾아올 때까지 그에게 잡혀 있진 않을 거라는 생각이 들었다.

늙은이는 나한테 소형 보트에 가서 자기가 싣고 온 것들을 가져오라고 시켰다. 거기엔 견인용 밧줄 말고도, 50파운드짜리 옥수숫가루 한 자루와 베이컨 조각, 탄약과 4갤런짜리 위스키병, 충전재로 쓸 낡은 책 한 권과 신문 두 부가 있었다. 나는 짐을 나르고 돌아와 좀 쉬려고 뱃머리 자락에 앉았다. 곰곰이 따져 보다가 총과 낚싯대를 들고 떠나야겠다고, 또 달아날 땐 숲속으로 가야겠다고 생각했다. 한 장소에 머물 수 없을 테니 주로 밤에 온 나라를 터벅터벅 돌아다니게 될 것이고 살아가기 위해선 사냥과 낚시를 해야 할 거라고, 그렇게 해서 늙은이도 과부도 나를 영원히 찾지 못할 아주 먼 곳에 가 있게 되리라는 짐작이 들었다. 나는 아부지가 충분히 취하면, 내 보기엔 그럴 것 같지만, 그날 밤 톱질을 마저 끝내고 떠나리라 결심했다. 그런 생각으로 머릿속이 꽉 차서, 늙은이가 잠이 든 거냐, 빠져 죽은 거냐, 고함을 지를 때까지 얼마나 오래 그러고 있었는지도 깨닫지 못했다.

나는 물건들을 남김없이 오두막으로 날랐고, 이제 막 어둑어둑해지려 했다. 내가 저녁을 준비하는 동안 늙은이는 일종의 몸풀기로 위스키를 한 잔, 두 잔 꼴깍거리며 또다시 저주를 퍼부어 댔다. 읍내에 있을 때 취한 채 밤새도록 시궁창에 처박혀 있었던 터라 그는 참으로 볼 만한 꼴을 하고 있었다. 누가 보면 아담인 줄 알았을 것이다―그냥 진흙 그 자체였다. 술기운이 돌 때마다 그는 대개 정부 욕을 했는데, 이번엔 이렇게 말했다.

"이런 걸 정부라 불러! 야, 한번 봐라, 이게 뭐 같은지. 이게 법이라네. 사내한테서 아들을 뺏어 가려고 떡 버티고 있는 이게 ― 그동안 갖은 고생에 온갖 시름을 다해 키웠고, 기르느라 그렇게 돈을 쓴 사내의 아들을 말이야. 그래, 이제 드디어 사내가 아들을 다 길러서, 아들이 이제 일 좀 할 만한 때가 되고, 응, 뭔가 좀 해서 아비를 쉬게 해주려나 했더니 법이 덜컥 나서서 방해하는군. 그런데 이걸 정부라 부른다고! 거기다, 이게 다가 아니야. 그 법이란 게 대처 판사 영감 뒤에 딱 버티고 서서 내가 내 재산에 손도 못 대게 하는 걸 돕네. 이게 법이하는 짓거리지. 그 법이 사내한테서 6천 달러 정도, 아니 그거보다 더 될지도 모르는 재산을 가로채고 그 사내를 이런 초라한 오두막 같은 데 처박아 놓고 돼지한테 줘도 안 입을 이런 옷이나 입고 돌아다니게 하는군. 이런 걸 정부라 부른다고! 사내는 이런 정부에선 자기 권리를 찾을 수가 없지. 가끔 나는 이 나라를 그냥 영원히 떠나 버리겠다는 생각을 골똘히 했었어. 그래, 실제로 그렇게 말했지. 그 대처 영감 면전에서 그렇게 말했다고. 많은 놈들이 내가 하는 말을 들었으니, 내가 그런 말을 했다는 걸 알 거야. 난 말했지, 단돈 2센트만 줘도 이 빌어먹을 나라를 떠나서 절대 다시 이 근처엔 얼씬도 안 할 거라고. 내 말이 바로 그거야. 난 말하지, 자, 내 모자를 보시오—여러분이 이걸 아직도 모자라 부르겠다면 말이지만— 뚜껑은 치켜 올라가고 나머진 턱 아래까지 축 처진, 이건 엄밀히 말해 전혀 모자라 할 수도 없고, 그냥 머리통이 난로 연통 이음새 사이로 불쑥 솟은 꼴에 가까운 이걸 좀 보시오. 이런 모자를 쓰는 내가, 만약 내 권리들을 찾게 된다면 이 마을에서 가장 부자들 가운데 하나란 거요.

오, 그래, 이건 정말 대단한 정부야. 대단해. 자, 좀 봐봐. 저기, 오하이오에서 온 해방 노예가 하나 있었는데, 혼혈이고 거의 백인 남자만큼 하얘. 거기다 세상 누구 거보다 새하얀 셔츠를 입고 가장 삐까뻔쩍한 모자를 쓰고 있어. 그 마을에서 그놈보다 더 좋은 옷을 걸친 사람은 아무도 없어. 또 그놈은 금시계랑 목걸이도 있고, 머리통이 은으로 된 지팡이도 갖고 있었어. 그 주에서 아주 엄청난, 무시무시한 벼락부자 늙은이였지. 자, 어떻게 생각해? 사람들은 그놈이 대학교수인데 온갖 언어들을 다 말할 수 있고, 모르는 게 하나도 없다고 했어. 하지만 최악은 그게 아니었지. 사람들은 그놈이 자기 고향에선 투표도 할 수 있었다고 그랬어. 흠, 그게 나를 열받게 했어. 나는 생각했지. 나라 꼴이 어떻게 되려는가? 그날이 투표 날이었는데, 난 뭐 거기 못 갈 지경으로 너무 취하지 않으면 나 스스로 투표하러 막 가려던 참이었지. 하지만 사람들이 이 나라엔 검둥이들한테 투표하게 해주는 주가 있다고 하는 말을 듣고 다 관둬 버렸어. 나는 절대 다시 투표하지 않을 거야. 그게 바로 내가 했던 말이야. 사람들이 내가 하는 말을 들었지. 이 나라가 폭삭 망해 버려도 꼴 좋다아. 내가 살아 있는 한 절대 다시 투표 안 해. 그 검둥이의 그토록 잘난 척하는 꼴이라니. 흥, 내가 그놈을 떠밀지 않았더라면, 놈은 나한테 길도 안 비켜 줬을 거야. 난 사람들한테 말하지. 왜 저 검둥이를 경매에 붙여 팔아 버리지 않소?—그게 내가 알고 싶은 거야. 사람들이 뭐라 그랬을 거 같아? 자, 검둥이가 그 주에 여섯 달 동안 살기 전까진 노예로 팔 수 없고, 놈은 아직 거기 그렇게 오래 있지 않았다는 거야. 그게, 자— 이게 하나의 표본이다 이거야. 사람들은 해방 노예가 여섯 달 동안 그 주에 있기 전까지는 팔 수도 없는 정부를 정부라 부른다니까. 여기, 자기를 정부라고 부르고, 정부인 척하고, 이걸 정부라고 생각하고, 살금살금 돌아다니면서 도둑질이나 하는 저 지긋지긋한 그 흰 셔츠의 해방 검둥이가 뭘 하기 전, 냉큼 잡아 둘 생각도 안 하고 여섯 달을 채울 때까지 꼼짝도 안 하려 하는 정부가 있다네. 또⋯⋯."

아부진 계속 그렇게 지껄여 대다가 그 낭창낭창한 늙은 두 다리가 자신을 어디로 데려가고 있는지 깨닫지 못했고, 그래서 소금에 절인 돼지고기를 넣어 두는 통에 걸려 나동그라지는 바람에 정강이를 긁혔다. 그의 나머지 연설은 그래서 가장 낯뜨거운 언어들로 이루어졌다. 그 통에 대한 욕도 여기저기서 조금씩 같이 터져 나왔지만, 주로 검둥이와 정부를 욕하는 것이었다. 아부지는 처음엔 한쪽 정강이를 잡고 한 다리로 오두막을 껑충거리며 돌았고, 다음엔 다리를 바꿔서 다시 한 바퀴를 돌았으며, 마지막으로 갑자기 왼발을 쭉 뻗더니 그 통을 힘껏 걷어찼다. 그러나 그건 옳은 판단이 아니었다. 그가 신고 있던 게 발가락 두 개가 앞으로 불쑥 나와 있는 장화였기 때문이다. 이제 그는 누구라도 머리카락이 삐쭉 설 만큼 끔찍한 비명을 지르며 땅에 엎어져 발가락을 부여잡고 굴렀고, 이전에 했던 욕들도 따라오지 못할 욕들을 미친 듯이 해댔다. 나중에 그 자신이 이렇게 말했을 정도였다. 전성기 시절 소우베리 헤이건 영감이 욕하는 걸 들은 적이 있는데, 자기 욕이 그걸 완전 깔아 버렸다고. 그러나 내 보기에 그건 뭐 일종의 허풍 같다.

저녁 먹은 후 아부지는 위스키 주전자를 가져와서, 두 번 취하고 한 번 뽕 가기* 충분한 양이라고 말했다. 그는 늘 그런

---

* 본문엔 delirium으로 적혀 있다. 즉 알코올이나 병으로 인한 섬망증이다.

식으로 말한다. 나는 한 시간 후면 그가 인사불성으로 취하리라고, 그럼 열쇠를 훔치거나, 톱질을 마저 끝내거나 둘 중 하나를 하리라 생각했다. 마시고 또 마시더니 이윽고 그가 담요 위로 고꾸라졌다. 그러나 운은 내게로 굴러오지 않았다. 그는 깊이 잠들지 못했고 불안정한 상태였다. 꽤 오랫동안 중얼중얼 신음을 내며 이리저리 몸부림쳤다. 마침내 나도 너무 졸려서 아무리 애를 써도 눈을 뜨고 있을 수가 없었고, 내가 잠들려 하는 걸 깨닫기도 전 초를 켜 둔 채 깊은 잠에 빠지고 말았다.

내가 얼마나 오래 잠들어 있었는지 모르겠지만 갑자기 무시무시한 비명이 들려서 잠에서 깼다. 실성한 것처럼 보이는 아부지가 뱀들이 어쩌고 하면서 고함을 지르며 이리저리 껑충거리고 있었다. 그는 뱀들이 자기 다리에 기어오르고 있다고 했다. 그러더니 펄쩍 뛰며 비명을 지르면서, 한 마리가 자기 뺨을 물었다고 했다. 하지만 나는 아무 뱀도 볼 수 없었다. 그는 "이걸 떼어 내! 떼어 내! 이게 내 목을 물고 있어!"라고 고함을 지르며 오두막을 이리저리 뛰어다니기 시작했다. 나는 그런 실성한 눈빛을 한 사람은 여태 본 적이 없었다. 이내 그는 완전 녹초가 되어 헐떡거리며 쓰러졌다. 그런 뒤 데굴데굴 엄청난 속도로 굴렀고, 구를 때마다 물건들을 걷어차고 허공에 손을 뻗어 뭔가를 때리거나 움켜쥐었고, 악마가 자기를 꽉 붙잡고 있다며 비명을 질렀다. 이윽고 그는 진이 빠져 한동안 신음을 내뱉으며 잠잠히 누워 있었다. 그러더니 점점 더 조용해져서 아무 소리도 내지 않았다. 숲속 저 멀리서 부엉이와 늑대 울음소리가 들려왔고, 끔찍하게 고요하게 느껴졌다. 그는 구석에 누워 있었다. 이윽고 그가 몸을 반쯤 일으켜 머리를 한쪽으로 향한 채 귀를 기울였다. 아주 낮은 목소리로 그가 말했다.

"저벅—저벅—저벅, 저건 죽은 자들이야. 저벅—저벅—저벅, 저것들이 나를 쫓아오고 있어. 하지만 난 안 갈 거야. 아! 저것들이 여깄다! 날 건드리지 마. 안 돼! 손 치워. 손이 차가워. 놔줘. 아, 불쌍한 악마를 그냥 내버려 둬!"

그러더니 무릎으로 기면서 자길 그냥 내버려 두라고 빌었고, 계속 빌면서 담요로 몸을 둘둘 말고 낡은 소나무 탁자 아래서 뒹굴다가 울음을 터뜨렸다. 담요 사이로 그가 우는 소리가 들렸다.

이윽고 그는 실성한 듯한 얼굴로 담요에서 굴러 나와 두 발로 후딱 일어섰고, 나를 보더니, 나한테 달려들었다. 그는 나를 죽음의 천사라 불렀다. 더 이상 자기를 못 쫓아오게 나를 죽여 버리겠다며 잭나이프를 든 채 빙글빙글 쫓아다녔다. 나는 그에게 애원했고 난 그저 헉일 뿐이라고 말했다. 하지만 그는 지독한 쇳소리를 내며 웃었고, 욕을 하고 으르렁거리며 계속해서 나를 쫓아왔다. 재빨리 돌아서 그의 팔 아래로 도망치려던 어느 한순간 그가 내 겉옷 등 자락을 잡았고, 난 이제 죽었구나 하고 생각했지만 번개처럼 재빨리 겉옷에서 몸을 빼 목숨을 건졌다. 그는 이내 완전히 녹초가 돼서 문에 등을 기댄 채 푹 주저앉았고, 잠시만 쉬다가 나를 죽이겠다고 했다. 그는 칼을 몸뚱아리 밑에 두고, 좀 자고 기운을 차리고 나서 누가 이기나 보자고 말했다.

　그렇게 그는 곧 잠이 들었다. 이윽고 나는 낡은 등나무 의자를 가져와 최대한 조용히, 아무 소리도 내지 않고 올라가 총을 점검했다. 총알이 장전돼 있는지 확인하려고 쇠꼬챙이를 총구 속으로 스윽 넣어 본 후 총을 순무 통 위에 아부지를 겨냥하도록 가로질러 얹어 놓고, 그 뒤에 앉아서 아부지가 뒤척이길 기다렸다. 고요한 시간이 천천히 꾸역꾸역 흘렀다.

7장

"일어나라! 대체 뭐 하고 있는 거냐!"

나는 눈을 뜨고 내가 어디 있는지 알아내려 애쓰면서 주위를 둘러보았다. 해가 중천에 떠 있고 나는 깊은 잠에 빠져 있었다. 아부지가 피곤하고 시큰둥한 얼굴로 나를 내려다보며 서 있었다. 그가 말했다.

"그 총으로 뭘 하고 있던 게냐?"

그가 자기 한 짓을 모르는 게 분명했다. 나는 이렇게 말했다.

"누군가 안에 들어오려고 했었어요. 그래서 숨어 기다리고 있었던 거예요."

"왜 나를 깨우지 않았느냐?"

"그러니까, 깨우려 했지만 어쩔 수 없었어요. 아부진 꿈쩍도 안 했어요."

"흠, 좋다. 종일 헛소리나 지껄이며 거기 서 있지 말고 나가서 아침으로 먹을 물고기가 낚싯줄에 걸렸나 좀 봐라. 나도 곧 따라갈 테니."

그가 잠갔던 문을 끌렀고, 나는 얼른 강둑으로 향했다. 나 뭇가지 같은 것들이, 또 간간이 나무껍질들이 물에 둥둥 떠다니는 게 보였다. 그래서 강물이 불어나기 시작했다는 것을 알았다. 지금 마을에 있었다면 꽤 신났을 거란 생각이 들었다. 6월에 강이 높아지면 내겐 늘 운이 따랐다. 강물이 불어나기 시작하자마자 장작더미와 뗏목 조각들—때론 한 다발로 묶인 통나무들이 떠내려오기도 한다. 그걸 건져 적재장이랑 제재소에 팔기만 하면 되는 것이다.

나는 한 눈으론 아부지가 오는지 살피고, 다른 눈으론 강에 뭐가 떠내려오나 지켜보면서 강둑길로 올라갔다. 흠, 즉시 이리로 카누 하나가 떠내려왔다. 13 내지 14피트 정도 길이의 정말 멋진 카누로, 오리처럼 의기양양하게 떠내려오고 있었다. 나는 강둑에서 옷은 다 입은 채로 개구리처럼 머리 먼저 물속으로 풍덩 처박고 카누를 향해 헤엄쳐 갔다. 나는 카누안에 누가 누워 있겠지 생각했다. 사람들이 친구들을 골려주려고 종종 그런 짓을 하기 때문이다. 누가 소형 보트를 끌고 가 카누 가까이 갔다 대면 누웠던 사람들이 벌떡 일어나웃으며 그 사람을 놀려 대는 것이다. 그러나 이번 경우엔 그게 아니었다. 두말할 것 없이 그냥 물에 떠내려온 카누인 게 확실해서 나는 거기 올라타고 강가로 몰고 갔다. 늙은이가 이걸보면 기뻐하겠다는 생각이 들었다—10달러의 가치는 있었다. 하지만 강가로 갔을 때 아부지는 아직 눈에 띄지 않았고, 그래서 나는 카누를 버드나무와 덩굴식물로 뒤덮인 도랑 같은 작은 개울로 끌고 갔는데, 그때 또 다른 생각이 퍼뜩 떠올랐다. 이걸 잘 숨겨 놓자고 작정한 것이다. 그러면 도망칠 때 숲으로 들어가는 대신 이걸 타고 한 50마일 강을 따라 흘러가다가 적당한 곳에서 야영을 하면 되고, 두 발로 터벅터벅 걷는 고생은 하지 않아도 되는 것이다.

오두막에서 꽤 가까운 곳이어서 줄곧 늙은이가 오는 소리가 들리는 것만 같았다. 하지만 나는 카누를 잘 감췄고, 그런 뒤 나와서 무성한 버드나무 주변을 둘러보았다. 저 아래 약간 떨어진 오솔길에서 늙은이가 총으로 새를 막 겨냥하고 있었다. 그러니까 그는 아무것도 못 본 것이다.

그가 다가왔을 때 나는 견지 낚싯줄을 열심히 끌어당기고 있었다. 내가 너무 느려 터졌다고 그가 약간 욕을 했다. 하지만 나는 강물에 빠지는 바람에 그렇게 오래 걸렸다고 말했다. 내가 젖은 걸 보면 왜 젖었는지 그가 물어볼 거란 걸 난 알고 있었다. 우리는 낚싯줄에서 메기 다섯 마리를 꺼내 집으로 갔다.

아침을 먹은 후 둘 다 너무 지쳐 잠을 자려고 누워 있는 동안 나는 아부지나 과부가 계속 나를 쫓지 않게 할 어떤 방법을 찾을 수 있을 거란 생각을 하기 시작했다. 사라진 나를 그들이 찾기 전에, 운에 맡기고 충분히 멀리 갈 수 있기를 바라는 것보단 그게 더 확실할 것이다. 알다시피 무슨 일이라도 일어날 수 있는 법이니 말이다. 흠, 한동안 별 뾰족한 방법을 찾지 못하고 있는데, 이윽고 아부지가 또 한 통의 물을 들이켜러 잠시 몸을 일으키면서 말했다.

"요다음엔 어떤 놈이 주변에서 살살거리면 나를 깨우는 거다. 알아들었냐? 그놈은 아무 목적 없이 여기 온 게 아니야. 내 그놈을 쏴 버릴 테다. 다음번엔 넌 나를 깨운다. 알아들었냐?"

그런 뒤 그는 고꾸라졌고 다시 잠이 들었다. 그러나 바로 그가 한 말 덕분에 내가 원했던 그 묘수가 떠올랐다. 이제 아무도 나를 쫓아오겠단 생각을 못 하게 할 수 있을 거야. 나는 혼잣말을 했다.

우린 정오 무렵 일어나 강둑으로 올라갔다. 물살이 꽤 빨랐고 치솟은 강을 따라 통나무 조각들이 떠내려오고 있었다. 곧 뗏목의 일부인 한데 묶인 통나무 아홉 개가 이리로 흘러왔다. 우리는 소형 보트를 타고 나가 그걸 연안으로 끌어다 놓았다. 그런 뒤 점심을 먹었다. 아부지가 아닌 다른 사람이었다면 더 많은 것들을 건지려고 그날 하루 죽 기다리며 지켜봤을지 모르나, 그건 아부지다운 게 아니었다. 한 번에 아홉 개의 통나무면 족했다. 당장 읍내로 가 그걸 팔아야 하는 것이다. 그래서 그는 나를 안에 가두고, 3시 반쯤 소형 보트를 타고 그 뗏목을 견인하기 시작했다. 내 판단에 그는 그날 밤엔 돌아오지 않을 것이었다. 나는 그가 충분히 멀어졌다고 생각될 때까지 기다렸다. 그 뒤 톱을 꺼내와 다시 통나무에 작업을 했다. 그가 강 맞은편에 도착하기도 전에 나는 구멍 밖으로 나와 있었다. 그와 그 뗏목은 저 멀리 물 위의 한 점처럼 보였다.

　나는 옥수숫가루 자루를 들고 카누를 숨겨 둔 곳으로 갔고, 버드나무 가지들과 덩굴들을 헤친 뒤 그 안에 실었다. 그 다음 베이컨 덩어리도 아까처럼 가져다 실었다. 다음은 위스키 항아리였다. 나는 거기 있던 커피와 설탕도 가져왔다. 탄약들도 다 가져왔다. 충전재용 종이도 가져왔다. 양동이와 바가지도 가져왔다. 국자와 양철 컵, 내 낡은 톱과 두 장의 담요, 냄비와 커피포트도 가져왔다. 낚싯대와 성냥과 그 밖의 것들을 1센트 가치라도 있으면 다 집어 왔다. 나는 그곳을 완전히 비워 버렸다. 도끼도 가져오고 싶었지만 바깥 장작더미에 놔 둔 것 말고는 없었고, 왜 내가 그걸 남겨 놓으려 하는지 난 잘 알고 있었다. 나는 총을 집었고, 이제 그렇게 모든 걸 끝냈다.

　구멍으로 기어 나와 그렇게 많은 물건들을 질질 끌다 보니 땅바닥이 상당히 닳아 있었다. 그래서 구멍 밖에 흙을 뿌려 반듯하게 만들고 톱밥들을 덮어 가능한 한 매우 깔끔하게 그곳을 다듬었다. 그다음에 통나무 자른 것을 다시 제자리에 맞추고, 그 밑에 돌 두 개를, 널빤지를 지탱하도록 서로 받쳐 놓았다. 통나무 조각이 앞으로 약간 기울며 바닥에서 좀 떨어져 있었기 때문이다. 만일 한 4, 5피트 떨어진 데서 보면 그게 톱질된 거란 걸 모를 것이다. 결코 눈치채지 못할 것이다. 게다가 그게 오두막 뒤쪽이라 아무도 그 주변에서 시간을 끌진 않을 거였다.

　카누까지는 다 풀밭이라 아무 흔적도 남기지 않았다. 다시 따라가며 살펴보았다. 나는 강둑에 서서 저 멀리 강을 바라보았다. 모든 게 안전했다. 그래서 총을 가지고 좀 떨어진 숲속으로 갔고, 새들을 사냥하던 중에 멧돼지 한 마리를 보았다. 대초원 지대 농장에서 도망쳐 나온 돼지들은 이 저지대들에서 금방 야생적으로 되어갔다. 나는 이 친구를 쏴서 캠프로 가져갔다.

　나는 도끼를 들어 문을 박살냈다. 아주 여러 번 쾅쾅 치고 내리찍었다. 돼지를 가지고 들어가 뒤쪽 탁자 가까운 곳까지 끌고 가 도끼로 목을 찍었고, 피를 흘리도록 땅바닥에 뉘었다. 내가 땅바닥이라고 한 건 그게 정말 땅바닥이었기 때문이다. 아무 널빤지도 없는, 그냥 단단하게 다져진 흙이었다. 흠, 그다음 나는 낡은 자루를 집어 그 안에 내가 끌 수 있을 만큼, 커다란 돌들을 잔뜩 집어넣었다. 나는 돼지가 있는 데서 출발해서 문까지 그걸 끌고 가서 숲을 통과해 강까지 간 다음 거기다 집어던졌다. 그건 물속으로 가라앉아 눈앞에서 사라졌다. 무언가가 땅에 질질 끌렸었다는 걸 쉽게 알 수 있을 것이다. 나는 톰 소여가 여기 있기를 몹시 바랐다. 그러면 이런 종류의 일에 흥미를 느끼리란 걸, 그리고 뭔가 더 근사하게 손질을 했을 거란 걸 난 잘 알고 있었다. 톰 소여만큼 이런 일을 그렇게 멋지게 부풀릴 수 있는 사람은 아무도 없을 것이다.

　흠, 마지막으로 나는 머리카락을 좀 뽑아서 피가 꽤 많이 묻어 있는 도끼의 뭉툭한 쪽에 붙인 다음, 한쪽 구석에 집어던졌다. 그런 뒤 돼지를 들어 겉옷으로 싸서 (피가 떨어지지 않도록) 가슴에 끌어안고 집에서 꽤 떨어진 곳으로 내려가서 강에 집어던졌다. 그때 또 다른 생각을 해냈다. 그래서 카누로 가서 밀이 든 자루와 낡은 톱을 꺼내 들고 집으로 돌아왔다. 나는 자루를 원래 그게 있었던 곳에 내려놓고 톱으로 바닥을 찢어 구멍을 냈다. 그곳엔 나이프나 포크 같은 것들은 하나도 없었다. 아부지는 음식에 관한 건 전부 주머니칼로 해결했다. 그다음 나는 풀밭을 가로질러 집 동쪽의 버드나무 숲을 통과해 얕은 호수 있는 데까지 그 자루를 날랐는데, 호수는 5마일 정도 폭에 갈대가 풍성했고—제철이 되면 오리들 역시 가득할 것이다— 맞은편으로는 몇 마일 정도 뻗어 나간 진창인지 개울인지가 있었다. 어느 쪽으로 뻗어 나가는지는 모르겠지만, 강 쪽으로 향하지는 않았다. 호수까지 옮겨지는 동안 새어 나온 옥수수는 내내 작은 흔적을 만들었다. 나는 실수로 거기 놔둔 것처럼 보이게 하려고 아부지의 숫돌도 그곳에다 떨어뜨렸다. 그다음 그 옥수수자루의 찢어진 곳을, 더 이상 새지 않도록 끈으로 묶어서 톱과 함께 다시 카누로 가져갔다.

이제 어두워지려 하고 있었다. 나는 버드나무가 강둑에 드리워진 곳 아래에 카누를 대고 달이 뜨기를 기다렸다. 버드나무에 카누를 묶어 놓은 다음 뭔가를 먹었고, 이윽고 카누에 드러누워 파이프 담배를 피우며 계획을 짰다. 나는 혼잣말을 했다. 사람들은 돌을 넣었던 자루의 흔적을 따라 연안까지 갈 것이고 다음엔 나를 찾아 강을 훑을 것이다. 그러곤 호숫

가로 이어지는 옥수숫가루 흔적을 따라갈 거고, 나를 죽이고 물건들을 훔친 강도들을 찾기 위해 바깥으로 이어지는 개울 아래를 훑을 것이다. 그들은 내 죽은 몸뚱이 하나 찾겠다고 그 강을 영원히 수색하진 않을 것이다. 곧 지칠 것이고, 나에 대해 더는 아무 신경도 안 쓰겠지. 좋아, 난 내가 원하는 어떤 곳에서든 멈출 수 있다. 잭슨섬이라면 나한테 안성맞춤이다. 나는 그 섬을 꽤 잘 알고 아무도 거기 간 적이 없다. 난 밤마다 마을로 노를 저어 가서 살금살금 돌아다니며 필요한 것들을 가져오면 된다. 잭슨섬이 딱이다.

몹시 피곤했고, 가장 먼저 알게 된 것은 내가 잠이 들었었다는 거였다. 잠에서 깨고도 1분 정도는 내가 어디에 있는지 몰랐다. 일어나 앉아 약간 겁을 집어먹고 주위를 둘러보았다. 그러자 기억이 났다. 강은 몇 마일 또 몇 마일을 걸쳐 흐르는 듯 보였다. 달빛이 너무 환해서 저 멀리 수백 야드 떨어진 강 기슭에서 잔잔히 떠내려오는 검은 통나무들을 셀 수 있을 정도였다. 모든 게 죽은 듯 고요했고, 꽤 늦은 듯 보였으며, 또 '늦은 듯한 냄새'가 났다. 여러분은 내가 무슨 말을 하는지 알 것이다—어떤 식으로 말해야 할지 모르겠다.

늘어지게 하품을 하고 기지개를 켠 뒤 막 카누를 풀어 출발하려 했을 때 강 저 멀리서 어떤 소리가 들려왔다. 귀를 기울였다. 이내 그게 뭔지 알았다. 그건 고요한 밤 노를 저을 때 노걸이에서 규칙적으로 나는 둔탁한 소리였다. 버드나무 가지들 사이로 빼꼼히 내다보니, 강 저 건너편에 소형 보트가 있었다. 얼마나 많은 사람이 타고 있는지는 알 수 없었다. 그건 줄곧 이리로 향하고 있었고 나와 일직선이 되었을 때, 오직 한 명만 거기 타고 있는 게 보였다. 어쩌면 아부지일지도 모른다는 생각이 들었다. 올 거라고 예상하진 못했지만. 그는 물살과 함께 내 아래로 떠밀려 왔다가 이윽고 물살이 순한 곳에서 출렁거리다 연안으로 떠밀려 올라갔고, 내가 총을 뺀으면 닿을 수 있을 정도로 아주 가까이에서 지나갔다. 흠, 그건 두말할 것 없이 아부지였다. 그리고 노를 젓는 품새로 봐서 취해 있지도 않았다.

나는 조금도 꾸물거리지 않았다. 바로 다음 순간 나는 그림자가 드리워진 강둑 쪽에서 고요히, 그러나 재빨리 빙글빙글 떠내려가고 있었다. 2마일 반쯤 노를 저은 다음, 거기서 4분의 1마일 정도 강 한가운데로 노를 저어 갔다. 왜냐하면 곧 선착장을 지나게 될 것인데, 사람들이 팔을 휘저으며 나를 부를지도 몰랐기 때문이다. 나는 표류목들 사이에 뒤섞여 카누 바닥에 드러누운 채 그냥 떠내려가는 대로 몸을 맡겼다. 거기 누워 구름 한 점 없는 먼 하늘을 바라보면서 충분한 휴식을 취하며 파이프의 연기를 내뿜었다. 달빛 속에서 등을 바닥에 붙이고 드러누워 바라보면 하늘은 그렇게 무한정 깊어 보인다. 전엔 미처 몰랐다. 그리고 이런 밤에는 얼마나 먼 곳의 소리까지 들리는가! 나는 선착장에서 사람들이 말하는 소리를 들었다. 그 사람들이 하는 얘기가 단어 하나하나까지 다 들렸다. 한 남자가 이제 점점 낮이 길어지고 밤은 점점 짧아지고 있다고 말했다. 다른 남자가 자기 생각에 오늘은 그 짧아지고 있는 밤들 중 하나는 아닌 것 같다고 했다. 그러자 그들은 웃었고, 남자는 그 말을 한 번 더 반복했으며, 그들은 또다시 웃었다. 그 뒤 그들은 또 다른 동료를 깨워 그 말을 하며 웃음을 터뜨렸으나 그 사내는 웃지 않았다. 그는 부르르 화를 내며 자기를 그냥 좀 내버려 두라고 했다. 첫 번째 친구가 자기의 늙은 마누라한테 이 얘기를 해줘야겠다고, 마누라도 꽤 재밌다 생각할 거라고 말했다. 하지만 그는 자기가 한창때 했던 얘기들에 비하면 이건 아무것도 아니라고 했다. 나는 한 남자가 3시 가까이 돼 간다며, 동트는 게 한 주 이상 걸리진 않길 바란다고 하는 소릴 들었다. 그 후 말소리는 점점 더 멀어져 갔고, 더 이상 무슨 말인지 알아들을 수 없었다. 중얼거리는 소리나 이따금 웃음을 터뜨리는 소리를 들을 수는 있었으나, 꽤 멀리 떨어진 것 같았다.

나는 이제 선착장에서 한참 아래에 있었다. 나는 몸을 일으켰다. 거기서 약 2마일 반 아래, 나무들이 빽빽이 숲을 이룬 잭슨섬이 불 꺼진 증기선처럼 크고 어둡고 단단하게 강 한복판에 우뚝 서 있었다. 섬 머리엔 모래톱의 흔적이 전혀 없었다. 지금 시간엔 모두 물속에 잠겨 있었다.

그곳까지 가는 데는 그리 오래 걸리지 않았다. 물살이 너무 세서 섬 머리를 쏜살같이 지나쳤다. 나는 정지 수역 안으로 들어가 일리노이 연안 쪽을 향한 곳에 정박했다. 나는 내가 알고 있는 움푹 팬 강둑으로 카누를 몰고 갔다. 그곳에 들어가려면 버드나무 가지들을 헤쳐야 했다. 그러니 카누를 묶어 놓을 때 바깥쪽에선 아무도 볼 수 없었을 것이다.

나는 섬 머리에 올라 통나무 위에 앉아서 넓은 강과 검은 표류목들과 불빛 서너 개가 깜빡거리는 3마일 너머 저 먼 곳의 마을을 바라보았다. 1마일쯤 떨어진 강 상류 쪽에서 어마어마하게 큰 뗏목 하나가 한가운데 등을 달고 내려오고 있었다. 나는 그것이 느릿느릿 내려오는 걸 지켜보았고, 내가 서 있는 곳과 거의 나란히 있게 됐을 때 한 남자가, "거기, 뒤쪽 노를 저어! 뱃머리를 오른쪽으로 돌려!"라고 하는 말을 들었다. 그 남자가 바로 내 옆에 있는 것처럼 아주 선명하게 들렸다.

하늘엔 이제 약간 회색빛이 돌았다. 그래서 나는 숲속으로 들어갔고, 아침 먹기 전까지 한숨 자려고 드러누웠다.

8장

잠에서 깼을 때 해가 아주 높이 떠 있어서 8시가 넘었겠다는 생각이 들었다. 나는 이런저런 생각을 하며 휴식하는 기분으로 꽤 편안하고 만족스럽게 시원한 풀밭 그늘에 누워 있었다. 주위엔 대부분 커다란 나무들투성이였고, 한두 군데 틈새로 해를 내다볼 수는 있었지만 나무들 사이에 있으니 어둑어둑했다. 나뭇잎들 사이를 뚫고 들어온 빛들은 주근깨처럼 땅을 얼룩지게 했고, 그 얼룩덜룩한 곳들의 위치는 조금씩 바뀌었다. 그건 저 위에서 미풍이 가볍게 불고 있음을 말해 주는 것이었다. 한 쌍의 다람쥐가 나뭇가지에 앉아서 아주 친근하게 내게 조잘거렸다.

엄청 나른하고 편안했다. 일어나 아침을 짓고 싶지도 않았다. 흠, 저 멀리 강 상류 쪽에서 '콰앙!' 하는 묵직한 소리를 들었다고 생각했을 때, 나는 다시 깜빡 졸고 있었다. 몸을 일으켜 팔꿈치를 괴고 귀를 기울였다. 그 소리는 이내 또 들렸다. 깡충 몸을 일으켜 나뭇잎들 틈새로 내다보니, 멀리 강 상류—선착장과 나란한 곳 부근에서 모락모락 연기가 피어오르는 게 보였다. 사람들을 가득 태운 연락선이 이쪽으로 떠내려오고 있었다. 나는 무슨 일인지 알았다. '쾅!' 연락선의 옆구리에서 솟아오르는 흰 연기가 보였다. 그러니까, 내 시체를 수면으로 떠오르게 하려고 물에 대포를 쏘는 것이었다.

배가 꽤 고팠지만, 사람들이 연기를 볼지도 모르니까 불을 피우지는 않을 거였다. 그래서 나는 거기 앉아 대포 연기를 바라보며 쾅 소리를 듣고 있었다. 저쪽 강폭은 1마일이었고, 여름 아침엔 늘 아름다워 보인다. 그래서 뭔가 먹을 것만 있었다면 사람들이 내 흔적을 찾고 있는 걸 바라보며 충분히 만족스럽게 시간을 보냈을 것이다. 흠, 그때 문득, 사람들이 늘 빵 덩어리 안에 수은을 넣어서 물에 띄워 보내던 게 생각났다. 그것들이 언제나 익사체 쪽으로 곧바로 떠내려가 멈추니까 말이다. 그래서, 나는 혼잣말을 했다. 잘 지켜보고 있다가 만약 그것들 중 몇 개라도 나를 찾아 이리 떠내려오면 좀 건져주어야겠군. 나한테 어떤 운이 얻어걸리려나 보려고 일리노이주 방면의 섬 끝자락으로 자리를 옮겼고, 나는 실망하지 않았다. 커다란 빵 두 덩어리가 이리로 떠내려왔다. 기다란 막대기를 써서 거의 건질 뻔했는데 발이 미끌했고, 그 빵 덩어리는 더 멀리 떠내려가 버렸다. 물론 나는 물살이 강기슭 가장 가까운 곳까지 밀려오는 곳에 있었다. 나는 그걸 알고 있었다. 이윽고 또 한 덩어리가 떠내려왔고, 이번엔 내가 이겼다. 나는 그놈을 꺼내 소량의 수은을 털어 내고 이빨 사이로 집어넣었다. 그건 상류층 사람들이 먹는 '제빵사의 빵'이었다―평소 우리가 먹는 그 질 낮은 옥수수빵이 아니라.

나는 나뭇잎들 사이에서 적당한 곳을 찾아내 거기 있는 통나무에 걸터앉아 우적우적 빵을 씹으면서 아주 흡족한 기분으로 연락선을 바라보았다. 그러자 퍼뜩 어떤 생각이 들었다. 이것 봐라. 과부나 목사, 아니면 누군가가 이 빵이 나를 찾길 바라는 기도를 했을 거고 이게 여기 와서 그 일을 했어. 그러니 분명 기도 안에 뭔가가 있긴 한 거야—그러니까, 과부나 목사 같은 사람들이 하는 기도 안엔 뭔가가 있지만, 내 기도는 안 먹히니까 기도는 오직 그런 반듯한 사람들한테만 효력이 있나 보군.

나는 파이프에 불을 붙이고 길게 한참 연기를 내뿜으며 계속 지켜보았다. 연락선이 물살에 흔들거렸고, 배가 다가오면 누가 타고 있는지 볼 기회가 생길지도 모른다는 생각이 들었다. 빵이 떠밀려왔던 곳까지 배도 가까이 올 수 있을 것이기 때문이다. 배는 내 쪽으로 아주 잘 떠내려오고 있었다. 나는 파이프를 끄고 빵을 건졌던 곳으로 가서, 약간 시야가 트인 강둑 위의 통나무 뒤에 드러누웠다. 통나무의 갈라진 틈새로 내다볼 수 있었다.

이윽고 배가 다가왔다. 너무 가까이 떠내려와 널빤지를 대면 사람들이 연안으로 걸어올 수도 있을 정도였다. 거의 모든 사람들이 그 배에 타고 있었다. 아부지랑, 대처 판사랑, 베시 대처랑, 조 하퍼랑, 톰 소여랑, 톰의 늙은 폴리 이모랑, 시드와 메리, 그 외에도 꽤 많이 있었다. 모두들 그 살인에 관해 말하고 있었는데, 선장이 끼어들었다.

"자, 잘 살펴보시오. 여기가 물살이 강기슭 가장 가까이 밀려가는 데요. 어쩌면 그 앤 강가로 떠밀려가 저 물 가장자리 덤불들 속에 뒤엉켜 있을지도 몰라요. 어쨌든 그러길 바라오만."

나는 그러길 바라지 않았다. 모두들 몰려들어 난간에 몸을 기대고 내 얼굴과 가까운 곳에서 아무 말도 없이 열심히 살펴보고 있었다. 나는 그들을 아주 잘 볼 수 있었지만, 그들은 나를 볼 수 없었다. 그때 선장이 소리쳤다.

"물러서욧!" 대포가 바로 내 앞에서 발사되는 바람에 나는 소음으로 귀머거리가 되었고, 연기로 인해 거의 장님이 되었으며, 내가 죽었구나 하고 생각했다. 만약 그 안에 포탄을 넣었다면 그들은 자기들이 찾던 시체를 손에 넣었을 것이다. 흠, 하늘에 감사하게도, 나는 멀쩡한 듯 보였다. 배는 계속 떠내려가서 섬의 어깨를 돌아 시야에서 사라졌다. 점점 더 멀리서 이따금 대포 소리가 났고, 이윽고 한 시간 후엔 더 이상 아무 소리도 들리지 않았다. 섬은 3마일 길이였다. 나는 사람들이 섬의 발치에 이르렀고 찾는 걸 포기하는 중이리라 판단했다. 하지만 아직 한동안 멈추지 않았다. 그들은 섬의 발치를 돌아서 증기력을 이용해 미주리 해협 쪽으로 올라갔고, 가는 길에 이따금 대포를 쐈다. 나는 그쪽 방면으로 넘어가 그들을 지켜보았다. 섬의 머리 부분과 나란한 곳에 이르자 그들은 쏘는 걸 중단하고 미주리 연안 쪽을 거쳐 마을의 집으로 돌아갔다.

이제 내가 옳았다는 걸 알았다. 더 이상 아무도 나를 찾아다니지 않을 것이다. 나는 카누에서 짐 보따리를 꺼내 울창한 나무들 속에 멋진 야영지를 만들었다. 담요로 빗속에서도 젖지 않게 물건들을 가려줄 텐트 같은 것을 만들었다. 메기를 잡아 톱으로 배를 갈랐고, 해질 무렵에 모닥불을 피워 저녁을 먹었다. 그런 뒤 아침으로 먹을 물고기를 잡으려고 낚싯대를 설치해 놨다.

어두워져 담배를 피우며 모닥불가에 앉자, 꽤 흡족한 기분이 들었다. 하지만 이윽고 외로움 같은 게 느껴졌다. 그래서 강둑에 나가 앉아 거세게 밀려오는 물살에 귀를 기울이고, 별들이랑 이리로 떠내려오는 통나무들과 뗏목들을 셌다. 그런 뒤 자러 갔다. 외로울 때 시간을 보내기론 이거보다 나은 방법이 없다. 계속 그러고 있을 수는 없으니, 곧 이겨내게 된다.

그렇게 사흘 낮과 밤이 흘렀다. 아무 다를 것 없이—그냥 똑같이. 하지만 그다음 날엔 섬을 구석구석 탐험하러 나섰다. 나는 섬의 우두머리였다. 말하자면, 이 모든 게 나한테 속하는 것이었기에 섬에 관한 모든 걸 알고 싶었다. 하지만 주목적은 시간을 보내기 위함이었다. 나는 탐스럽게 잘 익은 많은 딸기들을 찾아냈다. 초록빛 여름 포도와 푸른 산딸기들도. 막 열매를 맺기 시작한 푸른 블랙베리들도 있었다. 조만간 따 먹기 좋은 때가 될 것 같았다.

흠, 섬의 발치에서 그리 멀리 가 있지 않다는 판단이 들 때까지 나는 깊은 숲속으로 한가로이 걸어 들어갔다. 총을 들고 왔지만 아무것도 쏘지는 않았다. 그건 위험에 대비하기 위한 거였다. 야영장 근방에서나 사냥을 좀 할까 생각하면서 말이다. 그러다가 나는 꽤 커다란 뱀 아주 가까이에 발을 내디뎠고, 뱀은 풀들과 꽃들 사이로 스르르 미끄러져 갔으며, 나는 쏴 맞추려고 그걸 쫓아갔다. 계속 쫓아가다가 갑작스레, 아직도 모락모락 연기가 나고 있는 모닥불 잿더미로 훌쩍 뛰어들었다.

내 심장이 폐랑 허파들 사이에서 펄쩍 뛰어올랐다. 나는 좀 더 멀리 살펴보겠다고 절대 꾸물거리지 않고 총의 걸쇠를 끄르고 발꿈치를 든 채 최대한 빨리 살금살금 뒷걸음질 쳤다. 아주 가끔씩 멈춰서 무성한 나뭇잎들 사이로 귀를 기울였으나, 내 숨소리가 너무 거칠어 다른 소리는 아무것도 들을 수 없었다. 살금살금 더 멀리 도망쳤다가 다시 멈춰 귀를 기울이며, 계속 그런 식으로 되풀이했다. 혹시 그루터기를 보면 그게 사람인가 싶었다. 혹시 나뭇가지를 밟다 부러뜨리면 내 심장이 두 쪽으로 쪼개져 반쪽만 남은 듯이, 그나마도 작은 쪽 반만 남은 듯이 느껴졌다.

야영지에 돌아갔을 때 난 그리 의기양양한 기분이 아니었고 몹시 맥이 빠져 있었다. 하지만 나는 생각했다. 지금은 꾸물거릴 때가 아니야. 그래서 짐 보따리들을 카누에 다시 옮겨 눈에 안 띄게 해놓고, 작년에 했던 야영처럼 보이게 하려고 피워 놓았던 불을 끄고 재를 흩어 놓은 다음, 나무로 올라갔다.

나무에 두 시간은 있었던 것 같았다. 그러나 아무것도 보지 못했고, 아무것도 듣지 못했다. 천 가지 정도 되는 것들을 보았고 들었다고, 오직 '생각'만 했을 뿐이다. 흠, 그 위에서 영원히 있을 수는 없었다. 그래서 마침내 내려왔지만, 빽빽한 숲속에 머물면서 줄곧 바깥을 감시했다. 먹을 수 있는 거라곤 딸기와 아침에 먹다 남긴 게 다였다.

이윽고 밤이 되자 배가 꽤 고팠다. 그래서 어둠이 꽤 깊어지자 나는 달이 뜨기 전에 그 강가에서 살며시 나와 일리노이 강둑 쪽으로 한 4분의 1마일 정도 카누를 저었다. 그쪽 숲으로 들어가 저녁을 짓고 밤새 거기 머물러야겠다고 막 마음먹고 있었는데 그때, '퍼그덕 퍼그덕, 퍼그덕 퍼그덕' 하는 소리가 들렸다. 말들이 오고 있어, 나는 혼잣말을 했다. 다음엔 사람들 목소리가 들렸다. 나는 될 수 있는 한 신속하게 모든 걸 카누에 실었고, 그런 뒤 뭔가 알아낼 수 있을까 보려고 살금살금 숲속으로 기어갔다. 멀리 가지 않아 한 남자가 이렇게 말하는 소리가 들렸다.

"적당한 곳을 찾을 수 있으면 여기서 야영을 하는 게 낫겠군. 말들이 몹시 지친 모양이니. 좀 둘러보자고."

나는 기다리지 않고 배를 강가에서 멀찍이 밀어 가만가만 노를 저었다. 나는 먼젓번 장소에 카누를 묶고, 카누 안에서 자야겠다고 생각했다.

나는 많이 자지 않았다. 생각을 하느라 그랬는지 어떻게 해도 잠을 잘 잘 수가 없었다. 매 순간 누군가 내 목을 움켜잡고 있다고 생각하며 잠에서 깼다. 그래서 잠은 전혀 아무 도움이 되지 않았다. 이윽고 나는 혼잣말을 했다. 이런 식으로 살 수는 없어. 이 섬에 나랑 같이 있는 게 누군지 알아내겠어, 죽기 살기로. 흠, 그 즉시 훨씬 기분이 나아졌다.

그래서 나는 노를 잡고 기슭에서 한두 발자국 떨어진 곳까지 카누를 저은 다음, 카누가 그늘들 사이를 흘러가도록 내버려 뒀다. 달이 빛나고 있었고, 그늘 바깥쪽은 거의 한낮처럼 환했다. 한 시간이 넘도록 나는 규칙적으로 흔들흔들 떠내려갔다. 모든 것이 바위처럼 고요했고 깊은 잠에 빠져 있었다. 흠, 이제 나는 거의 섬의 발치에 도착했다. 찰랑찰랑 서늘한 미풍이 불어오기 시작했다. 그건 이제 밤이 거의 끝나가고 있다는 것과 다름없었다. 나는 노를 저어 뱃머리를 연안가로 돌렸다. 그런 뒤 총을 들고 슬며시 카누에서 내려 숲 끝자락으로 들어갔다. 나는 거기 통나무에 앉아 나뭇잎들 사이로 바깥쪽을 내다보았다. 망보던 달이 지고 어둠이 강에 장막을 드리우기 시작하는 게 보였다. 하지만 곧 나무 꼭대기 위로 창백한 한 줄 띠가 보여서 날이 밝아오고 있다는 걸 알았다. 그래서 총을 들고 거의 매 순간 멈춰 귀를 기울이며, 우연히 모닥불을 마주쳤던 그쪽으로 슬며시 다가갔다. 어쩐지 운이 안 따라주는 것 같았다. 그 장소를 찾을 수 없을 것 같았다. 하지만 이윽고 나무들 사이로 저 멀리서, 분명히, 불빛이 흘낏 보였다. 나는 신중하게 천천히 그곳을 향해 갔다. 이윽고 제대로 볼 수 있을 만큼 가까이 다가가니, 거기 한 남자가 땅바닥에 누워 있었다. 속이 울렁거렸다. 그는 머리에 담요를 감고 머리를 불 가까이 두고 있었다. 나는 그 남자한테서 한 6피트쯤 떨어진 우거진 덤불 뒤에 앉아 두 눈을 그에게서 떼지 않았다. 이제 점점 날이 희끄무레해지고 있었다. 이내 그 남자가 하품을 하고 기지개를 쭉 켜며 담요를 걷었는데, 그건 미스 왓슨의 검둥이 짐이었다! 그를 보고 정말 기뻤음은 두말할 필요도 없다.

나는 "어이, 짐!" 하면서 껑충 뛰어나갔다.

그는 벌떡 일어나 실성한 듯이 나를 빤히 쳐다보았다. 그러더니 털썩 무릎을 꿇고 두 손을 모으며 말했다.

"날 해치지 말어, 그러지 마! 난 여태껏 유령들헌티 아무 잘못도 한 게 없응께. 내는 언제나 죽은 사람들을 좋아혔고, 죽은 사람들을 위해 내 할 수 있는 걸 다 혔어. 너는 저 강물 속으로 다시 들어가. 너가 있어야 하는 곳으로. 글고 이 옛 친구 짐, 언제나 너의 친구였던 짐헌티는 아무 짓 허지 마."

흐음, 내가 안 죽었다고 그를 이해시키는 데 오래 걸리진 않았다. 나는 정말이지 그를 만난 게 너무 기뻤다. 이제 쓸쓸하지 않았다. 나는 사람들한테 내가 어디 있다고 그가 말할까봐 겁 안 난다고 했다. 나는 얘길 계속 했지만 그는 그냥 거기 앉아 나를 바라볼 뿐 한마디도 하지 않았다. 내가 말했다.

"날이 꽤 밝았네. 아침 먹자. 네 모닥불을 좀더 피우자."

"딸기나 뭐 그딴 거 요리허는디 뭐 헐라고 모닥불을 지펴? 하지만 넌 총이 있다. 그렇지? 그렇담 뭐든 딸기보단 나은 걸 먹을 수 있겠네."

"딸기랑 뭐 그런 거." 내가 말했다. "넌 그런 거 먹고살았어?"

"딴 걸 구할 수 없었으니께." 그가 말했다.

"짐, 넌 얼마나 오래 이 섬에 있었던 거야?"

"너가 살해당한 후 그날 밤에 여그 왔지."

"아니, 그때부터 줄곧?"

"응— 그렸지."

"그리고 넌 그딴 시시한 거 말곤 먹을 게 하나도 없었던 거야?"

"그렸어— 다른 암것도 없었어."

"그렇담 넌 거의 굶어 죽기 직전이겠네. 안 그래?"

"말이라도 먹어 치울 수 있을 거여. 증말 그럴 수 있을 거 같어. 넌 이 섬에 월마나 있었는디?"

"내가 살해당한 그 밤부터."

"설마! 넌 뭘 먹고 살았데? 허지만 너는 총이 있지. 그래, 맞어, 넌 총이 있어. 잘됐네. 자, 넌 뭔가를 죽이고 난 장작을 피울게."

그래서 우린 카누 있는 곳으로 갔고, 그가 나무들 사이 풀밭 공터에 불을 지피는 동안, 나는 밀과 베이컨과 커피, 그리고 커피포트와 프라이팬과 설탕과 양철 컵들을 가져왔다. 그 검둥인 꽤 멀찍이 물러나 앉아 있었다. 그에겐 이 모든 게 마법을 쓴 걸로 보였기 때문이다. 나는 또한 꽤나 살집이 좋은 메기도 한 마리 잡았고, 짐이 자기 칼로 손질해서 튀겼다.

아침이 준비되자 우린 잔디에 퍼질러 앉아 김이 모락모락 나는 따뜻한 음식을 먹었다. 짐은 엄청 열심히 먹어 댔다. 아사 직전이었기 때문이다. 배를 꽤 든든히 채우고 나자 우리는 먹는 걸 멈추고 빈둥거렸다. 이윽고 짐이 말했다.

"허지만, 이봐, 헉, 그럼 그 오두막에서 죽은 건 누구여, 그게 너가 아니라믄?"

나는 그에게 모든 얘길 해주었고, 그는 아주 멋지다고 했다. 톰 소여라도 내가 한 것보다 더 나은 작전을 짤 순 없었을 거라면서 말이다. 그 뒤 내가 말했다.

"넌 어째서 여기 있게 된 거야, 짐, 그리고 어떻게 온 거야?"

그는 꽤 불편해 보였고, 잠시 아무 말도 하지 않았다. 그러고 나서 그가 말했다.

"아마도 내가 암 말 않는 거시 낫겄어."

"왜, 짐?"

"음, 이유가 있지. 허지만 너헌티 말해 주믄 넌 고자질 안 헐 거지, 헉?"

"그러면 내 성을 갈게, 짐."

"흠, 내는 너를 믿을게, 헉. 내는⋯ 도망쳤어."

"짐!"

"명심혀, 고자질 안 헐 거라 한 거, 너가 말 안 하겠다고 한 거 알고 있지, 헉."

"흠 그랬지. 안 하겠다고 했으니 그 말 지킬 거야. 하늘땅에 대고 맹세해! 비밀을 지켰다고 사람들은 나를 천한 노예제도 폐지론자라고 부르고 경멸하겠지. 하지만 그런다고 달라지진 않아. 나는 아무 말 안 할 거고, 거기로 돌아가지도 않을 거야. 어쨌든. 그러니, 자, 이제 다 털어놔 봐."

"그니까, 그게 이렇게 된 거여. 노처녀 마님─그니까 미스 왓슨─ 그 마님이 내헌티 맨날 잔소리를 허구 또 내를 상당히 엄히 대허지만, 그려도 마님은 늘 내를 올리언스에 팔아버리진 않겠다고 혔어. 허지만 최근에 노예 상인이 자꾸 그 집을 들락거린단 걸 눈치채고, 내는 불안해지기 시작혔지. 흠 어느 날 밤 내는 살금살금 그 방문 앞으로 갔고, 방문이 꽉 닫히지 않아서, 노처녀 마님이 과부 마님헌티 내를 올리언스에 팔 거라고, 그러고 싶진 않았지만 내를 팔믄 8백 달러가 들어오는디, 그건 거절하기 어려운 큰돈이라고 허는 말을 들었어. 과부 마님은 노처녀 마님이 날 안 팔겠다는 말을 하게 할려고 애를 썼지만, 내는 절대 나머지 말들을 다 들을 때까정 기다리지 않았어. 그냥 말 그대로 후다닥 튀었어.

내는 언덕을 쏜살같이 내려갔어. 마을 위 강기슭 어딘가에서 소형 보트를 하나 훔칠 수 있을까 기대하믄서. 허지만 사람들이 아직 설렁설렁 돌아댕겨서 내는 강둑 위에 있넌, 다 쓰러져 가는 그 통 맨드는 가게에 숨어서 사람들이 모두 가버리길 기다렸지. 흠, 내는 밤새 거기 있었어. 누군가가 줄곧 돌아댕겼응께. 아츰 6시경이 되께 소형 보트들이 지나다니기 시작혔고, 8-9시경 되께 지나가는 모든 보트들이 네 아부지가 마을에 나타나서 너가 살해당했다고 그랬다는 거여. 마지막 보트엔 숙녀들허고 신사들이 가득 탔는디 그 장소럴 직접 볼라고 그리로 향하는 거였어. 때때로 사람들은 강을 건너기 전 쉬었다 가려고 강기슭에 배를 대잖어. 그래서 내넌 그 사람들이 허는 말을 듣고 그 살인에 관한 모든 얘길 알게 된 거시여. 헉, 내는 너가 죽어서 마음이 엄청 안 좋았어. 하지만 이젠 더는 아녀.

내는 종일 떨믄서 나무 톱밥 아래 누워 있었어. 배는 고팠지만, 그래도 두렵진 않았어. 왜냐믄 그 노처녀 마님하고 과부 마님이 아침 먹고 바로 복음 부흥 모임엘 가서 온종일 거기 있을 거라는 걸 알고 있었으께. 그리고 그분들언 내가 낮엔 소 떼럴 몰고 나갔다고 알고 있으께. 내가 그 근처서 얼씬거리지 않는다 혀도 이상하게 생각 안 헐 것이니 저녁에 어두워지기 전까진 내가 없어진 걸 모르는 거지. 다른 하인들도 그 부인네덜이 나가자마자 다덜 정강이 걷어붙이고 노느라 바빠서 모를 거시구.

흠, 내는 어두워지자 강둑길을 따라 집들이 하나도 없는 곳까지 약 2마일 이상을 갔어. 하려던 걸 하리란 맘을 먹고서. 너두 알다시피, 만약에 내가 계속 걸어서 달아나믄, 개들이 내럴 쫓아올 것이고, 내가 소형 보트를 훔쳐 강을 건너믄, 사람들이 배가 없어진 걸 알고 내가 강 건너 섬에 상륙혔다는 걸 알게 되것지. 그러믄 내 행적을 찾아낼 것이고 말이여. 그려서 내는 생각혔지. 뗏목이 내가 필요로 허는 것이다. 그건 아무 흔적도 안 남긴다.

　때맞춰 저그만치서 불빛 하나가 다가오는 게 보였어. 그려서 내는 물속으로 걸어 들어가서 앞으로 통나무를 떠밀믄서 강을 절반 이상 헤엄쳐 건넜고, 표류목들 사이에서 머리를 낮추고, 뗏목이 내 쪽으로 올 때까정 물살에 안 떠밀릴라구 헤엄 같은 걸 치고 있었지. 그런 뒤 뗏목 꼬리 쪽으로 헤엄쳐 가서 꽉 매달렸어. 구름이 껴서 한동안 꽤 어두웠어. 그려서 내는 거기 올라타 바닥에 드러누웠어. 남자들은 뗏목 저쪽 한가운디, 랜턴 있는 쪽에 다 모여 있었지. 강은 불어나고 있고 물살이 꽤 거셌어. 그려서 내는 아츰 4시까지는 25마일쯤 강을 떠내려갈 테고 그러믄 해 뜨기 바루 직전에 슬쩍 물속으로 들어가서, 일리노이 방향 숲으로 향하믄 되겠구나 혔지.

　허지만 내는 운이 정말 없었어. 우리가 거의 섬 머리 가까이까정 왔을 때, 한 남자가 랜턴을 들고 내 쪽으로 오기 시작혔지. 더 기다리고 있어 봐야 별수 없을 거란 걸 알고 내는 뗏목에서 슬며시 내려가 섬 쪽으로 헤엄을 쳤어. 흠, 내는 아무 데서나 멈출 수 있을 거라 생각혔었는데, 그럴 수 없었어. 강둑이 너무 가팔랐거든. 거의 섬 발치에 가서야 적당한 곳을 찾았어. 내는 숲으로 들어갔고, 사람들이 랜턴을 그렇게 비추는 한 앞으로 더는 뗏목에서 얼쩡거리지 않기로 혔어. 내는 모자 안에 파이프허고 잎담배허고 성냥을 좀 가져왔는디 하나도 안 젖었지. 그려서 이만함 됐다 혔어."

　"그럼 넌 여태 고기나 빵은 하나도 못 먹었다는 거야? 왜 진흙 거북일 안 잡았어?"

"워떠케 잡는디? 살짜쿵 다가가서 잡을 수도 없는디. 그렇다고 그걸 돌로 때려 잡어? 밤에 워떠케 그렇게 혀? 낮 동안엔 눈에 띌까 봐 강둑 근처에도 안 갔는디."

"아, 그랬다면야. 물론 넌 줄곧 숲속에 있어야 했겠지. 너 사람들이 대포 쏘는 소리 들었어?"

"아, 그려. 사람들이 너를 찾고 있는 거란 걸 알았어. 사람들이 여길 지나가는 걸 봤지. 저 덤불 사이로 지켜봤어."

어린 새들 몇 마리가 날아와 동시에 1, 2야드 정도 날더니 내려앉았다. 짐은 그건 곧 비가 내릴 징조라 했다. 어린 닭들이 그런 식으로 나는 게 그렇단 징조라고, 그래서 어린 새들이 저러는 것도 마찬가지일 거라 했다. 내가 그것들 몇 마리를 잡으려 하자 짐이 말렸다. 그건 죽음을 부른다고 했다. 그는 자기 아버지가 언젠가 몹시 아파 누워 있을 때, 집안사람들 몇몇이 새 한 마리를 잡았고, 그러자 그의 할머니가 아버지가 죽을 거라 했는데 정말 죽었다고 했다.

짐은 또 저녁 만들 음식 재료들을 세면 안 된다고 했는데, 그러는 건 액운을 부르기 때문이었다. 해가 진 후 식탁보를 터는 것도 마찬가지다. 또 만일 벌집을 가진 사람이 있는데 그 사람이 죽었다면, 그걸 다음 날 해 뜨기 전까지는 벌들한테 말을 해줘야지, 안 그러면 벌들이 약해져서 일하다 말고 죽는다고 했다. 짐은 벌들은 바보는 쏘지 않는다고 했다. 하지만 난 그 말은 믿지 않았다. 왜냐면 나는 수없이 벌집을 건드려 봤지만 벌들은 나를 쏘려 하지 않았다.

이런 얘기들 중 몇 개는 나도 예전에 들어 본 적이 있었지만, 전부는 아니었다. 짐은 온갖 종류의 징조들에 대해 알고 있었다. 그는 자기가 거의 모든 걸 안다고 했다. 나는 그 징조들이 다 액운에 관련된 걸로 보이는데 행운의 징조들은 없는 거냐고 그에게 물었다. 그가 말했다.

"아주 드물어. 글고 그것들은 사람한테 아무짝에도 쓸모없는 것들이여. 좋은 운이 언제 오는지 뭐 땜시 알고 싶은겨? 그걸 피해 가고 싶어서 그라?" 또 그가 말했다. "만약에 너가 팔이랑 가슴에 털이 있으면 그건 너가 부자가 될 거시란 징조여. 뭐, 그딴 징조는 좀 쓸모가 있긴 혀. 왜냐하믄 그건 한참 후에 일어나니께. 그러니까 내 말은, 처음에 너가 오래도록 가난뱅이가 되었으면 넌 너무 낙담혀서 어쩌면 자살을 했을지도 모른단 거여. 만약 너가 다시 부자가 될 거라는 징조를 알지 못했다믄 말이여."

"너도 팔이랑 가슴에 털이 있어, 짐?"

"뭐 땜시 그런 걸 물어? 안 보여, 털 있는 거?"

"그럼 너 부자야?"

"아니, 한때는 부자였지. 글고 다시 부자가 될 거여. 한땐 14달러까정 갖고 있었어. 하지만 투자를 했는디 다 날렸어."

"어디다 투자를 했는데, 짐?"

"글씨, 첨엔 주식을 좀 혔지."

"어떤 종류의 주식?"

"흠, 살아 있는 주식—그니까 소 말이여. 내는 소 한 마리에 10달러를 투자혔어. 하지만 이젠 더 이상 가축에 돈을 투자하는 모험은 안 할 거여. 그 소가 장에 내놓기도 전에 죽었응께."

"그래서 10달러를 손해 봤겠네."

"아니, 그걸 다 잃은 건 아녔어. 내는 거기서 오직 9달러만 손해 봤어. 가죽허고 꼬리를 1달러 10센트에 팔았거든."

"그럼 5달러하고 10센트가 남았겠네. 그 뒤로도 더 투자를 했어?"

"글치. 너 그 브래디쉬 영감님네 외다리 검둥이 알지? 그니까, 그 작자가 은행얼 차려서넌, 누구던 1달러만 내믄 그해 말에 4달러를 받게 된다고 혔어. 흠, 모든 검둥이덜이 그래서 거길 갔는디 걔덜은 돈이 많치가 않았거던. 그만한 돈을 가진건 내가 유일혔을 거여. 그래서 내가 턱 나타나서 4달러보다 더 많이 줄 것을 요구혔어, 이렇게 말하믄서. 만약 그렇게 받지 않으믄 내가 직접 은행얼 차린다구. 흠, 물론 그 검둥인 내를 그 사업에서 떼어 놓으려 했지, 왜냐믄 그게 은행이 두 개씩이나 필요한 사업이 아니다 하믄서 말이야. 그래서 그 작자는 내가 5달러를 내믄 그해 말에 35달러를 주겠다 혔어.

그려서 내는 그렇게 혔지. 그때 난 그 35달러를 당장 물건 들 실어 나르는 사업에 투자혀야겠다 생각혔어. 밥이라고 하는 검둥이가 있었는디, 강에서 편평한 목재를 건져 놓은 게 있었어, 주인 모르게 말여. 내가 그걸 그 작자헌티 샀고 연말이 되믄 35달러를 주겠다 혔어. 그런데 누가 그날 밤 그 목재를 훔쳐 갔고, 그다음 날 외다리 검둥이가 은행이 망했다고 하는 거여. 그려서 우리덜 중 아무도 돈을 번 사람이 없었지."

"그 10센트로는 뭘 했어, 짐?"

"글씨, 난 그걸 써 버릴라고 혔지. 허지만 꿈을 꿨는디 그 꿈이 내헌티 그걸 밸럼이라고 하는 검둥이헌티 줘라 하는 거여—사람들은 그자를 간단히 '머저리 밸럼'이라고 불렀지. 그러니까 그놈이 그런 멍텅구리덜 가운데 하나였거던. 하지만 사람들이 그러는데 그놈헌티 운이 따른대나, 뭐 알다시피 내는 운이 없었고 말여. 그 꿈이 말허길 그 10센트를 밸럼이 하자는 대로 투자하믄 밸럼이 그 돈을 불려서 내게 줄 거시다 하는 거여. 흠, 그려서 밸럼 그넘이 돈을 가져갔는디, 그넘이 교회에 있을 때 목사가 가난한 자들에게 돈을 주는 사람언 누구나 신의 나라로 가서 100배나 더 많은 돈을 돌려받는다 하고 말하는 걸 들은 거지! 그려서 밸럼 그넘이 그 10센트를 가난한 사람들헌티 투자를 하고 나서 이제 그게 워떻게 되려나 하고 기다렸지."

"투자한 게 어떻게 됐는데, 짐?"

"거기선 암것두 안 나왔어. 그 돈얼 되찾을 아무 방법이 없었지. 밸럼 그넘도 어쩌지 못혔구. 내넌 저당물을 보기 전엔 이제 더 이상 돈을 꿔주지 않을 거여. 그 목사가 돈얼 100배로 돌려주겠다고 그랬는디! 혹시라도 그 10센트나 돌려받을 수 있다믄, 내는 피장파장으로 여기구 그걸로도 기뻐헐 거여."

"흠, 어쨌든 괜찮아, 짐. 네가 언젠가 다시 부자가 되기로 되어 있다면 말이야."

"그려— 글구 내는 지금도 부잔께 이리 와서 함 봐. 내가 내
럴 가졌자나. 내년 8백 달러가 나가는데 말여. 그 돈이 나헌티
있음 좋겄네. 그럼 더 바랄 것이 없겄어."

9장

　나는 지난번 내가 탐험하다 발견했던 섬 딱 중반부의 어느 곳에 가보고 싶었다. 그래서 우리는 출발했고 곧 거기 도착했다. 섬이 겨우 3마일 길이에 4분의 1마일 폭밖에 안 됐기 때문이다.

　그곳은 약 40피트 높이의 언덕 같기도 하고 산마루 같기도 한 상당히 길고 가파른 곳이었다. 비탈이 매우 가파르고 덤불이 무성해서 꼭대기까지 가느라 몹시 힘들었다. 비탈길을 터덜터덜 걷다 기어오르다 하며 죽 돌아서 이윽고 우리는 일리노이 방면 거의 정상에 가까운 바위에서 아주 커다란 동굴을 찾아냈다. 동굴은 방 두세 개를 합쳐 놓은 것만큼 컸는데, 짐이 안에서 몸을 쭉 펴고 설 수도 있었다. 그 안은 시원했다. 짐은 우리 짐들을 당장 그리로 가져오고 싶어 했으나 나는 거길 종일 오르락내리락하고 싶지 않다고 말했다.

　짐은 만약 우리가 카누를 안전한 장소에 숨겨 놓고 모든 짐을 그 동굴로 가져온다면 설사 누가 섬에 온대도 우린 거기서 신속히 움직일 수 있으며, 사람들이 개들을 풀지 않는 한 우릴 절대 못 찾을 거라 했다. 게다가 그 어린 새들도 비가 내릴 거라 했는데 정말 짐들을 다 적시고 싶은 거냐고 했다.

그래서 우리는 돌아가 카누를 타고 그 동굴과 나란히 위치한 곳까지 노를 저어 와 모든 짐을 위로 날랐다. 그런 뒤 가까운 곳을 수색해서 버드나무들이 우거진 곳에 카누를 감췄다. 우리는 생선 몇 마리를 꺼낸 뒤 다시 낚싯대를 설치해 놓고 점심 준비를 시작했다.

동굴 입구는 큰 통을 안에 굴려 넣을 수 있을 만큼 컸고, 입구의 한쪽 바닥면이 약간 튀어나와 있었으며 불을 피우기 적당하게 편평했다. 그래서 우리는 거기에 불을 피우고 점심을 요리했다.

우리는 동굴 안에 카펫처럼 담요를 펼쳐놓고 점심을 먹었다. 다른 것들도 쓰기 편하게 동굴 뒤쪽에 다 갖다 놓았다. 이내 날이 어둑어둑해지더니 천둥과 번개가 치기 시작했다. 그러니까 그 작은 새들이 잘 맞혔던 것이다. 곧바로 비가 내리기 시작했는데 마치 몹시 진노한 듯했다. 또 바람이 그렇게 불어 대는 건 여태 본 적이 없었다. 전형적인 여름 폭풍이었다. 밖은 온통 검푸르스름하게 어두웠고, 멋졌다. 굵은 빗줄기가 약간 떨어진 곳의 흐릿한 거미줄처럼 보이는 나무들을 연달아 거세게 채찍질했다. 바람이 한바탕 불어닥쳐 나무들이 휘어졌고 나뭇잎들이 뒤집히며 창백한 밑면을 위로 드러냈다. 뒤이어 완벽한 파괴자 돌풍이 불어오자 나뭇가지들은 실성한 것처럼 팔을 휘저었다. 일순간 세상이 가장 선명히 검푸르스름해지자 그때—쾅! 천지창조처럼 온통 환한 빛 속에, 전엔 한 번도 보지 못했던 몇백 야드도 더 멀리 떨어진 저쪽에서 폭 꺾인 나무들의 정수리가 폭풍 속에서 언뜻 보였다가, 1초도 채 안 돼 다시 지옥처럼 어두워지자 무서운 굉음을 내며, 우르릉 쿵쾅 콰르릉, 저곳 하늘에서부터 이곳 아래 세상으로 마치 빈 통들이 계단을—아주 기다란 계단을 퉁퉁 튕기며 굴러 내려가는 듯 천둥소리가 울렸다.

"짐, 멋진데." 내가 말했다. "세상 어디보다 난 여기가 맘에 들어. 생선 한 토막 더 줘봐, 따끈따끈한 옥수수 빵도."

"글씨, 짐이 아니었스믄 넌 여그 있지 못했을 거여. 점심도 못 먹고 거의 익사한 꼬라지가 되어설랑 저 아래 숲속에 있었을 거여. 분명 그랬겄제. 애야, 닭덜은 언제 비가 오는지 알어, 글구 그 새덜두 그렇구."

강은 열흘 내지 열이틀 동안 계속 불어나더니, 마침내 강둑 위로 넘쳤다. 섬의 낮은 지대들과 일리노이 방면은 수심이 3, 4피트 정도였다. 그쪽 방면으론 강폭이 몇 마일이나 됐지만, 미주리 방면까진 이전과 같은—반 마일— 거리였다. 미주리 쪽 강기슭은 단지 높은 절벽이기 때문이었다.

우리는 낮 동안 매일 카누를 타고 섬 구석구석을 돌아다녔다. 숲 바깥쪽으로는 해가 맹렬히 내리쬤어도, 깊은 숲속은 그늘이 져 꽤 서늘했다. 우린 나무들 사이를 이리 구불 저리 구불, 들어갔다 나왔다 했고, 때로 덩굴이 너무 무성하다 싶으면 물러서 다른 길로 가야 했다. 부러진 노목들마다 토끼니

뱀이니 하는 것들을 볼 수 있었는데, 섬에 하루이틀 홍수가 나면 허기로 인해 그것들이 아주 고분고분하므로, 만일 그러고 싶다면 곧장 카누를 저어 가서 손을 갖다 댈 수도 있었다. 뱀들이랑 거북들은 아니지만 말이다―그것들은 물속으로 스르르 들어간다. 우리 동굴 움푹한 곳엔 그런 동물들로 가득했다. 우리가 그러고 싶었다면 애완동물로 기를 수도 있을 정도였다.

어느 날 밤 우리는 뗏목에서 떨어져 나온 질 좋은 소나무 판자들을 건져 올렸다. 그것들은 12피트 폭에 15 내지 16피트 길이였고, 상단이 수면에서 6, 7인치쯤 솟은, 견고한 바닥재였다. 때때로 한낮에 톱질된 통나무들이 떠내려가는 걸 볼 수 있었지만, 우리는 그냥 떠내려가게 내버려 두었다. 낮 동안에는 우리를 노출시키지 않았다.

또 어느 날 밤에는 동트기 직전 우리가 섬의 머리 부분에 다다랐을 때 목조 가옥 하나가 이리 섬의 서쪽 방향으로 떠내려왔다. 2층짜리 집이었고, 아주 많이 기울어 있었다. 우린 노를 저어 그리로 들어갔다―위층 창문을 통해 들어갔다. 그러나 뭘 보기엔 아직 너무 어두워서, 우리는 카누를 묶어 두고 그 안에서 동이 트기를 기다렸다.

우리가 섬의 발치에 도착하기 전부터 날이 밝아오기 시작했다. 우리는 창문 안을 들여다보았다. 침대 하나, 테이블 하나, 낡은 의자 두 개, 또 많은 것들이 바닥에 뒹굴고 있는 걸 알 수 있었고, 벽에는 옷가지들이 몇 개 걸려 있었다. 멀리 저쪽 귀퉁이에 사람처럼 보이는 무언가가 바닥에 누워 있었다. 그래서 짐이 말을 걸었다.

"어이, 이보쇼!"

그러나 꼼짝도 하지 않았다. 그래서 내가 다시 한번 고함을 질렀다. 짐이 말했다.

"저 남잔 자고 있는 게 아니여, 죽은 거여. 넌 가만있어─내가 가서 볼 텡게."

짐이 가서 몸을 구부려 살펴보았고, 이렇게 말했다.

"죽은 남자여, 그려. 증말이여. 벌거숭이기도 혀. 등에 총을 맞었네. 내 생각엔 죽은 지 이틀이나 사흘 된 거 가튼디. 들어와, 헉. 허지만 이 사람 얼굴은 보지 말어, 너무 으시시허니께."

나는 그 남자를 힐끗도 하지 않았다. 짐이 그 남자 위로 넝마 쪼가리들을 던졌지만, 그럴 필요 없었다. 그 남자를 보고 싶지 않았다. 바닥엔 낡고 번들거리는 카드 다발이 흩어져 있었고, 오래된 위스키병들과, 검은 천으로 만든 가면 두 개가 있었다. 벽은 온통 숯으로 쓴 몹시 천한 말들과 그림들로 도배돼 있었다. 낡고 더러운 옥양목 드레스 두 벌과 선보닛*과 여자들 속옷 몇 벌이, 남자 옷들과 같이 벽에 걸려 있었다. 우린 많은 것들을 카누에 실었다. 가져가면 다 좋을 것들이었다. 바닥에는 사내아이가 쓰는 낡고 얼룩덜룩한 밀짚모자가

---

* sunbonnet. 어린이, 여성용의 해가리개 모자. 챙이 넓고 턱 아래로 끈을 매게 되어 있다.

있었다. 나는 그것도 가져갔다. 우유를 담아 두었던 병도 있었는데, 아기가 우유 빨 때 쓰는 헝겊 마개도 있었다. 우린 그 병도 가져가려 했으나 깨져 있었다. 낡고 초라한 궤짝과 경첩이 망가진 가죽 장신구 함도 있었다. 그것들은 모두 열려 있었고, 쓸 만한 건 하나도 안에 남아 있지 않았다. 물건들이 다 그렇게 흩어져 있는 걸로 봐서, 우리 생각엔, 사람들이 서둘러 떠나면서 물건들을 거의 챙기지 못한 것 같았다.

우리는 낡은 양철 랜턴과 손자루가 없는 푸줏간용 칼과 어떤 가게에서도 25센트는 받을 신제품 발로나이프와 많은 수지 양초들, 양철 촛대 하나, 바가지, 양철 컵 하나, 침대에 까는 지저분한 낡은 누비이불과, 바늘이랑 핀이랑 밀랍이랑 실이랑 기타 등등이 든 천 지갑, 손도끼와 못 몇 개, 내 새끼손가락 두께의 낚싯줄과 거기에 다는 무시무시한 낚싯바늘들, 사슴 가죽 두루마리, 가죽으로 만든 개 목 끈, 편자, 그리고 아무 사용 설명서도 없는 약병을 챙겼다. 거기서 막 나가려다가 나는 꽤 괜찮은 말빗을, 짐은 낡고 초라한 깽깽이 활 하나와 나무 의족을 발견했다. 끈이 떨어져 나가긴 했지만 그것만 빼면 꽤 괜찮은 다리였다. 비록 나한텐 너무 길고 짐한텐 충분히 길지 않았지만. 우리가 사방을 다 뒤졌는데도, 다른 한 짝은 찾을 수가 없었다.

그리하여 전반적으로 우린 꽤 큰 수확을 거뒀다. 출발 준비를 갖췄을 때 우리는 섬에서 4분의 1마일 아래쪽에 있었고, 이제 날이 제법 환했다. 그래서 나는 짐을 카누에 눕게 하고 누비이불로 덮었다. 그가 앉아 있으면 사람들이 혹시 검둥이가 꽤 멀리까지 왔다고 할지도 모르기 때문이었다. 나는 일리노이 기슭 쪽으로 노를 저었고, 그다음부턴 그대로 거의 반마일 떠내려갔다. 나는 강둑 아래 정지 수역으로 천천히 들어섰으며, 아무 사고도 없었고 누구 눈에도 띄지 않았다. 우린 무사히 집에 돌아왔다.

10장

아침 먹은 후 나는 그 죽은 사람에 관한 얘기도 하고 어쩌다 그 사람이 죽게 됐을까 추측도 해보고 싶었지만, 짐은 내켜 하지 않았다. 그러다간 액운을 불러올지 모른다면서 말이다. 게다가 그 남자가 우릴 쫓아와 해코지할지도 몰러, 하고 짐이 말했다. 땅에 묻히지 않은 사람은 묻혀서 잘 쉬고 있는 사람보다 떠돌아다니며 해코지할 가능성이 크다는 것이다. 꽤 그럴듯하게 들려 나는 더 이상 아무 말 하지 않았다. 하지만 누가 그 남자를 쐈는지, 뭣 때문에 그랬는지 자꾸 생각해보게 되고, 알고 싶은 마음이 드는 건 어쩔 수 없었다.

우리는 가지고 온 옷들을 뒤지다가 낡은 누비 외투의 안감을 꿰맨 데서 은화 8달러를 찾아냈다. 짐은 자기 생각엔 그 집에 있던 사람들이 그 외투를 훔쳤을 거 같다고, 왜냐하면 외투 안에 돈이 있는 줄 알았다면 그걸 그냥 뒀을 리 없기 때문이라고 했다. 나는 그 남자를 살해한 것도 그 사람들일 거 같다고 했다. 하지만 짐은 그 얘긴 하고 싶어 하지 않았다. 내가 말했다.

"자, 너 지금 이걸 액운이라 생각하는 거구나. 그저께 내가 산마루 꼭대기에서 찾은 뱀 껍질을 가지고 오니까 네가 뭐랬지? 넌 손으로 뱀 껍질을 만지는 건 세상에서 가장 최악의 운을 부른다고 했었지. 자, 네 그 액운 여깄다! 우린 이 물건들에다 8달러도 벌었어. 나는 이런 액운은 매일 생기면 좋겠다, 짐."

"야야, 그런 생각은 절대 허지 마. 절대 그런 헛소리 마러. 잔망 떨면 안 돼. 그거시 닥친다니게. 분명히 말허는디, 그게 닥칠 거란 말여."

역시 그게 닥쳤다. 우리가 그런 얘기를 했던 건 화요일이었다. 흠, 금요일에 점심을 먹은 후 우리는 산마루 꼭대기 풀밭에 누워 있었는데 담배가 떨어졌다. 나는 담배를 가지러 동굴로 갔고, 그 안에서 방울뱀을 봤다. 나는 그걸 죽여서 짐의 담요 발치 쪽에 아주 자연스럽게 말아 놓았다. 짐이 거기 있는 그걸 발견하면 좀 재밌겠다는 생각을 하면서 말이다. 흠, 밤이 되었고 나는 그 뱀에 관해서는 까맣게 잊고 있었는데, 내가 불을 켜는 동안 그 뱀의 짝이 거기 있다가 짐을 물었고, 짐은 담요로 훌러덩 고꾸라졌다.

그는 비명을 지르며 펄쩍 뛰었고, 불빛이 처음 보여 준 것은 몸을 도사린 채 또 다른 한 방을 준비하고 있던 그 야생동물이었다. 나는 순식간에 막대기로 뱀을 때려눕혔고, 짐은 아부지의 위스키 항아리를 잡아 벌컥벌컥 들이마셨다.

그는 맨발이었고, 뱀은 바로 발뒤꿈치를 물었다. 그건 다 죽은 뱀을 어디에 놔두든 항상 뱀의 짝이 나타나 그 주변에서 똬리를 튼다는 걸 생각하지 못할 만큼, 내가 너무 어리석었기 때문이었다. 짐은 내게 뱀의 머리를 잘라 멀리 내다 버리고, 껍질을 벗겨 일부를 튀기라고 말했다. 나는 하라는 대로 했고, 그는 그걸 먹으면서 낫는 데 그게 도움이 될 거라고 했다. 그는 또 방울뱀의 방울들을 잘라내 그걸 자기 손목에 묶으라고 했다. 그게 도움이 된다면서 말이다. 나는 조용히 살짝 나가 그 뱀들을 덤불 속에 싹 다 버렸다. 어쩔 수 없는 거라면 모든 게 내 잘못이란 걸 짐이 알게 하고 싶지 않았다.

짐은 위스키 항아리를 계속 빨아댔고, 가끔씩 정신이 나가 이상한 짓을 하고 고함을 질렀다. 하지만 정신이 들 때마다 항아리를 다시 빨아 댔다. 그의 발은 엄청 크게 부풀었고, 그의 다리도 그랬다. 하지만 이윽고 술이 돌기 시작했고, 그래서 나는 그가 괜찮아질 거라 판단했다. 나라면 아부지 위스키보단 차라리 뱀한테 물려 있는 걸 택하겠지만.

짐은 나흘 낮과 밤을 누워 있었다. 그러자 부은 게 완전히 사라졌고 다시 돌아다녔다. 나는 다시는 절대 내 손으로 뱀 껍질을 만지지 않으리라 결심했다. 그 결과가 어떤 건지 이제 아는 것이다. 짐은 내가 다음번엔 자기 말을 믿을 거라 생각한다고 말했다. 그리고 뱀 껍질을 만지는 건 엄청나게 무시무시한 액운을 부르는 거라 어쩌면 아직 다 끝난 게 아닐지도 모른다고 했다. 그는 손으로 뱀 껍질을 만지느니 차라리 왼쪽 어깨 너머로 초승달을 천 번이라도 쳐다보겠다고 했다. 뭐 나

자신도 점점 그런 기분이 들었다. 비록 왼쪽 어깨 너머로 초
승달을 바라보는 건 인간이 할 수 있는 가장 부주의하고 멍청
한 짓들 가운데 하나라고 늘 생각해 오긴 했지만 말이다. 이
전에 행크 벙커 영감이 한 번 그랬다가, 그걸 떠벌리고 다녔
다. 그러다 2년도 채 안 돼. 취해서 탄환 제조탑에서 떨어졌
고, 그 자신이 일종의 바닥이 된 것처럼 널브러졌다. 그래서
사람들이 그를 관 대신 두 개의 헛간 문짝 사이에 밀어 넣었
고 그런 채로 매장했다고 하는데 내가 본 건 아니다. 아버지
가 내게 말해 줬다. 그러나 어쨌든 그건 달을 그런 식으로 바
보처럼 쳐다봐서 일어난 것이다.

흠, 여러 날이 흘렀고 강둑들 사이의 강물은 다시 낮아졌
다. 우리가 가장 먼저 한 일은 껍질 벗긴 토끼를 제일 큰 낚싯
바늘에 미끼로 매달아 설치해서, 6피트 2인치 길이에 무게가
2백 파운드도 더 나가는 사람만큼이나 커다란 메기를 잡은
것이다. 물론 우리가 그걸 다룰 수는 없었다. 그게 우리를 일
리노이주로 집어던질지도 몰랐다. 우리는 그냥 앉아서 그게
길길이 요동치다 죽어 물에 잠길 때까지 바라보고 있었다. 우
리는 메기의 위장에서 놋쇠 단추와 둥근 공과 많은 쓰레기들
을 발견했다. 우리는 손도끼로 그 공을 갈라 열었는데, 그 안
에 실감개가 있었다. 짐은 그 물고기가 오랫동안 실패를 위장
에 넣고 있다 뭔가가 자꾸 거기 덧씌워지면서 둥근 공이 되었
을 거라고 했다. 그건 내 생각엔 여태껏 미시시피에서 잡힌 가
장 커다란 물고기였다. 짐은 그것보다 더 큰 건 아직 한 번도

103

본 적이 없다고 말했다. 마을에서라면 제법 큰돈이 됐을 것이다. 사람들은 이런 고기를 싣고 나와 시장통에서 파운드 단위로 파는데, 모두들 그걸 조금씩 사 간다. 그 생선 살은 눈처럼 하얬고 튀기니 맛있었다.

다음 날 아침, 나는 점점 지루하고 좀이 쑤셔서 어떤 식으로든 자극이 좀 필요하다고 말했다. 강을 살짝 건너가서 무슨 일이 벌어지고 있나 살펴볼 생각이라고 했더니 짐이 찬성했다. 하지만 내가 반드시 밤에 가야 하고, 주위를 잘 살펴야 한다고 했다. 곰곰 생각해 보더니, 저 낡은 옷가지들을 입고 여자애처럼 차릴 수 없겠냐고 그가 말했다. 좋은 생각이었다. 그래서 우리는 옥양목 드레스들 가운데 하나를 줄였고, 나는 바지를 무릎까지 말아 올리고 드레스 안으로 들어갔다. 짐이 낚싯바늘들로 등을 조여 줘서 꽤 잘 맞았다. 나는 선보닛을 쓰고 끈을 턱 아래로 묶었다. 누가 모자 안의 내 얼굴을 들여다보면 마치 난로 연통 이은 곳을 내려다보는 것 같을 것이다. 짐은 설령 낮이라 해도 거의 아무도 나를 알아보기 어렵겠다고 했다. 나는 요령을 터득하려고 거의 온종일 연습했고, 이윽고 여자처럼 꽤 잘할 수 있게 되었다. 짐은 다만 내가 여자처럼 걷지 않는다고 했다. 바지 호주머니에 손을 갖다 대려고 자꾸 드레스를 걷어 올리는데 그러지 말아야 한다고 했다. 나는 주의를 받아들였고 그러자 더 나아졌다.

어두워진 후 나는 카누를 타고 일리노이 기슭 쪽으로 출발했다.

나는 선착장 약간 아래 있는 마을을 향해 강을 건너기 시작했고, 물살이 나를 마을 끝자락으로 데려갔다. 나는 카누를 묶고 둑을 따라 걷기 시작했다. 한동안 아무도 살지 않았던 작은 오두막에 촛불이 타고 있어서 거기 누가 살고 있는지 궁금했다. 살그머니 다가가 유리창 안을 빼꼼히 들여다보았다. 대략 마흔 살 정도로 보이는 한 여자가 소나무 탁자에 촛불을 올려놓고 그 옆에 앉아서 뜨개질을 하고 있었다. 그녀의 얼굴은 내게 낯설었다. 그녀는 타지 사람이었다. 이 마을에서 내가 모르는 얼굴은 하나도 없기 때문이었다. 자, 이건 행운이었다. 마음이 약해지고 있었기 때문이다. 사람들이 어쩌면 내 목소리를 알아채고 나라는 걸 알게 될까 봐 마을에 온 게 두려워지고 있었다. 그러나 이런 작은 마을에서는, 설령 이 여자가 여기 이틀 밖에 안 살았대도 내가 알고 싶어 하는 모든 걸 말해 줄 수 있을 것이다. 그래서 나는 문을 두드렸고, 내가 여자란 걸 잊지 않도록 마음을 단단히 먹었다.

11장

"들어와요." 그 여자가 말해서, 나는 그렇게 했다. 그녀가 말했다. "의자에 앉으렴."

나는 앉았다. 그녀는 반짝거리는 작은 눈으로 나를 훑어보고 나서 말했다.

"네 이름이 뭘까?"

"사라 윌리엄즈예요."

"이 근방 어디에 사니? 이 동네에?"

"아뇨, 아줌마. 후커빌에요. 7마일 아래쪽. 줄곧 걸어와서 지금 전 완전 녹초가 됐어요."

"배도 고프겠구나. 뭔가 먹을 걸 갖다주마."

"아뇨, 아줌마. 배 안 고파요. 너무 배가 고파서, 여기서 2마일 아래 있는 농장에서 멈출 수밖에 없었답니다. 그래서 이제 더는 배고프지 않아요. 그러다가 이렇게 늦은 거예요. 제 어머니가 몹시 아픈데 돈이고 뭐고 다 떨어져서, 제 삼촌 애브너 무어 씨께 그 말을 하러 온 거예요. 삼촌이 마을 끝자락에 산다고 어머니가 그랬거든요. 저는 지금까지 한 번도 여기 와본

106

적이 없어요. 그분을 아세요?"

"아니, 하지만 난 아직 사람들을 다 알진 못해. 여기 산 지 두 주도 채 안 된단다. 마을 저 위 끝자락이라면 꽤 먼데. 여기 서 자고 가는 게 낫겠다. 모자를 벗으렴."

"아녜요." 내가 말했다. "제 생각엔 잠시만 쉬고 계속 가야 할 것 같아요. 전 어두운 게 무섭지 않아요."

그녀는 나를 혼자 보내진 않겠다고. 남편이 아마 한 시간 반 후면 올 테니 남편보고 나를 따라가라 하겠다고 했다. 그 러더니 자기 남편과 강 상류 쪽에 사는 자기 친척들과 또 강 하류 쪽 친척들에 관해서 늘어놓기 시작하더니, 이전엔 살기 가 훨씬 더 나았었는데 어떻게 해서 아무것도 모르고 긁어 부스럼 격으로 우리 마을로 오는 실수를 저질렀는지 등등을 계속 늘어놓았고, 나는 마을에 무슨 일이 벌어지고 있나 알 아보려고 이 집에 온 게 실수였던 건 아닌가 하는 두려움을 느꼈다. 하지만 이윽고 그녀의 이야기가 아부지와 그 살인에 관한 것으로 빠졌고, 나는 기꺼이 그녀가 계속 수다를 떨도 록 내버려 두었다. 그녀는 나와 톰 소여가 6천 달러를 발견한 것(비록 그녀는 그걸 1만 달러로 알았지만)과 내 아부지에 관한 온갖 것들, 그가 얼마나 가혹한 사람이었는지 또 내가 얼마나 골칫덩어리였는지를 말했고, 드디어 내가 살해당했던 데까지 이야기가 내려왔다. 내가 말했다.

"누가 그런 거예요? 후커빌에서도 이 일에 대해 꽤 많이 들 었지만, 누가 헉 핀을 죽인 건지는 몰라요."

"글쎄. 여기 사람들도 누가 그 애를 죽였나 꽤나 알고 싶어 하는 것 같더라. 어떤 이들은 아버지 핀 자신이 그랬다고 생각해."

"설마… 그런가요?"

"처음엔 대부분 다 그렇게 생각했어. 그 사람은 자기가 처형 직전까지 갔다는 것도 전혀 모를걸. 하지만 해지기 전에 사람들이 마음을 바꿔서 그게 짐이라는, 도망친 검둥이가 그랬을 거라고 판단했단다."

"왜 그를……."

나는 멈췄다. 가만있는 게 나을 거 같았다. 그녀는 말을 계속했고, 내가 끼어들었던 것도 전혀 눈치채지 못했다.

"그 검둥이는 헉 핀이 죽던 바로 그날 밤에 도망쳤어. 그래서 그놈한텐 현상금이 붙어 있지. 3백 달러가 말이야. 그리고 그 핀 영감한테도 현상금이 붙어 있어. 2백 달러가. 있잖니. 그 사람은 살인이 났던 그다음 날 아침에 마을로 와서 그 얘길 했고, 사람들이랑 같이 연락선을 타고 시체를 찾으러 갔었는데, 나타난 즉시 불쑥 떠났어. 사람들은 해지기 전에 그를 처형시키고 싶어 했지만, 보다시피, 가버렸잖아. 어쨌든 다음 날 사람들은 그 검둥이가 사라졌다는 걸 알게 됐고, 살인이 일어났던 날 밤 10시 이후로 그 검둥일 본 사람이 아무도 없다는 걸 알아냈지. 그래서 사람들이 그 검둥이 소행으로 본거야. 그렇게 사람들이 한참 그 얘길 하고 있는데, 그다음 날 핀 영감이 돌아와서 대처 판사한테 가서 엉엉 울면서 온 일리노이를 다 뒤져서라도 그 검둥이를 잡아 올 테니 돈을 좀 달라고 했어. 판사가 돈을 얼마 쥐어 주니까, 그날 저녁 잔뜩 취해 가지고 꽤나 험상궂어 보이는 외지인들 두엇이랑 자정 너머까지 돌아다녔지. 그러더니 그자들이랑 같이 가버렸어. 뭐, 그때 이후로는 돌아오지 않았고 말야. 사람들은 그 남자가 이 모든 것들이 좀 사그라들기 전까진 돌아오지 않을 거라고 본단다. 이제 사람들은 그 남자가 자기 아들을 죽이고 마을 사람들한테 강도가 그런 짓을 한 걸로 생각하게끔 상황을 꾸민 거라 생각해. 그러면 소송으로 오랜 시간을 끌면서 골치 썩지 않고도 헉의 돈을 차지할 수 있으니까 말이야. 사람들은 그 남자가 당연히 그럴 만한 인간이라고 하더라. 아, 그 남잔 교활해. 내 생각엔 그래. 만약 한 1년 돌아오지 않는다면 그 남잔 무사할 거야. 알다시피 어떤 증거도 그 남자한테서 찾아낼 수 없을 테니. 그러면 그때는 모든 게 잠잠해져서 그자는 누워서 떡 먹기로 헉의 돈다발 속으로 걸어 들어갈 테지."

"그렇겠군요, 아줌마. 그럼 아무 걸리적거릴 게 없겠네요. 이제 아무도 그 검둥이가 그랬다고 생각하지는 않나요?"

"오, 아니지. 다 그런 건 아니야. 꽤 많은 사람들이 검둥이 짓이라 생각한다. 하지만 이제 곧 사람들이 그 검둥일 잡게 될 거야. 그러면 아마 겁을 줘서 자백을 받아내겠지."

"왜, 아직도 검둥일 쫓고 있는 거예요?"

"흠, 너 꽤 순진하다. 응! 매일 사람들이 집어 가길 기다리며 3백 달러가 턱 하니 놓여 있는데? 몇몇 마을 사람들은 그 검둥이가 여기서 그리 멀지 않은 곳에 있을 거라 생각해. 나도 그런 사람들 중 하나고— 하지만 이 얘기를 누구한테 하진 않았어. 며칠 전에 바로 옆집, 저 기다란 통나무 오두막에 사는 노부부랑 같이 걷고 있는데 그분들이 무심코, 저 건너 잭슨섬이라고 부르는 섬에 가본 사람은 거의 아무도 없을 거라고 하는 거야. 아무도 거기 살지 않는다고요? 내가 말했어. 그래요. 아무도 안 살아. 그들이 말했지. 나는 더는 아무 말도 안 했는데, 어떤 생각을 좀 하고 있었지. 거기서 연기가 나는 걸 거의 확실히 본 거 같거든, 섬 머리 부분쯤에서, 하룬가 이틀 전인가에 말이야. 그래서 혼잣말을 했지. 검둥이가 저기 숨어 있는 게 아닐지라도, 어쨌거나, 고생스럽지만 한번 뒤져볼 가치는 있겠다. 라고. 그 후로 다시 연기가 나는 걸 본 적은 없어. 그래서 아마 그놈이 가버렸을지도 모른다는 생각이 들어, 만약 그게 그놈이었다면 말이야. 하지만 남편이 건너가서 볼 거야—남편이랑 다른 남자 하나가. 남편은 강 상류 쪽에 갔었는데 오늘 돌아왔어. 그리고 난 두 시간 전에, 남편이 오자마자 그 얘길 해줬지."

나는 너무 불안해져서 가만 앉아 있을 수가 없었다. 손으로 뭔가를 해야만 했다. 그래서 테이블에 놓인 바늘을 집어서 실을 넣기 시작했다. 손이 떨려 제대로 되지 않았다. 여자가 말하는 걸 멈춰서 고개를 들었더니, 호기심 어린 얼굴로 희미한 미소를 지으며 나를 쳐다보고 있었다. 나는 실과 바늘을 내려놓고 관심 있는 척—실제 그러기도 했지만— 말했다.

"3백 달러면 굉장한 돈이에요. 그 돈이 우리 엄마한테 간다면 좋을 텐데. 아줌마 남편은 오늘 밤 거기 갈 건가요?"

"아, 그래. 그 사람은 아까 내가 말했던 그 남자랑 윗마을에 갔어. 보트랑 총 한 자루를 더 빌릴 수 있을지 알아보러. 그 사람들은 자정 이후에 갈 거야."

"날이 밝을 때까지 기다리면 더 잘 보이지 않을까요?"

"그렇겠지. 그러면 그 검둥이도 더 잘 보지 않겠어? 자정 이후라면 놈이 자고 있을 공산이 크지. 그럼 그이들이 숲속으로 슬그머니 들어가서 모닥불 피운 걸 뒤질 수 있지. 어두우면 더 잘 보이겠지, 만약 놈이 불을 피웠다면."

"전 그 생각은 못 했네요."

여자가 상당히 흥미로운 듯 나를 계속 쳐다봐서 나는 조금도 마음이 편치 않았다. 곧 그녀가 말했다.

"이름이 뭐라 그랬었지, 얘야?"

"메… 메리 윌리엄즈요."

왠지 아까 내가 메리라고 했던 것 같지가 않아서, 난 고개를 들지 않았다. 좀 전에 내가 사라라고 했던 것 같았다. 그래서 걱정스러운 기분이 들었고, 또 어쩌면 그렇게 보일 수도 있겠다 싶어서 두려웠다. 나는 여자가 무슨 말인가 더 하길 바랐다. 그녀가 가만히 있으면 있을수록 점점 더 불안해졌다. 하지만 그때 그녀가 말했다.

"얘야, 네가 처음 이 집에 들어왔을 땐 사라라고 그랬던 거 같은데?"

"아, 맞아요. 아줌마. 그랬어요. 사라 메리 윌리엄즈요. 사라는 제 첫 번째 이름이에요. 어떤 사람들은 저를 사라라고 하고, 또 어떤 이들은 저를 메리라고 불러요."

"아, 그래서 그런 거야?"

"네, 아줌마."

그러자 기분이 약간 나아졌으나, 어쨌든 그 집에서 얼른 나오고 싶었다. 아직은 고개를 들 수가 없었다.

흠, 그 여자는 하루하루가 얼마나 고달픈지, 얼마나 그들이 궁핍하게 살아야 하는지, 쥐들이 마치 자기들이 주인인 양 얼마나 이리저리 자유롭게 나다니는지 등등의 얘기로 빠져들었고, 그러자 나는 다시 편안해졌다. 쥐들에 관해선 그녀가 맞았다. 방구석에 난 구멍에서 자주자주 코를 삐죽이 내밀고 있는 쥐가 보였다. 그녀는 혼자 있을 땐 저것들을 향해 집어던질 물건을 잡기 편한 데다 둬야 한다고, 안 그러면 저것들이 자기를 잠시도 가만히 내버려 두지 않는다고 했다. 그녀는 내게 매듭을 지어 꼰 납 막대를 보여 주면서, 자기가 대개는 그걸로 잘 맞히는데 하룬가 이틀 전에 팔을 접질려서 이젠 제대로 맞힐 수 있을지 모르겠다고 했다. 그녀는 기회가 오길 기다렸다가 쥐를 겨냥해 곧바로 팔을 휘둘렀다. 하지만 한참 빗나갔고, 그녀는 팔이 아파서, "아얏!" 했다. 그러자 다음엔 나한테 한번 해보라고 했다. 나는 그녀의 남편이 돌아오기 전에 그 집에서 나갈 수 있게 되기를 바랐으나 물론 그런 내색을 비칠 수는 없었다. 나는 그 물건을 잡아 제일 먼저 코를 내민

쥐를 향해 휘둘렀다. 만일 그것이 계속 같은 자리에 있었다면 아마 엄청 아픈 쥐가 되었을 것이다. 그녀는 수준급 솜씨라며 내가 다음번에는 맞히겠다고 했다. 그녀는 가서 실 한 타래와 같이 그 납덩이를 다시 들고 와서 자기를 좀 도와주면 좋겠다고 했다. 내가 두 손을 쳐들자 그녀는 거기 실타래를 감으면서 자기와 자기 남편이 처한 문제들에 관한 얘기를 계속 늘어놓았다. 하지만 갑자기 하던 말을 끊고 이렇게 말했다.

"쥐들을 잘 감시해라. 잡기 편하게 이 납 막대기를 네 무릎에 두는 게 낫겠다."

그 즉시 그녀가 납덩이를 내 무릎으로 던졌고, 나는 두 다리를 찰싹 붙여 그걸 받았으며, 그녀는 얘기를 계속했다. 하지만 겨우 1분 정도였다. 그녀가 실타래를 풀고 내 얼굴을 똑바로, 아주 즐거운 듯 바라보면서 말했다.

"자, 이제, 네 진짜 이름이 뭐니?"

"뭐… 뭐라구요, 아줌마?"

"네 진짜 이름이 뭐냐고? 빌이냐, 톰이냐, 아니면 밥이냐? 아니면 뭐지?"

내가 나뭇잎처럼 떨고 있는 게 느껴졌고, 정말 무슨 말을 해야 할지 몰랐다. 하지만 나는 말했다.

"제발 저처럼 불쌍한 여자애를 재미로 찔러 보지 마세요, 아줌마. 만약 제가 성가시게 굴었다면, 저는 그만……."

"아니, 가지 마라. 그대로 거기 가만 앉아 있거라. 난 널 해치지 않을 거야. 널 고자질하지도 않을 거고 말이다. 넌 그냥 네 비밀을 말하면 돼, 날 믿고. 난 그 비밀을 지킬 거고, 거기다 널 도와줄 거야. 네가 그래 주길 바란다면 내 영감도 그럴 거고 말이다. 보아하니, 너는 도망친 견습 일꾼이다, 분명. 그건 암것도 아니다. 누굴 해친 것도 아니고 말이야. 넌 나쁜 대접을 받아왔고, 그래서 관두기로 마음먹은 거지. 네게 신의 가호가 있기를. 얘야, 나는 널 고자질 안 한다. 자, 이제 다 말해 보렴. 그래야 착한 소년이지."

그래서 나는 더 이상 연극해 봐야 아무 소용 없겠다고, 마음을 열고 모든 걸 말할 테니 약속한 걸 어겨선 안 된다고 말했다. 나는 그녀에게 내 어머니와 아버지는 죽었고 나는 강에서 30마일 떨어진, 시골의 어느 비열한 늙은 농부한테 법적으로 매일 수밖에 없게 됐는데, 농부가 나를 너무 가혹하게 대해 더 이상 견딜 수 없던 차에, 농부가 한 며칠 집을 떠나 있게 되자 드디어 기회를 틈타서 그의 딸이 입었던 낡은 옷가지들 몇 개를 훔쳐 도망쳐 나왔다고 했다. 30마일 걸어오는 데 사흘 밤이 걸렸고, 밤 동안만 여행했으며 낮에는 숨어서 잠을 잤다고. 그 집에서 나올 때 가방에 넣어 온 빵과 고기로 줄곧 버텼고 아직도 꽤 남았다고 했다. 나는 삼촌 애브너 무어가 나를 돌봐줄 것이라 믿기에, 이 고센 마을로 불쑥 왔던 것이라고 말했다.

"고센이라고, 얘야? 여긴 고센이 아니야. 여긴 세인트피터즈버그야. 고센은 강에서 10마일 더 위쪽인데. 누가 너한테 여기가 고센이라고 했니?"

"아, 오늘 아침 동틀 무렵 여느 때처럼 잠을 자려고 숲속으로 막 들어가고 있을 때 만난 한 남자가 그랬어요. 그 남자가 길이 갈라지면 전 반드시 오른쪽 길로 가야 한다고. 거기서 5마일 가면 고센에 도착할 거라고 했어요."

"그 남자가 취했었구나. 그 남잔 네게 정확히 잘못 말했어."

"글쎄요. 그 남자가 취한 것처럼 굴긴 했어요. 하지만 지금 그게 문제가 아녜요. 이제 가봐야겠어요. 해 뜨기 전에 고센에 도착하려고요."

"잠시만 있어라. 너한테 간식거릴 좀 챙겨 주마. 필요할지도 몰라."

그녀가 내게 간식거리를 주면서 말했다.

"말해 봐라. 소가 누워 있는데 일어날 때 엉덩이와 머리 중 어느 쪽부터 먼저 일으키지? 지금 즉시 대답해라. 곰곰이 따져 보지 말고. 어느 쪽이 먼저냐?"

"엉덩이 쪽이요, 아줌마."

"좋아. 그럼 말은?"

"머리 쪽이에요, 아줌마."

"이끼는 나무 어느 쪽에 자라지?"

"북쪽이요."

"만약 소 열다섯 마리가 언덕을 어슬렁거린다면, 그것들 중 얼마나 많은 소들이 머리를 한 방향으로 두고 있을까?"

"열다섯 마리 다요, 아줌마."

"흠, 네가 시골에서 살긴 했구나 싶다. 어쩌면 네가 날 또 속이려는 건 아닌가 싶었어. 네 진짜 이름이 뭐지, 이제?"

"조지 피터스예요, 아줌마."

"그래, 그 이름을 잘 기억해 놓으렴, 조지, 까먹지 말거라. 떠나기 전에 나한테 알렉산더라고 하다가 걸려서 조지 알렉산더라고 하면서 넘어가지 말고. 그리고 그런 낡은 옥양목 걸치고 여자들 주변은 얼씬거리지도 말거라. 너는 여자 행세를 끔찍하게 못 하지만, 어쩌면 남자들은 속일 수 있을지 모르지. 이 아이에게 신의 가호를. 바늘에 실을 꿰려면, 실을 잡고 바늘을 거기 갖다 대지 말거라, 바늘을 가만히 쥐고 그 안으로 실을 넣는 거는 거지. 대부분의 여자들은 다 그렇게 하지만, 남잔 늘 반대로 하지. 또 네가 쥐든 뭐든가를 겨냥해 던질 때는, 발끝으로 서서 몸을 좀 들어 올리고, 될 수 있으면 손을 최대한 어색하게 머리 위에 갖다 대렴. 그리고 한 6, 7피트 엇나가게 해서 그 쥐를 놓치는 거다. 어깨에 회전축이 있어 팔을 빙 돌리는 것처럼, 어깨에서부터 팔을 뻣뻣하게 움직여서 던져라, 여자애처럼. 남자애처럼 팔을 앞으로 쭉 뻗어서 손목과 팔꿈치를 이용해 던지지 말고 말이다. 그리고 명심해라. 여자애들은 무릎으로 뭔가를 잡으려 할 때 무릎을 쫙 벌리지 오므리지 않는단다. 아까 네가 그 납덩이를 받을 때 했던 것처럼 말이야. 자, 네가 바늘에 실 꿰기를 할 때 난 네가 남자애란 걸 눈치챘다. 그리고 다른 것들로 확신했고. 이제 네 삼촌한테 가렴. 사라 메리 윌리엄스 조지 알렉산더 피터스야. 그리고 혹시 곤란한 일이 생기면 주디스 로프터스 아줌마한테 전

116

갈을 보내렴. 그게 나야. 내가 할 수 있는 일이면 네가 어려움에서 벗어나게 도와주마. 줄곧 강을 따라 걸어라. 그리고 다음번에 그렇게 오래 걸을 일이 생기면 신발과 양말을 가지고 다녀라. 강길은 돌투성이라, 고센에 도착할 때쯤엔 네 발이 꽤 볼만하겠구나."

나는 50야드 정도 강둑으로 올라갔다가 갔던 길을 되돌아 그 집에서 꽤 아래 떨어진, 내 카누가 있는 곳으로 슬그머니 돌아갔다. 카누에 뛰어오르자마자 나는 서둘러 그곳을 떠났다. 섬의 머리로 갈 수 있을 만큼 충분히 거슬러 올라간 다음 거기서 강을 가로지르기 시작했다. 이젠 어떤 것으로도 시야를 가리고 싶지 않아서 나는 선보닛을 벗었다. 거의 강 한복판까지 갔을 때 시계 종 치는 소리가 들리기 시작했다. 나는 멈춰 귀를 기울였다. 소리는 물 저 너머에서 흐릿하게 들려왔지만 분명—11시였다. 섬 머리에 도착하자마자, 비록 숨은 찼지만, 절대 숨을 고르려고 멈추지 않고 곧바로 먼젓번 야영하던 숲속으로 돌진해 높고 마른 지대에 불을 피우기 시작했다.

그런 뒤 카누에 뛰어올라 1마일 반 아래 우리 은신처를 향해 젖 먹던 힘을 다해서 맹렬히 노를 저었다. 나는 상륙해서 숲을 지나고 산마루를 올라 동굴 안에 도착할 때까지 냅다 달렸다. 거기 짐이 바닥에 누워 평온히 자고 있었다. 나는 짐을 깨우고 말했다.

"일어나 서둘러, 짐! 1분도 꾸물거릴 시간 없어. 사람들이 우릴 쫓아와!"

짐은 절대 아무것도 묻지 않았다. 단 한마디도 하지 않았다. 하지만 그 후 30분간 그의 행동은 그가 얼마나 겁을 먹었는지를 보여 주는 것이었다. 이윽고 이 세상에서 우리가 가진 전 재산이 뗏목에 실렸고, 뗏목은 감춰져 있던 후미진 버드나무 그늘에서 나올 채비를 갖췄다. 우린 먼저 동굴의 모닥불을 껐고, 그 후 밖에서는 촛불 하나 비추지 않았다.

나는 카누를 강기슭에서 조금 끌고 나가 살펴보았다. 하지만 주변에 보트가 있었대도 그걸 볼 수는 없었을 것이다. 별들과 형체가 분간 안 되는 어둠뿐이라 잘 보이지 않았다. 그 뒤 우리는 뗏목을 꺼내 그늘을 따라 슬며시 흘러갔고, 죽은 듯 고요한 섬의 발치를 지났다—단 한마디도 하지 않은 채.

12장

우리가 마침내 섬을 뒤로하고 밑으로 내려왔을 땐 분명 1시가 가까웠을 거였다. 뗏목은 꽤 느릿느릿 가는 듯 보였다. 만약 보트가 다가오면 우린 카누로 옮겨 타고 일리노이 기슭 쪽으로 내달리려 했다. 보트가 오지 않아 다행이었던 것이, 우리는 총이라든가 낚싯대라든가 뭔가 먹을 만한 걸 카누에 실어야겠다는 생각을 해보지 않았다. 너무 많은 것들을 생각하기엔 좀 지나치게 정신없는 상태였다. 모든 걸 뗏목에 실은 건 옳은 판단은 아니었다.

만약 그 남자들이 섬에 온다면, 내가 예상한 것은, 그네들이 내가 피운 모닥불을 찾아내 짐이 나오기를 기다리며 밤새 그걸 지켜보는 것이었다. 어쨌거나 그들은 우리한테서 멀리 떨어진 곳에 있었고, 설사 모닥불을 피운 게 절대 그들을 속이지 못했다 하더라도 그게 내 잘못은 아니었다. 나는 내가 할 수 있는 가장 최고의 속임수를 썼다.

하루의 첫 섬광 한 줄기가 비치기 시작하자 우리는 일리노이 방면의 굴곡이 큰 모래톱에 뗏목을 묶은 뒤 손도끼로 미루나무 가지들을 쳐서 뗏목을 덮었다. 뗏목은 마치 본래 거기 강둑에 나있던 동굴 안에 들어가 있는 것처럼 보였다. 모래톱은 써레의 톱니들처럼 미루나무들로 빼곡했다.

미주리 연안 쪽으로는 산맥들이, 일리노이 방면으론 우거진 수풀림이 있었고, 그곳에서 물살은 미주리 기슭 쪽으로 흐르고 있어서 누가 우리를 우연히 마주치게 될까 봐 두렵지 않았다. 우리는 거기 종일 드러누워서 뗏목들과 증기선들이 빙글빙글 돌며 미주리 연안으로 떠내려가는 것을, 그리고 상류로 향하는 증기선들이 큰 강과 한복판에서 씨름하는 것을 바라보았다. 나는 짐에게 그 여자와 수다를 떨면서 나눴던 모든 얘기를 해주었다. 짐은 그 여자가 영리하다고 했고, 만약 그 여자가 직접 우릴 쫓아오기 시작했으면 그냥 모닥불만 바라보고 앉아 있진 않았을 거라고 말했다—절대 아니지, 그 여자라면 개를 데려왔을 것이다. 흠, 그렇다면, 내가 말했다, 왜 남편한테 개를 데려가라 하지 않았던 걸까? 짐은 그 여자가 남자들이 막 출발하려던 참에 그 생각을 해냈을 게 틀림없다고 했다. 그래서 그들은 개를 빌리러 읍내에 가야 했을 것이고 그래서 시간을 허비했을 거라고, 그게 아니었음 우린 그 마을에서 16, 17마일 아래의 이 모래톱에 있지 못했을지도 모른다고—아니, 분명 다시 그 옛 마을로 가게 되었을 거라고 말했다. 나는 그들이 우리를 붙잡지 못한 이상 왜 그랬나 하는 건 신경 안 쓴다고 말했다.

어둠이 밀려오기 시작하자 우린 빽빽한 미루나무 숲에서

고개만 쑥 내밀어, 위랑 아래랑 건너편을 두루 살펴보았다. 아무것도 눈에 띄지 않았다. 그래서 짐은 뗏목 상단의 널판때기들을 집어 와, 맹렬한 더위와 비를 피하고 물건들을 마른 상태로 보관해 줄 아늑한 인디언식 원형 천막을 만들었다. 짐이 천막에 바닥을 깔고 그걸 뗏목 갑판보다 1피트 남짓 더 높게 해서 이젠 증기선들이 지나가도 담요나 다른 어떤 짐들도 물보라에 젖지 않게 되었다. 우리는 원형 천막 딱 한가운데다 5, 6인치 정도 높이로 흙을 깔고 그 둘레에 형태를 잡아 줄 틀을 만들었다. 질척거리거나 으스스한 날에 불을 피우기 위한 것이었다. 천막이라 불빛이 밖에서 보이지 않을 것이다. 우리는 여분의 키잡이 노도 만들었는데, 노가 암초에 걸리거나 부러질 수도 있기 때문이었다. 우린 낡은 랜턴을 걸어 두려고 끝이 양쪽으로 갈라진 짧은 나뭇가지를 다듬었다. 증기선이 내려오고 있는 게 보일 때마다 우릴 치지 않도록 불을 밝혀야 했기 때문이다. 하지만 강 상류로 가는 증기선들 때문에 랜턴을 켤 필요는 없을 것이었다. 우리가, '횡단' 지점이라고 불리는 곳에 있지 않은 한 말이다. 강 수위는 아직 꽤 높았고, 아주 낮은 강둑들은 여전히 물에 약간 잠겨 있는 상태여서, 강 상류로 향하는 배들이 늘 수로로 가는 게 아니라 순한 물길을 찾아다녔기 때문이다.

이틀째 밤 우리는 한 시간에 4마일 이상 속도를 내는 물살을 타고 일곱 내지 여덟 시간 정도를 달렸다. 우린 물고기들을 잡으며 얘기를 나눴고 졸음을 피하려고 이따금 헤엄을 쳤다. 등을 붙이고 드러누워 별을 바라보면서 커다랗고 고요한 강을 떠가는 건 경건한 듯 느껴지기도 해서, 우리는 심지어 큰 소리로 말하고 싶은 기분조차 들지 않았고, 자주 웃지도 않았다. 그저 낮게 킬킬거리기만 했다. 날씨는 대체로 굉장히 좋았고, 우리한텐 아무 일도 일어나지 않았다— 그 밤도, 그 다음 날 밤도, 그 다다음 날도.

우리는 매일 밤, 마을들을 지나쳤다. 검은 산허리에 들어선 저 먼 곳의 어떤 마을들은 단지 환한 빛 덩어리로 보일 뿐이었다. 집 한 채 볼 수 없었다. 5일째 되던 밤 우리는 세인트루이스를 지나갔는데, 온 세상이 불을 켜놓은 것 같았다. 세인트피터즈버그 사람들은 세인트루이스에 2만 내지 3만 정도의 사람들이 산다고 말하곤 했었다. 아직 한밤중인 새벽 2시에 그렇게 휘황찬란하게 퍼진 불빛들을 보기 전까지, 나는 그 말을 절대 믿지 않았었다. 거기선 아무 소리도 들려오지 않았다. 모두들 자고 있었다.

나는 이제 매일 밤 10시 가까운 무렵, 작은 촌락이 있는 강기슭에 슬쩍 내려, 10센트에서 15센트쯤의 밀이나 베이컨이나 또 다른 먹거리들을 사곤 했다. 가끔 포근한 보금자리에 들지 않은 닭을 집어 오기도 했다. 아부지는 늘 말했다. 닭을 집어 올 기회가 생기면 가져와라, 설령 너한텐 필요 없어도 그게 필요한 사람들은 널렸고, 선행은 절대 잊히지 않는다. 아부지한테 닭이 필요 없었던 적은 한 번도 못 봤지만, 어쨌든 그게 아부지가 했던 말이다.

아침마다 나는 동트기 전에 옥수수밭에 슬쩍 들어가서 수박이나 머쉬멜론이나 호박이나 풋옥수수 같은 것들을 빌려 오곤 했다. 아부지는 언젠가 갚을 뜻만 있다면 물건들을 빌려 오는 건 아무 잘못이 아니라고 늘 말했다. 하지만 과부는 그건 다만 도둑질을 점잖게 부르는 거지, 양식 있는 사람은 아무도 그런 짓을 하지 않는다고 했다. 짐은 과부 말도 꽤 맞고 아부지 말도 꽤 맞는 것 같으니, 최선의 방법은 우리가 저 목록에서 두세 가지 골라서 그것들은 더 이상 빌리지 않는 것이라 했다—그러면 나머지는 빌려도 아무 해가 없을 거 같다는 거였다. 그래서 어느 날 우린 강을 떠내려가면서 수박을 버릴 거냐, 칸탈루프 멜론이냐, 머쉬 멜론이냐, 아니면 뭐냐, 마음의 결정을 내리려 애쓰면서 밤새도록 이 얘기를 했다. 하지만 동틀 무렵 이 문제를 아주 만족스럽게 해결했고, 산사 열매와 감을 버리자고 결론 내렸다. 그전까지 우린 딱 이거다 하지 못할 것 같았는데 이젠 다 만족스러웠다. 나 역시 결론이 이런 식으로 난 게 기뻤다. 산사 열매는 정말 맛이 없었고, 감은 아직 두세 달은 있어야 익을 것이기 때문이었다.

우리는 이따금 아침에 너무 일찍 일어났거나 밤에 남들처럼 일찍 잠자리에 들지 않은 물새를 쏘았다. 우린 전반적으로 꽤 잘 지냈다.

5일째 밤 자정 넘어 세인트루이스를 지나자 엄청난 천둥과 번개를 동반한 큰 폭풍을 만났다. 비가 억수로 쏟아졌다. 우린 원형 천막 안에서 뗏목이 알아서 떠내려가도록 내버려 두었다. 번갯불이 번쩍거리자 우리 앞에 광활하게 쫙 펼쳐진 강과 그 양옆으로 높이 솟은 바위 절벽이 보였다. 이윽고 내가, "어라, 짐, 저길 좀 봐!" 하고 말했다. 그건 바위에 부딪혀 침몰하는 증기선이었다. 우리는 곧장 그 증기선 쪽으로 다가갔다. 번개가 아주 선명하게 그 배를 보여 주었다. 배는 상갑판 일부만 물 위에 드러낸 채 기울어져 있었다. 번개가 치자 굴뚝에 감긴 전선줄 하나하나가 똑똑히 보였고, 커다란 종 옆의 등받이에 낡은 귀마개용 모자를 걸쳐 놓은 의자가 보였다.

흠, 폭풍우 치는 한밤중에 이렇게 멀리 떠나와 모든 게 신비스러운 듯 느껴지는 강 한복판에서 음울하고 쓸쓸하게 가라앉고 있는 난파선을 보면 어떤 남자애라도 들 법한 딱 그런 기분이 느껴졌다. 나는 난파선에 올라가 거기 뭐가 있는지 잠시 슬쩍 둘러보고 싶었다. 그래서 말했다.

"저 배에 오르자, 짐."

하지만 짐은 처음엔 맹렬히 반대했다. 그가 말했다.

"난 어떤 난파선에서도 어슬렁거리고 싶지 않어. 우리는 끔찍이 잘 살고 있고, 저런 것은 그냥 내버려 두는 거시 나아. 그 훌륭헌 책에서 말헌 디로. 십중팔구 저 난파선엔 분명 파수꾼이 있을 거시여."

"파수꾼이 니네 할머니 같은 소리 한다!" 내가 말했다. "갑판실이랑 조타실 말고 망볼 데가 어딨냐. 그리고 너는 이런 밤 누가 자기 목숨 걸고 갑판실이랑 조타실에서 망볼 거 같냐? 금방이라도 다 부서져 강물에 쓸려 내려갈 판인데?" 짐은 아무 대꾸도 할 수 없었다. 그래서 그러려고조차 안 했다. "게다가," 내가 말했다. "뭔가 귀중한 걸 선장실에서 빌려 올 수도 있잖아. 분명 시가가 있을 거야—한 개비당 현금으로만 5센트짜리. 증기선 선장은 늘 부자고 한 달에 60달러를 벌어. 그 사람들은 알다시피 갖고 싶은 게 있는 한 물건 값 같은 건 신경도 안 써. 네 주머니에 초 한 자루 찔러 넣어, 짐. 우리가 배를 좀 뒤져 보기 전까진 난 가만 있지 못하겠어. 넌 톰 소여가 행여 이걸 그냥 지나칠 거 같아? 눈곱만큼도 아니지. 걔라면 안 그럴걸. 걘 이걸 모험이라 부를 거야, 이게 딱 그 애가 그렇게 부를 만한 거라고. 이게 죽기 전 마지막 순간이래도 그 앤 저 난파선에 오를 거야. 또 걔라면 얼마나 폼 나게 하겠냐? 몹시 으스대거나 뭐 그러지 않겠어? 흠, 누가 보면 신세계를 발견한 크리스토퍼 콜롬부스인 줄 알걸. 톰 소여가 여기 있음 좋겠다."

짐은 약간 투덜거렸지만 항복했다. 그는 우리가 필요 이상으로 말을 해서는 안 된다고, 또 아주 낮은 목소리로 얘기해야 한다고 말했다. 때맞춰 번개가 난파선을 다시 비춰 주었고, 우리는 배의 우현 기중기를 잡고 거기 뗏목을 묶었다.

이쪽 편은 갑판이 높았다. 어둠 속에서 아무것도 보이지 않아서 우리는 버팀줄에 걸리지 않으려고 천천히 발로 더듬더듬하고 손을 앞으로 쭉 뻗은 채 배의 좌현 쪽으로 경사진 곳을 살금살금 내려가며 갑판실로 향했다. 이내 우린 천창天窓 앞쪽 끝에 이르게 되어 거기로 올라갔다. 거기서 한 걸음 더 가보니 바로 선장실 문 앞이었는데, 문은 열려 있었고, 젠장, 저 아래 갑판실 복도 쪽에서 불빛이 보였다! 그와 거의 동시에 저 멀리서 낮은 목소리들이 들려오는 듯했다!

짐이 기분이 너무 안 좋다며 가자고 속삭였다. 나는 그러자고 했다. 뗏목 쪽으로 막 향하려는데, 바로 그때 흐느끼며 이렇게 말하는 목소리가 들렸다.

"아, 제발 그러지 마소, 친구들. 절대 말 안 할 거라 내 맹세허이!"

또 다른 꽤 커다란 목소리가 말했다.

"그건 거짓부렁이제, 짐 터너. 넌 전에도 이런 식이었잖어. 언제나 네 몫보다 더 많은 걸 바랐고 또 늘 더 가졌잖어. 왜냐, 더 갖지 않으면 불어 버리겠다고 지랄혔으니게. 하지만 이제 넌 딱 한 번만이란 말을 너무 많이 해왔제. 넌 이 고장에서 가장 비열하고 간악한 개새끼여."

이때 짐은 이미 뗏목으로 가버리고 없었다. 나는 궁금해 죽을 지경이었다. 그래서 혼잣말을 했다. 톰 소여라면 지금 꽁무니 빼지 않을 거야, 나도 안 그러겠어. 여기서 무슨 일이 벌어지고 있는지 볼 거야. 그래서 나는 어둠 속에서 좁은 통로에 엎드려, 갑판실 복도와 나 사이에 객실 하나만 남겨 둘 때까지 뱃고물 쪽으로 기어갔다. 거기 한 남자가 손발이 묶인 채 바닥에 뻗어 있었고, 두 남자가 그를 내려다보며 서 있는 것이, 그들 중 하나는 손에 흐릿한 랜턴을 들고 있고 다른 하나는 권총을 쥐고 있는 것이 보였다. 그 남자는 권총을 바닥에 뻗은 남자의 머리에 들이대며 이렇게 말하고 있었다.

"정말 근질근질허구먼! 또 꼭 한 방 먹여야 허고 말이제. 에 잇 야비한 스컹크!"

바닥의 남자가 잔뜩 오그라든 채 말했다. "아, 제발, 그러지 마소, 빌. 영원히 입 다물고 있을 텡게."

그가 이런 말을 할 때마다 랜턴을 든 남자가 웃으며 말했다.

"정말 안 그런다고! 넌 그것보다 더한 참말은 당연히 해본 적이 없겠제." 그는 이런 말도 했다. "저놈 비는 소리 좀 들어 보소! 우리가 흠씬 패서 잡아매 두지 않았다믄 저놈이 우리 둘 다 죽였겠지. 뭣 땜시? 아무 이유 없이. 우리가 단지 우리 권리들을 주장한단 이유로—바로 그거 땜시 말이여. 하지만 네놈이 더 이상 그 누구도 협박하지 못하게 해줄라네, 짐 터너. 빌, 그 권총 치우게."

빌이 말했다.

"그러고 싶지 않은디, 제이크 패커드. 내 저놈을 죽여 버릴 랑게. 저놈이 햇필드 영감을 바로 이런 식으로 죽이지 안혔나. 그럼 그만한 대접을 받아야지 않겄어?"

"하지만 난 저자가 살해되길 바라진 않는구먼. 내헌티 그럴 만한 이유가 있제."

"그런 말 하는 자네 가슴에 신의 축복이 내리기를, 제이크 패커드! 내 자넬 절대 잊지 않을 거구만, 내가 살아 있는 한 말이제!" 바닥의 남자가 엉엉 우는 소리로 말했다.

패커드는 그 말은 들은 척도 안 하고 랜턴을 못에 걸더니 어둠 속에서 나 있는 쪽으로 다가오기 시작했고, 빌한테도 따라오라는 몸짓을 했다. 나는 가능한 한 재빨리 한 2야드쯤 뒷걸음질 쳤지만, 배가 기울어져 있어 제대로 걸을 수가 없었다. 그래서 밟혀 붙들리지 않으려고 얼른 위쪽 객실로 기어들어 갔다. 그 남잔 어둠 속을 허우적거리듯 걸었고, 패커드는 내가 있는 객실에 도착하자 이렇게 말했다.

"여기야. 이쪽으로 들어오소."

그가 들어오자 빌이 그를 뒤따랐다. 하지만 그들이 들어오기 전 나는 여기 온 걸 유감스러워하며 위쪽 침상 귀퉁이에 올라가 있었다. 그들은 거기 서서 손을 침상 선반에 댄 채 얘기를 나누었다. 그들을 볼 순 없었지만, 그들이 마시고 있었던 위스키로 어디 있는지는 알 수 있었다. 내가 위스키를 마시지 않은 것이 기뻤다. 하지만 어쨌거나 별반 차이 없었을 것이다. 내가 숨을 안 쉬고 있었기 때문에 그들은 날 거의 찾아낼 수 없었을 것이다. 나는 너무 무서웠다. 게다가 그런 식의 대화를 들으려면 숨을 쉴 수가 없었다. 그들은 낮고 진지하게 말했다. 빌은 터너를 죽이고 싶어 했다. 그가 말했다.

"그놈이 그랬잖어. 말하겠다고. 그러면 놈은 그렇게 할 거랑께. 설사 우리 몫을 지금 그놈헌티 준대도 아무것도 달라지는 건 없어. 이런 대립과 또 우리가 놈을 저리 취급한 후엔 말이제. 저자가 우리헌티 불리한 증언을 할 거란 건 자네가 태어났단 사실만큼 자명허제. 자, 내 말 들으랑께. 내가 놈을 모든 골칫거리들에서 치워 버릴랑께."

"나도 그러제이." 아주 고요히 패커드가 말했다.

"제길, 자넨 안 그런갑다 생각하기 시작했잖어. 그렇담 자, 이제 됐구만, 가서 해치워 버리자구."

"잠깐만 있어 봐. 아직 할 말 다 안 혔응께. 내 말 잘 들어 보소. 쏴 죽이는 거 좋지. 허지만 꼭 죽여야 한다면 더 조용한 방법들도 있지러. 하지만 내가 말하는 건 이거랑께. 목매달 밧줄을 쫓어서 법정을 어슬렁거리는 건 올바른 상식이 아니라는 거여. 만약 아주 좋은 방법이면서도 동시에 아무 위험도 없는 어떤 기발한 생각을 해낸다면 말이제. 그렇지 않겄는가?"

"그야 당연허제, 하지만 그럼 자네는 대체 이번에 어떻게 할 셈인디?"

"그러니까, 내 생각은 이것이여. 우린 여기저기 객실들을 돌아댕기면서 우리들이 못 보고 지나친 것들 중에서 건질 만한 걸 좀 긁어모아 강기슭으로 가서 거기다 물건들을 감추는 것이여. 그러곤 기다리는 것이제. 자, 내 장담허는디 이 난파선이 부서져 강에 휩쓸리는 덴 채 두 시간도 안 걸릴 거랑께. 알겄나? 저놈은 익사하겄제, 다른 누구도 아닌 오직 자기 탓을 할 수밖에 없는 처지가 돼서 말이제. 이게 저놈을 살해하는 것보단 훨씬 나은 측면이 있는 것 같단 것이제. 다른 방법을 찾아내기만 하면, 난 사람 죽이는 거 별로 선호하지 않어. 그건 분별 있다고 할 수 없응께, 도덕적이지도 않고 말이여. 내가 옳지 않는가?"

"그려, 자네가 옳은 것 같네. 하지만 배가 부서져 떠내려가지 않을 경우에는?"

"뭐, 어쨌든 두 시간은 기다릴 수 있응께 어디 함 보더라고. 그럴 수 있제?"

"좋아, 그럼 가자구."

그래서 그들은 출발했고, 나는 식은땀을 줄줄 흘리며 쏜살같이 나와 허둥지둥 뱃머리로 향했다. 거긴 칠흑같이 어두웠다. 하지만 내가 쉰 듯한 목소리로, "짐!" 하고 속삭이니 그가 즉시 내 팔꿈치 바로 옆에서, 끄응, 하고 신음 같은 걸 내뱉으며 대답했다. 내가 말했다.

"빨리, 짐. 꾸물거리고 투덜댈 시간 없어. 저깄는 건 살인자들이야. 저놈들이 난파선에서 도망칠 수 없게 우리가 저놈들 보트를 찾아내서 떠내려 보내지 않으면 놈들 중 하나가 위험해져. 하지만 우리가 저놈들 보트를 찾아내면, 놈들 모두를 궁지에 몰아넣을 수 있어, 보안관이 놈들을 잡을 테니까. 얼른 서둘러! 나는 좌측을 뒤질 테니, 넌 우현 쪽을 뒤져봐. 뗏목을 준비시키고, 그다음……."

"오, 주여, 주여! 뗏목? 뗏목은 읎어, 더 이상. 묶어 놓은 게 끌러져서 가버렸어—우린 여깄는데 말이여!"

13장

흠, 나는 숨이 턱 막혔고 거의 정신줄을 놓을 뻔했다. 저런 악당들이랑 난파선에 이렇게 갇히다니! 하지만 지금은 감정에 치우칠 때가 아니었다. 이제 그 보트를 찾아야만 했다. 우리 자신을 위해 그걸 손에 넣어야 하는 거였다. 그래서 우리는 덜덜 떨며 배의 우현을 걸어 내려갔다. 너무 천천히 걸어서 배의 꼬리까지 가는 데 일주일은 걸린 것 같았다. 보트는 흔적도 없었다. 짐이 자긴 더 이상 걸을 수 있을 것 같지 않다고 말했다. 너무 겁이 나 기운이 하나도 없다고 하면서 말이다. 하지만 나는, 정신 차려, 이 난파선에 남겨지면 우린 진짜 끝장이야, 라고 했다. 그래서 우리는 다시 돌아다니며 찾기 시작했다. 상 갑판실 끝으로 가서 찾아보고 다음은 천창 위를, 덧문에서 덧문으로, 덧문에 죽 매달린 채 앞으로 나아가며 뒤졌다. 천창 한쪽 끝이 물속에 잠겼기 때문이다. 우리가 복도 문 거의 근처까지 가자 거기, 아주 분명히! 보트가 있었다. 가까스로 내 눈에 띈 것이다. 정말 무한한 감사가 느껴졌다. 내가 주저하지 않고 보트에 오르려던 바로 그때 문이 열렸다. 남자들 중 하나가 나랑 고작 2피트 거리에서 머리를 쑥 디밀었고, 나는 이제 죽었구나 싶었다. 그러나 그는 다시 몸을 휙 문 안으로 젖히며 말했다.

"그 빌어먹을 랜턴 좀 치우랑께, 빌!"

그가 보트 안에 자루 같은 걸 휙 집어던지더니 자기도 올라타 앉았다. 패커드였다. 그러자 빌 그자가 나와서 탔다. 패커드가 낮은 목소리로 말했다.

"준비됐지러, 출발혀!"

나는 덧문에 가까스로 매달려 있었고, 기운이 하나도 없었다. 하지만 빌이 말했다.

"잠시만, 자네 그놈은 다 훑었제이?"

"아니. 자네가 안 혔는가?"

"안 혔어. 그렇담 그놈이 자기 몫의 현찰을 갖고 있단 것이네, 아직."

"글씨, 같이 가보지러. 돈은 놔두고 잡동사니만 챙기는 건 아무 소용 없제."

"이봐, 우리가 뭘 꿍꿍인지 놈이 의심스러워하지 않을까?"

"아마 안 그럴 것이여. 하지만 어쨌든 갖고 오긴 해야 하는 것잉께, 가자구."

그래서 그들은 나가서 들어갔다.

문은 배가 기울어진 쪽에 달려 있어서 쾅 닫혔다. 30초 후 나는 배에 올라탔고, 짐이 덜덜 떨면서 나를 따라왔다. 나는 칼을 꺼내 밧줄을 잘랐고, 우리는 떠났다!

우리는 노를 건드리지 않았고, 말을 하지도 속삭이지도 않았으며, 심지어 숨조차 거의 쉬지 않았다. 아주 고요히, 미끄러지듯 신속히 외륜 덮개 끝을 지나고 배의 꼬리 쪽을 지나 눈 깜짝할 사이에 그 난파선에서 백 야드 아래쪽에 있었고, 어둠이 보트를, 보트의 마지막 흔적까지 빨아들여서 우리는 안전했고, 우리도 그걸 알았다.

우리가 3, 4백 야드 정도 내려갔을 때, 갑판실 문에서 한 1초 동안 작은 불꽃처럼 랜턴이 보였고, 그걸로 보아 그 악당들이 자기들 보트가 사라진 걸 알았다는 것을, 그리고 이제 자기들도 짐 터너만큼 엄청난 곤경에 빠진 걸 깨닫기 시작했던 것을 알았다.

이제 짐이 노를 저었고 우리는 우리의 뗏목을 찾아다녔다. 그 사내들에 대해 걱정하기 시작한 건 그때가 처음이었다─전엔 그럴 시간이 없었던 것 같다. 비록 살인자들일지라도 저렇게 궁지에 몰리면 얼마나 무서울까 하는 생각이 들었다. 나는 혼잣말을 한다. 나 자신도 살인자가 될는지 아직 아무도 모르는 법이야. 그럼, 그럴 때 나는 어떨까? 그래서 나는 짐에게 말했다.

"첫 불빛이 보이는 데서 백 야드 아래나 위에, 너랑 보트가 숨어 있기 좋을 만한 곳에 상륙하자. 그럼 내가 가서 뭔가 그럴듯한 말을 지어낼게. 누군가를 보내서 저 삐걱거리는 배에서 악당들을 꺼내줘야지, 때가 되면 교수형을 당하도록."

하지만 그 아이디어는 실패였다. 이내 폭풍우가 다시 시작됐고 이번 건 먼젓번보다 더 심했다. 비가 쏟아붓기 시작했고 불빛은 하나도 보이지 않았다. 모두들 자고 있다는 생각이 들었다. 우리는 불빛들과 우리의 뗏목을 찾아 맹렬히 강을 내려갔다. 한참 후 비는 잦아들었지만 여전히 구름이 껴 있고 번개가 계속 쩡얼댔다. 이윽고 번갯불이 번쩍하더니 저 앞에 떠가고 있는 시커먼 걸 보여 주었고, 우리는 그걸 쫓아갔다.

그건 뗏목이었고, 다시 거기 타게 돼 우린 엄청나게 기뻤다. 이제 저 아래 멀리 강기슭 오른쪽에서 불빛 하나가 보였다. 그래서 나는 그쪽으로 가겠다고 했다. 소형 보트엔 악당들이 난파선에서 훔친 약탈품이 반 정도 채워져 있었다. 우린 그것들을 서둘러 뗏목에 차곡차곡 실었다. 나는 짐한테 계속 떠내려가다 2마일쯤 갔다 싶으면 불빛을 비추고, 내가 올 때까지 계속 불을 켜두라고 말했다. 그 후 나는 불빛을 향해 힘껏 노를 저었다. 그 불빛을 향해 좀더 내려가자 서너 개의 불빛들이 더 보였다—언덕배기 위에서 말이다. 그건 촌락이었다. 나는 아까 말한 강기슭 불빛으로 가까이 다가가서 젓던 노를 내려놓고 그냥 떠내려갔다. 지나가면서 보니 그건 이중선체 여객선 앞머리 쪽 깃대에 걸어 놓은 랜턴이었다. 나는 파수꾼을 찾아 주변을 훑어보았다. 파수꾼이 근방 어디쯤에서 자고 있을라나 궁금해하면서 말이다. 이윽고 저 앞 배를 매어 두는 낮은 기둥에서 머리를 무릎 사이에 푹 처박고 틀고 앉아 있는 남자를 찾아냈다. 나는 그의 어깨를 두세 번 살짝 흔든 다음, 울기 시작했다.

그는 화들짝 놀란 듯이 몸을 움찔했다. 하지만 고작 나뿐인 걸 보고 늘어지게 하품을 하며 기지개를 켠 뒤 이렇게 말했다.

"어이, 뭔 일이다냐? 야야, 울지 마러. 뭣 때문에 그란디?"

내가 말했다.

"아부지가, 엄마가, 누이들이, 또……."

나는 와락 울음을 터뜨렸다. 그가 말했다.

"오, 이런 이런, 그렇게 계속 울지 말어. 우리덜 저마다 자기 나름의 문제가 있는 것이고, 시간이 지나믄 다 괜찮아진당게. 니 가족들이 우쨌는디?"

"식구들이… 식구들이… 아저씨가 저 배 파수꾼이에요?"

"그려." 지극히 만족스럽다는 듯 그가 말했다. "내사 선장이고 선주고 항해사고 조타수고 파수꾼이고 수석 갑판원이제. 가끔은 내가 화물이고 승객이기도 허고 말이제. 나는 짐 혼백 영감만큼 부자가 아니고, 톰이니 딕이니 해리니한테 그 영감처럼 그렇게 지랄맞게 관대허거나 잘해 주진 못허지마는, 또 그 영감 하는 식으로 여기저기에 돈을 확 꺼내 놓진 못하지만, 그 영감한테 여러 차례 말했제. 절대 내 처지를 그 영감 처지랑 안 바꾼다고 말이지. 왜냐, 난 이렇게 말했제, 이 뱃사람의 삶이야말로 바로 나한테 맞는 것이다. 내가 저 마을 2마일 밖 아무 일도 절대 안 일어나는 곳에서 살게 된다믄, 차라리 딱 죽는 게 낫다고 말이여. 그 영감이 가진 모든 돈을 준대도 또 거기다 뭘 더 얹어 준대도 내사 싫구만. 내가 뭐랬냐믄 말이여……."

나는 그의 말을 잘랐다.

"사람들이 지금 끔찍한 곤경에 처해 있어요, 그리고……"

"누가?"

"아이고, 아부지랑 엄마랑 누이들이랑 미스 후커랑요. 아저씨가 만일 아저씨의 여객선을 몰고 저 강을 오르면……"

"어디로 올라? 다들 어딨는데?"

"난파선에요."

"무슨 난파선?"

"아니 하나밖에 더 있나요."

"뭐, 월터 스코트 호를 말하는 건 아니제?"

"그거예요."

"맙소사, 대관절 다들 거기서 뭘 하고 있는디?"

"뭐, 다들 일부러 거기 가진 않았어요."

"물론 그랬겄제! 오, 맙시사, 당장 서둘러 내리지 않으면 다들 큰일 날 텐디! 도대체 그 사람들은 어쩌다 그런 궁지에 빠졌다냐?"

"간단해요. 미스 후커는 방문 중이었어요, 저기 저쪽 마을……"

"그래, 부스 랜딩 말이지, 계속해라."

"그 아가씨는 부스 랜딩의 거길 방문 중이었고, 막 저녁이 될 무렵 여자 검둥이하고 말 여객선*에 올랐어요. 아가씨의

---

* Horse-ferry는 말이나 노새들의 힘을 동력으로 이용한 선박으로서 1810년부터 1850년까지 미국에서 많이 운행됐다.

친구, 미스 뭐라더라, 이름이 뭐든 간에, 그 친구네서 하룻밤 묵으려고요. 그런데 사람들이 키잡이 노를 잃어버린 바람에, 배꼬리 부분이 앞이 돼서 한 2마일을 빙빙 돌면서 떠내려가다 그만 난파선하고 딱 부딪혀서, 선원이랑 검둥이 여자랑 말들은 모두 물에 떠내려갔어요. 하지만 미스 후커는 그 난파선을 꽉 붙잡고 올라탔어요. 흠, 어두워지고 나서 한 시간쯤 후, 우리 식구들은 우리 거룻배를 타고 가고 있었는데, 너무 어두워서 우리가 난파선 바로 위에 있을 때까지 전혀 알아채지 못하다가, 그만 쾅 부딪힌 거죠. 하지만 빌 휘플을 빼고 모두 목숨은 건졌어요—아, 그 애는 정말 최고로 착했는데!— 그런 일이 나한테 생겼더라면 정말 좋았을걸."

"이런, 맙소사! 내가 여태 들어 본 얘기 중에서 가장 충격적이구만. 그러고 나선 다들 어떻게 했다냐?"

"뭐, 우린 계속해서 소리를 질렀어요. 하지만 거긴 너무 넓어서 아무도 우리 소릴 듣지 못했어요. 그래서 아부지는 누군가 연안가에 올라 어떻게든 도움을 청해야 한다고 했어요. 헤엄을 칠 수 있는 사람은 저뿐이라 제가 물에 뛰어들었는데, 미스 후커 그분이 말하기를 만약 얼른 도움을 얻지 못할 형편이면, 여기 와서 자기 삼촌을 찾으라 했어요. 삼촌이 해결해 줄 거라고요. 전 저기 1마일쯤 아래 상륙해서 그때부터 여태 시간만 낭비하고 있었어요. 사람들을 어떻게 좀 하게 하려고 애를 쓰면서요. 하지만 사람들은 이랬죠. '뭐, 이런 밤, 저런 물살에? 그건 말이 안 돼. 증기선을 찾아가거라.' 저, 혹시 아저씨가 가서……."

"물론 그러고 싶제, 제기랄. 잘 모르겠다만 그러긴 할 거다. 하지만 도대체 누가 그 돈을 낼 건디? 네 생각엔 네 아부지가—"

"뭐, 그건 문제없어요. 미스 후커 그분이 저한테 구체적으로 말했어요. 그분의 삼촌인 혼백이—"

"오 맙시사! 그 영감이 그 아가씨 삼촌이라고? 자 봐라, 저 멀리 불빛 있는 쪽으로 달려가거라. 거기 도착하면 서쪽으로 돌아서 4분의 1마일 정도 쭉 그대로 선술집까지 가거라. 사람들한테 짐 혼백네로 데려다 달라 혀. 그러믄 그 사람이 셈을 치를 것잉게. 조금도 꾸물거리지 말거라이. 왜냐하믄 영감은 새로운 소식을 듣고 싶을 테니. 그 영감한테 내가 조카를 아주 안전하게 데려온다고 허거라. 영감이 마을에 도착하기 전에 말이여. 자, 싸게 싸게 얼른 가거라. 나는 내 기관사를 깨우러 여기서 모퉁이를 돌 것잉게."

나는 불빛 쪽으로 곧장 달렸지만, 그가 모퉁이를 돌자마자 되돌아와 내 소형 보트에 올라타고 거기서 벗어난 다음, 6백 야드쯤 잔잔한 물길을 따라 연안을 거슬러가서 다른 나무 보트들 사이에 끼어 있었다. 여객선이 출발하는 걸 볼 때까진 마음이 놓이지 않았기 때문이다. 그러나 전반적으로 봤을 때 그 악당들을 위해 한 이 모든 고생이 나는 차라리 마음 편하게 느껴졌다. 많은 사람들이 이러진 않을 것이기 때문이다. 나는 과부가 이 일을 알아주었으면 싶었다. 악당들을 돕고자 한 나를 그녀가 자랑스러워할 거라 믿었다. 왜냐하면 악당들이나 사회 낙오자들이 과부랑 선량한 사람들이 가장 지대한 관심을 갖는 부류이기 때문이다.

흠, 얼마 안 돼 이리로 흐릿하고 거무스름한 난파선이 떠내려왔다! 서늘한 냉기 같은 것이 몸을 훑고 지나갔다. 나는 증기선으로 다가갔다. 배는 아주 깊이 잠겨 있었고, 다음 순간 나는 그 배에 누군가가 살아 있을 가능성이 그리 많지 않다는 걸 알았다. 난파선을 빙 돌며 고함을 좀 질러 보았으나 아무 대답도 없었다. 모든 게 죽은 듯 고요했다. 난 그 악당들 때문에 마음이 좀 무거웠으나 아주 많이는 아니었다. 만약 그들이 견뎌 낼 수 있었다면 나도 그랬을 거란 생각이 들었기 때문이다.

그때 이리로 그 여객선이 왔다. 그래서 나는 강 한복판 쪽으로 약간 비스듬히 길게 노를 저어 갔다. 시야에서 벗어났다 싶자 노를 내려놓고 뒤를 돌아보았고, 여객선이 난파선으로 가서 미스 후커가 남긴 유품들을 찾고 있는 걸 보았다. 선장은 그녀의 삼촌 혼백이 그걸 갖고 싶어 한다고 생각했을 것이다. 여객선은 이내 찾는 걸 포기하고 강가로 향했고, 나는 노 젓는 데만 집중해 전속력으로 강을 내려왔다.

짐이 밝힌 불이 보이기까지 어마어마하게 긴 시간이 흐른 것 같았다. 그리고 그걸 보았을 땐 마치 천 마일이나 떨어져 있는 것처럼 보였다. 내가 거기 도착했을 때 하늘 동쪽이 약간 회색빛을 띠기 시작했다. 그래서 우리는 섬으로 향했고,

뗏목을 감추고 소형 보트를 물에 가라앉힌 뒤 잠자리에 들어
죽은 듯이 잤다.

14장

　이윽고 우리는 잠자리에서 일어나 악당들이 난파선에서 훔친 물건들을 뒤져서 장화와 담요와 옷가지 등 여러 잡다한 것들과 많은 책들, 작은 망원경, 시가 세 상자를 발견했다. 우리 인생에서 이렇게 부자였던 적은 여태 한 번도 없었다. 시가들은 최상품이었다. 우리는 오후 내내 숲속에 누워 얘기를 나누고, 나는 책을 읽으면서 전반적으로 좋은 시간을 보냈다. 나는 짐한테 난파선과 여객선에서 벌어졌던 일들을 다 말해 주면서 이런 게 바로 모험이라고 했다. 하지만 짐은 더 이상의 모험은 바라지 않는다고 말했다. 내가 갑판실로 들어가고 자기는 뗏목을 타려고 도로 엉금엉금 기어 나왔다가 그게 사라진 걸 보고 이제 죽었구나 싶었다는 것이다. 만약 구조되지 않으면 익사할 것이고, 구조된다 해도 구조한 사람이 누구든 현상금 때문에 자기를 집으로 보낼 것이며, 그러면 미스 왓슨이 분명 남부에 팔려 할 것이었다. 어쨌든 자기로선 사면초가일 수밖에 없었고, 모든 게 끝났다고 생각했다는 것이다. 흠, 그가 옳았다. 그는 대개 늘 옳았다. 검둥이치고 머리가 비상했다.

나는 짐한테 왕이니 공작이니 백작이니 하는 사람들에 관한, 그들이 얼마나 화려하게 차려입고 얼마나 멋을 부리는지, 서로를 '미스터'라고 하는 대신 '폐하, 각하, 전하'라고 부른다 등등에 관한 책을 한참 읽어 주었다. 그러자 짐의 눈이 툭 튀어나왔다. 그가 흥미를 보이며 말했다.

"내는 그런 사람들이 그렇게 많은 줄 몰렀는디. 너가 트럼프 카드 뭉치에서 그 왕들을 셀 때 말곤, 솔루먼 왕 빼고 그런 사람들에 관해 거의 들어 본 적이 없어. 왕은 월마나 벌어?"

"얼마나 벌어?" 내가 말했다. "야, 왕들은 원한다면 한 달에 천 달러도 벌어. 자기들이 갖고 싶은 만큼 가질 수 있어. 모든 게 자기들 거니까."

"굉장허네? 그렇게 벌라믄 뭘 혀야 돼, 헉?"

"아무것도 안 해! 뭔 말 하는 거야. 왕들은 그냥 앉아만 있어."

"설마… 그려?"

"그래, 물론이지. 왕들은 그냥 앉아만 있어. 아마 전쟁 날 때만 빼면 말이야. 그땐 전쟁터에 가. 하지만 다른 땐 그냥 하릴없이 빈둥대. 아니면 매사냥을 가든지. 그냥 매사냥하고… 쉿! 너 무슨 소리 못 들었어?"

우리는 숨어 있던 곳에서 나가 살펴보았다. 하지만 그건 저 멀리 곶#을 빙 돌아서 이리로 떠내려오고 있는 증기선 바퀴가 쿨럭대는 소리였다. 그래서 우린 다시 돌아왔다.

"그렇다니까." 내가 말했다. "그리고 다른 땐, 모든 게 따분하면 왕들은 의회 가지고 야단법석을 떨지. 그래서 만약 누구든 자기 말을 안 들으면 다 목을 잘라 버리는 거야. 하지만 대개는 하렘을 어슬렁거려."

"워딜 어슬렁거려?"

"하렘."

"하렘이 뭔디?"

"왕이 자기 마누라들을 두는 데지. 너 하렘이 뭔지 몰라? 솔로몬한테도 하나 있었는데, 그 사람은 마누라가 백만 명 정도 있었어."

"아, 맞아. 그랬어. 내는, 내는 잊어버리고 있었어. 하렘은, 내 보기론 기숙사 같은 곳이여. 그, 애덜 키우는 곳은 꽤나 떠들썩했을 거여. 글고 마누라들도 상당히 다퉜겠제. 그럼 또더 소란스러워지고 말여. 사람들은 그런데도 솔루먼이 세상에서 가장 지혜로운 사람이다 허지. 허지만 내는 절대 그 말을 믿지 않어. 왜냐믄, 지혜로운 사람이 왜 줄곧 그런 끔찍한 소용돌이 한가운데서 살고 싶었어? 아녀―진짜 그럴 리 없지. 지혜로운 사람이라믄 보일러 공장을 짓겠지. 그럼 자기가 쉬고 싶을 땐 그 보일러 공장을 닫을 수도 있고."

"글쎄, 하지만 어쨌든 솔로몬은 가장 현명한 사람이었어. 왜냐하면 과부 아줌마가, 본인 입으로 나한테 직접 그렇다고 했거든."

"난 그 과부 마님이 뭐라 했건 신경 안 써. 게다가 솔루먼도 절대 현명한 사람이 아니었고. 그 남잔 여태 내가 본 거 중에서 가장 기이한 방식으로 일을 혔어. 너 그 사람이 두 쪽으로 가르려고 했던 그 어린애 얘기 알어?"

"응, 과부 아줌마한테서 들었어."

"글씨, 그렇담! 그거 정말 끔찍한 생각 아니여? 너 그냥 한 1분만 이걸 좀 봐봐. 저기 그루터기 있지, 그게 그 여자덜 중 하나여. 이건 너고—너는 다른 한쪽 여자여. 내는 솔루먼이고. 그리고 이 1달러 지폐가 그 어린애여. 너희 둘 다 이걸 달라 주장혀. 내가 뭣을 헐까? 이웃 사람들을 부리나케 찾아 다니믄서 이 지폐가 너희덜 중 정말 누구헌티 속하는 거란 걸 밝혀내서 아주 공정허게, 옳은 사람헌티 주지 않을까? 상식이란 게 있는 사람이믄 누구든 다 그렇게 하는 식으루다? 하지만 자, 난 지폐를 두 짝으로 갈라서 한 짝은 너헌티, 다른 반쪽은 다른 여자헌티 주는 거여. 이게 솔루먼이 그 아이한테 하려던 짓이여. 자, 이제 내는 너헌티 묻고 싶어. 그 반쪽짜리 지폐가 무슨 쓸모가 있어? 그걸론 암것도 못 사지. 그럼 반쪽짜리 아이는 무슨 소용이야? 그런 아이 백만 명을 줘도 난 싫었어."

"하지만, 잠깐만 짐. 넌 요점을 완전히 빗나갔어. 젠장, 1천 마일이나 빗나갔다고."

"누가? 내가? 집어치워. 내헌티 네 요점일랑 말허지 마. 내는 내가 상식이 뭔 줄 안다고 생각허거든. 그런 짓을 허는 것들이 아무 상식이 없는 거지. 그 주장은 반쪽짜리 아이에 관한 것이 아니었어. 그 주장은 통째로 된 아이에 관한 것이었어. 그리고 그 통째로 된 아이를 반쪽짜리로 만들어 분쟁을 해결할 수 있다고 생각한 그 작자는, 바깥에 비가 오믄 집에 들어가야 한다는 만큼의 상식도 없어. 내헌티 솔루먼에 관한 얘긴 허지 마, 혁. 내는 그 작자를 속속들이 알고 있으니께."

"하지만 넌 요점을 하나도 이해 못하고 있다고!"

"빌어먹을 요점! 내는 내가 안다는 걸 안다고 생각혀. 그러니께 잘 들어. 진짜 요점은 더 한참 내려가야 있어. 더 깊이 내려가야 있는 거여. 솔루먼이 자라난 그 방식에 있단 말여. 너, 애가 오직 하나나 둘만 있는 남자가 있다 쳐봐. 그 남자가 애들을 쉽게 버릴라 허겄어? 아니, 그 남자는 안 그러지. 그럴 만큼 넉넉하지 않응께. 그는 애덜을 중히 여길 줄 알지. 허지만, 온 집 안을 뛰어댕기는 한 5백만 명쯤 되는 아이들을 가진 남자가 있다고 쳐봐. 그건 다르지. 그 남잔 고양이처럼 간단히 아일 반으로 가를 거여. 아직도 훨씬 더 많이 있으니께. 아이가 하나든 둘이든, 더 많든 더 적든, 그건 솔루먼헌틴 다 마찬가지였어. 어헛 구신이 물어 갈 놈!"

나는 이런 검둥이는 처음 본다. 일단 머릿속에 어떤 생각이 들어가면 그게 절대 다시 밖으로 나오는 법이 없다. 그는 여지껏 본 어떤 검둥이보다 솔로몬을 가장 업신여기는 검둥이였다. 그래서 나는 솔로몬 얘긴 제쳐 두고, 다른 왕들에 관해 얘기하기 시작했다. 오래전 프랑스에서 단두대에 목이 잘린 루이 16세에 관한 얘기를 그에게 해주었다. 그의 아들인 어린 황태자*에 관해서도. 왕이 될 거였으나 끌려가서 감옥에 갇혔고, 어떤 이들은 그가 거기서 죽었을 거라고 한다는 얘기도 해주었다.

"가여운 어린애."

"하지만 어떤 사람들은 돌고래가 거기서 도망쳐서 미국으로 왔을 거라고 해."

"그거 잘됐네! 하지만 꽤나 외로울 텐디—여긴 왕들이 하나도 없으니께. 그렇지, 헉?"

"없지."

"그럼 그 사람은 아무 지위도 못 얻겠네. 앞으로 뭘 할라나?"

"글쎄, 나도 모르지. 그런 사람들 중 몇몇은 경관이 되고, 또 몇몇은 사람들한테 어떻게 프랑스 말을 하는가를 가르쳐."

"이봐, 헉, 그 프랑스 사람덜은 우리가 하는 거랑 똑같은 식으로 말허지 않어?"

"아냐, 짐. 넌 그 사람들이 하는 말은 한마디도 못 알아들을 걸. 단 한마디도."

"글씨, 완전 골 때리네! 그럼 워떻게 되는디?"

"나도 몰라, 하지만 그래. 나는 그 사람들이 재잘재잘하는 걸 책에서 좀 배웠어. 어떤 남자가 너한테 와서 폴리—부—푸란지라 한다 쳐봐. 넌 그게 뭐라 생각하겠어?"

---

* 황태자는 영어로 dauphin이다. 헉은 이것을 dolphin(돌고래)이라 했다.

"난 아무 생각도 안 할 거여. 그놈 머리통을 한 방 갈길 거여—그니까 그놈이 백인이 아니라믄. 내는 어떤 검둥이도 내 헌티 그렇게 말허도록 그냥 놔두지 않을 거여."

"제길. 그 사람은 너한테 욕을 하는 게 아니야. 그냥 '너 프랑스 말 어떻게 하는지 알아?' 하고 말하는 거뿐이라고."

"글씨, 그렇다믄 왜 그놈은 그렇게 말헐 수 없었는디?"

"뭐, 그 사람은 그렇게 말을 하고 있는 거야. 프랑스식으로 그 말을 하는 거지."

"뭐, 그건 옘병할 우스꽝스러운 방식이고, 내는 그거에 관혀선 더는 듣고 싶지 않어. 도대체 상식적으로다 말이 안 돼."

"자 봐, 짐. 고양이가 우리가 말하는 것처럼 말할 수 있어?"

"아니, 고양이는 못 허지."

"그렇담, 소는?"

"아니지, 소도 마찬가지여."

"고양이가 소처럼 말하거나, 아니면 소가 고양이처럼 말해?"

"아니, 안 그러지."

"그것들한텐 서로 다르게 얘기하는 게 자연스럽고 옳은 거야, 그렇지 않아?"

"물론이지."

"그러면 소랑 고양이가 우리랑 다르게 얘기하는 건 자연스럽고 옳은 게 아니야?"

"그건 당연히 옳은 거지."

"자, 그럼, 프랑스 사람이 우리랑 다르게 말하는 건 자연스럽고 옳은 게 아니야? 너 그거에 대해서 대답해 봐."

"고양이가 사람이야, 헉?"

"아니."

"자, 그럼, 고양이가 사람처럼 말하는 건 상식적으로 말이 안 되지. 소가 사람이야? 아니면 소가 고양이야?"

"아니, 둘 다 아니지."

"자, 그렇담, 소가 사람이나 고양이처럼 말할 아무 이유가 없지. 프랑스 사람은 사람이야?"

"응."

"자, 그렇다믄! 제길, 왜 그놈은 사람처럼 말을 하지 않어? 너 이거에 대해 답혀 봐!"

나는 말하느라 시간 낭비해 봐야 아무 소용 없다는 걸 알았다. 검둥이한테 논쟁하는 걸 가르칠 순 없다. 그래서 관뒀다.

15장

우리는 사흘 밤만 지나면 오하이오강이 흘러 들어가는 일리노이 남단 카이로에 도착하게 될 거라 판단했고, 거기가 우리가 가려는 곳이었다. 우리는 뗏목을 팔고 증기선을 타고, 노예 없는 주들 가운데 하나인 오하이오로 올라갈 것이다. 그럼 고생도 끝이다.

흠, 이튿날 밤안개가 밀려오기 시작했다. 안개 속을 항해할 순 없는 노릇이라 우리는 뗏목을 묶어 둘 모래톱으로 향했다. 나는 뗏목을 묶어 둘 밧줄을 챙겨 카누로 앞장섰지만, 그걸 잡아매 놓을 데라곤 어린나무들밖에 없었다. 나는 가파른 강둑 제일 가장자리의 나무들 중 하나에 밧줄을 던졌다. 하지만 물살이 너무 셌다. 뗏목이 기세등등하게 오더니 어린나무 뿌리를 휙 잡아 뜯고 지나가 버렸다. 안개가 점점 가까이 몰려오는 게 보이자 속이 울렁거리고 너무 겁이 나서, 30초쯤 느껴지는 시간 동안 나는 꼼짝도 할 수 없었다. 그러자 뗏목이 시야에서 사라져 버렸다. 20야드 앞도 보이지 않았다. 나는 카누로 뛰어올라 배의 꼬리 쪽으로 달려가 노를 집어 들고 그쪽에서 노를 저었다. 그러나 카누가 움직이지 않았다. 너무 서두르느라 카누를 끄르지도 않았던 것이다. 일어나서 카누를 끄르려고 했지만 너무 흥분해서 손이 덜덜 떨리는 바람에 그 손으론 거의 아무것도 할 수 없을 지경이었다.

나는 출발하자마자 모래톱 바로 아래로 맹렬히 뗏목을 쫓아갔다. 거기까지 간 것은 좋았으나 모래톱 길이는 60야드가 안 됐고, 모래톱 발치를 날듯이 지나는 순간 견고하고 하얀 안개 속으로 돌진하여, 도대체 내가 어디로 가고 있는 건지 사후세계를 헤매는 망자보다도 더 아무 생각이 없었다.

생각해 보았다. 노를 젓는 건 안 될 것이다. 강둑이나 모래톱 같은 걸 들이받게 될 거라는 건 우선 알겠다. 가만히 앉아서 떠내려가야 한다. 이런 때 두 손 놓고 가만 앉아 있는 건 꽤 조바심 나는 일이긴 해도 말이다. 나는 와ㅡ 고함을 지르고 귀를 기울였다. 저 아래 어디 멀리서 와ㅡ 하는 작은 소리가 들렸고, 그러자 기운이 났다. 나는 소리가 다시 들려올까 바짝 귀를 기울이며 맹렬히 그 소릴 쫓아갔다. 나는 다음번 그 소리가 들렸을 때 내가 그쪽으로 가고 있는 게 아니라, 그 소리의 오른쪽으로 한참 가고 있었다는 걸 알았다. 다음번엔 그 왼쪽 방향으로 한참을 가고 있었다. 거기다 소리에 많이 가까워지지도 못했다. 왜냐하면 나는 이쪽저쪽 또 다른 방향으로 빙빙 돌며 내달리고 있었지만, 그건 줄곧 곧장 앞으로 나아가고 있었기 때문이다.

나는 그 바보가 양철 냄비 두들기는 걸 생각해 내길, 그래서 그걸 내내 좀 두들기고 있길 바랐으나 그는 절대 그러지 않았다. 고함 소리들 사이의 적막한 장소들이 나를 몹시 곤혹스럽게 만들고 있었다. 흠, 계속 고군분투하고 있는데 그 고함 소리가 바로 내 뒤쪽에서 났다. 이제 나는 몹시 뒤죽박죽이 되었다. 저건 짐이 아닌 다른 사람의 고함 소리거나, 아니면 내가 빙빙 돌고 있었다는 거였다.

나는 노를 바닥에 집어던졌다. 다시 고함 소리가 들렸다. 아직 내 뒤쪽에서 들렸지만, 다른 방향에서였다. 그건 계속 들려왔고, 방향을 내내 바꿔가고 있었으며, 나는 대답을 계속했다. 이윽고 소리가 다시 내 앞쪽에서 들려왔다. 나는 물살이 카누 머리를 흔들흔들 강 하류 쪽으로 돌려놓았다는 걸 알게 되었고, 내가 맞았다. 만약 그 고함이 다른 뗏목 사공이 아니라 짐이 낸 소리라면 말이다. 안개 속에서 목소리를 구분하기는 어려웠다. 안개 속에서는 어떤 것도 원래대로 보이거나 원래대로 들리지 않는다.

고함 소리는 계속됐다. 약 1분 후 나는 커다란 나무들이 어슴푸레한 유령들처럼 서 있는 가파른 절벽을 쏜살같이 떠내려가고 있었고, 으르렁대는 수많은 유목流木들에 찢긴 물살이 나를 순식간에 강둑 왼편으로 집어던졌다.

1, 2초 후 나는 다시 견고히 하얀 적막 속에 있었다. 나는 심장이 뛰는 소리를 들으며 완벽하게 고요히 앉아 있었다. 심장이 백 번 뛰는 동안 한 번도 숨을 쉬지 않은 것 같았다.

나는 그냥 포기해 버렸다. 뭐가 문제였는지를 알았다. 그

가파른 절벽은 섬이었고, 짐은 그 섬의 반대쪽으로 떠내려갔던 것이다. 그건 10분 만에 떠내려갈 수 있는 그런 모래톱이 결코 아니었다. 큰 나무들이 있는 전형적인 섬이었다. 아마 5, 6마일 길이에 반 마일 더 되는 너비일 것이다.

나는 귀를 쫑긋한 채 가만히 있었다. 내 생각엔 한 15분쯤이었던 것 같다. 물론 나는 한 시간에 4, 5마일 정도로 떠내려가고 있었지만, 그런 생각조차 들지 않았다. 그렇다, 그냥 물 위에 죽은 듯이 고요히 누워 있는 듯한 기분인 것이다. 혹시 옆에서 떠내려가는 나뭇가지를 힐끗 보게 되면, 내가 얼마나 빨리 가고 있는지는 생각 못 하고, 숨을 헉, 하면서 와! 저 나뭇가지는 어쩜 저리 맹렬히 떠내려가나 생각하는 것이다. 만약 밤에 안개 속에 혼자 있는 게 울적하거나 쓸쓸하지 않을 거라 생각한다면, 당신이 한번 있어보라. 무슨 말인지 알 것이다.

그 후 약 30분간 나는 이따금 고함을 질렀다. 마침내 저 멀리서 대답이 들려 그 소리를 따라가려 해봤으나 그럴 수가 없었고, 그래서 즉시 내가 모래톱 한가운데로 들어왔다고 판단했다. 양쪽으로 어렴풋이 모래톱이 보였고, 이따금 그 사이로 좁은 수로가 얼핏 보였기 때문이다. 어떤 수로는 볼 수는 없었지만, 강둑에 걸쳐진 썩은 나뭇가지들과 쓰레기들을 물살이 쓸어내리는 소리가 들리곤 했기 때문에, 거기 있다는 건 알 수 있었다. 흠, 얼마 후 그 모래톱 한가운데서 나는 고함 소리를 놓쳤다. 어쨌거나 그걸 좇으려고 약간 더 애쓰다가 그만뒀다. 도깨비불을 쫓는 것보다도 더 힘들었기 때문이다. 소리가 어떻게 그렇게 사방으로 달아나는지, 그렇게 빨리, 여러 번 방향을 바꾸는지 여러분은 결코 알지 못할 것이다.

나는 섬들에 세게 부딪히지 않으려고 카누를 네다섯 번 강둑에서 열심히 떼어 놓아야 했다. 그리고 뗏목이 이따금 강둑을 들이받았을 게 틀림없다고 판단했다. 그렇지 않다면 더 멀리 앞으로 가버려서 아무 소리도 닿지 않는 곳에 있었을 것이다. 그건 나보다 약간 더 빨리 떠내려가고 있었다.

흠, 이윽고 다시 탁 트인 강으로 나온 듯했지만 어디서도 고함 소리의 흔적을 찾을 수 없었다. 짐이, 혹시 암초에 걸려서 그길로 골로 갔을지도 모른다는 생각이 들었다. 나는 몹시 피곤해서 카누에 드러누웠고, 더는 아무 신경 안 쓰겠다고 말했다. 물론, 나는 자고 싶지 않았다. 하지만 너무 졸려서 어쩔 수가 없었다. 그래서 아주 잠깐 토끼잠을 잤다고 생각했다.

하지만 그건 토끼잠 이상이었던 것 같았다. 잠에서 깼을 땐 별들이 밝게 반짝이고 있었고, 안개는 다 걷혔으며, 나는 크게 굽이진 강을 배꼬리를 앞으로 한 채 빙글빙글 돌며 떠내려가고 있었다. 처음엔 내가 어디 있는지를 몰랐다. 꿈을 꾸고 있다고 생각했다. 그리고 여러 가지 것들이 되살아났는데 마치 지난주에 일어났던 일처럼 흐릿했다.

이곳은 더 이상 크고 울창할 수 없을 것 같은 나무들이 양 기슭에 드리워진 어마어마하게 큰 강이었다. 별빛에 드러난 그 나무들은 내 눈엔 그저 단단한 담벼락처럼 보였다. 나는 멀리 강 하류를 바라보았고, 물 위에서 검은 점 하나를 보았다. 그걸 쫓아갔다. 하지만 다가가서 보니 그냥 톱질한 통나무들 몇 개를 한데 묶은 것일 뿐이었다. 그때 또 다른 점이 보여서 그 점을 쫓아갔다. 그러기를 다시 또 했고, 이번엔 내가 옳았다. 그건 뗏목이었다.

내가 다가갔을 때 짐은 오른팔을 키잡이 노에 걸치고 머리를 무릎 사이에 처박은 채 앉아서 자고 있었다. 다른 노 하나는 박살이 나 있었고 뗏목엔 나뭇잎들과 나뭇가지들과 흙이 지저분하게 쌓여 있었다. 그러니까 뗏목이 생고생을 한 것이다.

나는 카누를 잡아매고, 짐의 코 아래 드러누워 하품을 하면서 짐한테 주먹을 쭉 뻗었다. 그리고 이렇게 말했다.

"어이, 짐. 나 자고 있었어? 왜 날 깨우지 않았어?"

"오, 주여 감사합니다. 너야, 헉? 너 안 죽었구나. 익사한 게 아니었어. 다시 돌아온 거여? 야야, 너무 좋아서 믿기지가 않어. 너무 좋아서 꿈만 같어. 어디 좀 보자, 애야. 어디 좀 만져 보자고. 아니네, 너가 죽은 게 아니었어! 너가 다시 돌아왔구나. 무사히 건강하게, 우리 옛날 헉이랑 똑같이—옛날 헉 딱 그대로. 주여 감사헙니다!"

"무슨 일 있어, 짐? 너 술 마시고 있었어?"

"술을 마셔? 내가 술을 마시고 있었다고? 내가 술 마실 틈이라도 있었어?"

"뭐 그렇담 왜 그런 정신 나간 소릴 하는데?"

"내가 워떤 정신 나간 소릴 허는디?"

"어떤? 뭐, 내가 돌아왔다느니 뭐니 하는 그런 말들 안 했어? 내가 어디 멀리 가버리기라도 했던 것처럼 말야?"

"헉―헉 핀, 너 내 눈을 봐, 내 눈을 보라구. 너 사라져 버리지 안혔었어?"

"사라져 버려? 도대체 그게 무슨 말이야? 나는 어디에도 간 적이 없는데. 내가 어딜 가겠어?"

"자, 이것 봐, 대장. 뭔가 잘못된 거 같어. 그려, 내가 나여, 아님 누가 나여? 내가 여깄어, 아님 내가 워딨어? 자, 그거시 지금 내가 알고 싶은 거여."

"글쎄, 나는 네가 여기 있는 거 같은데, 아주 명백히. 하지만 넌 머릿속이 뒤죽박죽인 늙은 천치 같아, 짐."

"내는, 나여? 그럼 이거에 대답혀 봐. 너 그 모래톱에 묶을라고 카누에 밧줄을 실지 안혔어?"

"아니, 안 그랬는데. 무슨 모래톱? 나는 아무 모래톱도 못 봤는데."

"아무 모래톱도 못 봤다구? 자, 봐봐. 그 밧줄이 헐거워져서 뗏목이 강으로 윙윙 떠내려가고, 너와 카누는 그 안개 뒤로 남겨지지 안혔어?"

"무슨 안개?"

"무슨, 안개! 온밤 내내 껴 있던 그 안개. 그라믄 너는 와 하고 고함치지 안혔어? 그러믄 내가 와 허지 안혔냐구. 우리덜 중 하나가 섬들 사이에서 방향을 잃고, 그럼 다음번엔 다른 하나가 아득히 길을 잃고. 왜냐믄 자기가 어딨는 줄을 몰랐으니께. 그렇게 우리가 헷갈려 했던 게 아니여? 그리고 내가 그 빌어먹게 많은 섬들이랑 부딪히면서 힘든 시간을 겪고 거의 익사할 뻔허지 않었다고? 자. 그러지 안혔어. 대장? 그러지 안 헌거여? 너 그거에 대해 대답혀 봐."

"글쎄. 무슨 말인지 하나도 모르겠어, 짐. 나는 어떤 안개도. 어떤 섬들도. 어떤 어려움도. 아무것도 못 봤어. 나는 네가 한 10분 전에 잠들 때까지 줄곧 여기 앉아서 너랑 얘길 하고 있었고, 그러다 나도 깜빡 잠이 든 것 같아. 그 시간 동안 취할 수는 없었을 테고. 너는 물론 꿈을 꾸고 있었던 거야."

"개나 물어 갈 소리. 워떠케 10분 안에 그 모든 걸 다 꿈꿔?"

"제기랄. 넌 꿈을 꾼 거라니까. 왜냐하면. 그중 어떤 것도 일어난 게 없으니까."

"하지만 헉. 그건 내헌티 너무 생생해서 마치……."

"그게 얼마나 생생하냐 해서 달라지는 건 없어. 아무 일도 일어나지 않았으니까. 난 알지. 왜냐하면 내가 줄곧 여기 있었으니까 말야."

짐은 한 5분 정도 아무 말도 하지 않았다. 하지만 곰곰이 그걸 생각하며 앉아 있었다. 그러더니 말했다.

"흠. 그렇다믄. 내가 꿈을 꾼 거 같아. 헉. 허지만. 제기랄. 그건 내가 여태 꾼 꿈들 중에서 가장 강력한 것이었어. 여태껏 정 이러케 나를 지치도록 만든 꿈은 한 번도 꾼 적이 없응께."

"아. 그래. 그것도 맞아. 왜냐하면. 꿈은 때때로 다른 모든 것들처럼 우릴 지치게 해. 하지만 그건 굉장한 꿈이었던 것 같은데. 뭔지 다 말해 봐, 짐."

그래서 짐은 곧 그동안의 모든 일을 사실 그대로, 비록 꽤 과장하긴 했지만 죽 다 이야기했다. 그러더니 그게 일종의 경고를 보내는 것이기 때문에 그 꿈을 '해몽'해야 한다고 했다. 그는 그 첫 번째 모래톱은 우리한테 어떤 좋은 일을 하려는 사람을 상징하는 거지만, 물살은 우리를 그 사람한테서 떼어 놓으려는 또 다른 사람을 의미한다고 했다. 고함 소리들은 이따금 우리한테 경고를 해주러 나타난 건데, 우리가 그걸 이해하려고 열심히 노력하지 않으면, 그것들이 액운으로부터 우리를 지켜 주는 대신 우리를 바로 그쪽으로 몰고 갈 것이다. 그 많은 모래톱들은 우리가 다투기 좋아하는 사람들이나 온갖 종류의 못된 인간들과 얽히게 되는 곤경을 뜻하지만, 우리 일에만 전념하고 말대답하지 않고 그들을 자극하지 않으면, 우리는 모든 난관을 헤치고 안개에서 빠져나와 크고 맑은 강, 그러니까 노예가 없는 자유주自由州에 더 이상 아무 어려움 없이 잘 도착하리라는 것이다.

내가 뗏목에 올라타고 난 후엔 구름이 꽤 어둑하게 끼어 있었으나, 이제 다시 맑아져 있었다.

"와, 모든 해석이 거기까진 아주 그럴듯하네, 짐." 내가 말했다. "하지만 이런 것들이 상징하는 건 뭐야?"

뗏목엔 나뭇잎들과 쓰레기들이 있었고 노가 박살 나 있었다. 그런 것들이 이젠 똑똑히 잘 보였다.

집은 그 쓰레기를 보다가, 나를 보고, 다시 그 쓰레기를 보았다. 그의 머릿속에는 꿈에 관한 생각이 너무 강하게 심겨 있어서, 그것을 털어 버린 자리에 즉시 사실들을 되돌려 놓기가 어려운 듯 보였다. 하지만 다시 모든 걸 바로잡고 나자 그는 미소조차 짓지 않고 나를 엄숙하게 바라보면서, 말했다.

"이것덜이 뭘 상징허냐구? 너헌티 말혀 줄게. 내가 지치도록 노를 젓고 너를 부르다가 잠들었을 때, 내 심장은 너를 잃어버린 것 땜에 거의 망가져 버렸고, 내나 뗏목이 워찌 되던 더 이상은 아무 상관두 없었어. 그리고 잠이 깨서, 너가 이렇게 멀쩡허고 안전허게 다시 돌아온 것을 발견혔을 때, 내는 눈물이 흐르고 너무 감사혀서 무릎을 꿇고 너의 발에 입이라도 맞출 수 있을 거 같었어. 그런데 너가 생각허고 있는 건 오로지 워떠케 하믄 네 친구 집을 거짓말로 골탕 먹일 수 있을까 하는 거여. 거기 쌓인 것들은 쓰레기여. 그리고 쓰레기는 자기 친구덜 머리에 오물을 덮어씌워 부끄럽게 만드는 그런 사람들이 쓰레기여."

그러더니 그는 천천히 일어나 천막으로 걸어갔고, 더는 아무 말 않고 안으로 들어갔다. 그러나 그걸로 충분했다. 나는 내가 너무 비열하게 느껴져서 그 말을 취소시킬 수만 있다면 그의 발에 입이라도 맞출 수 있을 것 같았다.

내 스스로 검둥이한테 가서 고개를 숙일 수 있기까지 15분이 걸렸다. 하지만 난 그렇게 했고, 이후로 그걸 절대 창피해하지도 않았다. 그리고 그에게 더는 못된 장난을 치지 않았

다. 만약 그가 저런 식으로 느낄 줄 알았다면 그런 짓을 하지
도 않았을 것이다.

16장

우리는 낮엔 거의 온종일 잤다가 밤에 출발했는데, 늘어진 행렬처럼 무시무시하게 기다란 뗏목 약간 뒤에 있었다. 그 뗏목은 귀퉁이마다 네 개의 기다란 노들이 달려 있어서 우리는 거기 한 30명쯤 되는 남자들이 타고 있을 게 분명하다고 생각했다. 갑판엔 서로 널찍널찍하게 떨어진 다섯 개의 원형 천막들이 있었고, 그 한가운데에는 확 트인 캠프파이어 공간이 있었으며, 뗏목 양쪽 끝에는 커다란 깃대가 있었다. 위세 등등한 뗏목이었다. 저런 배의 사공이 되는 건 뭔가 참 그럴싸할 것이다.

우린 강이 활처럼 커다랗게 휘어진 곳으로 흘러갔고, 그날 밤은 구름이 끼고 더웠다. 강은 몹시 넓었고 양옆으로 빽빽한 숲이 담벼락을 이루고 있었으며, 그 틈새로 어떤 것도, 빛줄기한 자락도 통과할 수 없을 만큼 무성했다. 우리는 카이로에 대해 얘길 나누었는데, 우리가 거기 도착했을 때 과연 그곳을 알아볼 수 있을까 의아했다. 나는 알아보지 못할 거 같다고 말했다. 열두 채 정도의 집들 말곤 거기에 아무것도 없다고 하는 소릴 들었기 때문이다. 사람들이 행여 불이라도 켜 두지 않으면, 우리가 그 마을을 지나고 있는 걸 어찌 알겠는가? 만약 두 개의 큰 강이 거기서 함께 만나면, 그 합쳐지는 게 보일 거라고 짐은 말했다. 하지만 아마 우리가 섬의 발 부분을 지나 다시 전과 같은 강으로 들어가고 있다고 생각할지도 모른다고 내가 말했다. 그게 짐을 불안하게 했고, 나 역시도 그랬다. 그러니까 질문은 이거였다. 어쩌지? 나는 불빛이 처음 보이는 연안으로 노를 저어 가서 사람들한테, 아부지가 뒤에서 장삿배를 타고 따라오고 있는데 이런 뱃일은 처음이라 카이로까지 얼마나 더 가야 하는지 알고 싶어 한다 하자고 했다. 짐은 좋은 생각 같다고 했다. 그래서 우린 담배를 피우며 기다렸다.

지금 할 수 있는 거라곤 마을을 못 보고 지나치지 않도록 주의 깊게 살피는 것뿐이었다. 그는 반드시 찾아낼 수 있을 거라고 했다. 왜냐하면 마을을 발견하는 순간 자긴 자유인이 되지만, 놓치면 다시 노예주로 돌아가서 더 이상은 어떤 자유도 바랄 수 없게 되기 때문이라는 거였다. 거의 매 순간 그는 벌떡 일어서서 이렇게 말했다.

"저기 아녀?"

하지만 아니었다. 그건 도깨비불이거나 반딧불이었다. 그러면 그는 도로 주저앉아 좀 전과 마찬가지로 계속 지켜보기 시작했다. 짐은 자유에 이리 가까이 있으니 온몸이 떨리고 열이 난다고 했다. 뭐 그 말을 들으니 나 역시 온몸이 덜덜 떨리고 열이 났다. 이제 그가 거의 자유의 몸이 되었다는 생각이 내 머릿속에 들어오기 시작했기 때문이다—그럼 이건 누구 탓인가? 흠, 나다. 나는 양심상 이걸 받아들일 수가 없었다. 어떻게 해도, 어떤 식으로도. 이것 때문에 골치가 아파 안정을 찾을 수 없었다. 한곳에 가만있을 수도 없었다. 이게 내가 하고 있던 짓이라는 게 전엔 한 번도 와닿지 않았었다. 하지만 지금은 아니었다. 그리고 내게 들러붙어 점점 더 속을 바싹 타들어가게 했다. 나는 내 탓이 아니라고 스스로를 납득시키려 애썼다. 내가 짐을 법적 소유자한테서 도망치게 만든 건 아니었기 때문이다. 하지만 그래 봤자 소용 없었다. 그때마다 양심이 불쑥 고개를 쳐들고 말했다. "하지만 너는 짐이 자유를 찾아 도망쳤다는 걸 알고 있었잖아. 너는 연안으로 노를 저어 가서 누군가한테 말할 수도 있었어." 그거였다. 그걸 피해갈 아무 방법이 없었다. 그게 바로 찔리는 부분이었다. 양심이 내게 말했다. "그 불쌍한 미스 왓슨이 너한테 뭘 어쨌다고 그 여자의 검둥이가 바로 네 눈앞에서 달아나는 걸 빤히 보면서도 한마디도 안 한 거냐? 그 가여운 노처녀가 너한테 어쨌길래 그리 못되게 굴 수 있는 거냐고? 그 여자는 너한테 책에 나온 걸 가르치려 했고, 너한테 예의범절을 가르쳐 주려 했고, 또 자기가 아는 한에서 늘 너한테 잘하려고 했어. 그게 그 여자가 한 일이라고."

나는 내가 너무 비열하게 느껴지고 비참해서 차라리 죽고 싶었다. 나는 나 자신한테 나 자신을 욕하며 초조하게 뗏목을 왔다 갔다 했고, 짐도 안절부절못한 모습으로 왔다 갔다 하며 나를 지나쳤다. 우리 중 누구도 가만있을 수가 없었다. 짐이 펄쩍 뛰며 "저게 카이로다!"라고 할 때마다 그 말이 총알처럼 나를 관통했고, 만일 그게 카이로라면 비참해서 죽을지도 모르겠다는 생각이 들었다.

내가 속으로 생각하고 있는 동안 짐은 줄곧 큰 소리로 떠들어 댔다. 그는 자유주에 도착했을 때 첫 번째로 자기가 할 일에 관해 얘기하고 있었다. 자기는 단 한 푼도 안 쓰고 돈을 모을 거고, 충분히 모으면 미스 왓슨이 살고 있는 곳에서 가까운 곳의 어느 농장에서 소유하고 있는 자기 아내를 사고, 다음엔 둘 다 일을 해서 자기들의 두 아이를 사 올 거라고, 만약 아이들 주인이 그 애들을 팔지 않으려 하면, '노예 폐지론자'를 보내 훔쳐 오겠다고 했다.

그런 말을 들으니 소름이 끼쳤다. 그가 일생 동안 감히 그런 말을 한 적은 여태 단 한 번도 없었을 것이다. 곧 자유로워지게 될 거라 판단한 바로 이 순간이 그를 얼마나 변화시켰는지 좀 보라. 옛말에 이르길, "검둥이한테 하나를 주면 다 달라고 한다"라고 했다. 나는 생각한다. 이건 내가 아무 생각이 없어서 일어난 일이야. 이게 내가 도망시킨 것과 다름없는, 이젠 노골적으로 자기 아이들을 훔치겠다고 떠들어 대는 그 검둥이야—내가 알지도 못하는, 나한테 아무 잘못도 한 적 없는 사람의 소유물인 아이들을 말이야.

나는 짐이 그런 말 하는 걸 듣는 게 유감스러웠다. 그건 그를 몹시 비열하게 만드는 것이다. 내 양심은 그 어느 때보다 뜨겁게 나를 휘젓기 시작했고, 결국 나는 이렇게 말하고 말았다. "이제 그만하면 됐어— 아직 너무 늦진 않았어. 첫 불빛이 비치는 연안으로 가서 털어놓을 거야." 그 즉시 편안하고 행복하고 깃털처럼 가벼워졌다. 내 모든 고민이 사라졌다. 나는 불빛이 보이는지 주의 깊게 살피며 속으로 노래 같은 걸 흥얼거렸다. 이윽고 불빛 하나가 보였다. 짐이 소리쳤다.

"우린 안전혀, 헉, 우린 안전허다구! 벌떡 일어나 발장단을 맞추자꾸나! 마침내 정다운 카이로에 왔구먼. 내는 그걸 단박에 알겠어!"

내가 말했다.

"내가 카누를 타고 가서 볼게, 짐. 혹 아닐지도 모르잖아."

그는 후다닥 카누에 뛰어올라 출발 준비를 하고, 나를 위해 자기의 낡은 외투를 바닥에 깔고 노를 건네주었다. 내가 출발하자, 그가 말했다.

"아주 금방 내는 기쁨의 함성을 지르겠지, 글고 이리 말할 거여. 이건 모두 헉 덕분이다. 내는 자유인이고, 헉이 아니었으믄 자유를 절대 못 얻었을 것이다. 헉이 해냈다. 짐은 평생 널 못 잊을 거여, 헉. 너는 짐의 가장 좋은 친구여. 지금은 짐의 유일헌 친구고."

나는 그를 밀고할 생각에만 몰두해 노를 젓고 있었으나, 그가 이 말을 하자 몸의 기운이 한꺼번에 다 빠져나가 버린 것 같았다. 나는 느릿느릿 노를 저었고, 이렇게 출발한 걸 내가 기꺼워하는 건지 아닌지 당장은 분간이 가지 않았다. 내가 50야드쯤 멀어졌을 때, 짐이 말했다.

"저기 가네, 내 진실한 친구 헉, 친구 짐헌티 한 약속을 지킨 유일헌 백인 신사."

나는 속이 울렁거렸다. 하지만 나는 말했다. 이 일을 해야 해, 피할 수 없어. 바로 그때 총을 든 두 남자를 태운 소형 보트 한 척이 다가왔고, 그들이 멈춰서 나도 멈췄다. 그들 중 하나가 말했다.

"저 멀리 저게 뭐냐?"

"뗏목이에요." 내가 말했다.

"네가 모는 거냐?"

"네, 그렇습니다."

"다른 사람들은 없고?"

"한 명밖엔 없습니다."

"흠, 오늘 밤 저 너머, 저 만곡부 머리 위쪽에서 검둥이들 다섯이 도망쳤다. 너랑 같이 탄 사람은 백인이냐, 흑인이냐?"

나는 즉각 대답하지 않았다. 그러려고 했다. 하지만 말이 나오려 하지 않았다. 1, 2초가량 마음을 단단히 먹고 그 말을 내뱉으려 했으나, 내겐 사내다운 충분한 배짱이 없었다―토끼만큼의 용기도 없었다. 나 자신이 약해지고 있는 것을 나는 알았다. 그래서 애쓰는 걸 포기하고, 불쑥 말했다.

"백인이에요."

"우리가 직접 가서 봐야 할 것 같구나."

"그러시면 좋겠어요." 내가 말했다. "왜냐하면 저기 있는 건 아부진데, 아저씨들이 어쩌면 저랑 같이 뗏목을 불빛 있는 연안까지 끌고 가는 걸 도와주실 수 있겠네요. 아부지가 아프거든요—엄마랑 메리 앤도 아프고요."

"뭐, 재수 옴 붙었군! 우린 지금 바쁘다, 얘야. 하지만 그래야 할 것 같긴 하구나. 자, 어서 부지런히 노를 저어라. 같이 가도록 하지."

나는 열심히 노를 저었고 그들도 그들의 노를 저었다. 한두 차례 노를 저었을 때, 내가 말했다.

"아부진 아저씨들한테 정말 큰 은혜를 입는 거예요, 분명히. 제가 연안까지 뗏목 끄는 걸 도와달라고 부탁할 때마다 사람들이 다 그냥 가버려서 저 혼자서는 어떻게 할 수 없었거든요."

"거참 지독히 못됐군. 또, 이상하기도 하고. 얘 말해 봐라. 네 아버지는 어디가 아픈 거냐?"

"그건… 그러니까… 뭐 별거 아니에요."

그들은 노 젓기를 멈췄다. 이제 뗏목까진 정말 그리 멀지 않았다. 한 남자가 말했다.

"야, 그거 거짓말이지. 네 아빠한테 무슨 일이 생긴 거냐? 정직하게 대답해라, 지금. 그러는 게 너한테도 좋을 거야."

"그러겠습니다. 솔직히 말할게요. 하지만 제발 우릴 그냥 두고 가진 말아주세요. 그건—신사님들— 아저씨들은 그저 앞에서 끌면 될 거예요. 제가 앞머리에서 끌 밧줄을 넘겨 드릴

게요. 그러면 아저씨들은 뗏목 가까이 오실 필요도 없을 거예요. 제발 그렇게 해주세요."

"배를 돌려, 존. 배를 돌려!" 하나가 말했다. 그들은 배를 돌렸다. "야, 저리 떨어져—바람이 부는 쪽으로 있거라. 망할, 바람이 우리 쪽으로 불어왔던 게 지금 막 생각나는군. 네 아빠는 천연두에 걸렸고 넌 그걸 잘 알고 있었어. 왜 진작 그렇다고 솔직히 말하지 않았느냐? 여기저기 사방에 다 퍼뜨리고 싶은 게냐?"

"저는요." 엉엉 울면서 내가 말했다. "아까 모든 사람들한테 말했어요. 그러자 우릴 버려두고 다 가버렸다고요."

"불쌍한 녀석, 간단한 문제가 아니다. 너한텐 정말 미안한데, 하지만 우리는… 어, 그러니까, 자, 우린 천연두에 걸리고 싶지 않아. 알겠니. 자 봐라, 네가 어떻게 하면 좋을지 말해주마. 혼자 힘으로 육지에 내리려고 하지 마라. 그러면 넌 모든 걸 엉망진창으로 만들 거야. 20마일 정도 내려가면 강 왼쪽 편에 마을이 하나 있는데 그리로 가거라. 그럼 시간이, 해가 뜨고 한참 지난 후일 텐데 그때 도움을 청해. 사람들한텐 네 식구들이 다 오한이랑 열로 누워 있다고 해라. 다시는 멍청하게 무슨 문제가 생긴 건지 사람들이 알아채도록 하지 말고. 이제 우린 네게 친절을 베풀려 애쓰는 중이니까. 그러니 너는 우리한테서 한 20마일 떨어져 있는 거다. 그래야 착한 애지. 저 불빛 있는 곳에 상륙해 봐야 아무 좋을 것 없어. 저건 그냥 목재 저장소야. 내 보기에 네 아버진 가난할 것 같은데,

또 꽤나 곤란한 처지에 있는 게 분명하고. 자, 내가 이 널빤지에 20달러 금화 한 닢을 올려놓을 테니, 네 옆을 떠내려갈 때 잡으렴. 너를 버려두고 가는 건 몹시 꺼림칙하다만, 맙소사! 그렇다고 천연두 근처에서 어슬렁거릴 순 없잖니. 내 말 알겠지?"

"잠시만, 파커." 또 다른 남자가 말했다. "얘야, 여기 나도 20달러 금화를 판자에 올려놓으마. 잘 가라, 얘야. 파커 아저씨가 말한 대로 해. 그러면 다 괜찮을 거야."

"그래야지, 얘야—안녕, 잘 가거라. 만약 도망친 검둥이들을 보게 되면, 도움을 청해서 붙들어 두렴. 그러면 돈을 좀 만질 게다."

"고맙습니다, 아저씨들." 내가 말했다. "그럴 수 있다면 어떤 검둥이도 제 앞을 그냥 지나가게 하진 않을게요."

그들은 멀어져 갔고, 나는 기분이 몹시 상하고 우울해져서 뗏목에 올랐다. 내가 잘못했다는 걸 알았고, 나란 사람은 옳은 행동을 해보려 애써 봤자 아무 소용 없다는 걸 아주 잘 알았기 때문이다. 어려서 출발이 좋지 않으면, 바르게 시작할 수가 없다. 위기가 닥칠 때 묵묵히 헤쳐 나가도록 든든한 뒷심이 되어 줄 게 하나도 없어서 패배하게 되는 것이다. 그 뒤 나는 1분쯤 생각해 보고, 이렇게 혼잣말을 했다. 잠깐, 네가 옳은 일을 해서 짐을 포기했다 치면 지금보다 기분이 나아졌을까? 아니, 나는 말한다, 기분이 나빴겠지—지금과 같은 기분이었을 거야. 흠, 그렇다면, 옳은 일을 하는 건 고생스럽고 잘

168

못된 일을 하는 건 전혀 고생스럽지 않은데 그 대가가 그저 똑같다면, 옳게 하려고 애써 봤자 무슨 소용이 있지? 말문이 막혔다. 그에 관해 답할 수가 없었다. 그래서 더는 그걸로 골치 썩지 말고 이 이후부턴 어느 쪽이든 늘 그때그때 편한 거로 하자고 생각했다.

나는 원형 천막 안으로 들어갔다. 짐은 거기 없었다. 사방을 둘러보았다. 그는 어디에도 없었다. 내가 말했다.

"짐!"

"내는 여깄어, 헉. 그 사람들 이젠 안 보여? 큰 소리 내지 마."

그는 배 끄트머리 쪽 노 아래서 코만 내놓은 채 강에 들어가 있었다. 그들이 안 보인다고 말하자, 그가 뗏목으로 올라왔다. 그가 말했다.

"내는 얘기 소릴 다 듣고 있다가 슬며시 물속으로 들어갔고 만일 그 남자들이 여기 타믄 연안 쪽으로 헤엄칠 작정을 혔었어. 글고 남자들이 가버리믄 다시 뗏목으로 헤엄쳐 돌아올 작정이었고. 하지만, 놀라워, 헉, 워떠케 그 사람들을 속여 넘겼데! 그건 정말 엄청 영리하게 빠져나간 거였어! 분명히 말하는디, 그게 네 친구 짐을 구혔어─짐은 네가 한 일을 영원히 잊지 않을 거여."

그 뒤 우리는 그 돈에 관해 얘기했다. 각각 20달러라니, 꽤 큰 벌이였다. 짐은 이제 우린 증기선 갑판석에 탈 수도 있다고, 그 돈은 우리가 가고 싶은 자유주에 들어갈 때까지 안 뗄

어질 거라고 말했다. 그는 뗏목으로 20마일 더 가는 게 그리 먼 건 아니라고 했지만, 그는 우리가 한시라도 빨리 그곳에 있길 바랐다.

동틀 무렵 우리는 뗏목을 묶었고, 짐은 각별히 신경 써 뗏목을 감췄다. 그러고 나서 그는 종일 우리 물건들을 꾸러미로 묶고 뗏목 여행을 끝낼 준비를 마쳤다.

그날 밤 10시경 우리는 저 멀리 왼쪽으로 굽이진 강 하류 마을의 불빛들 쪽으로 갔다.

그곳에 관해 물어보려고 나는 카누를 출발시켰다. 곧 강에 소형 보트를 타고 나와 낚싯대를 설치하고 있는 한 남자를 발견했다. 나는 그쪽으로 다가가서 물었다.

"아저씨, 저 마을이 카이로인가요?"

"카이로? 아니다. 너 빌어먹을 멍청이인 게로구나."

"저 마을은 뭔데요, 아저씨?"

"알고 싶으면, 네가 가서 알아봐. 만일 단 30초라도 이 근처에서 더 알짱대면서 날 귀찮게 하면, 네 녀석이 원치 않았던 걸 얻게 될 거다."

나는 뗏목 쪽으로 노를 저어 갔다. 짐은 어마어마하게 실망했지만, 나는 신경 쓰지 말라고, 카이로는 아마 내 생각엔, 이 다음 마을일 것 같다고 말했다.

우리는 동트기 전 또 하나의 마을을 지났고, 나는 다시 그곳에 가보려 했지만 지대가 너무 높아서 가지 않았다. 카이로에는 지대가 높은 곳이 하나도 없다고 짐이 말했다. 나는 그걸 잊고 있었다. 우리는 왼쪽 강둑에서 아주 가까운 모래톱에 꼼짝도 안 하고 누워 있었다. 나는 뭔가 좀 의심스러워지기 시작했다. 짐도 그랬다. 내가 말했다.

"어쩌면 그날 밤 우린 안개 속에서 카이로를 그냥 지나쳐온 건지도 몰라."

그가 말했다.

"그런 얘길랑은 허지 마, 헉. 가여운 검둥이들헌틴 아무 운도 안 따른당께. 내는 그 방울뱀 껍질이 아즉도 볼일을 안 끝냈는갑다 늘 의심혔어."

"그 뱀 껍질을 아예 내가 안 봤더라면 좋았을 걸, 짐― 정말 그런 거에 내가 절대 눈을 안 돌렸음 좋았을 걸 그랬어."

"네 잘못이 아니여, 헉. 너는 몰렀으니께. 그런 거로 널 탓하진 마."

동이 텄을 때 이곳 연안가엔, 의심할 바 없이 맑은 오하이오강이 흘러들어오고 있었고, 바깥쪽은 똑같이 전형적인 진흙 강이었다! 그러니까 카이로하고는 완전 끝난 거였다.*

우리는 전반적인 얘기를 나누었다. 연안으로 갈 수는 없을 것이었다. 물론 뗏목으로 강을 거슬러 갈 수도 없었다. 어두워지기를 기다렸다가 카누를 타고 다시 돌아가서 기회를 보는 수밖에 달리 아무 방법이 없었다. 그래서 그 일을 할 기운을 비축하려고 울창한 미루나무 숲에서 온종일 잤는데, 어둑해

---

* 미시시피강은 여러 지류에서 막대한 퇴적 물질이 흘러들어 물이 탁하다. 카이로는 두 강의 합류 지점에 있고 이미 물이 섞인 지금은 카이로를 지난 것이다.

질 무렵 우리가 뗏목 있는 데로 돌아가 보니, 카누가 사라지고 없었다!

우리는 한동안 아무 말도 하지 않았다. 아무 할 말이 없었다. 이 또한 방울뱀 껍질의 소행임을 우리 둘 다 충분히 잘 알고 있었다. 그러니 말해 본들 무슨 소용이 있겠나? 그건 단지 우리가 잘못을 따지려는 것 같을 뿐이고, 그러면 더 나쁜 운을 불러들일 뿐이다. 그러면 또 계속해서 액운이 따라온다. 가만있어야 한다는 걸 우리가 충분히 알 때까지 말이다.

이윽고 우리는 어떻게 하는 게 나을지에 관해 얘기를 나누었고, 강을 되돌아가는 데 탈 카누를 살 수 있는 기회가 생길 때까진 뗏목을 타고 강을 내려가는 것 말곤 달리 아무 방법이 없다는 걸 알았다. 아부지가 했던 식으로 그 근방에 아무도 없을 때 빌리는 건 하지 않을 거였다. 그러다 사람들한테 쫓기게 될지도 모르니 말이다.

그래서 어두워진 후 우리는 뗏목을 타고 출발했다.

뱀 껍질을 건드리는 건 어리석은 짓이란 걸 아직 안 믿는 누군가도, 그 뱀 껍질이 우리한테 저지른 이 모든 것을 보고 나면 이젠 믿을 것이다. 만약 그들이 이 책을 계속 읽고 그게 우리한테 무슨 짓을 또 더 했는가 보면 말이다.

카누를 살 수 있는 곳은 연안가에 뗏목들이 죽 늘어선 곳이었다. 그러나 우리는 늘어선 뗏목들을 전혀 보지 못했다. 그래서 세 시간도 더 강을 따라 내려갔다. 흠, 밤은 점점 회색이 되어 갔고 다소 탁했다. 그건 안개 다음으로 최악이었다. 강의 형태도 분간이 안 되고 거리도 가늠이 안 된다. 밤이 꽤 깊고 고요해졌을 때, 증기선 한 척이 강을 거슬러 오고 있었다. 우리는 랜턴을 켰고, 증기선이 그걸 봤으리라 생각했다. 강을 거슬러 오는 배들은 대개는 우리 쪽으로 가까이 오지 않았다. 그들은 연안가 쪽으로 가서 암초들 아래로 흐르는 순한 물길을 찾아 모래톱을 따라간다. 그러나 오늘 같은 밤에는 배들이 온 강에 맞서 물살을 거스르며 똑바로 올라온다.

우리는 증기선이 퉁퉁거리는 소리를 들었으나 가까이 다가올 때까지는 잘 보이지 않았다. 증기선은 곧장 우리 쪽으로 향했다. 종종 그들은 닿지 않고 얼마나 가까이서 비껴 지나갈 수 있는지를 그렇게 시험해 본다. 때로 증기선의 외륜이 우리 노를 동강 내기도 하는데, 그럴 때 기관사는 머리를 쑥 내밀고 웃으며 자기가 꽤나 재치 있다고 생각한다. 흠, 증기선은 이리 오고 있었고, 우리는 그 배가 우리를 스쳐 지나가려나 보다고 말했다. 하지만 그 배는 약간이라도 비껴가려는 것처럼 보이지 않았다. 배는 커다랬고 또 아주 급히 다가오고 있었는데, 마치 반딧불이 같은 것에 에워싸인 시커먼 구름처럼 보였다. 하지만 갑자기, 길게 한 줄로 열어젖힌 기다란 아궁이 문들을 시뻘겋게 단 이빨처럼 번쩍거리며, 커다랗고 무시무시한 증기선이 불쑥 모습을 드러냈고, 어마어마한 노들과 받침 쇠줄을 우리 위로 늘어뜨렸다.

우리를 향해 고함치는 소리가 들렸고, 엔진을 멈추기 위해 종을 쩔렁대는 소리, 여럿이서 한꺼번에 내뱉는 욕설들과 쉭

쉭 증기 내뿜는 소리가 들렸다. 그리고 짐은 갑판 이쪽으로, 나는 갑판 저쪽으로 뛰어내렸고, 증기선은 뗏목을, 한가운데를 곧바로 가로질러서 작살냈다.

나는 다이빙을 했다. 또한 강의 바닥까지 가려고 마음먹었다. 30피트의 바퀴가 내 위로 지나가야 했기에 충분한 여유 공간이 있기를 바랐다. 나는 항상 1분 동안은 물속에 있을 수 있었다. 이번엔 물속에서 1분하고도 30초 동안 있었던 것 같다. 그런 뒤 급히 물 위로 몸을 퉁겨 올라왔다. 심장이 터질 뻔했다. 겨드랑이까지 물 밖으로 몸을 쏙 내밀고 코를 풀어 물을 빼고 조금 헉헉거렸다. 물살은 몹시 셌고 그 배는, 물론, 겨우 그 10초간 멈춘 후 다시 엔진을 가동하기 시작했다. 그들은 뗏목 사공 따위는 절대 크게 신경 쓰지 않았다. 그래서 그 배는 이제 강물을 휘저으며 거슬러 올라갔고, 탁한 날씨로 인해 시야에서 사라졌다. 여전히 뱃소리가 들려오긴 했지만.

나는 짐을 향해 열두 번쯤 고함을 쳤지만, 어떤 대답도 듣지 못했다. 그래서 '선헤엄'을 치고 있을 동안 날 툭 건드렸던 널빤지를 잡아 앞으로 밀어 가며 강가로 향했다. 하지만 나는 물살의 흐름이 왼쪽 연안으로 향하는 것을 보고, 내가 두 개의 물살이 서로 마주치는 교차 지점에 있는 것을 알게 되었다. 그래서 나는 방향을 바꿔 물살이 흐르는 쪽으로 나아갔다.

그건 길고 비스듬한 2마일 횡단 구역들 가운데 하나였다. 그래서 그걸 넘는 데 꽤 긴 시간이 걸렸다. 나는 안전하게 상륙해 강둑으로 올라섰다. 길이 거의 보이지 않았지만 울퉁불퉁

한 땅을 4분의 1마일 넘게 흐늘쩍흐늘쩍 걸었고, 그러다 거기 그런 것이 있다는 걸 미처 깨닫기도 전에 크고 고풍스러운 두 세대용 통나무집과 마주쳤다. 서둘러 그곳을 지나가려 했으나, 많은 개들이 뛰쳐나와서 나를 향해 긴 울음을 뽑아 대며 짖어 댔고, 나는 꼼짝 않고 가만있는 게 상책이란 걸 알았다.

17장

약 30초 후 누군가가 머리를 창문으로 내놓지 않은 채 큰 소리를 질렀다.

"그만해라, 얘들아! 거기 누구요?"

내가 말했다.

"전데요."

"저가 누군데?"

"조지 잭슨입니다."

"무슨 볼일이요?"

"아무 볼일도요. 전 그냥 지나가고 싶은데, 개들이 못 가게 하네요."

"뭣 때문에 한밤중 이런 시간에 이 근방을 어슬렁거리는 거요, 어?"

"어슬렁거리지 않았습니다. 증기선에서 떨어졌어요."

"허, 그랬단 거군. 그랬다고? 거기 누가 불 좀 켜봐. 이름이 뭐라 그랬소?"

"조지 잭슨입니다. 전 아직 어른이 아닌데요."

"봐라. 만약 네가 말하는 게 사실이면 무서워할 필요 없다. 아무도 널 해치지 않을 거야. 하지만 꼼짝하려 들지 말고 네가 서 있는 곳에 그대로 있거라. 너희들 중 누가 좀 가서 밥이랑 톰을 깨우고 총도 몇 자루 가져와. 조지 잭슨, 누구랑 같이 있나?"

"아니요. 아무도 없습니다."

이제 사람들이 집 안을 휘젓고 다니는 소리가 들리고, 불빛이 보였다. 그 남자가 소리를 질렀다.

"그 불 좀 치워, 벳시. 이 멍청이 할멈 같으니— 그렇게 생각이 없어? 그걸 현관문 뒤, 바닥에 내려놔. 밥, 너랑 톰은 준비됐으면 너희들 위치로 가거라."

"준비 다 됐어요."

"자, 조지 잭슨. 너 셰퍼드선네 아나?"

"아니요. 한 번도 들어 본 적 없는데요."

"글쎄, 혹시 그럴지도 모르지. 혹시 아닐지도 모르고. 자, 준비 다 됐다. 앞으로 걸어와라, 조지 잭슨. 그리고 서두르지 말 것을 명심해라—아주 천천히 걸어라. 만약 누가 너랑 같이 있는 거라면, 그 사람은 그냥 네 뒤에 둬. 만약 눈에 띄면 그자는 총을 맞게 될 거다. 자, 이리로 와라. 천천히 오거라. 네가 문을 밀어라, 몸을 밀어 넣을 수 있을 정도만. 알아들었니?"

나는 서두르지 않았다. 그러고 싶어도 그럴 수가 없었다. 나는 천천히 한 발자국씩 걸음을 뗐으며, 찍소리 하나 들리지 않아서 내 심장 소리도 들을 수 있을 것 같았다. 개들도 사람들만큼 조용했으나, 뒤에서 약간 떨어져 나를 따라왔다. 통나무 세 개를 이어 만든 현관 계단에 이르자, 그들이 문의 잠금장치를 풀고 빗장을 열고 문을 따는 소리가 들렸다. 나는 문에 손을 갖다 대고 약간 밀었고, 조금 더 밀자 누군가가, "자, 그만하면 됐다. 머리를 들이밀어라."라고 했다. 나는 그렇게 했지만, 그들이 필시 내 목을 댕강 잘라 버릴 거라 생각했다.

초는 바닥에 있었고 거기서 15초가량, 그들 모두 나를 바라보았고 나도 그들을 바라보았다. 세 명의 커다란 남자들이 총구를 내게로 향하고 있었는데, 솔직히 나는 완전히 쫄았다. 회색 머리카락의 60대 정도로 보이는 가장 연장자와 서른 혹은 그보다 약간 더 들어 보이는 다른 두 남자—그들 모두 훤칠하고 잘생겼다—그리고 몹시 다정해 보이는 회색 머리칼의 노부인과 그 부인 뒤로 잘 보이진 않지만 젊은 여자 두 명이 있었다. 노신사가 말했다.

"자, 뭐 괜찮을 것 같군. 들어와라."

내가 들어가자마자 늙은 신사가 문을 잠그고 빗장을 채워 조였고, 젊은 남자들한테 총을 가지고 들어오라 했으며, 그들 모두 바닥에 새 카펫을 깐 넓은 응접실로 가서 앞 유리창들에서는 보이지 않을 한쪽 구석에 함께 자리했다—그쪽으론 아무 창도 없었다. 그들은 초를 들고 나를 찬찬히 바라보았고, 다들 말했다. "뭐, 저 앤 셰퍼드선이 아니군. 아니야, 쟤한 텐 셰퍼드선 같은 데가 하나도 없어." 그러자 그 노신사가 무기가 있는지 내 몸을 뒤지는 걸 기분 나빠하지 않으면 좋겠다고, 나쁜 뜻으로 그러는 게 아니라 단지 확실히 해두기 위해서라고 했다. 그는 내 호주머니 속에 손을 넣어 뒤지지는 않고 단지 겉에서만 만져 보고, 됐다고 했다. 그는 긴장 풀고 편안히 있으라면서, 나에 관해 다 말해 보라 했다. 하지만 노부인이 말했다.

"이봐요, 사울. 저 어린것이 흠뻑 다 젖었네요. 당신은 쟤가 배고플지도 모른다는 생각 안 들어요?"

"당신 말이 맞소. 레이첼. 내 깜빡했소."

그래서 그 노부인이 말했다.

"벳시(검둥이 여자였다)는, 냉큼 뛰어가서 최대한 빨리 저 아이한테 먹을 것 좀 갖다줘. 가여운 것. 그리고 딸들아, 너희 중 아무나 가서 벅을 깨우고 개한테 말해—오. 얘가 알아서 이리 오네. 벅, 이 어린 이방인을 데려가서 젖은 옷가지들일랑은 벗고 네 마른 옷들을 입게 해주렴."

벅은 거의 내 또래로 보였다—열셋이나 열네 살 혹은 그 언저리. 비록 나보다 약간 더 크긴 했지만 말이다. 셔츠 외엔 아무것도 걸치지 않았고 머리카락이 몹시 헝클어져 있었다. 그는 하품을 하고 주먹으로 눈을 비비면서, 한 손으론 총을 질질 끌며 들어왔다. 그가 말했다.

"셰퍼드선 놈들이 근처에서 얼씬거리지 않았어요?"

아니라고, 그건 잘못된 경보였다고 그들이 말했다.

"뭐." 그가 말했다. "그자들이 몇 명 있었다면, 하난 내 차지였을 텐데."

그들 모두 웃었고, 밥이 말했다.

"이봐, 벅, 그놈들이 우리 머리 가죽을 다 벗겼을지 모르겠다. 오는 데 네가 이렇게 늦장을 부리니."

"흠, 아무도 나를 부르러 안 오면서, 항상 나만 제쳐 두는 건 옳지 않아. 난 실력 발휘를 하나도 못 하잖아."

"걱정하지 마라, 벅, 내 아들아." 그 연장자가 말했다. "때가 되면 충분히 네 솜씨를 발휘하게 될 테니 말이다. 그런 걸로 조바심 내지 말거라. 자, 이제 같이 가서 네 어머니가 말씀하신 대로 하려무나."

우리가 위층 그의 방으로 올라가자 그가 내게 자기의 올이 성긴 셔츠와 단이 짧은 겉옷과 바지를 주었고, 나는 그것들을 입었다. 내가 옷을 입는 동안 그는 내 이름이 뭔지 물었으나, 내가 미처 대답하기도 전, 그저께 자기가 숲에서 잡은 큰 어치와 새끼 토끼 한 마리에 관해 말하기 시작했고 그러더니 초가 꺼졌을 때 모세가 어디 있었느냐고 내게 물었다. 나는 모른다고 했다. 정말 여태 한 번도 들어 본 적 없는 얘기였다.

"뭐, 맞혀 봐." 그가 말했다.

"어떻게 맞혀?" 내가 말했다. "전엔 한 번도 그런 말 들어 본 적이 없는데."

"하지만 넌 맞힐 수 있을 거야, 그치? 아주 쉬워."

"어떤 초야?" 내가 말했다.

"뭐, 그냥 초." 그가 말했다.

"난 그 사람이 어디 있었는지 모르겠어." 내가 말했다. "어디 있었는데?"

"흠, 모세는 어둠 속에 있었어! 그게 모세가 있었던 데야!"

"야, 넌 그 사람이 어디 있었는지 알면서 왜 나한테 물어본 거냐?"

"뭐, 제길, 이건 수수께끼야. 무슨 말인지 몰라? 말해 봐, 너 얼마나 오래 여기 있을 거야? 여기 언제까지고 있어야 해. 우린 정말 끝내주게 놀 수 있어. 이제 학교도 없거든. 너네 개 있냐? 나는 한 마리 있어. 그 개는 네가 집어던진 나무토막들을 강에 들어가서 꺼내올 거야. 너 일요일마다 머리를 단장하고 또 그 모든 멍청해 보이는 짓거리들 하는 거 좋아하냐? 나는 절대 싫어. 하지만 엄마가 그러래. 빌어먹을 이 구식 바지라니! 입는 게 나을 거 같지만 그냥 안 입을래. 이건 너무 더워. 너 준비 다 됐냐? 좋아. 가자구, 친구."

차가운 옥수수빵과, 차가운 콘비프*, 버터와 탈지유—이게 거기 아래층에서 내게 차려주었던 것인데, 여태 어쩌다 내가 먹어 봤던 것 중에서 가장 맛있었다. 벅과 그의 엄마와 다른 사람들 모두, 지금은 이 자리에 없는 그 여자 검둥이와 두 젊은 처자들만 빼고 옥수수 속대로 만든 담배를 피웠다. 그들은 모두 담배를 피우며 얘길 했고, 나는 먹으며 얘길 했다. 그 젊은 처자들은 퀼트 담요를 두르고 있었고, 등 뒤로 머리를

---

* 쇠고기를 소금과 향신료로 절이고 열기로 살균한 것.

늘어뜨리고 있었다. 그들 모두 내게 질문을 해댔고, 나는 그들에게 아부지와 나와 모든 가족들이 아칸소 끝자락의 작은 농장에서 어떻게 살았었는지 말했다. 누이 메리 앤은 결혼하려고 도망친 후 더는 아무 소식이 들려오지 않게 되었고, 빌이 그들을 찾으러 갔으나 그 뒤론 그에 관한 소식도 더 이상 들을 수 없게 되었고, 톰과 몰트가 죽고 달랑 아버지와 나만 남았는데, 아버지가 근심 걱정으로 비쩍 말라 가다가 죽자 나는 남겨진 것들을 가지고, 왜냐면 그 농장이 우리 것이 아니었기 때문에, 갑판석을 타고 강을 막 올라오다가 배에서 떨어져 여기에 오게 된 것이라고 말했다. 그러자 그들은 있고 싶을 때까지 내 집처럼 편안히 있으라고 말했다. 그러고 나자 어느덧 동틀 무렵이 되어 모두들 자러 갔고, 나는 벅과 같이 잠자리에 들었다. 아침에 일어났을 때, 맙소사, 나는 내 이름이 뭐였는지 까먹었다. 그래서 그걸 생각해 내려 애쓰며 한 시간쯤 그대로 누워 있다가, 벅이 일어났을 때, 이렇게 말했다.

"너 철자법 아냐, 벅?"

"응." 그가 말했다.

"분명 내 이름은 못 알아맞힐걸." 내가 말했다.

"어쭈 그런 말도 안 되는 소릴 하다니." 그가 말했다.

"좋아." 내가 말했다. "그럼 어디 대봐."

"G-e-o-r-g-e J-a-x-o-n. 자, 봐." 그가 말했다.

"흠." 내가 말했다. "맞혔군. 난 네가 맞힐 줄 몰랐어. 철자 대기 쉽지 않은 이름이거든—공부 안 하고 즉시 대라면."

나는 그걸 몰래 적어 두었다. 다음번에 누군가 나한테 내 이름의 철자를 대보라 할지도 모르기 때문이었고, 그러면 익숙한 것처럼 술술 내뱉고 싶었다.

꽤나 괜찮은 가족이었고, 또 꽤나 근사한 집이었다. 여태시골에서 그렇게 멋지고 그렇게 유행을 잘 따른 저택은 한 번도 본 적이 없었다. 현관문에는 쇠 걸쇠나 사슴 가죽 줄을 매단 나무 걸쇠가 아닌, 읍내 집들처럼 손잡이를 돌려 문을 여는 황동 손잡이가 달려 있었다. 읍내에서는 많은 집들이 응접실에 침대를 두지만, 여긴 어떤 침대도, 침대의 흔적조차 없었다. 바닥을 벽돌로 깐 커다란 벽난로가 있었는데 그 벽돌들은 물을 끼얹고 다른 벽돌로 문질러 대서 깨끗하고 선명한 붉은색을 유지하고 있었다. 때때로 읍내 사람들이 하는 것과 똑같이, 스페니쉬 브라운이라고 부르는 붉은 물감으로 그것들을 씻을 때도 있었다. 톱질한 재목도 놓아둘 수 있을 만큼 커다란 놋쇠 장작 받침쇠도 있었다. 벽난로 위 선반 한가운데에는 시계가 있었는데, 앞 유리 아래쪽 절반에 마을 그림이 그려져 있었고 그 한가운데 해를 나타내는 둥근 원이 있었으며, 그 뒤로 시계추가 흔들리는 것을 볼 수 있었다. 시계가 재깍거리는 소리는 듣기 아름다웠다. 때때로 그 집에 드나드는 행상인들 중 하나가 시계를 손보고 보기 좋게 윤을 내면 시계는 종을 치기 시작해서 녹초가 될 때까지 150번이나 시간을 알렸다. 그들은 얼마를 준대도 그 시계를 팔려 하지 않을 것이다.

그 시계 양쪽으론 크고 기이한, 무슨 석회 같은 것으로 만들어진 앵무새가 있었는데 화려한 색으로 칠해져 있었다. 한 앵무새 옆에는 도자기로 만든 고양이가, 다른 앵무새 옆엔 도자기 개가 있었고 누르면 삑삑거렸으나, 입을 벌린다거나 모습이 달라진다거나 얼굴에 어떤 흥미를 나타내거나 하진 않았다. 그 삑삑거리는 소리는 아래쪽에서 났다. 그것들 뒤로는 커다란 야생 칠면조 날개로 만든 한 쌍의 부채가 펼쳐져 있었다. 방 한가운데 탁자에는 아름다운 도자기 바구니가 있었고, 안엔 사과와 오렌지와 복숭아와 포도들이 수북이 쌓여 있었으며, 실제보다 훨씬 더 빨갛고 더 노랗고 더 예뻤다. 그것들이 진짜는 아니었던 것이, 조각들이 떨어져 나간 부분에서 흰 석회 같은 것들이 보였기 때문이다.

테이블은 날개를 펼친 붉고 푸른 독수리가 그려져 있고 가장자리를 채색하고 기름을 입힌 아름다운 테이블보로 덮여 있었다. 그들은 그게 필라델피아에서 먼 길을 온 거라 했다. 테이블의 각 귀퉁이마다 완벽할 정도로 단정하게 쌓아 놓은 책들이 있었다. 그중 하나는 그림들로 가득한 커다란 가정용 성경책이었다. 하나는 『천로역정』으로, 자기 가족을 떠난 한 남자에 관한 이야기였는데, 왜 그랬는지는 쓰여 있지 않았다. 나는 이따금 그걸 열심히 읽었다. 책에서 말하고 있는 것들은 흥미로웠으나 꽤 어려웠다. 또 다른 건 이러저러한 아름다운 것들과 시들로 가득한 『우정의 선물』이란 책이었다. 하지만 나는 그 시들은 읽지 않았다. 또 다른 책은 헨리 클레이의 연설문이고, 또 다른 하나는 『건 박사의 가정의학』으로, 만약 누가 아프거나 죽으면 어떻게 해야 하는지에 관한 모든 것이 쓰인 것이었다. 찬송가 책과 그 밖에도 다른 많은 책들이 있었다. 그리고 괜찮은 등나무 의자들도 있었는데, 완벽하게 말끔한 것이기도 했다. 낡은 바구니처럼 한가운데가 털썩 내려앉았거나 망가진 그런 것이 아니고 말이다.

벽에 걸린 그림들도 있었다―대부분 워싱턴*과 라파예트** 와 전쟁들과 하이랜드 메리*** 그리고 '독립선언서 조인'이라 불리는 그림들이었다. 그들이 크레용화라고 부르는 것들도 몇 개 있었는데, 그건 이젠 죽고 없는 딸들 가운데 하나가 고작 열다섯 살에 직접 자기 자신을 그린 것이었다. 그것들은 내가 여태껏 본 어떤 그림들하고도 달랐다. 대개가 보통 그림들보다 더 검었다. 한 그림은 날씬한 검은 드레스를 입고 있는 여자였는데, 겨드랑이 밑을 끈으로 졸라맸고 소매 한가운데가 양배추처럼 불룩했으며, 검은 베일이 달린 모종삽 모양의 크고 검은 보닛을 쓰고 있었고, 검은색 끈이 희고 가느다란 발목을 십자로 교차하는, 끌처럼 보이는 아주 작고 검은 슬리퍼를 신고 있었다. 그녀는 축 늘어진 수양버들 아래서 수심에 잠겨 오른쪽 팔꿈치를 묘비에 대고 서 있었고, 다른 쪽은 하얀 손수건과 천지갑을 들고 옆으로 축 늘어뜨린 채였으며, 그

* 미국 건국의 아버지라 불리는 미국의 초대 대통령 조지 워싱턴을 말한다.
** 프랑스 귀족으로 미국 독립전쟁에 종군했고 프랑스 대혁명 때도 활약했다.
*** 영국 시인 로버트 번스가 사랑했던 메리 캠벨을 가르키며, 로버트 번스가 쓴 〈하이랜드 메리〉로 인해 그 이름으로 잘 알려져 있다.

림 아래엔 '애통하게도 난 더 이상 그대를 볼 수 없나요.'라고 쓰여 있었다. 또 다른 하나는 머리카락을 모두 머리 꼭대기까지 빗어 올려 동그랗게 말고 그 뒤로 빗을 꽂아, 빗이 의자 등받이처럼 보이는 머리를 한 젊은 여자 그림인데, 여자는 손수건에 얼굴을 묻고 울고 있었고, 손목 부분을 살짝 들어 올린 다른 쪽 손등엔 죽은 새가 올려져 있었으며, 그림 밑에는 '애통해라, 저 달콤한 지저귐을 다시는 들을 수 없나니.'라고 쓰여 있었다. 한 젊은 숙녀가 달을 바라보며 창가에 서 있는 그림도 있었는데, 눈물이 뺨으로 줄줄 흘러내리고 있었고 손에는, 한쪽 끝에 검은 밀랍이 보이는 개봉한 편지가 들려 있었다. 그녀는 체인이 달린 로켓을 입술에 누르고 있었고, 그림 아래에는 '그리하여 그대가 가버렸네 그래 그대는 가버렸구나 아아!'라고 쓰여 있었다. 내 생각엔 모두 괜찮은 그림들 같았으나, 왠지 내가 이것들을 좋아할 것 같지는 않았다. 만약 기분이 약간 처져 있다면 이것들이 항상 나를 더 안절부절못하게 만들 것 같았기 때문이다. 모든 사람들이 그녀가 죽은 것을 유감으로 여겼다. 그녀는 이런 그림들을 더 많이 그릴 계획이었고, 또 그녀가 했던 걸 봐도 그녀의 죽음이 얼마나 큰 손실인지를 알 수 있는 것이었다. 하지만 나는 그 기질로 보아 무덤에서 그녀가 더 나은 시간을 보내고 있을 거란 생각이 들었다. 사람들이 그녀 최고의 걸작이라고 하는 그림은 그녀가 아프고 나서 그린 것이었는데, 그걸 끝낼 때까지만 살 수 있도록 허락해 달라는 것이 그녀가 매일 낮과 밤으로 했던 기도였지만, 결코 그런 기회를 얻지 못했다. 그건 길고 하얀 드레스를 입은 젊은 여자가 뛰어내릴 만반의 준비를 하고 다리 난간에 서 있는 그림으로서, 흘러내리는 머리칼을 등 뒤로 한 채 달을 쳐다보고 있었고 얼굴엔 눈물이 줄줄 흘러내렸다. 두 팔은 가슴에서 팔짱을 끼고, 다른 두 팔은 앞으로 쭉 뻗고, 또 다른 두 팔은 달을 향해 뻗고 있었다. 가장 최선으로 보이는 한 쌍의 팔만 남기고 나머지 다른 팔들은 지워 없애려던 것이었으나, 아까 말했듯이 그녀는 결정을 내리기 전에 죽었고, 이제 그들은 이 그림을 그녀 방 침대 머리맡에 걸어 놓고 매해 그녀의 생일이 다가오면 그 위에 꽃을 걸어 놓았다. 다른 때는 작은 커튼으로 가려 놓았다. 이 그림 속의 젊은 여자는 착하고 다정한 얼굴을 하고 있었으나, 지나치게 많은 팔이 그녀를 너무 거미처럼 보이게 만들었다. 내게는 그렇게 보였다.

살아 있을 때 이 어린 소녀는 스크랩북을 지니고 있었는데, 거기다 〈장로교입회인〉에 실린 사망이나 사건 기사들, 고통받는 환자들 이야기를 오려 붙이고, 그 뒤에 자기 머릿속에서 나온 시를 적어 놓았다. 이건 우물에 떨어져 익사한 스티븐 다울링 보츠라는 한 남자아이에 관해 그녀가 썼던 시이다.

　　고故 스티븐 다울링 보츠에 바치는 송시

　그러면 어린 스티븐이 병이 들어서, 그래서 어린 스티븐이 죽었는가?

그리하여 슬픔에 찬 가슴들이 빽빽이 모여들고, 그래서 문상
객들이 울었는가?

아니, 그런 건 어린 스티븐 보울링 보츠, 그의 운명이 아니었다네.
비록 슬픈 가슴들이 그를 빽빽하게 에워쌌어도,
질병에 된통 한 방 맞아 그리된 건 아니었다네.

어떤 백일해도 그의 골격을 손상시키지 못했네.
반점을 동반한 을씨년스러운 홍역, 이러한 그 어떤 것들도
스티븐 다울링 보츠, 그 신성한 이름을 손상시키지 못했네.

멸시받은 사랑의 탄식이 그 고수머리에 일격을 가한 게 아니고
위장병 같은 것이 그를 드러눕힌 것도 아니네, 어린 스티븐 다
울링 보츠.

오, 눈물을 머금은 채로 내가 그의 운명을 말하는 동안,
그의 영혼은 이 차가운 세상을 날아갔느니, 우물에 빠져서.

그들은 그를 꺼내, 그를 비워냈지만, 오호라, 너무 늦었네.
그의 영혼은 저 하늘 높은 곳으로 가버렸네, 저 선하고 위대한
영역으로.

만약 에멀린 그레인저포드가 열네 살 전에 이런 시를 쓸 수

있었다면, 그다음엔 그녀가 무엇을 이룰 수 있었을지 예측하기 어렵다. 벅은 그녀가 마치 별것 아닌 것처럼 시를 줄줄 읊을 수 있었다고 했다. 그녀는 생각하려고 멈출 필요조차 없었다. 그는 그녀가 첫 줄을 써 놓고, 그것과 운율을 맞출 만한 것을 찾지 못하면, 그냥 그걸 쓱 지워 버리고 또 다른 한 줄을 다시 쓰는 그런 식으로 써 내려갔다고 했다. 그녀는 특정한 걸 고집하지 않았다. 그게 뭐든 누가 써달라고 하는 건, 그게 슬픈 것이기만 하다면 아무거나 쓸 수 있었다. 한 남자가 죽었든, 한 여자가 죽었든, 한 아이가 죽었든지 간에 그녀는 그들이 싸늘해지기도 전 즉시 '헌사'를 만들었다. 그녀가 그것들을 헌사라고 불렀다. 이웃들은 의사가 제일 먼저 오고, 그다음이 에멀린, 그다음이 장의사 순이라고 말했다. 장의사들은 한 번 빼곤 에멀린보다 먼저 도착한 적이 없었는데, 그때 그녀는 죽은 사람의 이름에 맞는 운율을 못 찾고 꾸물대고 있었고, 그 이름은 휘슬러였다. 그 후 그녀는 예전 같지 않아졌다. 그녀는 절대 불평하지 않았으나 시들어 가고 있었으며 오래 살지 못했다. 가여운 것. 그녀의 그림들이 나를 짜증나게 하고 약간 시큰둥한 기분이 들게 할 때마다 나는 종종 그녀의 것이던 그 작은 방으로 가서 그녀의 그 낡고 딱한 스크랩북을 꺼내 읽었다. 나는 죽은 사람이든 누구든 간에 그 가족 모두를 좋아했고, 우리 사이에 그 어떤 것도 끼어들지 않도록 하려 했다. 가여운 에멀린은 살아 있을 때 죽은 모든 이들에 관한 시를 썼는데, 그녀가 가버린 이젠 아무도 그녀에 관해 쓰

189

지 않는 게 내겐 부당해 보였다. 그래서 직접 한두 줄 써보느라 진땀을 뺐지만, 더 이상은 어떻게도 써 나갈 수 없을 것 같았다. 그들은 에멀린의 방을 그녀가 살아 있을 때 자기 맘에 드는 식으로 해놨던 것과 똑같이 모든 것을 잘 손질해서 단정하고 보기 좋게 보존했고, 아무도 절대 거기서 자지 않았다. 비록 검둥이들이 많이 있었지만 노부인은 그 방을 손수 돌봤고, 주로 거기서 꽤 오랜 시간 바느질을 하고 성경책을 읽었다.

흠, 응접실에 관해 얘기하고 있었는데, 유리창엔 아름다운 커튼이 달려 있었다. 담을 타고 내려오는 포도 덩굴로 뒤덮인 성과, 물을 마시러 내려오는 소 떼가 그려진 하얀 커튼이었다. 거기엔 또, 내 생각엔 양철 팬들이 안에 들어 있을 오래된 피아노도 있었는데, 어린 숙녀들이 〈마지막 단합은 깨지고〉를 노래하고, 〈프라하의 전투〉를 연주하는 걸 듣는 것만큼 아름다운 건 세상에 아무것도 없었다. 모든 방의 벽들은 회반죽으로 칠했고, 바닥엔 대부분 카펫이 깔려 있었으며, 집 바깥쪽은 전부 다 하얗게 칠해져 있었다.

이건 두 세대용 저택으로, 두 집 사이에는 지붕과 바닥으로 이어진 넓게 탁 트인 공간이 있었고 가끔 한낮에 테이블을 거기 놓기도 했는데, 서늘하고 쾌적했다. 이보다 더 좋을 순 없었다. 게다가 음식은 맛있기만 한 게 아니라, 엄청 많았다!

18장

그레인저포드 대령은, 보다시피 신사였다. 어디로 보나 점
잖았고, 다른 가족들도 그랬다. 그는 말하자면 태생이 좋았
다. 과부 더글러스는 태생 좋은 사람이란 태생 좋은 말만큼
이나 가치 있다 했었고, 그녀가 우리 마을 최상류층임은 결코
아무도 부인하지 않았다. 아부지 또한, 비록 그 자신은 진흙
탕 메기보다도 나을 것이 없었지만 늘 그렇게 말했다. 그레인
저포드 대령은 키가 아주 크고 매우 날씬했고, 피부 빛은 어
둡고 창백했으며 불그스레한 기색은 어디서도 찾아볼 수 없
었다. 그는 매일 아침 갸름한 얼굴 구석구석을 깨끗이 면도
했다. 그는 세상에서 가장 얇을 것 같은 입술과, 가장 가느다
랄 것 같은 콧방울과 오뚝한 코, 숱이 많은 눈썹, 그리고 너무
깊숙이 꺼져 있어 이를테면 마치 동굴 안에서 밖을 내다보는
것처럼 보이는 몹시 거무스름한 눈동자를 하고 있었다. 이마
는 높았고, 검은 직모의 머리카락을 어깨까지 늘어뜨렸다. 그
의 손은 길고 가느다랬고, 한평생 매일 깨끗한 셔츠를 입었으
며, 너무 하얘서 보는 사람의 눈이 다칠 것 같은 리넨 정장을

191

머리부터 발끝까지 차려입었다. 그리고 일요일마다 놋쇠 단추를 단 푸른 연미복을 입었다. 머리 부분이 은으로 된 마호가니 지팡이도 같이 들었다. 그에게선 경박함이라곤 전혀, 아주 조금도 찾아볼 수 없었고, 절대 큰 소리를 내는 법도 없었다. 그는 더할 나위 없이 친절했다—알다시피 누구나 그걸 느낄 수 있어서 사람들은 그를 신뢰했다. 그는 때때로 미소를 지었는데, 그건 보기 좋은 미소였다. 하지만 그가 자유의 깃대마냥 꼿꼿이 자세를 가다듬고 눈썹 아래에서 번개를 펄럭이기 시작하면, 뭐가 문젠지는 나중 문제고 우선 나무부터 기어 올라가고 싶게 된다. 그는 누구한테도 행동거지를 지적할 필요가 없었다. 그가 있는 곳에선 모두가 항상 반듯했다. 또한 모두들 그가 가까이 있는 것을 좋아했다. 그는 거의 대부분의 날엔 햇살이었다—그러니까 내 말은 좋은 날씨처럼 느껴지게 만든다는 것이다. 그가 짙은 뭉게구름으로 변하면 세상은 30초쯤 무시무시한 어둠이 되었고, 그걸로 충분했다. 한 주 동안 어떤 것도 다시 잘못 흘러가지 않았다.

아침이 되어 그와 노부인이 내려오면, 온 가족이 앉았던 의자에서 일어나 아침 인사를 하고, 그들이 자리에 앉을 때까지 도로 앉지 않았다. 그런 뒤 톰과 밥이 술병을 놓아두는 작은 탁자로 가서 한 잔 분량의 강장제를 섞어 그에게 건네는데, 그는 그걸 손에 들고 있다가, 톰과 밥이 자기들의 것을 섞은 다음 고개 숙여 절을 하며, "아버님, 어머님께 저희 의무를 다하겠습니다."라고 하고 그들 부부가 고개를 살짝 숙일 듯 말

듯 고맙다고 한 다음, 셋이서 같이 마셨다. 그러면 밥과 톰은 자신들의 잔 바닥에 조금 남은 사과 브랜디나 위스키에 설탕물 한 숟갈을 넣어서 벅과 나에게 주었고, 그러면 우리도 노부부를 위해 건배하며 그걸 마셨다.

밥이 맏형이었고, 톰이 그다음이었다—아주 넓은 어깨와 갈색 얼굴과 길고 검은 머리카락에 검은 눈동자를 한 키가 크고 멋진 사내들이었다. 그들은 노신사처럼 머리부터 발끝까지 흰색 리넨 옷을 입었고, 챙이 넓은 파나마 모자를 썼다.

그다음 미스 샬럿이 있었다. 그녀는 스물다섯이었으며, 키가 컸고 긍지와 위엄이 있었다. 하지만 아무도 그녀를 건드리지 않을 땐 더할 나위 없이 상냥했지만, 누가 심기를 불편하게 하면 자기 아버지처럼 그 자리에서 사람의 기를 팍 죽이는 표정을 지었다. 그녀는 아름다웠다.

그녀의 동생 미스 소피아도 아름다웠지만 그건 다른 종류의 아름다움이었다. 그녀는 비둘기처럼 부드럽고 달콤했고, 겨우 스무 살이었다.

식구들 각자한테 시중드는 검둥이가 있었다—벅도 있었다. 내 검둥이는 어마어마하게 한가했는데, 내가 남한테 뭔가를 시키는 게 익숙하지 않아서였다. 하지만 벅의 검둥이는 거의 늘 뛰어다녔다.

이들이 지금의 가족 구성원 전부였으나, 원래 더 있었다—세 명의 아들, 그들은 살해되었다. 그리고 그 죽은 에멀린.

노신사는 많은 농장과 백 명이 넘는 검둥이들을 소유했다.

때때로 10마일이나 15마일 근방에서 말을 타고 찾아온 한 떼의 사람들이 5, 6일간 머물면서, 낮에는 이 부근과 강에서 호화롭게 유람을 하거나, 숲속에서 댄스와 피크닉을 즐겼다. 밤에는 매일 집에서 무도회가 열렸다. 그들 대부분은 이 가족의 친척들이었다. 남자들은 총을 갖고 왔다. 다들 분명 혈통이 좋은 사람들이었다.

그 근방엔 또 하나의 명문 혈통이 있었는데—대여섯 가족쯤 되는—대개가 셰퍼드선이라는 이름이었다. 그들은 그레인저포드네 씨족처럼 고상하고 혈통 좋고 부유하고 위엄 있었다. 셰퍼드선과 그레인저포드 사람들은 우리 사는 집 쪽에서 2마일쯤 위의 같은 증기선 선착장을 사용했다. 그래서 가끔 내가 우리 쪽 사람들 여럿과 거기 갔을 때, 멋진 말에 올라탄 많은 셰퍼드선 사람들을 보곤 했다.

어느 날 벅과 나는 숲속 멀리 사냥을 하러 갔다가 말 한 마리가 오는 소리를 들었다. 우린 길을 건너고 있었다. 벅이 말했다.

"빨리! 숲속으로 튀어."

우린 그리했고, 그 뒤 나뭇잎들 사이로 빼꼼히 숲을 내다보았다. 곧 잘생긴 한 젊은 남자가 전력을 다해 질주해 오고 있는 것이 보였는데, 말을 능란하게 타고 있는 폼이 마치 군인 같았다. 그는 총을 안장 머리에 걸쳐 놓고 있었다. 나는 그를 이전에 본 적이 있었다. 청년 하니 셰퍼드선이었다. 내 귓가에서 벅의 총알이 발사되는 소리가 들렸고 하니의 모자가 머리에서 떨어지는 것이 보였다. 그는 총을 움켜잡고 우리가 숨어 있는 곳으로 곧장 달려왔다. 그러나 우린 기다리지 않았다. 우린 숲속을 달리기 시작했다. 나무들이 그리 울창하지 않아서, 나는 총알을 피하려고 내 어깨 너머를 보았고, 하니의 총이 두 번이나 벅을 겨냥하는 걸 보았다. 그러더니 그는 왔던 길에서 벗어나 달려갔다―떨어진 모자를 찾기 위해서, 라고 나는 생각했지만 그러는 걸 볼 수는 없었다. 집에 도착할 때까지 우리는 멈추지 않고 달렸다. 노신사의 눈이 1분 정도 번쩍였으며―그건 주로 기쁨의 눈빛이었다, 내가 판단하기론― 그 후 차분한 낯빛이 되어, 부드러운 어조로 물었다.

"나는 네가 덤불 뒤에서 총을 쏜 게 마음에 안 드는데. 왜 길로 나서지 않았느냐, 얘야?"

"셰퍼드선들도 안 그러잖아요, 아버지. 그들은 늘 약삭빠르게 기회를 잡아요."

벅이 얘길 하고 있는 동안 미스 샬럿 그녀는 여왕처럼 고개를 쳐들었고, 콧방울이 커지고 눈엔 힘이 팍 들어갔다. 두 청년은 어두운 기색이었지만, 절대 아무 말도 하지 않았다. 미스 소피아 그녀는 창백해졌으나 그 남자가 다친 데가 없는 걸 알고 다시 원래 낯빛으로 돌아왔다.

나무들 아래 옥수수 창고 옆에서 벅과 둘만 있을 수 있게 되자마자 내가 말했다.

"너 그 남자 죽이려고 했어, 벅?"

"뭐, 당연히 그랬지."

"그 남자가 너한테 무슨 짓을 했는데?"

"그 남자가? 그 남잔 나한테 아무 짓도 한 거 없어."

"흠, 그럼, 뭐 땜에 그 남잘 죽이려 했던 건데?"

"뭐, 그냥… 단지 반목 때문이지."

"반목이 뭐야?"

"야, 넌 어디서 자랐니? 너 반목이 뭔지 몰라?"

"아직 한 번도 못 들어봤어. 뭔지 말해 줘."

"그러니까," 벅이 말했다. "반목은 이런 거야. 한 남자가 다른 한 남자랑 언쟁을 하고 그 남자를 죽여. 그러면 그 다른 남자의 형제가 그 남자를 죽여. 그러면 그 다른 형제들도, 양쪽 편다 서로 상대를 죽이러 가. 그러면 사촌들이 끼어들어―그래서 이윽고 모두들 죽게 돼. 그러면 더 이상의 반목은 없어. 하지만 그건 이를테면 느릿느릿 오랜 시간이 걸리는 일이지."

"이 일도 아주 오래도록 일어난 거야, 벅?"

"뭐, 그랬겠지! 30년 전에 시작됐거나, 아님 그 언저리야. 무슨 일인가로 골칫거리가 생겼고 그걸 해결하려는 소송이 있었어. 소송은 그 사람들 중 하나에 불리하게 돌아갔고, 그 사람은 열받아서 소송에서 이긴 사람을 쐈어―물론, 그 사람은 그럴 수밖에 없었던 거지. 누구라도 그랬을 거야."

"그 골칫거리가 뭐였는데, 벅? …땅?"

"내 생각엔 그런 거 같은데… 나도 잘 몰라."

"그러면, 누가 총을 쏜 거야? 그레인저포드였어, 아님 셰퍼드선이었어?"

"맙소사, 내가 어떻게 아냐? 아주 오래전 일인데."

"아무도 몰라?"

"아, 그래. 아빠 알 거 같은데. 또 나이 든 친척들도. 하지만 그분들도 지금은 애초에 그 말다툼이 뭐에 관한 거였는지는 몰라."

"지금까지 많은 사람이 죽었어, 벅?"

"응. 아주 많은 장례식이 있었지. 하지만 사람들이 늘 죽는 건 아니야. 아빠 몸에도 산탄이 몇 개 박혀 있어. 하지만 어쨌거나 그게 많이 무겁진 않으니까 신경 안 써. 밥도 사냥칼에 베인 적이 있고, 톰도 한두 번 다쳤어."

"이번 해에도 누가 죽었어, 벅?"

"응. 우리 쪽 하나랑 그쪽 하나. 한 석 달 전에 열네 살짜리 사촌 버드가 강 건너편에서 말을 타고 숲속을 지나오고 있었는데, 걘 아무 무기도 갖고 있지 않았어. 그건 정신 나간 멍청한 짓이었어. 어느 한적한 곳에서 개는 말이 오고 있는 소리를 들었지. 자기 등 뒤로. 보니까 발디 셰퍼드선 영감이 손에 총을 들고 바람에 흰 머리를 펄럭이면서 자기를 쫓아오고 있는 거였어. 말에서 뛰어내려 덤불로 도망가는 대신, 버드는 셰퍼드선을 앞지를 수 있을 거라 생각하고 최대한 자세를 낮췄어. 그래서 그들은 한 5마일인가 그 이상을 막상막하로 달렸는데, 갈수록 그 영감이 줄곧 더 빨랐어. 마침내 버드는 아무 소용없다는 걸 알았고, 그래서 멈춰서 몸을 돌렸지. 말하자면 총알구멍이 앞에 생기도록 말야. 그 영감은 말을 탄 채 총을 쏴서 그 앨 떨어뜨렸어. 하지만 자기 행운을 즐길 기회를 오래 갖긴 못했지. 우리 쪽 사람들이 일주일도 안 돼 그잘 쓰러뜨렸 거든."

"그 영감이 겁쟁이였나 보지, 벅."

"겁쟁이는 아니었던 거 같은데. 절대 그럴 리 없지. 그쪽 셰 퍼드선 사람 중에 겁쟁이는 없어—단 하나도. 그레인저포드 에도 겁쟁이는 하나도 없고. 자, 그 늙은이는 그날 30분 동안 세 명의 그레인저포드에 맞서 싸우면서 끝까지 쓰러지지 않 았어. 그리고 승리자로 판명 났고. 그들 모두 말을 타고 있었 지. 그자는 자기 말에서 뛰어내려서 목재 더미 쌓아 놓은 곳 뒤에 숨었고, 말을 총알받이로 자기 앞에 세워 놨어. 하지만 그레인저포드 사람들은 말을 탄 채 그 늙은이 주위를 돌면서 총알을 퍼부었고, 그 늙은이도 맞받아 쏘아댔어. 그자와 그자 의 말 둘 다 많은 피를 흘리며 불구가 되어 집으로 갔지만, 그 레인저포드 쪽은 실려서 집에 가게 되었지. 그들 중 하나가 죽 고, 다른 하나는 그다음 날 죽었어. 아니, 절대 아니야. 만약 누가 겁쟁이들을 찾아 나선다면 그쪽 셰퍼드선네서 찾느라 헛수고하진 않을 거야. 왜냐면 그들이 그런 부류의 종자는 낳 질 않으니까."

다음 주 일요일 우리 모두 3마일 정도 떨어진 교회에 갔고, 모두 말을 타고 갔다. 남자들은 총을 가지고 갔고, 벅도 그랬 으며, 총을 무릎 사이에 놔두거나 손이 닿는 벽에 기대 두었 다. 셰퍼드선네도 그렇게 했다. 설교는 끔찍했다. 모두가 형제

애니 뭐니 하는 그런 고루한 것뿐이었다. 하지만 다들 훌륭한 설교였다고 말했고, 집으로 돌아오면서 그 얘기를 내내 또 했으며, 신앙이니 선한 행동이니 대가 없는 은총이니 운명 예정설*이니 하는, 내가 하나도 모르는 것들에 대해 엄청 많은 말들을 했으나, 내게는 전례 없이 가장 힘겨운 일요일 가운데 하나처럼 느껴졌을 뿐이다.

점심을 먹고 한 시간 후, 몇몇은 의자에 앉아서, 몇몇은 자기들 방에서 꾸벅꾸벅 졸았다. 꽤나 지루했다. 벅과 개는 햇빛을 받으며 잔디밭에 몸을 쭉 뻗고 깊은 잠에 빠져 있었다. 나는 우리 방에 올라갔고, 잠깐 눈을 붙이기로 마음먹었다. 다정한 미스 소피아가 우리 옆방인 자기 방 문가에 서 있는 것이 보였는데, 나를 자기 방에 들어오게 하더니 아주 조용히 문을 닫았고, 내게 자기를 좋아하느냐고 묻기에 나는 그렇다고 했다. 그러자 그녀는 아무한테도 말하지 말고 자기를 위해 무슨 일을 좀 해줄 수 있겠느냐고 물었고, 나는 그러겠다고 했다. 그녀는 성경책을 잊어버리고 교회 좌석의 다른 두 책들 사이에 두고 왔다면서, 살며시 나가 거기 가서 그걸 자기한테 좀 가져다 달라고 했고, 아무한테도 절대 말하지 말라고 했다. 나는 그러겠다고 했다. 그래서 나는 살짝 나가서 교회 가는 쪽 길로 빠졌다. 교회에는 돼지 한두 마리 빼곤 아무도 없

---

* 헉은 predestination(운명 예정설)을 정확히 몰라서 preforeordestination이라고 썼다. 헉이 얘기하고 싶었던 운명 예정설은 칼빈파의 주장으로, 신은 누가 천국에 가고 누가 가지 않을 것인지를 이미 결정해 놓았다는 이론이다.

었는데, 문이 잠겨 있지 않은 데다가 돼지들은 여름에 판자로 된 바닥이 시원하기 때문에 거길 좋아했다. 만약 주의를 기울인다면 사람들은 대부분 꼭 가야 할 때 아니면 교회에 가지 않지만, 돼지들은 다르다는 걸 알게 될 것이다.

나는 혼잣말을 한다. 뭔가 꿍꿍이가 있어. 젊은 여자가 성경책 가지고 그렇게 조바심 내는 건 자연스럽지 않지. 그래서 그걸 흔들어 보았고, 그러자 연필로 '2시 반'이라 적은 작은 종잇조각이 떨어졌다. 샅샅이 뒤져 보아도 그 외엔 더 찾을 수 없었다. 그걸로는 아무것도 알아낼 수 없었기에 나는 종이를 책 속에 다시 끼워 넣었다. 집에 도착해 위층으로 가자 미스 소피아가 자기 방문 안쪽에서 나를 기다리고 있었다. 그녀가 나를 잡아당기고 문을 닫았다. 그런 뒤 그녀는 성경책 갈피를 살펴보다가 그 종이를 발견했고, 그걸 읽자마자 몹시 즐거워 보였다. 내가 미처 무슨 생각을 하기도 전 그녀가 나를 잡고 꽉 껴안았고, 이 세상에서 내가 가장 멋진 아이라면서 아무한테도 말하지 말라고 했다. 그녀는 잠시 동안 얼굴이 몹시 붉어졌고 두 눈이 빛났는데, 엄청 예뻐 보였다. 나는 꽤 놀랐지만 한숨 돌리고 그녀에게 그 종이에 관해 물어보았다. 그녀가 그걸 읽었느냐고 물어서 내가 아니라고 하자, 그녀는 글씨를 읽을 수 있느냐고 물었다. 내가 "아니요, 또박또박 쓴 것만 읽어요."라고 하니 그녀가 그 종이는 읽은 곳을 표시해 주는 책갈피일 뿐 아무것도 아니라며, 나는 이제 가서 놀아도 된다고 했다.

나는 그 일을 곰곰이 생각하며 강으로 내려가다가, 이내 나의 검둥이가 뒤에서 나를 따라오고 있는 걸 눈치챘다. 우리가 집에서 안 보이는 곳까지 왔을 때, 그가 뒤를 돌아보고 주위를 힐끗 둘러보더니 가까이 달려오면서 말했다.

"조지 되련님, 습지 안쪽으로 가보실 거면 제가 물뱀 무리를 보여 드립죠."

나는 생각한다. 참 요상하군. 그는 어제도 이 얘기를 했다. 물뱀 꽁무니를 찾아 돌아다닐 만큼 사람들이 물뱀을 좋아하지 않는다는 걸 당연히 알 텐데 말이다. 어쨌든 꿍꿍이가 뭘까? 그래서 나는 말했다.

"좋아, 얼른 앞장서."

나는 반 마일을 따라갔다. 그러자 그는 쓱쓱 습지를 걸었고, 발목 깊이의 습지를 또다시 반 마일 더 걸어갔다. 우리가 나무들과 덤불과 포도 덩굴이 울창한 건조한 평지에 이르자, 그가 말했다.

"곧바로 몇 발짝만 더 가봐유, 조지 되련님. 거기가 그것들 있는 곳인 게. 지는 전번에 봤응게, 더 안 봐도 상관없어유."

그는 건들거리며 멀어져 갔고, 이내 나무들에 가려 보이지 않게 되었다. 나는 그가 말한 곳으로 더 들어갔고, 사방에 포도가 덩굴진 침대 크기만 한 공터까지 갔다가 거기서 자고 있는 한 사내를 발견했다─그리고 세상에나, 그건 내 친구 짐이었다!

나는 그를 깨웠고, 나를 다시 본 것이 그에게도 어마어마한 놀라움일 거라 생각했지만, 아니었다. 그는 너무 기뻐서 거의 울 뻔했지만 놀라지는 않았다. 그날 밤 그는 내 뒤를 따라 헤엄쳤고, 내가 소리치는 것을 다 들었지만 대답하지는 않았다고. 왜냐하면 누군가한테 발각돼 다시 노예 생활로 끌려가고 싶진 않았기 때문이었다고 말했다.

"내는 약간 다쳤었고, 빨리 헤엄을 칠 수 없었어. 그래서 연안가로 향하는 너한테서 상당히 뒤처져 있었어. 너가 상륙했을 때 내는 너를 연안가에서 따라잡을 수 있을 거라 생각했고 널 향해 막 소릴 지르려던 참이었는디, 그 집을 보고 천천히 걷기 시작했지. 그 사람들이 너한티 하는 말이 뭔지 알아듣기엔 내가 너무 멀리 있었고, 내는 그 개들이 무서웠어. 허지만 다시 모든 게 조용해졌을 때 내는 너가 그 집 안에 들어갔단 것을 알게 됐어. 그래서 숲으로 가서 날이 밝길 기다렸지. 아츰 일찍 몇몇 검둥이덜이 이리로 걸어오고 있었어, 들에 가려구. 그리고 그덜이 내를 이리 데려와 이 장소를 보여줬어. 개들이 물 때문에 쫓아오지 못할 거라고 하믄서. 그리고 그덜이 매일 밤 내헌티 먹을 걸 갖다주고, 네가 얼마나 잘 지내는지도 말해 줬어."

"왜 잭한테 나를 여기로 더 빨리 데려오라 하지 않았어, 짐?"

"글씨, 널 방해혀 봤자 아무 소용 없었응께, 헉, 우리가 뭔가를 할 수 있을 때까정은—하지만 우린 이제 괜찮어. 내가 기회가 있을 때 냄비랑 팬이랑 식량을 사 놨어. 글고 밤마다 뗏목을 대충 손봤는디—”

“무슨 뗏목, 짐?”

“우리의 그 뗏목.”

“넌 그니까 우리의 그 뗏목이 산산조각으로 부서지지 않았
단 거야?”

“아녀. 안 그랬더라구. 뗏목이 아주 상당히 쪼개지긴 혔어.
한쪽 끝이 그렸지. 허지만 아주 못쓰게 되진 안혔어. 우리 짐
덜을 거의 다 잃어버리긴 했지만서두. 우리가 그렇게 깊이 다
이빙혀서 물 아래로 그렇게 멀리 가지만 안혔어두. 그날 밤이
그렇게 캄캄허지만 안혔어두. 우리가 그렇게 겁을 집어먹지만
안혔어두. 또 옛말대로 그렇게 돌대가리들만 아녔어두 우린
그 뗏목을 봤을 거여. 허지만 우리가 그걸 못 본 건 차라리 다
행이었어. 왜냐하믄 이제 뗏목은 다시 다 고쳐져 거의 새것처
럼 괜찮아졌고, 우린 또 우리가 잃어버린 것들을 대신할 많은
새것들이 있응게.”

“아니, 어떻게 그 뗏목을 다시 찾았어, 짐? 네가 건졌어?”

“내가 어떻게 이 숲에서 나와서 그걸 건져? 아녀. 검둥이
들 몇몇이 강이 굽어지는 곳 암초에 걸린 그 뗏목을 발견허고
개울가 버드나무 사이에 숨겨 놨는디, 개들이 하도 그 뗏목
이 그들 중 누구누구의 것이다 하고 떠들어 대는 바람에, 나
도 곧 그 얘길 듣게 됐어. 그래서 내가 나서서 그건 그덜의 것
이 아니라 나와 너한티 속하는 거라고 얘기하믄서 그 문제를
바로잡았지. 글고 내는 그덜헌티, 그 어린 백인 신사의 재산을

203

훔쳐서 그 대가로 얻어맞을 거냐? 물어봤어. 글고 나서 내가 그덜헌티 각각 10센트를 줬더니, 꽤 만족스러워들 혔지. 더 많은 뗏목이 떠내려와 그덜을 또다시 부자로 만들어 줬음 좋겄다믄서 말여. 그덜은 내헌티 꽤 잘혀. 이 검둥이들은, 뭣이든 내가 해주길 바라는 게 있으믄 다 혀, 내가 두 번 말할 필요도 없어. 헉, 저 잭도 좋은 검둥이여, 글고 꽤 영리허구."

"맞아, 그래. 잰 심지어 나한테 네가 여기 있다는 말도 안 했어. 여기 오면 많은 물뱀들을 보여 주겠다고만 했지. 그럼 만일 무슨 일이 생겨도 곤란해지지 않겠지. 우리가 같이 있는 걸 절대 못 봤다 말할 수 있고, 그게 사실일 테니까."

나는 그다음 날에 관해선 별로 얘기하고 싶지 않다. 그래서 아주 짧게 요약할 생각이다. 나는 새벽 무렵 일어났고, 아직도 몹시 고요하다는 걸, 아무도 기척을 하지 않은 것 같다는 걸 깨닫고 몸을 뒤척이며 다시 잠을 청했다. 그건 평소 같지 않은 것이었다. 그다음엔 벅이 일어나 나갔다는 걸 알아차렸다. 흠, 나는 어리둥절한 채 일어나 계단을 내려갔는데, 사방에 아무도 없었다. 모든 게, 한 마리 생쥐만큼이나 고요했다. 문밖도 마찬가지였다. 글쎄, 이게 뭘 뜻하는 거지? 장작더미 옆을 지나다 나는 잭과 마주쳤다.

"이게 다 무슨 일이야?"

그가 말했다.

"모르세유, 조지 되련님?"

"그래," 내가 말했다. "난 몰라."

"그니까 그게, 소피아 아가씨가 달아났어유! 정말 그랬당게유. 아가씨가 한밤중에 달아났어유―그때가 언젠지는 아무도 몰러유. 그 하니 셰퍼드선 청년, 되련님도 알죠. 그 청년이랑 결혼하려고 달아난 거라고. 그분들은 최소한 그렇게 의심허고 있어유. 가족들은 약 30분 전에―아마 그 언저리에― 그걸 알게 됐고, 분명 단 1분도 지체허지 않았어유. 그렇게 총과 말들이 휘몰아치는 광경은 처음 봐유! 여자분들은 다른 친지분들을 깨우러 갔고, 사울 영감님이랑 아드님들은 그 젊은이를 쫓아갔어유. 그 젊은이가 소피아 아가씨랑 강을 건너게 되기 전에 죽이려고 총을 들고 강변길로 달려갔지유. 꽤 녹록지 않은 시간이 될 거 같으네유."

"벅이 날 깨우지도 않고 가버렸네."

"그랬것쥬! 그분들은 되련님을 이 일에 끌어들이지 않게 하려 했겠지유. 벅 되련님은 총을 장전하면서 죽기 살기로 셰퍼드선을 박살 낼 거랬어유. 글쎄, 워낙 많은 셰퍼드선들이 있으니, 기회가 닿으믄 그중 하난 분명 해치우것지유."

나는 강변길로 접어들어 있는 힘껏 달렸다. 이윽고 꽤 떨어진 곳에서 총소리가 들려오기 시작했다. 증기선이 정박하는 곳의 장작 가게와 목재 더미들이 보이는 데까지 가자 나는 적당한 자리를 찾을 때까지 나무들과 덤불 아래를 죽 걷다가, 사람들 눈에는 띄지 않으면서 잘 쳐다볼 수는 있는, 미루나무의 가지가 양 갈래로 갈라진 곳으로 올라갔다. 나무에서 약간 떨어진 앞쪽에, 나뭇단을 4피트 높이 정도로 쌓아 놓은 게 있었는데, 처음에는 그 뒤에 숨으려고 했으나 그렇게 하지 않은 것이 아마 천만다행이었을 것이다.

장작가게 앞 공터에 네다섯 명의 말 탄 남자들이 소리치고 욕설을 해대면서, 증기선 선착장과 나란히 위치한 목재 더미 뒤에 숨은 두 젊은 친구들한테 다가가려고 기를 썼다. 하지만 접근할 수가 없었다. 그들 중 하나가 그 목재 더미의 강 쪽으로 모습을 보일 때마다 총알이 날아왔다. 두 젊은이는 목재 더미 뒤에서 등과 등을 서로 맞대고 웅크리고 있어서 양쪽 방향 모두를 지켜볼 수 있었다.

이윽고 남자들이 껑충거리며 고함치는 걸 멈췄다. 그들이 가게 쪽으로 말을 달리기 시작했다. 그러자 젊은이들 중 하나가 일어나, 목재 더미 너머로 침착하게 방아쇠를 당겨 남자들 가운데 하나를 안장에서 떨어뜨렸다. 모든 남자들이 말에서 뛰어내려 다친 사람을 잡고 가게로 끌고 가기 시작했다. 그 순간 그 두 젊은이가 달리기 시작했다. 그들은 남자들이 알아채기 전, 내가 있는 나무 절반 못 미치는 곳까지 왔다. 그때 그 남자들이 그들을 보았고, 말에 뛰어올라 그들을 쫓아왔다. 남자들은 그들을 따라잡았으나 별 소용이 없었던 것이, 소년들의 출발이 훨씬 빨랐다. 그들은 내 앞에 있던 나뭇단까지 와서 그 뒤로 쏙 들어갔고, 그래서 남자들보다 다시 유리한 고지를 차지했다. 그 소년들 중의 하나가 벅이었고, 다른 하나는 열아홉 살쯤 되어 보이는 날씬한 젊은 친구였다.

남자들은 한동안 길길이 날뛰다가 다시 말을 달려 가버렸다. 그들이 시야에서 멀어지자마자 나는 벅한테 소리를 질러 말을 걸었다. 그는 처음엔 나무에서 왜 내 목소리가 들려오는지 몰랐고 엄청 놀라워했다. 그가 내게 바짝 지켜보고 있다가 그 남자들이 다시 눈에 띄면 알려달라고 했다―그자들이 어떤 흉측한 작당 같은 걸 꾸미고 있을 거라고―멀리 가지는 않았을 거라고 하면서 말이다. 나는 그 나무에서 떠나고 싶었지만, 감히 내려올 수가 없었다. 벅은 울면서 저주를 퍼붓기 시작했고, 자기와 자기 사촌 조―그와 같이 있는 젊은 친구―가 오늘 일을 되갚아 줄 거라고 했다. 그는 아버지와 두 형이 살해됐고, 적들 중 두세 명이 죽었다고 했다. 셰퍼드선들이 매복하고 있었다는 것이다. 벅은 아버지와 형들이 친척들을 기다렸어야 했다고, 셰퍼드선들은 너무 강한 적수였다고 했다. 나는 하니와 미스 소피아는 어떻게 됐는지 물어보았다. 그는 그들은 강을 건넜고 안전하다고 말했다. 나는 그 말을 듣자 기뻤다. 하지만 지난번 하니한테 총을 쐈을 때 그를 죽일 수 없었던 것 때문에 벅의 어조에선 그걸 달가워하는 기색이 전혀 없었다.

탕! 탕! 탕! 갑자기 서너 발의 총알이 발사됐다―그 남자들이 숲속으로 슬그머니 돌아가서, 말도 타지 않고 숲 뒤쪽으로 해서 온 것이다! 소년들은 강으로 뛰어들었고―둘 다 다쳤다― 그들이 물살을 따라 헤엄을 치는 사이 남자들이 강둑을 따라 달리면서 그들을 향해 총질을 하고 고함을 질렀다. "저것들을 죽여, 저것들을 죽여 버려!" 속이 너무 울렁거려서 나는 나무에서 떨어질 뻔했다. 나는 일어났던 그 모든 일들을 다 말하지는 않을 것이다. 그러면 다시 속이 울렁거리게 될 것이다. 그런 걸 보느니 그날 밤 차라리 강가로 오지 않았더라면 좋았을걸. 나는 절대 그 일을 지워 버리지 못할 것이다—아주 많은 시간 그에 관한 꿈을 꾸었다.

나는 내려가는 것이 무서워 어두워질 때까지 그대로 나무에 있었다. 가끔 숲속 저 멀리서 총알이 발사되는 소리가 들렸다. 그리고 두 번, 무리 진 남자들 몇몇이 총을 들고 장작 가게를 지나 질주하는 것을 보았다. 그래서 여전히 싸움이 계속되고 있다고 생각했다. 나는 꽤나 상심했다. 절대 다시 그 집 근처에 가지 않으리라 마음먹었는데, 왠지 다 내 탓이라는 생각이 들었기 때문이다. 그 종잇조각은 미스 소피가 하니를 2시 반에 어딘가에서 만나 달아나는 걸 뜻하는 거였다는 생각이 들었다. 나는 그녀의 아버지한테 그 종이와 그녀의 행동이 이상해 보인다는 걸 말했어야 했다. 그러면 그가 그녀를 가두어 두었을 것이고 이 끔찍한 참극은 절대 일어나지 않았을 것이다.

나무에서 내려왔을 때 나는 강기슭을 조금 걸어 내려갔고, 강 끝자락에 누워 있는 두 개의 몸을 발견하고 기슭까지 그들을 끌어다 놓았다. 그다음 그들의 얼굴을 덮어 주고, 될 수 있는 한 빨리 그곳을 떠났다. 벽의 얼굴을 덮어 주면서 나는 조금 울었다. 그는 나한테 참 살가웠다.

이제 막 어두워졌다. 나는 그 집 근처에도 가지 않고 숲을 지나 늪지로 향했다. 짐은 그의 섬에 없었다. 그래서 나는 서

둘러 개울로 향했고, 뗏목에 뛰어올라 이 끔찍한 마을에서 벗어나고자 하는 열망으로 버들가지들을 밀쳤다. 뗏목이 사라졌다! 오, 맙소사, 나는 겁에 질렸다. 거의 1분간은 숨을 쉴 수도 없었다. 그 후 나는 소리를 질렀고, 내게서 25피트도 떨어지지 않은 곳에서 이렇게 말하는 목소리가 들려왔다.

"아이고 감사해라! 내 소중한 친구. 너여? 아무 소리 내지 말어."

그건 짐의 목소리였다―어떤 소리도 이보다 더 감미롭게 들린 적이 없었다. 나는 강둑을 조금 달려 뗏목에 올랐고, 짐이 나를 잡고 끌어안았으며, 나를 본 걸 몹시 기뻐했다. 그가 말했다.

"너헌티 신의 가호를. 내는 너가 또 죽었다 생각허고 이리로 왔어. 잭이 여기 왔었거든. 너가 아무래도 총을 맞은 것 같다고 혔어. 왜냐믄 너가 더 이상 그 집으로 안 갔으니께. 그려서 내는 지금 막 개울 아가리 쪽으로 뗏목을 젓던 참이었어. 잭이 다시 와서 네가 죽은 게 확실허다고 하믄 곧바로 떠날 채비를 하믄서 말이여. 주여, 내는 너가 다시 돌아와 증말로 기뻐."

내가 말했다.

"좋아. 그거 아주 잘됐다. 그 사람들이 나를 찾지 않고, 내가 살해됐다고. 그래서 물에 떠내려갔나 보다고 생각할 거야―그렇게 생각할 만한 일이 저기서 벌어졌거든―자, 더 시간 낭비 말고, 짐, 가능한 한 최대한 빨리 뗏목을 저어 큰 강으로 가."

　나는 뗏목이 거기서 2마일 정도 아래, 미시시피 중류로 나
갈 때까진 절대 편안한 기분이 들지 않았다. 그 후 우리는 신
호용 랜턴을 걸었고, 그러면서 한 번 더 우리가 자유롭고 안
전하다고 판단했다. 나는 어제 이래로 아무것도 먹은 게 없었
다. 그래서 짐은 딱딱한 옥수수빵이랑 탈지유랑 돼지고기랑
양배추랑 채소들을 꺼내 놓았다—꼭 맞게 차려진 것만큼 맛
있는 요리는 세상 어디에도 없다—내가 저녁을 먹는 동안 우
린 얘기를 나누며 즐거운 시간을 보냈다. 나는 그 반목에서
벗어난 것이 엄청나게 기뻤고, 짐도 그 늪지에서 떠나온 것을
기뻐했다. 우리는 뗏목만큼 속 편한 곳은 결국 아무 데도 없
다고 말했다. 다른 곳들은 몸에 쥐가 나고 숨이 막힐 것 같지
만, 그러나 뗏목은 아니다. 뗏목에서는 자유롭고 편안하고 쾌
적하게 느껴진다.

19장

2, 3일의 낮과 밤이 지났다. 날들이 헤엄쳐 흘렀다 할 수도 있겠다. 너무 고요하고 부드럽고 즐겁게 흘렀으니. 우리가 시간을 보내는 방법은 이랬다. 저 아래 강은 어마어마하게 컸다. 폭이 때로 1마일 반이나 되었다. 우린 밤마다 배를 달렸고, 낮엔 밧줄로 배를 묶어 숨겨 두었다. 밤이 거의 끝날 무렵이 되면 우리는 즉시 항해를 멈추고 배를 거의 늘 모래톱 아래 고인 잔잔한 물에 묶고 어린 미루나무와 버드나무를 베어서 뗏목을 숨겼다. 그 후 낚싯대를 설치해 놓은 다음 기운을 차리고 더위를 식히려고 강에 스윽 들어가 헤엄을 쳤다. 그 뒤엔 무릎까지 물이 차는 모래사장 끝에 앉아서 날이 밝아오는 걸 지켜보았다. 어느 곳에서도 소리가 들려오지 않았고 온 세상이 잠들어 있는 것 같았다. 완벽한 고요였다. 오직 황소개구리들이 가끔 수다 같은 걸 떠는 걸 빼면 말이다. 저 멀리 물 위를 내다보고 있으면 가장 첫 번째로 보이는 건 흐릿한 띠 같은 거였다—그건 맞은편 숲이었다. 그 밖엔 다른 아무것도 알아볼 수 없었다. 그러다 하늘 한 자락이 창백해진다. 그

뒤 그 창백함이 점점 둥그스름하게 퍼져 나간다. 그러면 저 멀리 강이 부드러워지고 더 이상 검지 않은 회색이 된다. 아주 저 멀리서 검은 점들이 떠다니는 게 보이기도 한다―그건 장삿배나 뭐 그런 것들이다. 길고 검은 띠들도 보인다―그건 뗏목들이다. 가끔 노가 삐걱거리거나 서로 뒤범벅된 목소리들도 들린다. 너무 고요해서 소리는 아주 먼 데서도 온다. 이윽고 물에 뜬 띠를 볼 수도 있는데 그 띠로 인해 거기 암초가 있다는 걸 알 수 있다. 빠른 물살이 암초에 부딪혀 그와 같은 띠 모양을 만들어 내는 것이다. 물안개가 몽글몽글 솟아오르고 동쪽 하늘이 붉어지면 강도 불그스름해진다. 그러면 강 건너 저 먼 강둑 위 숲 끝자락에 있는 통나무 오두막이 눈에 들어온다. 아마 목재 저장소였을 법한데, 개를 어떤 방향으로 던져도 통과할 만큼 엉성하게 포개져 있다. 그 뒤 그쪽에서 불어오는 미풍이 기분 좋게 살랑거린다. 나무들과 꽃들 덕분에 바람에선 신선하고 달콤한 향기가 난다. 하지만 때로 그렇지 않을 때도 있다. 죽어 널브러진 물고기들이나 동갈치 같은 것을 떠나온 바람은 꽤 고약한 냄새를 풍긴다. 그럼 이제부턴 온전한 하루의 시작이다. 햇빛 속에서 모든 것들이 미소를 짓고 새들은 막 노래를 시작한다.

지금 시간은 약간의 연기쯤은 눈에 띄지 않을 것이므로 우리는 낚싯줄에서 생선을 꺼내 따뜻한 아침을 짓는다. 그 후 적막한 강을 바라보며 내내 게으름 같은 걸 부리다 이윽고 곯아떨어진다. 그러다 잠에서 깨면 뭐가 우릴 깨웠나부터 살펴

는데, 어쩌면 그건 외륜이 배꼬리 쪽에 있는지 옆구리 쪽에
있는지도 모를 만큼 멀리 떨어진 저 건너편에서, 쿨럭거리며
강을 거슬러 올라가는 증기선일지도 모른다. 그러면 한 시간
동안은 아무것도 들리지 않고 아무것도 보이지 않을 것이다.
그냥 견고한 적막일 뿐. 다음엔 저만치 멀리서 뗏목 하나가
미끄러져 오는 게 보일지도 모르고, 어쩌면 어떤 멍청이가 그
뗏목에서 장작을 패는 걸 보게 될 수도 있다. 멍청이들은 뗏
목에서 거의 늘 그러기 때문이다. 도끼가 번쩍하며 내려오는
걸 볼 수도 있다. 소리는 하나도 들리지 않는다. 도끼가 다시
올라가는 것이 보이고, 그게 남자의 머리 위로 올라간 바로
그 순간, '쩍!' 하는 소리가 들린다―소리가 물을 넘어오는 데
그만큼의 시간이 걸린 것이다. 그렇게 우리는 게으르게 빈둥
거리고 적막에 귀를 기울이면서 낮 시간을 보내곤 했다. 한번
은 안개가 몹시 짙던 날인데 지나가는 뗏목이니 하는 것들이,
증기선이 자기들을 치지 않게 하려고 양철 냄비를 두들겨 댔
다. 짐배나 뗏목이 아주 가까이 지나갈 때 우리는 그들이 하
는 말과 욕설과 웃음소리를 들을 수 있었다―아주 또렷이 들
렸다. 하지만 그들은 전혀 보이진 않았다. 으스스한 기분이 들
었다. 마치 유령들이 허공에서 그러는 것 같았다. 짐은 그게
유령일 게 분명하다고 했지만 나는 말했다.

"아니야, 유령들은 '에잇 쌍놈의 안개 같으니'라고 하진 않
을 거야."

우리는 밤이 되자마자 즉시 뗏목을 저었다. 강 중간쯤까지

배를 갖다 놓고, 그다음부턴 어디든 물살이 이끄는 대로 떠내려가도록 내버려 두었다. 그런 다음 파이프에 불을 붙이고, 물속에 다리를 대롱거리며 온갖 것들을 얘기했다—낮이든 밤이든 모기가 덜 극성을 부릴 땐 우리는 언제나 늘 벌거숭이였다—벅의 식구들이 날 위해 지어 준 새 옷들은 편하게 입기엔 너무 좋은 것들이었고, 게다가 나는 옷엔 정말 관심이 없었다.

때때로 아주 긴 시간 동안 우리끼리만 온 강을 독차지하기도 했다. 물 건너편 저 멀리에 강둑과 섬들이 있었고, 아마 저 깜빡거리는 것—그건 어느 오두막 유리창의 촛불일 것이다. 때론 물에서 깜빡거리는 것들 한두 개가 보인다—그건 알다시피 뗏목이나 짐배에서 흘러나오는 불빛이다. 어쩌면 지나가는 다른 보트들에서 건너오는 깽깽이나 노랫소리 같은 걸 들을 수도 있었다. 뗏목에서 사는 건 멋지다. 별들로 온통 수놓아진 저 위 하늘이 우리 것이었고, 우리는 등을 붙이고 누워 하늘을 바라보며 저 별들이 만들어진 건지, 아니면 저절로 그냥 생긴 건지 토론하곤 했다. 짐은 저게 만들어진 거라 생각했지만 나는 우연히 생긴 거라고 생각했다. 저렇게 많은 별을 만들려면 너무 오랜 시간이 걸렸을 거란 판단이 들었다. 짐은 달이 저것들을 낳았을 수도 있다고 했다. 뭐, 그것도 일리 있는 말같이 들려 나는 어떤 반대의 말도 하지 않았다. 왜냐하면 개구리가 아주 많은 알들을 낳는 걸 본 적이 있었기 때문이다. 그러니 물론 저것들도 그랬을 수 있다. 우리는 또한 별들이 떨어지는 것도 지켜보곤 했다. 그것들이 띠처럼 내려오는 걸 보았다. 짐은 그것들이 못쓰게 돼서 둥지에서 내던져진 것이라 생각했다.

우리는 밤에 한두 번 증기선이 어둠 속을 미끄러져 가는 걸 보기도 했는데, 증기선은 이따금 연통에서 엄청난 불꽃들을 토해 냈고, 그 불꽃들은 비처럼 강에 쏟아져 끔찍이 아름다워 보였다. 그런 뒤 증기선이 모퉁이를 돌아 불꽃들이 점점이 꺼지고 그 수선스러운 집회가 막을 내리면 강에는 다시 적막이 남는다. 이윽고 증기선이 남긴 파도는, 그게 사라진 지 한참 후에 우리한테 닿아서 뗏목을 약간 까불리고, 그 후 얼마나 오래인지도 모를 만큼 한동안 아무 소리도 듣지 못하게 된다. 아마 개구리들이나 뭐 그런 것들만 빼면 말이다.

자정 후에 강가의 사람들은 잠자리에 들고, 그럼 두세 시간 동안 강기슭들이 깜깜해졌다. 오두막 창에선 더 이상 아무 깜빡임도 없었다. 이 깜빡거리는 것들이 우리의 시계였다. 다시 보이는 첫 번째 불빛은 아침이 오고 있음을 뜻하는 거였고, 그러면 우리는 즉시 뗏목을 숨기고 묶어 둘 곳을 물색했다.

어느 날 아침 동틀 무렵 나는 카누 하나를 발견해서 급류를 타고 큰 육지로 향했고—고작 2백 야드 떨어진 곳이었다—딸기들을 좀 딸 수 있을까 보려고 사이프러스 숲 한가운데 난 개울을 1마일쯤 노를 저었다. 개울을 가로지르는 길이 엉망진창으로 나 있는 지점을 막 지나고 있을 때, 이리로 두 남자가 황급히 총총 달려오고 있었다. 이제 죽었구나 하는 생각이

들었다. 누군가가 누군가를 쫓고 있으면 그때마다 그게 나거나 아니면 아마 짐일 거란 생각이 들었기 때문이다. 나는 잽싸게 거기서 벗어나려 했지만, 그땐 그들이 나한테 꽤 가까워졌고, 큰소리로 내게 자기들 목숨을 구해 달라고 사정했다— 아무 짓도 안 했는데 쫓기고 있다면서— 사람들이랑 개들이 쫓아오고 있다고 말이다. 그들은 즉시 카누에 뛰어오르고 싶어 했으나, 내가 말했다.

"그러지 마세요. 개들이랑 사람들이 말 타고 오는 소릴 전 아직 못 들었어요. 아저씨들이 덤불을 헤치고 개울 길을 조금 더 올라갈 시간은 있어요. 거기서 물로 들어와 저 있는 데까지 걸어와 타세요. 그래야 개들이 냄새를 못 맡아요."

그들은 그렇게 했고, 그들이 카누에 타자마자 나는 우리의 모래톱을 향해 번개같이 노를 저었다. 5분 내지 10분 후 우리는 저 멀리서 개들과 사람들의 고함 소리를 들었다. 그들이 개울 쪽으로 따라오는 소리가 들렸으나 볼 수는 없었다. 멈춰서 그 부근에서 한동안 망설이고 있는 것 같았다. 그들의 소리는 계속해서 점점 더 멀어지다가 거의 아무 소리도 들리지 않게 되었다. 숲을 1마일 뒤로 하고 우리가 강으로 들어서자 모든 것이 고요해졌고, 우리는 모래톱으로 노를 저어가 미루나무 숲에 안전하게 숨었다.

이 양반들 중 하나는 일흔쯤이거나 조금 더 먹어 보였고, 대머리에 아주 짙은 회색 수염을 기르고 있었다. 챙이 처진 낡은 모자를 쓰고 있었고, 기름때가 낀 푸른 울 셔츠에, 무릎

까지 오는 너덜너덜한 낡은 청바지를 장화에 구겨 넣어 입고
있었으며, 집에서 만든 멜빵을 메고 있었다—한쪽만 말이다.
또 반질반질한 놋 단추들이 팔에 대충 달린, 꼬리가 긴 청재
킷을 입었다. 그리고 그들 둘 다 커다랗고 빵빵하고 추레해 보
이는 카펫 천 가방을 가지고 있었다.

　또 다른 양반은 서른 살쯤이었고, 초라한 행색이었다. 아침
을 먹은 후 우리 모두 느긋하게 앉아 얘기를 나누었는데, 제
일 먼저 알게 된 건 이 양반들이 서로를 모른다는 거였다.

　"댁은 어쩌다 이런 곤란한 처지에 놓였소?" 대머리가 다른
양반한테 말했다.

　"흠, 나는 이빨 치석을 제거하는 물건을 팔고 있었소. 근데
그게 이빨도 제거해 버렸죠. 대갠 에나멜도 같이 따라오거든
요. 난 그랬어야 했던 것보다 하룻밤가량 더 머물게 됐다가
슬쩍 빠져나가려던 참에 마침 마을 이쪽 편 길에서 형씨를
딱 마주친 거고, 형씨가 사람들이 쫓아온다고, 달아나게 도와
달라고 내게 사정했던 거요. 그래서 내가 나 자신 역시 곤란
한 지경인 것 같으니, 당신하고 같이 도망쳐야겠다고 그랬던
거요. 이게 전부요—형씨는 어떤 사정이요?"

　"흠, 난 거기서 작은 금주 부흥회를 한 일주일 열고 있었는
데 마을 여자들은, 나이가 들었건 어렸건 간에 날 총애했다
오. 내가 마을 술고래들을 꽤 따끔히 혼냈거든. 그러면서 하
룻밤에 5, 6달러씩이나 벌었다오—두당 10센트. 애들이랑 검
둥이들은 공짜로—그 사업은 줄곧 잘 나가는 판이었는데, 무

슨 일인지 어젯밤 내가 사적으로다 슬며시 술 주전자랑 시간을 보냈다는 신고가 들어간 거요. 오늘 아침 검둥이가 와서 나를 깨우더니, 사람들이 자기들 말과 개들을 끌고 조용히 모여들고 있다고 하면서, 그자들이 곧 모두 여기 모여 30분의 출발 시간을 준 후에 나를 잡으러 쫓아올 건데, 붙들면 반드시 타르를 바르고 깃털을 꽂아 울타리 막대에 태워 돌아다닌다 했다는 거여*. 나는 아침 먹겠다고 기다리고 있진 않았지—배도 안 고팠고."

"영감," 그 젊은 축이 말했다. "우리 둘이 함께 힘을 합칠 수 있지 싶은데. 당신은 어떠쇼?"

"나야 반대 안 허지. 당신 사업은 어떤 쪽인고—주로?"

"어떤 일이든 척척이죠. 환자들 약도 좀 만들어 팔고요. 연극배우도 해요—비극이요. 기회 닿으면 최면술이나 관상학으로 방향을 틀기도 하고요. 기분 전환으로 학교에서 노래랑 지리를 가르치기도 하죠. 가끔씩 강연도 하고—아, 정말 내가 많은 일을 하는군— 거의 대부분 쓸모가 있죠. 그래서 잘 안 됐고. 당신은 어떤 쪽이요?"

"난 치유하는 일로 상당한 시간을 보냈지. 손을 갖다 대는 게 내 최고의 치료거든. 암이나 마비된 부위나 뭐 그런 데다 말이여. 나랑 같이 다니면서 나한테 필요한 사실들을 알아내

---

* 몸에 뜨거운 타르를 바르고 깃털을 꽂아 막대에 묶어 사람들이 어깨에 지고 돌아다니며 구경거리를 만드는 옛날식의 끔찍한 처형 방법으로, 이런 일을 당한 사람들 대부분은 끔찍한 화상을 입어 죽었다.

주는 사람이 있을 땐 수입도 꽤 짭짤했지. 설교 역시 내 사업이지. 순회 종교 집회니, 선교 일이니 두루두루."

한동안 아무도 한마디도 하지 않았다. 그러자 그 젊은 쪽이 한숨을 쉬며 말했다.

"오호라!"

"왜 오호라 타령인감?" 대머리가 말했다.

"이따위 삶에 이르도록 살아야 했던 걸 생각하니, 이런 사람들이랑 어울릴 정도로 내가 타락했다는 생각을 하면." 그러더니 그가 누더기로 눈 끝을 훔치기 시작했다.

"젠장맞을, 당신이랑 어울리기 부족한 사람들이라고?" 대머리가 꽤나 시퉁스럽게 목소리를 높였다.

"아니지요. 나한텐 이만하면 충분하지요. 내가 이런 대접을 받아도 쌀 만큼 좋지요. 고귀했던 나를 이런 바닥으로 끌어내린 게 누군가요? 나 자신이 그런 거죠. 당신들을 비난하는 게 아닙니다, 신사분들—얼토당토않지요. 난 어느 누구도 탓하지 않아요. 다 내 잘못이요. 이 냉혹한 세상한테 최악의 짓을 하라고 내버려 둡시다. 한 가지 내가 아는 건 어딘가엔 나를 위한 무덤이 있을 거란 거요. 언제나 그래 왔듯 세상은 계속 굴러갈 테고, 나한테서 모든 걸 거둬 가겠죠—내가 사랑했던 사람들, 내 재산들, 그 모든 것을—하지만 무덤만은 빼앗지 못하겠죠. 어느 날 그 안에 누워 나는 모든 걸 잊을 테고, 내 가여운 망가진 가슴은 휴식을 취하리다." 그는 눈물을 연신 훔쳐 냈다.

"젠장할 그 가여운 망가진 가슴 같으니라고." 대머리가 말했다. "당신의 그 가여운 망가진 가슴이 우리랑 무슨 상관이 있는감? 우린 암것도 안 혔는디."

"그럼요. 당신들이 아무 짓도 안 했다는 건 나도 알아요. 난 당신들을 비난하는 게 아니오, 신사 양반들. 나 자신이 나를 끌어내린 거죠. 그럼요, 내 스스로 그런 거예요. 난 고통받아 마땅해요—완벽히 옳아요—이제 더는 불평하지 않겠소."

"당신을 어디서 끌어내렸는데? 당신이 어디서 끌어내려졌는데?"

"아, 당신은 나를 믿지 못할지도 몰라요. 세상은 결코 믿지 않죠. 그냥 넘어갑시다. 별거 아니오. 내 출생의 비밀이……."

"출생의 비밀이라고! 그러니까 당신이 의미하는 게—"

"신사 양반들." 그 젊은 남자가 아주 엄숙하게 말했다. "당신들한테는 털어놓겠소. 왜냐면 당신들은 신뢰할 수 있을 것 같은 느낌이 드니까요. 난 합법적으로, 공작입니다!"

이 말을 듣자 짐의 눈알이 튀어나왔다. 아마 내 눈알도 그랬을 것 같다. 그러자 대머리가 말했다. "설마! 진짜로 그런 건 아니지?"

"진짭니다. 내 증조부인 브리짓워터 공작의 맏아들께선 지난 세기말경 자유의 순수한 공기를 마시러 이 나라로 도망쳐서 여기서 결혼했는데, 아들 하나를 남겨 놓고 자신의 아버지가 죽어 가고 있던 것과 거의 같은 시간에 죽었죠. 공작의 둘째 아들이 공작 칭호와 영토를 차지했소—그 진짜 공작인 아기는 무시된 채. 내가 그 아기의 직계 후손입니다—나는 합법적인 브리짓워터 공작이요. 그리고 여기 내가, 버려지고, 내 고결한 영지에서 떨궈져 나오고, 사람들한테 쫓기고, 차가운 세상의 괄시를 받고, 누더기를 입은 채, 지쳐 버린, 망가진 가슴으로 뗏목에서 범죄자들이랑 어울리고 있는, 영락한 내가 있소!"

짐은 무척이나 그를 가엾게 여겼고, 나도 그랬다. 우린 그를 위로하려고 해봤지만, 그는 그래 봤자 크게 도움 안 된다고, 그다지 많은 위로가 되지 않는다고 말했다. 만약 우리가 자기 신분을 제대로 알아줄 것을 항상 명심한다면 그게 다른 무엇보다 자기에겐 더 좋다고 하면서 말이다. 그래서 우리는 어떻게 해야 하는 건지 말해 주면 우리가 그리하겠다고 했다. 그는 우리가 자기한테 말을 할 땐 절을 해야 하고, '각하'나 '전하', 또는 '폐하'라고 불러야 한다고 했다—그러면서 자기를 그냥 '브리짓워터'라 부른대도 개의치 않을 거라 했다. 그건 어쨌든 이름이 아닌 호칭이니까 말이다. 그리고 우리 중 하나가 식사 때 자기 시중을 들고 자기가 원하는 게 있으면, 어떤 사소한 거라도 해야 하는 거라고 했다.

뭐, 다 간단한 것들이라서 우린 그렇게 했다. 식사 내내 짐은 근처에 서서, "폐하, 이걸 드시것서요. 아니문 저걸 드시것서요?" 어쩌고 하면서 시중을 들었고, 그는 아주 흡족해 보였다.

하지만 늙은이는 아주 조용해져서 이윽고 많은 말을 하지 않게 되었고, 공작의 비위를 맞추는 이 모든 일이 꽤 편치 않아 보이는 기색이었다. 그는 뭔가 할 말을 품고 있는 것처럼 보였다. 오후가 되자 그가 말했다.

"이보오, 빌지워터." 그가 말했다. "어마어마하게 당신이 안됐소만, 당신이 그와 같은 고통을 겪은 유일한 사람은 아니라오."

"아니라고요?"

"당신만 그런 게 아니지. 당신만이 높은 자리에서 잘못혀서 바닥으로 떨어져 꿈틀거리며 살아온 유일한 사람이 아니란 거요."

"오호라!"

"아니지, 당신만이 출생의 비밀이 있는 유일한 사람인 건." 그러더니, 맙소사, 그는 울기 시작했다.

"울지 마소! 그게 무슨 말이요?"

"빌지워터, 내가 당신을 믿을 수 있것소?" 계속 훌쩍이는 둥 하며 늙은이가 말했다.

"언제든, 쓰라린 죽음에 이를 때까지!" 그가 늙은이의 손을 잡아 꽉 움켜쥐며 말했다. "당신 존재의 비밀을, 자, 말하시오!"

"빌지워터, 나는 마지막 프랑스 황태자요!"

짐과 내가 이번에도 눈알이 빠질 것처럼 쳐다봤음은 물론이다. 그러자 공작이 말했다.

"당신이 뭐라고요?"

"그렇소, 나의 친구여, 이건 너무도 사실이오. 당신의 눈은 지금 바로 이 순간 불쌍한 사라진 황태자, 루우이 17세, 루우이 16세와 메어리 안토네트의 아들을 바라보고 있소."

"당신이! 그 나이에! 아니지! 당신은 마지막 샤를마뉴 대제*라 하려던 거겠지. 당신은 최소, 6백 살이나 7백 살은 먹어 보이오."

"고생을 해서 이렇게 됐소, 빌지워터, 고생을 해서. 고생이 이렇게 머리를 쉬게 하고 때 이른 대머리를 만들었지. 그렇소 신사분들, 여러분은 여러분 앞에, 이 청바지를 입고 비참해 보이는, 방랑하고, 추방당하고, 짓밟히고, 고통받는 적법한 프랑스의 왕을 보고 있소."

흠, 그는 울었다. 그가 계속 그러고 있어서 짐과 나는 무슨 말을 해야 할지를 몰랐고, 몹시 유감스러웠다. 또한 그가 우리와 함께 있는 것이 기쁘고 자랑스러웠다. 그래서 우리는 앞서 공작한테 했던 것처럼 그를 위로하려고 애를 썼다. 그러나 그는 그딴 건 아무 소용 없다고, 죽어서 이 모든 걸 끝내는 것 말곤 아무것도 좋은 게 없다고 했다. 그래도 사람들이 자기가 누려야 할 권리에 따라 자기를 대할 땐, 또 자기한테 얘기할 때 한쪽 무릎을 꿇고, 언제나 자기를 '폐하'라고 부르고, 식사 때마다 자기의 시중을 먼저 들고, 자기가 요구하기 전에 자기 면전에 앉지 않을 때면 잠시 기분이 좀더 편안하고 좋아지긴 했다고 말했다. 그래서 짐과 나는 그를 폐하로 떠받들면서 그

---

* 공작은 샤를마뉴가 통치하던 시기를 잘 알지 못해서 샤를마뉴와 루이 17세를 혼동하고 있다.

를 위해서 이런저런 여러 가지 것들을 했고 그가 앉아도 좋다고 할 때까지 계속 서 있었다. 이렇게 하는 건 꽤 효과가 있어서 그는 유쾌하고 편안해 보였다. 그러나 공작은 시큰둥한 듯 보였고, 이런 식으로 상황이 굴러가는 걸 달가워하지 않았다. 그럼에도 왕은 그에게 정말 우호적이었고, 자기 아버지는 공작의 증조부와 다른 모든 빌지워터 공작들을 높이 평가했고, 궁전에 오는 것을 자주 윤허하였노라고 말했다. 하지만 공작은 한동안 계속 씩씩거렸다. 왕은 마침내 이런 말을 했다.

"십중팔구 우리 여기 이 뗏목에서 썩어지게 오래 같이 지낼 거 같은데, 빌지워터, 그러면 그리 골을 내봤자 무슨 득이 되겠소? 그래 봤자 모든 걸 불편하게 만들 뿐이지. 내가 공작으로 태어나지 않은 건 내 탓이 아니고, 당신이 왕으로 태어나지 않은 것도 당신 탓이 아니오. 그러니 걱정해 봤자 뭔 소용이오? 잡은 기회는 최대한 이용하라— 그게 내 좌우명이지. 우리가 여기서 출발하게 된 건 아무 나쁠 게 없지, 속 편한 생활에 먹을 것도 많고— 자, 손을 이리 줘요, 공작, 우리 친구가 됩시다."

공작은 그렇게 했고, 짐과 나는 그걸 보고 아주 기뻤다. 이제 불편함은 모두 사라졌고, 우린 그걸 극복한 걸 몹시 다행이라고 느꼈다. 뗏목에서 서로 쌀쌀맞게 지내는 건 비참한 일일 것이기 때문이다. 무엇보다도 뗏목에선 내가 원하는 것이 모두를 만족시키고 모두가 옳다고 느껴야 하며 남들한테 친절해야 한다.

나는 오래지 않아 이 거짓말쟁이들이 결국 왕도 아니고 공작도 아닌, 그저 비열한 협잡꾼에 사기꾼들일 뿐이라고 결론을 내렸다. 그러나 결코 아무 말도 하지 않았고, 그런 내색도 비추지 않았다. 혼자서만 알고 있었다. 그게 상책이다. 그러면 다툴 필요도 없고 아무 말썽에도 엮이지 않는다. 만일 그들이 자기들을 왕이나 공작으로 불러 주길 바란다면, 그게 가정의 평화를 깨뜨리지 않는 한, 나로선 아무 반대도 하지 않는다. 짐한테 말해 봤자 별 소용이 없었기에, 그래서 말하지 않았다. 내가 아부지한테 뭐 하나라도 배운 게 있다면, 그런 부류의 인간들하고 잘 지내는 최고의 방법은, 그자들 하는 대로 그냥 내버려 두라는 것이다.

20장

그들은 왜 우리가 뗏목을 그런 식으로 덮는 건지, 낮에는 왜 항해하는 대신 쉬는 건지—혹시 짐이 도망친 노예인지? 등을 알고 싶어 하며 우리에게 아주 많은 질문을 했다. 내가 말했다.

"세상에! 도망친 노예가 남쪽으로 가겠어요?"

아니지, 그들은 그럴 리 없다는 걸 인정했다. 나는 어떤 식으로든 이걸 해명해야 했다. 그래서 이렇게 말했다.

"친지들이 제가 태어난 미주리주 파이크 카운티에 살고 있었는데, 저랑 아빠랑 동생 아이크만 빼고 다 죽었어요. 아빠는 모든 걸 다 잃었다고 생각하고 벤 삼촌한테 가서 살자고 마음먹었죠. 삼촌은 올리언스에서 44마일 아래 강가에 허름한 집 한 채를 가지고 있었고요. 아빠는 꽤 가난했고 빚도 좀 있었는데, 모든 걸 청산하고 보니 고작 16달러랑 우리 집 검둥이 짐 말곤 남은 게 없었어요. 우리는 갑판석을 타든 뭘 하든 1천 4백 마일을 갈 만큼 충분한 돈이 없었어요. 그러다 어느 날 강물이 불어났을 때 한 줄기 행운이 찾아들어, 아빠가 이

226

뗏목을 건진 거예요. 그래서 우린 이걸 타고 올리언스에 갈 수 있겠다고 생각했어요. 하지만 아빠의 운은 그걸로 다했어요. 어느 날 밤 증기선이 뗏목 앞 귀퉁이를 들이받았고, 우린 모두 훌러덩 뒤집혀 증기선 바퀴 아래로 곤두박질쳤어요. 짐과 저는 무사히 물 밖으로 올라왔지만, 하지만 아빠는 술에 취해 있었고, 아이크는 고작 네 살이었죠. 그래서 두 사람은 다시는 물 위로 올라오지 않았어요. 흠, 다음 하루 이틀 동안 우린 꽤 어려움을 겪었죠. 왜냐하면 보트를 탄 사람들이 끊임없이 우리한테 와서 저한테서 짐을 뺏어 가려 했거든요. 짐이 도망친 노예 같다면서요. 우린 이제 더 이상 낮엔 항해하지 않아요. 밤엔 사람들이 우릴 귀찮게 안 하거든요."

공작이 말했다.

"나한테 시간을 주면, 우리가 그러고 싶을 때 낮에도 항해할 수 있는 방법을 궁리해 보마. 내 그 문제를 곰곰 생각해 보지. 해결할 방법을 찾아내마. 오늘은 관두자, 그야 물론 대낮에 저기 저 마을을 지나가고 싶진 않으니까―그건 썩 이로울 거 같지 않구나."

밤이 다가오자 날이 어둑해지기 시작하더니 비가 내릴 것 같았다. 지평선 가까운 나지막한 하늘 여기저기서 번개가 번쩍거렸고, 나뭇잎들이 떨기 시작했다―꽤 험상궂은 날씨가 될 거란 건 쉽게 알 수 있었다. 그래서 공작과 왕은 침대가 어떤가 보려고 원형 천막을 점검하러 갔다. 내 침대는 밀짚이었고 그게 짐의 옥수수 껍질 침대보다 나았다. 옥수수 껍질 침대엔 늘 옥수수 알갱이가 굴러다니면서 살을 파고들어 아프게 한다. 또 그 마른 껍질들 위에서 몸을 뒤척이면, 마치 낙엽 더미 속에서 뒹굴 때 같은 소리가 나서 그 바스락거리는 소리에 잠이 깨는 것이다. 흠, 공작은 자기가 내 침대를 차지하겠다고 마음먹었으나, 왕이 그러도록 하지 않았다. 그가 말했다.

"신분의 차이를 고려해 나헌틴 적합하지 않은 이 옥수수 껍질 침대에 경이 잘 것을 제안하오. 경이 옥수수 껍질 침대를 취하시오."

짐과 나는 그들 둘 사이에 뭔가 또 다른 말썽이 생기면 어쩌나 두려워 잠시 진땀을 뺐다. 그래서 우리는 공작이 이리 말했을 때 기뻤다.

"늘 이렇게 압제의 군홧발에 짓밟혀 진창에 처박히는 것이 내 운명일지니. 불운이 한때 고결했던 내 기상을 망가뜨렸구나. 내 양보하겠소. 내가 항복하겠소이다. 이것이 내 운명이니. 세상에 나는 혼자요. 고통을 달게 받겠소. 견딜 수 있소."

충분히 어두워지자마자 우리는 출발했다. 왕은 우리한테 뗏목을 강 한가운데로 잘 몰라고, 저 마을을 잘 지나쳐서 한참 내려갈 때까진 절대 불을 피우지 말라고 했다. 작은 한 다발의 불빛들—물론 그건 마을이다—이 보이기 시작했고 우리는 그곳을 무사히 반 마일 정도 지나쳤다. 4분의 3마일 정도 내려갔을 때 신호용 랜턴을 달았다. 10시쯤 되자 비와 바람과 천둥과 번개가 한꺼번에 퍼붓기 시작했다. 그래서 왕은 우리한테 날씨가 괜찮아질 때까지 둘이서 지켜보라고 한 뒤 자기하고 공작은 원형 천막으로 기어들어 잠을 청했다. 자정까지 나는 비번이었으나, 어쨌든 자러 가지는 않을 거였다. 설사 침대가 있었대도 말이다. 이런 폭풍은 절대 한 주 내내 보는 게 아니니까. 아아, 바람이 어쩌면 저리 비명을 질러 댈까! 거의 매초마다 섬광이 번뜩이며 반 마일 주변의 흰 파도를 밝히면, 빗속에 칙칙하게 드러나는 섬들이, 바람 속에서 몸부림치는 나무들이 보인다. 그 뒤 천둥이 휘―이익! 꽝! 쿠르르쿵―쿠르르―쾅―쾅, 여기서 우르릉 저기서 우르르대고, 그러다 멈추면 또 다른 섬광이 하늘을 찢고 또 한 차례 일격을 가한다. 때때로 파도가 뗏목에서 나를 거의 휩쓸어 버릴 뻔하지만, 나는 아무것도 걸치지 않았기에 신경 안 쓴다. 우린 암초들로 인해 전혀 곤란을 겪지 않았다. 번개가 사방에서 지속적으로 환한 빛을 펄럭거려서 뗏목 머리를 이쪽저쪽으로 돌려 가며 충분히 피해 갈 수 있었다.

나는 보다시피 야간 당직이었지만 그 시간이 되자 꽤 졸렸다. 그러자 짐이 처음 반 정도 나 대신 망을 봐주겠다고 했다. 그는 항상 그런 식으로 아주 착했다. 정말 그랬다. 나는 천막으로 기어들어 갔다. 하지만 왕과 공작이 다리를 사방에 쭉 뻗고 널브러져 있어서 내가 누울 자리는 하나도 없었다. 그래서 천막 밖에 누웠다―비는 신경 쓰지 않았다. 날이 꽤 따뜻했고 파도가 지금은 그리 높이 솟구치지 않았기 때문이다. 비록 2시쯤에는 다시 높아졌지만. 짐은 그때 나를 깨우려다가 아직은 위험할 정도로 파도가 많이 높진 않다고 생각했기 때문에 마음을 바꿨다. 하지만 그가 잘못 판단했다. 곧 순식간에 높이 치솟은 파도가 갑자기 달려들어 나를 뗏목에서 쓸어내렸다. 짐은 죽어라고 웃어 댔다. 어쨌거나 그는 이런 일 가지고도 웃는 세상에서 가장 단순한 검둥이였다.

내가 당직을 서자 짐은 드러누워 코를 골았다. 이윽고 폭풍우는 성큼 잦아들더니 멈췄다. 첫 오두막 불빛을 보고 나는 그를 깨웠고 우리는 서서히 낮 동안에 뗏목을 숨길 수 있는 장소로 들어갔다.

아침을 먹은 후 왕은 닳아빠진 카드 한 벌을 꺼냈고, 그와 공작은 게임당 5센트 내기로 잠시 동안 세븐업 게임을 했다. 그러다 싫증이 나자 그들은 이른바, '캠페인 꾸리기'라 부르는 걸 하기로 마음먹었다. 공작이 자기 천 가방으로 가더니 작게 인쇄된 많은 전단지들을 꺼내 큰 소리로 읽었다. 한 전단지엔 '파리의 저명인사, 아르망 드 몽탈방 박사'가 '과학적인 골상학 강연'을 어디 어디에서 모모 시간에 열 것이고 입장료는 10센트이며 '특징별 조견표는 개당 25센트에 구매할 수 있음'이라고 적혀 있었다. 공작은 그게 자기였다고 했다. 다른 전단지에서 그는 '세계적으로 저명한 셰익스피어 비극 배우, 런던 드루어리 래인 극장의 개릭 2세'였다. 또 다른 많은 전단지들에서 그는 아주 다양한 많은 이름들을 가지고 있었고, '신성한 막대'로 수맥과 금을 찾는다거나, '마녀의 저주 소탕하기' 등등의 각기 다른 대단한 일들을 했다. 이윽고 그가 말했다.

"하지만 연극의 뮤즈가 가장 짜릿하죠. 무대에 서 본 적이 있소, 폐하?"

"없소." 왕이 말했다.

"영락한 왕이시여, 그렇담 폐하는 채 3일도 더 나이 먹기 전에 무대에 서게 될 거요." 공작이 말했다. "우리가 가는 첫 번째 적당한 마을에서 홀을 빌려 리처드 3세에 나오는 검투 장면과 로미오와 줄리엣의 발코니 장면을 할 거요. 어떻소?"

"하지요. 온몸 다 바쳐 하지요. 빌지워터, 돈이 되는 것이라믄. 하지만 알다시피, 난 연극에 대해 아무것도 아는 게 없는디. 또 그런 걸 많이 본 적도 없고 말이오. 아부지가 왕궁에서 그런 것들을 상연하게 하곤 했는데, 그땐 내가 너무 어려서리. 당신이 날 가르칠 수 있을 것 같소?"

"문제없죠!"

"좋소. 어쨌든 난 뭔가 활력이 될 만한 게 없나 몸이 근질거려 죽을 뻔했던 참인디. 당장 시작헙시다."

그래서 공작은 그에게 로미오가 누군지, 줄리엣이 누군지 다 얘기해 줬고, 자긴 늘 로미오를 해왔으니 왕이 줄리엣을 하면 될 것이라 했다.

"하지만 줄리엣이 그렇게 어린 계집애라믄, 공작, 내 이 벗겨진 머리와 하얀 수염으로 그 앨 하려면 비상식적으로다 괴이쩍을 거 같은디, 아마도."

"아니요, 걱정하지 마소. 이런 시골뜨기들은 절대 그런 건 생각 못해요. 게다가, 알다시피, 당신은 의상을 입을 거고, 그럼 정말이지 아주 다르게 보일 거요. 줄리엣은 잠자리에 들기 전에 달빛을 즐기며 발코니에 있지요. 나이트가운을 입고 주름 장식이 달린 나이트캡을 쓰고요. 이게 그 대목을 위한 의상이오."

그는 커튼에 쓰이는 옥양목 천으로 만든 옷 두세 벌을 꺼내면서, 그건 리처드 3세와 그를 상대하는 자가 입을 중세 갑옷이라 했다. 그러고는 길고 하얀 면 잠옷과 그에 짝을 맞출 주름 달린 나이트캡을 꺼냈다. 왕은 흡족해했다. 공작은 자기 책을 꺼내서 날개를 활짝 펼친 독수리처럼 아주 당당히 그 대목을 읽었고, 동시에 그게 어떤 식으로 돼야 하는 건지 보여 주려고 의기양양하게 걸으며 연기를 했다. 그런 뒤 책을 왕한테 주며 대사를 암기하라고 했다.

강이 굽이진 곳에서 3마일 정도 더 내려간 곳에 작고 초라한 마을 하나가 있었다. 점심을 먹은 후 공작은 낮에도 짐한테 안 위험하게 항해할 수 있는 묘책을 짜냈다고 했다. 그래서 마을로 가 그걸 해결해서 오겠노라 했다. 왕이 자기도 가겠다고 했다. 뭔가 이거다 할 만한 게 없나 보겠다며 말이다. 우리한테 커피가 떨어졌기 때문에 짐은 나도 그들과 같이 카누를 타고 가 커피를 좀 사 오는 게 좋겠다고 했다.

우리가 거기 도착했을 때 거리를 휘젓고 다니는 사람은 아무도 없었다. 마치 일요일처럼 거리들이 비어 있고 쥐 죽은 듯 완벽하게 고요했다. 우린 뒷마당에서 햇볕을 쬐고 있는 아픈 검둥이 하나를 발견했다. 그는 너무 어리거나 너무 아프거나 너무 늙거나 하지 않았으면 전부 숲속에서 2마일 정도 들어간 곳에서 열리는 전도 집회에 갔다고 했다. 왕이 거길 어떻게 가는지 알아냈고, 자기도 그 전도 집회를 최대한 이용해 보겠다면서 나도 가도 된다고 했다.

공작은 자기가 찾는 건 인쇄 사무실이라고 했다. 우린 그걸 발견했다. 목공소 바로 위층에 있는 아주 작은 가게로—목수들과 인쇄공들은 다 그 집회에 가버렸고 어느 문들도 잠겨 있지 않았다— 지저분했고 쓰레기들이 널려 있었으며, 사방 벽에는 잉크 자국들과 말들과 도망친 검둥이들이 그려진 전단지들이 가득했다. 공작이 외투를 벗으며 자긴 이제 됐다고 했다. 그래서 왕과 나는 후다닥 전도 집회장으로 향했다.

끔찍하게 더운 날이라 우린 땀을 뻘뻘 흘리며 약 30분 후 거기 도착했다. 20마일 근방에서 온 사람들까지 천여 명 정도 되는 많은 사람들이 거기 있었다. 숲속은 단체로 온 사람들과 여기저기 밧줄로 묶어 둔 마차들로 꽉 찼고, 말들은 마차 밖에 내놓은 여물통의 여물을 먹으며 파리를 쫓으려고 발을 탁탁 굴렀다. 나뭇가지들로 지붕을 덮은 긴 장대들로 만든 천막들이 있었는데, 팔려고 가져온 레모네이드와 생강 쿠키, 그리고 수박들과 풋옥수수들 같은 것들이 더미로 쌓여 있었다.

설교는 이런 식의 비슷한 천막들에서 열리고 있었고, 단지 좀더 커다래서 많은 사람들을 들여놓을 수 있을 뿐이었다. 벤치들은 두꺼운 통나무의 겉쪽 판지로 만든 것으로, 둥근 면에 구멍을 내고 거기 막대기들을 꽂아 다리로 만들었다. 등받이는 없었다. 설교자들은 헛간 한쪽 끝에 설치된 높은 연단 위에 서 있었다. 여자들은 선보닛을 쓰고 있었고, 어떤 여자들은 마와 모의 교직물로 된 덧옷을, 또 어떤 여자들은 줄무늬가 있는 덧옷을 입었으며, 젊은 여자들 중 몇몇은 사라사 날염한 옷을 입었다. 어떤 젊은 남자들은 맨발이었고, 아이들 몇몇은 싸구려 천 조각으로 만든 셔츠 말고는 아무것도 입고 있지 않았다. 나이 든 여자들 몇은 뜨개질을 하고 있었고, 몇몇 젊은이들은 몰래 연애질을 하고 있었다.

우리가 간 첫 번째 천막의 설교자는 찬송을 한 줄 한 줄 읽고 있었다. 그가 두 줄을 읽으면, 모두가 그걸 노래했는데, 부르는 사람들이 많았던 데다 또 아주 우렁차게 불러서 웅장하게 들렸다. 그다음 그가 두 줄을 더 읽으면, 사람들이 노래하고— 이런 식으로 계속되었다. 사람들은 점점 더 열기를 띠고 더욱 크게 노래를 불렀고 막바지에 이르자 몇몇은 신음을 내기 시작했으며, 어떤 이들은 소리를 질러 댔다. 그러자 설교자가 설교를 시작했는데 그 또한 아주 열정적이었다. 연단 한쪽으로 먼저 휘적이며 걸어가다 다른 쪽으로 휘적휘적 걸어간 다음 연단 앞으로 몸을 쑥 내밀었고 그의 두 팔도 시종일관 몸과 같이 움직였다. 그는 사력을 다해 큰소리로 외쳤고, 또 자주자주 성경책을 들어 올려 펼쳐서 이쪽저쪽으로 내밀면서, "이건 황야의 놋뱀입니다! 이걸 교훈 삼아 사시오!" 하고 소리쳤다. 그러면 사람들이, "영광! 아— 아멘!" 하고 소리쳤다. 그러면 그는 다시 설교를 계속했고, 사람들은 신음하고 울며 아멘을 외쳤다.

"오, 참회자석으로 나오시오! 오시오, 죄악으로 검게 물든 이들! (아멘!) 오시오, 아프고 병든 자들! (아멘!) 오시오, 절름발이, 앉은뱅이, 장님들! (아멘!) 오시오, 가난하고 헐벗은 자들, 죄악에 빠진 자들! (아─아─멘!) 지치고 타락하고 고통받는 모든 사람들은 오시오! 상처받은 영혼 오시오! 뉘우치는 자들 오시오! 누더기와 죄와 더러움에 빠진 이들 오시오! 당신들을 정화시켜 줄 물은 공짜고, 천국의 문은 열려 있소. 오, 천국에 들어가 휴식할지니라! (아─아─멘! 영광, 영광, 할렐루야!)"

이런 식으로 계속되었다. 외침과 울음소리 때문에 더 이상 설교자가 무슨 말을 하는지 알아들을 수도 없었다. 군중 여기저기에서 사람들이 일어서 눈물을 줄줄 흘리며 참회자석으로 꿋꿋이 걸어갔다. 모든 참회자들은 군중 한가운데를 지나 거기 맨 첫줄 벤치까지 가야 했는데, 미처 발광한 듯 노래하고 소리치고 지푸라기로 홀러덩 몸을 던졌다.

흠, 가장 먼저 내가 깨달은 건 왕이 걸어가고 있다는 거였다. 모든 이들 너머로 그의 목소리가 들려왔다. 그다음 그는 자석에 끌리듯 설교단 위로 올라갔다. 설교자가 그에게 사람들한테 연설을 해주라고 부탁하자, 그는 그렇게 했다. 그는 자기가 해적이라고 했다─인도양에서 30년간 해적질을 해왔고─ 지난봄 전투에서 동료들을 엄청 많이 잃었다고. 그래서 이제 신입 몇몇을 고용하러 집에 와 있는데, 하나님께 감사하게도 어젯밤 강도를 당해 땡전 한 푼 없이 증기선을 출발시킬 참이었다고, 그런데 자기로선 그게 기쁘다고 했다. 그건 자기한테 일어났던 일들 중 가장 큰 축복인데, 왜냐하면 이제 자기는 새사람이 되어 인생 처음 행복을 느끼고 있으며, 그리고, 이제 무일푼이긴 하지만 증기선을 즉시 출발시켜 인도양으로 돌아가 남은 생은 해적들을 진실한 신앙의 길로 돌아서게 하는 데 바치겠다고 했다. 다른 누구보다 자기가 그 일을 잘 해낼 수 있는 것이, 자기는 그 대양의 모든 해적들과 일면식이 있기 때문이고, 비록 돈 한 푼 없이 거기 도착하려면 시간이 오래 걸릴 테지만 어쨌든 거기 갈 것이고, 해적들을 설득시키는 매 순간마다 이렇게 말할 거라고 했다. "나한테 고마워하지 마시게, 내 공이라 하지 마시게. 이건 다 포크빌 전도 집회의 그 귀한 사람들, 피를 나눈 듯한 형제들과 그 집회의 후원자들, 그리고 저기 친애하는 설교자님, 그 누구보다 가장 진실된 해적의 친구 덕분이라네!"

그는 갑자기 눈물을 터뜨렸고, 그러자 모두가 울었다. 누군가가 외쳤다. "저 사람을 위해 모금을 합시다. 돈을 거둡시다!" 한 대여섯 명이 그러려고 벌떡 일어섰다. 하지만 누군가가 외쳤다. "저 사람한테 모자를 돌리게 합시다!" 모두들 그러자고 했고 설교자도 그랬다.

그래서 왕은 연신 눈을 훔쳐 가며 모자를 들고 군중 속을 걸었고, 가난한 해적들을 그곳에서 떠날 수 있게 선의를 베푸는 사람들을 축복하며 그들에게 찬사를 보내고 감사 인사를 했다. 종종 정말 예쁘장한 소녀들이 뺨에 눈물을 줄줄 흘리면서 일어나, 그를 기억하도록 그의 뺨에 입 맞출 수 있게 해달라고 부탁할 때마다 그는 항상 그러라고 했다. 그는 그들 중 몇몇을 포옹했고 대여섯 번쯤 키스를 했다. 또 그는 한 주간 마을에 머물도록 초대를 받았다. 모두들 그가 자기 집에 오길 바랐다. 그걸 영광으로 생각하겠다면서 말이다. 하지만 그는 이날이 전도 집회 마지막 날이라 자기가 아무 쓸모 없을 거라며, 게다가 자긴 한시라도 빨리 인도양으로 가서 해적들을 위한 일을 해야 하기에 마음이 급하다고 했다.

우리가 뗏목으로 돌아오자 그는 돈을 세 봤고 자기가 87달러 75센트를 걷었다는 걸 알았다. 거기다 숲을 지나 귀가하고 있을 때 그는 어떤 짐마차 아래서 3갤런의 위스키 단지를 발견했고, 그걸 집어 왔다. 왕은 전반적으로 봤을 때 여태까지 해왔던 선교 사업 중 오늘이 가장 나았다고 했다. 그는 선교 사업을 한다면서 이교도들을 전도하겠다는 건 해적들 전도에 견주면 상대가 안 된다고 했다.

공작은 왕이 나타나기 전까진 자기가 꽤 짭짤한 수익을 올렸다고 생각했으나, 그 후론 별로 그렇게 생각하지 않았다. 그는 인쇄사무실에서 농부들을 위해 사소한 두 가지 일—말을 찾는 전단—을 해서 4달러를 챙겼다. 그리고 10달러 정도 하는 신문 광고면을, 미리 돈을 내기만 하면 4달러에 주겠다고 했더니 사람들이 그러겠다고 하고 돈을 냈다. 신문 구독료는 1년에 2달러인데, 자기한테 미리 돈을 내면 한 번 구독에 각각 50센트씩 받겠다고 해서 세 명분의 구독료를 챙겼다. 그들

237

은 예전처럼 장작이나 양파로 구독료를 낼 작정이었으나 그는
예전에는 그랬지만 이 사업을 자기가 막 떠맡아 감당할 수 있
는 가장 최저로 가격을 내린 것이라서 현금으로 받으려 한다
고 했다. 그는 자기 머리로 직접 짧은 시를—3연으로 된— 일
종의 달콤쌉싸름한— 제목은 '그래, 부숴라, 냉혹한 세상이
여, 이 망가진 가슴을'이었다— 써서 신문에 바로 인쇄할 수
있게 남겨 놓았고, 그에 대해선 한 푼도 청구하지 않았다. 뭐,
그래도 그는 9달러 50센트를 챙겼고, 그게 하루치 일에 대한
꽤 공정한 대가라고 했다.

　그런 뒤 자기가 인쇄한 또 하나의 작은 전단지를 우리한테
보여 주었는데, 그건 우리를 위한 것이었기 때문에 그는 한 푼
도 청구하지 않았다. 그건 꼬챙이에 봇짐을 꿰어 어깨에 걸친
도망치는 검둥이의 그림으로, 그 아래 '200달러 현상금'이라
적혀 있었다. 인쇄물의 내용은 전부 짐에 관한 것이었고 짐 하
나까지 딱 그를 묘사했으며, 그가 지난겨울 뉴올리언스에서
40마일 아래 세인트자크 농장에서 도망쳤고, 북쪽으로 가고
있을 것으로 예상되며, 누구든 그를 잡아 돌려보내 주면 보상
금과 그 일의 경비를 받는다고 적혀 있었다.

　"이제," 공작이 말했다. "오늘 밤 이후로 우린 낮에도 다닐
수 있지, 우리가 그러고 싶다면 말야. 누가 가까이 오는 게 보
이면 그때마다 짐의 손발을 밧줄로 묶어서 천막에 들여놓고
이 전단지를 보여 주면서, 우리가 짐을 저 강 상류에서 붙들
었는데 증기선으로 여행하기엔 너무 가난해서 친구들한테 외

상으로 이 작은 뗏목을 사서 보상금을 받으러 내려가는 중이라고 말하는 거야. 수갑과 사슬이 역시 짐한테 훨씬 더 어울리겠지만, 우리가 너무 가난하다는 스토리랑 좀 안 맞아. 너무 지나친 장식 같단 거지. 밧줄이 정답이야. 아귀가 맞아야 하거든. 무대에서처럼 말이야."

우리 모두 공작이 상당히 영리하다고 말했다. 그러면 낮 동안 항해하는 데 아무 문제도 없을 것이었다. 우리는 이런 작은 마을의 인쇄사무실에서 공작이 한 일은 꽤나 야단법석을 일으켰을 것이라 생각했기에, 거기서 벗어나기 위해 그날 밤 몇 마일은 충분히 가야 할 거라고 판단했다. 우리가 그러고 싶으면 그 후에도 쭉 더 달릴 수 있을 것이었다.

우린 몸을 낮추고 침묵을 지켰고 10시 가까이 될 때까진 절대 배를 띄우지 않았다. 그런 다음 슬그머니 노를 저어 마을에서부터 아주 멀찍하게 떨어졌고, 그들한테 우리가 완전히 안 보일 때까지 랜턴을 달지 않았다.

새벽 4시에 당번을 서라고 나를 부르면서 짐이 말했다.

"헉, 너는 이 여행 중 우리가 또 다른 왕들을 만나게 될 거 같어?"

"아니," 내가 말했다. "그럴 것 같진 않은데."

"뭐," 그가 말했다. "그럼 됐어. 하나나 둘 정도는 괜찮어. 허지만 그걸로 충분혀. 이 왕은 엄청 술고래고, 저 공작도 그다지 썩 나을 것이 없어."

나는 짐이 왕한테 프랑스 말을 하게 해보려고 애쓰는 걸 알았다. 하지만 그는 자기가 이 나라에서 너무 오래 살았고 또 너무 많은 고생을 해서 다 잊어버렸다고 했다.

21장

해가 뜬 후였지만 이제 우린 항해를 계속했고 뗏목을 묶지 않았다. 왕과 공작은 이윽고 꽤 지쳐 보였다. 하지만 강으로 뛰어들어 헤엄을 치더니 상당히 기운을 차렸다. 아침을 먹은 후에 왕 그는 뗏목 한쪽 구석에 자리를 잡고서 편안히 앉아 있으려고 부츠를 벗어 던지고 바짓단을 걸어 올린 다음 두 발을 물에 대롱대롱 담갔다. 그런 뒤 파이프에 불을 붙이고, 자기가 할 **로미오와 줄리엣**을 암송하기 시작했다. 어느 정도 잘하게 되자 그와 공작이 같이 연습을 시작했다. 공작은 모든 대사를 어떻게 말해야 하는 건지 반복해서 가르치고 또 가르쳐야 했다. 공작은 왕한테 한숨을 지으라 했고, 손을 가슴에 얹으라 했으며, 얼마 후엔 왕이 꽤 잘했다고 말했다. "다만," 하고 그가 말했다. "그런 식으로, 로미오! 하고 울부짖으면 안 돼요, 황소처럼 말이오. 부드럽고 연약하고 가냘프게 말해야 한단 말이오. 이렇게— 로—우우—미오! 왜 그런가 하면, 알다시피 줄리엣은 사랑스럽고 달콤하고 아직 아이처럼 순수한 소녀니까. 그래서 그렇게 당나귀 수컷처럼 내지르지 않는단 말이오."

흠, 다음 그들은 공작이 들고나온 참나무 회초리로 만든 한 쌍의 칼로 그 검투 싸움 장면을 연습하기 시작했다. 공작은 자기를 리처드 3세라고 불렀다. 그들이 뗏목을 껑충껑충 뛰어다니며 펼치는 활극은 참 진풍경이었다. 그러나 이윽고 왕이 발을 헛디뎌 뗏목에서 떨어졌고, 그러자 그들은 휴식을 취하며 옛날 자기들이 강에서 겪었던 온갖 모험담들을 얘기했다.

점심을 먹자 공작이 말했다.

"흠, 폐하, 알다시피, 우린 이걸 일류 쇼로 만들고 싶단 말이죠. 그래서 말인데 우리 여기에 뭔가 좀 덧붙입시다. 어쨌든 앙코르에 답할 만한 뭐 적당히 작은 걸요."

"옹코르가 뭐요, 빌지워터?"

공작이 그에게 설명해 주고 나서 말했다.

"나는 하일랜드 플링*이나 뱃사람의 혼파이프 춤으로 앙코르에 화답할 테니, 당신은… 흠, 어디 보자… 그래, 그게 좋겠군. 당신은 햄릿의 독백을 하면 되겠소."

"햄릿의 뭐?"

"거 있잖소, 햄릿의 독백. 셰익스피어 작품 중 가장 유명한 거 말이오. 아, 그 장엄함, 숭고함! 늘 극장을 사로잡지요. 책엔 그게 없소. 나한텐 이 한 권밖에 없고. 하지만 내 기억 속

---

* 스코틀랜드 고지인(高地人)이 혼자 추는 아주 빠른 춤.

에서 그 대목을 끄집어낼 수 있을 것 같소. 잠시 이리저리 거 닐면서 기억의 금고에서 내가 그걸 불러낼 수 있을지 한번 봅 시다."

그래서 그는 생각을 하며 이리저리 성큼성큼 걸었고, 이따금 얼굴을 몹시 찡그렸다. 그런 뒤 눈썹을 치켜세웠다. 다음엔 이마에 손을 갖다 대고 지그시 누르더니 신음 같은 걸 내면서 비틀비틀 뒷걸음질 쳤다. 그러곤 한숨을 쉬었고, 다음엔 눈물 한 방울을 떨어뜨리는 척했다. 그러니 멋져 보였다. 그는 마침내 해냈다. 그가 우리한테 잘 지켜보라 일렀다. 그러더니 다리하나를 앞으로 쑥 내밀고 두 팔은 위로 쭉 뻗고 머리를 뒤로 젖힌 채 하늘을 올려다보며 가장 고상한 포즈를 취했다. 그런 다음 소리를 지르고 횡설수설하며 목청을 가다듬고 이를 갈기 시작했다. 그 후 대사를 말하는 내내 그는 온몸을 쫙 펴고 가슴을 한껏 부풀리며 울부짖었는데, 내가 여태 본 어떤 연극들보다 훨씬 멋졌다. 이게 그 대사다―그가 왕한테 가르치는 동안, 나도 아주 간단히 외웠다.

사느냐, 죽느냐, 그것은 뽑아 든 단검이로다
그토록 긴 인생의 재앙을 만드는,
누가 그 짐을 견디랴, 버넘의 숲이 던시네인으로 올 때까지.*
하지만 사후死後에 무엇이 있을까 하는 그 공포가

---

* 『맥베스』에 나오는 대사로 '버넘의 숲'은 마녀가 맥베스에게 패배를 예언한 숲 이름이며 던시네인은 영국 스코틀랜드 중동부 테이사이드(Tayside)주에 있는 언덕이다.

대자연의 두 번째 향연인

순진한 잠을 살해하고,

우리가 알지 못하는 그 미지의 곳으로 날아가게 하는 대신

우리로 하여금 차라리 가혹한 운명의 화살을 던지게 한다.

그게 우리를 망설이게 하는 것이다.

그대여 노크를 해서 덩컨을 깨워라! 그대가 그럴 수 있기를.

누가 시간의 채찍과 경멸을 견디랴.

정당하지 못한 압제자, 우쭐대는 자들의 오만불손,

지연되는 법의 심판, 그리고 그의 고통은 죽음을 택하리.

교회 뜨락이 하품을 할 때, 한밤중 죽은 쓰레기 더미들 속에서

엄숙한 검은 예복을 입고,

어떤 여행객도 돌아오지 않는 최종 목적지,

미지의 세계가 숨을 내쉬어 세상을 감염시킨다.

그리하여 속담 속 그 가여운 고양이 같은, 최초의 결심의 빛은

걱정으로 인하여 창백해지고,

지붕 꼭대기에 내려앉은 모든 구름들도

이로 인하여 멀리 흩어지면서,

대의명분을 잃어버린다.

그것은 우리들이 진심으로 바라 마지않는 극치. 하지만

미풍 같은 그대, 아름다운 오필리아여,

당신의 육중한 대리석 턱을 열지 말고

수녀원으로 가시오—가시오!*

흐흠, 영감 그 작자는 이 대사를 좋아했고, 곧 일류 수준으로 잘 읊을 수 있게 되었다. 마치 이 대사를 위해 태어난 것 같았다. 그가 대사를 욀 때 흥분해서 미친 듯이 날뛰고 으르렁대다, 점점 격노해서 절정에 이르는 모습은 완벽하게 멋졌다.

공작은 그럴 기회가 찾아왔을 때 당장 공연 전단지를 몇 장 인쇄했다. 그 후 2, 3일 정도 우리가 강을 떠내려가는 동안 뗏목에선 내내 칼싸움과 리허설—공작이 그렇게 불렀다—만 벌어졌고, 뗏목은 전례 없이 가장 활기찬 곳이 되었다. 어느 날 아침 우리가 순조롭게 아칸소주까지 갔을 때 강이 크게 굽이진 곳의 아주 자그마한 마을 하나가 눈에 들어왔다. 그래서 우리는 마을에서 4분의 3마일쯤 위쪽의 사이프러스 나무

---

* 공작은 햄릿의 독백에 다른 등장인물의 대사를 갖다 붙이거나 셰익스피어의 다른 작품인 『리처드 3세』,『맥베스』에 나오는 대사들을 갖다 붙이고 혹은 기존 의미를 바꾸어 난도질한다. 원래 햄릿의 독백은 이렇다:

사느냐, 죽느냐, 이것이 문제로다 / 격분한 운명의 화살을 맞고 그것을 견디는 것, / 아니면 질풍노도의 고난에 맞서 무기를 빼어들고 그에 맞서는 것, / 어느 것이 더 고결한 것인가? 죽는 것, 잠드는 것. / 이제 여기서 끝내자. 잠든다는 것은, / 고통스러운 심장과 수천 가지의 충격들, / 대대로 물려받은 재앙들을 끝낸다고 할 수 있는 것, / 우리가 진심으로 바라 마지않는 극치, 죽는 것, 잠드는 것. / 잠들면, 아마 어쩌면 꿈을 꾸겠지. 아, 그것은 상처를 덧나게 하는 것 / 이 속세의 번거로부터 지친 몸이 벗어날 때 우리는 어떤 꿈을 꾸게 될 것인가 / 그것이 우릴 망설이게 하고, 이렇게 지루한 인생의 번거를 만드는 것이다. / 누가 세상의 채찍과 경멸을 견디랴 / 정당하지 못한 압제자, 우쭐대는 자들의 오만불손, / 조롱받는 사랑의 고통, 지연되는 법의 심판, / 관리들의 건방과 간단히 일축돼버리는, 가치 없는 일을 참고 견디는 인내심을. / 한 자루의 단검으로? 투덜거리고 끙끙대는 이 남루한 삶 / 누가 그 짐을 견디랴 / 하지만 어떤 여행자도 목적지에서 돌아온 적이 없는 / 사후세계에 대한 한 가닥 불안, 그것이 우리를 / 미지의 곳으로 날아가게 하는 것보단 / 차라리 우리가 지닌 이 모든 아픔을 견디도록 하는 것인가? / 자제심은 우리를 온통 겁쟁이로 만들고 / 최초의 결심의 빛깔을 / 이와 같이 창백한 근심으로 약하게 하는구나 / 위대한 쟁점과 위대한 순간의 이 대사업도, / 그리하여, 대의명분을 잃어버리고 / 그 방향을 틀어버린다—쉿 고요히! / 아름다운 님프, 오필리어! / 내 모든 죄를 위해 기도해 주오.

245

들에 가려져 터널처럼 보이는 개울 입구에 뗏목을 묶고 나서, 거기서 공연을 할 만한가 보러 짐만 빼고 다 카누를 타고 그리로 갔다.

우린 상당히 운을 잘 탔다. 그날 오후 서커스가 열릴 예정이라 촌사람들이 벌써부터 갖가지 종류의 덜컹거리는 낡은 마차나 말을 타고 모여들기 시작하고 있었다. 서커스는 밤이 오기 전 떠날 예정이라, 우리 공연을 하기 아주 좋은 기회였다. 공작 그가 청사 건물을 빌렸고, 우리는 돌아다니며 전단지를 붙였다. 전단지엔 아래와 같이 적혀 있었다.

셰익스피어 작품 재상연!!!
멋진 구경거리!
오늘 단 하룻밤만 공연!

세계 유명 비극 배우들 출연,
런던 드루어리 래인 극장의 데이비드 개릭 2세와
런던 피커딜리의 푸딩 래인, 화이트 채플, 왕립 해이마켓 극장, 왕립 콘티넨트 극장의 에드먼드 키인 1세,

그들이 출연할 숭고한
셰익스피어 극의 장관

로미오와 줄리엣

발코니 신!!!

로미오 ······························· 미스터 개릭

줄리엣 ······························· 미스터 키인

새로운 의상, 새로운 배경, 새로운 설비!

컴퍼니 총 지원!

또한

전율, 웅장, 그리고 피를 얼어붙게 하는

리처드 3세

검투 신!!!

리처드 3세 ······························ 미스터 개릭

리치몬드 ······························ 미스터 키인

그 외:

(특별 요청에 의한)

햄릿의 불멸의 독백!!

그 저명한 키인이 공연!

파리 3백 회 연속 흥행!

임박한 유럽 공연 일정으로 오직 오늘 밤만 공연!

입장료 25센트, 어린이들과 하인들 10센트.

그 후 우리는 마을 여기저기를 빈둥거리며 돌아다녔다. 대부분의 상점이나 집들은 낡고 허름했고 지금껏 단 한 번도 페인트칠을 한 적이 없는 건물들은 뼈대가 바싹 말라 있었으며, 강물이 범람할 때 잠기지 않게 하려고 땅에서 3, 4피트 높이의 버팀대 위에 세워져 있었다. 집 둘레엔 작은 마당이 있었으나 사람들은 흰독말풀과 해바라기 말고는 거의 아무것도 기르지 않는 것 같았고, 잿더미와 낡고 찌그러진 장화와 신발들, 병 조각들, 넝마들, 못 쓰는 양철 그릇 같은 것들만 쌓여 있었다. 울타리는 갖가지 서로 다른 판자 조각들로 만들었고, 못질한 시기도 제각각인 데다 각기 다 어떤 방향으로든 기울어 있었으며, 경첩도 대부분 한쪽만—가죽으로 된 쪽만 남고 떨어져 나가고 없었다. 어떤 울타리들엔 언제 한 건지 짐작하기 어려운 회칠이 되어 있었는데, 공작이 그건 콜럼버스 시대였을 거라고, 충분히 그럴 법하다고 했다. 마당엔 대개 돼지들이 있었고 사람들이 그것들을 밖으로 내몰고 있었다.

상점들은 다 길을 따라 죽 들어서 있었다. 상점마다 집에서 만든 하얀 볕가리개를 앞에 쳐 놓았고, 시골 사람들은 그 차일 말뚝에 자기들이 타고 온 말을 매어 놓았다. 차일 아래엔 빈 포목 상자들이 있었고, 놈팡이들이 빈둥거리며 주머니칼로 거기에 홈집을 내거나, 씹는 담배를 피우거나, 입을 쩍 벌리며 하품을 하고 기지개를 켜거나 하면서 하루 온종일 틀고 앉아 있었는데 꽤나 지저분해 보였다. 그들은 대개 우산만큼이나 널찍한 밀짚모자를 쓰고 있었으나, 외투나 조끼 같은 걸 입고 있진 않았고, 서로를 빌, 벅, 행크, 조, 앤디라고 불렀으며, 느릿느릿 게으르게 말하고 또 엄청 많은 욕지거리들을 내뱉었다. 거의 모든 차일 기둥마다 놈팡이가 하나씩 기대 서 있었고, 씹는 담배를 꿔 주려 한다거나 몸을 긁적거릴 때를 빼면 거의 늘 손을 바지 주머니에 넣고 있었다. 그들에게서 줄곧 들려오는 얘기들은 이런 거였다.

"씹는 담배 좀 줘보랑게, 행크."

"안 되지라. 내도 한 번 씹을 것밖엔 없어. 빌한테 말해 보소."

어쩌면 빌 그자는 씹는 담배를 줄 것이고, 어쩌면 하나도 없다고 거짓말을 할지도 모른다. 이런 놈팡이들 가운데 몇몇은 땡전 한 닢 지닌 적 없고, 한 번도 자기 담배를 가져 본 적이 없다. 그들은 늘 빌려서 씹는다. 동료한테 이렇게 말하면서. "씹는 담배 좀 꿔 주면 싶은디, 잭. 내 마지막으로 갖고 있던 걸 지금 막 벤 톰슨한티 그만 줘 버렸지라." 그건 매번 거의 거짓말이다. 타지인들 아니면 아무도 속지 않는다. 하지만 잭은 이방인이 아니므로. 그래서 이렇게 말한다.

"벤헌티 씹는 담배를 줬다고, 자네가? 자네 누이네 고양이 할매가 줬다 카소. 나헌티서 벌써 꿔 간 잎담배부터 갚으랑게, 래이프 버크너. 그러면 내가 한 톤이든 두 톤이든 꿔 줄 테니. 이자도 하나도 안 받을 것이고."

"그러니께, 접때 한 번 그중 얼마는 갚었잖어."

"맞어, 그랬지라. 씹는 담배 한 여섯 갠가. 자네는 상점서 파는 담배를 꿔 가선 검둥이덜이 피는 싸구려로 갚었제."

상점 담배는 납작하고 검었지만, 이 놈팡이들은 대개 생잎 꼰 것을 씹었다. 씹는 담배를 한 입 빌릴 때 그들은 대개 칼로 그걸 자르지 않고, 이빨 사이에 끼워 양손으로 잡고 두 덩이 가 될 때까지 물어뜯었다. 그러면 때때로, 원래 그게 자기 거 였던 사람은 그걸 다시 건네받을 때 애석한 얼굴로 이렇게 빈 정거린다.

"어이, 그 씹는 쪽을 내헌티 주고 자네가 이쪽을 가져."

큰 길이나 골목길 할 것 없이 온통 진흙투성이였다. 정말 진흙 자체일 뿐이었다. 진흙은 타르처럼 검었고 몇몇 군데는 거의 1피트 가까운 깊이였으며, 나머지 모든 곳들은 2, 3인치 깊이였다. 돼지들은 여기저기를 어슬렁거렸고 도처에서 꿀꿀 거렸다. 진흙투성이 암돼지와 새끼 돼지들이 게으르게 거리 를 활보하다가 퐈당하고 곤두박질치는 걸 볼 수도 있었는데 그러면 마을 사람들이 그 돼지를 피해서 지나가야 했다. 새끼 들이 젖을 빨아 먹고 있는 동안 암돼지는 쭉 뻗은 채로 눈을 감고 귀를 팔랑거렸고, 마치 봉급이라도 받는 양 행복해 보였 다. 그러면 이내 건달 하나가 이렇게 소리칠지도 모른다. "야, 타이그! 그렇지! 저걸 혼내 버려!" 그러면 암돼지는 귀에 개 한 마리를, 또는 양쪽에 두 마리를 달고 극심한 공포로 꽤액 꽥 소리를 지르며 내빼고, 4, 50마리의 개들이 더 몰려온다. 놈팡 이들은 전부 일어서서 눈앞에서 벌어지는 그 광경을 보고 재 밌다고 박장대소하고, 퍽이나 고마워하면서 소동을 지켜보다가 그 후 개싸움이 벌어질 때까지 도로 주저앉아 있다. 개싸움처럼 그들의 정신을 번쩍 들게 하는 것, 온통 즐겁게 만드는 건 없다. 주인 없는 개한테 테레빈유를 부어 불을 붙이거나, 아니면 꼬리에 양철 같은 걸 매달아 개를 죽어라 내빼게하는 것만 빼면 말이다.

강변 지대의 몇몇 집들은 활처럼 휘고 기울어져서 금방이라도 무너질 듯이 강둑에 붙어 있었다. 사람들은 거기서 이사를 나갔다. 어떤 집들은 그 밑의 강둑이 움푹 패어 있어집 한 귀퉁이가 대롱거렸다. 사람들이 아직 거기 살고 있었으나 그건 위험했다. 때때로 땅 조각이 한꺼번에 집 한 채만큼 널찍하게 꺼질 수도 있기 때문이다. 어쩌다 한 지대에서 4분의 1 정도 땅이 내려앉기 시작하면 연이어 땅이 푹 꺼지다가 여름이 되면 그 꺼진 땅들이 모두 강물 속으로 가라앉게 될 것이다. 이런 마을들은 늘 뒤로 뒤로 또 더 뒤로 옮겨 갈 수밖에 없다. 강이 언제나 마을을 갉아 먹기 때문이다.

그날 정오가 가까워 오자 거리엔 점점 더 많은 마차와 말들이 빽빽이 몰려들었고, 그 수는 줄곧 늘어났다. 촌에서 온 가족들은 집에서 점심을 싸 와서 마차 안에서 먹었다. 위스키를 마시는 사람들이 점점 많아졌고, 나는 세 건의 싸움을 보았다. 이윽고 누군가가 소리쳤다.

"보그스 영감이 온다아! 목을 축인다고 꼭 한 달에 한 번은 촌에서 오네. 얘들아, 영감이 이리로 오고 있다!"

모든 놈팡이들이 즐거워 보였다. 그들은 보그스 영감을 놀려 대는 것에 익숙한 것 같았다. 그들 중 하나가 말했다.

"이번엔 저 영감이 누굴 해치울랑가 궁금허네. 지난 20년간 해치워 버리겠다던 사람들을 진짜 다 작살냈으면 지금쯤 그 명성이 자자했을 것인데 말이제."

또 다른 이가 말했다. "보그스 영감이 나를 작살내 버리겠다 하면 좋겠어, 그러믄 내가 천 년 동안은 안 죽을 게 뻔허니께."

보그스가 인디언처럼 함성을 내지르며 맹렬히 말을 달려오더니 큰소리로 외쳤다.

"거기, 길을 비켜라. 내가 전쟁 길에 나섰응께 이제 관 값이 뛸 것이여."

그는 취해 있었고 안장 위에서 흔들거렸다. 그는 오십이 넘었고 얼굴이 아주 붉었다. 모두들 그를 보고 웃고 소리치고 농지거리를 해댔고, 보그스 영감도 농지거리 되받아치면서, 자기가 늙다리 셔번 대령을 죽이러 읍내에 온 거라 지금은 꾸물거릴 시간이 없지만 차례가 되면 그때 그들을 찾아와 손봐 주겠노라고, 자기 좌우명은, '고기 먼저, 숟가락으로 뜨는 건 나중에'라고 했다.

그가 나를 보더니, 다가와 말했다.

"야야, 넌 어디서 왔는고? 죽을 각오는 했고?"

그러더니 그는 말을 달렸다. 나는 겁이 났지만, 한 남자가 말했다.

"암 뜻도 없어, 취하면 늘 저딴 식으로 말허니께. 아칸소에서 가장 속 편한 바보 영감탱이랑께. 취했건 말짱하건 간에 아무도 해치지는 않어."

보그스는 읍내에서 가장 큰 상점 앞으로 말을 달려, 차양 아래로 안을 들여다보려고 머리를 구부리며 소리쳤다.

"이리 나오거라, 셔번! 나와서 네놈이 등쳐 먹은 사나이한테 맞서라. 너는 나한테 쫓기는 개자식일 뿐이고, 또 반드시 내 손에 잡힐 것인께!"

그는 계속 혀를 놀리며 셔번한테 욕이란 욕은 다 해댔고, 그가 하는 소릴 듣고 웃는 사람들로 거리가 꽉 찼다. 이윽고 한 쉰다섯쯤으로 보이는 거만한 얼굴의 한 남자가—그는 또한 이 마을에서 옷을 가장 잘 입었다— 상점에서 나왔고, 양옆의 군중들은 그가 걸어올 수 있게 뒤로 물러섰다. 그가 보그스에게 아주 차분한 어조로, 천천히 말했다.

"이제 이런 거 신물이 나. 하지만 1시까지는 참도록 하지. 1시까지야, 명심해. 더는 안 돼. 그 시간 이후로 네가 만일 한 번이라도 더 나에 대해 입을 놀리면, 넌 멀리 못 가 나한테 잡히는 거야."

그러더니 그는 뒤돌아서 안으로 들어갔다. 군중은 이제 꽤 정신이 든 것처럼 보였다. 아무도 나불대지 않았고, 더 이상 웃지도 않았다. 보그스는 목청껏 셔번한테 욕을 해대며 그 자리를 떠나 거리를 온통 달려 내려갔다가 곧 상점 앞에 다시 돌아와 멈춰 서서도 욕을 멈추지 않았다. 몇몇 사람들이 그를 에워싸고 입을 다물게 하려 해봤지만, 그는 들으려 하지 않았다. 사람들이 그에게 약 15분 후면 1시라고. 그러니 집에 가야 한다고, 지금 당장 가야 한다고 말했다. 그러나 아무 소용 없었다. 그는 있는 힘껏 욕을 해대며 모자를 진흙에 집어던지고 그 위로 말을 달렸고, 이내 회색 머리카락을 휘날리며 다시 맹렬히 거리를 달려 내려갔다. 그를 붙잡을 수 있었던 모든 사람들이 말에서 그를 내려오게 해 술이 깰 때까지 가둬 놓으려고, 살살 구슬리며 꼬셔 봤지만 아무 소용이 없었다. 길을 올라온 그는 다시 길길이 날뛰며 셔번한테 또 한차례 욕을 퍼부었다. 이윽고 누군가가 말했다.

"가서 딸을 찾아봐요! 얼른 가서 딸을 찾아요. 저이가 딸 말은 가끔 들으니까. 저 사람 설득할 사람이 있다면 그건 그 애뿐이에요."

그래서 누군가가 달려가기 시작했다. 나는 길을 걷다가 멈췄다. 5분 내지 10분 후 보그스가 다시 이리로 오고 있었는데, 말을 타고 있지 않았다. 맨머리로, 양쪽에서 팔을 잡고 그를 채근하는 친구들한테 이끌려 갈지자걸음으로 내 쪽을 향해 길을 건너오고 있었다. 그는 조용했고, 불안해 보였다. 더 이상 뻗대지 않았고 어느 정도 스스로 빨리 걷고 있었다. 누군가 소리를 질렀다.

"보그스!"

나는 누가 말했나 보려고 고개를 들어 그쪽을 쳐다봤다. 셔번 대령이었다. 그는 한 치의 움직임도 없이 고요하게 길에 서 있었고, 오른손에 피스톨을 세워 들고 있었다—겨냥하진 않았지만 하늘을 향해 비스듬히 총열을 기울인 채였다. 거의 동시에 한 여자애가 달려오는 게 보였다. 남자 둘과 함께였다. 보그스와 남자들이 누가 이름을 불렀는지 보려고 빙그르 돌아섰고, 총을 보자 남자들은 한쪽으로 풀쩍 뛰었다. 피스톨의 총열이 천천히 아래로 향해 수평으로 맞춰졌고─각각의 총열이 젖혀졌다. 보그스가 양손을 치켜올리며 말했다. "오, 맙소사, 쏘지 마!" 탕! 첫 번째 총알이 발사됐고, 보그스가 뒷걸음질 치며 허공을 할퀴었다─탕! 두 번째 총알이 발사됐고, 그는 벌러덩 뒤로, 땅 위로 양팔을 쭉 뻗으며 둔탁하고 육중하게 쓰러졌다. 여자애가 비명을 지르며 달려와 아버지 위로 몸을 던지고 울면서 말했다. "아, 저 사람이 아버지를 죽였어, 저 사람이 아버지를 죽였어!" 군중들은 가까이서 보려고 어깨를 부딪치고 서로 뒤엉키며 길게 목을 뺀 채 그들 주위로 몰려들었고, 안쪽에 있던 사람들은 밀려드는 사람들을 되떠밀려고 애쓰며 소리쳤다. "물러서요, 물러서! 공기가 안 통해요, 이 사람한테 공기가 필요하다고요!"

셔번 대령 그는 권총을 땅에 휙 던지고 발꿈치를 돌려 걸어가 버렸다.

그들은 보그스를 작은 약국으로 데려갔고, 아까처럼 사람들이 빽빽이 모여들었으며, 온 마을이 그들을 따라갔다. 나는 서둘러서 그에게서 가깝고 안이 잘 보이는 좋은 창가 자리를 잡았다. 사람들이 그를 바닥에 눕히고 머리 아래 커다란 성경책을 놓았고, 또 다른 성경책을 펴서 가슴에 펼쳐 놓았다. 하지만 그들이 먼저 그의 셔츠를 찢어 펼쳐 놓았기에 나는 총알이 어디로 들어갔는지 보았다. 그는 열두 번 정도 길게 헐떡였고, 숨을 들이쉴 때마다 그의 가슴은 성경책을 높이 들어 올렸다가, 숨을 내쉴 때 도로 내려놓았다. 그 후로 그는 고요히 누워 있었다. 그는 죽었다. 그러자 사람들은, 비명을 지르고 우는 그의 딸을 끌어당겨 그에게서 떼어 놓았다. 그녀는 열여섯 살쯤 되었고 매우 다정하고 유순해 보였으나, 끔찍이 창백하고 겁에 질려 있었다.

흠, 이내 온 읍내 사람들이 거기 있었다. 밀치고 꿈틀대며 몸을 쑤셔 박고 떠밀고 하면서 창가로 가보려 했지만 그 자리에 먼저 있던 사람들이 그렇게 하도록 하지 않았고, 그 사람들 뒤에 있던 마을 사람들은 줄곧 이렇게 말했다. "자, 이봐요, 당신들은 실컷 봤잖어, 어이, 친구들, 그건 옳지도 않고 공평하지도 않구만, 당신들만 계속 그러고 있고 딴 사람들한텐 전혀 볼 기회도 안 주는 건 말이여. 다른 사람들도 당신네처럼 볼 권리가 있다니께."

누군가 그 말을 거세게 되받아쳤다. 어쩌면 말썽이 벌어질지도 모른다 생각하면서 나는 거기서 빠져나왔다. 거리는 혼잡했고 모두 흥분해 있었다. 총격을 봤던 모든 사람들이 어떻게 해서 그 일이 일어났는지를 얘기했고, 그러면 그 얘기를 하는 사람 하나하나를 여러 사람들이 에워싼 채 목을 길게 빼고 귀를 기울였다. 긴 머리카락에 스토브 연통처럼 길쭉한 커다랗고 하얀 모자를 뒤통수에 쓰고 손잡이가 구부러진 지팡이를 든, 마르고 키 큰 남자가 땅 위, 보그스가 서 있었던 자리들에 표시를 하고, 다음엔 셔번이 서 있던 곳들에 표시를 했다. 그러자 사람들이 이쪽에서 저쪽으로 따라다니면서 그가 하는 걸 지켜보았고 자기들이 이해한다는 걸 보여 주려고 고개를 까딱거렸으며, 손을 장딴지에 놓고 몸을 약간 굽힌 채 그가 지팡이로 땅에 표시하는 것을 지켜보았다. 그다음 그는 셔번이 서 있었던 곳에 똑바로 뻣뻣하게 서서 얼굴을 찡그리면서 모자챙을 눈 있는 데까지 내리고, 소리쳤다. "보그스!" 그러더니 들고 있던 지팡이를 천천히 어느 위치까지 내리고, "탕!" 하면서 비틀비틀 뒷걸음질 치고, 다시 "탕!" 한 뒤, 땅에 등을 반듯이 댄 채 쓰러졌다. 이걸 모두 지켜본 사람들이 정말 완벽하다고, 일어났었던 일과 똑같다고 했다. 그러자 열두 명이나 되는 사람들이 자기들 술병을 꺼내 와서 그에게 대접했다.

흠, 이윽고 누군가가 셔번을 처형해야 한다고 말했다. 1분 후엔 모두 그 얘길 하고 있었다. 그래서 사람들은 미친 듯 고함을 질러 대며, 그를 목매달 때 쓰려고 가는 길에 보이는 빨랫줄들을 죄다 잡아채서 달려갔다.

22장

　사람들은 인디언처럼 와아 함성을 지르며 격분해서 셔번네 집으로 몰려갔는데 다들 그 길에서 비켜나지 않으면 밟혀 곤죽이 될 판이었고, 보기에 무시무시했다. 아이들은 무리의 선두에서 달리고 있다가 비명을 지르며 길에서 벗어나려고 애썼다. 길가로 난 모든 창문은 여자들 머리로 가득했고, 나무란 나무는 죄다 검둥이 남자애들 차지였으며, 모든 담장마다 청춘 남녀들이 내다보고 있다가 무리가 자기들 가까이 다가오자마자 얼른 서로 떨어져 재빨리 눈에 안 띄는 곳으로 피했다. 몹시 겁에 질려서 울음을 그치지 않는 여자들과 계집애들도 많았다.

　사람들은 셔번네 울타리 안으로, 더 이상 서로 겹쳐 서 있을 수도 없을 만큼 빼곡이 들어섰는데, 너무 시끄러워서 자기 자신들의 목소리조차 들을 수 없을 지경이었다. 20피트 정도의 작은 마당이었다. 누군가 소리쳤다. "담장을 쪼개 버려! 담장을 부수자!" 떼어 내고 쪼개고 부수고 하는 소동이 벌어지면서 담장이 무너지고, 군중의 앞 벽이 파도처럼 둥그렇게 안으로 밀리기 시작했다.

바로 그때 셔번이 쌍발총을 손에 들고 자기 집 조그마한 현관 지붕으로 걸어 나와 한 치의 흐트러짐도 없이 침착하고 신중하게, 아무 말도 하지 않고 자리를 잡고 섰다. 소동이 멈췄고 사람들의 파도가 뒤로 쓱 꺼졌다.

셔번은 단 한마디도 하지 않았다―아래를 내려다보며, 그냥 거기 서 있었을 뿐이다. 그 고요함은 끔찍하게 소름 끼치고 불편한 것이었다. 셔번이 눈으로 천천히 군중을 훑었다. 그 눈과 맞닥뜨린 사람들은 약간이라도 더 오래 눈싸움에서 버티려 해봤으나, 그럴 수가 없었다. 눈을 떨어뜨리고 곁눈질로 쳐다봤다. 이내 셔번이 웃음 같은 걸 터뜨렸다. 즐거운 웃음이 아닌, 안에 모래가 든 빵을 씹을 때 같은 기분이 들게 하는 그런 웃음이었다.

그러더니 천천히, 경멸 섞인 어조로 그가 말했다.

"누군가를 린치하겠다는 당신들의 발상! 거 참 재밌군. 사나이를 린치할 만큼 당신들 배짱이 두둑하다 생각하는 그 발상 말이야! 당신들한테, 마을로 흘러들어 온 의지가지없이 버림받은 여자들에게 타르 칠을 하고 깃털을 꽂을 만큼의 용기가 있다고 해서, 당신들이 사나이 몸에 그 손을 갖다 댈 만큼 충분한 담력이 있다고 생각하는 거야? 흠, 당신네 같은 그런 손이면, 설사 그런 게 만 개가 있대도 사나이는 안전해. 대낮인 한, 그리고 당신들이 등 뒤에 있지 않은 한 말이야.

내가 당신들을 아냐고? 분명히 꿰뚫고 있지. 난 남부에서 나서 자랐고, 북부에서 살아왔어. 그래서 두루두루 평균은 알지. 평균치 사나이는 겁쟁이야. 북부에서는 누가 자기를 밟고 싶어 하면 그렇게 하라고 놔둬. 그리고 집에 돌아가서 그걸 견딘 겸허한 영혼을 위해 기도하지. 남부에선 사내 혼자서 사람들을 가득 실은 마차를 백주대낮에 세우고 돈을 빼앗지. 너희 신문들이 하도 너희들을 용감한 사람들이라고 불러 대니 다른 사람들보다 너희가 더 용감하다고 생각하는 모양이군. 너희들은 그저 딱 그만큼만 용감할 뿐, 더 용감할 것도 없는데 말이야. 왜 너희 배심원들은 살인자들을 목매달지 않는 걸까? 그 사내 친구들이 어두울 때 등 뒤에서 자기들을 쏠까봐 겁나서지. 그놈들이 딱 그러거든.

그래서 배심원들은 늘 무죄를 선고해. 그런 다음 그놈이 밤에 가고 있으면, 복면을 쓴 백 명의 겁쟁이들이 등 뒤에서 그악당을 린치하는 거지. 당신들 잘못은, 당신들이 사나이를 데려오지 않았다는 거. 그게 한 가지 잘못이고. 다른 또 하나는 당신들이 어두울 때 복면을 쓰고 오지 않았다는 거야. 당신들은 반쪽짜리 사내를 데려왔어—저기, 벅 하크니스—만약 저자가 당신들을 선동하도록 내버려 두지 않았다면, 당신들은 그냥 열내다가 말았을 거야.

당신들은 오고 싶지 않았어. 평균치 남자는 골칫거리나 위험을 안 좋아하거든. 당신들은 골칫거리나 위험을 안 좋아해. 하지만 반쪽짜리 사내라도 되면—저기, 벅 하크니스처럼—이렇게 소리치지, '그자를 린치해! 그자를 린치하자!' 당신들은 물러서기가 두려운 거야. 당신들이 누구인지 알게 되는 게 두려운 거지—겁쟁이들이라는 걸— 그래서 소리를 지르고, 저 반쪽짜리 사내 옷자락에 대롱대롱 매달려 여기까지 몰려온 거야. 당신들 하려는 짓이 얼마나 대단한지 악을 써대면서. 가장 불쌍한 건 무리 진 인간들이야. 군대란 게 그런 거지—무리. 그들은 타고난 용기로 싸우는 게 아니라, 무리에서 빌려온, 그리고 자기 상관들한테서 빌려온 용기로 싸우거든. 하지만 앞에서 끌어줄 사나이가 없는 무리는 불쌍한 것 이하야. 이제 당신들이 할 일은 꼬랑지를 내리고 집으로 가서 굴속에 기어드는 거야. 만약 실제로 린치가 벌어진다면, 밤에 그렇게 되겠지. 남부 스타일로. 그자들이 올 땐 복면을 쓸 테지. 사나이를 거기 붙여서. 자, 가버려—당신들의 저 반쪽짜리 사내도 챙겨가고." 이 말을 하며 그는 총을 왼팔에 받쳐 세우고 공이치기를 뒤로 젖혔다.

군중은 삽시간에 뒤로 빠져서 모두 뿔뿔이 흩어졌고 각자제 갈 길로 찢어졌으며, 벅 하크니스도 몹시 비굴해 보이는 모습으로 슬금슬금 뒤를 따라갔다. 그러고 싶었다면 거기 더 있을 수도 있었지만, 나는 그러고 싶지 않았다.

나는 서커스 쪽으로 갔고 뒤에서 얼쩡대다가 망보는 사람이 저쪽으로 걸어갔을 때 텐트 밑으로 쏙 들어갔다. 내 몫의 20달러 금화 말고도 다른 돈이 더 있었지만 아끼는 편이 나을 거란 생각이 들었다. 집 떠나 이렇게 이방인들 사이에 있을 때 돈이 금방 필요하게 될 거란 건 두말할 필요도 없다. 조심해서 나쁠 건 없다. 달리 아무 방법이 없을 때 서커스에 돈을 쓰는 건 반대하지 않지만, 그렇다고 굳이 돈을 여기 낭비할 필요는 없는 것이다.

그건 정말 대단한 서커스였다. 내가 여태 본 서커스들 중에서 가장 화려했다. 모두들 말을 타고 입장했는데, 신사 숙녀가 둘씩 나란히 차례로 말을 타고 들어왔고, 남자들은 그냥 속바지에 러닝셔츠만 입고 아무 신발도 등자도 없이, 양손을 장딴지에 올려놓은 편안하고 여유 있는 모습이었다—한 스무 명쯤 됐을 것이다—사랑스러운 피부 빛을 한 숙녀들은 모두 완벽하게 아름다웠으며, 진짜 한 무리의 여왕들 같아 보였고, 다이아몬드가 어지럽게 박힌, 한 몇백만 달러는 돼 보이는 옷을 입고 있었다. 굉장히 근사한 광경이었다. 저렇게 아름다운 광경은 여태 본 적이 없었다. 이윽고 그들은 한 사람 한 사람씩 몸을 일으켜 섰고 아주 부드럽게, 물결치듯 우아하게 링을 돌았다. 남자들은 모두 키가 아주 크고 공기처럼 가볍고 몸이 꼿꼿했고, 텐트 지붕에 거의 스칠 듯 지나가면서 가볍게 고개를 까딱거렸다. 부드러운 장미 꽃잎 같은 드레스를 하느작하느작 허리에서 펄럭거리는 여자들은 모두 이 세상에서 가장 사랑스러운 양산처럼 보였다.

그들 모두 한 발로 허공을 걷어차고 금방 발을 바꿔 다른 발로 허공을 걷어차면서 춤을 추었고, 그러다 점점 더 빨라지자 말들도 점점 더 깊숙이 몸을 구부렸다. 서커스 감독은 링 한가운데 기둥을 빙빙 돌면서 "히야! 히야!" 소리치며 채찍을 휘둘렀고, 광대는 그의 뒤에서 익살을 떨었다. 이윽고 모든 손들이 말고삐를 떨어뜨렸고, 숙녀들은 다 주먹을 허리에 갖다 대고 신사들은 모두 팔짱을 꼈다. 그러자 말들이 스스로 상체를 구부려 몸을 둥글게 마는 것이었다! 그런 다음 하나씩 링 안으로 훌쩍 뛰어내리더니 여태 내가 본 적 없는 가장 멋진 절을 하고 나서 링 너머로 사라졌고, 모두들 열광하며 손뼉을 쳤다.

흠, 서커스 내내 그들은 정말 놀라운 공연을 펼쳤다. 그리고 광대는 줄곧 사람들을 배꼽 빠지게 웃겼다. 광대는 서커스 감독이 한 마디도 제대로 뭐라 할 수 없게 재빨리, 어떻게 사람이 저렇게 웃길 수 있나 싶게 감독의 말을 되받아쳤다. 어떻게 그 많은 것들을 그렇게 뜸도 안 들이고 가뿐히 생각해 낼 수 있는지 나로선 아무래도 이해가 되지 않았다. 뭐, 난 1년이 걸려도 그런 것들을 생각해 낼 수 없을 것이다. 이윽고 한 취한 남자가 링 안에 들어가겠다고 떼를 썼다―자기도 말을 타보고 싶고, 또 세상 누구보다 잘 탈 수 있다면서 말이다. 그들은 말다툼을 했고, 그를 밖으로 내보내려 애썼지만 남자는 들으려 하지 않았으며, 전체 쇼가 중단됐다. 사람들이 고함을 지르며 그에게 야유를 퍼붓기 시작했고, 그러자 그가 길길이 날뛰었다. 사람들이 술렁거렸고, 많은 남자들이 "저놈을 때려눕혀! 저놈을 집어던져 버려!" 하며 자리에서 일어나 링으로 떼 지어 몰려갔고, 여자들 한둘은 비명을 지르기 시작했다. 그러자 서커스 감독이 자기는 아무 소동도 일어나지 않길 바란다고. 만약 저 남자가 더 이상 아무 말썽도 일으키지 않겠다고 약속한다면, 그리고 만일 안 떨어지고 말 등에 앉아 있을 수 있다고 생각한다면 말을 타게 해주겠노라고 짧은 연설을 했다. 그래서 모두들 웃음을 터뜨리며 좋다고 했고, 남자는 말에 올랐다. 그가 올라탄 순간 말은, 서커스 단원들 둘이서 진정시키려고 고삐를 단단히 거머쥐고 꽉 매달렸는데도 불구하고 미친 듯 날뛰며 이리저리 펄쩍펄쩍 뛰어다녔고, 취한 남자는 말의 목을 꽉 잡고 매달렸는데 말이 뛸 때마다 그의 발꿈치들도 공중에서 널을 뛰었다. 모든 관중들이 일어나 소리를 지르고 눈물이 떼굴떼굴 구를 때까지 웃어 댔다. 마침내, 분명히 서커스 사람들이 모든 노력을 다했는데도 불구하고, 고삐가 느슨해진 말은 자기 목에 대롱대롱 매달려 다리를 하나씩 교대로 바닥에 끌 듯이 누워 있는 그 고주망태와 함께 인디언 부족처럼 빙글빙글 링을 돌고 또 돌았고, 사람들은 거의 미칠 지경이 되었다. 비록 나한텐 그게 웃기지 않았지만 말이다. 나는 그 남자가 위험에 처한 걸 보자 온몸이 떨렸다. 하지만 곧 그 남자는 기를 써서 말 등에 걸터앉았고, 마구를 그러쥐며 이쪽저쪽으로 비틀거렸다. 그러더니 다음 순간 용수철처럼 벌떡 일어서서, 고삐를 떨어뜨린 채 섰다! 말 역시 전속력으로 달리고 있는데 말이다. 그는 그저 말 등에 우뚝 서 있었다. 일생 한 번도 취한 적이 없었던 것처럼, 물 위를 항해하듯 편안하고 유연하게— 그러더니 입고 있던 옷들을 벗어 휙 던지기 시작했다. 그가 공중에 벗어 던진 옷들이 너무 많아서 공기가 흐르지 않을 정도였고, 다 합쳐 전부 열일곱 벌이었다. 그러자 거기 날렵하고 잘생긴, 세상 누구보다 가장 화려하고 멋지게 차려입은 그가 있었다. 그가 채찍질로 말을 더 빨리 달리게 하자 그는 마치 윙윙거리는 요정처럼 보였다. 마침내 말에서 훌쩍 뛰어내린 남자는 절을 하고 춤추듯 드레스룸으로 사라졌고, 사람들은 모두 기쁨과 놀라움으로 환호성을 질렀다.

그제야 서커스 감독 그는 자기가 속았다는 걸 알았다. 아마 세상에서 가장 심란한 서커스 감독이었을 것 같다. 아니, 그 사람이 단원들 가운데 하나였다니! 그 단원은 결코 아무한테도 말하지 않고 이 모든 속임수를 혼자 머릿속으로 생각해냈던 것이다. 뭐 나 또한 그렇게 속은 게 몹시 부끄럽긴 했지만, 그래도 천 달러를 준대도 그 서커스 감독의 처지와 바꾸진 않겠다. 에라, 잘 모르겠다. 어쩌면 이것보다 더 멋진 서커스 공연들이 있을지 모르겠지만, 그런 걸 본 적은 아직 없었다. 어쨌거나 나로선 충분히 좋았다. 우연히 다시 마주치게 된다면 그때마다 난 매번 이들의 공연을 볼 것이다.

흠, 그날 밤 우린 우리 공연을 올렸다. 하지만 거기엔 겨우 열두 명 정도—딱 이걸 위해 쓴 돈을 충당할 정도밖에 없었다. 사람들은 줄곧 웃어 댔고, 그게 공작을 열받게 만들었다. 어쨌든 모두들 공연이 끝나기 전, 자고 있던 한 사내아이만 빼고 가버렸다. 그래서 공작은 이 아칸소 멍청이들은 셰익스피어를 보러 올 수준이 안 된다고, 그들이 원하는 건 질 낮은 코미디—어쩌면 질 낮은 코미디보다 훨씬 더 수준 떨어지는 그 무엇일 거라고 말했다. 그는 그들의 취향을 맞출 수 있을 것 같다고 했다. 그래서 그는 다음 날 아침 큼직한 포장용지 몇 장과 검은 물감을 가져와 포스터를 몇 장 그려 온 마을에 붙였다. 포스터엔 이렇게 적혀 있었다.

청사 건물!
오직 사흘 밤만 공연!
세계 저명 비극 배우
데이비드 개릭 2세
그리고
런던과 유럽 극장들 소속
에드먼드 키인 1세
그들이 펼치는 스릴 넘치는 비극
〈왕의 기린〉
또는
〈왕실 천하일품!〉
입장료 50센트

다음 맨 밑줄엔 가장 크게 이렇게 써 놓았다.

숙녀들과 어린이들은 입장 불가

"자, 그가 말했다. "만약 저 한 줄이 사람들을 끌어오지 않는다면 내가 아칸소를 모르는 거지!"

23장

흠, 그와 왕은 무대를 꾸미고 커튼을 만들고, 아래쪽에서 무대를 비출 조명을 만들려고 초들을 일렬로 세우는 등 종일 열심이었다. 그날 밤 극장은 얼마 안 돼서 남자들로 미어터지게 되었다. 더 이상 발 들여 놓을 틈도 없이 되자, 공작 그가 출입문을 닫고 뒤로 돌아가 무대에 오른 뒤 커튼 앞에 서서 짤막한 연설을 했고, 이건 전례 없는 가장 스릴 넘치는 비극이라고 칭송했다. 계속해서 그는 이 비극과 비극의 주연을 맡은 에드먼드 1세에 관한 자랑을 늘어놓았다. 마침내 모두의 기대를 한껏 높여 놓은 다음 그가 커튼을 걷었고, 다음 순간, 무지개처럼 화려한 온갖 종류의 고리 무늬와 줄무늬를 형형색색 몸에 칠한 벌거벗은 왕이 네 발로 껑충거리며 뛰어나왔다. 그리고… 뭐 나머지 의상은 신경 쓸 거 없다. 그건 정말 터무니없었지만, 지독히 웃겼다. 사람들은 웃겨 죽으려고 했다. 왕이 껑충껑충 뛰어다니다 무대 뒤로 펄쩍 들어가자 사람들은 그가 다시 나와 같은 짓을 반복할 때까지 환호성을 지르고 손뼉을 치고 발을 구르며 큰소리로 웃어 댔고, 그 후로도 한 번 더 그 짓을 하게 했다. 흠, 암소라도 그 늙은 천치가 하는 짓거릴 보면 웃었을 것이다.

그때 공작이 커튼을 내렸고 사람들한테 절을 하며, 이 위대한 비극은 이미 매진된 드루어리 래인 극장에서의 런던 공연이 임박하여 오직 이틀 밤만 더 상연될 거라고 했다. 그러더니 다시 한번 절을 하며, 만약 자기가 여러분을 기쁘게 하고 교훈을 주는 데 성공했다면 여러분이 여러분 친구들도 와서 보게끔 잘 말해 달라고. 그럼 깊이 감사하겠다고 하는 거였다.

스무 명의 사람들이 소리를 질렀다.

"뭐, 이게 끝이야? 이게 다야?"

공작이 그렇다고 했다. 그러자 상황이 험악해졌다. 모두들, "속았다!"고 외치며 화가 나 벌떡 일어섰고, 무대와 저 비극 배우들한테 몰려가려 했다. 하지만 체격이 크고 허우대가 좋은 한 남자가 좌석에 뛰어올라 서더니 소리쳤다.

"잠시만요! 딱 한 마디만 합시다. 신사분들." 사람들이 들으려고 멈췄다. "우리가 속았소—아주 완벽하게 속았소. 하지만 우릴 온 마을의 웃음거리로 만들면 안 되잖소. 이 얘기는 우리가 죽을 때까지 계속 우리 귀에 들어올 거요. 그건 안 되지. 우리가 할 건 여기서 그냥 조용히 나가서, 이 공연을 치켜세워 나머지 마을 사람들까지 속이는 거요! 그러면 우린 다 같은 처지가 돼요. 어때 일리 있지 않소? ("당신 말이 맞아!" "옳은 판단이요!" 모두들 소리쳤다). "좋소. 그러면, 속았다는 말 같은 건 한마디도 하지 맙시다. 그냥 집으로 가서, 모두들 와서 이 비극을 보라고 권합시다."

다음 날 읍내에서는 지난밤 공연이 얼마나 대단했나 하는 말 말곤 아무 소리도 들려오지 않았다. 그날 밤 극장은 다시 꽉 찼고, 우리는 같은 방법으로 군중을 속였다. 나와 왕과 공작은 뗏목으로 돌아와 다 같이 저녁을 먹었다. 이윽고 자정 무렵 그들은 짐과 나한테 뗏목을 다시 강 한가운데로 띄워서 마을에서 2마일 아래 지점쯤에 감춰 두게 했다.

셋째 날 밤 극장은 다시 초만원이었다. 그리고 그들은 이번에 처음 온 사람들이 아니라 지난 이틀 밤 공연에 왔던 사람들이었다. 나는 문가 공작 옆에 서서 사람들이 모두 주머니가 불룩해서, 혹은 외투 아래 뭔가를 둘둘 말아서 들어오는 것을 보았다. 또한 척 보아도 그게 어떤 향기로운 것이 아님을 알 수 있었다. 한 판이 다 상한 달걀들과 썩은 양배추 같은 것들의 냄새가 풍겼다. 만약 어떤 조짐으로 근처에 죽은 고양이가 있다는 걸 내가 안다면, 그리고 안다고 장담하는데, 그날 밤 극장 안에는 분명 죽은 고양이 예순네 마리가 있었다. 나는 한 1분쯤 쓱 들어가 봤지만 냄새가 너무 요란해 견딜 수가 없었다. 흠, 더 이상 사람들을 들여놓을 수 없을 만큼 자리가 꽉 차자, 공작이 어떤 마을 사람한테 25센트를 주면서 1분 정도만 대신 출입문을 봐달라고 했고, 그런 뒤 무대 출입문 쪽으로 돌아가기 시작했다. 나도 따라갔는데 우리가 모퉁이를 돈 바로 그 순간 어둠 속에서 그가 말했다.

"저 집들에서 멀어질 때까지 빨리 걸은 다음, 악마가 널 쫓아오는 것처럼 죽기 살기로 뛰어!"

나는 그의 말대로 했고, 그 역시도 그랬다. 우린 거의 동시에 뗏목에 도착했고, 2초도 채 안 돼서 온통 어둡고 고요한 강을 스르르 미끄러져 내려갔으며, 조금씩 강 중류를 향해 가면서 아무도 한마디도 하지 않았다. 나는 그 가여운 왕이 관객들과 화려한 만찬을 즐기는 중이겠다고 생각했는데, 절대 그런 게 아니었다. 곧 그가 천막 아래서 기어 나오더니 이렇게 말했다.

"자, 그 묵정이가 오늘은 어땠소, 공작?"

그는 마을에 있지도 않았던 것이다.

우린 그 마을에서 10마일쯤 강을 내려갈 때까지 절대 어떤 불빛도 비추지 않았다. 그 후에 불을 켜서 저녁을 먹었다. 왕과 공작은 자기들이 한 방 먹였다고 뼈가 흐물거릴 정도로 엄청나게 웃어 댔다. 공작이 말했다.

"풋내기들, 바보 멍청이들! 난 공연 첫째 날 사람들이 쉬쉬하면서 나머지 마을 사람들도 엮으리란 걸 알고 있었어. 또 셋째 날 이젠 자기네들 차례다 하면서 우리한테 덫을 놓으려 한단 것도. 뭐, 그자들 차례 맞고. 그로 인해 자기들이 얼마나 많은 대가를 치를지 알게 해줄 뭔가를 난 주고 싶었지. 그렇게 잡은 기회를 그놈들이 어떻게 쓰고 있을지 정말 알고 싶군. 뭐 그러고 싶다면 그걸로 피크닉을 하면 되겠네. 먹을 걸 많이도 갖고 왔더만."

이 악당들은 그 사흘 밤으로 465달러를 벌어들였다. 나는

돈이 그렇게 우마차 한 대분의 짐만큼 쌓여 있는 건 처음 봤
다. 이윽고 그들이 잠이 들어 코를 골자 짐이 말했다.

"왕들이 저러고 다니는 거시 넌 놀랍지 않어, 헉?"

"아니." 내가 말했다. "안 놀라워."

"왜 안 그랴, 헉?"

"놀랍지 않아. 왜냐하면 종자가 그러니까. 내 생각엔 다들
똑같을 거 같아."

"하지만, 헉, 우리의 이 왕들은 진짜 악당들이여. 그들 자체
가 그냥 악당이랑게, 진짜 악당들 말이여."

"그래, 그게 내 말이야. 모든 왕들은 대개 악당들이야, 내가
알고 있는 한 말야."

"그게, 그랴?"

"그들에 관한 걸 한번 읽어 봐. 그럼 알 거야. 헨리 8세를 보
자구. 여기 우리 왕들은 거기 대면 주일학교 선생이라니까. 또
찰스 2세와 루이 14세와 루이 15세와 제임스 2세와 에드워드
2세와 리처드 3세를 봐. 그것 말고 마흔 명도 더 있어. 거기
다 그 옛날, 여기저기서 엄청난 난리를 일으켰던 그 색슨 왕
족 일곱 왕국을 보라고. 맙소사, 넌 팔팔할 때의 헨리 8세 영
감을 봐야 해. 정말 물건이었다니까. 매일 새 마누라랑 결혼하
고 다음 날 아침엔 그 여자들 목을 잘랐어. 그자는 그런 짓을
달걀 주문하는 것처럼 그냥 별 신경도 안 쓰고 했어. '넬 그윈
을 데려와.' 하고 그자가 말해. 신하들이 그 여잘 데려와. 다음
날 아침, '저 여자 목을 잘라!' 그러면 신하들이 목을 베는 거

야. '제인 쇼어를 데려와.' 그자가 이렇게 말하면 그 여자가 와. 다음 날 아침, '저 여자의 목을 베!' 그러면 신하들이 목을 베. '페어 로자문한테 연락을 넣어라.' 페어 로자문이 응답해. 다음 날 아침엔, '저 여자 목을 베어라.' 또 그자는 매일 밤 여자들한테 얘기를 하라고 시켜. 1001개의 이야기를 수집할 때까지 계속 그렇게 했어. 그는 그 후 그 이야기들을 모두, 『최후의 심판일 책』이라고 하는 책 한 권에 집어넣었어—제목을 잘 달았지. 그 사건을 진술한 거야. 너는 왕들을 몰라, 짐. 하지만 난 그자들을 알아. 그리고 우리들의 이 늙은 방탕아는 내가 역사 속에서 본 왕들 가운데 가장 순수한 축에 들어. 흠, 헨리 왕은 갑자기 이 나라에 말썽을 좀 일으키고 싶다는 마음을 먹었어. 그러고 나서 어떻게 했을까. 미리 알려줬을까? 언질을 줬을까? 아니. 그자는 갑자기 보스턴 항구에서 배에 실린 차※들을 다 배 밖으로 집어던지고, 단박에 독립선언서를 내놓고* 사람들한테. 어디 한번 덤벼 봐 한 거야. 그게 그자 스타일이야. 절대 누구한테도 아무 기회를 안 줘. 그자는 자기 아버지, 웰링턴 공작도 의심했어. 흠. 그래서 어떻게 했게? 아버지한테 궁에 와 달라고 정중히 말했을까? 아니. 아버지를 독한 와인 통에 빠뜨려 죽였어. 고양이처럼 말야. 만약 사람들이 그자의 근처에 돈을 놔뒀다 쳐봐. 그자가 어떻게 하게?

---

* 헨리 8세는 역사적으로 '보스턴 티 파티' 시기와 관련이 없고 당연히 독립선언서를 쓰지도 않았다. 그 사건을 발단으로 독립선언서가 만들어졌기 때문에 미국 역사에서 '보스턴 티 파티' 사건은 정의로운 반역 행위로 간주된다.

그 돈을 가져가. 네가 그 작자랑 무슨 계약을 했다고 쳐. 그리고 그 작자한테 돈을 지불했는데, 거기 앉아서 그 작자가 그걸 했는지 안 했는지는 보지 않았어. 그 작자가 어떻게 했을까? 그 작자는 항상 딴짓만 해. 그 작자가 입을 열었다 쳐. 그럼 어떨까? 만약 엄청 빨리 입을 처닫지 않으면 매 순간 거짓말을 늘어놓겠지. 그게 도깨비 같은 헨리였어. 우리가 만약 우리 왕들 대신 죽 그 작자와 같이 있었다면, 그 작자는 우리 왕들이 했던 것보다 훨씬 더 악랄하게 마을 사람들을 속였을 거야. 우리 왕들이 순한 양 같다는 게 아니야. 왜냐면 안 그러니까. 냉정히 사실을 직시하면 말이지. 하지만 그 '숫양'에 비하면 우리 왕들은 어쨌든 아무것도 아니야. 단지 내가 하는 말은 즉, 왕은 왕일 뿐이니 네가 아량을 베풀어야 한다는 거야. 이리저리 다 둘러봐도 왕들은 정말 꽤나 비열해. 그런 식으로 자란 거지."

"허지만, 우리 왕 헌티선 너무 쓰레기 같은 냄새가 나, 헉."

"흠, 왕들은 다 그래, 짐. 우린 왕이 풍기는 냄새를 어쩐진 못해. 역사적으로도 아무 방법이 없어."

"있지, 저 공작 말이야. 공작은 어떤 면에선 꽤 사람 같아 보여."

"응, 공작은 달라. 하지만 많이 다르진 않아. 이 공작도 공작치곤 아주 힘든 축이지. 공작이 술을 마실 땐 어떤 근시近視도 왕이랑 분간 못할걸."

"흠, 어쨌든, 난 이제 더 이상은 저들에 대해 알고픈 맘이 없어, 헉. 이게 내가 참을 수 있는 다여."

"나도 같은 기분이야, 짐. 하지만 저들을 우리 손에 데리고 있어야 해. 또 저들이 누구란 걸 잊지 말고 좀 봐줘야 하고. 때론 왕들이 없는 나라 얘기 좀 듣고 싶어."

짐한테 저들이 진짜 왕과 공작이 아니라고 말해 봤자 무슨 소용이 있겠는가? 그래 봤자 하나도 좋을 것이 없었다. 게다가 내가 방금 말했던 것처럼 저들이 진짜 왕들이랑 다르다 할 수도 없을 거였다.

나는 잠이 들었고, 짐은 내 차례였는데도 나를 부르지 않았다. 종종 그랬다. 막 동이 틀 무렵 내가 일어났을 때, 그는 무릎 사이에 머리를 박은 채 거기 앉아 혼자 구슬피 끙끙거리고 있었다. 나는 쳐다보지도 아는 척하지도 않았다. 왜 그런 건지 알고 있었다. 저기 저 멀리 떨어진 자기 아내와 자식들을 생각하면서 향수병을 앓느라 기운이 없는 것이다. 이렇게 집을 멀리 떠나온 적은 그의 일생 처음이었기 때문이다. 나는 그가 백인들이 그러는 것과 똑같이 자기 가족들을 염려한다고 믿는다. 그게 자연스러워 보이진 않으나, 그럴 거라 생각한다. 그는 밤마다 내가 자고 있다고 판단하면, "가여운 어린 리자베스! 가여운 어린 조니! 정말 힘들다. 더 이상은, 이제 더는 너희를 영영 못 볼 거 같어!" 하면서, 종종 그렇게 끙끙대며 울었다. 짐은 꽤 괜찮은 검둥이였다. 정말 그랬다.

하지만 이번엔 어찌어찌해서 나는 그에게 그의 아내와 어린것들에 관해 말을 붙여 보았다. 이윽고 그가 말했다.

"이번에 내 기분이 그렇게 나빠진 건, 좀 전에 저 너머 강둑에서 뭔가 후려치거나 철썩하는 것 같은 소릴 들어서 그런 건데, 그게 내가 어린 리자베스한테 그렇게 못되게 굴었던 때를 생각나게 혔어. 그 애는 겨우 네 살밖에 안 됐었고, 성홍열을 앓고 있었는데 아주 징허게 안 떨어졌었지. 그 애가 낫고 나서 어느 날 그 애가 내 근처에 서 있을 때였어. 내가 그 애헌티 말혔지, 이렇게 말이여, '문 닫어.'

그 애는 절대루 문을 안 닫었고, 그냥 거기 서 있었지. 내를 보고 웃는 듯이 말이여. 그게 내를 화나게 혔고, 그래서 내는 다시 말혔어. 아주 크게 말혔지.

'내 말 안 들리남? 문 닫어!'

그 애는 그냥 아까처럼 서 있었어, 웃는 것 같은 표정으로 말여. 내는 엄청 열받았지! 내가 말혔어.

'너가 내 말얼 듣게 혀주마!'

그 말을 허믄서 그 앨 잡고 머리통을 찰싹 갈겼더니 그 애가 널부러졌어. 글구선 난 다른 방으로 드러갔는디, 한 10분쯤 지났을 거여, 내가 그리로 돌아와 보니 아직도 문은 열려 있고, 그 아이가 바로 그 방에 있는 거여, 고개럴 수그린 채 낑낑대며, 눈물을 줄줄 흘리면서 말이여. 맙시사. 허지만 내는 돌아 있었어! 내가 아이한테 막 다가서려는데, 바로 그때—그 문이 저렇게 안쪽으로 열려 있었는디— 바로 그때, 바람이 불어와 그 문얼 쾅 하고 닫었어, 그 아이 뒤에서 쾅! 허고 말여. 그리고, 맙소사, 그 아이넌 꼼짝도 안 허는 거여! 내는 숨이

276

헉 맥혔어. 글고 내는 너무도, 너무도, 내 기분이 어땠는지 모르겄어. 내는 덜덜 떨믄서 슬그머니 나가 살짝 돌아가서 천천히 문얼 살짝 열고, 그냥 가만히 서 있는 그 아이 뒤에서 머리럴 쑥 내밀면서 온 힘껏, 야아앗! 하고 소릴 질렀지. 그 앤 미동도 안 혔어! 아, 헉, 난 눈물얼 터뜨리믄서 그 아일 품에 안고 말혔어. '오, 이 가여운 어린것! 전능허신 나의 주 하나님이 가여운 짐을 용서해 주소서. 왜냐하믄 짐은 살아 있는 한 스스로럴 절대 용서허지 않을 것인 게요!' 아, 그 아인 완전히 귀머거리에 벙어리였던 거여, 헉. 완전한 귀머거리에 벙어리 말이여. 근데 난 그 애헌티 그런 짓을 혔어!"

24장

다음 날 밤이 다가오자 우리는 마을이 양쪽으로 나 있는 강 한가운데 작은 버드나무 모래톱 아래 뗏목을 묶었고, 공작과 왕은 그 마을들에서 작업할 계획을 짜기 시작했다. 짐은 공작한테 밧줄에 묶인 채 하루 종일 천막 안에 누워 있어야 했던 건 너무 힘들고 지루했기 때문에 이번엔 몇 시간 안 걸리고 끝나길 바란다고 했다. 알다시피 그를 혼자만 남겨 둘 때 우리는 그를 묶어 두어야 했는데, 만약 누가 어쩌다 혼자 있는데 묶여 있지도 않은 그를 본다면, 그게 그다지 도망친 노예 같아 보이진 않을 것이기 때문이다. 그래서 공작은 하루 종일 밧줄에 묶인 채 누워 있는 게 힘들 것 같긴 하다고, 그걸 피해갈 방법을 한 번 강구해 보겠노라 했다.

공작은 예외적으로 비상한 사람이었다. 정말 그랬고, 그는 곧 뭔가 생각해 냈다. 그가 짐에게 리어왕 의상—그건 날염 처리한 거친 커튼용 면직물로 만든 긴 가운이었다—을 입히고 하얀 말 꼬리털로 만든 가발과 수염을 씌웠다. 그런 뒤 분장용 물감을 가져와 짐의 얼굴과 손과 귀와 목을 전부 엄청나게 칙칙한 푸른색 물감으로, 9일 지난 익사체처럼 두텁게 칠했다. 내가 여지껏 본 가장 소름 끼치고 충격적인 몰골이 아니라면 성을 갈겠다. 그 후 공작은 판자때기를 가져와 거기에 이런 안내문을 썼다.

병든 아랍인—제정신일 때는 해치지 않음

그는 그 판자를 윗가지에 못질했고 천막 4, 5피트 앞에 그 윗가지를 박았다. 짐은 만족스러워했다. 몇 년을 매일 묶인 채로 누워 무슨 소리가 들릴 때마다 덜덜 떠느니, 이런 모습인 게 더 낫다면서 말이다. 공작은 그에게 편안하고 자유롭게 있으라 했고, 만약 누군가 얼씬대면 반드시 천막에서 튀어나와서 잠시 그대로 있다가 맹수처럼 한두 번 길게 울부짖으라고, 그러면 자기 생각엔 사람들이 그를 내버려 두고 번개처럼 달아날 것 같다고 했다. 그건 충분히 일리 있게 들렸다. 하지만 보통 사람이면 짐이 울부짖을 때까지 기다리지도 않을 것이다. 짐은 단지 죽은 것처럼 보이는 게 아니라 그 이상으로 보였다.

이 악당들은 그 〈천하일품〉을, 그게 꽤 돈벌이가 됐기 때문에 다시 해보고 싶어 했으나 안전하지 않을 거라는 판단을 내렸다. 어쩌면 지금쯤 그 소식이 내려와 있을지도 몰랐다. 그들은 딱 떨어질 어떤 건수도 찾아내지 못했다. 그래서 마침내 공작이 자긴 좀 쉬면서 이 아칸소 마을에서 할 만한 게 뭐 있을지 한두 시간 머리를 굴려 보겠노라 했다. 왕 그 작자는 자긴 아무 계획 없이, 하지만 자기를 유익한 길로 이끌 신의 섭리를—내 보기엔 악마의 섭리지만— 믿으며 다른 쪽 마을에 들러 보겠노라 했다. 우리 모두 가장 최근에 멈췄던 곳에서 상점의 옷을 샀었다. 이제 왕은 그 옷을 입었고, 나한테도 내 걸 입으라고 했다. 물론, 나는 시키는 대로 했다. 왕이 걸친 옷들은 다 검은색이었는데, 그는 정말 풍채 있는 귀족처럼 보였다. 나는 옷이 그렇게 사람을 다르게 할 수 있다는 걸 전엔 미처 몰랐다. 그러니까, 그는 전에는 성질 고약한 천하의 늙은 사기꾼 같아 보였지만 지금, 새로 산 흰색 비버털 모자를 벗으며 절을 하고 미소를 짓는 걸 보니, 누가 보면 그가 막 노아의 방주에서 걸어 나왔다고 할 만큼 몹시 위엄 있고 선량하고 경건해 보였고, 어쩌면 레위 영감* 그 자체 같기도 했다. 짐이 카누를 청소했고, 나는 내가 저을 노를 대령했다. 커다란 증기선 한 척이 저 멀리, 마을에서 약 3마일 위쪽의 곶 아래 연안가에 정박해 있었다. 몇 시간째 화물을 실으며 거기 있었다. 왕이 말했다.

"내 차림새로 보건대 아마 세인트루이스나 신시내티, 아니면 다른 큰 고장에서 여기 도착한 거라고 하는 편이 낫겠다 싶다. 저기 증기선으로 가자, 허클베리. 저걸 타고 마을로 내려갈 거다."

---

* 레위기는 구약 성경의 세 번째 책이다. 헉은 레위기를 구약 성경에 나오는 실제 사람으로 혼동하고 레위 영감이라고 한다.

가서 증기선을 탄다는데 명령을 두 번 들을 필요는 없었다. 나는 마을에서 반 마일 위쪽의 연안가로 간 다음, 거기서 깎아지른 듯한 강둑을 따라 순한 물길을 타고 서둘러 노를 저었다. 곧 우리는, 날씨가 너무 더워 얼굴에 흐르는 땀을 연신 닦으며 통나무에 앉아 있는 순진한 얼굴의 한 시골뜨기 쪽으로 다가갔다. 그의 옆에는 튼튼한 카펫 천으로 만든 커다란 가방 두 개가 있었다.

"뱃머리를 연안가로 돌려라." 왕이 말했다. 나는 시키는 대로 했다. "어느 쪽으로 갈 예정인고, 젊은 친구?"

"증기선이요, 올리언스*로 가는."

"타시게나." 왕이 말했다. "가만있게. 내 하인이 가방 싣는 걸 도와줄 걸세. 뛰어나가서 저 신사 양반을 도와드리거라, 아돌푸스."…는 보건대 나를 뜻하는 거였다.

나는 그렇게 했고, 그런 뒤 우리 셋은 다시 출발했다. 그 젊은이는 이런 날씨에 가방을 들고 가는 건 너무 힘들었다며 몹시 고마워했다. 그가 왕에게 어딜 가는 중이냐 물었고, 왕은 강을 내려오다가 오늘 아침 저 다른 쪽 마을에 상륙했고, 이제는 저 윗농장에 사는 옛 친구를 만나러 몇 마일을 올라가는 중이라고 했다. 젊은이가 말했다.

"처음 당신을 봤을 때, 전 이리 혼잣말을 했지요. '분명 윌크스 씨구나. 거의 시간 맞춰 여기 도착할 뻔했는데.' 하지만

* 뉴올리언스를 말한다.

그 뒤 다시 이렇게 말했죠. '아니, 그분이 아닌 것 같은데. 그분이었으면 강을 올라가고 있진 않을 텐데.' 당신은 그분이 아닌 거죠. 그렇죠?"

"아니라오. 내 이름은 블로젯—엘렉산더 블로젯—나도 신의 가난한 종들 가운데 하나이니 성직자 엘렉산더 블로젯이라 해야 할 것 같군. 하지만 그럼에도 변함없이, 윌크스 씨가 제시간에 도착하지 않은 것에 대해 내가 유감을 표할 수는 있겠지. 만약 그걸로 인해 그 사람이 뭔가를 놓쳤다면 말이야—그러지 않았길 바라오만."

"뭐, 그로 인해 그분이 어떤 재산상의 손해를 보는 건 아니죠. 왜냐하면 그분이 모든 권리를 갖게 될 테니까요. 하지만 그분은 형 피터가 죽는 걸 보는 걸 놓쳤지요. 그분은 신경 안 쓸지도 모르지만, 뭐 그야 아무도 모르죠. 하지만 그분 형은 죽기 전 동생을 볼 수 있었다면 세상 뭐라도 다 주려 했을 거예요. 이 3주 내내 그거 말고 다른 얘긴 하나도 안 했거든요. 그분들이 서로 소년이었을 때 이후로 동생을 본 적이 없으시다고요. 그리고 동생 윌리엄—그 귀머거리에 벙어리인—은 한 번도 본 적이 없으시고. 윌리엄이 서른에서 서른다섯 이상은 안 먹었을 거라 했어요. 피터와 조지가 이곳으로 넘어온 유일한 형제였죠. 조지는 결혼한 형제분인데 그분과 그분 아내 모두 작년에 죽었어요. 하비와 윌리엄이 이제 남은 유일한 형제들인 거죠. 그리고, 말씀드렸다시피, 그분들은 제시간에 여기 못 왔네요."

"누군가 그들한테 기별은 했소?"

"아, 그럼요. 한 달인가 두 달 전, 피터가 처음 편찮으시기 시작했을 때요. 피터가 이번엔 어쩨 나을 것 같지 않다고 했기 때문이었죠. 보다시피 그분은 꽤 나이를 먹었고, 조지의 딸들은 그분과 어울리기엔 너무 어렸죠. 메리 제인만 빼고요, 그 빨간 머리의. 그래서 그분은 조지와 그분 아내가 죽은 후 꽤 외로웠던 모양이고 사는 데 별로 관심이 없는 것 같아 보였어요. 그분이 가장 간절히 원한 건 하비를 보는 거였어요— 또 윌리엄도요. 뭐가 문제였나 하면—그분이 유언장 작성하는 걸 견딜 수 없어 하는 그런 부류의 사람이었기 때문이에요. 그분은 하비한테 편지를 남겨 두었죠. 돈을 어디다 감춰뒀는지, 그리고 나머지 재산을 어떻게 조지의 딸들한테도 아무 문제 없이 잘 나눠주기 바라는지를 적었다고 하면서요—조지는 아무것도 남긴 게 없거든요. 그리고 그 편지가 사람들이 겨우 그분한테 남기게 한 전부지요."

"당신 생각엔 왜 하비가 오지 않은 것 같소? 그 사람이 어디 사는데?"

"아, 그분은 영국에 살아요—셰필드요— 거기서 설교를 하고, 이 나라엔 한 번도 온 적이 없어요. 그분이 그다지 시간이 많지 않거든요. 게다가 어쩌면 편지를 아예 못 받았을지도 모르고요."

"거 너무 안됐군. 그 사람이 자기 형제들을 만날 때까지 살아 있지 못했다니 너무 안됐어. 불쌍한 사람. 당신은 올리언스로 간다고 그랬지?"

"네, 하지만 거긴 이번 행선지의 일부일 뿐이에요. 다음 주 수요일이면 저의 삼촌이 살고 있는 리오자니로*행 배에 있을 거예요."

"꽤 긴 여정이군. 하지만 근사할 거요. 나도 정말 가고 싶네. 메리 제인이 맏딸이요? 다른 딸들은 몇 살이오?"

"메리 제인은 열아홉, 수잔은 열다섯이고 조애나는 열네 살쯤 됐는데, 선행 베푸는 일에 헌신적이고, 언청이에요."

"가여운 것들! 이 냉혹한 세상에 그렇게 홀로 남겨지다니."

"글쎄요. 그만하면 괜찮은 거예요. 피터 영감님한텐 친구분들이 있고, 그 친구분들은 그 아가씨들이 위험에 다가서도록 그냥 놔두진 않을 거예요. 침례교 목사 홉슨 씨랑 교회 집사 롯 호비 씨랑 벤 러커 씨랑 애브너 섀클포드 씨랑 변호사 레비 벨 씨랑 의사 로빈슨 씨랑 또 그 사람들의 아내들이랑 과부 바틀리 부인이랑 또… 뭐, 그 외에도 많아요. 하지만 이분들이 피터 영감님이랑 가장 두텁게 지냈던 분들이고, 영감님이 고향에 편지를 쓸 때 때때로 이분들 얘기를 하곤 했어요. 그러니 하비는 여기 도착하면 친구분들을 어디서 찾아야 하는지 알고 있을 거예요."

흠, 늙은이는 그 젊은 친구를 완전히 탈탈 털 때까지 계속해서 질문을 해댔다. 그 축복받은 마을의 모든 사람들과 모

* 리우데자네이루. 젊은이는 Ryo de Janiero를 Ryo Janeero로 발음하고 있다.

든 것들에 관해, 모든 윌크스가 사람들과, 피터의 사업—그건 무두장이였다—과 조지의 사업—그건 목수였다—그리고 하비가 하는 일—그는 반대파 목사*였다—과 기타 등등에 관해 계속 또 계속, 징글징글하게 물어 댔다. 그러더니 그가 말했다.

"자네는 뭣 땜에 그 길을 그렇게 죽 걸어서 증기선까지 가려 했던 거지?"

"왜냐하면, 그게 커다란 올리언스행 배라서 저기선 안 설까 봐 걱정스러웠거든요. 배가 꽉 차면 아무리 손을 흔들어도 안 멈춰요. 신시내티에서 온 배는 멈추겠지만 이건 세인트루이스에서 온 거니까요."

"피터 윌크스는 부유했소?"

"아, 네, 꽤 부유했죠. 그분은 몇 채의 집에다 땅이 있고, 또 어딘가에 현금으로 3, 4천 달러 정도 숨겨 놓았을 거예요."

"그 사람이 언제 죽었다고 그랬지?"

"전 그 말은 안 했는데요. 하지만 그건 어젯밤이었어요."

"장례식은 내일쯤이겠군?"

"네, 정오쯤이요."

"흠, 정말 모든 게 끔찍하게 슬프군. 하지만 우리 모두 가야 하는 거거든, 이제든 저제든. 그러니 그에 대한 대비만 할 수 있으면 돼. 그럼 더할 나위 없지."

"네, 그게 최선이죠. 엄마도 늘 그렇게 말해요."

---

* 영국 국교회에서 독립한 분파에 속하는 개신교 목사.

우리가 도착했을 때 그 배는 짐 싣는 걸 막 끝낸 참이었고, 이내 출발해 버렸다. 왕이 배에 오르자는 얘기를 한 마디도 입 밖에 안 꺼내서 결국 탈 수가 없었다. 배가 가버리자 왕은 나한테 한적한 곳으로 몇 마일 더 노를 저어 오르게 했고, 그 후 연안에 내려서 이렇게 말했다.

"자, 당장 서둘러 돌아가라. 그리고 공작을 이리로 데려와. 그 새 가방들도 가져오고. 만약 공작이 다른 편으로 가버리고 없으면 그리로 가서 그 사람을 데려와. 공작한테 이유 막론하고 이리 오라 해. 출발해라, 지금."

나는 그가 무엇을 꾸미고 있는지 알았지만, 물론 아무 말도 하지 않았다. 내가 공작과 함께 돌아오고 나서 우리는 카누를 감췄으며, 그 후 둘은 통나무에 앉았고, 왕은 공작한테 모든 것을 말했다. 그 젊은 친구가 했던 말 그대로—마지막 단어 하나까지. 그리고 그 말을 하고 있는 내내 그는 영국 사람처럼 말하려고 애썼는데, 얼뜨기치곤 또한 상당히 잘 해냈다. 나는 그를 흉내 낼 수가 없다. 그러니 그걸 묘사하진 않을 거지만, 그는 정말 썩 잘 해냈다. 그가 말했다.

"당신의 벙어리에 귀머거리 연기는 어떻소, 빌지워터?"

공작은 자기한테 잠시만 시간을 달라고 했다. 시대극에서 귀머거리이자 벙어리를 연기해 본 적이 있다면서 말이다. 그리하여 그들은 이제 증기선이 오길 기다렸다.

오후가 절반 정도 지난 무렵 작은 배들 몇 척이 다가왔지만 그것들은 충분히 먼 강 상류에서 온 것이 아니었다. 하지만 마침내 큰 배가 왔고, 그들은 소리쳐 그걸 불렀다. 배가 작은 범선을 보내서 우린 거기에 탔는데, 그 배는 신시내티에서 온 것이었고, 우리가 고작 4, 5마일을 가고자 하는 걸 알고선 버럭 화를 내며 우리한테 욕설을 퍼붓고 우리를 상륙시키지 않겠다고 했다. 하지만 왕은 침착했다. 그가 말했다.

"만일 신사들이 범선을 타서 내리는 데 각자 1마일당 1달러를 낼 수 있다 하면, 증기선 측에서도 신사들을 실어 줄 용의가 있을 것 같은디. 어떻소?"

그래서 그들은 누그러져서 좋다고 말했다. 우리가 그 마을에 도착했을 때 그들은 소형 범선으로 우리를 연안까지 태워다 줬다. 범선이 다가오는 걸 보고 스물너댓 명쯤 되는 사람들이 떼 지어 몰려왔고, 그러자 왕이 말했다.

"여기 신사분들 중 누가 저한테 피터 윌크스 씨가 어디 사는지 말씀해 주실 분 있소이까?"

그들은 서로 힐끗 쳐다보며, "거 봐, 내가 뭐랬어?" 하듯이 고개를 주억거렸다. 그러더니 그들 중 하나가 부드럽고 공손한 듯한 태도로 말했다.

"안됐습니다만, 우리가 말씀드릴 수 있는 건, 어제 오후까지 그분이 살아 계셨던 곳입니다."

눈 깜짝할 새 갑자기 이 징글맞은 늙은 형상은 몸을 가누지 못하는 듯 그 남자한테 쓰러져 턱을 남자의 어깨에 얹고 그의 등에 대고 울면서 말했다.

"아아, 애통하다! 우리 불쌍한 형이… 가버렸구나. 우린 다시 형을 볼 수가 없구나. 오, 이건 너무, 너무 가혹해!"

그러더니 뒤돌아서 흐느끼며 공작을 향해 천치처럼 많은 손짓들을 했고, 그러자 공작이 가방을 떨어뜨리고 울음을 터뜨렸다. 이들은 내가 여지껏 만난 사기꾼들 중에서 가장 지독했다.

흠, 사람들이 모여들어 그들을 동정하며 온갖 친절한 말들을 건넸고, 그들 대신 가방을 언덕 위까지 날랐으며, 자기들한테 기대어 울 수 있도록 해주었다. 그리고 왕한테 그의 형의 마지막 순간들에 관해 얘기해 주었다. 그러자 왕 그자가 공작한테 손으로 그 모든 얘기들을 다시 반복해서 했고, 둘 다, 마치 열두 사도를 잃은 것처럼 그 죽은 무두장이를 가지고 야단법석을 떨었다. 흠, 내가 저와 같은 짓거리를 행여 본 적이 있었다면 나는 검둥이다. 이건 뭐 같은 인간 종족이란 게 부끄러워질 정도였다.

25장

 그 소식은 2분 후 온 마을에 쫙 퍼졌고, 사람들이 사방팔
방에서 황급히 달려오는 것이, 그중 몇몇은 외투를 입으면서
오고 있는 것도 보였다. 곧 우리는 군중 한가운데 있었는데,
쿵쾅거리는 소음이 마치 군인들 행진 같았다. 창문들과 울타
리문마다 사람들로 가득했고 울타리 너머로 매 순간 누군가
이렇게 물었다.

 "저게 그 사람들이여?"

 그러면 총총걸음으로 무리를 따라가던 누가 그 물음에 답
했다.

 "물론이죠."

 우리가 그 집에 도착했을 때 집 앞 행길은 사람들로 빽빽했
고, 세 명의 젊은 처자들이 문간에 서 있었다. 메리 제인은 붉
은 머리칼이었지만 그렇다고 그녀가 어마어마하게 아름답다
는 사실이 달라지는 건 아니었다. 그녀는 두 눈과 얼굴을 온
통 성스럽게 반짝반짝 빛내며 삼촌들이 온 것을 몹시 기뻐했
다. 왕 그 작자가 팔을 벌리자 메리 제인이 그 팔로 뛰어들었

고, 언청이도 공작을 향해 달려들었으며, 거기서 그들은 그것*
도 했다! 거의 모든 사람들이, 최소한 여자들은 그들이 마침
내 다시 만나 그런 좋은 시간을 갖게 된 걸 보고 기쁨의 눈물
을 흘렸다.

그때 왕 그 작자가 공작을 슬며시 찔렀고—나는 그러는 걸
보았다— 그런 뒤 주위를 둘러보다가, 저쪽 구석에서 두 개의
의자 위에 놓인 관을 발견했다. 그러자 그와 공작은 서로의
어깨에 한 손을 얹고 다른 손은 눈에 갖다 댄 채 느릿느릿 그
쪽으로 경건하게 걸어갔다. 모두들 뒤로 성큼 물러서 그들에
게 자리를 내주었고, 사람들이 "쉿!" 하자 말소리와 소음들이
모두 멈췄으며, 남자들은 다 모자를 벗고 고개를 떨어뜨렸다.
심지어 핀 떨어지는 소리도 들을 수 있을 것 같았다. 그들은
거기까지 가서 몸을 굽혀 관 속을 들여다보았고, 한번 쳐다보
고 나서, 최대, 올리언스까지 들릴 만큼 큰 소리로 울었다. 그
러더니 두 팔을 서로 목에 두르고 턱을 서로의 어깨에 얹은
채, 3분인가 아니 어쩌면 4분인가 그러고 있었는데, 저들 하
는 식으로 남자 둘이서 저렇게 질질 짜는 건 생전 처음 보았
다. 그런데, 맙소사, 모두가 똑같이 그렇게 하고 있는 것이었
다. 그렇게 축축한 곳은 세상 어디에도 없을 거였다. 그러더니
그들 중 하나는 관 이쪽으로, 다른 하나는 저쪽으로 가서 무
릎을 꿇고 이마를 관에 대고 중얼중얼 기도를 하는 척했다.

* '그것'은 입맞춤이다. 헉은 입맞춤이란 말을 차마 입에 담고 싶어 하지 않는다.

흠, 그건 또 세상 어떤 것과 비교할 수 없을 만큼 잘 먹혀서 모두들 울음을 터뜨렸고, 흐느낌은 점점 커져 갔다―그 가여운 처자들도 그랬다. 그러자 거의 모든 여자들이 처자들한테 걸어가더니 아무 말도 하지 않고 엄숙하게 그들 이마에 입을 맞췄고, 그런 다음 손을 처자들 머리에 얹은 채 눈물을 줄줄 흘리며 하늘을 우러러보다가, 갑자기 흑 흐느끼면서 홱 돌아서서 그 쇼를 다음번 여자한테 넘겨주었다. 그렇게 역겨운 광경은 난생처음이었다.

흠, 이윽고 왕이 일어서 약간 앞으로 나서더니, 점점 감정을 고조시켜 가며 눈물과 쓰레기로 가득한 연설을 내뱉었다. 그는 자기와 자기의 불쌍한 동생한테는 고인을 잃은 것과 4천 마일의 긴 여행을 마친 후에 살아 있는 고인을 볼 기회를 놓친 것이 얼마나 쓰라린 시련인지 모르지만, 그 시련은 이 성스러운 눈물들과 귀한 연민들 덕분에 달콤하고 신성한 것이 되었으며, 입에서 나오는 말이란 너무도 약하고 차가운 것이기 때문에 자기와 자기 형제의, 마음으로부터, 우러나오는 감사를 전한다고 했다. 그는 온통 썩어 빠진 쓰레기 같은 이런 말들을 지칠 때까지 늘어놓고 경건한 척 '아멘'을 부르짖고는 허물어지듯 커다랗게 울음을 터뜨렸다.

그의 입에서 이런 말들이 흘러나오던 순간 군중들 속에서 누군가 송가를 부르기 시작했다. 그러자 다들 온 마음으로 함께 불렀는데, 그건 마음을 점점 덥혀 주었고 교회에서 흘러나오는 것만큼 듣기 좋게 느껴졌다. 음악은 좋은 것이다. 여태 한 번도 본 적 없는 이 모든 느끼하고 시시한 짓거리들에도 불구하고 멋지고 순수하게 들린다.

왕이 다시 턱을 놀리기 시작했고, 자기와 자기 조카들은 주요한 몇몇 친구분들이 오늘 밤 여기서 같이 저녁을 먹고 분향소를 마련하는 걸 도와준다면 얼마나 기쁠지 모르겠다고 했다. 그러면서, 저기 누워 있는 불쌍한 형이 말을 할 수 있다면 누구 이름을 불러야 할지 알 거라고, 왜냐하면 그 이름들은 형에게 매우 귀중한 이름들이었고, 편지에서 종종 언급됐었다고 했다. 그래서 그 이름들을 똑같이, 다음과 같이 부르겠노라 했다─목사 흅슨 씨와, 교회 집사 롯 호비 씨와, 벤 러커 씨와, 애브너 새클포드 씨와, 레비 벨 씨와, 닥터 로빈슨 씨와, 그리고 그분들의 부인들과 과부 바틀리 부인.

흅슨 목사와 로빈슨 의사는 마을 끝에서 함께 사냥하고 있었다. 즉 내 말은, 의사는 병자를 다른 세계로 실어 보내고 있었고, 목사는 그 정확한 방향을 가리키고 있었다는 것이다. 변호사 벨은 일 때문에 루이빌에 가고 없었다. 하지만 나머지는 그 자리에 있었고, 다들 와서 왕과 악수를 하고 감사를 표하며 말을 건넸다. 그런 다음엔 공작과 악수했고, 공작이 두 손으로 온갖 종류의 신호들을 만들며 줄곧 "버버─버─버─버" 하는 동안 아무 말도 하지 않고 한 꾸러미의 얼간이들처럼 내내 웃는 얼굴로 고개를 까딱거렸다.

그리하여 왕 그 작자는 수다를 계속 늘어놓으면서 마을의 거의 모든 사람들과 개들에 대해, 일일이 그 이름을 대가며 물어볼 수 있었고, 또 마을에서 한두 번 일어났던 온갖 종류의 사소한 것들이나, 조지의 가족이나 피터한테 일어났던 일들을 언급했다. 피터가 그런 것들을 늘 자기한테 편지로 쓴 척했지만, 그건 거짓말이었다. 그 모든 귀중한 것들 하나하나를, 우리가 카누로 증기선까지 갈 동안 그 천치 젊은이한테서 얻었던 것이다.

메리 제인이 작은아버지*가 남겨 둔 편지를 가져왔고, 왕 그 작자가 그걸 큰 소리로 읽으며 울었다. 편지엔 거주하는 집과 금화 3천 달러를 처자들한테 준다고 되어 있고, 무두질 공장(그건 사업이 잘돼 가고 있었다)을 다른 집들과 땅(7천 달러 정도의 가치가 있는), 그리고 금화 3천 달러와 함께 하비와 윌리엄에게 준다고 쓰여 있었으며, 6천 달러의 현금이 지하 저장실에 숨겨져 있다고 했다. 그래서 이 두 사기꾼은 자기들이 가서 그걸 가져오겠다고 하면서, 모든 걸 공평하고 공명정대하게 하겠다고 내게 양초를 들고 따라오라고 했다. 우리는 등 뒤로 문을 닫았고, 가방을 발견하자 그자들이 그걸 바닥에 쫙 쏟았는데, 모두 노란 동전들이었고 정말 근사해 보였다. 맙소사, 왕의 저토록 번쩍거리는 눈이라니! 그가 공작의 어깨를 철썩 치며 말했다.

"하아, 이게 대단한 게 아니면 뭐가 대단할까! 오, 그래, 그런 건 없지 싶은데! 봐, 빌리, 이건 그 〈천하일품〉보다 훨씬 나

* 메리 제인의 작은아버지가 맞는데 원문에는 아버지(father)로 되어 있다.

은데. 안 그래?"

공작도 그렇다고 했다. 그들은 금화들을 긁어모아 손가락 사이로 흘려 바닥에 쨍그랑거리며 떨어뜨렸다. 왕이 말했다.

"말할 필요도 없지. 응, 부자 고인의 형제들이 돼서 남겨진 그 털가죽 상속자를 대표하는 게 자네와 내 역할이란 거지. 빌지. 이게 다 신의 섭리를 믿은 덕분이야. 결국은, 그게 최고지. 난 온갖 짓 다 해봤지만, 그게 제일이더라고."

대부분의 사람들은 금화 더미에 만족하고 별 의심을 하지 않았을 것이지만, 그들은 아니었다. 그걸 세어 보아야 했다. 그래서 셌는데, 415달러가 부족한 것으로 드러났다. 왕이 말했다.

"젠장맞을 영감. 그 415달러로 뭘 했을라나 궁금허네?"

그들은 잠시 고민에 빠졌고, 주변을 샅샅이 뒤졌다. 그러자 공작이 말했다.

"글쎄, 그 영감이 꽤 아팠으니 뭐, 실수를 했을 법도 하네요. 내 생각엔 그런 것 같소. 최선은 이건 그냥 내버려 두고, 여기에 대해 아무 말 안 하는 거요. 우리 그 정돈 없어도 되오."

"아, 제길. 그래, 그건 없어도 돼. 난 그깟 건 전혀 신경 안써. 내가 중요하게 생각하는 건 셈이여. 우린 저 위에서, 알다시피, 감추는 거 없이 무지 공평하고 싶은 거잖아. 우린 이 돈을 위층으로 가져가 모두가 보는 앞에서 세야 할 거야. 그래야 아무 의심 안 하겠지. 허지만 그 죽은 남자가 6천 달러가 있다고 했는데, 알다시피 우리가 의심을……"

"잠시만요." 공작이 말했다. "그 적자를 메꿉시다." 그러더니 주머니에서 금화들을 꺼내기 시작했다.

"그거 몹시 훌륭하고 멋진 생각이오, 공작. 당신은 아주 좋은, 영리한 머리를 달고 다니오." 왕이 말했다. "이게 그 〈천하일품〉이 우릴 또 한 번 돕는 게 아님 뭐겠소." 그는 주머니에서 금화를 꺼내기 시작했고 그걸 돈 무더기에 얹었다.

거의 파산 지경이었지만, 그들은 명명백백하게 6천 달러를 만들어 냈다.

"저기 말이오." 공작이 말했다. "나한테 또 하나의 아이디어가 있소. 위층으로 가서 돈을 세고 나서 이걸 그 여자애들한테 주는 거요."

"어쿠야, 공작, 한번 안아 봅시다! 그건 인간이 해낼 수 없는 가장 짜릿한 생각이오. 당신은 여태 내가 본 사람들 중 가장 경이로운 머리를 가졌소. 아, 그건 어떤 실패도 없을 으뜸 속임수요. 자, 아직도 의심하고 싶어 하는 놈들이 있다면 그러라지―그걸로 싹 다 날려 버릴 테니."

우리가 위층으로 올라가자 모두들 테이블 주위로 모였고, 왕 그 작자가 그걸 3백 달러씩 한 묶음으로 쌓았다―스무 개의 작고 우아한 더미들로. 모두들 허기진 듯 그걸 바라보며 침을 삼켰다. 그다음 그들은 돈을 다시 자루 안에 쓸어 담았고, 나는 왕이 또 다른 연설을 하려고 몸을 부풀리는 걸 보았다. 그가 말했다.

"친구 여러분, 저기 누워 있는 내 불쌍한 형은 슬픔의 작별

인사 뒤에 남겨진 이것들로 관대함을 베풀어 왔었지요. 형은
이것들로 자기가 사랑하고 안식처를 마련해 주었던, 아버지
어머니 없이 남겨진 이 불쌍한 어린 양들한테 자비를 베풀어
왔습니다. 예, 그리고 형을 잘 알고 있는 우리는 형이 이것들
로 저 아이들한테 더 큰 관대함을 베풀었을 거란 걸 알지요,
만약 형이 귀히 여기던 윌리엄과 저를 상처 주는 걸 두려워하
지 않았다면 말입니다. 자, 형이 그러지 않았겠습니까? 제 마
음속에서 그건 의심할 여지가 없답니다. 흠, 그렇다면 이러한
때 도대체 어떤 동생이 형의 뜻을 거스르려 하겠나요? 도대체
어떤 삼촌이 이런 때에, 형이 그토록 사랑했던 이렇게 가여운
어여쁜 양들을 강탈―네, 강탈이요―하겠습니까? 만약 제
가 윌리엄을 잘 아는 거면―전 그렇다고 생각합니다만―동생
은―흠, 그냥 물어볼게요." 그는 공작한테 돌아서 손으로 많
은 신호들을 해대기 시작했고, 공작 그자는 한동안 백치처럼
멍하게 그를 보고 있다가, 갑자기 무슨 말인지 알아들은 것처
럼 왕한테 펄쩍 뛰어가 힘껏 기쁨에 찬 버어―버어를 외쳐대
면서 열다섯 번쯤 왕을 끌어안고 놓아주었다. 그러자 왕이 말
했다. "그럴 줄 알았습니다. 윌리엄이 이걸 어떻게 생각하는지
다들 이제 확신하셨을 거라 생각합니다. 여깄다, 메리 제인,
수잔, 조애나, 이 돈을 받으렴―다 가지려무나. 이건 저기 누
워 있는, 차갑지만 기쁨에 겨워 할 저분의 선물이란다."

메리 제인은 그한테로, 수잔과 언청이는 공작한테로 달려
갔고, 또다시 그들은 열렬히 포옹과 입맞춤을 해댔다. 모든 사

람들이 눈물을 머금고 모여들어 그들 사기꾼과 힘껏 악수하며 줄곧 이렇게 말했다.

"당신들은 선량하고 훌륭한 분들이오!—얼마나 아름다운가!— 어떻게 그러실 수가!"

흠, 곧 모두들 다시 고인에 대해서 얘기하기 시작했다. 그가 얼마나 좋은 사람이었는지, 그를 잃은 게 얼마나 큰 손실인지 등등을 말이다. 얼마 되지 않아, 기다랗고 커다란 강철 같은 턱을 한 남자가 밖에서 혼자 걸어 들어와 귀를 기울인 채 바라보며 서 있었고, 사람들 또한 아무도 그 남자한테 말을 하지 않았다. 왜냐하면 왕이 하는 말을 듣느라 바빴기 때문이다. 왕이 무슨 얘기를 꺼내 한참 늘어놓고 있던 중이었다.

"…그분들은 고인의 특별한 친구분들입죠. 그게 그분들이 오늘 밤 여기 초대된 이유고 말입니다. 하지만 내일은 여러분 모두 오시기 바랍니다. 전부요. 형님은 여러분을 존경했고, 여러분을 좋아했어요. 그래서 형님의 장례 향연은 공적으로 치르는 게 적합하지요."

그는 자기 말에 도취한 듯 헛소리를 계속 늘어놓았고, 공작이 더 이상 참을 수 없을 지경이 되어 조그만 종이쪽지에, "바보 영감아, 장례식이오."라고 써서 접은 뒤, 그걸 버—버 하면서 사람들 머리 위로 그에게 건넬 때까지 자주자주 장례 향연을 들먹거렸다. 왕은 그걸 읽고 호주머니에 집어넣었고, 이렇게 말했다.

"가여운 윌리엄, 장애가 있는데도 동생의 마음은 항상 바릅니다. 여러분 모두 장례에 오시도록 초대하라고 저한테 부탁하네요. 제가 모두를 환영하길 바라면서 말입니다. 하지만 동생이 걱정할 필요 없었는데, 제가 방금 그 얘길 하고 있었으니까요."

그러고 나서 그는 다시, 완벽히 침착하게, 얘기를 술술 이어 나갔고, 이따금, 바로 좀 전에 그랬던 것처럼 얘기는 다시 장례 향연으로 빠졌다. 세 번째 그러고 나자 그가 말했다.

"제가 향연이라고 했지요. 그게 일반적인 용어라서가 아니라, 그건 아닌데—장례식이 공식 용어지만— 향연이 옳은 단어라서 쓴 거예요. 장례식이란 말은 이제 영국에서는 더 이상 안 쓰거든요. 그건 없어진 단어예요. 영국에서 우린 이제 향연이라고 말합니다. 향연이 더 낫거든요. 왜냐하면 그게, 우리가 추구하는 걸 더 정확히 의미하기 때문이죠. 그건 바깥쪽, 개방, 해외란 뜻의 그리스어 '오르고'와 심다, 덮다, 즉 안쪽이란 뜻의 히브리어 '지숨'에서 만들어진 거요. 그래서 보다시피 장례 향연은, 열린, 또는 공공의 장례다 이런 거지요."

그는 내가 여태껏 만난 악당 중 가장 최악이었다. 그 강철 턱의 남자가 바로 왕의 면전에서 웃음을 터뜨렸다. 모두들 충격을 받았다. 다들 "아니, 의사 선생!"이라 했고, 애브너 섀클포드가 이렇게 말했다.

"아니, 로빈슨, 아직 소식 못 들었나? 이분이 하비 윌크스야."

왕 그 작자가 열렬한 웃음을 지으며 손을 쑥 내밀고 팔랑거렸다.

"내 가여운 형님의 친애하는 좋은 친구이시자 의사분? 저
는……."

"나한테서 그 손 치우시오!" 의사가 말했다. "당신은 영국인
인 척 말하는군. 안 그렇소? 내가 여태 들어 본 가장 형편없
는 흉내야. 당신이 피터 윌크스의 형제라고? 당신은 사기꾼이
야. 그게 바로 당신이야!"

흠, 사람들이 얼마나 웅성거렸는지! 그들은 의사를 에워싸
고 조용히 시키려 했고, 어떻게 하비가 마흔 가지나 되는 방
법으로 자기가 하비란 걸 보여줬는지, 모든 사람들을 그 이름
까지 대며 속속들이 알고 있고, 거기다 개들 이름조차 다 알
더란 얘기를 하면서 설명하려 애썼으며, 하비의 기분과 또 가
여운 처자들의 감정을 상하게 하지 말아 달라고 사정하고 또
사정했다. 하지만 아무 소용 없었다. 그는 여전히 격분해서 자
기 하는 것만큼도 영국 말 흉내를 낼 수 없으면서 영국인인
척하는 저런 사람은 사기꾼에다 거짓말쟁이라고 말했다. 그
가여운 처자들은 왕한테 매달려 울었다. 갑자기 의사가 앞으
로 나서 그들한테로 몸을 돌리며 말했다.

"나는 너희 아버지의 친구였고, 또 너희들의 친구다. 너희에
게 친구로서. 그리고 너희를 보호하고 악과 곤경에서 지켜주
고 싶은 정직한 사람으로서 경고하는데, 저 악당한테서 등을
돌리고, 천치 같은 소리를 하며 그걸 그리스어와 히브리어라
고 부르는 저 무식한 부랑자하곤 아무것도 하지 말거라. 저자

는 일종의 변변찮은 사칭꾼이야. 수많은 공허한 이름들과 사실들을 어딘가에서 주워듣고 여기로 왔고, 너희는 그런 것들을 증거라고 생각했으며, 좀더 분별 있어야 했을 여기 이 어리석은 친구들은 너희가 스스로를 바보로 만드는 데 일조했다. 메리 제인 윌크스, 넌 내가 너의 친구라는 걸, 너의 사심 없는 친구라는 걸 알지 않느냐. 자, 이제 내 말 듣거라. 이 한심한 악당을 쫓아내거라. 제발 그렇게 해다오. 그래 줄 테냐?"

메리 제인은 몸을 쭉 폈는데, 세상에나, 그녀는 정말 멋졌다! 그녀가 말했다.

"이게 제 답이에요." 그녀는 돈 가방을 들어 왕의 손에 올려놓고 말했다. "이 6천 달러를 받으세요. 그리고 저와 제 자매들을 위해 좋으실 대로 알아서 투자해 주시고, 저희에게 영수증은 안 주셔도 돼요."

그러더니 그녀는 팔로 왕의 한쪽을 감싸 안았고, 수잔과 언청이도 다른 쪽을 감싸 안았다. 모든 사람들이 손뼉을 치며 천둥 치듯 발을 쿵쿵 굴러 댔고, 그러는 동안 왕은 고개를 쳐들고 자랑스러운 미소를 짓고 있었다. 의사가 말했다.

"좋아, 난 이 일에서 손을 떼겠다. 하지만 오늘 일을 생각할 때마다 구역질이 날 것 같은 때가 올 거란 걸 너희들 모두에게 경고한다." 그리고 그는 가버렸다.

"좋소, 의사 양반." 왕이 그를 흉내 내듯 말했다. "구역질이 날 것 같으면 당신한테 사람을 보내리다." 모두 그 얘기를 듣고 웃으며 멋지게 한방 날렸다고 말했다.

26장

흠, 사람들이 다 가버리자 왕 그 작자가 메리 제인한테 여분의 방들이 있냐 물었고, 그녀는 빈방이 하나 있는데 그건 윌리엄 삼촌이 쓰면 될 것이고, 자기 방이 약간 더 크니 그걸 하비 삼촌한테 주고 자기는 자매들과 한방에서, 간이침대에서 자겠다고 했다. 그리고 다락방 한구석에 돗짚자리를 깐 반침半寢이 있다고 했다. 왕은 그 구석방은 자기 종자從者*가─그 말인즉 내가─쓰면 되겠다고 했다.

메리 제인이 우리를 위층으로 데려가 그들에게 방을 보여주었는데, 소박하지만 쾌적했다. 그녀는 자기 옷들과 다른 세간살이들이 하비 삼촌한테 거슬린다면 방에서 꺼내 놓겠다고 했고, 그는 괜찮다고 했다. 그녀의 치마들은 벽에 가지런히 걸려 있었고 사라사 천으로 만든 바닥까지 내려오는 커튼을 앞에 쳐놓았다. 한쪽 구석에는 짐승 털이 달린 가죽 장신구 함이, 다른 쪽 구석에는 기타 케이스가 있었고, 온갖 종류의 자

---

* 하인을 부르는 어려운 말인 '종자'는 valet인데 헉은 철자를 몰라서 valley(계곡)라고 한다.

질구레한 장신구들과 여자들이 방을 활기 있게 꾸밀 때 쓰는 장식품 같은 것들도 있었다. 왕은 있는 그대로 놔두는 게 더 내 집 같고 쾌적한 기분이 들게 만드니 치우지 말라고 했다. 공작의 방은 꽤 작았지만 충분히 훌륭했고, 내 구석방도 그랬다.

그날 밤 그들은 성대한 저녁 식사를 했는데, 아까 말한 남자들과 여자들이 다 거기 있었고, 나는 왕과 공작의 의자 뒤에 서서 시중을 들고 검둥이들은 나머지 사람들 시중을 들었다. 메리 제인 그녀는 수잔을 자기 옆에 앉히고 테이블 주인석에 앉아, 비스킷이 영 별로라느니, 저장 식품들이 너무 형편없다느니, 튀긴 닭이 어쩌면 이렇게 맛없고 질긴지 모르겠다느니 등등의 여자들이 억지로 칭찬을 끌어낼 때 늘 하는 온갖 쓸데없는 소리들을 늘어놓았다. 사람들은 모든 게 더할 나위 없다는 걸 알고 있었기에―"어떻게 하면 비스킷을 이렇게 멋진 갈색이 되게 굽죠?" "세상에나, 어디서 이 놀라운 피클을 찾아낸 거예요?" 같은 저녁 식사 때 으레 나오는 그런 사탕발림 같은 말들을 했다.

저녁 식사가 다 끝나고 다른 사람들은 검둥이들이 치우는 걸 돕는 동안, 나와 언청이는 부엌에서 남은 음식들로 저녁을 먹었다. 언청이가 영국에 관한 얘기들을 캐묻기 시작하자, 나는 정말이지 가끔씩 몹시 얇은 살얼음판에 서 있는 기분이 들었다. 그녀가 말했다.

"너 왕 본 적 있어?"

"누구요? 윌리엄 4세요? 뭐, 물론이죠―왕이 우리 교회에

다니거든요." 난 그가 몇 해 전 죽었다는 걸 알고 있었으나, 절대 내색하지 않았다. 왕이 우리 교회에 다닌다고 하자, 그녀가 말했다.

"뭐! 정기적으로?"

"네. 정기적으로요. 왕의 신도석이 우리 신도석 바로 건너편이에요—설교단 저쪽으로요."

"난 왕이 런던에 산다고 생각했는데?"

"뭐 그렇죠. 어디 살겠어요, 그럼?"

"하지만 너는 셰필드에 살고 있는 줄 알았는데?"

나는 그루터기에 걸린 걸 깨달았고, 어떻게 다시 어물쩍 넘어갈지를 생각하느라 목에 닭 뼈가 걸린 척했다. 그런 뒤 말했다.

"내 말은 왕이 셰필드에 있을 때 정기적으로 우리 교회에 온다는 거예요. 오직 여름철만, 해수욕을 할 때만 거기 와요."

"뭐, 그게 무슨 말이야. 셰필드는 바닷가가 아니잖아."

"글쎄, 누가 그렇대요?"

"뭐, 네가 그랬잖아."

"나도 안 그랬어요."

"네가 그랬어!"

"난 안 그랬어요!"

"너 그랬어."

"난 절대 그런 식으로 말 한 적 없어요."

"네가 뭐랬는데, 그럼?"

"왕이 해수욕을 하러 온다고 했죠. 그게 내가 했던 말이죠."

"그래, 그렇다면! 바닷가가 아닌데 어떻게 왕이 해수욕을 하러 온다는 거야?"

"자, 봐봐요." 내가 말했다. "콘그레스 워터 본 적 한 번도 없어요?"

"있어."

"그럼, 그 물 구하러 콘그레스에 가야 했나요?"

"뭐, 아니지."

"윌리엄 4세도 마찬가지로 해수욕하러 바다에 갈 필요가 없어요."

"그럼 어떻게 바닷물을 구하는데?"

"여기로 콘그레스 워터를 갖고 오는 식이죠. 통에 담아서. 거기 셰필드에 있는 궁전엔 아궁이들이 있고, 왕은 물이 뜨거운 걸 좋아해요. 그렇게 멀리 떨어진 바닷가에서는 그만한 양의 물을 끓일 수가 없어요. 그럴 만한 편의시설이 하나도 없으니까요."

"아, 이제 알겠다. 네가 처음부터 그렇다고 했으면 시간 낭비 안 했잖아."

그녀가 그렇게 말하자 다시 위기에서 벗어난 것 같아 마음이 편안해지고 기뻤다. 다음 그녀는 이렇게 말했다.

"너도 교회에 다녀?"

"네, 정기적으로요."

"넌 어디 앉는데?"

"뭐, 우리 신도석이죠."

"누구네 신도석?"

"뭐, 우리의—아가씨의 하비 삼촌 신도석이요."

"삼촌의? 삼촌이 그 신도석 가지고 뭘 하는데?"

"거기 앉으려고요. 그럼 그걸로 삼촌이 뭘 할 거라 생각하는데요?"

"어, 난 삼촌이 설교단에 있을 거라 생각했는데."

썩을 놈. 난 그가 목사라는 걸 잊었다. 난 다시 그루터기에 걸렸고, 그래서 다시 한번 닭 뼈 연기를 하면서 또 어떤 생각을 해냈다. 내가 말했다.

"제길, 아가씬 교회에 목사가 하나만 있을 거라고 생각하는 거예요?"

"왜 그 이상의 더 많은 목사가 필요하겠어?"

"뭐요! 왕 앞에서 설교를 하는데요? 난 아가씨 같은 여잔 처음 봐요. 목사가 최소 열일곱 명은 있어요."

"열일곱 명! 세상에! 나 같으면 그런 줄줄이 연설 듣고 앉아 있지 않을 거야. 만약 그리 안 하면 천국에 절대 못 들어간다고 하지 않는다면. 연설하는 데 한 주는 걸리겠다."

"이런이런. 같은 날 다 한꺼번에 설교하는 건 아니에요. 그 중에서 단 한 명만 해요."

"흠, 그렇담 나머진 뭐 하고 있어?"

"아, 별거 안 해요. 그냥 멀거니 둘러서서 헌금 접시를 돌리죠. 한두 번. 하지만 대개는 아무것도 안 해요."

"그럼 뭣 때문에 목사들이 있는 거야?"

"뭐, 그냥 폼을 내려고 있는 거죠. 정말 아무것도 몰라요?"

"흠, 난 그런 바보 같은 얘긴 알고 싶지도 않아. 영국에서는 하인들을 어떻게 대해? 우리가 우리 검둥이들한테 하는 것보다 잘 대해 줘?"

"아니요! 거기서 하인은 정말 아무것도 아니에요. 개보다도 못해요."

"하인들한테 휴가 안 줘? 우리가 성탄절이랑 새해 한 주간이랑 독립기념일에 휴가 주는 것처럼?"

"아, 좀 들어 보세요! 그 말 들으면 아가씨가 한 번도 영국에 가본 적 없다는 걸 사람들이 금방 알겠어요. 자, 언청… 아니, 조애나 아가씨, 하인들은 한 해 시작할 때부터 한 해 끝날 때까지 단 하루도 쉬는 날이 없어요. 서커스나, 극장이나, 검둥이들 쇼나, 뭐 이런 거뿐 아니라 아무 데도 절대 못 가요."

"교회도?"

"교회도요."

"하지만 넌 늘 교회에 갔잖아."

흠, 또 망했다. 내가 그 영감의 하인이란 걸 잊고 있었다. 하지만 다음 순간 나는 시종이 일반 하인들과 어떻게 다른지와, 법에 쓰여진 대로 시종은 원하든 원치 않든 교회를 다녀야 하고 가족들과 같이 앉아야 한다는 설명 같은 걸 늘어놓았다. 하지만 썩 잘하진 못했다. 얘길 끝냈을 때 그녀가 만족스러워하지 않는다는 걸 알 수 있었다. 그녀가 말했다.

"하늘땅에 대고 맹세해 봐. 지금. 너 나한테 수두룩하게 거
짓말한 거 아니야?"

"하늘땅에 대고 맹세해요." 내가 말했다.

"거짓말 전혀 안 했어?"

"전혀요. 거짓말은 단 한마디도 안 했어요." 내가 말했다.

"손을 이 책에 올려놓고 그 말을 해봐."

내 보기에 그건 그냥 사전일 뿐이었기에 나는 손을 거기
올려놓고 그 말을 했다. 그러자 그녀는 약간은 더 만족스러워
보였고, 이렇게 말했다.

"뭐, 그렇다면, 네 말을 얼마간은 믿을게. 하지만 제발이지
나머지 말도 믿을 수 있음 좋겠다."

"네가 뭘 못 믿는다는 거야, 조?" 메리 제인이 수잔을 뒤에
세우고 들어서며 말했다. "저 애한테 그런 식으로 말하는 건
옳지도 친절하지도 않아. 저 앤 타지인이고 자기 고향 사람
들한테서 아주 멀리 있잖아. 그렇게 취급받는다면 넌 어떻겠
니?"

"항상 그런 식이지, 언니는—누가 다치기도 전에 돕겠다고
나서는 거. 난 쟤한테 아무 짓도 안 했어. 내 생각에 저 앤 좀
과장해서 말했고, 그래서 내가 그걸 다 삼키진 못하겠다고 했
어. 그게 내가 말한 전부야. 저 앤 그런 사소한 것쯤은 참을
수 있을 것 같은데. 안 그래?"

"그게 사소한 거든 큰 거든, 그건 상관없어. 저 앤 여기 우
리 집에 있고 이방인이야. 네가 그런 식으로 말하는 건 옳지

않아. 만약 네가 저 애 입장이라면, 넌 창피했을 거야. 다른 사람을 창피하게 만드는 말을 해선 안 되는 거야."

"있잖아, 언니, 저 애가 말······."

"저 애가 무슨 말을 했든 마찬가지야. 그런 건 중요치 않아. 요지는 넌 저 애를 친절히 대해야 한다는 거고, 저 애한테 자기 나라나 고향 사람들 사이에 있지 않다는 걸 생각나게 할 말은 하지 말란 거야."

나는 혼잣말을 했다. 내가 바로 이 아가씨의 돈을 그 늙은 파충류가 훔치도록 그냥 내버려 뒀다!

그때 수잔이 성큼 들어왔다. 그리고 믿기지 않게도, 그녀가 언청이한테 몹시 심한 소리를 해댔다!

나는 나에게 말했다. 그리고 난 그놈이 이 아가씨의 돈도 훔치도록 가만있었다!

그러자 메리 제인이 다시 부드럽고 사랑스럽게―그녀는 원래 이랬다― 나섰다. 그러고 나자 그 가여운 언청이는 어찌할 바를 몰랐고 그래서 엉엉 울었다.

"자, 괜찮아." 다른 처자들이 말했다. "그냥 저 애한테 용서를 구하면 돼."

그녀 역시 시키는 대로 했다. 아주 우아하게 말이다. 너무 우아해서 기분 좋게 들렸다. 그녀한테 천 번의 거짓말을 해서 그만큼 다시 사과하게 만들고 싶은 기분이었다.

나는 스스로에게 말했다. 이게 그자가 돈을 훔치든 말든 내가 상관 안 했던 또 다른 소녀다. 그녀가 사과를 마치자 그들 모두 친구들하고 있는 것처럼 나를 편안하게 해주려고 여러모로 애를 썼다. 내가 너무 천하고 부끄럽고 못된 것처럼 느껴져서 나는 이렇게 혼잣말을 했다. 이제 마음을 정했어. 저 처자들을 위해 죽기 살기로 돈을 가져오겠어.

그래서 나는 얼른 나와─자러 간다고 했지만, 그 말인즉 아무 때나 자겠다는 뜻이었다─ 혼자 있게 되자 곰곰이 생각해 보기 시작했다. 몰래 그 의사를 찾아가 이 사기꾼들을 한 방에 날려 버려? 아니, 그건 아니지. 의사가 누가 얘길 해줬는지 말할지도 몰라. 그러면 왕과 공작이 나를 흠씬 두들겨 팰 텐데. 몰래 메리 제인한테 가서 말을 한다면? 아니지, 감히 그럴 순 없어. 아가씨 얼굴을 보면, 분명 그놈들이 눈치를 채겠지. 돈을 놈들이 갖고 있으니 그걸 가지고 당장 슬그머니 떠나 버릴 거야. 만약 아가씨가 누군가의 도움을 청한다면 일이 끝나기도 전 내가 중간에서 곤경에 빠지게 될 게 분명해. 아니지, 이거 하나 말곤 다른 괜찮은 방법이 없어. 그 돈을 어떻게든 내가 훔쳐야 해. 내가 그랬다고 저놈들이 의심하지 않을 그런 방법으로 훔쳐야 하는 거야. 여기엔 놈들이 탐낼 만한 것들이 있으니, 그 모든 돈 되는 것들 때문에 이 집 식구들과 이 마을을 가지고 충분히 장난칠 때까진 여길 떠나려 하지 않을 거야. 기회를 노릴 시간은 충분해. 내가 그걸 훔쳐서 감춰야지. 이윽고 강을 내려갈 때, 편지를 써서 메리 제인한테 어디에 그걸 감췄는지 말할 거야. 하지만 할 수 있다면 오늘 밤에 집어 오는 게 나을지도 모르지. 어쩌면 의사가 그런 척

만 해놓고 포기 안 하고 겁을 줘서 놈들을 여기서 쫓아낼 수
도 있어.

그렇다면, 나는 생각했다. 가서 그놈들 방을 뒤져 보자. 위
층 복도는 어두웠지만 나는 공작의 방을 찾아냈고 두 손으로
여기저기 더듬어 보기 시작했다. 하지만 자기 자신이 아닌 다
른 누군가한테 돈을 맡기는 게 별로 왕답지 않다는 걸 생각
해 냈다. 그래서 그의 방으로 가서 거길 더듬거리기 시작했다.
그러나 촛불 없인 아무것도 할 수 없다는 걸 깨달았다. 물론,
감히 불을 켤 수는 없었다. 다른 방법을 찾아야 한다는 판단
이 들었다─숨어서 엿듣는 것. 그러고 있을 때 이리로 오고
있는 그들의 발소리가 들렸고, 나는 침대 밑으로 껑충 뛰어들
려 했다. 나는 거기까지 갔다. 하지만 거긴 침대가 있으리라
생각했던 곳이 아니었고 메리 제인의 치마들을 가렸던 커튼
이 만져졌다. 나는 그 뒤로 뛰어들어 옷들 사이에 끼어서 거
기에, 완벽히 고요하게, 서 있었다.

그들이 들어와 문을 닫았다. 공작이 가장 처음 한 일은 몸
을 구부려 침대 밑을 살펴본 것이었다. 나는 내가 뜻한 대로
침대를 발견하지 못한 게 기뻤다. 그렇긴 해도, 알다시피 어떤
꿍꿍이를 꾸밀 땐 침대 밑에 숨는 게 가장 자연스러운 것 같
긴 하다. 그런 후 그들은 앉았고, 왕이 말했다.

"그러니까, 그게 뭐시냐? 중간은 생략하고 딱 잘라 말하면,
내려가서 엉엉 곡을 하는 게 여기 있으면서 저 사람들한테 우
리에 대해 말할 기회를 주는 것보단 낫기 때문이란 거지."

"글쎄요. 이게 그래요. 황제, 난 편치가 않소. 맘이 불안해요. 그 의사가 맘에 걸려요. 당신 계획을 알고 싶었소. 나한테도 생각이 있는데, 내 보기엔 꽤 괜찮은 생각인 거 같소만."

"그게 뭔디, 공작?"

"새벽 3시 이전에 우리 손에 들어온 걸 가지고 쪽 빠져나가 강을 내려가는 게 나을 것 같소. 특히나, 우리가 그걸 그렇게 쉽게 손에 넣은 걸 보면—우리한테 그걸 돌려줬잖소. 말하자면 우리 손에 홀러덩 던진 거잖아요. 물론 그걸 다시 훔쳐야겠다 생각했었지만, 나는 여기서 그만 손 털고 부리나케 내뺐으면 싶소."

그 말은 나를 꽤 언짢게 했다. 한 시간이나 두 시간 전이라면 약간 달랐을지 모르나, 지금은 기분 나쁘고 실망스러웠다. 왕이 버럭 화를 냈다.

"뭐! 그러면 나머지 재산들은 처분도 안 하고? 제발 파내가 달라고 사정하면서 사방에 널린 8, 9천 달러 값어치의 재산을 그냥 놔두고 한 쌍의 얼간이처럼 의기양양하게 걸어 나가자고? 게다가 다 근사하고 돈이 될 만한 것들인데."

공작 그자가 투덜거렸다. 금화 가방으로 충분하고, 자기는 더 깊이 들어가고 싶지 않다고, 고아들이 가진 전부를 뺏고 싶진 않다고 하면서 말이다.

"저, 말하는 것 좀 보게!" 왕이 말했다. "단지 이 돈 말고는 우린 개들한테서 아무것도 안 뺏는 거야. 자산을 산 사람들이 괴롭겠지. 왜냐하면, 그게 우리 소유가 아니었단 게 밝혀지는 즉시―그야 우리가 달아나면 금방 밝혀지겠지― 그 거래는 합당치 않은 게 될 테고, 그러면 모든 게 그 소유주한테 다시 돌아갈 거야. 이 당신의 고아들은 다시 자기 집을 찾게 될 테고. 그럼 걔들한텐 그걸로 충분하지. 걔들은 젊고 원기 왕성하니 먹고살 돈을 벌기도 쉬울 테고. 걔네들은 아무 고생스러울 게 없어요. 왜, 한번 생각해 봐. 잘사는 거 근처에도 못 가는 수천만의 사람들이 있다는 걸 말야. 제기랄, 걔들로서는 불평할 게 하나도 없지."

흠, 왕 그 작자는 맹목적으로 몰아붙였다. 그래서 마침내 공작도 포기하고 좋다고 했지만, 의사가 주위에서 얼씬거리고 있는데 여기 있는 건 빌어먹게 멍청한 짓 같다고 했다. 하지만 왕이 말했다.

"재수 없는 의사! 우리가 그 사람을 왜 신경 써? 마을의 모든 바보들을 우리 편으로 만들지 않았나? 어떤 마을에서든 바보들이 가장 숫자가 많은 거 아니겠소?"

그래서 그들은 다시 아래층으로 내려갈 준비를 했다. 공작이 말했다.

"내 생각엔 우리가 돈을 안전한 곳에 둔 것 같지 않소."

그 말이 나를 기운 나게 했다. 나한테 도움이 될 것 같은 어떤 힌트도 얻을 수 없겠다고 생각하던 참이었다. 왕이 말했다.

"왜?"

"왜냐하면 메리 제인이 이제부터 상복을 입을 것이기 때문이죠. 먼저 이 방을 청소하는 검둥이한테 옷가지들을 상자에 넣어 치우게 할 거란 거요. 검둥이가 어쩌다 이 돈을 보게 되면 여기서 좀 빌리려 하지 않을 것 같소, 당신 생각엔?"

"이제 당신 머리가 제자리로 돌아왔군, 공작." 왕이 말했다. 그가 다가와 내가 서 있던 곳에서 2, 3피트 떨어진 커튼 밑을 더듬거렸다. 나는 벽에 바짝 달라붙어, 비록 떨리긴 했지만 꼼짝하지 않고 서 있었다. 저 친구들한테 들키면 저들이 나보고 뭐라고 할는지 궁금했다. 나는 만일 정말 들킬 경우 어떻게 하는 게 나을까 생각하려고 애써봤다. 하지만 내가 그 생각을 미처 반도 하기 전 왕이 가방을 집었고, 내가 주변에 있으리라곤 전혀 의심하지 않았다. 그들은 침대 깃털 매트 밑에 깐 지푸라기로 채운 이불깃을 찢고 그 지푸라기 한가운데 1, 2피트 정도로 깊숙이 자루를 쑤셔 넣고 이제 됐다고 했다. 검둥이는 오직 깃털 매트만 정리할 뿐, 1년에 단지 두 번 빼고는 지푸라기 이불깃을 뒤집지 않기 때문에 이제 도둑맞을 위험은 절대 없는 것이었다.

하지만 내가 한 수 위였다. 나는 그들이 계단을 채 반도 내려가기 전 그걸 꺼냈다. 더듬거리며 내 구석방까지 간 다음, 더 나은 곳을 찾을 기회가 올 때까지 그걸 거기 숨겼다. 집 밖 어딘가에 숨기는 편이 낫겠다는 판단이 들었는데, 그걸 잃어버린 걸 알면 그들이 집안 곳곳을 샅샅이 뒤질 것이기 때문이었다. 그러리란 걸 나는 아주 잘 알고 있었다. 그 후 나는 옷을 입은 채 잠자리에 들었다. 하지만 나는 원하는 게 있으면 잠을 잘 수가 없었다. 온통 끙끙대며 그 일만 생각하느라 말이다. 이윽고 왕과 공작이 위로 올라오는 소리가 들렸다. 그래서 나는 덮고 있던 담요를 걷고 사다리 꼭대기에 턱을 댄 채 무슨 일이 생기려나 보려고 기다렸다. 하지만 아무 일도 일어나지 않았다.

그래서 마지막 소음들이 멈추고, 이른 소음들은 아직 시작되지 않을 때까지 기다렸다. 그런 다음 미끄러지듯 살며시 사다리를 내려갔다.

27장

나는 그자들 방까지 기어가 귀를 기울였다. 그들은 코를 골고 있었다. 그래서 발끝으로 살금살금 걸어 무사히 아래층으로 내려갔다. 어느 곳에서도 아무 소리도 들리지 않았다. 식당 문 틈새로 안을 빼꼼히 들여다보니 시신을 지키던 사람들이 다들 의자에 앉아 곤한 잠에 빠져 있었다. 시신이 누워 있는 거실 쪽으로 통하는 문은 열려 있었고 각각의 방들에는 초가 한 자루 있었다. 나는 거길 지났다. 거실문은 열려 있었으나 피터의 시신 말고는 아무도 거기 없었다. 그래서 그대로 쓱 지나쳤다. 하지만 현관문이 잠겨 있었고 열쇠는 그곳에 없었다. 바로 그때 등 뒤에서 누군가가 계단을 내려오는 소리가 들렸다. 나는 거실로 뛰어 들어가 재빨리 사방을 둘러보았다. 내가 발견한 유일하게 가방을 숨길 수 있는 곳은 관이었다. 뚜껑이 1피트 정도 밀쳐져 있어서 그 아래 관 속에서 수의를 입고 젖은 천을 얼굴에 덮은 죽은 남자가 보였다. 나는 돈 가방을 관 뚜껑 아래, 시신이 양손을 교차하고 있는 바로 그 밑으로 끼워 넣었다. 손이 너무 차가워서 오싹 소름이 돋았다.

그런 뒤 그 방을 가로질러 도로 문 뒤로 달려갔다.

오고 있는 사람은 메리 제인이었다. 그녀는 아주 살포시 관으로 다가가 무릎을 꿇고 안을 들여다보았다. 그러더니 손수건을 들어 올렸다. 나는 그녀가 울기 시작했다는 걸 알았다. 비록 우는 소리를 들을 수는 없었고, 그녀의 등이 날 향하고 있었지만 말이다. 나는 살그머니 나갔고, 식당을 지나면서 그 시신 지키던 사람들이 혹시 나를 보진 않았나 확실히 해두자는 생각이 들었다. 그래서 그 틈새로 들여다보니 모든 게 괜찮아 보였다. 그들은 꼼짝도 하지 않았다.

그 많은 어려움과 큰 위험을 무릅썼는데 일이 그런 식으로 풀린 것 때문에, 나는 다소 우울한 기분으로 침대에 풀썩 몸을 던졌다. 그러니까 말이지, 그게 그대로 있을 수만 있다면 괜찮아. 왜냐하면, 우리가 1백 마일이나 2백 마일 정도 강을 내려간 후 메리 제인한테 편지를 쓰면 될 테니까. 그러면 메리 제인이 시체를 다시 파내 돈을 가지면 되겠지. 하지만 그렇게 될 것 같지가 않은데. 이렇게 될 것 같은 거지. 그러니까, 사람들이 관 뚜껑을 조이려 하는 순간 돈이 발견되는 거야. 그러면 왕이 그걸 다시 가져갈 거고. 그럼 그놈한테서 다시 그걸 훔칠 기회는 좀처럼 오지 않을 거야. 물론 나는 살짝 내려가 돈을 거기서 꺼내 오고 싶었지만, 감히 그런 시도를 하지는 않았다. 이제 시시각각으로 날이 점점 더 밝아지고 있었고, 곧 관을 지키는 사람들 가운데 몇몇이 뒤척이기 시작할 것이다. 그러면 들킬지도 모른다―돈을 지키라고 나를 고용한 사람이 아무도 없는데, 6천 달러를 손에 든 채 말이다. 절대 그런 식으로 곤란해지고 싶진 않다고 나는 혼잣말을 했다.

아침에 아래층으로 내려갔을 때 거실은 닫혀 있었고, 관을 지키던 사람들은 가고 없었다. 가족들과 과부 바틀리와 우리 일당 말곤 주위에 아무도 없었다. 나는 아무 일도 없었나 보려고 그자들 얼굴을 살폈지만 별다른 건 없는 것 같았다.

정오가 될 무렵 장의사가 조수를 데리고 왔다. 그들은 방 한가운데 의자들 위에 관을 올려놓고 나서, 의자들을 다 한 줄 한 줄 배치했고, 복도와 객실과 응접실이 꽉 찰 때까지 이웃에서 더 많은 의자들을 빌려왔다. 관 뚜껑은 아까 그대로였지만, 주변에 사람들이 있는데 내가 감히 다가가서 안을 살펴볼 수는 없었다.

사람들이 떼 지어 모여들기 시작했고, 그 협잡꾼들과 처자들은 관 머리맡 제일 첫 줄에 앉았다. 사람들이 30분간 일렬로 천천히 관 둘레를 에워싸고 죽은 사람의 얼굴을 잠시 내려다보았고, 몇몇은 눈물 몇 방울을 떨어뜨렸으며, 모든 것이 매우 조용하고 엄숙하게 이뤄졌다. 오직 처자들과 그 사기꾼들만 손수건을 눈에 댄 채 고개를 숙이고 약간 흐느꼈다. 발로 바닥을 긁는 소리와 코 푸는 소리 말곤—사람들은 교회를 제외하면 다른 어느 곳에서보다 장례식에서 늘 더 많이 코를 푸니까— 아무 소리도 들리지 않았다.

사람들이 꽉 차자 검은 장갑을 낀 장의사는 고양이만큼의 소리도 내지 않고 매끄럽게 사람들 사이를 돌아다니며 부드럽고 위로하는 듯한 태도로, 사람들과 모든 것들이 제대로 쾌적하게 자리를 잡도록 마지막 손질을 가했다. 그는 절대 한마디도 하지 않았다. 사람들의 자리를 이리저리 옮기고 늦게 온 사람들을 끼워 넣고 통로를 터주고 하는 그 모든 것을 고갯짓과 손짓으로만 해냈다. 그런 후 자기도 벽에 기대 자리를 잡았다. 그는 여태 내가 본 사람들 중에서 가장 부드럽고 가장 매끄럽게 걷고 가장 은밀했다. 그에게는 햄 덩어리만큼의 미소도 없었다.

사람들이 작은 오르간을 빌려왔는데, 상태가 심각했다. 모든 준비가 끝나자 한 젊은 여자가 거기 앉아 연주를 했고, 그건 정말 딱 비명 소리에 배앓이 소리 같았다. 모두들 그 연주에 맞춰 노래를 불렀다. 내 의견을 말하자면, 유일하게 피터한테만 좋은 거였다. 다음엔 홉슨 목사가 느릿느릿 엄숙하게 연설을 시작했는데, 막 말을 시작한 순간, 뭔지 모를 엄청난 소동이 저장실 쪽에서 벌어졌다. 그건 겨우 개 한 마리일 뿐이었으나 개는 엄청 난리를 떨었고 계속해서 그렇게 소란을 떠는 바람에, 목사는 거기서 관을 내려다보며 서서 기다려야 했다—내가 하는 생각을 나조차 들을 수 없을 지경이었다. 완전히 어색한 상황이 되었고 아무도 어찌할 바를 모르는 듯 보였다. 하지만 이내 사람들은 그 긴 다리의 장의사가 마치, "걱정하지 마세요, 그냥 저한테 맡기세요." 하고 말하는 듯 목사한테 신호를 보내는 걸 보았다. 그런 뒤 그는 구부정하게 몸을 굽히고 벽을 따라 미끄러지듯 걷기 시작했다. 사람들 머리 너머로 그의 어깨만 보였다. 그는 미끄러지듯 걸어가고 있었고, 그 우레와 같은 소동은 줄곧 점점 더 격렬해져 갔다. 마침내 그는 그 방의 두 벽면을 돌아 아래층 저장실로 사라졌다. 2초쯤 후 핵 갈기는 소리가 들렸고, 개가 한두 번 엄청나게 울부짖은 걸 끝으로 모든 것이 죽은 듯 고요해졌으며, 목사는 중단했던 데서부터 다시 엄숙히 설교를 시작했다. 1, 2분 후 다시 이곳으로 장의사의 등과 어깨가 주르르 벽을 타고 돌아왔다. 그는 미끄러지듯 미끄러지듯 방의 세 벽면을 돌고 난 뒤 몸을 일으켰고, 두 손으로 입을 살짝 가린 채 목사 쪽으로 목을 쭉 뺐고, 사람들 머리 너머로, 약간 거친 듯한 소리로 속삭였다. "그놈이 쥐를 잡았어요!" 그러더니 몸을 숙이고 벽을 따라 미끄러지듯 다시 자기 자리로 돌아갔다. 사람들이 몹시 만족스러워하는 게 보였다. 왜냐하면 그들은 진짜 알고 싶었기 때문이다. 아무 돈도 안 드는 이런 사소한 것, 사람들의 존경을 받고 좋아하게 만드는 건 고작 이런 사소한 것들이다. 그 마을에서 장의사보다 더 인기 있는 사람은 없었다. 흠, 장례식 설교는 아주 훌륭했지만 지루해 죽을 만큼 길었다. 그다음 왕 그놈이 불쑥 나서서 평소대로 쓰레기들을 내뱉었고, 마침내 모든 일이 끝나자 장의사가 드라이버를 들고 관으로 살며시 다가가기 시작했다. 나는 진땀을 흘리며 날카롭게 그를 지켜보았다. 하지만 그에게선 어떤 동요도 없었다. 단지 관 뚜껑을 옥수수죽처럼 부드럽게 밀어서 맞춘 뒤 아주 재빠르게 나사를 단단히 조였을 뿐이다. 자, 내가 거기 있었다! 돈이 그 안에 있는지 없는지는 모르고. 그래서 말이지, 나는 말한다, 만약 누군가 돈 가방을 은밀히 꺼내 갔다면? …그러면 메리 제인한테 편지를 써야 할지 말아야 할지 어떻게 알 수 있지? 메리 제인이 저 남자를 파냈는데 아무것도 발견하지 못한다면 나를 어떻게 생각할까? 제길, 쫓기다가 감옥에 갈 수도 있어. 끽소리 안 하고 비밀에 붙여 둔 채 편지는 절대 안 쓰는 게 나을지 몰라. 이제 모든 게 끔찍하게 뒤죽박죽이 돼 버렸군. 좋게 해보려다 백 배는 더 나쁘게 만들어 버렸어. 그냥 내버려 두면 좋았을걸. 완전 망했다!

시신을 묻고, 우리는 집으로 돌아왔고, 나는 다시 얼굴들을 살펴보았다. 나로선 그러지 않을 수 없었고 맘 편히 있을 수가 없었다. 하지만 아무것도 알아내지 못했다. 그 얼굴들은 내게 아무 말도 해주지 않았다.

왕 그 작자는 오후에 사람들을 두루두루 방문해서 사탕발림으로 그들 모두를 치켜세우며 더할 나위 없이 친근하게 굴었다. 그리고 영국에 있는 신자들이 몹시 걱정할 터라, 서둘러 재산을 정리하고 즉시 집으로 돌아가야 한다는 얘기를 꺼냈다. 그는 그렇게 떠밀리듯 가는 게 몹시 유감이라 했고, 마을 사람들도 유감스럽다고 했다. 그들은 그가 더 오래 머물기를 바라지만 그럴 수 없다는 걸 이해한다고 말했다. 그놈은 자기와 윌리엄은 물론 처자들도 고향으로 같이 데려갈 거라고 말했다. 그건 모든 이들을 기쁘게 했다. 그러면 처자들이 자기네 일가붙이들 속에서 안정을 찾게 될 수 있을 것이기 때문이다. 그건 또한 처자들도 기쁘게 했고—그토록 힘들었다는 것도 깨끗이 잊고 그녀들을 웃게 만들었다. 그래서 그들은 그놈에게 원하는 대로 빨리 다 팔아 버리라고, 자기들도 준비를 하겠다고 말했다. 그 불쌍한 처자들이 그렇게 기뻐하고 행복해하면서 바보처럼 속아 넘어가는 걸 보니 마음이 아팠지만, 끼어들어서 대세를 바꿀 안전한 방법을 찾을 수가 없었다.

흠, 그 저주받을 왕은 집과 검둥이들과 모든 재산을 즉시 경매에 부친다고 광고지를 붙였다—장례식 이틀 후에 말이다. 하지만 원한다면 누구라도 그전에 개인적으로 살 수 있었다.

그래서 장례식 다음 날 정오 무렵, 처자들의 기쁨에 첫 일격이 가해졌다. 검둥이 판매상 두엇이 왔고 왕이 소위 말하는 3일 후 지급되는 수표를 받고 적정한 가격에 검둥이들을 팔아 버려 그들이 떠나게 됐는데, 두 아들은 강 상류 멤피스로 그들 어머니는 강 하류 올리언스로 갔다. 나는 그들 가여운 처자들과 검둥이들이 슬픔으로 가슴이 찢어졌을지도 모른다는 생각이 들었다. 그들은 서로를 얼싸안고 울어 댔고, 그리 하염없이 우는 걸 보니 내 마음도 몹시 아팠다. 처자들은 가족들이 그렇게 헤어지거나 마을에서 팔려 나가는 건 꿈에서도 생각해 보지 못했다고 했다. 그들 비탄에 잠긴 가여운 처자들과 검둥이들이 서로의 목을 끌어안고 울던 광경은 내 기억에서 영원히 지워지지 않을 것이다. 그 판매가 효력 없는 것으로 되어 검둥이들이 두 주 후쯤 다시 집으로 돌아올 거란 걸 알지 못했다면, 나는 더 이상 참지 못하고 우리 일당에 대해 다 까발렸을 것이다.

그건 또한 마을을 크게 휘저었고, 아주 많은 마을 사람들이 나서서 어머니와 아이들을 그런 식으로 떼어 놓는 건 부끄러운 일이라고 단호하게 말했다. 그건 사기꾼들을 좀 흠집 냈지만, 그 늙은 바보는 공작이 할 수 있는 모든 말과 행동으로 우려를 표시했는데도 불구하고 계속 똥고집을 부렸고, 공작은 정말 몹시 불안해했다.

다음 날은 경매 날이었다. 아침이 환해지자 왕과 공작이 다락방에 올라와 나를 깨웠고, 나는 그들의 얼굴을 보고 무슨 문제가 있는 걸 알았다. 왕이 말했다.

"너 그제 밤 내 방에 있었냐?"

"아니요, 폐하."—그게 우리 패거리 외에 근처에 아무도 없을 때, 내가 그를 부르는 호칭이었다.

"너 어제 낮이나 밤에는 거기 있었냐?"

"아뇨, 폐하."

"똑바로 말해라, 지금, 거짓말 말고."

"똑바로 말한 거예요, 폐하. 전 폐하께 진실을 말하고 있어요. 메리 제인 아가씨가 폐하와 공작님을 데려가 그 방을 보여 준 이후로 저는 그 방에 얼씬도 안 했어요."

공작이 말했다.

"다른 누가 그 방에 들어가는 걸 본 적은 있니?"

"아니요, 폐하, 제 기억으론 못 본 것 같은데요."

"잠시 생각을 좀 해보거라."

잠시 궁리를 하다가, 나는 빠져나갈 방법을 발견했다. 내가 말했다.

"그러니까, 검둥이들이 몇 번 거기 들어가는 걸 봤어요."

그들 둘 다 약간 펄쩍 뛰었다. 그리고 그런 걸 전혀 예상 못 했다는 얼굴이 되었다가, 그 뒤 그럴 줄 알았다는 얼굴이 되었다. 공작이 말했다.

"아니, 검둥이들이 다?"

"아니요—적어도 모두 한꺼번에는 아니에요—그러니까, 모두 한꺼번에 나오는 걸 본 건 한 번 빼곤 없는 것 같아요."

"어허, 그게 언제였니?"

"그건 장례식을 치르던 날이었어요. 아침에요. 이른 아침은 아니었고요. 왜냐하면 전 그날 늦잠을 잤으니까요. 막 계단을 내려가고 있다가 그 검둥이들을 봤어요."

"그래, 계속해라. 계속해. 그것들이 뭘 하다냐? 어떤 식으로 행동하다?"

"아무것도 안 했어요. 어쨌든 뭐 그다지 어떤 행동을 많이 한 건 아니에요. 제가 본 바로는요. 그들은 발끝으로 살금살금 걸어서 가버렸어요. 그래서 저에겐 그냥 단순히, 그들이 폐하의 방에 청소든 뭐든 하려고 불쑥 들어갔는데, 폐하가 일어났을 거라고 생각했다가 아닌 걸 알고, 폐하를 깨워서 야단맞지 말고 몰래 나갔음 하는 것처럼 보였어요. 만약 그들이 폐하를 깨웠던 게 아니었으면요."

"크게 한 방 맞았군. 이거 제대로 맞았는데!" 왕이 말했다.

둘 다 상당히 해쓱하고 꽤나 멍해 보였다. 그들은 잠시 머리를 긁으며 생각에 잠긴 채 서 있었고, 그러다가 공작 그자가 쉿소리 같은 웃음을 터뜨리며 말했다.

"모두를 한 방 먹였군. 그 검둥이들 얼마나 산뜻하게 손을 놀린 거야. 이 지역에서 벗어나게 된 걸 슬퍼하는 척하더니! 나는 그놈들이 슬퍼한다고 믿었어. 당신도 그랬고, 다들 그랬지. 검둥이한테 연극적 재능이 없다는 말은 이제 앞으로 절대 하지 마. 와, 그놈들 연극 한 것 좀 보게. 누구라도 속겠는걸. 내 보기엔 그놈들 한밑천 감이야. 나한테 자본이랑 극장만 있다면 그보다 더 나은 조합은 없을 거야. 그런데 여기 우린 놈들을 개 값에 팔아치우고 끝내 버렸네. 그래, 그런데도 개 짖는 소리 들을 특권조차 없군. 이봐요, 그 개 값 어딨소?—그 수표?"

"수령인한테 지급될 동안 은행에 있지. 그럼 그게 어딨을까?"

"아, 그렇담 다행이네. 감사하게도."

내가 겁먹은 척 말했다.

"뭐 잘못된 일이라도 있나요?"

왕이 내게 휙 돌아서며 버럭 소리를 질렀다.

"네가 참견할 일이 아니다! 머리 굴리지 말고 네 일이나 신경 쓰거라. 뭐라도 할 일이 있다면 말이다. 이 마을에 있는 한절대 그걸 잊지 마, 알아들어?" 그러다 그가 공작한테 말했다. "우린 이 일을 그냥 삼켜야 하오. 아무말도 하지 말고 우리끼리만 알고 있자고."

그들은 사다리를 내려가기 시작했다. 그러다 공작 그자가 다시 킬킬대며 말했다.

"박리다매로군! 거 참 괜찮은 장사야―그렇지."

왕이 으르렁거리며 말했다.

"그것들을 그리 재빨리 팔아치운 건 그게 최선이라서 그랬던 거야. 만일 이익이 하나도 안 난다거나 턱없이 부족하다거나 아무 건질 게 없대도, 그게 당신보단 내 탓이란 거야?"

"뭐, 내가 만일 내 충고를 듣게 할 수 있었다면 그것들은 아직 이 집에 있고 우리가 없었겠지."

왕은 안전하다 싶은 선에서 공작한테 되받아쳤고, 그러더니 대상을 나로 바꿔 나를 다시 맹렬히 공격했다. 검둥이들이 자기 방에서 나와 그렇게 행동하는 걸 보고도 아무 말도 하지 않았다고 나를 몹시 나무랐다―어떤 바보라도 무슨 일이 벌어지고 있나 알겠다면서 말이다. 그러더니 성큼 걸어들어와 한동안 자기 자신을 욕해 댔다. 그게 다 그날 아침 자기가 평소처럼 늦게까지 누워 정상적인 휴식을 취하지 않았던 탓이라고 하면서 자기가 다시 그런 짓을 하면 죽어도 싸다고 했다. 그들은 그래서 티격태격하며 방에서 나갔고, 나는 모든 걸 검둥이들 탓으로 돌려 다 잘 해결됐고, 그럼에도 검둥이들이 그로 인해 어떤 피해도 보지 않아서 엄청 기뻤다.

28장

　이윽고 일어날 시간이 돼 가고 있었다. 나는 사다리에서 내려와 아래층으로 향하기 시작했다. 하지만 처자들 방 쪽으로 가다 보니 문이 열려 있었고, 메리 제인이 자기의 낡은 털가죽 트렁크 옆에 앉아 있는 게 보였다. 트렁크가 열려 있었고 그녀는 물건들을 그 안에 집어넣고 있었다—영국에 갈 준비를 하며 말이다. 그러나 그녀는 이제 개킨 드레스를 무릎에 놔둔 채 하던 일을 멈추고 두 손에 얼굴을 묻고 울고 있었다. 그걸 보니 맘이 몹시 안 좋았다. 물론 누구라도 그랬을 것이다. 나는 안으로 들어가며 말했다.

　"메리 제인 아가씨, 사람들이 괴로워하는 걸 보는 게 참을 수 없는 거죠. 저도 그래요—거의 대부분은요. 제게 말씀해 보세요."

　그래서 그녀는 그렇게 했다. 그건 검둥이들이었다—그러리라 예상했었다. 그녀는 그 즐거운 영국행이 자기로선 거의 엉망이 돼 버렸다고 하면서 어머니와 아이들이 앞으로 서로를 더 이상 못 본다는 걸 알면서 어떻게 거기서 행복할 수 있을

지 모르겠다고 했다. 그러더니 소스라치듯 쓰디쓴 비탄의 탄식을 내뱉었다.

"오, 맙소사, 맙소사, 그들이 앞으로 서로 영영 못 만날 거란 생각을 하면!"

"하지만 그들은 만나게 될 거예요—2주 안에요—전 그걸 알아요!" 내가 말했다.

이크, 생각해 보기도 전 말이 먼저 나와 버렸다! 내가 한 말을 적당히 얼버무릴 수 있기도 전에 그녀는 내 목을 와락 끌어안았고, 다시 말해 봐, 다시 말해 봐, 다시 말해 보라고! 라고 했다.

나는 너무 급작스럽게, 너무 많은 말을 해버려 내가 궁지에 몰렸다는 걸 깨달았다. 나는 1분만 생각할 시간을 달라고 했다. 그녀는 흥분해서 몹시 조바심을 내며 기품 있게, 하지만 앓던 이를 뽑아 버린 사람처럼 편안하고 즐거워 보이는 모습으로 거기 앉아 기다렸다. 나는 따져 보기 시작했다. 어려운 상황에 처해 있을 때 나서서 진실을 말하는 건 상당히 많은 위험이 따른다. 비록 그런 경험을 한 적이 없으니 확실히 그렇다 할 순 없지만, 어쨌거나 그래 보인다. 그럼에도 불구하고 이 빌어먹을 상황은 어찌 된 게 거짓말보다는 진실이 낫고, 사실상 더 안전해 보인다. 이건 몹시 이상하고 예외적인 경우라 마음 한구석에 잠시 놔뒀다가 나중 아무 때 다시 생각해 봐야겠다. 이런 경우는 정말 처음이었다.

흠, 나는 마침내 혼잣말을 한다. 도박을 한번 해보자. 이번엔 나서서 진실을 말하겠어. 그게 화약통에 앉아서 어디로 날아가나 보려고 불을 붙이는 것 같을지라도 말야. 그래서 나는 이렇게 말했다.

"메리 제인 아가씨, 마을 약간 외곽에 아가씨가 가서 한 사나흘 머물 만한 데가 있어요?"

"응. 로드롭 씨 댁. 왜?"

"왜인지는 아직 묻지 말아 주세요. 만약 그 검둥이들이 2주 내로—바로 여기 이 집에서—서로를 다시 보게 될 거라는 걸 제가 어떻게 아는지 말하면—또 제가 그걸 어떻게 아는지 입증하면 아가씨는 로드롭 씨네로 가서 나흘간 계실 거예요?"

"나흘이라고!" 그녀가 말했다. "1년이라도 있을게!"

"좋아요." 내가 말했다. "저는 그냥 아가씨 하는 말만 믿을 거예요—성경에 대고 입맞춤하는 다른 사람보다 차라리 그 말이 더 믿겨요." 그녀는 미소를 지으며 매우 아름답게 얼굴을 붉혔고, 나는 이렇게 말했다. "괜찮으시면, 문을 닫을게요—그리고 빗장을 채울 거예요."

그런 뒤 돌아와 다시 앉아서 나는 말했다.

"소리 지르지 마시고요. 그냥 가만히 앉아서, 남자처럼 이얘길 들으세요. 메리 제인 아가씨, 전 진실을 말해야 하니 아가씨는 마음을 단단히 먹어야 해요. 왜냐하면, 이건 좀 나쁜얘기라 받아들이기 힘들 테니까요. 하지만 달리 어쩔 수가 없네요. 아가씨의 그 삼촌들은 결코 진짜 삼촌이 아니에요. 그 자들은 한 쌍의 사기꾼들이죠—남을 등쳐먹는 그런 전형적인 사기꾼요. 자, 이제 우린 이 얘기에서 가장 최악인 부분을 끝냈어요. 뭐 나머지는 그럭저럭 견딜 만할 거예요."

물론 그녀는 휘청거릴 만큼 충격을 받았다. 하지만 나는 이제 모래톱 근처의 물만 건넜을 뿐이라서 얘기를 죽 계속해 나갔고, 그녀의 눈은 줄곧 점점 더 격렬하게 타올랐다. 나는 그녀에게 그 모든 천벌 받을 짓거리들을, 우리가 증기선으로 가고 있던 그 어린 바보를 처음 맞닥뜨린 것에서부터, 문간 앞에서 그녀가 왕의 가슴으로 뛰어들자 그놈이 열여섯 번인가 열일곱 번 입을 맞춘 것까지 계속 얘기해 나갔다. 그러자 그녀가 석양처럼 활활 타오르는 얼굴로 벌떡 일어서서 말했다.

"그 짐승 같은 놈! 좋아, 1분, 아니 1초도 낭비해선 안 돼. 그놈들 몸에 타르를 바르고 깃털을 꽂아서 강물에 집어던질 거야!"

내가 말했다.

"물론이죠. 하지만 아가씨는, 로드롭 씨네 가기 전에 그런단 건가요? 아니면……."

"아," 그녀가 말했다. "내가 무슨 생각을 하는 거지!" 그녀는 이렇게 말하고 도로 주저앉았다. "내가 한 말은 염두에 두지 마, 제발 그러지 말아 줘. 안 그럴 거지? 응, 그치?" 그녀는 그 비단같이 고운 손을 내 손에 얹었고, 나는 그러느니 차라리 죽겠다고 했다. "내가 너무 난리를 부렸다는 생각을 못 했네." 그녀가 말했다. "이제 계속해, 더는 방해하지 않을 거니까. 내가 뭘 해야 할지 말해 주면, 뭐든 네가 하라는 대로 할 거야."

"그러니까," 내가 말했다. "그놈들, 그 두 사기꾼은 거친 놈들이고 전 좀 곤란한 사정이 있어 한동안 그자들하고 더 여행을 해야 해요. 제가 바라든 바라지 않든 간에요—왜 그런지는 말 안하는 편이 낫겠어요. 만약 아가씨가 마을 사람들한테 그놈들에 대해 까발리면 저는 그놈들 손아귀에서 벗어나게 될 테고, 그럼 저야 괜찮죠. 하지만 큰 곤경에 처한, 아가씨가 모르는 또 한 사람이 있어요. 그러니까, 우린 그 사람을 구해야 해요. 그렇죠? 당연하죠. 흠, 그래서 우린 그자들을 까발릴 수가 없는 거예요."

그런 말들을 하다 보니 좋은 생각이 떠올랐다. 나는 어떻게 하면 짐과 나한테서 이 사기꾼들을 혹시라도 떼어 낼 수 있을지 알았다. 그놈들을 여기 감옥에 처넣은 다음 떠나는 것이다. 하지만 사람들 질문에 대답할 사람이 나밖에 없는 대낮에 뗏목을 몰고 싶지는 않았다. 그래서 오늘 밤늦게까진 그 계획을 실행하고 싶지 않았다. 내가 말했다.

"메리 제인 아가씨, 우리가 어떻게 하면 될지를 말할게요. 아가씨도 로드롭 씨네 너무 오래 안 있어도 될 거예요. 거긴 얼마나 멀죠?"

"4마일 조금 안 돼. 여기서 쭉 들어간 시골이야."

"흠, 잘됐네요. 이제 아가씨는 그리로 가서서, 오늘 밤 9시나 9시 반이 될 때까지 가만히 계시다가 그 후 그 집 사람들한테 집으로 다시 데려다 달라고 하세요—뭔가 할 일이 생각났다고 하면서요. 만약 11시 전에 여기 도착하시면 이 창가에 촛불을 켜놓으세요. 만약 제가 11시까지 기다려도 안 나타나면, 그건 제가 가버렸다는 뜻이에요. 안전하게 길을 떠난 거죠. 그럼 아가씨가 나가서 사방에 그 소식을 알리고 사기꾼들을 감옥에 처넣으세요."

"좋아." 그녀가 말했다. "그렇게 할게."

"그리고 혹시 제가 가버리지 않고 그놈들이랑 한통속으로 몰리면 아가씨가 나서서 제가 아가씨한테 사전에 모든 걸 말했다고 꼭 얘기해 주시고, 최선을 다해 제 편이 돼주셔야 해요."

"네 편이 될게! 정말로 그럴게. 사람들은 네 털끝 하나 건드리지 못할 거야!" 그녀가 말했고, 나는 그 말을 할 때 그녀의 콧구멍에 힘이 들어가고 눈동자가 번쩍하는 것도 보았다.

"만일 제가 가버린다면 전 여기 없겠죠." 내가 말했다. "그 악당들이 아가씨의 삼촌이 아니란 걸 증명하는 건, 설사 여기 있어도 제가 할 순 없을 거예요. 저는 그놈들이 등쳐먹는 사기꾼 부랑자란 걸 맹세할 순 있지만 그게 다예요. 비록 그것도 쓸모는 있겠지만. 자, 여기, 제가 할 수 있는 것보다 그걸 더 잘 증명할 수 있는 다른 사람들이 있는데, 그 사람들은 저처럼 쉽게 의심을 살 만한 그런 사람들이 아니에요. 어떻게 그 사람들을 찾으면 되는지 말해 줄게요. 저한테 펜이랑 종이 한 장만 주세요. 자, '왕실 천하일품', 브릭스빌' 이걸 가지고 가세요. 잃어버리지 마시고요. 법원에서 이 두 글자에 대해 뭔가 알고 싶어 하면, 브릭스빌로 사람을 보내서 이렇게 말하라

하세요. 〈왕실 천하일품〉을 공연했던 사람들을 잡아 두고 있
는데, 증인들을 좀 찾고 있다고요—흠, 눈 깜짝할 틈도 없이
그 마을 사람들을 통째로 다 여기 데려올 수 있을 거예요. 메
리 아가씨. 그 사람들 역시 잔뜩 화가 나서 올 거고요."

나는 우리가 이제 모든 걸 정리했다고 판단했다. 그래서 이
렇게 말했다.

"경매는 그대로 진행하도록 놔두시고, 걱정하지 마세요. 경
매한다는 고지를 촉박하게 해서, 경매 후 하루 동안은 사람
들이 자기가 산 것들의 대금을 치를 필요가 없으니까 그놈들
은 돈이 들어올 때까진 이곳을 떠나지 않을 거예요. 그리고
우리 계획대로 되면 매매는 아무것도 아닌 게 돼 버려 그자
들은 한 푼도 건질 수 없을 거예요. 그 검둥이들을 판 것도 이
것과 마찬가지인 거고요. 그건 전혀 매매가 아니라서 검둥이
들은 조만간 돌아올 거예요. 그놈들은 그 검둥이들을 판 돈
도 아직 받지 못했어요. 그자들한텐 최악의 상황인 거죠, 메
리 아가씨."

"그럼," 그녀가 말했다. "나는 이제 얼른 아침 먹으러 내려갈
게, 그런 후 로드롭 씨네로 출발할게."

"이크, 그건 아니죠, 메리 제인 아가씨." 내가 말했다. "무슨
일이 있어도 아침 식사 전에 가세요."

"왜?"

"왜 아가씨가 당장 갔으면 좋겠다고 한 거 같으세요, 메리
제인 아가씨?"

"글쎄, 전혀 생각해 보지 않아서… 그런데 생각해 봐도 모르겠네. 왜지?"

"왜냐면 아가씨는 그런 낯가죽이 두꺼운 사람이 아니니까요. 아가씨의 얼굴보다 더 잘 읽히는 책은 없을 거예요. 아무라도 얼굴에 쓰인 그 큼직한 활자들을 금방 읽어 낼 걸요. 아가씨는 내려가서 그 아가씨 삼촌들이 아침 키스를 하려고 다가오면, 그 얼굴을 쳐다보실 수 있을 거 같으세요? 그리고 절대……."

"됐어, 그만, 하지 마! 그래, 아침 먹기 전에 갈게, 그러고 싶어. 그럼 내 동생들은 그놈들이랑 같이 남겨 놔?"

"네, 동생들에 대해선 아무 신경 쓰지 마세요. 그분들은 아직 잠시 동안은 참아야 해요. 만약 전부 간다고 하면 그놈들이 미심쩍게 생각할 거예요. 전 아가씨가 그놈들도 동생들도 이 마을 어느 누구도 안 봤음 좋겠어요. 만약 어떤 이웃이 오늘 아침 삼촌들이 안녕하신지 물으면 아가씨 얼굴은 무슨 말인가를 하겠죠. 안 돼요. 지금 곧바로 가세요, 메리 제인 아가씨. 제가 모두한테 잘 둘러댈게요. 수잔 아가씨한테 아가씨 대신 삼촌들한테 아침 인사해 달랬다고 하고 아가씨는 약간의 휴식 겸 기분 전환 삼아, 아니면 친구를 만나러 몇 시간 출타했다가 오늘 밤이나 내일 아침 일찍 돌아온다 했다고 할게요."

"친구 만나러 갔다고 하는 건 좋지만, 그자들한테 아침 인사를 하진 않을 거야."

"뭐, 그럼 그 말은 하면 안 되겠네요." 그녀한텐 그렇게 말해 두는 게 좋을 것이다—그런다고 아무 해가 되는 건 없으니 말이다. 그건 정말 아주 사소한 것이고, 아무 말썽도 일으키지 않는다. 여기 하늘 아래 사람들의 길을 가장 매끄럽게 해주는 건 그런 사소한 것들이다. 그건 메리 제인을 편안하게 해주고, 전혀 돈 드는 것도 아니다. 그 후 내가 말했다. "한 가지 더 있어요. 그 돈 가방 말예요."

"뭐, 그놈들이 갖고 있잖아. 놈들이 어떻게 그걸 갖게 됐나 생각하면 내가 정말 한심하게 느껴져."

"아니요, 그건 아가씨가 틀렸어요. 그자들이 가지고 있지 않아요."

"뭐, 누가 가지고 있는데?"

"저도 알면 좋겠는데 몰라요. 제가 가지고 있었어요. 왜냐하면 그걸 놈들한테서 훔쳤기 때문이죠. 아가씨한테 주려고 훔쳤어요. 그리고 제가 그걸 어디에 감췄는지는 알아요. 하지만 더 이상 거기 없을까 봐 걱정이에요. 정말 끔찍하게 죄송해요, 메리 제인 아가씨, 이보다 더 죄송할 순 없지만, 전 제가 할 수 있는 최선을 다했어요. 정말 솔직히 말하자면요. 거의 들킬 뻔해서 발길 닿은 첫 번째 장소에 그걸 쑤셔 넣고 달아날 수밖에 없었어요—그런데, 그리 적당한 곳이 아니었어요."

"아, 스스로를 탓하는 건 그만둬. 그러는 건 정말 나빠. 내가 허락하지 않을 거야. 넌 어쩔 수가 없었겠지. 그건 네 잘못이 아니었어. 어디다 그걸 감췄는데?"

나는 그녀한테 그 고통들을 다시 떠올리게 하고 싶지 않았다. 또 돈 가방을 자기 배에 올려놓은 채 관 속에 누워 있는 시신을 그녀가 그려보게 할 수도 있는 말을 차마 내 입으로 할 수가 없었다. 그래서 잠시 아무 말도 하지 않다가, 이렇게 말했다.

"그걸 제가 어디 뒀는지는 말 않는 편이 낫겠어요. 메리 제인 아가씨. 괜찮으시면 여기서 끝낼게요. 하지만 제가 종이에 적어서, 아가씨가 그러고 싶으시다면 로드롭 씨네 가는 길에 읽으실 수 있게 할게요. 그럼 될까요?"

"아, 좋아."

그래서 나는 썼다. '저는 그걸 관 속에 넣었어요. 며칠 전 아가씨가 거기서 울고 있던 날 밤 그건 그 안에 있었어요. 저는 문 뒤에 있었고, 아가씨 때문에 몹시 슬펐어요, 메리 제인 아가씨.'

그날 밤 그녀 혼자 거기서 울고 있었던 걸 떠올리니, 그리고 그 악마들이 바로 그녀 집 지붕 아래 누워서 그녀를 수치스럽게 만들고 돈을 빼앗은 걸 생각하니 내 눈엔 약간 눈물이 고였다. 종이를 접어서 줄 때 나는 그녀의 눈에도 눈물이 차오르는 걸 보았다. 그녀는 힘주어 내 손을 잡아 흔들며 이렇게 말했다.

"잘 가. 난 네가 나한테 말한 대로 다 할 거야. 그리고 행여 다신 못 보더라도 널 절대 잊지 않고 아주 많이 생각할 거고, 또 너를 위해 기도할 거야!"―그리고 그녀는 가버렸다.

나를 위해 기도한다고! 만일 내가 어떤 사람인지 안다면 그녀가 자기한테 좀더 맞는 일을 하려 들 것 같았다. 하지만 그녀라면 그랬을 것이라 장담한다, 그냥 똑같이. 그녀는 그런 사람이었다. 일단 그래야겠다 생각하면, 유다를 위해서도 기도할 만한 용기가 있었다—내 판단으론 그녀는 절대 자기 뜻을 굽히지 않을 것이다. 다들 자기가 하고 싶은 대로 말하는 거겠지만, 내 생각에 그녀는 내가 만난 세상 어떤 여자들보다 더 결단력이 있었다. 내가 보기에 그녀는 기개가 충만했다. 아첨처럼 들릴지 모르지만 이건 절대 아첨이 아니다. 그리고 미모로 봐도—또 그 선량함에 있어서도— 그녀는 그들 모두를 능가한다. 그녀가 문을 걸어 나간 걸 본 그 시간 이후, 다시 그녀를 본 적은 한 번도 없다. 그렇다, 그때 이후로 절대 한 번도 못 봤으나 나는 그녀를 아주 많이 많이, 한 백만 번쯤 생각했던 것 같다. 그녀가 나를 위해 기도하겠다고 했던 말도. 그녀를 위해 기도하는 게 나한테 조금이라도 도움이 될 거란 생각을 행여 내가 했었더라면 나는 죽어라고 그랬을 것이다.

흠, 메리 제인 그녀는 뒷길로 해서 번개같이 나간 것 같다. 아무도 그녀가 가는 걸 못 봤기 때문이다. 수잔과 언청이를 마주치자 나는 이렇게 말했다.

"아가씨들 모두 가끔 방문하는 강 건너편 사는 그분들, 이름이 뭐예요?

그들이 말했다.

"그런 사람들은 여럿인데. 하지만 프록터스네지, 대개는."

"그 이름이에요."내가 말했다. "하마터면 까먹을 뻔했어요. 그러니까 메리 제인 아가씨가 저한테, 그리로 허겁지겁 가는 길이라고 아가씨들한테 말해 달라 했거든요. 그집 식구 중 누가 아프다고."

"누가?"

"몰라요. 제가 까먹은 거 같아요. 하지만 생각해 보니 그게 아마……."

"맙소사, 설마 핸너는 아니겠지?"

"이런 말 해서 죄송해요." 내가 말했다. "바로 핸너란 분이었어요."

"오. 저런, 지난주만 해도 아주 건강했는데! 많이 아프대?"

"많이 아픈 정도가 아니에요. 그 집 식구분들이 그 아가씨를 밤새 간병했다고 메리 제인 아가씨가 그랬어요. 그리고 그분들은 아가씨가 그리 오래 버티지 못할 거라 생각한대요."

"아니, 그게 무슨 말이야! 그 애한테 도대체 무슨 일이 생긴 거야?"

나는 그럴듯한 이유를 즉시 생각해 낼 수가 없어서, 이렇게 말했다.

"볼거리래요."

"볼거리 같은 소리 하고 있네! 볼거리 걸리면 사람들이 그렇게 옆에 붙어 앉아 간병하지 않아."

"안 하죠. 그렇죠? 하지만 몰라서 그러시는데 이 볼거리는 그렇게 하는 거예요. 이 볼거리는 다른 거예요. 신종이라고,

메리 제인 아가씨가 그랬어요."

"어떻게 신종인데?"

"왜냐하면 그게, 다른 것들이랑 섞였기 때문이죠."

"어떤 다른 것들?"

"그러니까, 홍역이랑 백일해랑 단독丹毒*이랑 폐결핵이랑 황달이랑 뇌염이랑, 뭐 전부 다는 잘 모르겠어요."

"맙소사! 그걸 사람들이 볼거리라 부른다고?"

"메리 제인 아가씨가 그렇게 말했어요."

"도대체 왜 사람들이 그걸 볼거리라 부르는 거지?"

"뭐, 그게 볼거리기 때문이죠. 거기서 처음 시작된 거거든요."

"글쎄, 그건 도무지 말이 안 돼. 누가 발가락을 찧어 독에 감염됐는데 우물에 빠져서 목이 부러지고 뇌가 쏟아져 나왔어. 누가 와서 그 사람이 무엇 때문에 죽었냐고 물으면 어떤 돌대가리가 불쑥 나서서, '그 사람이 발가락을 찧었거든요.' 하는 거랑 마찬가지잖아. 그게 도대체 말이 돼? 아니, 도무지 말이 안 되지. 그거 전염되는 거야?"

"전염되냐고요, 그걸 말이라고 하세요? 써레**도 전염성이 죠?—어두울 때요. 만약 어느 한 이빨에 걸리지 않는대도, 다

* 피부에 나타나는 일종의 급성열독병증으로 피부의 헌데나 다친 곳으로 세균이 들어가 열이 높아지고 얼굴이 붉어지며 붓게 되어 부기(浮氣), 동통을 일으키는 전염병.
** 원문의 harrow는 갈아 놓은 땅을 고르는 데 쓰는 농기구인 '써레'라는 뜻도 있지만 '정신적 고통' '고민거리' 즉 '질병'이라는 뜻도 가지고 있어서 이중적 의미로 쓰였다.

른 이빨에 걸리게 돼 있죠. 안 그래요? 써레를 통째로 끌고 오지 않으면 그 이빨에서 벗어날 수가 없어요. 그쵸? 그러니까 이런 종류의 볼거리는 써레 같은 거예요. 게다가 아무 무딘 데가 없는 써레죠. 다가가면 아주 꽉 물어 버리는."

"와, 무시무시한 거 같네." 언청이가 말했다. "나 하비 삼촌한 테 가서……."

"아, 네." 내가 말했다. "제가 아가씨라도 그럴 거예요. 물론 그랬겠죠. 저라면 시간 낭비 안 하겠지만요."

"흠, 왜 그러는 건데?"

"아가씨가 잠시 잘 살펴보면 아마 보일 거예요. 아가씨 삼촌들은 가급적 빨리 집을 떠나 영국에 가려 하지 않나요? 아가씨는 삼촌들이 아가씨들끼리 여행하라고 남겨 두고 가버릴 만큼 그렇게 못됐다고 생각하세요? 그분들이 아가씨들을 기다릴 거란 건 잘 아시잖아요. 여기까진 다 좋아요. 아가씨의 하비 삼촌은 목사예요. 그렇죠? 좋아요. 그럼, 목사가 증기선 선원한테 사기를 치려고 할까요? 그분이 선박 선원한테 사기를 치려고 할까요?? 선원들이 메리 제인 아가씨를 외국에 내보내도록 만들려고요? 자, 아가씨는 그분이 안 그러리란 거 알죠. 그럼 그분이 어떻게 하겠어요? 뭐, 그분은 이렇게 말하겠죠. '몹시 유감이야. 하지만 교회 일들은 그냥 거기 사람들이 최선을 다하도록 맡겨 놓는 수밖에. 내 조카가 무시무시한 볼거리 합병증에 노출됐으니 여기 눌러앉아 조카가 그 병에 걸렸나 안 걸렸나 석 달 동안 기다리는 게 내 힘겨운 의무지.'

하지만 뭐 신경 쓰지 마세요. 만약 아가씨가 하비 삼촌한테 말하는 게 최선이다 싶으면……."

"어머, 우리가 영국에서 온통 즐거운 시간을 보낼 수도 있는데, 메리 제인 언니가 병에 걸렸나 안 걸렸나 보려고 바보같이 그냥 여기서 기다리라고? 넌 얼간이 같은 소리만 한다."

"뭐, 어쨌거나 몇몇 이웃분들한테는 얘길 하는 게 아마 나을지도요."

"자, 잘 들어. 넌 그 타고난 아둔함 때문에 모든 걸 망치는 거야. 사람들이 여기저기 말하고 다니리란 거 불 보듯 뻔하지 않니? 사람들은 딴 사람들한테 아무 말 않고는 절대 못 배기는 거야."

"글쎄, 아마 아가씨 말이 맞을 수도요—그래요, 아가씨 말이 맞아요."

"하지만, 하비 삼촌한테 언니가 잠시 외출했단 얘기는 해야 할 것 같아. 어쨌거나. 그래야 삼촌이 언니에 대해 불안해하지 않겠지?"

"맞아요, 메리 제인 아가씨도 아가씨가 그래 주기를 바랐어요. 아가씨가 이랬어요. '하비 삼촌하고 윌리엄 삼촌한테 나 대신 굿모닝 키스해 드리라고 동생들한테 전해줘. 그리고 난 강 건너 미스터… 미스터… 피터 삼촌이 그리 소중히 여겼던 그 부유한 가족 이름이 뭐였지요? 그러니까 제 말은……."

"뭐, 너 앱소롭스 씨네 말하는 거 같은데? 아니야?"

"물론 맞죠. 좀 거시기한 이름이네요. 아무튼 사람들이 한 절반은 잘 기억할 수 없을 것 같아요. 네, 메리 제인 아가씨가 말했어요. 앱소릅스 씨네가 경매 때 꼭 와서 이 집을 사라고 부탁하러 강을 건너간다 말하라고요. 왜냐하면 아가씨는 피터 아저씨가 다른 누구보다 그 사람들이 이 집을 갖게 되길 바랄 거라 생각했거든요. 그러면서 그분들이 온다고 할 때까지 거기 있을 거라고 했고, 혹시 너무 고단하지 않으면 집으로 돌아온다고 했어요. 만일 피곤하면 아침에는 어쨌든 올거라고 했어요. 아가씨는 프록터네에 관해선 아무 말 하지 말고 앱소릅스네 얘기만 하라고 말했어요. 그 말은 완벽한 사실일 거예요. 왜냐하면 아가씬 그 사람들이 집을 사라는 얘길하러 거기 갈 거니까요. 아가씨가 자기 입으로 그런다고 했기때문에 제가 아는 거예요."

"좋아." 그들이 말했다. 그리고 자기들의 삼촌들이 오는 걸기다리러, 또 그들에게 사랑과 키스의 아침 인사를 하고 메시지를 전하러 나갔다.

이제 모든 게 순조로웠다. 아가씨들은 영국에 가고 싶기 때문에 아무 말 하지 않을 것이다. 그리고 왕과 공작은 경매가진행되는 동안 메리 제인이 로빈슨 박사의 사정거리 안에 있기보단 떠나 있기를 더 바랄 것이다. 나는 기분이 아주 좋았다. 내가 꽤 산뜻하게 해냈다고 확신했다. 톰 소여 그 애라도이보다 더 깔끔하게 해낼 순 없었을 거란 생각이 들었다. 물론 그야 좀더 폼 나게 멋을 부렸겠지만 나는 그런 걸 쓱싹 쉽게 해낼 순 없다. 그렇게 자라지 않았으니 말이다.

흠, 그놈들은 오후 끝자락 무렵까지 마을 광장에서 경매를 열었는데 시간을 질질 끌고 또 끌었고, 영감 그놈은 자기 딴에는 가장 경건해* 보이는 모습으로 거기 경매인 옆에 찰싹 붙어서서 성경 구절이나 듣기 좋은 칭찬 같은 걸 조금씩 내뱉으며 참견을 했고, 공작 그놈은 동정을 사려고 자기가 할 줄 아는 전부인 버—버—소리를 내가며 그 근처를 돌아다녔다.

하지만 이윽고 경매는 끝이 났고, 모든 게 팔렸다—무덤가의 쓸모없어 보이는 작은 땅덩어리만 빼고 전부. 그래서 그자들은 그것마저 팔아치우려고 경매를 계속했다—난 모든 걸 꿀꺽 삼켜 버리고 싶어 하는 저런 왕 같은 기린은 처음 봤다. 흠, 그들이 그러고 있는 사이 증기선 한 척이 상륙했고, 2분쯤 후 군중들이 떠들썩하게 소리를 지르고 웃어 대며 몰려와 큰 소리로 외쳤다.

"여기 당신네들 경쟁자가 있소! 피터 윌크스 영감의 상속인이 여기 두 세트 있소. 여러분 내기 돈을 걸고 한번 골라 보시오!"

* 원문에는 pisonest라고 되어 있으나 이런 단어는 없다. piousest의 오자일 것이라고 보는 견해도 있는데 마크 트웨인이 『허클베리 핀의 모험』 초판본에서 piousest로 썼기 때문이다. 여기서 piousest는 헉이 '경건한'의 뜻을 가진 'pious'에 est를 붙여 최상급으로 사용한 것으로 보인다.

29장

그들은 인상이 아주 좋은 노신사와 그 사람보다 젊은, 오른 팔에 삼각건을 두른 잘생긴 신사를 데리고 이리로 오고 있었 다. 맙소사, 사람들이 어찌나 고함을 지르며 웃어 대던지. 하 지만 나로선 하나도 재미있지 않았고, 공작과 왕도 그걸 보면 그래도 긴장하리라 생각했다. 나는 그자들이 창백해질 줄 알 았다. 하지만 아니었다. 창백 근처에도 가지 않았다. 공작 그 자는 무슨 일이 벌어지고 있는지 전혀 의심하는 기색 없이 버 터 우유가 뽀르륵거리는 주전자처럼 행복하고 만족스러운 얼 굴로 버―버 하며 돌아다니고 있었다. 왕으로 말하자면, 세상 에 저런 사기꾼 악당들이 있을 수 있나 생각하니 가슴이 정 말 아프다는 듯 슬픔에 가득 찬 표정으로 그 새로 도착한 사 람들을 지그시 바라보고 또 바라보았다. 와, 그의 연기는 정 말 경탄할 만했다. 많은 유력 인사들이 자기들이 왕의 편이 란 걸 알려 주려고 그의 주위로 모여들었다. 이제 막 도착한 그 노신사는 지독히 혼란스러운 듯 보였다. 이내 그가 말을 시작했고 나는 즉시 그가 영국인처럼 발음한다는 걸 알아차

렸다—비록 왕도 흉내치곤 꽤 훌륭했지만, 왕이 하는 식으로
하는 게 아니었다. 난 그 노신사가 한 말을 그대로 옮길 수도,
그 사람을 흉내 낼 수도 없다. 하지만 그는 군중을 향해 돌아
서서 대략 이렇게 말했다.

"이건 제가 기대하지 않았던 것이라 놀랍소. 그리고 솔직
히 사실 그대로 말씀드리자면 이런 사태에 합당한 답을 드리
기엔 제가 처한 상황이 그다지 좋지 않소. 저와 제 동생이 운
이 좀 나빴소. 동생은 팔이 부러진 데다 우리들 가방이 어젯
밤 실수로 저 강 상류 쪽 마을에 내려졌소. 나는 피터 윌크스
의 동생 하비고, 이 사람은 피터의 동생 윌리엄이오. 들을 수
도 말을 할 수도 없고, 이젠 몸짓으로도 많은 신호를 할 수 없
지요. 그럴 수 있는 게 이제 한 손뿐이니. 우리는 우리가 누구
라고 얘기한 바로 그 사람들이고, 하루나 이틀 후 내가 가방
을 찾으면 그걸 증명할 수 있소. 하지만 그때까진 더 이상 아
무 말 않고 호텔로 가서 기다리겠소."

그래서 그와 그 새 벙어리는 이곳을 떠났고, 왕 그자는 껄
껄 웃으며 대중없이 지껄여 댔다.

"팔을 부러뜨렸다—아주 그럴듯해, 안 그렇소?—또 아주
유용하기도 하고, 손짓으로 말을 해야 하는데 어떻게 하는가
배우지 못한 사기꾼으로선 말이지. 가방을 잃어버렸다! 그거
참 대단한데!—아주 천재적이야—이런 상황에서는!"

그는 다시 웃었다. 다른 사람들도 다 웃었다. 서너 명, 아니
어쩌면 한 여섯 명만 빼고. 그들 중 하나는 의사였고, 또 다른

사람은 카펫 천 같은 것으로 만든 구식 가방을 든 날카로운 얼굴의 신사였다. 막 그 증기선에서 내린 그는 목소리를 낮춰 의사에게 무슨 말인가를 하고 있었고 그들은 이따금 왕 쪽을 힐끗거리며 고개를 끄덕였다. 그는 루이스빌에 갔었던 변호사 레비 벨이었다. 그리고 이리 걸어와 그 노신사가 한 말을 전부 듣고 있던 크고 거칠고 걸걸해 보이는 또 한 사람이 있었는데 이제는 왕이 하는 말을 듣고 있었다. 왕이 말을 마치자 그 걸걸이가 나서서 말했다.

"어이, 나 좀 보쇼. 만약 당신이 하비 윌크스라면 당신 이 마을엔 언제 왔소?"

"장례식 전날이었소, 형씨." 왕이 말했다.

"그날 몇 시에?"

"오후요―해지기 한두 시간 전 무렵이었소."

"어떻게 왔소?"

"신시내티에서 수전 파월 호를 타고 왔소."

"흠, 그럼 어떻게 그날 아침에 그 곳까지 갔었소―카누를 타고?"

"난 그날 아침 곳에 있지 않았소."

"그건 거짓말이오."

몇 사람이 그에게 달려가서 나이 든 분이고 목사인데 그분께 그런 식으로 말하지 말라고 당부했다.

"목사는 무슨 망할 목사, 저자는 사기꾼에 거짓말쟁이야. 저자는 그날 아침 곳에 있었소. 내가 거기 살아요, 안 그렇소? 글쎄, 난 거기 있었고, 저자도 거기 있었소. 난 저자가 거기 있는 걸 봤소. 저자는 카누를 타고 왔소, 톰 콜린스랑 남자아이 하나랑 같이."

의사가 나서서 말했다.

"만약 그 남자아이를 보면 누군지 다시 알아보겠소, 하인즈?"

"그럴 거 같긴 한데, 잘 모르겠소. 아, 저기 지금 그 애가 있네요. 저 애란 걸 쉽게 딱 알겠소."

그가 가리키는 건 나였다. 의사가 말했다.

"마을 주민 여러분, 난 그 새로 온 한 쌍이 사기꾼인지 아닌진 모르오만. 이들 둘이 사기꾼이 아니라면 내가 바보천치요. 우리가 이 일을 조사할 때까지 이자들이 도망치지 못하도록 감시하는 게 우리 의무라고 생각하오. 같이 갑시다, 하인즈. 나머지 분들도요. 우리 이 친구들을 여관으로 데려가서, 그 다른 한 쌍과 대조시킵시다. 그러면 우리가 모든 조사를 마치기 전 뭔가를 알아내겠지 싶소."

모여 있던 사람들은 흥분했다. 비록 왕 편에 선 사람들은 어쩌면 아니었을지 모르지만. 그래서 우리 모두 출발했다. 해가 지려 하고 있었다. 의사가 내 손을 잡고 나를 데려갔는데, 꽤 상냥하긴 했지만 절대 손을 놓지 않았다.

우리 모두 호텔의 큰 방으로 들어갔고, 촛불 몇 개를 켜놓고 그 새로운 한 쌍을 데려왔다. 먼저, 의사가 말했다.

"이 두 남자한테 너무 심하게 굴긴 싫소만, 하지만 난 이자들이 사기꾼이라 생각하고, 또 이자들한테 우리가 알지 못하는 공범이 있을지도 모른다 생각하오. 만약 그렇다면 그 공범자들이 피터 윌크스가 남긴 금화 가방을 갖고 도망치려 하지 않겠소? 안 그럴 리 없소. 만약 이 사내들이 사기꾼이 아니라면 사람을 보내서 자기들이 옳다는 걸 증명할 때까지 그 돈을 우리한테 맡기는 걸 반대하지 않을 거요—안 그렇소?"

모두들 그에 동의했다. 그래서 나는 우리 악당들이 초반부터 꽤 궁지에 몰렸다고 확신했다. 하지만 왕 그자는 그저 슬픔에 찬 얼굴로, 이렇게 말했다.

"신사 여러분, 저도 돈이 거기 있으면 좋겠소. 저는 이 비참한 일을 공정하고 솔직하고 철저하게 조사하는 것에 어떤 반대도 하지 않소이다. 하지만 애통하게도! 돈은 거기 없소. 원하신다면 사람을 보내 살펴봐도 좋소."

"그러면 그게 어딨소?"

"내 조카가 자기를 위해 보관해 달라고 그걸 나한테 줬을 때, 나는 내 침대 지푸라기 이불깃 속에 그걸 감춰 뒀지요. 우리가 여기 머물 동안은 은행에 넣어 둘 필요 없길 바라면서 말이오. 침대가 안전한 곳이라 여겼던 거지요. 우린 검둥이들한테 익숙하질 않아서 그것들이 정직하리라 여겼소. 영국의 하인들처럼요. 검둥이들은 바로 그다음 날 아침, 내가 아래층으로 내려가고 없을 때 그걸 훔쳤어요. 내가 그놈들을 팔았을 때는 돈이 없어진 걸 아직 몰랐죠. 그래서 그놈들이 그걸 싹 갖고 가버렸어요. 여기 있는 제 하인이 거기에 관해 말씀드릴 수 있습니다, 신사분들."

의사와 몇몇 사람들이 "허튼소리!" 했고, 아무도 그를 전적으로 믿지 않는 듯 보였다. 한 남자가 검둥이들이 돈을 훔치는 걸 봤느냐고 내게 물었다. 나는 "아니요."라고 했지만, 검둥이들이 방에서 살금살금 나와 급히 사라진 걸 봤다고, 그때는 정말 아무 생각 없었고, 단지 그들이 내 주인을 깨울까 두려워서 내 주인한테 혼나기 전 부랴부랴 도망치려나 보다 생각했다고 말했다. 이게 그들이 내게 물은 전부였다. 그때 의사가 내 쪽으로 빙그르 돌더니 말했다.

"너도 영국 사람이냐?"

내가 그렇다고 말했다. 그러자 그와 다른 몇몇이 웃음을 터뜨리며, "아무렴!" 했다.

흠, 그 후 그들은 일반적인 조사에 덤벼들었고, 거기서 우리는 몇 시간에 걸쳐 꼬치꼬치 조사를 받았으며, 저녁 식사에 관해선 아무도 한 마디도 꺼내지 않았고, 심지어 그런 생각조차 안 하는 것 같았다—그래서 조사가 계속되고 또 계속됐다. 아수라장도 그런 아수라장이 없었다. 그들은 왕한테 이야기를 시키고, 노신사한테도 이야기를 시켰다. 편견으로 가득한 돌대가리들 빼면 누구라도 그 노신사가 진실된 얘기를 풀어 내고 있고, 다른 한쪽은 거짓말을 하고 있는 게 보일 것이다. 이윽고 그들은 나한테 알고 있는 것들을 말해 보라 했다. 왕 그자가 눈동자를 왼쪽으로 흘겨 나를 쳐다봤기에, 나는 그의 오른편에서 적당한 것들을 말해야 함을 충분히 이해했다.* 나는 셰필드에 관해 말하기 시작했다. 우리가 거기서 어떻게 살았는지, 또 영국에 사는 윌크스가 사람들과 기타 등등에 관해. 하지만 얘기를 별로 많이 하기도 전에 의사가 웃음을 터뜨렸다. 레비 벨, 그 변호사가 말했다.

"앉아라. 얘야. 내가 너라면 그렇게 너무 지나친 노력은 안 할 거다. 넌 거짓말에 익숙하지 않은 것 같구나. 쉽게 안 나오는 것 같다. 연습이 필요하겠어. 꽤 어색하게 하는구나."

난 그런 칭찬이야 별로 개의치 않았지만, 어쨌든 놓여나서 기뻤다.

의사가 무슨 말인가를 시작했다가, 몸을 돌리고 말했다.

"레비 벨, 자네가 처음부터 마을에 있었더라면······." 왕이 끼어들어 손을 내밀며 말했다.

"아니, 이분이 내 가여운 죽은 형이 편지에 그렇게 자주 썼던 그 오랜 지기?"

변호사와 그는 악수를 했고, 변호사는 미소를 띤 즐거워 보이는 얼굴이었으며, 그들은 한동안 서로 이야기를 나누더니 한쪽으로 가서 목소리를 낮춰 말을 계속했다. 마침내 변호사가 목소리를 높여 이렇게 말했다.

"그러면 되겠소. 내가 필적감정 명령서를 써서 보내겠소. 당

* 원문은 다음과 같다. The king he give me a left-handed look out of the corner of his eye, and so I knowed enough to talk on the right side. 여기서 'get on the right side'는 '~의 마음에 들다' '비위를 맞추다'라는 뜻인데 일종의 말장난처럼 왼쪽과 오른쪽이 대구를 이루고 있다.

349

신 동생 것과 같이 말이오. 그러면 그게 맞다는 걸 알게 되겠지요."

그래서 그들은 종이와 펜을 가져왔고, 왕은 앉아서 머리를 한쪽으로 기울인 채 혀를 잘근거리며 뭔가를 휘갈겨 썼다. 그러자 그들이 펜을 공작한테 주었다— 그때 처음으로 공작이 핼쑥해 보였다. 하지만 그는 펜을 잡고 썼다. 그러자 변호사는 그 새로 온 노신사한테 돌아서서 말했다.

"당신과 당신 형제분도 한두 줄 써서 당신들 이름을 서명해주시죠."

그 노신사가 뭔가를 썼으나, 아무도 그것을 읽을 수가 없었다. 변호사는 몹시 놀란 듯 보였고, 이렇게 말했다.

"흠, 이거 정말 모르겠군." 그러더니 자기 호주머니에서 많은 옛 편지들을 꺼내 그것들을 면밀히 살펴보고, 그런 다음 노신사의 글씨를 찬찬히 조사하고, 그런 뒤 그 편지들을 다시 또 살펴보더니, 이렇게 말했다. "이 옛날 편지들은 하비 윌크스한테서 온 것이오. 여기 이게 이 둘의 손글씨인데, 어느 누구라도 이자들이 이걸 쓴 게 아니라는 걸 알 거요(왕과 공작은 변호사가 어떻게 자기들을 속였는지 알자 완전히 얼빠진 표정이 되었다). 그리고 여기 이 노신사분의 글씨체는, 누구라도 금방 알거라 생각하오만, 이 편지들을 쓴 건 이분이 아니에요—즉 갈겨 쓴 게 적절한 글씨가 전혀 아니란 거요. 자, 여기 이 몇 통의 편지들은……."

그 노신사가 말했다.

"괜찮으시다면, 제가 설명해 드리리다. 저기 제 형제 말고는 아무도 내 글씨를 못 읽소. 그래서 동생이 나를 위해 베껴 써 줍니다. 당신이 거기 갖고 있는 건 내가 아닌, 동생 손으로 쓴 것이라오."

"좋아요!" 변호사가 말했다. "그런 정황이란 거군요. 난 윌리엄한테서 온 편지도 몇 통 갖고 있소. 그래서 만일 당신이 동생분한테 한 줄 정도 써보게 하면……."

"동생은 왼손으로는 쓸 수가 없소." 노신사가 말했다. "만일 동생이 오른손을 사용할 수 있다면, 동생이 자기 편지들에 또 내 편지들까지 썼다는 걸 보여 드릴 수 있을 텐데. 제발 양쪽 걸 다 봐주시오. 다 같은 손으로 쓴 거요."

변호사는 그렇게 했고, 이렇게 말했다.

"나도 그렇다고 믿소―설사 그렇지 않더라도, 어쨌든 내가 좀 전에 봤던 것보단 훨씬 강력한 유사성이 있소. 자, 자, 자! 난 우리가 문제를 해결할 제대로 된 길로 들어섰다 생각했는데, 부분적으로는 쓸모없는 것이 돼 버렸소. 하지만 어쨌든 한 가지는 입증되었소―이들 둘 어느 쪽도 윌크스가 사람이 아니란 거요." 그러면서 그는 왕과 공작 쪽을 향해 머리를 까딱였다.

자, 어땠을 거 같은가? 그 고집 센 늙은 바보는 그런데도 포기하려 하지 않았다! 정말 그러려 하지 않았다. 그건 공정한 테스트가 아니었다면서 말이다. 자기 동생 윌리엄은 세상에서 가장 못된 악동이라 애초 글씨를 쓰려 한 게 아니었다고―

종이에 펜을 댄 순간 윌리엄이 장난기를 발동시킨 걸 자기가 봤다고 했다. 그는 점점 더 열기를 띠고 계속해서 떠벌리기 시작했고 그 자신도 자기 말을 사실로 믿기 시작했다. 그러나 이내 노신사가 끼어들어, 이렇게 말했다.

"내가 어떤 생각을 해냈소. 여기 누구 내 형—작고한 피터 윌크스 씨를 관에 눕히고 매장하는 걸 도왔던 사람 있소이까?"

"예." 누군가 말했다. "나랑 앱 터너가 했지요. 우리 둘 다 여기 있소."

그러자 노신사가 왕한테로 몸을 돌리고 말했다.

"아마 이 신사분께선 고인의 가슴에 어떤 문신이 새겨져 있는지 말해 줄 수 있을 테지요?"

왕은 자신을 재빨리 추스려야 했다. 안 그러면 강물이 홈을 낸 가파른 강둑처럼 침식당해 버릴 것이다. 그건 너무도 갑작스러운 것이었다. 뭐랄까, 걸려들면 아무라도 단번에 결딴나게끔 잘 계산된, 하지만 아무 경고도 없이 들이닥친 그런 것이었다. 그 남자한테 어떤 문신이 새겨져 있는지, 그걸 어떻게 알겠느냐 말이다. 그는 약간 하얘졌다. 그로선 어찌 해볼 수가 없었다. 방 안은 몹시 고요해졌고, 모두들 몸을 약간 앞으로 숙인 채 그를 지그시 바라보았다. 나는 혼잣말을 했다, 이젠 링에 수건을 집어던지겠지겠군—더는 별수 없어. 흠, 그가 그랬냐고? 믿기 어렵겠지만, 그러지 않았다. 나는 그가 거기 있는 사람들을 녹초로 만들 때까지 계속 그런 식으로 버티다가 사람들이 줄어들면 느슨해진 틈을 타 공작하고 도망칠 생각이구나 싶었다. 어쨌든, 거기 앉아서 그는 곧 미소를 지으며, 이렇게 말했다.

"흥흥! 그거 아주 어려운 질문이군, 안 그렇소! 네, 신사분, 어떤 문신이 가슴에 새겨져 있는지 당신한테 말해 줄 수 있소이다. 그건, 그저 작고 얇은 푸른 화살이오—바로 그거요. 만약 당신이 가까이서 보지 않으면 잘 안 보일 거요. 자, 이제 당신은 뭐라 할 거요, 어이?"

글쎄, 그 늙은 놈팡이처럼 그렇게 싹 낯짝을 바꾸는 사람은 여태 한 번도 본 적이 없다.

노신사는 앱 터너와 그의 동료 쪽으로 기세 좋게 돌아섰고, 이번 참엔 자기가 왕을 잡을 수 있을 거라 판단해 눈을 빛내며, 말했다.

"거기—당신들 저 사람이 한 말 들었지요! 피터의 가슴에 그런 게 새겨져 있더이까?"

두 사람이 목소리를 높여 말했다.

"우린 그런 문양 못 봤소."

"좋소!" 노신사가 말했다. "자, 당신들이 그의 가슴에서 본 건 작고 흐릿한 P, 그리고 B(이건 그가 어렸을 때 더 이상 안 쓰게 된 이름의 첫 글자요)와, W일 텐데 그 철자들 사이엔 반각 부호가 있소. 그래서 P-B-W요." 그는 종이에 그런 식으로 문양을 그렸다. "와서 봐요. 이게 당신들이 본 것이지 않소?"

두 사람이 다시 목소리를 높여 말했다.

"아니, 우린 못 봤소. 우린 결코 어떤 문양도 본 적이 없소."

흠, 모두들 이제 극에 달한 상태가 되어 소리를 질렀다.

"전부 다 빌어먹을 사기꾼들이오! 저놈들을 물에 처넣읍시다! 다 익사시켜 버립시다! 저놈들을 울타리 막대에 태웁시다."* 모든 사람들이 한꺼번에 고함을 질러대서 마치 시끌벅적한 인디언 집회가 열린 것 같았다. 하지만 변호사가 테이블 위로 뛰어올라 큰 소리로 말했다.

"신사분들—신사분들! 내 말 한마디만 들어 봐요. 딱 한 마디만요—부탁이요! 아직 한 가지 방법이 있소. 가서 그 시체를 파내서 봅시다."

그 말이 먹혔다.

"좋소!" 모두들 소리치며 즉시 방을 나가고 있는 참에 변호사와 의사가 소리쳤다.

"잠시만, 잠시만요! 이 네 남자와 아이를 묶어서, 전부 다 데려가도록 합시다."

"우리가 하겠소!" 그들이 모두 소리쳤다. "만일 그 문신을 못 찾으면 이 패거리들을 몽땅 죽도록 패주겠소!"

나는 이제 확실히, 겁이 났다. 하지만 알다시피 아무 도망칠 방법이 없었다. 그들은 우리 모두를 꽉 움켜잡고 강에서 1마일 반 내려간 곳의 무덤을 향해 곧바로 행진해갔고, 우리 행렬이 시끌벅적했던 데다 시간도 아직 저녁 9시밖에 안됐기 때

* 몸에 뜨거운 타르를 바르고 깃털을 꽂아 막대에 묶고 다니는 처형 방법을 뜻한다.

354

문에 온 마을이 우리 뒤를 따랐다.

우리 집을 지나면서 나는 메리 제인을 마을 밖으로 보내지 않았더라면 좋았을 텐데 싶었다. 지금 그녀한테 눈을 찡긋해 신호를 보낼 수만 있다면, 그녀가 부리나케 달려나와 나를 구해 내고 우리의 이 죽일 놈들에 대해 다 까발릴 텐데.

흠, 우리는 마치 야생 고양이들처럼 강변길을 떼 지어 죽 내려갔다. 하늘이 어두워지고 번개가 여기저기서 번쩍대기 시작하고 나뭇잎들 사이로 바람이 몸서리치자 점점 더 으스스해지기 시작했다. 이건 여태껏 내가 처했던 어떤 상황보다 훨씬 더 끔찍하고 가장 위험했다. 나는 거의 정신이 나갈 것 같았다. 예상했던 것과 너무 다르게 진행되고 있었다. 모든 게 잘 마무리되고, 내키면 여유 있게 구경이나 해야지, 위험한 상황이 발생하면 메리 제인이 든든한 지원군이 돼 나를 구해 주고 자유롭게 해주겠지 했는데 지금 나와 이 갑작스러운 죽음 사이에 놓인 거라곤 그 문신 표시 말곤 도대체 아무것도 없었다. 만약 사람들이 그걸 발견 못하면…….

그런 생각을 하니 견딜 수가 없었다. 그럼에도 어쩐지 그것 말고는 다른 어떤 생각도 할 수가 없었다. 점점 더 어두워지고 있었다. 군중들 속에서 슬며시 빠져나오기 딱 좋은 시간이었지만 그 커다란 걸걸이―하인즈―가 내 손목을 잡고 있어서, 그건 마치 골리앗한테서 빠져나가려 해보는 격이었다. 그는 나를 질질 끌면서 걸었고, 몹시 흥분해 있어서 그를 따라가기 위해선 뛰어야 했다.

무덤가에 도착하자 그들은 묘지마당으로 물밀 듯 몰려들어갔다. 그의 무덤에 도착하자 그들은 필요로 했던 것보다 백 배도 더 되는 삽을 가져왔지만 랜턴을 가져올 생각은 아무도 안 했다는 걸 알게 되었다. 하지만 어쨌거나 번쩍거리는 번개 불빛으로 땅을 파기 시작했고, 거기서 가장 가까운 반 마일쯤 떨어진 집으로 한 사람을 보내 랜턴을 빌려오도록 했다.

그리하여 그들은 그것만이 전부인 양 파고 또 팠다. 날은 끔찍이 어두워졌고, 휘이익 홰애액 부는 바람과 함께 비가 내리기 시작했으며, 번개는 점점 더 자주 찡얼거리고 천둥이 우르릉거렸다. 하지만 그들은 전혀 그런 데 아랑곳하지 않았다. 온통 이 일에만 사로잡혀 있었다. 그리고 한순간, 이 엄청난 군중 속 개개의 얼굴들과 모든 세세한 것들과 무덤에서 퍼 올린 흙을 가득 뜬 삽들이 보였고, 다음 순간 어둠이 모든 걸 순식간에 지워 버려 전혀 아무것도 보이지 않았다.

마침내 그들은 관을 끄집어내 뚜껑의 나사를 풀기 시작했고, 그러자 사람들은 또다시 바싹 모여들어 서로 어깨를 부딪치고 떠밀고 하면서 좀더 잘 보려고 안쪽으로 몸을 밀어 넣었다. 어둠 속에서 그러고 있는 건 정말 한 번도 못 본 끔찍한 광경이었다. 하인즈가 내 손목을 너무 꽉 쥐고 잡아끌어서 무지하게 아팠다. 그는 내가 있다는 걸 까마득히 잊고 있는 것 같았고 몹시 흥분해서 헐떡거렸다.

번개가 갑자기 뚜렷한 하얀 섬광을 쏟아냈고, 누군가가 외쳤다.

"맙소사! 여기 시체 가슴에 금화 가방이 있어!"

하인즈는 다른 모든 이들처럼 와! 소리를 지르며 내 손목을 떨어뜨리고 그걸 보려고 재빨리 사람들 사이를 비집고 들어갔고. 나는 그길로 번개같이 빠져나와 도로를 향해 어둠 속을 정강이가 닳도록 달렸다.

도로엔 오직 나뿐이었고. 나는 정말 날았다. 단단한 어둠과 이따금 번쩍이는 섬광과 윙윙거리는 비와 몸부림치는 바람과 찢어지는 천둥 말고는 그 길에 나뿐이었고. 그 길을 적어도 내내 질주했다는 건 당신들이 이 세상에 태어난 것만큼 자명하다. 마을에 이르자 아무도 폭풍 속에 바깥에 나와 있지 않은 것이 보였다. 그래서 뒷길을 찾으려 하지 않고 그냥 곧장 큰길로 신속히 지나갔다. 우리 집 쪽으로 향하기 시작했을 때 나는 눈을 들어 그곳을 찾았다. 거기엔 아무 불빛도 없었다. 온 집안이 깜깜했다. 슬프고 실망스러운 기분이 들었지만 왜인지는 몰랐다. 하지만 마침내 막 거길 지나치던 바로 그 순간, 메리 제인의 창가에 불이 켜졌다! 그러자 갑자기 가슴이 터질 듯 부풀어 올랐다. 1초도 안 돼 그 집과 모든 것들이 뒤의 어둠 속으로 물러났고. 이제 이 세상에서 그것들이 내 앞에 있게 되는 일은 더 이상 절대 없을 것이다. 그녀는 내가 본 가장 멋진 처녀였고 가장 용기 있었다.

모래톱이 보일 만큼 마을 위쪽으로 충분히 갔다는 걸 안 순간 나는 빌릴 만한 보트가 있는지 날카롭게 살펴보기 시작했고. 그때 비친 첫 번갯불이 내게 쇠줄이 감겨 있지 않은 것

하나를 보여 줘서, 그걸 잡아끌고 떠밀어 보았다. 그건 카누였고 밧줄 말곤 어떤 걸로도 묶여 있지 않았다. 모래톱은 강한가운데 제법 멀리 떨어져 있었지만 나는 1초도 낭비하지 않았다. 마침내 뗏목에 다다랐을 때는 너무 녹초가 돼 버려서, 그럴 수만 있다면 그냥 뻗어서 숨만 헐떡거렸을 것이지만, 그럴 상황이 아니었다. 뗏목으로 뛰어오르면서 나는 소리를 질렀다.

"짐, 나와, 뗏목을 끌러! 하나님 아버지 감사합니다, 우리 그 자들을 따돌렸어."

짐이 부리나케 나와서, 기쁨에 겨워 양팔을 활짝 벌리며 나를 향해 달려왔다. 하지만 번갯불이 칠 때 나는 그를 힐끗 보고 심장이 입까지 튀어올랐고, 뒷걸음치다 그만 물속으로 떨어졌다. 그가 늙은 리어왕이자 동시에 익사한 아랍인이란 걸 잊고 있었기 때문에 간이 튀어나오고 눈앞이 깜깜해질 만큼 무서웠다. 하지만 짐이 나를 건져냈고, 나를 껴안고 축복의 말 등등을 하려 했다. 그는 내가 돌아오고 또 우리가 왕과 공작을 떼어낸 것을 무지 기뻐했으나, 내가 말했다.

"지금 말고. 그건 아침 먹으며 하자, 아침 요깃거리로! 얼른 밧줄을 끄르고 뗏목을 띄워!"

그래서 우리는 2초 후 강을 미끄러져 내려갔으며, 이 커다란 강에서 다시 자유로워져 우리 둘만 남고 아무도 우릴 귀찮게 하지 않는 게 너무 기분 좋게 느껴졌다. 나는 몇번쯤 껑충거리고 폴짝폴짝 뛰며 발뒤꿈치를 딱딱거려야 했다. 가만있을 수가 없었다. 하지만 세 번째쯤 발뒤꿈치를 딱딱 부딪쳤을 때 나는 익숙히 알고 있는 어떤 소리를 감지했고, 숨을 죽인 채 귀를 기울이며 기다렸다. 다음번 섬광이 물 위를 번쩍 비추자, 아주 분명히, 그들이 이리로 오고 있는 게 보였다! 쉭쉭거릴 만큼 맹렬한 기세로 소형보트의 노를 저으며 말이다! 왕과 공작이었다.

그래서 나는 기운이 빠져 뗏목에 주저앉았고, 포기했다. 그게 울음을 참기 위해 내가 할 수 있는 전부였다.

30장

그들이 뗏목에 올라타자 왕이 쫓아와 내 멱살을 잡고 흔들며 말했다.

"우릴 떼어 놓으려 했겠다, 이 애송이가! 우리랑 어울리는 게 싫증이 났냐? 어?"

내가 말했다.

"아닙니다, 폐하. 저흰 안 그랬어요. 제발 이러지 마세요, 폐하!"

"그럼, 네 생각이 뭐였는지 어서 말해라. 안 그러면 네놈 오장육부를 흔들어 떨궈버릴 테다!"

"맹세코 모두 말씀드릴게요. 사실 그대로요, 폐하. 제 손을 잡고 있던 그 남자는 저한테 아주 친절했어요. 자기한테도 작년에 죽은 나만 한 아들이 있었는데, 사내아이가 이런 위험한 처지에 놓인 걸 보니 안됐다는 얘길 내내 하면서요. 사람들이 다 금을 보고 놀라서 관 있는 데로 달려갔을 때, 그 남자가 저를 놔주면서 이렇게 속삭였어요. '지금 빨리 도망쳐라, 안 그러면 저 사람들이 네 목에 밧줄을 감을 거야, 분명!' 그래서 저는 번개같이 빠져나왔어요. 거기 더 있어 봤자 저한테 아무 득도 안 될 것 같았어요. 제가 할 수 있는 건 아무것도 없었고, 도망칠 수 있으면 목매달리고 싶지 않았어요. 그래서 카누를 발견할 때까지 한 번도 안 멈추고 달렸고, 여기 도착해선 짐한테 서두르라고 안 그러면 사람들이 저를 붙잡아서 언젠가 목매달 거라고 했고, 폐하와 공작님은 지금쯤 살아 있지 않을 거라고 했어요. 전 무지하게 슬펐고, 짐도 그랬는데, 두 분이 오는 걸 보고 우린 정말 몹시 기뻤어요. 제가 안 그랬는지 짐한테 물어보셔도 좋아요."

짐은 그랬다고 말했다. 그러자 왕이 그에게 입 닥치라면서, "아, 그래, 아주 그럴듯하군!" 하더니 다시 나를 흔들며 물에 빠뜨려 죽여 버리겠다고 했다. 하지만 공작이 말했다.

"그 아이 놔줘, 이 늙은 천치야! 당신은 뭐 달랐을까? 당신 달아날 때 얘가 어딨나 물어보기나 했었어? 난 그런 기억 없는데."

그래서 왕은 잡았던 나를 놓고 그 마을과 그 마을에 사는 모두를 욕하기 시작했다. 하지만 공작이 말했다.

"차라리 당신 자신이나 실컷 욕하쇼. 당신이야말로 제일 욕 먹어 싸니까. 당신은 처음부터 지각 있는 짓이라곤 하나도 한 게 없어. 그 지어낸 푸른 화살 문신으로 침착하고 낯가죽 두껍게 위기를 모면한 것만 빼면 말이야. 그건 영특했지—꽤나 근사했어. 그게 우릴 살린 거니. 그게 아니었으면 그 영국인들 가방이 도착할 때까지 사람들이 우릴 감옥에 처넣었겠지. 그

다음엔 당연지사 징역살이고! 하지만 그 잔꾀가 그자들을 무덤으로 데려갔고 그 금은 우리한테 훨씬 더 큰 친절을 베풀었지. 흥분한 바보들이 그걸 보려고 우릴 놔 버리고 달려갔으니. 오늘 밤 우린 넥타이를 맨 채 자게 됐을지도 모르는데—뭐 언젠간 매도록 보장돼 있기도 한—우리가 보통 매는 것보다 더 긴 거 말이야."

그들은 잠시 가만히 있었다—생각에 잠긴 채. 그러다 왕이 정신 나간 것처럼 말했다.

"어허! 우린 검둥이들이 그걸 훔쳤다고 생각했는데!"

나는 몹시 당황했다!

"그렇지." 공작이 느릿느릿, 일부러 비꼬는 투로 말했다. "우리가 그랬지."

약 30초 후 왕이 느릿느릿 말했다.

"적어도, 나는 그랬지."

공작이 같은 식으로 말했다.

"그 반대지, 내가 그랬지."

왕이 발끈해서 말했다.

"이봐, 빌지워터, 무슨 근거로 그런 말을 하는 거야?"

공작이 매우 퉁명스럽게 말했다.

"그거에 관해 말하자면, 아마 내가 물어봐야 할 거 같은데. 당신은 무슨 근거로 그런 말을 하는 거요?"

"제길!" 왕이 몹시 빈정대며 말했다. "하지만 난 모르겠는데—아마 자넨 자고 있었나 보지, 그래서 자네가 무얼 했는지 몰랐나 보지."

이제 공작은 몹시 발끈해서 말했다.

"아, 그 저주받을 짓거리 관두시지. 당신은 내가 빌어먹을 멍청인 줄 아오? 누가 관 속에 그 돈을 감췄는지 내가 모른다고 생각해?"

"알지, 물론! 자네가 안다는 걸 나도 알아. 왜냐하면 바로 자네가 그런 거니까!"

"거짓말!" 공작이 왕한테 달려들었다. 왕이 소리쳤다.

"그 손 떼! 숨통 조르지 마! 내 다 취소할게!"

공작이 말했다.

"자, 먼저 자백부터 해. 당신이 돈을 거기다 감췄다고. 하루 날 잡아서 나를 따돌리고 돌아가 그걸 파내 혼자 꿀꺽하려던 거였다고 말이야."

"공작, 잠시만. 이 한 가지만 대답해 주게, 정직하고 정정당당하게. 만약 자네가 돈을 거기 둔 게 아니라면, 그렇다고 해. 그러면 난 자네를 믿을 테니, 또 내가 한 말도 다 취소할게."

"이 늙은 악당, 난 안 그랬어. 당신은 내가 안 그랬다는 거 알잖아. 자, 됐냐!"

"흠, 그렇다면, 자네를 믿음세. 하지만 딱 이거 하나만 더 대답해 줘. 자, 화내지 말고. 그 돈을 가로채 감춰 버리겠다 마음먹은 적이 한 번도 없었소?"

공작은 잠시 동안 찍소리도 하지 않았다. 그러더니 그가 말했다.

"뭐, 설사 그랬대도 무슨 상관이야. 어쨌든 내가 그런 게 아니니까. 하지만 당신은 그런 마음을 품었을 뿐만 아니라, 실제 그렇게 했잖아."

"만일 그랬다면 내 당장 죽어도 좋네. 이건 진심이야. 난 내가 그러려 하지 않았다 하진 않겠어. 왜냐하면 그랬으니까. 하지만 자네가—내 말은 누군가가— 나보다 빨랐다는 거야."

"그건 거짓말이야! 당신이 한 거잖아. 당신이 한 거라고 말해, 안 그러면……"

왕이 꾸륵 소리를 내기 시작하더니 헐떡거리며 말했다.

"그만! 자백할게!"

나는 왕이 이렇게 말해 매우 기뻤다. 좀 전보다 훨씬 기분이 편안해졌다. 그래서 공작은 손을 떼고 말했다.

"행여 다시 그걸 부인하면, 당신을 물에 처넣을 거야. 저기 앉아 아기처럼 앙앙 우는 게 당신한텐 딱이야—당신 한 짓거리들을 보니 그게 딱 맞아. 모든 걸 꿀꺽 해치우고 싶어 하는 이런 늙은 타조는 내 난생처음 봐. 난, 어, 당신을 줄곧 믿었었어. 당신이 마치 내 아버지였던 것처럼 말이야. 그 많은 불쌍한 검둥이들한테 다 뒤집어씌우고도 아무말도 안하고 있던 당신 자신을 수치스러워해야 해. 이런 쓰레기를 믿을 만큼 내가 그렇게 호구였단 생각을 하니 어처구니가 없군. 저주스러운 작자, 이제 알겠네. 당신이 그 부족분을 채우는 데 왜 그리 열성이었는지—당신은 내가 그 〈천하일품〉이랑 또 이것저것 해서 번 돈을 다 차지하고 싶었던 거야. 전부 싹 긁어모아서!"

왕은 풀이 죽어서, 여전히 코를 훌쩍거렸다.

"이봐, 공작, 그 부족분을 채우자 한 건 자네였어, 내가 아니라."

"뚝 그쳐! 더 이상 당신한테 아무 말도 듣고 싶지 않아!" 공작이 말했다. "자 이제 그렇게 해서 당신한테 뭐가 남았나 봐. 그들은 자기들 돈을 도로 다 찾았고, 게다가 은화 한두 푼 빼곤 우리 것까지 죄다 가졌어. 가서 자빠져 자. 그리고 앞으로 죽을 때까지 더 이상 부족분 타령으로 날 우려먹지 마!"

그래서 왕은 천막으로 기어들어 갔고 위안을 구하려고 술병으로 다가갔다. 얼마 안 돼 공작도 자기 술병과 씨름을 했다. 30분쯤 후 그들 사이는 다시 돈독해졌고, 이전보다 더 친해지고 서로를 더 귀히 여겼으며 서로의 팔을 베고 코를 골기 시작했다. 그들 둘 다 꽤 얼큰히 취했으나, 나는 왕이 돈 가방 감춘 걸 다시 부인하면 안 된다는 걸 잊어버릴 정도로 취하진 않았다는 걸 알았다. 그래서 맘이 편안했고 만족스러웠다. 그들이 코를 골기 시작하자, 우린 물론 긴 얘기를 나눴고, 난 짐한테 모든 걸 얘기해 줬다.

31장

　우리는 어떤 마을에서도 다시 멈추지 않고 몇 날 며칠 강을 죽 내려갔다. 이제 우리는 집에서 상당히 먼 따뜻한 남쪽 아래 지방에 있었다. 스페인 이끼가 기다란 회색 수염처럼 가지에 매달려 대롱거리는 나무들이 보이기 시작했다. 그런 게 자라는 걸 나는 처음 봤는데, 그 덕에 숲이 근엄하고 음울해 보였다. 그래서 이제 사기꾼들은 자기들이 위험에서 벗어났다고 생각했고, 다시 여러 마을에서 작업을 벌이기 시작했다.

　그들은 우선 금주 강연을 했다. 그러나 둘이 얼근히 취할 만큼의 돈도 벌지 못했다. 어떤 마을에서는 춤 교습을 시작했지만, 그들은 캥거루만큼도 춤에 대해 아는 게 없었다. 그래서 그들이 깡충거리자마자 사람들이 달려들어 마을 밖으로 그들을 껑충 내몰았다. 어떤 때에는 대중 연설*에 도전해 보기도 했다. 하지만 길게 고함을 질러 보기도 전 청중들이 일

---

* 대중 연설, 훈시, 유시를 뜻하는 단어는 allocution인데, 헉은 이것을 yellocution으로 적었다. yell(고함치다, 소리 지르다)의 뜻과 재밌게 합성시켜 헉이 대중 강연을 사람들이 '소리 지르는 것'으로 이해함을 보여 준다.

어나 된통 욕을 하는 바람에 허둥지둥 내빼야 했다. 선교 사업이니 최면술이니 가정 의학이니 점술이니 하는 것 말고도 자질구레한 모든 것들에 달려들어 봤지만 그들에겐 아무 운도 따르지 않는 것 같았다. 마침내 그들은 이제 완전 빈털터리가 되었고, 어떤 땐 하루 반나절 내내 떠내려가는 뗏목에 줄창 몸을 맡긴 채 드러누워, 말 한마디 없이, 생각에 또 생각을 거듭하며 끔찍한 우울과 절망에 빠져 있었다.

마침내 그들한테 어떤 변화가 일었고, 그들은 천막 안에서 머리를 맞대고 한 번에 내리 두세 시간씩 낮고 비밀스러운 애길 나누었다. 짐과 나는 불안해졌다. 그런 걸 보는 게 즐겁지 않았다. 우리는 그들이 이전에 했던 어떤 짓보다 더 사악한 꿍꿍이를 꾸민다고 판단했다. 우린 곰곰이 생각해 보다가 마침내 그들이 누군가의 집이나 가게를 털거나, 아니면 위조지폐 사업이나 그 비슷한 뭔가를 하려 한다는 쪽으로 결론을 내렸다. 그러자 우린 꽤 겁이 났고 그런 일엔 무슨 일이 있어도 절대 관여하지 말자는 데 동의했으며, 만약 그럴 조짐이 아주 조금이라도 보이면 확실히 손을 끊고 그들을 깨끗이 떠나기로 했다. 흠, 어느 이른 아침 우리는 파이크스빌이라는 어느 초라한 마을에서 2마일 정도 아래, 꽤 안전하고 괜찮은 곳에 뗏목을 숨겼다. 육지에 오른 왕이, 자기가 마을로 올라가서 〈왕실 천하일품〉 소식을 접한 사람이 누가 있는지 냄새를 맡고 올 동안 ("당신이 말하는 건, 털 집이 있느냐겠지." 나는 혼잣말을 했다. "당신이 그 강도 짓을 끝내고 여기 돌아오면 나와 짐과 뗏목은 어떻게 됐나 궁금하게 될 거야—그리고 궁금해하면서 여생을 보내게 될걸.") 우리는 모두 숨어 기다리고 있으라고 말했다. 그는 만약 자기가 정오까지 돌아오지 않으면 아무 문제 없는 걸로 알고 공작하고 나도 같이 오라고 했다.

그래서 우리는 있던 데 그냥 있었다. 공작 그자는 짜증과 조바심을 냈고 꽤 시큰둥해 있었다. 우리가 뭘 하든 간에 꾸짖었고, 우리가 하는 짓은 다 못마땅한 모양이었다. 아주 사소한 것들도 하나같이 트집을 잡았다. 뭔가가 확실히 수상쩍었다. 나는 정오가 됐는데도 왕이 돌아오지 않아 기뻤다. 우린 어떤 변화를 가질 수 있을 것이다, 어쨌든—어쩌면 변화 이상의, 변화를 위한 변화 말이다. 그래서 나와 공작은 마을로 올라가서 왕을 찾아 돌아다녔다. 이윽고 우리는 작은 싸구려 대폿집 뒷방에서 엉망으로 취해 있는 그를 찾아냈다. 많은 놈팡이들이 내기를 걸며 그를 골려 먹고 있었는데, 그 역시 건달들을 욕하고 협박하려 해봤으나 너무 취해서 걸을 수조차 없었고 그자들한테 할 수 있는 게 아무것도 없었다. 공작이 늙은 바보라고 왕을 욕하기 시작했고, 왕도 되받아쳤으며, 그들이 열심히 그렇게 싸우고 있을 동안 나는 재빨리 나와 다리에 돛을 단 듯 달리다가 사슴처럼 훌쩍 강변길로 내려섰다. 지금이 우리한테 기회란 걸 알았기 때문이다. 그들이 나와 짐을 행여라도 다시 보는 걸 아주 한참 후가 되게 하리라 작정을 했다. 나는 온통 숨이 찼지만 기쁨에 겨워 소리쳤다.

"뗏목 끌러, 짐! 바로 지금이야!"

그러나 아무 대답도 들려오지 않았고, 아무도 천막에서 나오지 않았다. 짐이 사라졌다! 나는 소리를 질러 보았다─또다시─다시 또. 나는 크게 고함을 지르고 삐익 쇳소리를 내면서 숲속 이쪽저쪽을 달렸다. 하지만 아무 소용 없었다─내 친구 짐이 사라졌다. 나는 주저앉아 울었다. 어쩔 수가 없었다. 하지만 오랫동안 가만 앉아 있을 수만은 없었다. 곧 나는 어떻게 하는 게 나을까 생각해 보려 애쓰며 길로 나섰고, 길을 걸어오고 있는 남자애 하나를 마주쳐서, 이렇게 저렇게 입고 있는 낯선 검둥이를 본 적 있느냐 물었더니 그 애가 말했다.

"응."

"어디 근처서?" 내가 말했다.

"사일러스 펠프스 씨네 가는 곳, 여기서 2마일 아래다. 도망친 검둥이라 그 사람들이 데리고 있는 기라. 니 그 검둥이 찾고 있었나?"

"그럴 리가 있나! 한두 시간 전쯤 숲속에서 그 검둥일 마주쳤는데 검둥이가 소리 지르면 배를 갈라 간을 꺼내 버리겠다고 했어. 나 있던 데서 그냥 납작 엎드리고 있으라 해서 그렇게 했지. 밖으로 나오기가 무서워서 계속 그러고 있었어."

"흠," 그 애가 말했다. "더는 겁낼 필요 없다. 그 검둥일 붙잡았다 아이가. 저 남부 어딘가서 도망쳐 왔다 카데."

"붙잡았다니 잘됐네."

"흠, 그케 말이다! 그 검둥이한테 2백 달러 현상금이 걸려 있다카두만. 길에서 돈을 거저 줍는 것과 매한가지 아니겠나."

"웅, 그렇네. 내가 조금만 더 컸더라면 그놈을 붙잡았을 텐데. 내가 처음 봤잖아. 누가 붙잡은 거야?"

"늙은 남자였다. 타지 사람. 근데 그 남자가 자기 기회를 40달러에 팔아 버렸다. 왜냐믄 그 남잔 강을 올라가야 해서 기다릴 수가 없었던 기라. 자, 함 생각해 봐라! 나라믄 그게 뭐 7년이라케도 기다리지 않것나 말이다."

"그야 나라도 정말 그러지." 내가 말했다. "하지만 어쩌면 그 남자가 잡은 기회란 게 40달러 이상의 가치가 없는 건지도 모르지. 그걸 그렇게 싸게 팔려고 했다면. 아마 거기 석연치 않은 뭔가가 있겠지."

"그래도 아이다. 자로 잰 듯 분명하다. 그 전단지를 내가 직접 봤다카이. 그놈에 대한 모든 것이, 점 하나까지 세세히 다 써 있더라. 사진맹키로 그놈을 그렸두만. 또 검둥이가 온 저 아래 뉴렐리안즈* 농장에 대해서도 나와 있고 말이다. 절—대, 그럴 리 엄쑴다. 너가 추측하는 그런 문제 같은 건 전혀 없다. 확실하다. 어이 씹는 담배 있음 그거나 하나 줘봐라, 엉?"

나한텐 담배가 하나도 없었고, 그래서 그는 가버렸다. 나는 뗏목으로 가서 생각을 하려고 천막에 앉았다. 하지만 아무것도 떠오르지 않았다. 머리가 지끈거릴 때까지 생각을 했으나, 이 곤경에서 헤어날 아무 방법도 찾을 수가 없었다. 그 긴 여

* '뉴올리언스'의 사투리.

정 후에, 그 악당들을 위해 우리가 할 수 있는 모든 걸 해준 후 결국 이제 남은 건 아무것도 없고, 모든 게 망가지고 못쓰게 돼 버렸다. 그놈들이 속임수를 써서 짐한테 그런 짓을 하고 평생 다시 노예로, 그것도 낯선 사람들 사이에서 노예로 살아가게 할 만한 심장을 가졌기 때문이었다. 그 더러운 40달러 때문에.

나는 이렇게 혼잣말을 했다. 짐이 노예로 살아야 하는 한 자기 가족이 있는 고향에 있는 편이 천 배는 나을 것이니, 내가 톰 소여한테 편지를 써서 짐이 어디 있는지 미스 왓슨한테 말해 달라고 하는 게 낫겠다. 그러나 곧 그 생각을 두 가지 이유에서 포기했다. 그녀는 은혜를 모르고 자기를 떠난 짐의 파렴치함에 화가 나고 정나미가 떨어져서 곧바로 강 하류 지역에 그를 다시 팔아 버릴지 모른다. 만일 그녀가 안 그런대도 사람들은 원래 배은망덕한 검둥이를 경멸하므로 짐이 항상 모멸감을 느끼게 할 것이고 그러면 짐은 망신스럽고 비참할 것이다. 또 나를 생각해 보면! 헉 핀이 검둥이가 자유를 찾아 도망치는 걸 도왔다는 말이 사방에 퍼질 것이다. 그러면 그 마을에서 온 누군가를 혹시라도 다시 만나면 나는 수치심 때문에 당장 무릎을 꿇고 그 사람의 장화를 핥아야 할는지 모른다. 그게 다 그렇다. 사람은 부끄러운 짓을 하고도 그로 인한 결과는 받아들이고 싶어 하지 않는다. 감출 수 있는 한 그건 아무 수치도 아니라 생각한다. 내 경우가 딱 그랬다. 이 생각을 더 오래 할수록 양심이 나를 짓눌렀고, 내가 더욱 사악

하고 비열하고 저질스럽게 느껴졌다. 마침내 이건 나한테 아무 해도 끼친 적 없는 한 불쌍한 늙은 여자의 검둥이를 내가 훔치고 있는 동안 내 악행을 저 위에서 내내 지켜보고 있었다는 걸 알려 주고, 저 위에는 항상 지켜보는 분이 있다는 걸 내게 보여 주는, 그리고 지금 여기까지 겨우 끌고 왔던 이 비천한 짓거리들을 더 이상은 허락하지 않겠다는 걸 지금 내 얼굴을 찰싹 갈겨서 보여 주는 명백한 신의 손길이란 생각이 불현듯 떠올랐다. 나는 너무 무서워서 그만 털썩 주저앉을 뻔했다. 흠, 자라기를 그리 본데없이 자랐으니 나를 너무 탓할 순 없다고 하면서 어떻게든 가책을 좀 덜려고 애써봤다. 하지만 내 안의 무언가가 끈질기게 말했다. "주일학교가 있었잖아. 넌 거기 다닐 수도 있었어. 거기 다녔더라면 사람들이 너한테 가르쳐 줬겠지. 네가 검둥이한테 했던 것 같은 짓을 하면 영원히 꺼지지 않는 지옥불로 간다는 걸."

몸이 오싹해졌다. 기도를 해보기로, 나 같은 남자애로 사는 걸 그만두려고 노력하면 좀 나아질 수 있을지 보기로 마음먹었다. 그래서 무릎을 꿇었다. 하지만 말이 나오지 않았다. 왜 아무 말도 안 나오는 거지? 그분한텐 아무리 감추려 해봤자 아무 소용 없는 것이다. 내게도 마찬가지고 말이다. 나는 왜 말이 안 나오는지 너무 잘 알고 있었다. 그건 내 마음이 옳지 않기 때문이었다. 내가 공정하지 않기 때문이었다. 내가 양다리를 걸쳤기 때문이었다. 죄짓는 걸 그만두려는 척했지만, 내 마음 저 깊은 곳은 가장 커다란 죄악에 매달려 있었다. 옳고 깨끗한 일을 할 것이며, 가서 검둥이의 주인한테 편지를 써서 짐이 어디 있는지 알려 주겠다는 말이 입에서 나오게 하려고 나는 노력했다. 하지만 내 깊은 곳에서는 그게 거짓말이란 걸 알았고, 그분도 알았다. 거짓말로 기도할 수는 없다—그걸 깨달았다.

그래서 나는 더 이상 어쩌지 못할 꽉 찬 고민에 빠졌고, 어떻게 해야 할지 갈피를 잡지 못했다. 마침내 한 가지 생각이 떠올랐다. 나는 말했다. 가서 편지를 쓸 거야—그런 다음 내가 기도를 할 수 있나 보자—흠, 놀라웠다. 즉시 나는 깃털처럼 가벼워졌고 모든 고민이 사라진 듯 느껴졌다. 그래서 온통 기쁨과 흥분에 휩싸여 종이와 펜을 들고 앉아 이렇게 썼다.

왓슨 아주머니.
아주머니의 도망친 노예 짐은 여기에서 2마일 아래 파이크스빌에 있고 펠프스 씨가 짐을 데리고 있는데, 현상금을 받으면 그 남자가 짐을 내줄 거예요. 만약 아주머니가 돈을 보낸다면요.
_헉 핀

나는 기분이 좋았고 그동안 살면서 느껴왔던 모든 죄들이 처음으로 말끔히 씻겨 나간 것 같았다. 그리고 이젠 기도를 할 수 있다는 걸 알게 됐다. 하지만 즉시 하지 않고, 종이를 내려놓은 채 거기 앉아 생각에 잠겼다—이 모든 게 이리 돼서 얼마나 다행인가, 하마터면 길을 잃고 지옥에 갈 뻔하지 않았나 하면서. 그리고 생각을 계속했다. 그러다 강을 떠내려온 우리의 여행에 대해 생각하기에 이르렀다. 나는 항상 내 앞에 있는 짐을 본다. 낮이나 밤이나. 때론 달빛 속에서, 때론 폭풍 속에서. 우리는 늘 물에 떠 있고, 얘기하고 노래하고 웃는다. 하지만 어쩐지 짐 때문에 힘들었던 어떤 장소도 떠올릴 수 있을 것 같지 않다. 오직 그 반대일 뿐. 나는 자기 망보는 시간이 끝난 후에도 내가 더 잘 수 있도록 나를 깨우지 않고 대신 망을 보곤 했던 그를 본다. 내가 그 안개 속에서 돌아왔을 때, 또 반목이 있었던 곳의 그 늪지에서 내가 그에게 다시 돌아갔을 때나 그 비슷한 일들이 있었을 때 그토록 기뻐했던 그를 본다. 늘 나를 '소중한 친구'라 부르고, 나를 귀여워해 주고, 나를 위해 자기가 생각할 수 있는 모든 걸 해주던, 늘 한결같이 착했던 그를 본다. 마침내, 우리가 천연두에 걸린 채 배를 탔다고 말해서 내가 그를 구해 줬을 때 그토록이나 고마워하면서 내가 세상에서 자기의 가장 좋은 친구이고, 또 지금은 자기의 유일한 친구라고 그가 말했던 그 시간까지 왔다. 나는 무심코 주위를 둘러보다가 그 편지를 본다.

힘든 순간이었다. 그걸 들어 손에 쥐었다. 나는 떨고 있었다. 왜냐하면, 둘 중에서 영원한 결정을 내려야만 했기 때문이고, 그게 뭔지 나는 알고 있었다. 숨을 멈추고 잠시 생각한 다음 나는 스스로에게 이렇게 말했다.

"좋아, 그렇다면, 지옥에 가겠어." 그리고 그걸 찢어 버렸다.

그건 무시무시한 생각이었고 무시무시한 말들이었지만, 그것들은 말해졌다. 나는 말해진 것들을 그대로 놔두었다. 새사람이 되겠다는 생각은 절대 다시 하지 않았다. 나는 머릿속에서 모든 걸 파내 버렸고, 다시 악한 쪽을 택하겠다고 말했다. 그게 나한테 맞는다. 그렇게 컸지 그 반대쪽이 아닌 것이다. 그 시작으로 우선 짐을 다시 노예 상태에서 훔쳐 내는 일에 착수할 것이다. 더 나쁜 무언가를 생각해 낼 수 있다면 그 또한 할 것이다. 내가 그쪽에 몸담는 한, 또 영원히 그럴 바에는 철저한 편이 낫기 때문이다.

그런 다음 어떻게 이 일에 접근할지 생각해 보기 시작했다. 속으로 아주 많은 방법들을 곰곰 따져 보다가, 마침내 내게 적합한 계획 하나를 찾아냈다. 나는 강에서 조금 아래 내려간 곳의 나무가 울창한 섬을 탐험했고, 꽤 어둑어둑해지자 곧 뗏목을 살그머니 그리 끌고 가 숨긴 후에 잠을 청했다. 밤새도록 잤고, 해 뜨기 전 일어나 아침을 먹고 상점에서 산 옷들을 입은 다음, 이것저것을 한 꾸러미로 묶어 카누를 타고 연안가로 향했다. 펠프스네 집이라 판단되는 곳 아래 상륙해서 숲속에 꾸러미를 감춘 다음, 카누에 물을 가득 채우고 돌멩이들을 실어 필요할 때 다시 찾을 수 있는 곳에 가라앉혔다. 강둑에 증기로 가동하는 작은 제재소가 있는 곳에서 4분의 1마일 정도 아래였다.

그런 다음 행길로 나섰고, 그 제재소를 지날 때, '펠프스네 제재소'라 쓰인 간판을 보았다. 나는 멀리 2, 3백 야드 근방에 죽 펼쳐진 농가들 쪽을 계속 힐끗거리면서 다가갔으나, 이제 날이 꽤 환했는데도 불구하고 아무도 근방에 보이지 않았다. 하지만 상관없었다. 아직까진 누구도 보고 싶지 않았기 때문이다. 그저 지형이나 좀 파악하고 싶었다. 내 계획대로라면 나는 저 아래가 아니라 마을 쪽에서 나타나는 거였다. 그래서 그냥 쓱 둘러보고 곧바로 읍내를 향해 걸어갔다. 흠, 거기 도착했을 때 내가 처음으로 본 사람은 바로 공작이었다. 그는 〈왕실 천하일품〉─사흘 밤 공연─지난번처럼 말이다─전단지를 붙이고 있는 중이었다. 저 낯짝 두꺼운 사기꾼들! 피할 수 있기 전에 곧바로 그와 마주치고 말았다. 그는 놀란 듯 보였다.

"어─이! 어디서 오는 길이냐?" 그러더니 기쁘고 간절한 듯한 어조로 그가 물었다. "뗏목은 어땠냐? 어디 잘 놔뒀지?"

내가 말했다.

"어, 전하께 제가 막 물어보려던 게 그거예요."

그러자 그는 별로 즐거워 보이지 않았고, 이렇게 말했다.

"왜 나한테 그걸 물어봐야겠다고 생각한 거냐?"

"그러니까," 내가 말했다. "어제 그 대폿집에서 왕을 보고 전 생각했지요. 술이 깰 때까지 몇 시간은 왕을 집으로 모셔 갈 수 없겠구나. 그래서 시간을 때우려고 이리저리 마을을 어슬렁거리면서 기다렸어요. 한 남자가 오더니, 10센트 줄 테니 강에 보트 끌고 나가서 양을 데리고 돌아오는 걸 도와달라 제안하기에 따라갔지요. 우리는 그 양을 보트까지 끌고 왔는데, 남자가 저한테 밧줄을 들려 놓고 자긴 뒤에서 떠밀겠다고 양

뒤로 갔어요. 그런데 양이 기운이 너무 세서 줄을 홱 풀고 달아났고 우린 그걸 쫓아갔지요. 우리한텐 개도 없었고, 그래서 완전 지쳐 떨어질 때까지 온 마을을 그 양을 쫓아다녀야 했어요. 어두워질 때까지도 그걸 잡지 못했어요. 그러다 우린 그걸 붙들었고, 전 뗏목으로 출발했죠. 제가 거기 가보니 그게 사라진 거예요. 저는 혼잣말을 했어요. '그분들한테 무슨 문제가 생겨 떠나야 했구나. 그분들이 내 검둥이를 데려갔어. 하나밖에 없는 검둥이를. 이제 이 낯선 고장에서 더 이상 돈 될 만한 것도 하나 없고, 먹고살 방편도 없는데 말이야.' 그래서 주저앉아 울었어요. 전 밤새 숲에서 잤어요. 그런데, 그럼 뗏목은 어떻게 된 거예요? 그리고 짐—불쌍한 짐은요!"

"그걸 안다면 내 성을 간다—그러니까, 그 뗏목이 어찌 됐는지 안다면 말이다. 그 천치 영감이 거래를 해서 40달러를 벌었고, 우리가 영감을 그 대폿집에서 찾아냈을 때는 놈팡이들이 영감하고 현금 치기 내기를 해서, 영감이 위스키로 쓴 돈 빼고 1센트 하나까지 다 가져갔다. 내가 어젯밤 늦게 영감을 데리고 귀가했더니 뗏목이 없어졌더구나. 우린 그랬지, '그 쬐끄만 악당이 우릴 떨어내고 우리 뗏목을 훔쳐 강으로 줄행랑쳐 버렸구나.'"

"제가 제 검둥이를 떨어내진 않을 거 아녜요, 안 그래요? 이 세상 유일한 내 하나뿐인 검둥이, 제 유일한 재산을요."

"우린 그 생각은 전혀 못 했다. 사실인즉, 우리는 짐을 우리 걸로 여기게 된 것 같다. 그래, 우린 그놈을 그리 생각했다. 그놈 때문에 우리가 얼마나 골치를 썩었는지 하늘은 아실 거다. 그래서 뗏목이 사라진 걸 보고, 우린 완전 빈털터리라, 〈왕실 천하일품〉을 한 번 더 운에 맡겨 보는 것 말고 달리 돈 나올 방도가 없었다. 뿔 화약통처럼 돈줄이 마른 이래로 옴짝달싹 못 하겠구나. 그 10센트는 어딨냐? 이리 내놔라."

나한텐 돈이 꽤 있었다. 그래서 그에게 10센트를 주었다. 하지만 먹을 만한 걸 사는 데 쓰라고 하면서 나한테도 좀 달라고 사정했다. 그게 내가 가진 전부고 어제부터 아무것도 먹지 못했다면서 말이다. 그는 아무 말도 하지 않았다. 다음 순간 그가 내게로 휙 돌아서며 말했다.

"너 그 검둥이가 우릴 고자질할 거라 생각하냐? 그랬다간 우리가 그놈 가죽을 벗겨 버릴 테야!"

"어떻게 고자질해요? 도망친 거 아니었어요?"

"아니다! 그 늙은 천치가 팔았는데, 나랑 한 푼도 나누지 않고 그 돈이 다 없어졌다."

"짐을 팔았다고요?" 내가 말했다. 그리고 울기 시작했다. "아니, 그건 제 검둥이였어요. 그건 제 돈이었다고요. 짐은 어딨죠? 제 검둥이 돌려주세요."

"흠, 넌 네 검둥이를 찾을 수 없다. 그게 다야. 그러니 훌쩍 거리지 말고 뚝 해라. 이봐라—너 우리에 대해 까발릴 만큼 네가 용감한 거 같으냐? 너를 믿느니 차라리 성을 갈지. 야, 만일 네가 우릴 밀고하면……"

그는 말을 멈췄으나, 공작의 눈에서 그렇게 야비한 표정을 본 적은 전엔 한 번도 없었다. 나는 계속 훌쩍거리면서 말했다.

"전 어느 누구도 고자질하고 싶지 않아요. 누굴 고자질할 시간도 하나도 없고요. 전 이제 제 검둥이를 찾아 나서야 해요."

그는 펄럭거리는 전단지를 안고 이마를 찡그린 채 거기 서서 좀 고민하는 듯 보였다. 마침내 그가 말했다.

"네게 뭔가 말해 주마. 우린 여기서 사흘은 있어야 해. 만일 네가 까발리지 않겠다고 약속하면, 그리고 그 검둥이도 입단속을 시킨다면, 어디서 그놈을 찾을 수 있을지 말해 주마."

그래서 나는 약속했고, 그가 말했다.

"그 농부 이름이 사일러스 페…" 그는 그러다 멈췄다. 보다시피 그는 처음엔 내게 사실을 말하기 시작했다. 하지만 이런 식으로 멈췄을 땐, 다시 따져 보고 다시 생각해 보기 시작했다는 것이다. 나는 그가 마음을 바꾸고 있다고 생각했다. 그랬다. 그는 나를 믿지 않으려 했다. 그는 총 사흘 동안 내가 자기한테 확실히 방해가 되지 않기를 바랐다. 그래서 곧 이렇게 말했다. "짐을 샀던 남자 이름은 애이브람 포스터—애이브람 G. 포스터라고 하는데—여기서 40마일 들어간 시골 오지에 산다. 라파예트 가는 길의."

"좋아요." 내가 말했다. "사흘만 걸으면 되겠네요. 그럼 오후에 바로 출발할래요."

"아니, 그러지 마라. 지금 출발해. 괜히 꾸물거리지 말고, 가는 길에 괜히 쓸데없는 소리도 지껄이지 말고. 머릿속으로 혓

바닥일랑 단단히 묶어두겠단 생각을 하고 그냥 쭉 가거라. 그러면 우리랑은 골치 아프게 엮이지 않을 테니. 알겠냐?"

그게 그의 입에서 떨어지길 바랐던 명령이었고 내가 연극을 한 이유였다. 나는 내 계획을 실행하기 위해 얼른 자유롭게 놓여나고 싶었다.

"자, 얼른 가버려라." 그가 말했다. "너는 미스터 포스터한테든 누구한테든 너 하고 싶은대로 말하면 된다. 어쩌면 짐이 네 검둥이란 걸 믿게 할 수 있을지 모르지. 어떤 멍청이들은 증명서를 요구하지 않으니까. 적어도 여기 남부 아래 지방은 그런다고 들었다. 말할 때 그 전단하고 현상금이 위조라고 하고 그런 아이디어가 어떻게 나오게 된 건지 설명해 주면, 어쩌면 그 사람이 너를 믿을지도 모르지. 이제 죽 가거라. 그리고 지껄이고 싶은 건 뭐든 다 그 사람한테 말하거라. 하지만 여기서 그리 가는 동안은 절대 턱 놀리지 않는다는 거 명심하고."

그래서 나는 떠났고, 산간오지 쪽으로 걸어갔다. 뒤를 돌아보진 않았으나 그가 나를 지켜보고 있다는 느낌이 들었다. 그렇게 해서 그를 지쳐 떨어지게 할 수 있다는 걸 나는 알고 있었다. 나는 멈추지 않고 시골길을 1마일 정도 죽 걸어갔다. 그 뒤 펠프스네를 향해 왔던 길을 숲속으로 해서 돌아갔다. 나는 질질 시간 끌지 말고 내 계획을 즉각 실행하는 게 낫겠다고 생각했다. 그 두 양반들이 떠날 수 있을 때까지 짐의 입을 막아두고 싶었기 때문이다. 그런 부류랑은 어떤 문제도 일으키고 싶지 않았다. 그들이 어떤 인간들인지 알고 싶었던 건 다 알았으니, 이제는 완전하게 인연을 끊고 싶었다.

32장

거기 도착하니 온통 조용한 일요일 같았고, 뜨겁게 햇살이 내리쬐었다. 일손들은 다 들에 나가고 없었다. 날벌레들과 파리들이, 사람들이 다 죽어 사라져 버린 것처럼 몹시 쓸쓸한 기분이 들게 하는 희미한 음조로 공중에서 앵앵거렸다. 거기에 산들바람이 불어와 나뭇잎들을 살랑이면, 마치 혼령들—아주 오래전에 죽은 그런 혼령들—이 속삭이는 것 같고, 그 혼령들이 내 얘길 하고 있다는 생각이 들게 만들어 애잔한 기분이 된다. 그러면 대개는 차라리 콱 죽어 그걸로 모든 걸 끝내고 싶어진다.

다 똑같아 보이는 초라한 여러 작은 목화 농장들 중 하나가 펠프스네 것이었다. 2에이커의 땅 둘레로 가로장 울타리가 쳐 있고, 울타리를 올라가거나 여자들이 말에 뛰어오르려 할 때 밟고 서도록, 톱질한 통나무들을 서로 길이가 다른 통들처럼 거꾸로 박아 층계형 출입구를 만들었다. 넓은 마당엔 잔디가 볼품없이 깔려 있었는데, 문질러 보풀을 뜯어낸 낡은 모자처럼 떼가 거의 벗겨져 반들거렸다. 백인들이 거주하는 커다란 2가구용 목조 가옥―굵은 통나무를 잘라 만든―은 진흙과 모르타르로 갈라진 틈을 막고, 진흙 줄이 나 있는 데는 한두 차례 회반죽 칠을 해놓았다. 둥그스름한 통나무 부엌은 널찍하게 트여 있었으나, 지붕을 얹은 통로로 집과 이어져 있었다. 부엌 뒤에는 통나무 훈제실이 있었다. 훈제실 맞은편으로는 검둥이들이 사는 작은 통나무 오두막 세 채가 나란히 있었고, 작은 오두막 한 채만 뚝 떨어져 뒷울타리 가까이에 세워져 있었다. 그 작은 오두막 옆으로 양잿물 만드는 재를 담아두는 통과 비누를 끓이는 큰 가마가 있었다. 그 맞은편 약간 아래로는 다른 옥외 건물들 몇 채가 있었다. 부엌문 옆 벤치에는 물을 담는 양동이와 호리병이 있었다. 사냥개 한 마리가 햇빛을 받으며 벤치에서 자고 있었다. 그 주변에는 더 많은 사냥개들이 자고 있었다. 한쪽 구석에서 좀 떨어진 곳에 햇빛 가리개용 나무 세 그루가 있었고, 까치나무밥과 구스베리가 울타리 한쪽 옆에서 덤불을 이루고 있었다. 울타리 바깥은 마당과 수박밭이었다. 거기서 목화밭이 시작되고, 그 밭 너머론 숲이었다.

나는 빙 돌아서 잿물통 옆 뒤 울타리 층계참을 넘어 부엌 쪽으로 향했다. 고작 몇 걸음 떼었을 때 물레가 꺽꺽거리며 위로 올라갔다가 다시 아래로 떨어지면서 내는 흐릿한 흥얼거림이 들려왔다. 내가 죽어 버리면 좋겠다는 생각을 한 건 확실했다―그건 세상에서 가장 쓸쓸한 소리였다.

나는 구체적인 계획은 따로 세우지 않고, 필요한 때가 되면 신의 섭리가 입에서 적절한 말이 나오도록 해주겠지 믿으며 그냥 죽 걸었다. 그냥 내버려 둬도 신의 섭리가 항상 내 입에 적절한 말들을 넣어 준다는 걸 깨달았기 때문이다.

반쯤 왔을 때 사냥개 한 마리가 먼저 나를 향해 다가왔고 그리더니 또 한 마리가 다가왔다. 물론 나는 멈춰서 그것들을 마주 보며 가만히 있었다. 그런데 개들이 일으킨 그 야단법석 이라니! 15초 후 나는 말하자면 바퀴의 중추 같은 것이 되었 고—개들이 바퀴살이 된— 그 열다섯 마리의 개들은 다 같이 목과 코를 나를 향해 치켜든 채 긴 울음소릴 뽑고 짖어 대면 서 내 주위를 촘촘히 에워쌌다. 더 많은 개들이 오고 있었다. 사방팔방에서 모퉁이를 돌고 울타리를 넘어 몰려오는 개들 을 볼 수 있었다.

한 검둥이 여자가 부엌에서 밀 방망이를 손에 들고 후다닥 달려오며 소리를 질렀다. "너 타이그 저리 가! 너 스팟! 쉿, 저 리 가!" 그녀는 처음 한 놈을 잡아서 한 대 먹이고 다른 또 한 놈한테도 그렇게 해서 처량한 울음소리와 함께 쫓아 버렸다. 그러자 나머지 놈들이 따라갔다. 얼마 안 돼 그놈들 중 절반 이 돌아와 꼬리를 흔들며 나를 에워싸고 나랑 친해졌다. 어떤 사냥개도 아무 적개심이 없었다.

그 여자 뒤로 어린 검둥이 계집애와, 아마포로 만든 셔츠 말곤 아무것도 안 입은 두 어린 검둥이 사내애들이 와서 자 기들 엄마 치맛자락에 매달려 등 뒤에서, 아이들이 으레 그렇 듯 부끄럼을 타며 나를 빼꼼히 내다보았다. 그리고 마흔다섯에서 오십 정도 된 백인 여자가, 모자도 쓰지 않고, 손에 물레 막대를 든 채 집에서 나와 이리로 달려오고 있었다. 그녀 뒤에선 어린 백인 아이들이 어린 검둥이 아이들이 그런 것과 똑같이 따라오고 있었다. 그녀는 제대로 서 있을 수도 없을 정도로 온통 미소를 지었고— 이렇게 말했다.

"너구나, 드디어! 그렇지?"

생각도 하기 전, "예, 아주머니." 하는 말이 나와 버렸다.

그녀가 나를 잡아 꽉 끌어안았다. 그러더니 내 양손을 꼭 쥐고, 흔들고 또 흔들었다. 그녀의 눈엔 눈물이 맺혀 계속 줄줄 흘렀다. 그녀는 나를 껴안고 손을 흔들고 하는 게 여전히 성에 안 차는 것처럼 보였고 계속 이렇게 말했다. "넌 내가 그러리라 생각했던 것만큼 네 엄마를 많이 닮진 않았네. 하지만, 아아, 아무렴 어떠냐, 너를 보게 돼 너무 좋다! 이 귀여운 것, 귀여워라, 너를 먹어 버릴 수도 있을 것 같다! 얘들아, 앤 너희 사촌 톰이다! 안녕 하고 인사해야지."

하지만 아이들은 고개를 숙이고 손가락을 입에 물며 그녀 뒤로 숨었다. 그래서 그녀가 말을 계속했다.

"리즈, 얼른 서둘러, 애한테 당장 따뜻한 아침 좀 차려 줘. 아니면, 너 배에서 아침 먹었니?"

나는 배에서 먹었다고 했다. 그래서 그녀는 내 손을 잡고 집으로 향하기 시작했고 아이들은 뒤에서 졸졸 따라왔다. 우리가 안에 들어가자 그녀는 나를 등나무 의자에 앉히고, 자기는 내 앞의 약간 낮은 등받이 없는 의자에 앉아 내 두 손을 잡고 말했다.

"이제 너를 실컷 볼 수 있겠네. 소원이 이뤄졌구나. 난 오랜 세월 아주 많은 시간 동안 이 순간을 갈망해 왔다. 그런데 마침내 왔어! 우린 2, 3일쯤 지나면 네가 오겠지 하고 있었어. 무슨 일 있었니? 배가 암초에 걸렸나?"

"예, 아주머님, 배가……."

"'예, 아주머님'이라고 하지 마라—샐리 이모라고 해. 어디서 암초에 걸렸는데?"

나는 즉시 무슨 말을 해야 할지 몰랐다. 왜냐하면 그 배가 강 상류에서 오는 건지 하류에서 오는 건지 몰랐기 때문이다. 하지만 직관을 믿기로 했다. 내 직관은 배가 강을 올라오고 있었다고—그러니까 올리언스 쪽 하류에서 올라온 것이라고 말했다. 내가 그쪽 방향 모래톱들 이름을 몰랐기 때문에 비록 그게 큰 도움이 되지는 않았지만 말이다. 모래톱 이름을 하나 지어내거나 아니면 우리가 좌초됐던 곳 이름을 잊어버렸다고 하거나—아니면— 그러다 막 어떤 괜찮은 생각이 떠올라 얼른 그걸 꺼내 놨다.

"좌초 때문에 그런 게 아니었어요. 그거 때문에 약간 늦긴 했지만요. 우리 배의 실린더 헤드가 박살 났어요."

"아이고 저런! 아무도 안 다쳤니?"

"아뇨, 아주머니. 검둥이 하나만 죽었어요."

"그래, 그럼 다행이네. 간혹 여러 사람이 다치기도 하거든. 2년 전 성탄절 때, 네 사일러스 이모부가 낡은 랄리 룩을 타고 뉴렐리엔즈*에서 올라오는 길이었는데, 실린더 헤드가 터져서 남자 하나를 불구로 만들었어. 내 생각으론 그 뒤 그 남자가 죽었지 싶다. 그 남자는 침례교도였는데. 네 이모부 사일러스가 베이턴 라우지에, 그 사람 가족을 아주 잘 아는 가족을 알고 있었거든. 그래. 이제 기억난다. 그 남잔 죽었지. 괴저가 생겨서 절단을 해야 했었어. 하지만 그 사람을 살리진 못했어. 그래. 그건 괴저였다―맞아. 그 남잔 온몸이 푸르스름하게 변해서, 부활의 은총을 바라며 죽었단다. 사람들이 그러는데 정말 보기 끔찍했다더라. 네 이모부는 너를 데려오려고 매일 읍내에 갔었어. 지금도 거기 가 있고. 한 시간쯤 된 것 같은데. 이제 아무 때고 곧 돌아오겠다. 너 길에서 분명 그 사람을 봤을 거야. 안 그러니? 좀 늙수그레하고 차림은……."

"아뇨, 아무도 못 만났어요, 샐리 이모. 배가 막 동틀 무렵 상륙해서 전 제 짐 가방을 부둣가 배에 놔두고 읍내랑 시골 마을을 좀 둘러보러 갔었어요. 여기 너무 빨리 오지 않도록 시간을 보내느라고요. 그래서 뒷길로 해서 온 거예요."

"가방을 누구한테 맡겼니?"

"아무한테도요."

"아이고 얘야, 도둑맞겠다!"

"잘 감춰 뒤서 도둑맞지는 않을 거예요." 내가 말했다.

"어떻게 배에서 그렇게 일찍 아침을 먹었니?"

---

* 헉이 가는 곳마다 '뉴올리언스'가 그 지방 사투리로 조금씩 다르게 발음되고 있다.

그건 살얼음 같은 질문이었지만, 나는 말했다.

"선장이 왔다 갔다 걸어 다니는 저를 보더니 연안에 오르기 전 뭔가 좀 먹어 두는 게 낫겠다고 그랬어요. 그래서 갑판실 선장 식당으로 저를 데려가서 제가 먹고 싶어 하는 걸 다 줬어요."

나는 점점 더 불안해져서 그녀 말이 잘 들리지 않았다. 줄곧 아이들 생각만 했다. 아이들을 한쪽으로 데려가 내가 누군지 그 애들을 추궁해 알아내고 싶었다. 하지만 그럴 기회는 전혀 보이지 않았고, 펠프스 부인은 계속 얘기를 이어갔다. 이내 내 등에 서늘한 전율이 흘렀다. 그녀가 이렇게 말했기 때문이다.

"그런데 여기서 우리가 이런 얘기만 계속 하느라, 너한테서 언니나 다른 가족들에 관해선 한 마디도 못 들었네. 자, 난 쉴 테니까, 이제 네가 시작해라. 그냥 다 얘기해다오—가족들 하나하나 다. 가족들은 어떤지, 다들 어떻게 지내고 있는지, 나한테 무슨 말을 전하라고 했는지, 네가 생각해 낼 수 있는 하나하나 다, 조금도 빼먹지 말고."

흠, 내가 그루터기에 걸렸다는 걸 알 수 있었다—그것도 꽤 커다란. 지금까지 신의 섭리는 다행스럽게 내 편이었다. 하지만 지금은 옴짝달싹할 수 없는 상황이었다. 나는 더 밀고 나가 봐야 아무 소용 없다는 걸 깨달았다. 두 손 들고 항복해야 한다는 걸 말이다. 그래서 생각했다. 여긴 내가 위험을 무릅쓰고 진실을 말해야 할 또 다른 곳이야. 나는 시작하려고 막 입을 열었다. 하지만 그녀가 나를 침대 뒤로 홱 잡아 끌어당기면서, 이렇게 말했다.

"저기 저 사람이 오네! 머리를 더 낮춰라—거기, 그만함 되겠다. 자, 이제 넌 안 보일 거야. 넌 여기 없는 척하거라. 내 저 사람을 놀려줄 테니까. 얘들아, 아무 말도 하지 말거라."

나는 이제 꼼짝할 수 없는 처지가 되었다. 하지만 걱정해 봐야 아무 소용 없었다. 그냥 가만히 있다가, 위에서 번개가 내리치면 비켜설 준비를 하는 수밖엔.

나는 노신사가 들어올 때 아주 잠깐 그를 힐끗 보았다. 그 후 침대가 그를 가렸다. 펠프스 부인이 그에게로 달려가 말했다.

"그 애가 왔어요?"

"아니." 그녀의 남편이 말했다.

"오, 맙소사!" 그녀가 말했다. "세상에 그 애가 도대체 어떻게 된 거예요?"

"전혀 모르겠소." 노신사가 말했다. "정말 끔찍하게 불안하다는 말을 할 수밖에 없군."

"불안하다고요!" 그녀가 말했다. "나는 돌아 버릴 거 같아요! 그 앤 도착한 게 분명해요. 당신이 길에서 걔를 놓친 거라고요. 분명 그랬을 거야. 그런 생각이 들어요."

"뭐, 샐리, 길에서 그 아일 어떻게 놓치겠어—당신도 알 텐데."

"하지만, 오, 맙소사, 언니가 뭐라 그럴까! 그 앤 여기 왔어야 하는데! 당신이 그 앨 놓친 게 분명해요. 걔……."

"아, 그렇잖아도 충분히 심란하니까 날 더 심란하게 만들지 마오. 도대체 뭘 어찌해야 할지 모르겠구먼. 아무 생각도 안 나고, 솔직히, 좀 겁이 나는 걸 인정할 수밖에 없구려. 그애가 오리란 희망이 전혀 없으니! 내가 그 앨 놓친 건 그 애가 올 수 없었기 때문인 거야. 샐리, 끔찍하군, 그저 끔찍할 따름이오. 그 배에 무슨 일이 생긴 거요, 분명!"

"사일러스! 저기 좀 봐요! 저 길 끝이요! 누가 오고 있지 않아요?"

그는 침대 머리맡의 창가로 펄쩍 뛰어갔고, 펠프스 부인은 자신이 노리던 기회를 잡았다. 그녀가 얼른 침대 발치로 와서 나를 밖으로 끌어당겨, 나는 밖으로 나왔다. 그가 창에서 돌아섰을 때, 그녀는 집안을 데우는 장작불처럼 반짝이는 미소를 지으며 거기 서 있었고, 나는 땀을 줄줄 흘리며 몹시 뻘쭘하게 나란히 같이 서 있었다. 노신사가 나를 빤히 쳐다보면서 말했다.

"헛, 이 앤 누구지?"

"누구 같은데요?"

"전혀 모르겠는데. 누구지?"

"톰 소여잖아요!"

어이쿠, 나는 바닥에 쿵 쓰러질 뻔했다! 하지만 다른 칼로 바꿔 들 시간이 전혀 없었다. 노신사는 내 손을 잡고 흔들었고, 그 여자가 춤을 추며 웃고 우는 동안에도, 줄곧 그렇게 흔들어 댔다. 그러고 나서 그둘 둘 다 시드와 메리, 그리고 나머지 친척들에 관해 속사포처럼 질문을 해댔다.

혹시 그들이 기뻤다 해도 그건 내 기쁨에 비하면 아무것도 아니었다. 마치 다시 태어난 것 같았다. 내가 누군지 알게 돼 몹시 기뻤다. 어쨌든 그들은 나를 두 시간 동안 꼼짝도 못하게 했고, 나는 마침내 턱이 너무 아파서 더 이상 계속할 수 없을 때까지 내 가족에 대해—내 말은 톰 소여의 가족에 대해— 실제 그 여섯 명의 소여 가족들한테 일어났던 일들보다 더 많은 것들을 얘기했다. 그리고 우리 배가 화이트 리버 입구에서 어떻게 실린더 헤드를 날려 버렸는지와, 그걸 고치는 데 사흘이 걸렸다는 것도 다 설명했다. 그 얘긴 무사히 잘 먹혔다. 왜냐하면 그걸 수리하는 데 뭐가 사흘이나 걸리는지 그들이 몰랐기 때문이다. 설령 내가 그걸 볼트 헤드라 불렀대도, 마찬가지로 아무 문제 없었을 것이다.

이제 내 몸은 허리 아래로는 엄청 편안했고, 허리 위론 몹시 불안했다. 톰 소여가 되는 것은 쉽고 편안했다. 마침내 증기선이 쿨럭거리며 강을 내려오는 소리를 듣기 전까지는, 쉽고 편안하게 그로 있을 수 있었다. 나는 생각했다. 톰 소여가 저 배를 타고 온다면? 금방이라도 여기 들이닥쳐, 내가 가만히 있으라고 눈을 찡긋하기도 전에 내 이름을 불러 젖힌다면?

흠, 일이 그런 식으로 돌아가게 할 순 없었다. 절대 안 될 일이었다. 길에 나가서 그를 불러 세워야 한다. 그래서 나는 가족들한테 읍내에 가서 내 가방을 가져오겠다고 말했다. 노신사가 나를 따라오려고 했으나 나는 괜찮다고 하면서, 혼자 말을 몰 수 있고 나 때문에 폐 끼치고 싶지 않다고 말했다.

33장

　그래서 나는 마차를 몰고 읍내를 향해 출발하기 시작했는데, 절반쯤 갔을 때 마차 하나가 오고 있는 것이 보였다. 그건 분명 톰 소여일 것이기에, 나는 멈춰서 그 애가 다가오길 기다렸다. 내가 "잠시 멈춰요!" 했더니 마차가 내 옆으로 나란히 섰고, 그 애의 입은 트렁크처럼 벌어진 채 닫힐 줄을 몰랐다. 그 애가 목이 바싹 마른 사람처럼 두세 번 침을 삼키더니, 말했다.

　"난 너한테 여태 아무 나쁜 짓도 안 했어. 너도 알잖아. 그렇다면 뭣 때문에 돌아와 날 쫓아다니는 거냐?"

　내가 말했다.

　"난 돌아온 적 없어. 간 적이 없거든."

　내 목소리를 듣자 그는 얼마간 정신을 차렸지만 아직 만족스러워하진 않았다. 그가 말했다.

　"날 갖고 놀 생각은 절대 하지 마. 나도 너한테 안 그럴 거니까. 하늘땅에 대고 맹세해 봐. 지금. 너 귀신 아니야?"

　"하늘땅에 대고 맹세하는데, 아니야." 내가 말했다.

"그럼 난, 난, 뭐, 그럼 됐겠지만, 어떻든 도무지 이해가 안 되는 것 같긴 해. 이봐, 너 살해당한 게 아니었어, 정말?"

"응, 난 절대 살해당한 적 없어. 그런 척 연극을 했던 거지. 만약 못 믿겠으면 이리 와서 날 만져 봐."

그래서 그는 그렇게 했다. 그건 그를 만족시켰고 나를 다시 본 게 기뻐 어쩔 줄 몰라 했다. 그리고 당장 모든 걸 알고 싶어 했다. 그건 자기 세계에 사는 톰을 번쩍하게 하는 그런 굉장한 모험이자 신비였기 때문이다. 하지만 나는 그건 조만간 다시 얘기하자 하고, 그의 마차 운전수한테 기다리라 한 다음, 약간 떨어진 곳으로 그와 마차를 몰고 가서 내가 처한 난감한 상황을 얘기하고 나서 우리가 어떻게 하는 게 낫겠냐고 물었다. 그는 자기를 1분만 좀 내버려 두고 방해하지 말라고 했다. 그래서 생각하고 또 생각하더니, 그는 곧 이렇게 말했다.

"좋아. 어떻게 하면 좋을지 알았어. 네 짐마차에 내 트렁크를 싣고, 네 것인 척해. 그리고 넌 천천히 시간을 끌면서 돌아가. 원래 네가 그 집에 도착해야 하는 시간쯤에 갈 수 있도록 말야. 나는 읍내 쪽으로 좀 가서, 거기서 새로 출발해서 네가 도착한 다음 15분이나 30분쯤 후 그리로 갈게. 넌 처음엔 나를 아는 척할 필요 없어."

내가 말했다.

"좋아, 하지만 잠깐만 기다려. 한 가지 더 있어—나 말곤 아무도 모르는 거야. 그러니까, 내가 노예 상태에서 몰래 빼내려고 애쓰는 검둥이가 여기 있는데, 이름은 짐이야—노처녀 미스 왓슨의 짐."

그가 말했다.

"뭐라고! 왜, 짐이……."

그는 말을 멈췄고 곰곰이 생각해 보기 시작했다. 내가 말했다.

"네가 무슨 말을 할지 알아. 그건 비열하고 천한 짓이라 하겠지. 하지만 그럼 어때?—내가 천한데 뭐. 그래서 난 짐을 훔칠 거야. 그러니 네가 입 꼭 다물고 아는 척 안 하면 좋겠어. 알았지?"

그의 눈이 번쩍했다. 그가 말했다.

"네가 훔치는 걸 도울게!"

나는 마치 총에 맞은 것처럼 놀라 자빠질 뻔했다. 이건 여태 내가 들은 가장 놀라운 말이었다. 또 톰 소여에 대한 내 평가 역시 상당히 낮아졌다 할 수밖에 없었다. 진짜 믿기 어려웠다. 노예 도둑 톰 소여라!

"아, 제길," 내가 말했다. "너 농담하는 거지."

"아니, 농담 아냐."

"뭐, 그렇다면," 내가 말했다. "농담이든 농담 아니든, 도망친 노예에 관한 무슨 얘기라도 들으면, 거기 대해 넌 아무것도 모르는 거고, 나도 짐에 대해 아무것도 모른다는 거, 제발 잊어버리지 마."

그 후 우린 그의 가방을 가져와 내 짐마차에 실었고, 그는 그의 길로 난 내 길로 마차를 몰았다. 하지만 물론, 몹시 기뻤던 데다 너무 많은 걸 생각하느라 나는 마차를 천천히 몰아야 한다는 걸 까맣게 잊어 버렸다. 그래서 갔다 왔다 해야 할 거리에 비해 지나치게 빨리 집에 도착했다. 노신사가 문가에 있다가 이렇게 말했다.

"허, 이거 놀랍네! 누가 저 암말이 그리 달렸다고 생각하겠니? 우리가 시간을 재봤더라면 좋았을 텐데. 게다가 털도 안 젖었구나—단 한 자락도 말이다. 거 놀랍다. 자, 난 이제 누가 백 달러 준대도 저 말 안 팔란다. 진짜 안 판다. 그런데도 전엔 15달러면 팔려고 했거든, 그게 저 말의 값어치라 생각했으니까."

그게 그가 말한 전부였다. 그는 내가 여태 만난 사람들 중 가장 순박하고 가장 착한 아저씨였다. 하지만 그건 놀랍지 않았다. 왜냐하면 그는 그냥 단순한 농부가 아니라 목사였고, 농장 뒤쪽으로 내려가는 길에 있는 작고 초라한 교회를 가지고 있었다. 그건 교회이자 교사校舍로 쓰려고 자기 돈을 들여 직접 지은 것이었고, 설교의 대가로 그는 어떤 것도 요구하지 않았다. 그럴 가치가 있는데도 말이다. 남부 아래 지방에는 이런 농사꾼 목사들이 꽤 많았다.

약 30분 후 톰의 짐마차가 앞 울타리 출입구 쪽으로 달려왔고, 거긴 창에서 겨우 50야드 정도 거리였기 때문에 샐리 이모가 창문으로 내다보며 말했다.

"어어, 저기 누가 온다! 누군지 궁금한데? 타지 사람일 거 같은데. 지미(는 아이들 중 하나다), 뛰어가서 리즈한테 점심 먹을 접시 하나 더 놓으라고 해라."

모두들 현관문으로 달려갔다. 물론 이방인이 해마다 오는 게 아니기 때문에, 이방인이 오는 건 흥미로 치면 황열병을 능가한다. 톰은 울타리 출입문을 넘어 집 쪽으로 향하기 시작했다. 마차는 마을 쪽을 향해 바퀴를 굴렸고, 우리는 모두 현관문 앞에 한 무더기로 서 있었다. 톰은 상점에서 산 옷을 입고 관객을 사로잡았다—그런 게 늘 톰 소여한테 미치게 만드는 것이다. 어떤 상황에서도 거기 어울리는 숱한 스타일들을 연출하는 게 그 애한텐 아무 어려울 게 없었다. 그 애는 순한 양처럼 숫기 없이 마당을 걸어오는 남자애가 아니었다. 물론 아니지. 그 아인 숫양처럼 침착하게 으스대며 걸어오는 그런 애였다. 우리 앞에 서자 그는 쓰고 있던 모자를 우아하고 조신하게, 마치 그게 잠자는 나비들이 들어 있는 상자의 뚜껑인데 자긴 그 잠을 방해하고 싶지 않다는 듯이 들어 올리며 말했다.

"아치발드 니콜라스 씨라 사료됩니다만?"

"아니다, 애야." 노신사가 말했다. "네 운전사가 널 속였다는 말을 하게 돼 유감스럽구나. 니콜라스네는 3마일 정도 더 내려가야 한다. 들어오거라, 들어와."

톰 그 애가 자기 어깨 너머를 돌아보더니 말했다. "너무 늦었군요, 마차가 안 보이네요."

"그래, 마부가 떠났구나. 애야, 들어와서 우리랑 같이 식사를 하자꾸나. 그런 뒤 우리가 너를 니콜라스네까지 태워다 주마."

"아, 그렇게 많은 폐를 끼칠 순 없어요. 그런 건 생각도 할 수 없어요. 걷겠습니다—거리는 상관없어요."

"하지만 우리가 널 걷게 하지 않을 거다. 그러는 건 남부식 접대법이 아니지. 얼른 들어와라."

"오, 그러렴." 샐리 이모가 말했다. "그건 우리한테 조금도 폐 끼치는 게 아니야. 전혀 안 그래. 꼭 쉬었다 가려므나. 삼 마일이나 되는 먼지투성이 길인데 우리가 널 걷게 할 순 없지. 게다가 난 네가 걸어오고 있는 걸 보고 벌써 접시 하나 더 갖다 놓으라고 했다. 그러니 우릴 실망시켜선 안 된다. 얼른 들어와서 편안하게 있거라."

그래서 톰은 그들에게 아주 진지하고 예의 바르게 감사를 표했고, 그만 설득당하고 만 듯 들어왔다. 안에 들어오자 그는 자기가 오하이오, 힉스빌에서 온 타지 사람이고 이름은 윌리엄 톰슨이라 한다며, 또 한 번 고개 숙여 절을 했다.

흠, 그는 계속 계속 또 계속해서 힉스빌과 그곳에 사는 모두에 관해 자기가 지어낼 수 있는 모든 얘기들을 늘어놓았고, 나는 이게 나를 곤경에서 벗어나게 하는 데 어떻게 도움이 될는지 궁금해하며 약간 초조해지기 시작했다. 그리고 마침내, 여전히 얘길 계속하면서 그가 샐리 이모한테 다가가 바로 입술에다 키스를 했고, 그런 다음 얘기를 끊지 않고 여전히 계속 하면서 다시 자기 자리로 돌아가 편안히 의자에 앉았다. 하지만 그녀는 펄쩍 일어나 손등으로 입술을 닦으며 말했다.

"이 뻔뻔한 애송이가!"

그는 상처받은 듯 보였고, 이렇게 말했다.

"깜짝 놀랐잖아요, 아주머니."

"뭐 깜짝 놀랐―아니, 넌 내가 누구라 생각하냐! 내 이걸 어찌 받아들여야 할지, 말해 봐라, 나한테 무슨 뜻으로 입 맞춘 건데?"

그는 기가 죽은 것처럼 보였고, 이렇게 말했다.

"아무 뜻 없었어요, 아주머니, 기분 상하시게 하려던 건 절대 아니었어요. 전… 전… 좋아하실 줄 알았어요."

"뭐, 이 천하의 멍청아!" 그녀는 물레 막대를 쳐들었고, 두들겨 패는 걸 겨우 참는 것만이 그녀가 할 수 있는 전부처럼 보였다. "왜 내가 좋아할 거란 생각을 하게 됐니?"

"글쎄요, 잘 모르겠어요. 그냥 사람들이… 사람들이… 아주머니가 그러실 거라고 저한테 그랬어요."

"사람들이 그랬다니, 누가 그런 말을 했든 미친놈이 또 있구나. 난 이런 얘긴 당최 들어 본 적이 없다. 사람들이란 게 대체 누구냐?"

"뭐, 모두요. 그 사람들이 다 그렇게 말했어요, 아주머니."

그게 그녀가 꾹 참을 수 있는 전부였다. 그녀의 눈이 번쩍했고 손가락들은 그를 할퀴고 싶은 듯이 꼼지락거렸다. 그녀가 말했다.

"누가 '모두'냐? 그놈들 이름을 대봐라, 안 그러면 천치 놈들 숫자 하나가 비게 될 테니."

그가 일어나서 비탄에 잠긴 듯 모자를 만지작거리며 말했다.

"죄송해요, 이럴 줄 예상하지 못했어요. 그 사람들이 그러래서 한 건데. 모두들 저한테 그러라고 했어요. 모두들, 아주머니한테 키스해, 그럼 아주머니가 좋아할 거야 그랬다고요. 그들 모두 그 말을 했어요—한 사람 한 사람 다요. 하지만 죄송해요, 아주머니, 이제 더 이상 안 할게요—진짜 맹세코 안 할 거예요."

"너 정말 안 하는 거다, 응? 뭐, 네가 안 그럴 거라고 나도 믿어야겠지!"

"안 해요, 아주머니. 진짜예요. 절대 다시 안 해요—부탁하실 때까진요."

"내가 너한테 부탁할 때까지! 내 머리털 나고 이런 소린 여태 처음 듣는다! 내가 너한테, 아님 너 같은 인간들한테 그런 부탁을 할 때쯤이면 넌 분명히 돌대가리 므두셀라* 형상이 돼 있을 거다."

"뭐," 그가 말했다. "그건 좀 놀랍네요. 어떻든 전 이해가 안 가요. 사람들이 아주머니가 좋아할 거라 그랬고, 저도 그러실 줄 알았거든요. 하지만……" 그는 말을 멈추고, 어딘가에서 우호적인 눈빛을 마주치길 바라기라도 하듯 천천히 주위를 둘러보다가, 노신사의 시선을 붙잡고 말했다. "제가 입맞춤하는 걸 아주머니가 좋아할 거라 생각지 않으셨나요, 아저씨?"

"뭐, 아니, 나는… 난… 글쎄다, 뭐, 그렇게 생각 안 했는데."

---

* 구약성경 창세기에 나오는 남자로 900년 이상을 살았다고 전해진다.

그러자 그는 같은 식으로 주위를 둘러보다 내게 말했다.

"톰, 샐리 이모가 두 팔을 활짝 벌리고 이럴 거라 생각하지 않았어? '시드 소여—'"

"맙소사!" 그녀가 말을 끊고 그에게 뛰어들며 말했다. "이 버르장머리 없는 악당, 사람을 그렇게 속여—" 그러면서 그를 포옹하려 했지만, 그가 그녀를 피하면서 말했다.

"안 돼요. 먼저 저한테 부탁하실 때까지요."

그래서 그녀는 시간 낭비 안 하고 그에게 부탁했고, 그를 껴안고 입맞춤을 하고 또 한 다음 남편한테 그를 넘겼고, 그러자 그가 톰을 차지했다. 그들이 좀 진정된 다음 그녀가 말했다.

"와, 맙소사, 이렇게 놀란 건 처음이네. 우린 네가 올 거라곤 전혀 기대 안 했거든. 톰이 오는 것만 알았지. 언니가 톰 말고 다른 누가 올 거란 얘긴 한 번도 편지에서 한 적이 없었다."

"그건 톰 말고 다른 사람은 올 작정이 아니었기 때문에 그렇죠." 그가 말했다. "하지만 제가 사정하고 또 사정해서, 마지막 순간에 이모가 저도 가라고 허락해 줬어요. 그래서 강을 내려오면서 저랑 톰은, 톰이 우선 이 집에 오고 저는 그 뒤에 따라와 우연히 들른 낯선 사람인 척하면, 깜짝 놀라서 엄청 즐거워하시리라 생각했죠. 하지만 실수였네요, 샐리 이모. 여긴 이방인한테 썩 안전한 곳이 아니에요."

"아니지, 너처럼 버릇없는 강아지한테는 아니지, 시드. 네 턱주가리를 철썩 갈겼어야 했는데. 그렇게 뚜껑이 열려 본 게 언젠지도 모르겠다. 하지만 상관없어. 무슨 말을 해도 괜찮다. 여기서 너를 볼 수 있다면 그런 장난은 천 번이라도 기꺼이 참아 줄 용의가 있다. 흠, 그 장난질을 생각하면! 솔직히, 네가 입술을 탁 부딪쳤을 때 난 놀라 죽는 줄 알았다."

우린 집과 부엌 사이의 그 넓고 탁 트인 통로에서 점심을 먹었다. 테이블엔 일곱 명의 식구들이 충분히 먹을 음식들이 있었다—게다가 모두 뜨끈뜨끈했다. 밤새 습기 찬 저장실 찬장에 넣어 둬, 아침엔 오래된 차가운 인육을 먹는 듯한 맛이 나는 흐늘거리고 질긴 고기 같은 건 하나도 없었다. 사일러스 이모부는 식사 기도를 꽤 오래 했지만, 그건 가치 있는 것이었고 또 조금도 음식을 식히지 않았다. 내가 봐왔던 기도들은 음식 맛을 아주 여러 번 방해했었는데 말이다. 오후 내내 많은 이야기들이 오갔고 톰과 나는 줄곧 경계를 늦추지 않았다. 하지만 아무 소용 없었다. 그들은 우연히라도 그 도망친 노예에 관해 한마디도 하지 않았고, 그 얘길 우리가 끄집어내기도 두려웠다. 하지만 밤에 저녁을 먹으면서 어린 사내아이 하나가 말했다.

"아빠, 톰 형이랑 시드 형이랑 나랑 그 쇼 보러 가면 안 돼요?"

"안 돼," 아저씨가 말했다. "쇼 같은 게 열릴 것 같지도 않다만, 열린대도 넌 갈 수 없다. 왜냐하면 그 도망친 노예가 나랑 버튼한테 그 추잡한 쇼에 관해서 다 말해 줬고, 버튼이 마을 사람들한테는 자기가 얘기할 거라 했거든. 그러니 내 생각엔 사람들이 지금 벌써 그 뻔뻔한 부랑자들을 마을 밖으로 내몰았을 것 같구나."

역시 그랬구나! 하지만 나로선 어쩔 도리가 없었다. 톰과 나는 같은 방 침대에서 잘 것이었다. 그래서 저녁 먹은 후, 피곤해서, 우리는 저녁 인사를 하고 우리 방으로 올라간 다음 창문으로 기어 나와 피뢰침을 타고 내려와 읍내로 향했다. 아무도 왕과 공작한테 그걸 귀띔해 줄 거라 생각되지 않았기에, 만일 내가 서둘러 경고해 주지 않으면 그들이 곤경에 빠지리란 건 확실했다.

길에서 톰은 내가 살해당한 게 어떻게 생각됐었는지와, 내 아부지가 금방 사라져 버려서 더는 돌아오지 않았다는 것, 또 짐이 도망친 게 얼마나 마을을 떠들썩하게 만들었는지를 다 말해 주었다. 나는 톰에게 우리의 왕실 천하일품 악당들에 관한 얘기를 해주었고, 시간 되는 만큼 우리의 뗏목 여행에 대해서도 말해 주었다. 우리가 막 읍내로 들어서 길 한복판을 걸어 올라가고 있는데, 횃불을 든 성난 사람들이 무시무시한 함성을 지르고 양철 팬을 두들기고 뿔나팔을 불며 떠들썩하게 이리로 달려오고 있었다. 우리는 그들이 지나가도록 홀쩍 한쪽으로 비켜섰다. 그들이 지나갈 때 나는 왕과 공작이 막대에 태워진 걸 보았다―그러니까, 그들이 왕과 공작이란 걸 내가 알아보았다는 것이다. 비록 온몸에 타르를 뒤집어쓰고 깃털을 꽂고 있어서 도대체 전혀 인간으로 보이지 않고 그저 군인 모자에 다는 커다란 한 쌍의 깃털 장식 괴물들처럼 보였지만 말이다. 흠, 그걸 보니 속이 울렁거렸다. 나는 그 가엾고 딱한 악당들한테 연민을 느꼈고, 더 이상은 그들을 미워하는 어떤 감정도 느낄 수 없을 것 같았다. 그건 보기 무시무시했다. 인간들은 서로한테 지독하게 잔인해질 수 있는 것이다.

우리가 너무 늦었다는 걸 알았다─아무 손쓸 방법이 없었다. 우리는 행렬에서 처진 사람들한테 어떻게 된 건지 물어보았다. 그들이 말하길 모두들 아무것도 모르는 척 쇼에 갔고, 그 가여운 늙은 왕이 무대에서 뛰어다닐 때까지 찍소리도 안 하고 잠잠히 있다가 누군가 신호를 해서 온 관객이 들고일어나 그들을 쫓아갔다는 것이다.

우리는 흐늘쩍 집으로 향했고, 나는 전처럼 그런 시건방진 기분이 드는 대신 우울하고 초라하고 왠지 나 자신을 탓하고 싶은 기분이 들었다─비록 내가 뭘 어떻게 한 건 아니지만 말이다. 하지만 늘 이런 식이다. 옳은 일을 하든 그른 일을 하든 별반 차이가 없는 게, 사람의 양심이란 건 아무 분별이 없다. 그런데도 사람을 괴롭힌다. 만약 나한테 사람의 양심만큼이나 분별없는 누렁이가 있다면 그놈을 독살해 버릴 것이다. 양심은 사람 몸에서 나머지 다른 모든 것들보다 더 많은 자리를 차지하지만, 그럼에도 아무짝에도 쓸모가 없다. 톰 소여 걔도 같은 말을 한다.

34장

　우리는 얘기를 멈추고, 생각하기 시작했다. 이윽고 톰이
말했다.

　"이봐, 헉, 진작 이걸 생각해 내지 못하다니 우린 얼마나 바
보냐! 짐이 있는 곳을 확실히 알겠어."

　"설마! 어딘데?"

　"양잿물 통 옆 오두막. 자, 봐봐. 우리가 점심 먹을 때 한 남
자 검둥이가 먹을 걸 들고 거기 들어가는 거 못 봤냐?"

　"봤지."

　"너 그 음식이 누구 거라고 생각했어?"

　"개."

　"나도 그랬어. 흠, 그건 개한테 주려던 게 아녔어."

　"왜?"

　"왜냐하면 그중에 수박도 있었거든."

　"그랬지. 나도 그걸 봤어. 흠, 수박을 먹지 않는 개 생각을
한 번도 안 해봤다니 내가 정말 한심했네. 그게 사람들이 어
떻게 보면서 동시에 안 볼 수 있나 하는 걸 보여 주는 거지."

"흠, 그 검둥이는 들어갈 때 자물쇠를 끄르고 나올 때 다시 잠갔어. 그리고 우리가 테이블에서 일어나려고 할 때 이모부한테 열쇠 하나를 줬어—같은 열쇠야. 확실해. 수박은 사람이란 걸, 자물쇠는 죄수란 걸 말해 주는 거야. 또 이런 작은 농장에 두 명의 죄수가 있을 것 같진 않아. 사람들이 다 이렇게 친절하고 선량한 곳에 말이지. 짐이 그 죄수야. 좋아, 나는 우리가 탐정 스타일로 이걸 알아내 기뻐. 다른 방법은 상대도 안 돼. 자, 너 이제 머리를 굴려 짐을 훔쳐 낼 작전을 짜봐, 나도 생각해 볼 테니. 그다음 제일 우리 맘에 드는 거로 하자."

고작 사내아이가 어쩜 저렇게 머리가 잘 돌아가냐! 나한테 톰 소여의 머리가 있다면, 공작이나 증기선 항해사나 서커스 광대나, 아니면 내가 생각할 수 있는 그 무엇을 시켜 준대도 절대 그거랑 안바꾸겠다. 나는 작전을 짜봤으나 그건 그저 뭔가를 하는 것일 뿐이었다. 나는 그 적절한 작전이란 게 어디서 나올 건지 아주 잘 알고 있었다. 곧 톰이 말했다.

"다 됐어?"

"응." 내가 말했다.

"좋아, 꺼내 봐 봐."

"내 작전은 이거야." 내가 말했다. "우리가 거기 있는 게 짐인지 알아내는 건 쉽겠지. 그럼 내일 밤 내 카누를 타고 섬에서 뗏목을 가져오는 거야. 그다음 달이 안 뜨는 첫 깜깜한 밤에 아저씨가 자러 간 후 그분 바지에서 열쇠를 훔쳐서 짐이랑 같이 뗏목을 타고 강을 내려가는 거지. 나랑 짐이 이전에 했던 것처럼 낮엔 숨어 있다가 밤마다 강을 달리고 말이야. 그런 작전이면 되지 않을까?"

"안 되겠냐고? 뭐, 쥐 싸움처럼 아주 확실히 되겠지. 하지만 그건 너무 빌어먹게 단순해. 더 이상 뭐 자시고 할 게 없잖아. 그렇게 아무 문제도 없는 작전이 뭐가 좋은 거냐? 거위 젖처럼 맹탕이지. 이봐, 헉, 그건 비누 공장을 터는 것만큼도 얘깃거리가 안 돼."

나는 아무 말도 하지 않았다. 얘기한다고 뭐가 달라질 거란 기대를 하지 않았기 때문이다. 하지만 그가 작전을 짜기만 하면 거기엔 아무 토를 달 만한 게 없다는 걸 난 잘 알고 있었다.

그리고 진짜 없었다. 그가 어떤 건지 얘기하자 나는 금방 그게 내 것보다 스타일에 있어 열다섯 배는 가치가 있고, 내 작전처럼 짐을 자유로운 인간으로 만들어 주고, 게다가 어쩌면 우리 모두를 죽게 할 수도 있다는 걸 알았다. 그래서 나는 만족했고 냉큼 실행하자고 했다. 여기서 그 계획이 뭐였는지 말할 필요는 없을 것이다. 그게 바뀌지 않고 그대로 있진 않으리란 걸 난 잘 알고 있었다. 우리가 일을 진행하는 내내 그가 그걸 이리저리 바꾸고, 기회 있을 때마다 뭔가 새롭고 근사한 것들을 보태리란 걸 알고 있었던 것이다. 그는 여태 그래 왔다.

흠, 한 가지 진짜 확실한 건 톰 소여가 진지하다는 거였고, 검둥이를 노예 상태에서 슬쩍 빼내는 걸 정말 도우려 한다는 거였다. 그건 나로선 너무 복잡한 문제였다. 여기 번듯하게 잘

자란 한 남자애가 있다. 잃을 평판이란 것도 있다. 그 애 집안 식구들도 마찬가지다. 걔는 총명하고 돌대가리도 아니다. 아는 것도 많고 무식하지도 않다. 못되지 않았고 친절하다. 그럼에도 지금 그 애는 긍지나 명분이나 감동도 없는 이런 일에 뛰어들어 품위를 떨어뜨리고, 모두 앞에서 자기를 부끄럽게 만들고 자기 가족을 수치스럽게 만들려 한다.

"너는 내가 뭘 하려는지도 모르고 한다고 생각하냐? 무슨 일이 생길지 대개는 내가 안다고 생각하지 않냐고?"

"아니."

"내가 그 검둥이 훔치는 걸 돕겠다고 안 했어?"

"했어."

"됐어, 그럼."

그가 한 말은 이게 다였고, 내가 한 말도 이게 다였다. 더 말해 봤자 아무 소용 없었다. 뭘 하겠다고 하면 그는 늘 했으니까. 하지만 그가 어떻게 기꺼이 이런 일에 끼어들 작정을 했는지 이해할 수가 없었다. 그래서 그냥 내버려 두고, 더 이상 이걸로 골치 썩지 않기로 했다. 그가 꼭 해야겠다면, 나로선 어쩔 도리가 없는 것이다.

우리가 집에 도착하니 온 집 안이 깜깜하고 조용했다. 그래서 우리는 자세히 살펴보기 위해 잿물 통 옆 오두막 쪽으로 갔다. 우리는 사냥개들이 어쩌나 보려고 마당을 가로질러 걸었다. 개들은 우리를 알았고, 밤에 뭔가가 지나갈 때 시골 개들이 으레 내는 이상의 소란을 피우지 않았다. 오두막에 도착하자 우리는 정면과 양 측면을 살펴보았다. 그리고 우리는 내가 평소 거의 본 적 없던—그건 북쪽이었다— 벽면의 꽤 위쪽에 난 네모난 창문 구멍을 겨우 널빤지 한 장으로 못질해 막아 놓은 것을 발견했다. 내가 말했다.

"이거면 되겠다. 우리가 널빤지를 뜯어내면 저 구멍은 짐이 빠져나올 만큼 커."

톰이 말했다.

"그건 틱-택-토*처럼 단순하고, 수업 빼먹기만큼 쉽잖아. 나는 우리가 그거보다 약간 더 복잡한 방법을 찾아낼 수 있길 바라, 헉 핀."

"흠, 그럼." 내가 말했다. "톱질로 짐을 나오게 하는 건 어떨까. 접때 내가 살해당하기 전 했던 식으로?"

"좀 더 그럴듯해." 그가 말했다. "그건 진짜 비밀스럽고 골 때리고 멋졌어." 그가 말했다. "하지만 우린 그것보다 시간이 두 배 더 걸리는 방법을 분명 찾을 수 있을 거야. 서두를 거 없잖아. 계속 좀 더 둘러보자."

뒤꼍의 울타리와 오두막 사이에 널빤지로 지은 헛간이 있었는데, 처마가 오두막이랑 연결돼 있었다. 오두막만큼 길었지만 폭은 좁았다—겨우 6피트 정도였다. 헛간 문은 남쪽 끝에 달려 있고 자물쇠가 채워져 있었다. 톰이 비누 가마로 가서 그 주변을 뒤적거리더니 솥뚜껑 들어 올릴 때 쓰는 쇠막대

---

* 두 명이 번갈아가며 O와 X를 3×3 판에 써서 같은 글자를 가로, 세로, 혹은 대각선상에 놓이도록 하는 놀이다.

기를 가지고 돌아왔다. 그는 그걸로 자물쇠의 잠금장치 한쪽을 떼어냈다. 그러자 사슬이 떨어졌고, 우리는 문을 열고 안에 들어가 문을 닫고 성냥을 켜서, 그 헛간이 그냥 오두막 가까이 지어졌을 뿐 서로 연결돼 있진 않다는 걸 알았다. 헛간은 바닥이 깔려 있지 않았고, 그 안엔 용도가 다한 낡고 녹슨 괭이들 몇 개와 삽들, 곡괭이들, 절름발이 쟁기 말곤 아무것도 없었다. 성냥불이 나가서 우리도 나갔고, 자물쇠의 잠금장치를 도로 밀어 넣고 문을 아까처럼 잘 잠가 놓았다. 톰은 신이 나 있었다. 그가 말했다.

"자, 이제 됐다. 우리 짐을 파내는 거야. 한 주는 걸릴걸!"

그 뒤 우린 집으로 향했고, 나는 뒷문으로 들어갔다—그냥 사슴 가죽 걸쇠를 잡아당기면 되었다. 문은 잠겨 있지 않았다—하지만 그건 톰에겐 충분히 낭만적이지 않은 것이었다. 반드시 피뢰침을 타고 올라가야 하는 것 말고 달리 그 애가 할 만한 게 없었다. 하지만 그는 세 번쯤 피뢰침의 반까지 올라갔다가 번번이 도로 떨어졌고, 마지막엔 머리통을 거의 박살 낼 뻔했다. 그도 포기해야겠다 생각하기에 이르렀다. 하지만 그는 좀 쉰 다음 운에 맡기고 한 번 더 시도해 보았고, 이번엔 성공했다.

아침에 우리는 동틀 무렵 일어나 개들을 구슬리고 짐한테 먹을 걸 갖다주는—만약 음식을 받아 먹는 게 짐이라면— 검둥이와 친해지려고 검둥이들 오두막으로 내려갔다. 검둥이들은 막 아침 먹는 걸 끝내고 들로 나가기 시작하고 있었다. 짐의 검둥이는 빵과 고기 같은 것들을 양철 냄비에 담고 있었다. 다른 검둥이들이 나가는 중에, 집에서 그 열쇠가 도착했다.

이 검둥이는 선량하고 맹해 보이는 얼굴을 하고 있었고, 머리털을 작게 한 다발씩 실로 묶었다. 그건 마녀들이 접근 못하게 하려는 것이었다. 그는 최근 밤마다 마녀들이 자기를 끔찍이 괴롭히는데, 온갖 요상한 것들을 보게 하고 온갖 요상한 말들과 소리들을 듣게 한다며, 자기가 이토록 오래 마녀들의 표적이 되리란 건 전엔 한 번도 생각 못 해봤다고 말했다. 점점 열을 띠고 고통을 호소하느라 그는 자기가 뭘 하고 있었는지 까맣게 잊어버렸다. 그래서 톰이 말했다.

"그 음식은 누구 거야? 개들 주려는 거야?"

진흙 웅덩이에 벽돌 조각 집어던질 때처럼, 그의 얼굴에 서서히 웃음이 번졌다. 그가 말했다.

"하믄요, 시드 도련님. 개지요. 것도 요상시러븐 개지요. 가서 함 보고 싶습니꺼?"

"응."

나는 톰을 쿡 찌르며 속삭였다.

"너 바로 지금 이 새벽에 가겠다고? 이런 작전은 없었잖아."

"그래 없었지. 하지만 이젠 이게 작전이야."

지겨운 자식. 그래서 우리는 따라갔지만 나는 그다지 내키지 않았다. 안에 들어가니 너무 어두워서 우린 거의 아무것도 볼 수 없었다. 하지만 짐은 아주 분명히 거기 있었고, 우리를 볼 수 있었다. 그가 소리를 질렀다.

"아니, 헉! 맙시사! 저건 톰 되련님 아녀?"

그럴 줄 알았다. 딱 내 예상대로였다. 나는 어찌 할 바를 몰랐다. 만약 알았다 해도 어찌 할 수 없었을 것이다. 그 검둥이가 불쑥 끼어들어 이렇게 말했기 때문이다.

"와, 시상에나! 저이가 되련님들을 아능감요?"

이제 그 안이 상당히 잘 보였다. 톰이 그 검둥이를 좀 어리둥절한 듯 지그시 바라보며, 말했다.

"누가 우리를 안다고?"

"아니, 바로 요 도망친 검둥이 말이라예."

"이 검둥이가 우릴 알 거 같진 않은데. 누가 그런 생각을 네 머리에 집어넣은 거지?"

"누가 그걸 집어넣었냐고예? 저 검둥이가 방금 되련님들을 아는 것처럼 소리 지르지 않았어예?"

톰은 도무지 뭔 말인지 모르겠다는 듯 말했다.

"흠, 그거 진짜 이상하군. 누가 소릴 질러? 언제 저 검둥이가 소리 질렀는데? 무슨 소릴 질렀냐고?" 그러더니 그는 내게 몸을 돌리고, 아주 침착하게 말했다. "너 여기서 누가 소리 지르는 거 들었어?"

물론 이거 말고 다른 답은 없었다. 그래서 말했다.

"아니, 아무도 뭐라 하는 소리 못 들었는데."

그러자 톰은 짐한테로 몸을 돌려, 마치 여태 한 번도 그를 만난 적이 없는 것처럼 쳐다보며 말했다.

"네가 소릴 질렀어?"

"아닙니다요." 짐이 말했다. "저는 아무 말도 안 했습니다요."

"한 마디도 안 했어?"

"네, 한 마디도 안 했습니다요."

"너 전에 우릴 본 적 있어?"

"아닙니다요. 제가 알고 있는 한에서는요."

그래서 톰은 돌아버릴 듯 비탄에 잠겨 있는 그 검둥이한테로 몸을 돌려, 좀 엄한 듯한 어조로 이렇게 말했다.

"어쨌든, 도대체 넌 뭐가 문젠 거냐? 왜 누군가 소리쳤다고 생각하게 된 거야?"

"오, 그건 저 빌어먹을 마녀들이라예, 되련님. 딱 죽어 뿌리고 싶어예, 정말. 그것들이 늘 그 짓거리를 하고, 지를 초죽음으로 몰고, 지는 무서버 죽겠심더. 제발 이 얘긴 아무한테도 하지 마이소, 도련님. 그라믄 사일러스 나으리가 저를 꾸짖으실 거라예. 왜냐믄 그분이 마녀들 같은 건 절대 없다고 했거든예. 나으리가 지금 여기 있음 좋겠네예. 그럼 그분은 무슨 말을 하실까예! 그분도 이번엔 분명 어쩌지 못할 낍니더. 하지만, 늘 그렇다 아입니꺼. 사람들은 한번 그렇게 생각하면, 계속 그런 줄 압니더. 자기들이 잘 살펴보고 스스로 뭔가를 알아내려 하지 않는다 말입니더. 그라고 누가 뭘 발견해서 그걸 말해 주믄, 그 말을 믿어 주지 않심니더."

톰이 그에게 10센트를 주면서, 우린 아무한테도 말하지 않을 거라고 했다. 그리고 그걸로 머리털 묶을 더 많은 실을 사라고 했다. 그러더니 짐을 쳐다보며, 이렇게 말했다.

"사일러스 이모부가 이 검둥이 목을 매달지 궁금한데. 난 도망이나 칠 만큼 이렇게 배은망덕한 검둥일 잡으면 절대 안 봐주고 목을 매달아 버릴 거야." 그 검둥이가 동전이 진짠지 보려고 그걸 자세히 살펴보고 깨물어 보려고 문 쪽으로 걸음을 떼어 놓는 동안 그는 짐에게 이렇게 속삭였다.

"우릴 절대 아는 척하지 마. 그리고 밤마다 땅 파는 소리가 들리면, 그건 우리야. 우리가 널 자유롭게 해줄게."

짐한테는 우리 손을 잡고 꼭 그러쥘 시간밖에 없었다. 우리는 그 검둥이가 돌아오자 만약 우리가 오길 바란다면 언젠가 다시 오겠다고 했다. 그러자 그는 그러라고 하면서, 특히 깜깜할 때 오라고 했다. 마녀들이 대개 어두울 때 자기를 찾아오므로 그때 사람들이 주변에 있는 게 좋다는 것이다.

35장

아침을 먹으려면 아직 한 시간 더 있어야 했기에 우린 거기서 떠나 숲으로 들어갔다. 톰이 땅을 어떻게 파고 있나 옆에서 비춰 줄 불이 필요한데 랜턴 빛은 너무 세서 우릴 곤란하게 만들지도 모른다고 했기 때문이다. 우리한테 꼭 필요한 건 여우불이라 불리는 썩은 나무의 발광체發光體로서, 어두운 곳에 두면 그게 부드러운 빛 같은 것을 만들어 냈다. 우린 그걸 한 아름 가득 잡초 속에 숨겨 둔 다음 앉아서 쉬고 있었다. 톰이 불만스러운 듯이 말했다.

"제길, 이 모든 게 정말 너무 쉽고 난감해. 어려운 작전 짜기를 짜증 나게 어렵게 하니 말이야. 해롱해롱 취하게 만들 파수꾼 하나 없고―거기 정말 파수꾼 하나 있어야겠다. 잠 오는 약 섞어 먹일 개 한 마리가 없군. 짐의 한쪽 다리는 10피트 길이 사슬로 침대 다리에 묶여 있고. 쳇, 겨우 침대 틀 들어 올려서 사슬만 빼면 되잖아. 게다가 사일러스 이모부 그 양반은 사람들을 다 믿으니 열쇠를 그 아둔한 검둥이한테 줘 보내고, 그 검둥일 감시할 아무도 안 보내잖아. 짐은 진작에 그 창문

415

구멍으로 나갈 수도 있었어. 다리에 10피트 사슬 달고 여행해 봤자 별수 없으니 가만있는 거지. 에잇, 짜증 나. 헉, 이건 가장 멍청하게 일을 해나가고 있는 거야. 네가 온갖 어려움들을 창조해 내야 해. 어쩔 수 없어. 우리가 가진 재료들로 할 수 있는 최선을 다해 보는 수밖엔. 어쨌든 요는 이거야—많은 어려움과 위험을 겪고 짐을 나오게 해야 더욱더 영예로운 건데, 그런 것들을 제공하는 게 원래 자기들 의무임에도 아무도 그래 주는 사람이 없으니, 네 머리로 그 모든 걸 생각해 내야 한단 말이야. 자, 그 랜턴 하나만 해도 그래. 냉정히 사실을 말하면 우린 그저 랜턴이 위험한 척하는 것뿐이야. 뭐 우리가 그러려고만 든다면 횃불 행렬로도 땅을 팔 수 있다고. 자, 나는 뭘 할까 생각하고 그동안 우리는 우선 기회 닿는 대로 우리 톱을 만들 만한 게 뭐 있나 뒤져 봐야겠다."

"왜 우리가 톱이 필요한데?"

"우리한테 왜 톱이 필요하냐고? 사슬을 자르려면 짐의 침대 다리를 톱질해야 하지 않겠어?"

"아니, 네가 방금 그랬잖아. 침대를 들어 올리면 사슬을 뺄 수 있다고."

"헉 핀, 진짜 너 아니랄까 봐. 너라면 유아원 애들이 하는 식으로 그렇게 할 수 있겠지. 이봐, 너 정말 아무 책도 읽은 게 없냐? 트랭크 남작이나 카사노바나 벤베누토 첼리니나 헨리 4세나, 아님 다른 영웅들 중에서도 전혀? 구시렁대는 노처녀 하는 식으로 그렇게 슬렁슬렁 죄수 풀어준다는 얘기 들어

416

본 적 있어? 아니지. 모든 최고 권위자들이 하는 식은, 침대 다리를 두 동강으로 톱질해서 그냥 그대로 놔두고 톱밥을 삼켜 버리는 거지. 흔적이 남지 않도록 말이야. 그런 뒤 어떤 예리한 간수도 톱질한 흔적을 찾을 수 없게. 침대 다리가 완벽하게 멀쩡하다고 생각하도록 톱질한 곳에 끈적끈적한 흙 같은 걸 발라 놓는 거야. 그런 다음 모든 준비를 갖춘 밤, 다리를 걷어차서 침대를 쓰러뜨리고 사슬을 빼내. 자, 됐지. 이제 남은 건 줄사다리를 흉벽 아래로 늘어뜨려서, 그걸 타고 내려오다 도랑 못 안에서 다리를 분지르는 것뿐이야—그야 보다시피 줄사다리가 19피트 정도 땅에 안 닿기 때문이지. 그러면 거기 네가 탈 말들과 너의 충직한 가신들이 있어. 그들이 너를 건져 내 안장에 휙 던져서 멀리 떠나보내. 네가 태어난 랑그도크나 나바레나, 뭐 어디든. 멋지지. 헉. 이 오두막 주변에 도랑 못이 있으면 좋을 텐데. 만약 시간이 되면 탈출의 밤에 우리 하나 파자."

내가 말했다.

"오두막 밑으로 짐을 기어 나오게 할 건데, 왜 우리가 도랑 못이 필요해?"

하지만 그는 내 말은 하나도 안 듣고 있었다. 나와 그 밖의 모든 것들을 다 잊어버린 것이다. 그는 손에 턱을 괸 채 생각에 잠겨 있었다. 이내 그가 한숨을 내쉬며 머리를 흔들었다. 그러더니 다시 또 한숨을 쉬며 말했다.

"아냐, 그건 안 되겠다. 그럴 충분한 필연성이 없어."

"뭐가?" 내가 말했다.

"흠, 짐의 다리를 톱으로 자르는 거." 그가 말했다.

"맙소사!" 내가 말했다. "아니, 그럴 필요가 전혀 없잖아. 어쨌든 뭣 때문에 짐의 다리를 자르려 했던 건데?"

"글쎄 뭐, 최고 권위자들 중 몇이 그렇게 했거든. 사슬을 끊을 수가 없어서 그냥 자기 손을 자르고 떠났어. 다리라면 오히려 나을 거야. 하지만, 그냥 관둬야겠어. 이 경우엔 충분한 이유가 없어. 게다가 짐은 검둥이라 왜 그래야 하는지, 유럽에서는 어떻게 이런 관습이 있는지 이해할 수 없을 거야. 그러니 그냥 관두자. 하지만 한 가지는 해도 돼. 짐은 줄사다리는 쓸수 있어. 우리 침대 시트를 찢어서 짐한테 아주 쉽게 줄사다리를 만들어 줄 수 있어. 그걸 파이에 넣어서 짐한테 보낼 수 있지. 대개 그런 식으로 하거든. 나는 그거보다 더 끔찍한 파이도 먹어 봤어."

"이봐, 톰 소여, 무슨 말 하는 거야." 내가 말했다. "짐한텐 줄사다리가 아무 필요 없어."

"짐은 그게 필요해. 너야말로 무슨 말 하는 거냐, 쥐뿔도 모르면서. 짐한텐 줄사다리가 있어야 해. 다들 그래."

"도대체 짐이 그걸로 뭘 할 수 있는데?"

"그걸로 뭘? 그걸 침대에 감출 수 있겠지, 안 그래? 다들 그렇게 한다구. 그러니 짐도 그렇게 해야 해. 헉, 넌 정해진 대로 하는 건 다 싫어하는 것 같더라. 넌 줄곧 뭔가 새로 시작하고 싶어 하는구나. 설사 그걸로 아무것도 안 한다 치면? 짐이 사라진 후에 침대 속에 남아 있는 그게 어떤 단서가 되지 않을까? 넌 사람들이 단서를 원할 거란 생각은 안 하냐? 당연히 그럴걸. 그런데 넌 아무것도 안 남기겠다고? 그거 퍽이나 친절하겠다. 웅! 난 그딴 얘긴 처음 듣는다."

"흠," 내가 말했다. "그게 규정들에 있는 거고, 또 짐이 그걸 가져야 한다면, 좋아, 그럼 갖게 해. 나는 어떤 규정도 어기고 싶진 않으니까. 하지만 톰 소여, 한 가지 알아 둘 게 있어—만약 침대 시트를 찢어서 짐한테 줄사다리를 만들어 주면, 샐리 이모가 우릴 가만두지 않을 거야. 그건 네가 태어났단 사실만큼이나 확실하지. 자, 내 생각은 이런 거야. 히코리나무 껍질 사다리는 돈도 안 들고, 아무것도 못쓰게 만들지 않아도 돼. 파이 속을 채우기도 좋고, 침대 지푸라기 속에 감추기도 좋아. 네가 만들려고 하는 그 천 사다리만큼 말야. 그리고 짐으로 말하면, 짐은 아무 경험이 없으니까, 어떤 사다리든 신경 안 쓰······."

"오, 빌어먹을, 헉 핀, 내가 너처럼 무식하면 가만히라도 있겠다—나라면 그럴 거라고. 국사범이 히코리 껍질 사다리로 탈출했다는 얘기 누가 들어 본 사람 있대? 야, 그건 진짜 웃긴 거야."

"뭐, 좋아, 톰, 네 식대로 해. 하지만 네가 내 조언을 받아들이겠다면 말야, 나한테 빨랫줄에서 침대 시트 하나 빌려 오라고 할 수도 있어."

톰이 그러겠다고 했다. 그건 그에게 또 다른 생각을 떠올리게 해서, 그가 말했다.

"셔츠도 하나 빌리자."

"우리한테 셔츠가 왜 필요해, 톰?"

"짐이 일기를 쓰게 하려면 있어야 해."

"일기 같은 소리 하고 있네—짐은 글을 못 써."

"글을 못 쓴다 쳐도 그 셔츠에 글자 비슷한 걸 그릴 순 있겠지. 안 그래? 우리가 짐한테 오래된 백랍 숟가락이나, 통에 두르는 녹슨 테 같은 거로 펜을 만들어 주면?"

"야, 톰, 거위 깃털 뽑아서 그걸로 더 나은 걸 만들어 줄 수 있잖아, 더 빨리."

"죄수들한테 자기 깃털 뽑아 펜으로 쓰라고 탑 둘레를 뛰어다니는 거위들이 어딨냐, 이 돌대가리야. 죄수들은 항상 자기들이 쉽게 구할 수 있는 것들, 가장 딱딱하고 가장 단단하고 가장 힘든 낡은 놋쇠 촛대 조각 같은 거로 펜을 만들지. 또 그걸 다듬는 데 몇 주 또 몇 주, 몇 달 또 몇 달이 걸려. 벽에 문질러서 다듬어야 하거든. 설사 거위 깃털이 있대도 그들은 그걸 쓰지 않을 거야. 그건 규정대로 하는 게 아니니까."

"흠, 그럼, 잉크는 뭐로 만들어 줄 건데?"

"많은 죄수들이 철에 슨 녹이랑 눈물로 만들어. 하지만 그건 가장 흔한 방식이고 여자들이 그렇게 하지. 최고 권위자들은 자기들 피를 사용해. 짐은 그렇게 하면 돼. 그리고 짐은 자기가 어디에 잡혀 있는지 세상에 알리는 작고 비밀스러운 통상적인 메시지를 전달하고 싶을 때, 양철 접시 바닥에 포크로 써서 창밖으로 내던지면 돼. 철가면은 늘 그랬어. 또 그건 정말 끝내주게 좋은 방법이기도 하지."

"짐한테 양철 접시는 하나도 없어. 냄비에 음식을 받아 먹잖아."

"그건 별 문제 아냐. 우리가 좀 갖다주면 돼."

"아무도 짐이 쓴 접시를 읽을 수 없을걸."

"그건 아무 상관없어, 헉 핀. 짐이 해야 할 건 그냥 접시에 뭔가 써서 창밖으로 던지는 거야. 네가 그걸 읽을 필요는 없다고. 양철 그릇이니 뭐니에 죄수들이 쓴 거 너 절반은 못 읽을걸."

"흠, 그렇담 그 접시들을 낭비할 이유가 없잖아?"

"야, 정말 속 터지게 답답하네. 그건 죄수의 접시들이 아니잖아."

"하지만 그건 누군가의 접시잖아, 안 그래?"

"자, 그렇다 치면? 왜 죄수가 그게 누구 접시인지 신경 써가며—"

그는 거기서 말을 끊었다. 아침 식사를 알리는 뿔나팔 소리를 들었기 때문이다. 그래서 우린 집으로 향했다.

그날 아침나절 나는 빨랫줄에서 침대 시트 한 장이랑 흰색 셔츠 하나를 빌렸다. 나는 낡은 자루 하나를 찾아내 그것들을 담았고, 우리는 여우불을 놔둔 데로 가서 그것도 자루에 넣었다. 나는 그런 걸 빌리는 것이라 했는데, 아부지가 늘 그렇게 불렀기 때문이다. 하지만 톰은 그건 빌리는 게 아니라,

훔치는 거라고 했다. 그는 우리가 죄수들을 대표하고 있는데, 죄수들은 물건을 어떻게 손에 넣느냐 하는 건 신경 안 쓰고, 또 그런 거로는 아무도 죄수들을 비난하지 않는다고 했다. 죄수가 탈출에 필요한 물건들을 훔치는 건 범죄가 아니라는 것이다. 톰은 그건 죄수의 권리이고, 우리가 죄수들을 대표하는 한 감옥 밖으로 나가는 데 필요한 아주 약간의 쓸모라도 있는 거면 그 어떤 것도 이곳에서 훔칠 수 있는 완벽한 권리가 있다고 말했다. 그는 우리가 죄수가 아니라면 그건 얘기가 다르다고, 비열하고 저속한 사람 말곤 아무도 죄수가 아닐 때 훔치지 않는다고 했다. 그래서 우리는 쓸모 있는 건 다 훔치기로 했다. 그럼에도 그날 이후 내가 검둥이 밭에서 수박 한 통을 훔쳐 먹었던 어느 날 그는 엄청 난리를 떨었다. 그는 내게 왜 그러는진 말하지 말고 검둥이들한테 가서 10센트를 주고 오라고 말했다. 톰은 자기가 뜻한 건, 우리한테 필요가 있는 것을 훔칠 수 있다는 거였다고 했다. 나는 그 수박이 꼭 필요했다고 말했다. 하지만 그는 감옥에서 나가기 위해 나한테 필요한 것은 아니었다며, 그게 바로 다른 점이라고 했다. 그는 만약 내가 칼을 감춰 뒀다가, 간수를 죽이는 데 쓰라고 짐한테 슬쩍 넣어 주는 건 전적으로 괜찮다고 했다. 그래서 나는 더 생각하지 않기로 했다. 만약 수박을 슬쩍할 기회가 생길 때마다 매번 바닥에 주저앉아, 뭐가 다른 건지 그 차이를 알기 위해 하나하나 세세히 따져 봐야 한다면, 죄수를 대변한다는 게 도대체 무슨 이익이 있는 건지 도통 이해할 수 없었지만 말이다.

흠, 늘 말한 것처럼 우리는 사람들이 각자 볼일을 보러 가고 마당 근처에 아무도 얼씬하지 않을 때까지 기다렸다. 그런 뒤 톰이 그 자루를 헛간 안에 가지고 들어갔고 그동안 나는 약간 떨어져서 망을 보았다. 이윽고 그가 나왔고, 우리는 얘기를 하려고 장작더미로 가서 앉았다. 그가 말했다.

"이제 연장들만 빼면 다 됐어. 그야 쉽게 해결되겠지."

"연장들?" 내가 말했다.

"그래."

"어디 쓰는 연장?"

"뭐, 땅 파는 거지. 우리가 이빨로 갉아서 짐을 나오게 하진 않을 거잖아. 그치?"

"검둥이 하나 파내는 거야 저기 있는 망가진 곡괭이들 같은 거로 충분하지 않아?" 내가 말했다.

그가 날 돌아보았다. 사람을 울고 싶게 만드는 딱한 얼굴로 그가 말했다.

"헉 핀, 너 죄수가 곡괭이랑 삽이랑 모든 현대식 장비들을 옷장 속에 갖고 있다가 그걸로 파서 나온단 얘기 한 번이라도 들어 본 적 있냐? 자, 너한테 묻고 싶구나―너한테 도대체 사리분별이란 게 있다면 말이지―짐을 영웅으로 만들려면 어떤 걸 보여 주도록 해야 하겠냐? 차라리 열쇠를 빌려주고 그걸로 탈출하라고 하지. 왜. 곡괭이와 삽이라니―왕한테도 그런 건 제공되지 않을 거야."

"뭐, 그럼." 내가 말했다. "만약 곡괭이랑 삽이 필요 없으면 뭐가 우리한테 필요한 건데?"

"주머니칼 두 자루."

"그걸로 오두막 바닥부터 파 내려갈 거라고?"

"응."

"야, 이 망할! 그건 멍청한 짓이야, 톰."

"아무리 멍청하대도 달라지는 건 없어. 그게 옳은 방법이야. 그리고 그게 규정대로 하는 거고. 어떤 다른 방법이란 건 없어, 내가 들은 바로는. 그리고 나는 이런 것들에 대한 정보가 담긴 모든 책을 읽었어. 그들은 늘 주머니칼로 파. 그것도 흙을 파는 게 아니라, 잘 들어, 대개는 딱딱한 바위를 파. 그 일은 몇 주, 몇 주, 또 몇 주, 영원한, 한없는 시간이 걸리지. 마르세유 항구의 캐슬디프 지하 감옥에 있던 죄수들 가운데 누구는 그런 식으로 해서 나왔어. 네 생각엔 그 사람이 얼마나 오랫동안 그렇게 했을 거 같아?"

"몰라."

"생각해 봐."

"몰라. 한 달 반."

"37년. 그리고 그 남잔 중국으로 나왔어. 이를테면 그런 거야. 이 요새 바닥이 단단한 바위라면 좋겠다."

"짐은 중국에 아는 사람이 아무도 없어."

"그게 무슨 상관인데? 다른 죄수들도 마찬가지였어. 넌 늘 부차적인 문제들만 궁금해하더라. 왜 요점에만 집중 못 하나?"

"좋아, 그렇게 해서 짐이 나온다면 어디로 해서 나오든 신경 안 써. 뭐 짐도 마찬가질 거 같고. 하지만 한 가지 생각해 봐야 할 건—그런 주머니칼로 땅을 파기엔 짐이 너무 늙었단 거야. 오래 버티지 못할 거야."

"아니 짐도 버틸 수 있을 거야. 너 이 흙바닥을 파는 데 37년이 걸릴 거로 생각하는 건 아니지. 응?"

"얼마나 걸릴까, 톰?"

"뭐, 원래 그래야 하는 만큼 해서 위험해질 순 없지. 왜냐면 사일러스 이모부가 조만간 저 아래 뉴올리언스에서 소식을 들을 테니. 이모부는 짐이 거기서 온 게 아니라는 말을 들을 거야. 그럼 이모부가 다음으로 할 일은 짐을 광고 내거나 뭐 그런 거겠지. 그래서 우린 원래 그래야 하는데도, 아주 오래도록 땅을 파서 짐을 나오게 해 위험해질 순 없는 거야. 원칙적으로 한 몇 년은 걸려야 해. 하지만 그럴 순 없지. 상황들이 불확실하니. 내가 추천하는 건 이거야. 우린 진짜 땅을 파는 거야, 될 수 있는 한 빨리. 그 후 우리 스스로한테, 37년간 땅을 판 척하는 거지. 그러다 어떤 위험이 감지되면 그 순간 즉시 짐을 후딱 끌고 나와 얼른 달아나도록 해야지. 그래, 그게 제일 낫겠다."

"이제 좀 말이 되네." 내가 말했다. "그런 척하는 거야 아무 돈 안 들지, 그런 척하는 건 아무 말썽도 안 일으키고. 만일 필요하다면 우리가 150년 걸린 척하래도 난 괜찮아. 일이 다 끝난 후 그렇게 하는 거야 더 이상 아무 상관없으니까. 이제 난 슬슬 가서 주머니칼이나 두 자루 집어 와야겠다."

"세 자루 집어 와." 그가 말했다. "하나는 톱으로 쓸 거야."

"톰, 만약 이런 걸 제안하는 게 비규정적이고 비종교적인 게 아니라면 말이야." 내가 말했다. "저기 저 훈제실 뒤 비막이용 판자 아래 낡고 녹슨 톱 한 자루가 처박혀 있던데."

그는 기운 빠지고 낙담한 듯 보였다. 그가 이렇게 말했다.

"너한테 뭘 가르치려 애써 봤자 아무 소용 없구나, 헉. 그냥 뛰어가서 칼이나 집어 와—세 자루." 그래서 나는 그렇게 했다.

36장

그날 밤 모두들 잠들었겠다고 생각하자마자 우리는 피뢰침을 타고 내려와 헛간에 들어가서 문을 꼭 닫고 여우불 더미를 꺼내 작업을 시작했다. 우리는 맨바닥 통나무 한가운데서부터 4, 5피트 정도까지의 모든 것을 싹 다 치웠다. 톰은 이제 우리가 짐의 침대 바로 뒤쪽에 있는데 우린 그 밑을 팔 거라고 하면서, 일이 다 끝나도 오두막에 있는 어느 누구도 거기 구멍이 있는지 모를 거라고 했다. 짐의 침대 커버가 거의 바닥까지 늘어뜨려져 있어 그걸 들어 올려야만 구멍이 보일 것이기 때문이다. 그래서 우린 거의 자정이 될 때까지 주머니칼로 파고 또 팠다. 그러자 완전 녹초가 되었고 손에는 물집이 잡혔다. 그런데도 거의 아무것도 안 한 것처럼 보였다. 마침내 내가 말했다.

"이건 절대 37년 걸리는 일이 아니야. 이건 38년 걸리는 일이야, 톰 소여."

그는 결코 아무 말 하지 않았다. 하지만 한숨을 내쉬며 곧 파는 걸 멈췄다. 그가 꽤 한동안 생각에 잠겨 있는 걸 알 수 있었다. 그러더니 이렇게 말했다.

"헛짓이야, 헉. 이건 안 될 거 같다. 우리가 죄수라면 모르지만. 그럼 우리가 원하는 만큼의 많은 세월 동안, 전혀 서두르지 않고 매일 몇 분씩 간수가 교체되는 동안만 팔 수 있겠지. 그러면 손에 물집도 안 잡히고, 1년이고 2년이고 그냥 죽 그렇게, 원래 그렇게 해야 하는 식으로 계속해 나갈 수 있을 텐데. 하지만 우린 꾸물거릴 수 없어. 서둘러야 해. 시간을 따로 저장해 놓은 것도 아니니. 만약 우리가 내일 밤도 이런 식으로 하면, 손이 나으려면 한 주는 그냥 버려야 할 거야. 그 손으론 그보다 빨리 주머니칼을 쥘 수 없을 테니."

"흠, 그럼 어떻게 할 건데, 톰?"

"분명히 말하면 이건 옳지 않고, 도덕적이지도 않고, 이 말을 꺼내고 싶지도 않아. 하지만 이것 말곤 달리 방법이 없어. 우린 곡괭이로 짐을 파내고 그게 주머니칼인 척해야 해."

"이제 좀 말 같은 소릴 하네!" 내가 말했다. "네 머리가 점점 정상으로 돌아오고 있어, 톰 소여." 나는 이어 말했다. "곡괭이는 땅을 파는 거야, 도덕적이든 도덕적이지 않든. 나로선 그것의 빌어먹을 도덕성 같은 건 전혀 신경 안 써. 검둥이나 수박이나 또는 주일학교 책들을 훔치려 할 때, 나한텐 어떻게 해서 그리되어야 한다 같은 특별한 방법이 없어. 내가 원하는 건 나의 검둥이야. 내가 원하는 건 나의 수박이고, 또 내가 원하는 건 나의 주일학교 책들이라고. 만약 곡괭이가 가장 쉬운 방법이면, 나는 검둥이든 수박이든 주일학교 책이든 다 그걸로 팔 거라는 거지. 또 나는 권위자들이 그걸 어떻게 생각할 지는 죽은 쥐만큼도 관심이 없어."

"자," 그가 말했다. "이런 경우는 곡괭이가 칼인 척하는 게 변명이 돼. 만일 그렇지 않다면 나는 이걸 인정하지 않을 거 고, 원칙들이 깨지는 걸 보면서 참지도 않을 거야. 왜냐면 옳 은 건 옳은 것, 틀린 건 틀린 것이고, 무식하지도 어리석지도 않은 사람은 일이 잘못돼 가도록 그냥 놔두지 않으니까. 네가 곡괭이를 곡괭이 아닌 척하지 않고 짐을 파내겠다는 건, 네가 그렇게 밖엔 모르기 때문이지만, 난 옳고 그른 걸 아니까 그렇 게 하지 않을 거야. 주머니칼 좀 줘 봐."

톰 옆에는 자기 것이 있었으나 나는 내 걸 건넸다. 그걸 훌 러덩 집어던지며 그가 말했다.

"주머니칼 달라고."

나는 순간 어찌 해야 좋을지 몰랐다―가 깨달았다. 낡은 연장들을 뒤적여서 곡괭이를 집어 주자, 그는 그걸 받아 들고 아무 말도 없이 일을 시작했다.

그는 늘 그렇게 까다로웠다. 원칙들로 꽉 차서.

그래서 나는 삽을 잡았고, 그런 뒤 곡괭이질과 삽질을 번갈 아 가며 우린 빠른 속도로 일을 해치웠다. 더는 할 수 없을 때 까지 30분 정도 그 일에 매진했다. 하지만 보기에도 제법 큰 구멍을 팠다. 위층으로 올라가서 나는 창밖을 내다보았고, 톰 이 피뢰침을 오르려 안간힘을 쓰는 것을 보았다. 하지만 그는 손이 몹시 쓰라려 오를 수 없었다. 마침내 그가 말했다.

"아무 소용 없어. 안 될 거 같아. 어떻게 하는 게 낫겠냐? 아무 방법 없겠냐고?"

"있어." 내가 말했다. "하지만 규정대로는 아닌 거 같아. 계단으로 올라와서 피뢰침인 척하는 거."

그래서 그는 그렇게 했다.

다음 날 톰은 짐에게 펜을 만들어 주려고 집 안에 있는 백랍 숟가락과 놋쇠 촛대를 훔쳤다. 수지 양초 여섯 개도. 나는 검둥이 오두막들을 어슬렁거리며 기회를 노리다가 양철 접시 세 개를 훔쳤다. 톰은 그걸론 충분치 않다고 했다. 하지만 나는 아무도 짐이 던진 접시를 절대 못 볼 테니, 왜냐하면 그것들이 창문 구멍 아래, 개꽃이나 흰독말풀 같은 잡초더미 속으로 떨어질 것이니, 우리가 그것들을 집어 가면 짐이 다시 사용할 수 있을 거라고 했다. 그러자 톰은 만족했다. 그 후 그가 말했다.

"이제 잘 연구해 봐야 할 건, 이 물건들을 짐한테 어떻게 전해 주느냐야."

"구멍으로 가져가면 되지." 내가 말했다. "우리가 그 일을 다 끝내면."

그는 그저 경멸하는 듯한 표정을 짓더니, 그런 바보 같은 아이디어는 아무도 못 들어 봤을 거라며 다시 궁리에 들어갔다. 이윽고 그는 어떻게 해야 할지 두세 가지 방법을 찾았지만, 어떤 것으로 할지 아직 결정할 필요는 없다고 했다. 짐한테 먼저 알려 주어야 한다면서 말이다.

그날 밤 10시 조금 지나 우리는 양초 하나를 들고 피뢰침을 타고 내려가, 그 창문 구멍 아래에서 귀를 기울였고, 짐이 코 고는 소리를 들었다. 그래서 우리가 양초를 안으로 집어던졌는데, 그는 잠이 깨지 않았다. 우리는 곡괭이와 삽을 마구 휘둘렀고, 약 두 시간 반 후 그 일은 다 끝났다. 우리는 짐의 침대 밑을 기어 그 오두막 안으로 들어간 다음 더듬더듬 초를 찾아 불을 켰고, 짐을 잠시 내려다보고 서서 그가 건강하고 원기 왕성해 보이는 걸 확인한 후 부드럽게 살살 깨웠다. 그는 우릴 보고 너무 기뻐 울먹였고, 우리를 자기의 보물이라 부르고 또 자기가 생각해 낼 수 있는 온갖 애칭들을 우리한테 갖다 붙였다. 그리고 다리의 사슬을 끊을 정을 당장 찾아다 달라고, 그럼 그 즉시 조금도 꾸물거리지 않고 빠져나가겠다고 했다. 하지만 톰은 그게 정해진 규칙에 얼마나 어긋나는 건지를 보여 주면서 앉아서 우리의 모든 계획들과, 또 만약 위험이 감지되면 우리가 얼마나 즉시 그 계획들을 변경할 수 있는지를 그에게 설명해 줬고, 우리가 그를 반드시 도망시킬 것이니 손톱만큼도 염려하지 말라고 했다. 그래서 짐은 좋다고 했고 우린 거기 앉아 잠시 동안 옛일들을 얘기했으며, 그 후 톰이 많은 질문들을 했다. 짐이 사일러스 삼촌은 같이 기도하려고 거의 매일 찾아오고 샐리 이모는 짐이 편안한지, 먹을 건 충분한지 보러 오는데 두 분 다 더할 나위 없이 친절하다고 했다. 그러자 톰이 말했다.

"아, 어떻게 해결할지 알겠다. 우리가 그분들을 통해 너한테 어떤 물건들을 보낼 거야."

내가 말했다. "절대 그런 짓 하지 마. 그건 내가 여태 들어
본 가장 멍청한 생각이야." 하지만 그는 내 말은 아예 들은 척
도 안 하고 그냥 자기 말만 했다. 그는 자기가 작전을 세우면
늘 이랬다.

그래서 그는 짐에게 우리가 줄사다리 파이와 다른 큼직한
것들을 짐한테 먹을 걸 갖다주는 냇, 그 검둥이 편에 어떻게
몰래 전달할 건지 말하면서, 늘 주의 깊게 살펴보고 놀라지
말라고, 그것들을 꺼내는 걸 냇이 보게 해선 안 된다고 말했
다. 그리고 자그마한 것들은 이모부의 외투 호주머니에 넣을
거니까 짐이 그걸 훔쳐내야 한다고 했다. 또 아주 자질구레한
것들은 기회를 봐서 이모의 앞치마 끈에 묶거나 앞치마 호주
머니에 넣을 거라고 했다. 그리고 그에게 그것들이 뭘 하는 거
고 어디에 쓰일 건지를 말해 주었다. 또 셔츠에 피로 어떻게
일기를 쓰는 건지 등등도 말해 주었다. 그는 모든 것을 얘기
했다. 짐에겐 대부분의 것들이 터무니없어 보였으나, 우리가
백인이니 자기보다 아는 게 많을 거라고 생각했다. 그래서 그
는 흡족해했고, 톰이 말한 대로 다 하겠다고 했다.

짐한텐 옥수숫대 파이프와 담배가 많이 있었다. 그래서 우
리는 거기서 쾌적한 친목의 시간을 즐겼다. 그런 뒤 굴로 기
어 나왔고, 물어뜯긴 것 같은 손을 한 채 자러 집에 갔다. 톰
은 의기양양해했다. 이건 자기 인생에서 가장 신나는 일이고,
가장 머리를 쓰는 일이라 했다. 그리고 우리의 남은 인생 동

안 이걸 계속하다가 우리 자식들한테 짐을 꺼내는 이 일을 남겨 줄 수 있는 방법을 찾을 수만 있다면 더 바랄 게 없겠다고 했다. 그는 짐이 점점 더 익숙해질수록 점점 더 이 일을 더욱 좋아하게 될 거라 믿었다. 그는 이런 식으로 하면 족히 80년 정도로 늘릴 수 있겠다고, 그러면 최장 기록을 세우게 될 거라 했다. 그러면 이 일에 가담한 우리 모두 유명해질 거라는 것이다.

아침에 우리는 장작더미로 가서 놋쇠 촛대를 손에 들어올 크기로 잘랐고, 톰은 그것들과 백랍 숟가락을 자기 호주머니에 넣었다. 그런 뒤 우리는 검둥이 오두막들로 갔고, 내가 냇의 주의를 흐트러뜨리는 동안 톰은 짐의 냄비에 든 옥수수빵 한가운데 촛대 조각 하나를 쑤셔 박았다. 우리는 일이 어떻게 되려나 보려고 냇과 같이 갔는데, 정말이지 아주 멋들어지게 끝났다. 짐은 빵을 한 입 베어 물다가 이가 다 나갈 뻔했다. 그런데 그보다 더 완벽할 순 없었다. 톰 역시도 그렇게 말했다. 짐은 절대 아무 내색 하지 않았다. 그러니까 빵에 늘 들어가는 돌조각 같은 걸 씹은 척했던 것이다. 하지만 그는 다음부터는 어떤 것도 절대 덥석 깨물지 않았고, 포크로 서너 군데 먼저 찔러 보았다.

우리가 침침한 빛 속에서 그러고 서 있는 동안, 이리로 사냥개 한 쌍이 짐의 침대 아래로 해서 불쑥 들어왔다. 다른 사냥개들도 계속 밀려와 그 안은 열한 마리의 개들로 숨 쉴 틈도 없이 돼 버렸다. 맙소사, 우리가 그 헛간 자물쇠 채우는 걸

까먹은 거였다! 검둥이 냇 그놈은 딱 한 번, "마녀들이다!" 하고 고함을 지른 후 바닥에 쓰러져 개들 사이에서, 마치 숨이 넘어가는 것처럼 끙끙거리기 시작했다. 톰이 문을 홱 열어젖히고 짐의 고기 조각 하나를 밖으로 휙 던지자 개들이 그걸 쫓아갔고, 2초 후 톰 자신도 나갔다가 다시 돌아와 문을 닫았다. 나는 그가 또 다른 문도 닫고 왔다는 걸 알았다. 그런 다음 그는 그 검둥이한테 가서 살살 어르고 구슬려 가며, 또다시 뭔가 봤다는 상상을 했느냐고 물었다. 검둥이는 일어나 눈을 깜빡거리며 주위를 두리번거렸다. 그는 이렇게 말했다.

"시드 되련님, 되련님은 절 바보라 할 테지만, 지는 거의 백만 마리쯤 되는 개들인지 아니면 악마들인지 하는 걸 제가 봤다고 믿심더. 그게 아니라면 지는 그것들 발자국이 있는 여기서 차라리 죽겠심더. 지는 거의 확실하게 봤어예. 시드 되련님, 제가 그것들을 만졌심더—제가 그것들을 만져 봤단 말입니더, 되련님. 그것들이 지를 밟았다고예. 오, 제기랄, 딱 한 번만 그 마녀들 중 하나라도 잡아 혼내 주면 좋을 낀데—정말 딱 한 번만—그게 제가 바라는 전부라예. 하지만 그보다는, 그냥 그것들이 절 이대로 내버려 두면 좋겠심더."

톰이 말했다.

"흠, 내가 생각하는 걸 말해 줄게. 왜 그것들이 굳이 이 도망자 검둥이가 아침 먹는 시간에 여기 온 걸까? 그건 배가 고프기 때문이지. 그게 이유야. 그것들한테 마녀 파이를 만들어 줘. 그게 네가 할 일이야."

"아이고, 시드 되련님, 지가 무슨 수로 그것들한테 마녀 파이를 만들어 줄 수 있겠심니꺼? 어떻게 만드는지도 모르는데, 그딴 건 여태 한 번도 못 들어봤심더."

"뭐 그렇담, 내가 직접 만들어야겠군."

"정말 그라실 거라예, 귀하신 되련님이? 그럴랍니꺼? 지는 되련님을 평생 우러러볼랍니더, 하믄요!"

"좋아, 내가 할게, 너를 봐서. 넌 항상 우리한테 친절했고 우리한테 도망자 검둥이를 보여 줬잖아. 하지만 정말 조심해야 해. 우리가 이 주변에 있으면 넌 등을 돌리고 있어. 그리고 우리가 냄비에 뭘 넣든, 넌 절대 못 본 척하고 있어야 해. 그리고 짐이 냄비 뚜껑을 열 때 쳐다보지 마—무슨 일이 생길지도 모르니. 그게 뭔진 나도 몰라. 그리고 다른 무엇보다도 마녀들 건 절대 건드리지 말고."

"그걸 건든다고예, 시드 도련님? 무슨 말 하는 겁니꺼? 내사 손가락 하나도 거기다 안 댈 거라예, 억만금을 준대도 내사 안 그럴랍니더."

37장

그건 잘 마무리되었다. 그래서 우리는 거기서 떠나 뒷마당으로 가, 낡은 장화나 헌 옷, 빈 병 쪼가리, 낡은 양철 그릇 같은 온갖 잡동사니들을 쌓아 놓은 데를 뒤적거려서 낡은 양재기 하나를 찾아낸 다음, 그걸로 파이를 구우려고 할 수 있는 한 최대로 힘껏 거기 난 구멍들을 막았고, 그걸 저장실로 가지고 내려가서 밀가루를 한가득 훔쳐 담았다. 아침 먹으러 가던 중에는 지붕 널빤지에 박는 못 두 개를 발견했는데, 톰이 죄수가 지하 감옥 벽에 자기 이름이랑 슬픈 심정을 휘갈길 때 쓰면 유용하겠다 해서, 하나는 의자에 걸려 있던 샐리 이모의 앞치마 호주머니에 슬쩍 떨어뜨려 넣고, 다른 하나는 책상 위에 놓여 있던 사일러스 이모부의 모자 띠 안에 꽂았다. 아이들이 자기들 엄마 아빠가 그날 아침 도망자 검둥이한테 갔다 와서 아침 먹을 거라고 하는 소리를 들었기 때문이다. 그런 뒤 톰이 백랍 숟가락을 사일러스 이모부의 외투 호주머니 속에 떨어뜨렸고, 그런 뒤 우리는 샐리 이모가 아직 안 와서 잠시 기다리고 있어야 했다.

이모는 열받아서 불그레하고 침통한 얼굴로 나타났고, 식사 기도가 끝나길 간신히 참고 있었다. 그런 뒤 한 손으로 커피를 따르고, 골무 낀 다른 손으론 가장 가까이에 있는 아이의 머리를 콕콕 쥐어박으며 말했다.

"온 집안을 위아래 할 것 없이 샅샅이 뒤졌어요. 도대체 영문을 모르겠는데, 당신 다른 셔츠가 어디로 간 걸까요."

내 심장은 폐와 간과 다른 장기들 사이로 철렁 내려앉았고, 목구멍을 내려가기 시작하던 딱딱한 옥수수빵 껍질이 가는 길에 기침을 만나 테이블 맞은편으로 발사돼 한 아이의 눈을 맞혔으며 아이는 낚싯대에 다는 벌레처럼 몸을 웅크린 채 인디언 함성에 맞먹는 엄청난 울음을 터뜨렸다. 톰도 안색이 시퍼렇게 변했고, 15초가량 모든 게 완전 아수라장이 돼 버려, 경매가 열린다면 반값에 그만 다 넘겨 버리고 싶었다. 하지만 그 후 우린 다시 다 괜찮아졌다—우리가 간담이 그토록 서늘해진 건, 너무 급작스럽게 놀란 탓이었다. 사일러스 이모부가 말했다.

"거 정말 이상야릇하네. 이해를 못 하겠소. 내가 그걸 벗었다는 건 확실히 알아요, 왜냐하면……."

"왜냐하면, 당신이 셔츠를 한 장밖에 안 입고 있기 때문이죠. 저 사람 말하는 것 좀 봐! 나도 당신이 그걸 벗었다는 건 알고 있고, 또 당신의 그 뒤죽박죽 기억보단 더 나은 식으로 알아요. 왜냐하면 그게 어제 빨랫줄에 걸려 있었거든요. 내가 거기 있는 걸 똑똑히 봤어요. 하지만 그게 없어졌고, 요는, 내가 새 걸 만들 짬을 낼 때까지 당신이 빨간 플란넬 셔츠로 갈아입어야 할 거란 거예요. 내가 2년 동안 만든 세 번째 셔츠겠네요. 당신한테 셔츠를 대려니 정말 힘들군요. 당신이 그 셔츠들로 뭘 하든 제 상식으론 도무지 이해가 안 가요. 누구든 당신 나이쯤 되면 그런 것들을 어떻게 간수하는지 정도는 배워야 한다고 생각할 거예요."

"나도 알아요, 샐리. 그리고 나도 나름대로 최선을 다하고 있소. 하지만 그게 전적으로 내 잘못이라고 할 순 없소. 왜냐하면 당신도 알다시피, 입고 있을 때 말고는 내가 그걸 본 적도, 또 그걸로 뭘 한 적도 없으니 말이오. 그리고 벗어 놓은 셔츠를 내가 잃어버렸다곤 생각지 않소."

"흠, 그런 적이 없다면 당신 잘못이 아니겠죠, 사일러스. 하지만 당신이라면 그럴 수도 있을 걸요, 그러려고만 들면요. 게다가 그렇게 사라진 게 셔츠가 다가 아니에요. 숟가락도 하나 없어졌어요. 다 있지를 않아요. 열 개가 있었는데 이젠 아홉 개뿐이에요. 송아지가 셔츠를 가져갔겠다 싶지만, 송아지가 숟가락을 가져갔을 린 만무하죠. 그건 확실해요."

"저런, 그것 말고 없어진 게 또 있소, 샐리?"

"양초 여섯 개가 사라졌어요—그게 없어진 거예요. 쥐들이 초를 갖고 갔을 수도 있어요. 그랬을 거예요. 그것들이 온 집안을 안 돌아다니는 게 이상해요. 당신이 늘 쥐구멍을 막겠다고 하면서 안 막고 있는 걸 보면요. 만약 그것들이 바보가 아니면, 당신 머리카락 속에서 잘 수도 있겠어요, 사일러스—그래도 당신은 절대 모르겠죠. 하지만 그 숟가락 갖고 쥐들을 탓할 순 없어요. 그건 확실해요."

"흠, 샐리, 내 잘못이오. 인정해요. 내가 게을렀소. 하지만 내일이 가기 전에 꼭 그 구멍들을 막겠소."

"오, 나라면 서두르지 않겠네요. 내년에 하면 되죠. 마틸다 안젤리나 아라민타 펠프스!"

골무가 휙 날아오자 그 아인 조금도 꾸물거리지 않고 설탕통에서 손을 뗐다. 바로 그때 한 검둥이 여자가 통로에 나타나서 말했다.

"마님, 침대 시트가 하나 없어졌어예."

"침대 시트가 사라져! 이런 맙소사!"

"구멍들을 오늘 막겠소." 사일러스 이모부가 비탄에 잠긴 얼굴로 말했다.

"오, 제발 닥쳐요! 쥐들이 그 침대 시트를 가져갔다 치면? 그게 어디로 갔을까, 리즈?"

"옴마, 지는 모르겠어예, 샐리 마님. 어젠 빨랫줄에 걸려 있었는데 사라진 거라예. 인자 더 이상 거기 없어예."

"세상이 종말을 향해 가고 있나 봐. 머리털 나고 이런 황당한 일은 처음이야. 셔츠에, 침대 시트에, 숟가락에, 양초 여섯 자루……."

"마님," 누르께한 혼혈 계집애 하나가 다가왔다. "놋쇠 촛대 하나가 행방불명이라예."

"당장 꺼져, 이 계집애야. 안 그럼 냄비 날아간다!"

흠, 그녀는 부글부글 끓고 있었다. 나는 기회를 엿보기 시작했다. 몰래 빠져나가서 날이 갤 때까지 숲속에 있어야겠다는 생각이 들었다. 그녀는 계속 화를 내며 혼자 난리를 쳐댔고, 나머지 사람들은 모두 겁을 먹고 조용히 있었다. 그리고 드디어 사일러스 이모부가, 멍한 표정으로, 호주머니에서 숟가락을 끄집어냈다. 그녀는 입을 짝 벌리고 두 손을 쳐든 채 그대로 멈췄다. 나는 예루살렘이든 어디든 여기 아닌 다른 곳에 있고 싶었다. 하지만 오래 그런 건 아니었다. 그녀가 이렇게 말했기 때문이다.

"딱 내 예상대로네요. 그러니까, 당신이 그걸 줄곧 호주머니에 가지고 있었군요. 모르긴 해도 다른 것들도 당신한테 있을 거예요. 어떻게 그게 거기 들어간 거죠?"

"난 참말로 모르겠소, 샐리." 그가 사과하듯이 말했다. "알면 내가 말했으리란 거 알잖소. 아침 먹기 전에 성경책 17장을 공부하고 있었는데, 내가 이걸 여기 넣었나 보오, 그런 줄 생각도 못 하고, 성경책을 넣으려다가 말이오. 분명 그럴 거요, 성경책이 이 안에 없으니. 하지만 내 가서 보리다. 만일 성경책이 내가 그걸 봤었던 거기 있으면, 내가 안 집어넣었다는 걸 알게 되겠지. 그러면 그건 내가 성경책을 내려놓고 이 숟가락을 집어 들었다는 걸 말해 주는 거고 또……."

"오, 제발! 인제 그만 좀 괴롭혀요! 저리 가요, 너희들도 다 나가고. 내가 다시 마음의 평화를 찾을 때까지 다신 근처에서 얼씬대지 마."

그녀가 소리 지르는 건 고사하고 속으로 그렇게 말했더라도 난 벌떡 일어나 시키는 대로 했을 것이다. 설사 내가 죽어 있었대도. 우리가 거실을 지나가고 있을 때 아저씨가 모자를 집어 들었다. 그러자 지붕 박는 못이 바닥으로 떨어졌다. 그는 단지 그걸 주워 벽난로 선반에 올려놓았을 뿐, 아무 말도 하지 않고 밖으로 나갔다. 톰은 아저씨가 그러는 걸 보고, 그 숟가락을 떠올리며 말했다.

"저분을 통해 물건을 보내는 건 더는 안 되겠어. 믿을 만하지가 않아." 그러더니 그가 말했다. "하지만 어쨌거나 이모부는 그 숟가락으로 우리한테 호의를 베푸셨어. 그러신 줄도 모르면서 말이야. 그러니 우리도 가서 이모부 모르게 뭐 하나 해드리자—쥐구멍들을 막자."

아래 저장실에는 엄청나게 많은 쥐구멍들이 있었고, 그 일을 하는 데는 꼬박 한 시간이 걸렸지만 우리는 그 일을 야무지게 말끔히 잘 해냈다. 그때 계단을 내려오는 발자국 소리가 들려서 우린 촛불을 불어 끄고 숨었다. 넋을 지지난해에 빠뜨리고 온 것 같은 얼굴을 한 채 한 손에는 촛불을, 다른 손엔 장비 꾸러미를 들고 아저씨가 들어왔다. 그는 첫 번째 쥐구멍에서 그다음 쥐구멍으로, 그렇게 모든 쥐구멍들을 하나하나 끝까지 멍하니 다 돌았다. 그러더니 초에 흘러내리는 촛농을 뜯어내며 생각에 잠긴 채 5분쯤 서 있었다. 그는 이렇게 말하며 꿈꾸듯 계단 쪽으로 천천히 몸을 돌렸다.

"흠, 내가 도대체 언제 이걸 막았는지 기억이 안 나. 이제 쥐 때문에 나를 탓하지 말라고 집사람한테 보여 줄 수는 있겠군. 하지만 뭐 됐어, 관두자. 그래 봤자 좋을 게 뭐 있어."

그는 중얼거리며 계단을 올라갔고, 그 뒤 우리도 거기서 떠났다. 그는 정말 참 착한 아저씨였다. 한결같이 말이다.

톰은 어떻게 숟가락을 얻을지 몹시 고심했지만, 그게 우리한테 꼭 있어야 한다고 했다. 그래서 그는 머리를 굴렸고, 방법을 생각해 내자 우리가 어떻게 할 건지 내게 말해 줬다. 우린 숟가락 통 있는 데로 가서, 샐리 이모가 오는 게 보이길 기다렸다가 톰이 숟가락을 세기 시작해 한편으로 밀어 놓았고, 그때 내가 한 개를 소매 안에 슬쩍 집어넣었다. 톰이 말했다.

"어, 샐리 이모, 숟가락이 아직도 아홉 개밖에 없어요."

그녀가 말했다.

"저리 가서 놀아, 귀찮게 하지 말고. 내가 더 잘 알아. 내가 직접 세 봤다."

"글쎄요, 제가 두 번이나 세 봤는데요, 이모. 아무리 세도 아홉 개예요."

그녀는 참을성이 바닥난 것처럼 보였으나, 물론 와서 세어 봤다—누구라도 그랬을 것이다.

"어머나 정말 아홉 개밖에 없네!" 그녀가 말했다. "아니, 이게 도대체 무슨 일이야—역병이 돌아서 뭐든지 다 쓸어 가나봐. 다시 세 보마."

나는 그녀가 세기 시작했을 때 숨겨 놨던 걸 도로 슬쩍 밀어 넣었고, 그녀가 말했다.

"이 골칫거리 쓰레기들, 자, 열 개지!" 그녀는 발끈하면서도 안절부절못하는 표정이었다. 하지만 톰이 말했다.

"어, 이모, 제가 보기엔 열 개가 아닌데요."

"이 돌대가리야, 내가 세는 거 못 봤어?"

"알아요, 하지만—"

"좋아, 다시 세 보마."

그래서 나는 하나를 슬쩍했고, 그것들은 아까랑 똑같이 아홉 개가 되었다. 흠, 그녀는 이제 환장할 지경이 되어 온몸을 부들부들 떨며 미친 듯 화를 냈다. 하지만 그녀는 세고 또 셌고, 가끔은 수를 세기 시작할 때 숟가락 통까지 숟가락 개수에 합산했다. 그래서 세 번은 옳게, 세 번은 틀린 숫자가 나왔다. 그러자 그녀는 숟가락 통을 들어 쾅 집어던졌고 고양이가 거기 맞아 기절했다. 그녀는 우리한테 눈앞에서 사라져 자기한테 평화를 달라며, 지금부터 점심 먹기 전까지 또다시 얼씬거리면서 자길 괴롭히면 가죽을 벗기겠다고 했다. 그래서 우리는 그 남은 숟가락을 챙겨, 그녀가 우리한테 출격 명령을 내리고 있는 동안 그녀의 앞치마 주머니에 떨어뜨렸다. 그건 정오가 되기 전에 그녀한테 있던 지붕 박는 못과 함께 무사히 짐한테 들어갔다. 우리는 이 일을 해낸 게 정말 몹시 만족스러웠다. 톰은 이제 이모는 자기 인생을 구제하기 위해서 아까처럼 두 번씩 다시 숟가락을 셀 수 없을 것이고, 만일 셌다 해도, 자기가 옳게 셌는지 믿지 않을 것이기 때문에 이 일이 고생한 두 배의 보람이 있다고 생각했다. 그는 이모가 앞으로 사흘간 머리가 터질 지경으로 숟가락을 세 볼지도 모르지만, 자기가 보기엔 이모는 세는 걸 포기하고, 앞으로 누가 그걸 더 세 보라는 사람이 있으면 요절을 내버린다 할 거라고 했다.

그래서 우리는 그날 밤 침대 시트를 다시 빨랫줄에 갖다 놓고, 이모 옷장에서 하나를 훔쳤다. 며칠 동안 그걸 도로 갖다 놓고 다시 훔치기를 반복했다. 이모가 자기한테 얼마나 많은 침대 시트가 있는지 더 이상 모를 때까지, 또 아무 상관 하지 않는다고, 그걸로 남은 영혼까지 골탕먹지 않을 거고, 설령 그것들을 세지 않으면 목숨을 구할 수 없다 해도 차라리 그냥 죽고 말겠다고 할 때까지 말이다.

그래서 우리는 이제 그 셔츠와 침대 시트와 숟가락과 양초에 관해서 안심할 수 있었다. 송아지와 쥐들과 혼란스러운 숫자 세기 덕분에 말이다. 또 촛대에 관해선, 그로 인한 어떤 문제도 아직 없었다. 그것 역시 그대로 지나갈 것이다.

하지만 파이가 문제였다. 파이는 끝없는 골칫거리였다. 우리는 숲속 깊이 진을 치고 거기서 파이를 구웠다. 마침내 그일도 아주 만족스럽게 끝났다. 그러나 절대 하루 만에 그리된 건 아니었다. 그렇게 될 때까지 세 번이나 세숫대야 가득 밀가루를 썼고, 우리 몸 여기저기가 꽤나 그슬었으며, 연기로 눈이 멀 지경이 되었다. 왜냐하면 알다시피 우리한테 필요했던 건 그저 빵 껍질일 뿐이었는데, 적당히 부풀릴 수가 없어서 빵이 번번이 푹 꺼지곤 했기 때문이다. 물론 우리는 마침내 적당한 방법을 생각해 냈다―그건 줄사다리도 파이 안에 넣어 굽는 것이었다. 그래서 그 이틀째 되던 밤 우리는 짐이랑 같이 앉아 침대 시트를 찢어 작은 끈들을 만들어 그걸 한데 꼬았고, 동트기 한참 전 사람 목도 매달 수 있을 멋진 밧줄을 만들었다. 우린 그걸 만드는 데 아홉 달 걸린 척했다.

우리는 아침나절에 그걸 가지고 숲으로 갔으나, 그건 파이 안에 절대 들어가지 않았다. 시트 하나를 다 써서 만든 것이니, 뭐 그러고 싶다면 파이 40개를 만들어 끼워 넣고 나머지는 수프든, 소시지든, 넣고 싶은데 다 넣어도 될 만큼의 양이었다. 그걸로 온 식구가 한 끼 식사를 할 수도 있었다.

하지만 우리한테 그건 필요 없었다. 우리한테 필요한 건 오직 파이에 넣을 만큼이었기에 나머지는 전부 버렸다. 우리는 파이를 절대 양재기에 굽지 않았고—납이 녹을까 염려스러워서였다— 사일러스 이모부의 멋진 난상기*에 구웠다. 그건 이모부가 끔찍이 아끼는 것이었는데, 왜냐하면 기다란 나무 손잡이가 달린 그 팬은 그의 조상들 중 하나가 갖고 있던 것으로서, 정복자 윌리엄**과 함께 메이플라워호를 타고 영국에서 건너왔을 때든가, 아니면 뭐 그런 초창기의 배들을 타고 건너온 것으로, 다른 많은 골동품 항아리들이랑 그 외 다른 귀히 여기는 물건들과 함께 다락방에 숨겨져 있었는데, 그게 귀한

---

* 안에 석탄을 채워 침대 안에 넣어 두고 발을 데웠던, 우리나라의 화로와 비슷한 기능을 하던 팬이다. 아주 기다란 손잡이가 달려 있다.
** 1066년 영국을 정복했던 프랑스 귀족이다. 헉은 그가 메이플라워호를 타고 있었다고 착각한다.

것들이어서가 아니라 그렇지 않아서, 그것들이 유품들이기에 전해 내려온 것이었고, 알다시피 그걸 우리가 몰래 갖고 나와서 그리로 가져갔던 것이다. 난상기는 처음엔 파이들을 만들어 내는 데 실패했다. 왜냐하면 어떻게 해야 하는지 우리가 몰랐기 때문이다. 하지만 결국 마지막에 난상기는 흡족하게 파이를 덩실 구워 냈다. 우리는 난상기에 반죽을 두르고 헝겊 밧줄을 얹은 뒤 반죽으로 지붕을 얹고 뚜껑을 닫아 뜨거운 나뭇가지들을 그 위에 얹었고, 편리하고 기다란 손잡이를 잡고 한 5피트쯤 떨어진 채 쾌적하고 시원하게 서 있었다. 그러자 15분 후 그게 만족스러운 파이로 변했다. 하지만 그걸 먹은 사람은, 그 안의 줄사다리가 심각한 경련을 일으키지 않는다면, 뭐 그게 어떻게 심각한 건지 나도 모르겠지만, 이쑤시개 몇 통이 연달아 필요할 것이고, 다음번 그걸 다시 먹기 직전까지 누워 있을 정도로 심한 복통을 겪게 될 것이다.

냇은 우리가 그 마녀 파이를 짐의 냄비에 넣을 때 쳐다보지 않았다. 그리고 우리는 냄비의 음식들 아래 밑바닥에 세 개의 양철 접시를 넣었다. 그래서 짐은 모든 걸 제대로 갖췄고, 혼자 있게 되자마자 파이를 쪼개서 밧줄을 자기 침대의 지푸라기 안에 감추고, 양철 접시 하나에 뭔가 표식 같은 걸 끄적여 창문 구멍 밖으로 던졌다.

38장

펜을 만드는 건 지치도록 힘든 일이었고, 톱 만드는 것도 그랬다. 짐은 무엇보다 글자 새기는 걸 가장 어렵게 여겼다. 죄수가 벽에 갈겨써야 하는 그것 말이다. 하지만 짐은 그걸 해야만 했다. 어떤 국사범도 벽에 낙서 같은 걸 갈기지 않고, 또 자기의 문장紋章을 남기지 않고 떠나는 경우란 없다면서, 톰은 그게 짐한테 꼭 있어야 한다고 했다.

"제인 그레이 여사를 봐." 그가 말했다. "길포드 더들리를 봐. 노섬벌랜드 영감을 좀 보라고! 자, 헉, 그게 꽤 골치 아픈 거라 치면? 네가 어쩔 건데? 어떻게 그걸 피해갈 수 있냐고? 짐은 글을 새기고 문장 만드는 걸 해야 하는 거야. 다들 그렇게 해."

짐이 말했다.

"아니, 톰 되련님. 전 문장 같은 건 아예 없어요. 가진 거라고는 이 낡은 셔츠밖에 없고, 되련님도 제가 여기다가는 그 일기를 써야 한다는 거 알잖어요."

"아, 너 말귀를 못 알아듣는구나, 짐. 문장이란 건 전혀 다른 거야."

"글쎄," 내가 말했다. "어쨌든 짐이 옳아. 짐이 아무 문장도 없다고 할 땐, 그게 진짜 없기 때문에 그러는 거야."

"그걸 내가 모르냐," 톰이 말했다. "하지만 짐은 이 일을 끝 내기 전 반드시 하나 갖게 될 거야—왜냐하면 짐은 제대로 나 갈 거고, 얘 기록엔 어떤 흠집도 남지 않게 될 거니까."

그래서 나랑 짐이, 짐은 촛대로 만들고, 나는 숟가락으로 만든 그 펜들을 각자 벽돌 조각에 문지르는 동안, 톰은 문장 을 고안하는 일에 착수했다. 이윽고 그는 너무 많은 괜찮은 것들이 떠올라 어떤 걸 택할지 정말 모르겠지만, 이걸로 결정 하면 어떨까 싶은 한 가지가 있다고 했다. 그가 말했다.

"우린 방패에 밴드를, 아니면 덱스터 밴드를 그릴 거고, 페 스에는 오디빛 머레이를 새기는 거야. 개 한 마리를, 문장에서 보통 사용하는, 카우천트로 새기고, 짐이 노예란 걸 상징하기 위해, 셰브론 벌트로 배열된, 임배틀드 모양의 사슬을, 인그레 일드된 치프처럼 그 발아래 두는 거야. 푸른색 바탕엔 놈브릴 포인트에 덴시트 인덴티드가 세 가닥 인젝티드 라인을 이루도 록 할 거야. 크레스트엔 어깨에 보따리를 짊어진 도망자 노예 가 바 시니스터임을 보여 주는 새블, 그리고 그의 지지자들을 위해 두 개의 굴즈를 새길 건데, 그건 너랑 나야. 좌우명은, 마 지오레 프레타, 미노레 아토. 책에서 찾아낸 건데, 서두를수 록 더 늦어진다는 뜻이야."*

"와우," 내가 말했다, "하지만 그 나머진 다 무슨 뜻이야?"

"골치 아프게 그런 거 신경 쓸 시간 없어." 그가 말했다. "우린 정말 엄청 열심히 새겨야 해."

"뭐, 어쨌든." 내가 말했다. "몇 개라도 좀 알려주지 그래? 페스가 뭐야?"

"페스. 페스는 말이지… 넌 페스가 뭔지 알 필요 없어. 짐이 그걸 새길 때가 되면 내가 짐한테 어떻게 하는 건지 보여 줄 거야."

"제기랄, 톰." 내가 말했다. "좀 말해 줄 수도 있잖아. 바 시니스터는 뭐야?"

"아, 몰라. 하지만 짐한텐 그게 있어야 해. 다른 모든 고귀한 자들처럼."

그는 늘 이런 식이다. 자기가 설명하기 귀찮은 건 하지 않으

---

* 원문은 다음과 같다. "On the scutcheon we'll have a bend or in the dexter base, a saltire murrey in the fess, with a dog, couchant, for common charge, and under his foot a chain embattled, for slavery, with a chevron vert in a chief engrailed, and three invected lines on a field azure, with the nombril points rampant on a dancette indented; crest, a runaway nigger, sable, with his bundle over his shoulder on a bar sinister; and a couple of gules for supporters, which is you and me; motto, MAGGIORE FRETTA, MINORE OTTO. Got it out of a book—means the more haste the less speed."
"우린 방패에 사선으로 된, 왼쪽에서 오른쪽으로 내려오는 띠나, 아니면 오른쪽에서 왼쪽으로 내려오는 넓은 띠를 그릴 거고, 문장 가운데를 가로지르는 띠에는 오디빛 X자형 십자가를 새기는 거야. 개 한 마리를, 문장에서 보통 사용하는, 사자가 머리를 들고 웅크린 자세로 새기고, 짐이 노예란 걸 상징하기 위해, 가장자리가 톱니모양으로 되고 V자식으로 배열된, 성가퀴 모양의 사슬을, 가장자리가 원호로 된, 위에서 세 번째 띠처럼 그 발 아래 두는 거야. 푸른색 바탕엔 한반부 중심에 들쭉날쭉한 기러기 모양의 수염이 많은 띠들이 반복되다가 세 가닥 물결무늬의 선을 이루도록 할 거야. 문장엔 어깨에 보따리를 짊어진 도망자 노예가 사생아임을 보여 주는 검은색, 그리고 그의 지지자들을 위해 두 개의 빨강색 선들을 새길 건데, 그건 너랑 나야. 좌우명은 마지오레 프레타, 미노레 아토, 책에서 찾아낸 건데—서두를수록 더 늦어진다는 뜻이야."

려 한다. 한 주 내내 닦달해도 마찬가지일 것이다.

문장 만드는 일을 다 마무리했기에, 그는 이제 그 일의 나머지 부분을 끝내는 작업에 착수했는데, 그건 애잔한 글귀를 새기는 것이었다—다른 모든 죄수들이 그랬듯 짐도 하나 새겨야 한다면서 말이다. 그는 여러 개를 만들어 그것들을 종이에 적어 소리 내 읽었다. 이렇게.

1. 여기 사로잡힌 가슴이 부서지다
2. 여기, 세상과 친구들한테 버림받은 가여운 죄수가 슬픔에 겨운 생으로 속을 끓였다네
3. 여기 외로운 가슴이 깨지고, 지친 영혼은 37년의 독방 후, 안식의 길로 갔다네
4. 여기, 37년의 쓰라린 감금 후, 집도 친구도 없는 고결한 이방인, 루이 14세의 친생자가 비명횡사하다

이것들을 읽는 동안 톰의 목소리는 떨렸고 거의 울음을 터뜨릴 뻔했다. 다 마쳤을 때 그는 모두 맘에 들어 짐한테 어떤 걸 벽에 새기라 할지 결정을 내릴 수가 없었지만, 마침내 모든 걸 쓰게 하리라 마음먹었다. 짐은 통나무에 못으로 그 많은 걸 다 새기려면 자기한텐 1년은 걸리겠다고 했다. 게다가 그는 글자를 어떻게 만드는 것인지 몰랐다. 하지만 톰은 자기가 대충 써줄 테니, 짐은 그 선들을 따라가기만 하면 되고 다른 건 아무것도 할 게 없다고 했다. 그러더니 곧 이렇게 말했다.

"생각 좀 해보자. 통나무는 안 될 것 같아. 지하 감옥에 통나무 벽 같은 건 없지. 그 글귀를 바위에 새겨야 해. 우리 바위 하나 가져와야겠다."

짐은 바위는 통나무보다 더 힘들다고, 그렇게 어마어마하게 긴 시간 바위를 파고 있다간 자기는 절대 밖에 나가지 못할 거라고 했다. 하지만 톰은 나보고 도와주라 하겠다고 했다. 톰은 짐과 내가 펜을 얼마나 잘 만들고 있나 살펴보았다. 그건 세상 가장 성가시고 지루하고 어렵고 느린 작업이었고, 내 손의 통증은 나아질 기미를 보이지 않았으며, 우리는 거의 어떤 진전도 보이는 것 같지 않았다. 그래서 톰이 말했다.

"어떻게 하면 될지 알겠어. 우리 문장과 비문을 새길 바위가 하나 있어야겠어. 그러면 일석이조인 거지. 제재소에 아주 멋진 커다란 숫돌이 있는데, 우리 그걸 훔쳐 와서 거기다 그것들을 새기는 거야. 펜이랑 톱도 거기다 갈고."

그 생각이 절대 허접한 건 아니었다. 그리고 숫돌도 절대 허접하지 않았다. 하지만 우리는 한번 덤벼 보기로 했다. 자정까진 아직 꽤 시간이 있었기에. 그래서 짐은 일하라고 남겨 놓고 우리는 제재소로 향했다. 우리는 그 숫돌을 훔쳤고, 집을 향해 굴리기 시작했으나, 세상 그렇게 힘든 일은 또 없을 것이었다. 가끔씩은 그런대로 굴러갔으나 속수무책으로 자꾸 멈춰 섰고, 또 우리 쪽으로 자꾸 굴러와서 그때마다 그게 우릴 거의 가루로 만들 뻔했다. 톰은 다 옮기기 전에 그게 먼저 우리 중 하나를 잡을 게 분명하다고 했다. 우린 그걸 중간쯤까지 가져왔다. 그땐 완전히 지친 데다 땀으로 익사할 지경이었다. 우리는 그래 봤자 소용 없다는 걸 알았다. 가서 짐을 데려와야 했다. 그래서 짐은 침대를 들어 올려 침대 다리에서 사슬을 빼서 둘둘 목에 감고, 우리가 판 구멍으로 기어 나와 그리로 갔고, 짐과 나는 별거 아닌 것처럼 그 숫돌을 찰싹찰싹 때려가며 같이 걸었다. 그리고 톰은 진두지휘를 했다. 걔는 내가 아는 어떤 남자애보다 진두지휘를 잘할 수 있었다. 모든 걸 어떻게 해야 하는지 알고 있었다.

우리의 구멍은 꽤 컸으나, 숫돌을 들여놓을 만큼 크지는 않았다. 하지만 짐이 곡괭이를 가져와서 금방 충분히 커다랗게 만들었다. 그런 뒤 톰이 못을 끌로 하고 헛간 잡동사니들 속에서 발견한 철 빗장을 망치로 써서 자기가 말한 것들을 거기다 쓴 후 짐한테 남은 초가 다 탈 때까지 나머지 작업을 한 뒤에 자라고 하면서, 잘 때는 숫돌을 지푸라기 매트리스 아래 감추고 그 위에서 자라고 했다. 우리는 짐이 사슬을 침대 다리에 도로 끼우는 걸 도왔고, 우리도 자러 갈 준비를 했다. 하지만 톰이 무언가를 생각해 냈다. 그가 말했다.

"이 안에 거미가 있던가, 짐?"

"없습니다요, 천만다행으로 저한테 그런 건 없지요, 톰 되련님."

"좋아, 그럼 우리가 몇 마리 가져다줄게."

"허지만, 친애하는 되련님, 전 한 마리도 싫어요. 전 그것덜이 무서워요. 전 그럼 주변에 방울뱀을 풀어놓을 거여요."

톰이 1, 2분 생각하더니 말했다.

"그거 좋은 생각이야. 그건 죽 있었을 거야. 옛날부터 있어 왔을 게 틀림없다고. 일리가 있어. 그래, 아주 훌륭한 생각이야. 네가 그걸 어디다 둘 수 있을까?"

"뭘 둬요, 톰 되련님?"

"뭐, 방울뱀."

"아이구 시상에나 맙소사, 톰 되련님! 만약 방울뱀이 이리로 들어오믄, 전 그 즉시 이 통나무 벽을 부수고 나갈 거여요, 내는 그럴 거여요. 이 머리로다가."

"이봐, 짐, 넌 조금만 있으면 겁 안 내게 될 거야. 네가 그걸 길들일 수 있어."

"그걸 길들여요!"

"그래, 진짜 쉬워. 동물들은 다 다정하게 대해 주고 쓰다듬어 주면 고마워한다고. 또 자기들을 귀여워해 주는 사람을 해치겠다고 생각하진 않을걸. 어떤 책에서든지 다 그렇다고 할 거야. 네가 노력해 봐—이게 내가 너한테 부탁하는 전부야. 그냥 2, 3일만 노력해 봐. 넌 얼마 안 가서 그게 널 사랑하게 되고, 같이 잠도 자고, 너랑 잠시도 떨어지려 하지 않게 만들수 있어. 그게 네 목에 자길 감게 해주고, 머리를 네 입에 넣도록 해줄 거라고."

"지발요, 톰 되련님, 그렇게 말허지 마세요! 더 이상 참을 수가 없응께요! 그게 지 대가리를 제 입에 넣게 해준다—호의의 표시로, 그거 아녀요? 지가 그런 걸 부탁할 때까정 있을라믄 뱀은 어마어마하게 긴 시간 기다려야 할 거여요. 그리고 무엇보담, 지는 그거랑 같이 자고 싶지 않아요."

"짐, 그렇게 바보처럼 굴지 마. 죄수는 말 못 하는 애완동물 같은 걸 가져야만 하는 거야. 설사 방울뱀이 아직 한 번도 길들여진 적 없다 해도, 응, 네가 처음으로 그걸 시도하면 넌 네 목숨을 구하기 위해 생각해 낼 수 있는 어떤 다른 방법들보다 더 큰 영광을 얻게 되는 거야."

"뭐, 톰 되련님, 전 그런 영광은 절대 얻고 싶지 않아요. 뱀이 짐의 턱을 덥석 깨물어 날려 버리믄, 그게 뭣이 영광이여요? 됐습니다요. 전 절대 그런 일은 하고 싶지 않습니다요."

"제길, 노력도 할 수 없어? 내가 너한테 바라는 건 오직 노력만 하라는 거야—만약 잘 안 되면 계속할 필요 없다고."

"하지만 그 고생들도 다 끝나겠지요. 지가 그거헌티 노력하는 동안 그게 절 물면요. 톰 되련님, 전 상식적으로다 말이 되는 건 기꺼이 거의 다 해보겠지만요, 만일 되련님하고 헉이 방울뱀을 여기 갖고 와서 지한테 길들이라고 하믄, 지는 떠날 거여요. 그건 분명헙니다요."

"뭐, 그렇담, 됐어 관두자, 네가 그거 갖고 그리 황소고집을 부린다면야 뭐. 우리가 너한테 가터뱀*을 좀 가져다주면 되지, 그럼 네가 꼬리에 단추들을 동여 묶고, 그것들이 방울뱀인 척하면 되겠지. 그럼 될 거 같다."

---

* garter snake. 양말 대님(garter)과 비슷한 노란색 또는 붉은색 줄무늬가 있는 독이 없는 뱀.

"지는 그것들은 참어 줄 수 있어요, 톰 되련님. 허지만 지는 분명 그것들 없이도 잘 살고 있어요. 죄수가 되는 거시 이렇게 골치 아프고 힘든 건지 이전엔 절대루 몰렀네요."

"뭐, 일을 제대로 하면 늘 그런 거야. 근처에서 쥐들은 못 봤어?"

"없습니다요, 한 마리도 못 봤어요."

"그래, 그럼 우리가 쥐들을 좀 잡아다 줄게."

"뭐라고요, 톰 되련님, 전 쥐는 절대 싫어요. 그것덜은 사람을 괴롭히는 가장 못돼 처먹은 놈들이여요. 좀 잘라고 애쓰믄 몸 위로 부시럭거리믄서 돌아다니고, 발을 깨물어요. 지가 심지어 봤어요. 됐습니다요. 지가 뭔가를 가져야 한다믄 가터 뱀이나 갖다주시고, 쥐는 절대로 갖다주지 마서요. 그것들언 거의 아무짝에도 쓸모가 없으니께요."

"하지만 짐, 너한텐 쥐들이 있어야 해—다른 죄수들도 다 있어. 그러니 더 이상 그거 갖고 난리치지 마. 쥐 없는 죄수란 건 절대 없어. 거기엔 어떤 예외도 없어. 그들은 쥐들을 훈련시키고, 애완동물로 키우고, 재주를 가르치지. 그러면 그것들은 파리만큼 붙임성이 좋게 돼. 하지만 너는 그것들한테 음악을 연주해 줘야 해. 너 음악 연주할 만한 거 뭐 있어?"

"얼레빗이랑 종이랑 쥬스-하프* 말곤 암것도 없어요. 지 생각에 그것덜은 쥬스-하프 같은 건 절대 관심 없을 거 같어

* Jews-harp. 유대인 하프는 입에 물고 손가락으로 연주하는 구금口琴이다. 짐은 'juice harp'라고 발음한다.

455

요."

"아니, 있을 거야. 그것들은 그게 어떤 종류의 음악이냐 하
는 건 신경 안 써. 주스-하프라면 쥐한테는 충분히 훌륭하지.
동물들은 다 음악을 좋아해. 감옥 안에서는 완전 좋아 죽고.
특히 고통에 찬 음악을 말이야. 또 주스-하프로는 다른 건
연주할 수도 없어. 그건 늘 쥐들의 흥미를 끌지. 그것들이 너
한테 무슨 문제가 있나 보려고 나올 걸. 그래, 이제 됐어. 네가
필요한 건 다 잘 해결됐어. 밤에 자러 가기 전에, 그리고 아침
일찍 네가 침대에 앉아서 주스-하프를 연주하면 될 거야. '마
지막 전선이 무너지다'를 연주하는 거지. 그건 다른 어떤 것보
다도 더 빨리 쥐 한 마리를 톡 튀어나오게 할 걸. 네가 한 2분
연주했을 때 너는 모든 쥐들과 뱀들과 거미들과 뭐 그런 것들
이 너에 대해 슬슬 걱정스러운 기분이 들기 시작해서 기어 나
온 걸 보게 될 거야. 그럼 그것들은 너한테 벌떼같이 모여들
거고, 함께 고결하고 멋진 시간을 보내는 거지."

"예, 그것들한텐 그러겠네요, 톰 되련님. 하지만 짐한테는
어떤 시간이것어요? 제길, 지도 그걸 알고 싶네요. 허지만 지
가 꼭 해야 한다믄 하것어요. 그 짐승들을 만족시켜 집안에
아무 분란도 안 일으키는 게 낫것지요."

톰은 한 번 죽 생각해 보고, 그 밖에 뭐 빠뜨린 건 없나 싶
어 잠시 가만있었다. 곧 그가 말했다.

"아, 내가 까먹은 게 하나 있다. 너 여기서 꽃을 기를 수 있
을 거 같아?"

456

"모르것지만, 아마 할 수 있것죠. 톰 되련님. 하지만 이 안은 너무 깜깜혀서 아무리 꽃을 기를라고 해봤자 아무 소용 없을 거여요. 글고 꽃은 꽤나 골칫덩어리가 될 거여요."

"뭐, 그냥 노력해 봐. 어쨌든. 어떤 죄수들은 그렇게 했어."

"커다란 고양이 꼬리처럼 보이는 우단담배풀 같은 거믄 여기서 자랄지도 모르지요. 톰 되련님, 지 생각으론요. 허지만 그거시 일으킬 말썽의 반만큼도 기를 가치가 없을 거여요."

"그렇게 생각하지 마. 우리가 너한테 어린 거 하나 갖다줄테니, 저쪽 구석에다 심고 길러 봐. 그리고 그걸 우단담배풀이라 부르지 말고 피치올라라 불러—감옥 안에 있을 땐 그게 맞는 이름이야. 넌 네 눈물로 그 꽃에 물을 주면 되는 거야."

"뭐라구요. 샘물이 얼마든지 있는디요. 톰 되련님."

"넌 샘물로 물을 주면 안 돼. 네 눈물로 주어야지. 다른 죄수들도 다 그런 식으로 해."

"아니, 톰 되련님, 누군가가 눈물로 그걸 키우기 시작허는 동안, 지는 우단담배풀을 샘물로 두 배는 빨리 키울텐디요."

"그건 맞는 게 아니야. 넌 눈물로 키워야 하는 거야."

"그걸 지 손으로 죽이것네요. 톰 되련님, 금방요. 왜냐믄 지는 거의 울지를 않으니께요."

그래서 톰은 난관에 부딪혔다. 하지만 그는 곰곰이 생각해 보았고, 그러더니 짐한테 양파를 가지고 최대한 어찌어찌 노력해 봐야겠다고 했다. 그는 아침에 검둥이들 오두막으로 가서 짐의 커피 주전자에 몰래 양파 하나를 떨어뜨리겠다 약속했고, 짐은 커피 주전자에 그냥 담배나 당장 넣어 주면 좋겠다고 하면서 이 일의 많은 문제점들을 지적했다. 우단담배쑬기르는 것과 쥐들한테 주스-하프를 연주해 주는 것과 뱀과 거미 등등을 쓰다듬어 주고 비위를 맞춰 주는 일들의 괴로움은, 펜을 만들고, 글을 새기고, 일기들을 써야 했던 것들보다 더 골치 아프고 걱정스럽고, 또 이건 자기가 지금껏 떠맡았던 어떤 것들보다도 죄수로서의 책무를 느끼게 만든다고 했다. 톰은 짐에 대해 거의 참기 힘들 지경이 되었다. 그는 자긴 그저 세상에 이름이 알려진 그 어떤 죄수보다 더 찬란해질 기회를 짐한테 주고자 했던 것뿐인데, 그럼에도 짐이 그걸 충분히 감사해하지 않으니, 이 모든 게 헛고생이 되려 한다고 말했다. 그러자 짐은 미안해했고, 더 이상 삐딱하게 굴지 않겠다고 했으며, 그 후 톰과 나는 자러 갔다.

39장

아침에 우리는 마을로 가서 철망으로 된 쥐덫을 사 왔고 그걸 갖고 내려가서 가장 큰 쥐구멍을 열어 놓았다. 그리고 약 한 시간 후 가장 멋진 놈들 가운데서 열다섯 마리를 골랐고 그걸 샐리 이모의 침대 밑 안전한 곳에 갖다 놓았다. 하지만 우리가 거미를 잡으러 나가고 없는 사이, 어린 토마스 프랭클린 벤자민 제퍼슨 엘렉산더 펠프스가 그걸 찾아내 쥐들이 나오나 보려고 철망 문을 열었더니, 그것들이 나왔다. 샐리 이모가 방으로 들어갔고, 우리가 돌아왔을 때는 침대 꼭대기에 올라서서 비명을 질러 대는 중이었으며, 쥐들은 이모가 지루한 시간을 보낼까 봐 자기들이 할 수 있는 것들을 하고 있었다. 그녀는 히코리나무 채찍으로 우리를 먼지 나게 때렸고, 우리는 그 성가신 꼬마 때문에 두 시간이나 다시 열대여섯 마리의 쥐들을 잡았는데, 이번 것들은 썩 마음에 들지도 않았다. 처음 잡았던 것들이 워낙 대단했었기 때문이다. 그 녀석들만큼 마음에 드는 그런 쥐들은 여태 한 번도 본 적이 없었다.

우리는 거미랑 벌레랑 개구리랑 애벌레 같은 이런저런 것들을 멋지게 분류해서 모았다. 말벌집도 갖고 싶었으나 그러지 않았다. 식구들이 집 안에 있었다. 우리가 즉시 포기했던 건 아니었으며, 할 수 있는 한 오래 기다렸다. 우리가 그것들을 지쳐 버리게 만들거나, 그것들이 우릴 지쳐 떨어지게 할 거로 생각했기 때문인데, 그것들이 끝을 냈다. 그 후 우린 금불초를 구해 쏘인 부위들에 문질렀고, 앉아 있기 불편한 것 말곤 다시 거의 다 나았다. 그래서 우리는 뱀을 잡으러 갔고, 스물너덧 마리의 가터뱀과 집뱀을 잡아 자루에 담아서 우리 방에 놔두었는데, 그때가 저녁 먹을 시간이었고, 정말 충실히 일을 했기에, 배가 고팠냐고?—아, 그 정도가 아니었다! 그리고 우리가 돌아왔을 때, 그 빌어먹을 뱀들은 거기 하나도 없었다—우리가 자루를 느슨하게 묶어서 그것들이 어찌어찌 가버린 것이다. 그러나 크게 문제될 건 없었다. 그것들이 집안 어딘가에 아직 있을 것이기 때문이었다. 우리는 몇 마리 정도는 도로 잡을 수 있을 거로 생각했다. 맙소사, 뱀들은 아주 가끔 어쩌다 있는 게 절대 아니었다. 그것들이 서까래나 여기저기서 몸을 대롱대롱 늘어뜨리고 있는 게 너무 자주 보였다. 그것들은 대개 음식이 담긴 접시나 목덜미 같은, 대부분 그것들이 절대 반갑게 느껴지지 않을 곳에 착륙했다. 뭐, 그것들은 아름다웠고, 줄무늬가 있었으며, 백만 마리 가운데 어느 하나 해롭지 않았다. 하지만 샐리 이모한테는 별반 다를게 없었다. 그녀는 뱀을 종류 불문하고 징그러워했다. 또 어쩌지 못할 정도로 못 견뎌 했다. 뱀이 이모한테 털썩 떨어질 때마다, 뭘 하고 있었든 상관없이 무조건 하던 일을 내팽개치고 번개처럼 뛰쳐나갔다. 그런 여자는 처음이었다. 이모가 지르는 고함은 천국에도 들릴 정도였다. 그녀는 부젓가락으로 뱀 한 마리 집지 못했다. 만약 돌아누웠는데 침대에 뱀이 있으면 이모는 목청껏 비명을 지르며 밖으로 허둥지둥 뛰쳐나갔다. 누가 보면 집에 불이라도 난 줄 알았을 것이다. 그렇게 남편을 하도 괴롭혀 대서 아저씨는 뱀이란 게 애초 창조되지 않았더라면 좋았겠다고 말했다. 한 주 정도 되어 마지막 뱀까지 집에서 완전히 사라진 후에도 샐리 이모한테는 아직 끝난 게 아니었다. 끝난 것 근처에도 가지 못했다. 이모가 무슨 생각을 하며 앉아 있을 때 깃털로 목덜미를 살짝 건드리기만 해도 당장 맨발로 뛰쳐나갔다. 그건 정말 신기했다. 하지만 톰은 여자들은 다 그렇다고 했다. 그는 여자들은 무슨 이유에선지 그렇게 만들어졌다고 했다.

그녀 앞에 우리 뱀이 한 마리 보일 때마다 우린 얻어맞았다. 그녀는 혹시 우리가 다시 뱀을 거기 풀어 놓았을 때 자기가 어떻게 할 건지에 비하면 이런 매질은 아무것도 아니라고 했다. 나는 맞는 건 아무렇지도 않았다. 그거야 별거 아니었기 때문이다. 하지만 다시 그 많은 뱀들을 잡아야 하는 번거로움은 별거였다. 그러나 우리는 뱀들을 잡았고, 또 다른 많은 것들도 잡았다. 그것들이 음악 소리를 듣고 벌떼처럼 짐한테로 몰려갈 때 짐의 오두막은 세상 어느 곳보다 활기가 넘쳤다. 짐은 거미들을 좋아하지 않았고, 거미들도 짐을 좋아하지 않았다. 그것들은 숨어 있다가 짐한테 꽤 못되게 굴곤 했다. 짐은 쥐들과 뱀들과 그 숫돌 사이에서 자기가 누울 자리가 거의 없다고 했다. 설사 누울 자리가 있어도 너무 시끄러워 잠을 잘 수가 없다고 했다. 그것들이 절대 한꺼번에 자지 않고 돌아가면서 자기 때문에 늘 시끄럽다면서, 뱀들이 자고 있을 땐 쥐들이 갑판에 있고, 쥐들이 자고 있으면 뱀들이 나와 망을 본다고 했다. 그래서 늘 그가 있는 곳 밑에 한 패거리가 있고, 또 다른 패거리는 그의 위에서 야단법석을 떨고 있으며, 그가 새로운 장소를 물색하러 일어나면 거미들이 이때다 하고 쫓아와 덤빈다고 했다. 그는 이번에 여기서 벗어나면 절대 다신 죄수가 되지 않겠다고, 월급을 준대도 안 하겠다고 했다.

흠, 세 번째 주 끝 무렵이 되자 모든 게 제법 모양새가 갖춰졌다. 셔츠는 일찍이 파이 안에 넣어 보내졌고, 짐은 쥐한테 물릴 때마다 일어나 잉크가 아직 신선할 동안 조금씩 거기다 일기를 적었다. 펜도 다 만들어졌고, 숫돌에도 문구니 뭐니가 새겨졌다. 침대 다리는 두 동강으로 톱질이 됐고, 우린 그 톱밥들을 다 먹어야 했는데 그건 무시무시한 복통을 일으켰다. 우리 둘 다 이대로 죽나 보다 생각했지만 그러진 않았다. 그건 내가 여태 본 가장 소화 안 되는 톱밥이었고, 톰도 같은 말을 했다. 하지만 말했다시피 마침내 모든 일들을 끝냈다. 우린 꽤 기진맥진하기도 했지만, 짐이 제일 그랬다. 아저씨는 와서 도망친 검둥이를 찾아가라고 아래 올리언스 농장에 두어 차례 편지를 썼으나 아무 답장도 받지 못했다. 거기 그런 농장 같은 건 없었기 때문이다. 그래서 그는 세인트루이스와 뉴올리언스 신문들에 짐의 광고를 내기로 작정했다. 그가 세인트루이스 신문들을 언급하자 내 몸엔 찌릿 한기가 돌았고, 나는 우리가 더는 꾸물거릴 시간이 없다는 걸 알았다. 그래서 톰은 이제 익명의 편지들을 쓸 시간이 됐다고 말했다.

"그게 뭔데?" 내가 말했다.

"사람들한테 무슨 일이 벌어진다고 경고하는 거지. 때로는 이런 식으로, 때로는 저런 식으로 말야. 하지만 원래는 늘 누군가가 망을 보다가 성의 관리한테 알려 줘. 루이 14세가 튈르리궁에서 빠져나가려 했을 때 하녀 하나가 그런 일을 했지. 그건 아주 괜찮은 방법이야. 그 익명의 편지도 그렇고. 우린 그 두 가지를 다 사용할 거야. 그리고 죄수 엄마가 죄수와 옷을 바꿔 입는 것도 흔히 하는 거야. 그러면 엄마가 감옥에 남고, 죄수는 엄마 옷을 입고 빠져나가. 우리는 그것도 할 거야."

"하지만 이봐, 톰, 왜 우리가 무슨 일이 벌어진다고 누군가 한테 경고해야 하는데? 자기들이 알아서 알아내라 해. 그건 그 사람들 일이잖아."

"그래, 나도 알아. 하지만 그들을 의지해선 안 돼. 그분들은 처음 시작할 때부터 그랬어. 우리가 모든 걸 다 하게 만들었다고. 아무거나 너무 잘 믿고 아둔해서 전혀 아무것도 눈치채지 못해. 그래서 우리가 경고해 주지 않으면, 아무도, 그 어떤 것도 우리를 방해하지 않을 거고, 그래서 결국 우리가 한 이 많은 노동과 고생에도 불구하고 이 탈출은 완전히 시시한 게 돼 버릴 거야. 전혀 의미 없이 될 거란 거지, 별거 아닌 것으로."

"흠, 나로 말하자면, 톰, 그게 내가 바라는 거야."

"집어치워!" 그는 역겨워하는 듯 보였다. 그래서 내가 말했다.

"하지만 난 아무 불평도 하지 않겠어. 어쨌든 네가 좋으면 나도 좋아. 그 하녀 여자애는 어떻게 할 건데?"

"네가 하녀 여자애가 되는 거야. 한밤중에 슬그머니 들어가서 그 누리끼리한 여자애 치마를 훔쳐 와."

"야, 톰, 낼 아침에 난리 날 텐데, 왜냐, 물론 그 여자앤 그거 말고 다른 치마가 없으니까."

"알아. 하지만 넌 15분만 그게 필요한 거니까. 그 익명의 편지를 현관문 아래 밀어 넣기 위해서 말야."

"좋아, 그렇담 그렇게 하지. 하지만 그냥 간단히 이 옷을 입고 날라도 되잖아."

"그럼 넌 하녀처럼 보이지 않겠지. 안 그래?"

"그렇겠지, 하지만 내가 어떻게 보일지 보는 사람이 아무도 없을 텐데, 어쨌든."

"그건 아무 상관 없어. 우린 그냥 우리 의무를 다하는 것뿐이야. 우리 하는 걸 누가 보나 안 보나 걱정하지 말고. 넌 그런 원칙들이란 게 전혀 없냐?"

"좋아, 아무 소리 하지 안 할게. 내가 그 하녀야. 누가 짐의 엄마야?"

"내가 엄마야. 내가 샐리 이모한테서 드레스를 훔쳐 올게."

"흠, 그러면 넌 나랑 짐이 떠나면 오두막에 남아야 하잖아."

"그러진 않을 거야. 난 그의 엄마가 변장한 것처럼 보이게 짐의 옷들 속에 지푸라기를 꽉 채워서 침대에 뉘어 놓을 거야. 짐은 내가 벗은 샐리 이모의 드레스*를 입고, 우리 모두 같이 탈옥할 거야. 죄수가 폼 나게 도망치는 건 탈옥했다고 해. 예를 들면, 왕이 도망칠 땐 항상 그렇게 불리지. 왕의 아들도 마찬가지고, 아들이 친자냐, 아니냐 하는 건 별반 차이 없어."

그래서 톰은 익명의 편지를 썼고, 그날 밤 나는 그 누리끼리한 계집애의 치마를 훔쳐 입고 톰이 시킨 대로 현관 아래에 그걸 밀어 넣었다. 그 편지엔 이렇게 적혀 있다.

조심할 것. 말썽의 조짐이 보임. 계속 엄중히 경계하길.

_ 익명의 친구

다음 날 저녁 우린 톰이 피로 해골과 대퇴골을 엇갈리게 교차해 그린 그림을 현관문에 붙여 놓았고, 그다음 날에는 관을 그린 또 다른 그림을 뒷문에 붙여 놓았다. 나는 그렇게 쩔쩔매는 가족은 처음 보았다. 설사 유령들로 꽉 차서, 모든 가구나 물건들 뒤나 침대 밑에서 냉기를 내뿜으며 그들을 노리고 있다 해도 이보다 더 벌벌 떨진 않을 것이다. 문만 쾅 닫

---

* 원문에는 Jim'll take the nigger woman's gown off of me and wear it, 즉 톰이 흑인 여자 드레스를 입은 것으로 나와 있다. 다른 부분들은 샐리 이모의 드레스라고 하고 있는 걸 보면 저자가 착각한 듯하다.

혀도 샐리 이모는 펄쩍 뛰며 '엄마야!' 했다. 뭔가가 떨어져도 그녀는 펄쩍 뛰며 '엄마야!' 했다. 그녀가 눈치 못 채고 있을 때 살짝 건드리기만 해도 마찬가지였다. 그녀는 어떤 곳도 제 대로 쳐다보지 못하고 찝찝해했다. 왜냐하면 그럴 때마다 늘 자기의 뒤에 뭔가가 있다고 믿었기 때문이다—그래서 그녀는 늘 '엄마야!' 하면서 갑자기 고개를 홱 돌렸고 3분의 2쯤 고개 를 돌리다가, '엄마야!' 하며 고개를 도로 홱 돌렸다. 그녀는 자러 가는 것을 무서워했으나, 그렇다고 감히 앉아 있지도 못 했다. 그래서 톰은 일이 아주 잘돼 가고 있다고 말했다. 일이 이렇게 만족할 만한 수준 이상으로 돌아가는 건 처음이라면 서, 그건 일이 제대로 된 걸 보여 주는 것이라 했다.

그래서 그가 말했다. 이제 결전의 시간이 됐어! 그래서 바 로 그다음 날 아침 동틀 무렵 우리는 또 하나의 편지를 준비 했고 이걸 어떻게 전달하는 게 좋을지 궁리했다. 저녁 먹으면 서 그들이 검둥이를 시켜 각각 양쪽 문을 밤새 지키도록 해야 겠다고 하는 말을 들었기 때문이다. 톰이 피뢰침을 타고 내려 갔다—주변을 염탐하러 말이다. 뒷문에 있던 검둥이는 잠들 어 있었고, 그는 편지를 검둥이의 목덜미에 찔러 넣고 돌아왔 다. 거기엔 이렇게 쓰여 있다.

나를 배신하지 마시오. 난 당신들의 친구가 되고 싶소. 저기 인 디언 구역에서 온 극악무도한 살인마 강도들이 오늘 밤 당신네 의 그 도망자 검둥이를 훔칠 것인데, 그자들은 당신들이 자기들을 방해하지 않고 집 안에 있게 하려고 당신들을 겁주려 했소. 나는 그 강도단 일당이지만, 이젠 종교를 갖게 되어 그 짓을 그만두고 다시 정직한 삶을 살고 싶소. 그래서 그 무서운 계획을 폭로할 것이오. 그놈들은 북쪽 방면에서 슬며시 내려와 담장을 돌아 그 검둥이가 있는 오두막으로 간 다음, 정확히 자정에 위조 열쇠로 그 검둥이를 훔치러 들어갈 것이오. 나는 약간 떨어진 곳에서 어떤 위험이 감지되면 주석 나팔을 불게 돼있소. 하지만 나는 그걸 절대 불지 않고 대신, 그놈들이 들어가자마자 양처럼, 매에, 할 거요. 그럼 그놈들이 검둥이의 사슬을 풀고 있을 동안, 당신들은 살그머니 거기 가서 그놈들을 안에 가두고, 당신들 편할 때 그놈들을 죽이면 되오. 내가 말하는 대로만 하고 절대 다른 아무것도 하지 마시오. 만약 당신들이 그렇게 하면 그놈들이 뭔가 의심을 품고 야단법석을 떨어댈 거요. 나는 내가 옳은 일을 하고 있다는 걸 알 뿐 아무 보상도 바라지 않소.

_ 익명의 친구

40장

아침 먹은 후 우리는 기분이 꽤 좋았다. 우리는 점심을 챙겨 내 카누로 강에서 낚시를 하며 즐거운 시간을 보냈고, 뗏목이 잘 있는지 보러 가서 무사히 잘 있는 걸 확인한 후 저녁 먹으러 집에 늦게 도착했다. 우리는 식구들이 자기들이 제대로 서 있나 거꾸로 서 있나도 모를 정도로 근심에 빠져 있는 걸 알았으나, 그들은 저녁 먹자마자 곧장 우릴 자러 가게 했고, 무슨 문제가 있는지 말하려 하지 않았으며, 그 새로 배달된 편지에 대해서도 일절 아는 척하지 않았다. 하지만, 뭐 그럴 필요 없었던 게, 우리도 남들 아는 만큼은 다 알고 있었기 때문이다. 우리가 계단을 반쯤 올라가자마자 이모가 돌아섰다. 우리는 슬쩍 저장실로 향해서 찬장에서 점심 먹을 거리를 잔뜩 챙겨 우리 방으로 가지고 올라와 잠자리에 들었다가 11시 반쯤 일어났다. 톰이 훔친 샐리 이모의 드레스를 입고 막 점심을 챙겨 출발하려다가 말했다.

"버터 어딨어?"

"큰 거 한 덩이 들고 왔는데," 내가 말했다. "옥수수빵에 얹

468

어서.”

“흠, 그럼 너 두고 온 거야—여기 없어.”

“우린 그거 없어도 아무 문제 없어.” 내가 말했다.

“우린 그거 있어도 아무 문제 없어.” 그가 말했다. “너 혼자 저장실에 슬쩍 가서 갖고 와. 그다음 곧장 피뢰침 타고 내려와 따라오고. 나는 가서 변장한 짐의 엄마를 상징하도록 짐의 옷에 지푸라기를 채우고, 양처럼 매에 할 준비를 하고 있다가, 네가 거기 오는 즉시 떠나는 거지.”

그래서 그는 밖으로 나갔고, 나는 저장실로 내려갔다. 사람 주먹만큼 커다란 버터 덩어리가 아까 놔뒀던 자리에 그대로 있어서 옥수수빵에 얹어 같이 집어 들고, 촛불을 불어 끈 후, 살며시 계단을 올라왔다. 1층까지는 무사히 도착했으나, 샐리 이모가 촛불을 들고 이리로 다가왔고, 나는 들고 있던 걸 얼른 모자 안에 휙 집어넣고 모자를 후딱 머리에 올렸다. 바로 그 순간 샐리 이모가 나를 보았다. 그녀가 말했다.

“저장실에 내려갔었니?”

“네, 이모님.”

“거기서 뭘 하고 있었는데?”

“아무것도요.”

“아무것도!”

“네, 이모님.”

“흠, 그렇다면 뭐에 씌어 한밤중 이 시간에 거기 내려간 게냐?”

"전 모르죠, 이모님."

"전 모르죠? 나한테 그런 식으로 대답하지 마라. 톰, 난 네가 거기서 뭘 하고 있었는지 알아야겠다."

"전 정말 아무 짓도 한 게 없어요, 샐리 이모. 차라리 무슨 일이라도 했다면 좋겠어요."

나는 평소대로 샐리 이모가 이쯤에서 나를 놔줄 거라고 생각했다. 하지만 너무 많은 이상한 일들이 일어나다 보니, 그녀는 아주 사소한 것들도 자로 잰 듯이 딱 맞아떨어지지 않으면 다 신경 쓰이는 모양이었다. 그래서 아주 단호하게 말했다.

"곧장 응접실로 걸어 들어가서 나 올 때까지 거기서 기다려라. 넌 너랑 아무 상관도 없는 뭔가를 꾸미고 있었어. 내 너랑 볼일을 끝내기 전 그게 뭔지 좀 알아봐야겠다."

그래서 내가 응접실 문을 열자 그녀가 가버렸고 나는 안으로 들어갔다. 하지만 맙소사, 거긴 사람들로 가득했다! 열다섯 명의 농부들이, 게다가 각자 총을 한 자루씩 들고 말이다. 나는 완전히 질려서 슬금슬금 의자로 가서 앉았다. 그들은 빙 둘러앉아 있었고 그중 몇몇은 낮은 목소리로 조금씩 얘기를 나누고 있었으며, 모두들 불안하고 초조해 보였으나 아닌 것처럼 보이려 애쓰고 있었다. 하지만 나는 그렇다는 걸 알았다. 그들이 모자를 벗었다 썼다 하고, 머릴 긁적거리고, 가만히 한자리에 앉아 있지 못하고, 단추들을 만지작거렸기 때문이다. 나 자신도 편하진 않았으나, 나는 한결같이 모자를 벗지 않고 있었다.

나는 샐리 이모가 얼른 와서 나랑 볼일을 끝내주기를, 뭐 그러고 싶다면 나를 때리고 그만 놔주기를, 그래서 내가 톰한테 우리가 너무 지나쳤다고 말하고, 우리가 우리 스스로를 천둥 같은 말벌집으로 몰아넣었다고, 더 이상 꾸물거리지 말고 이 거친 인간들이 참을성을 잃고 우릴 쫓아오기 전에 짐이랑 같이 즉시 내빼야 한다고 말하게 되길 바랐다.

마침내 샐리 이모가 와서 내게 질문을 해대기 시작했지만 나는 즉각 대답할 수가 없었다. 어디가 위인지 아래인지도 모를 지경이었다. 남자들이 이젠 꽤 들썩거렸고 그중 어떤 이들은 자정까지는 이제 고작 몇 분밖에 안 남았다면서 지금 당장 출발해서 그 무법자들을 숨어 기다리자고 했다. 다른 이들은 그들을 만류하려 애쓰며 양 신호를 기다리자고 했다. 그리고 여기서 이모는 끈질기게 내게 질문을 퍼부어 대고 있었다. 나는 그토록 무서워 온몸을 덜덜 떨며 앉은 자리에서 금방이라도 푹 쓰러질 참이었는데 말이다. 그곳은 점점 더 뜨거워졌고, 버터가 녹기 시작해 내 목과 귀 뒤로 흘러내렸다. 곧 그들 중 하나가 "내가 지금 당장 가서 그 오두막 안에 먼저 들어가 있다가 놈들이 오면 잡겠소." 했을 때 나는 거의 쓰러질 뻔했다. 버터 한 줄기가 내 이마로 주르륵 흘러내렸고, 샐리 이모가 그걸 보더니 종잇장처럼 하얘져서 말했다.

"맙소사, 얘가 이게 무슨 일이야! 뇌척수염인 게 분명해요. 뇌가 흘러나오고 있어요!"

그러자 모두들 나를 보러 달려왔고, 그녀가 내 모자를 홱 벗기자 빵과 남은 버터가 나왔다. 그녀는 나를 꽉 잡고 끌어 안으며 말했다.

"아니, 어쩜 이렇게 놀래키니! 더 나쁜 일이 아니라서 얼마 나 기쁘고 감사한지. 운이란 게 한 번 돌아서면, 그냥 비가 오 는 게 아니라 좍좍 퍼붓는 법이거든. 이걸 보고 우리가 너를 잃어버리는구나 했어. 이 색깔이며 모든 게 네 뇌가, 내가 알 고 있던 그거랑 똑같아서—아아, 맙소사, 왜 이거 때문에 거 기 내려갔다고 말하지 않았니. 난 그딴 건 상관 안 했을 텐데. 자, 얼른 자러 가라. 그리고 내일 아침까지 더는 내 눈에 띄지 마!"

나는 1초 안에 위층으로 올라가서 다시 1초 만에 피뢰침을 타고 내려와 헛간을 향해 발에 불이 나도록 어둠 속을 달렸 다. 나는 너무 불안해 말도 잘 안 나왔으나 할 수 있는 최대한 빨리 톰에게, 단 1분도 꾸물거리지 말고 지금 당장 도망가야 한다고 말했다—저기 온 집 안이 총을 든 남자들로 득시글거 린다고!

그는 그저 눈을 번쩍였을 뿐이다. 그가 말했다.

"설마! 그렇단 거지? 멋지지 않냐! 와, 헉, 이걸 다시 또 할 수 있다면 난 2백 명은 거뜬히 오게 할 수 있어! 그때까지 우 리가 이걸 연기할 수만 있다면……."

"서둘러! 서두르란 말야!" 내가 말했다. "짐은 어딨어?"

"네 팔꿈치 오른쪽. 팔만 뻗으면 만질 수 있어. 짐은 옷을 갈아입었고 모든 게 준비됐어. 이제 우리 살짝 나가서 양 신호를 보내자."

하지만 그때 우리는 이리로 몰려오는 사람들 발소리와, 그들이 자물쇠를 더듬거리기 시작하는 소리를, 그리고 한 남자가 이렇게 말하는 걸 들었다.

"우리가 너무 빨리 왔다고 내가 자네들한테 말했잖아. 그놈들은 아직 안 왔어―문이 잠겨 있다고. 여기, 자네들 몇을 내가 오두막 안에 넣고 잠글 테니 자네들은 어두운 데 잠복해 있다가 놈들이 오면 죽여 버려. 그럼 나머지는 사방에 좀 흩어져서 놈들 오는 소리가 들리나 보세."

그래서 그들은 안으로 들어왔으나 어두워서 우리를 볼 수 없었고, 우리가 서로 떠밀며 침대 밑으로 들어가려 서두르는 동안 하마터면 우리를 밟을 뻔했다. 하지만 우리는 무사히 밑으로 들어갔고, 구멍을 통해 신속하지만 조용히―짐이 먼저, 내가 다음, 그리고 톰이 마지막으로 나왔는데, 그건 톰의 명령에 따른 거였다. 이제 우리는 헛간 안에 있었고, 바깥쪽 가까운 데서 나는 발소리가 들렸다. 그래서 우리는 문으로 살금살금 기어갔다. 톰은 우리를 거기서 가만있게 하고, 눈을 갈라진 틈에 갖다 댔다. 하지만 너무 어두워서 아무것도 보이지 않자 발소리들이 멀어지는지 들어 보겠다고 속삭이면서, 우리를 쿡 찌르면 짐이 먼저 빠져나가고, 자기는 맨 마지막에 나가야 한다고 말했다. 그래서 그는 갈라진 틈에 귀를 대고 듣고 듣고 또 들었고, 바깥쪽에선 줄곧 땅을 끄는 발소리들이 들려왔다. 마침내 그가 우리를 쿡 찔러서, 우리는 살그머니 나와 몸을 숙이고 숨도 쉬지 않고 아무 소리도 내지 않은 채 일렬종대로 담장 쪽으로 걸어가 무사히 도착했고, 짐과 나는 담장을 넘었다. 하지만 톰의 바지가 담장 꼭대기 쪼개진 곳에 걸렸고, 그때 이리로 오고 있는 발자국 소리들이 들렸다. 그래서 톰은 바지를 잡아당겨야 했는데, 그 쪼개진 곳이 툭 부러지며 소리를 내고 말았다. 톰이 우리 쪽으로 막 뛰어내리던 순간, 누군가 소리치기 시작했다.

"거기 누구야? 대답해, 안 그럼 쏜다!"

하지만 우리는 대답하지 않았다. 그저 뒤꿈치를 들고 힘껏 달렸다. 그러자 소란이 일더니, 탕, 탕, 탕! 총알들이 우리 주위로 피웅 날아왔다! 그들이 고함치는 소리가 들렸다.

"저놈들이 여깄다! 놈들이 강으로 내뺀다! 저놈들, 저 어린 사내 녀석들을 잡아라! 개들을 풀어!"

그들은 전속력으로 이리로 달려왔다. 우리는 그들의 소리를 들을 수 있었다. 그들은 장화를 신은 데다 고함을 질러 댔지만 우리는 장화도 신지 않고 고함을 지르지도 않았기 때문이다. 우리는 제재소로 향하는 좁고 작은 길에 있었다. 그들이 우리를 아주 가까이 따라잡자 우리는 덤불 속으로 몸을 피해 그들이 우리를 지나쳐 가도록 하고 뒤로 쳐졌다. 그들은 강도들을 겁줘서 쫓아 버릴까 봐 개들을 가둬 놓고 있었으나 지금은 누군가가 풀어놔서 이쪽으로 개들이 백만 마리는 족히 될 것 같은 소리를 내며 달려왔다. 하지만 그건 우리 개들이었다. 그래서 우리는 그것들이 우릴 따라잡을 때까지 길에

474

서 멈췄다. 개들은 우리 말곤 아무도 없고 우리가 아무 흥분거리도 제공할 게 없는 걸 보자, 인사치레로 꼬리만 한번 쓱 흔들고, 덜그덕대는 장화 소리와 고함 소리가 나는 쪽을 향해 냅다 앞으로 달려갔다. 우리는 다시 제재소 가는 길로 올라서서, 제재소 근처까지 갈 동안 씩씩거리며 사람들 뒤를 열심히 따라가다가, 덤불을 헤치고 내가 카누를 묶어 둔 곳으로 갔다. 카누에 뛰어오른 뒤엔 강 한가운데로 죽자 사자 노를 저었지만, 어쩔 수 없이 내야 하는 소음 말곤 아무 소리도 내지 않았다. 그런 뒤 우리는 수월하고 편안하게 내 뗏목이 있는 섬을 향해 가면서, 사람들과 개들이 모두 뚝방을 오르내리며 서로 소리치고 짖고 하는 소리들을 들었다. 하지만 우리가 거기서 멀어지니 소리들은 점차 희미해졌고 그러다 완전히 죽었다. 우리가 뗏목에 올라섰을 때, 내가 말했다.

"여어 내 친구 짐, 너는 이제 다시 자유인이고, 앞으론 절대 노예가 안 될 거라 장담한다."

"글구 이건 꽤나 멋졌어, 헉. 훌륭허게 짠 작전인 데다, 훌륭허게 해냈어. 아무도 이렇게 여러 가지를 뒤섞은 찬란한 작전을 만들어 내진 못할 거여."

우리 모두 한껏 기뻐했으나, 톰이 그중에서도 가장 기뻐했다. 총알 하나가 그의 종아리에 박혔기 때문이다.

나랑 짐은 이 말을 듣고, 좀 전처럼 그리 의기양양한 기분이 들지 않았다. 그는 꽤 심하게 다쳤고 피를 흘리고 있었다. 그래서 우리는 그를 천막에 눕히고 붕대를 감아 주려고 공작의 셔츠 하나를 찢었다. 하지만 그가 말했다.

"그 천 조각들 이리 줘. 나 혼자 할 수 있어. 이제 멈추지 마. 여기서 꾸물거리지 마. 이렇게 멋지게 탈출하는 판에. 노를 저어라, 배를 띄워라! 친구들, 우린 멋들어지게 해낸 거야! 우리가 정말 해냈어. 우리가 루이 16세의 탈출을 맡았더라면, '세인트루이스의 아들, 승천하다!'라고 전기에 쓰이는 일 따윈 없었을 텐데. 그렇지, 절대 그럴 리 없지. 우린 왕을 데리고 단숨에 국경을 넘었을 거야—우리가 왕이랑 같이 했어야 하는 거였어, 그건—별거 아닌 것처럼 아주 교묘하게 할 수 있었는데. 노를 저어라—노를 저어라!"

하지만 짐과 나는 상의를 했고, 생각을 했다. 우리는 잠시 생각해 보았고, 내가 말했다.

"말해 봐, 짐."

그래서 그가 말했다.

"자, 그니까, 나헌티 이 문젠 이렇게 보여, 헉. 만일 자유를 얻으려 하는 쪽이 톰 되련님이었고, 글고 소년덜 중 하나가 총에 맞았다믄 되련님이 이럴까, '어서 나럴 구해라, 얘를 살릴라고 의사 부르는 건 아예 생각도 말어라.' 톰 소여 되련님이 이럴 거 같어? 그렇게 말헐까? 안 그러리란 건 누구라도 뻔히 알지! 자, 그렇담, 짐이 그렇게 말혀야 헐까? 절대 아니지. 나는 여기서 한 발짝도 꿈쩍 안 헐 거여, 의사가 올 때까정. 40년이 걸린대두 말여!"

나는 그가 마음은 백인임을 알고 있었고, 그가 그런 말을 하리란 걸 알고 있었다—그래서 그건 얘기가 됐기에, 톰한테 내가 의사를 부르러 갈 거라고 했다. 그는 몹시 불편한 심기를 드러냈지만, 나와 짐은 고집을 부리며 꿈쩍도 안 했다. 그는 기어 나와 혼자 뗏목을 띄우려고 했다. 하지만 우리가 그러도록 가만있지 않았다. 그는 우리한테 악담을 퍼부었다. 하지만 아무 소용 없었다.

그래서 내가 카누를 준비시키는 걸 보자, 그가 말했다.

"흠, 그럼, 꼭 가야겠다면 네가 마을에 도착해서 어떻게 할지 말해 줄게. 문을 닫고 의사 눈을 재빨리 단단히 가려. 그리고 의사한테 무덤에 갈 때까지 침묵하라는 맹세를 시켜. 그리고 의사 손에 금화가 가득 든 지갑을 쥐어 주고 의사를 데리고 나와 어둠 속에서 뒷골목이니 뭐니 오만 군데를 다 끌고 다닌 다음에, 카누에 태우고 섬들 사이사이를 뱅글뱅글 돌아서 이리 데려와. 그리고 의사 몸을 뒤져 백묵을 뺏어서 의사를 마을로 다시 돌려보낼 때까지 돌려주지 마. 안 그러면 의사가 이 뗏목을 다시 찾아내려고 백묵으로 표시를 할 거니까. 그들은 늘 그런 식으로 해."

그래서 나는 그러겠다고 하고 떠났고, 짐은 의사가 오는 것이 보이면 숲속에 있다가, 의사가 다시 가버릴 때까지 숨어 있겠다고 했다.

41장

나는 의사를 깨웠는데, 의사는 나이가 지긋했고 아주 착하고 친절해 보였다. 나는 그에게 나와 동생이 어제 오후 저 스페인섬으로 사냥을 갔다가 거기서 발견한 뗏목 조각에서 야영을 하고 있었는데, 자정 무렵 총알이 발사돼 동생 다리를 맞혔다고, 동생이 잠결에 총을 걷어찬 게 분명하다고 하면서, 의사 선생님이 건너가서 고쳐 주고 그 일에 관해선 아무 말도 하지 말고 아무한테도 아는 척하지 않았음 한다고, 왜냐하면 오늘 저녁 집에 가서 식구들을 놀라게 해주고 싶기 때문이라고 말했다.

"너희 식구들이 누구냐?" 그가 말했다.

"펠프스네요, 저기 아랫마을."

"아," 그가 말했다. 그리고 잠시 후, "그 애가 어쩌다 총을 맞았다고 했지?" 하고 말했다.

"걘 꿈을 꿨어요," 내가 말했다. "그게 걔를 쐈어요."

"기괴한 꿈이로구나." 그가 말했다.

그래서 그는 랜턴을 켜고 안장에 매다는 가방을 챙겼고,

우리는 출발했다. 하지만 카누를 보자 그가 생김새를 마음에 들어 하지 않았다—한 사람이 타기엔 적당하지만 두 사람이 타기엔 썩 안전해 보이지 않는다면서 말이다. 내가 말했다.

"아, 겁내실 필요 없어요. 선생님. 저 카누는 우리 셋을 아주 거뜬히 태웠어요."

"셋이란 게 누구냐?"

"아, 저랑 시드랑, 또… 또… 또… 그 총들이요. 제가 말한 건 그거었어요."

"아." 그가 말했다.

뱃전에 발을 올리고 카누를 흔들어 보더니 그는 고개를 저으며 더 큰 게 있나 한번 둘러보겠다고 했다. 하지만 모두 자물쇠가 채워지고 사슬이 감겨 있었다. 그래서 그는 내 카누를 타면서, 자기가 돌아올 때까지 나는 기다리고 있든가 근처에서 좀더 카누를 찾아보든가, 뭐 혹시 내가 원한다면 집으로 가서 식구들을 놀라게 할 준비를 하는 게 낫겠다고 했다. 하지만 나는 그러고 싶지 않다고 했다. 그래서 그에게 어떻게 뗏목을 찾을 수 있는지만 말했고, 그는 출발했다.

이내 어떤 생각이 퍼뜩 떠올랐다. 난 혼잣말을 했다. 만일 의사가, 속담에서 말하듯 양 꼬리 세 번 흔들 동안 개 다리를 고칠 수 없다면? 고치는 데 3, 4일 정도 걸린다면? 우린 어떻게 해야 하지? 의사가 가방에서 고양이를 꺼내 놓을 때까지*

---

* '가방에서 고양이를 꺼내 놓는다'라는 말은 비밀을 누설한다는 뜻이다.

그냥 넋 놓고 있어? 그건 절대 안 되지. 내가 뭘 해야 할지 알겠어. 기다리다가 의사가 돌아와서 만일 거기 몇 번 더 가봐야 한다고 하면 나도 갈 거야. 헤엄을 치든가 해서. 그렇게 해서 우리는 의사를 도망 못 가게 묶어 두고 강을 내려가다가, 의사가 톰이랑 볼일이 다 끝나면 뭔가 귀중한 걸, 아니면 우리가 가진 전부를 주고 연안에 내려주는 거야.

그런 뒤 나는 잠을 좀 자두려고 목재 더미 속으로 기어들어 갔다. 다음 순간 잠을 깼는데, 해가 저 멀리 머리 꼭대기에 떠 있었다! 나는 후다닥 튀어나와 의사의 집으로 갔다. 하지만 그들은 의사가 어젯밤 몇 시쯤인가 나가서 그 뒤로 아직 돌아오지 않았다고 말했다. 흠, 나는 생각했다. 톰이 심각하게 안 좋은 모양이군. 지금 당장 섬에 가봐야겠어. 거기서 나와 막 모퉁이를 돌았는데, 하마터면 머리로 사일러스 이모부의 배를 들이받을 뻔했다! 그가 말했다.

"야, 톰! 너 여태까지 죽 어디 있었던 게냐, 이 악당아?"

"뭐 아무 데도 죽 있진 않았어요." 내가 말했다. "그냥 그 도망자 검둥이를 찾아다녔을 뿐이에요—저랑 시드가요."

"도대체 어디 갔었는데?" 그가 말했다. "너희들 이모가 몹시 불안해했다."

"그러실 필요 없었는데," 내가 말했다. "우리한텐 아무 일 없었으니까요. 우린 남자들이랑 개들을 따라갔는데, 사람들이 너무 빨리 달려서 그만 놓치고 말았어요. 하지만 우린 물에서 사람들 소리를 들었다고 생각했어요. 그래서 카누를 타고 쫓아가서 강 건너편까지 갔는데. 도통 아무도 찾을 수 없는 거 예요. 강을 따라 올라갔다가 지쳐서 완전 녹초가 돼 버렸죠. 그래서 카누를 묶고 잠이 들어서 약 한 시간 전까지 한 번도 안 깨고 죽 잤어요. 그런 뒤 소식을 들으려고 이리로 노를 저 어 왔어요. 시드는 무슨 말을 들을 수 있을까 해서 우체국에 있고, 저는 우리가 좀 먹을 만한 게 없나 찾아보러 나선 참이 었어요. 우린 그런 다음 집에 가려고 했어요."

그래서 우리는 '시드'를 찾으러 우체국에 갔다. 하지만 내가 미심쩍어했던 대로 그 애는 거기 없었다. 아저씨는 우체국에 서 준 편지 한 통을 받아 들고, 우린 한동안 더 거기서 기다렸 으나 시드는 오지 않았다. 그래서 아저씨는 나보고 따라오라 고, 시드는 실컷 꾸물거리다가 걸어서 집에 오든지, 카누를 타 고 오든지 내버려 두고, 우린 마차를 타고 가자 했다. 난 남아 서 시드를 기다리겠다고 했으나 그럴 수가 없었다. 그는 우체 국 안에 있어 봤자 아무 소용 없다고, 나도 같이 가서 샐리 이 모한테 우리가 무사한 걸 보여 줘야 한다고 했다.

우리가 집에 도착하자 샐리 이모는 나를 보고 기뻐서 울다 가 웃으면서 끌어안았고, 아주 심하게는 아니었으나 새가 부 리로 콕 쪼듯 한 대 쥐어박으면서 시드가 오면 똑같이 해주겠 다고 했다.

온 집 안이 점심을 먹으러 와서 쉴 새 없이 재재거리며 수 다를 떠는 농부와 농부의 마누라들로 북새통을 이루었다. 호 치키스 할머니가 최악이었다. 그녀의 혀는 줄곧 쉴 새 없이 움직였다. 그녀가 말했다.

"하고마, 펠프스 아우, 내 그 빈 오두막을 샅샅이 뒤져 봤대이. 그 검둥이가 미친 게 맞구마는. 내 담렐 아우한티 말했구마—그렇제이, 담렐 아우?—내 그랬대이, 그놈아가 미쳤다, 내 그켔다니까—내가 말한 딱 그대로다 아이가. 거 다들 내 하는 말 들었제. 그놈아가 미쳤다, 내 그랬제. 모든 것이 그래 보이드마. 내사 그랬제, 저 넋 빠진 숫돌 좀 보소, 내 그랬제? 어떤 정신 똑바로 백힌 형상이 숫돌에다 저런 온통 정신 나간 것들을 끄적여 놓겠노? '여기 심장이 터진 그렇고 그런 사람이 있다네', 또 '여기서 37년의 세월을 꼼짝없이 붙잡혀 있었다네', 뭐 거기다 또… 루이 뭐시기의 친아들이 어쩌고 하는 뭐 그런 끝없는 쓰레기들 말이다. 그놈아는 완전 돌았대이, 그게 내 첨부터 했던 말이고, 그게 내가 중간에도 했던 말이고, 또 그게 내가 내내 마지막까정 한 말이다—그 검둥이는 돌았다— 정신 나간 네부카드네자르*다, 내 그켔다카이."

"글카고 또 그 헝겊쪼가리들로 만든 요상한 사다리 좀 보소, 호치키스 성님." 담렐 할머니가 말했다. "시상에 그걸로 도대체 뭘 허겠다고……."

"바로 그 말이 좀 전에 내 막 우터백 그 아우헌테 했던 말이라, 그 아우가 직접 자네한테 그렇게 말할 거데이. 아, 아우가,

---

* 구약성경에 나오는 바벨로니아 왕으로 막강한 국력을 자랑했지만 어느 순간 머리털이 독수리 털처럼 자라고 손톱은 새의 발톱같이 되어 황야를 네 발로 기며 몇 년을 살았다고 한다.

저 형젚 사다리 좀 보소. 혀서. 아, 아우랑 내캉. 그래 저것 좀 보소, 한 다음에, 내가 그켔다. 그놈이 저걸 어따 쓰려고 했을까나. 내 그켔더니, 아우가, 호치키스 성님—"

"하지만 도대체 어떻게 그 숫돌을 그 안으로 갖고 들어간 거야, 대관절? 또 누가 그 정신 나간 구멍을 판 거지? 거기다 또 누가—"

"그게 내 말이라카이, 펜로드 동상! 내 그카지 않았나 말이다. 보소, 그 당밀 좀 이리 주소? 어이? 내 던랩 아우한티 막 지금 그 얘길 하고 있었다카이. 어떻게 그놈들이 그 숫돌을 그 안으로 갖고 들어간 기고, 내 그켔다카이. 잘 들어 보소—아무 도움 안 받고, 그게 거기 있었다고! 내헌티 그런 말일랑은 말그라, 도움을 받은 기다, 내 그켔다, 것도 엄청난 도움을 받았다, 내 그켔데이. 그 검둥이를 도운 놈은 한 다스는 된다. 마 나 같으면 이 집에 있는 모든 검둥이들 가죽을 벗겨서 누가 그런 짓을 했는지 찾아내겠다. 내 그켔다 아이가, 또 내……"

"한 다스라고요! 40명이 있었대도 그만한 일들을 다 할 순 없었을 기라. 저 주머니칼 톱이니 뭐니 하는 것들 좀 보소. 얼마나 오랫동안 꾸준히 만들었는지. 저걸로 침대 다리 톱질한 거 봐요. 장정 여섯이래도 꼬박 한 주는 걸리지. 침대에 지푸라기 검둥이 맨들어 올려놓은 거 보소. 또 거기다……"

"내 말이 그 말이다. 하이타워 동상! 그게 펠프스 동상, 바로 그 사람헌티 내가 막 하고 있었던 말이라카이. 그 사람이,

호치키스 누님은 어찌 생각하시오? 하길래, 뭘 어찌 생각한다
고요, 펠프스 동상? 내 이랬더니, 침대 다리가 저렇게 톱질이
된 거에 대해 생각해 봤어요? 그 사람이 그케서, 그걸 생각해
봤냐고요? 그게 절대 저절로 톱질이 됐을 리는 없겠지요—누
군가가 톱질을 했겠죠, 내 이리 말했다카이, 이게 내 의견이
오, 받아들이든 말든, 하나도 안 중요할는진 모르지만, 보다
시피 이게 내 의견이라오, 내 이켔다카이, 그리고 또, 다른 누
가 더 나은 의견을 내놓는다면, 그럼 그러라 해요, 됐소 마.
내사 이켔다. 내 던랩 아우한테 뭐라켔나 하믄……."

"헛, 뒈질 놈들, 4주간 매일 밤 온 집 안에 검둥이들이 득실
거렸겠소, 저 일들을 다 했으려면요, 펠프스 누이. 저 셔츠를
봐요—셔츠에 마지막 1인치까지 빽빽하게 피로 적은 저 수상
쩍은 아프리카 글자들을! 아주 많은 놈들이 같이 했을 거요,
거의 매일 말이요. 뭐라고 썼는지 누가 나한테 읽어 주면 2달
러 낼 텐데. 내 저걸 쓴 검둥이들을 잡아서 족치……."

"그놈을 도운 사람들요, 마플스 오라버니! 만약 오라버니가
지난 며칠 이 집에 살았다면 오라버니도 그렇게 생각했을 거
같아요. 아, 그놈들은 손에 넣을 수 있는 건 죄다 훔쳤어요—
그리고 우린 줄곧, 어, 지켜보고 있었던 거에요. 그러니까, 그
놈들은 빨랫줄에서 저 셔츠를 훔쳤어요! 그리고 헝겊 사다
리를 만든 저 침대 시트로 말하자면, 얼마나 여러 번 그놈들
이 저걸 훔치지 않았는지 말도 못 해요.* 또 밀가루랑 양초들
이랑, 촛대들, 숟가락들, 그 골동품 난상기랑, 지금은 제가 기

억 못 하는 거의 천 개나 되는 물건들이랑 제 새 옥양목 드레스도요. 저랑 사일러스랑 또 우리 시드랑 톰이 낮이나 밤이나 계속 지켜봤건만, 분명히 말하지만, 우리 중 누구도 그놈들 머리카락 하나 못 찾았고 그놈들에 관한 어떤 것도 보고 듣지 못했어요. 그런데 여기 마지막 순간, 하, 이것 좀 봐요. 그놈들은 바로 우리 코 밑까지 슬쩍 들어와서 우리를 바보로 만들고, 우리만 바보로 만든 게 아니라 인디언 구역 강도들까지 바보로 만들고, 그 검둥이를 데리고 무사태평하게 사라져 버린 거예요. 열여섯 명의 장정들과 스물두 마리의 개들이 바로 놈들 뒤꿈치를 바싹 쫓던 바로 그 시간에 말이죠! 분명히 말하지만, 이건 내가 여태 들어 본 가장 벙찌는 얘기예요. 와, 귀신들도 그보다 나을 순 없고 그보다 더 영리할 순 없다고요. 그놈들은 귀신들인 게 분명해요—왜냐하면, 여러분들은 우리 개들을 아시잖아요, 그 개들보다 더 뛰어난 애들도 없는데, 글쎄, 그 개들마저 그놈들 흔적을 찾아내지 못했잖아요, 단 한 번도! 여러분이 제게 그걸 설명해 줘요, 하실 수 있으면요! 여기 누구라도요!"

"와, 그거 정말 골 때리……."

"거 참 놀랍네, 난 여직 한 번도……."

"맹세컨대, 나라면……."

"단순히 집 도둑일 뿐 아니라……."

---

* 한 번에 훔치지 않고 훔쳤다가 되돌려 놓기를 여러 번 반복해 헷갈리게 만든 상황을 표현한 것이다.

"아이구 하나님 맙소사, 난 그렇게 살라면 겁이 나서……."

"살기 겁난다고요! 네, 전 겁이 나서 잘 수도, 일어날 수도, 누울 수도, 앉아 있을 수도 없을 지경이었어요. 리지웨이 형님. 왜냐하면, 그놈들이 후밀지도 모르는 게, 바로 그—하나님 맙소사, 어젯밤 자정이 다가올 무렵 제가 어떤 당황스러운 생각을 하고 있었는지 여러분은 짐작하시겠죠. 저는 그놈들이 우리 가족 중 누군가를 훔쳐갈까 봐 겁먹지 않도록 제게 자비를 베풀어 달라고 빌었어요! 저는 바로 그런 상태여서, 더는 이성적으로 움직일 수가 없었어요. 지금은, 낮엔 정말 바보스러워 보이지만, 전 저 자신에게 말했죠. 저기서 나의 두 가여운 사내애들이 자고 있다, 저 위층 그 쓸쓸한 방에서. 그리고 솔직히 고백하자면, 전 그토록 불안해서 그리 기어 올라가 그 애들을 안에다 가둬 버렸어요! 제가 그랬다고요. 누구라도 그랬을 거예요. 왜냐하면, 아시겠지만, 그런 식으로 겁을 먹으면, 계속해서 줄곧 점점 더 나쁜 쪽으로 생각이 치닫고 점점 제정신이 아니게 돼서 온갖 종류의 미친 짓거리들을 하게 되는 거죠, 그리고 이윽고 혼자 이런 생각을 하는 거죠, 내가 저 위층에 있는 아이이고, 문이 잠겨 있지 않다면, 그러면……." 샐리 이모는 말을 멈췄고 어리둥절한 표정이 되었다가 천천히 고개를 돌렸다. 그녀의 눈이 나한테서 번쩍하는 순간—나는 일어나서 산책을 나갔다.

나는 생각했다. 한쪽 구석에 가서 좀 궁리해 보면 우리가 오늘 아침 왜 저 방에 없었던 건지 더 잘 설명할 수 있을 거야. 그래서 나는 그렇게 했다. 하지만 감히 더 멀리 갈 수는 없었다. 그러면 샐리 이모가 사람을 보내 나를 찾을 것이다. 그날 오후 늦게 사람들이 다 갔을 때 나는 들어가서 그녀에게 엄청난 소란과 총소리가 '시드'와 나를 깨웠는데 문이 잠겨 있었다고 하면서, 우리는 재미난 구경거리를 놓치고 싶지 않아서 피뢰침을 타고 내려갔고, 둘 다 약간 다쳤지만, 이젠 앞으로 절대 그런 짓은 하지 않겠다고 했다. 나는 계속해서 좀 전에 사일러스 이모부한테 했던 말도 다 했다. 그러자 그녀는 우리를 용서해 주겠다고 했고 어쨌든 이젠 다 괜찮아진 것 같다면서, 누구든 남자애들은 다 그러려니 할 거라고, 자기가 보기에 남자애들은 모두 꽤나 무모하기 때문에 그런 것 같다고 했다. 그래서 이 일로 인해 아무 피해도 보지 않은 한, 우리 모두 살아 있고 다 무사하니 이미 끝난 일 가지고 야단법석 떠느니보다 우리는 그냥 놔두고 감사의 시간을 보내는 게 낫겠다 싶다고 했다. 그래서 샐리 이모는 내게 키스를 하며 머리를 쓰다듬었고, 좀 멍한 상태로 생각에 잠겨 있었다. 그러더니 갑자기 펄쩍 뛰며 말했다.

"오, 주여 자비를. 이제 거의 밤이잖아. 시드가 아직 안 왔는데! 그 애한테 무슨 일이 생긴 걸까?"

지금이 기회다 싶어서 내가 깡충 나서서 말했다.

"제가 당장 읍내로 달려가 걔를 데려올게요."

"아니, 넌 가지 마." 그녀가 말했다. "넌 여기 그대로 가만있어. 한 번에 하나 없어진 거로 족해. 만약 걔가 저녁 먹을 때까지 여기 없으면, 네 이모부가 갈 거야."

흠, 그 애는 저녁 먹을 때까지 안 왔다. 그래서 저녁 먹은 즉시 이모부가 갔다.

이모부는 약간 불안해하며 10시경에 돌아왔다. 톰의 흔적을 찾을 수 없었던 것이다. 샐리 이모는 아주 많이 불안해했다. 하지만 사일러스 이모부가 절대 별일 없을 거라고—사내애들은 사내애들일 뿐이라고 말했고, 아침이 되면 아무 탈 없이 무사히 나타난 그 애를 보게 될 거라 말했다. 그녀는 그걸로 만족해야 했다. 하지만 어쨌거나 그 애를 기다리며 한동안 앉아 있겠다고, 그 애가 볼 수 있도록 불을 켜놓겠다고 했다.

내가 자러 올라갔을 때 샐리 이모가 촛불을 들고 따라와 이불깃을 여며주었고 엄마처럼 너무 다정해서 나는 그녀의 얼굴을 쳐다볼 수 없을 정도로 나 자신이 창피했다. 샐리 이모는 침대에 걸터앉아 나랑 오래 얘기를 나눴다. 시드가 얼마나 멋진 소년인지 모르겠다며 그 애에 대해 말하는 걸 영원히 멈추고 싶어 하지 않는 듯 보였다. 그리고 가끔씩, 혹시 그 애가 길을 잃거나 다쳤거나 어쩌면 물에 빠졌거나 아니면 혹시 지금 이 순간 어딘가에서, 자기가 옆에서 그 애를 도와줄 수도 없는데 혼자 고통스러워하거나 죽은 채 누워 있다고 생각하진 않느냐고 조용히 눈물을 흘리며 내게 물었다. 나는 시드는 무사하고 아침이면, 확실히, 집에 올 거라고 말했다. 샐리 이모는 내 손을 꽉 쥐거나 키스를 하며 다시 말해 보라고, 그 말을 계속해 달라고 했다. 맘이 너무 고통스러운데 그 말이 위로가 된다면서 말이다. 방에서 나가려다 샐리 이모가 내 눈을 부드럽게 지그시 내려다보며 말했다.

"문은 잠기지 않을 거야, 톰. 그리고 저기 창문이랑 피뢰침도 있지. 하지만 너는 얌전히 있을 거야. 그렇지? 넌 안 갈 거지? 날 위해서 말이야."

하늘은 알 것이다. 내가 얼마나 간절히 톰을 보러 가고 싶었는지. 그리고 정말로 갈 작정이었다. 하지만 그 후에, 온 세상을 다 준대도 안 가겠다고 마음먹었다.

하지만 샐리 이모는 내 맘을 짓눌렀고, 톰도 내 맘을 어지럽혔다. 그래서 몹시 잠을 설쳤다. 한밤중 두 번 피뢰침을 타고 내려가서 살그머니 집 앞으로 돌아갔는데, 샐리 이모가 눈물 머금은 두 눈을 길 쪽으로 향한 채 창가의 촛불 옆에 앉아 있는 것이 보였다. 그녀를 위해 뭔가 하고 싶었으나 내가 할 수 있는 게 없었다. 샐리 이모를 슬픔에 빠뜨리는 일은 앞으로 절대 하지 않으리라 맹세하는 것 말고는. 세 번째로 새벽에 잠이 깨 살짝 내려가 봤을 때 그녀는 아직도 거기 있었다. 초는 거의 다 녹았고, 그녀는 희끗희끗한 머리를 한 손에 괸 채 잠들어 있었다.

42장

    아저씨는 아침 먹기 전 다시 읍내로 갔으나 톰의 흔적을 전혀 찾을 수 없었다. 두 사람은 비통한 얼굴로 한마디도 하지 않고 생각에 잠겨 테이블에 앉아 있었고, 아무것도 먹지 않은 채 커피가 식어 가고 있었다. 이윽고 아저씨가 말했다.

    "내가 당신한테 그 편지 줬던가?"

    "무슨 편지요?"

    "내가 어제 우체국에서 가져온 거."

    "아뇨, 나한테 아무 편지 안 줬어요."

    "흠, 내가 깜빡했나 보군."

    그는 호주머니들을 뒤적거리다가, 자기가 편지를 놔두었던 어딘가에 가서 그걸 들고 와 그녀에게 주었다. 그녀가 말했다.

    "어머, 세인트피터즈버그에서 온 거예요—언니한테서."

    아무래도 내게 다시 한번 산책이 필요할 것 같았지만 꿈지럭거릴 수가 없었다. 하지만 봉투를 찢어 열어 보기도 전, 샐리 이모가 편지를 떨어뜨리고 달려갔다—뭔가를 본 것이다. 그리고 나도 보았다. 그건 매트리스에 누운 톰 소여였다. 그리고 그 늙은 의사도. 이모의 옥양목 드레스를 입고 등 뒤로 손이 묶인 짐도 있었고, 또 많은 사람들이 있었다. 나는 우선 편지를 손 닿는 곳에 감추고 뛰어갔다. 샐리 이모가 울면서 톰한테 몸을 던졌다.

"아, 얘가 죽었구나, 얘가 죽었어, 죽은 게 분명해!"

그러자 톰이 고개를 약간 돌리고 뭔가를 중얼거렸는데, 그건 그 애가 제정신이 아니란 걸 보여 주는 거였다. 그녀는 놀라 두 손을 쳐들며 말했다.

"얘가 살아 있네, 하나님 감사합니다! 그거면 됐어!" 그녀는 얼른 그에게 입을 맞추고 침대를 준비시키려고 집으로 날아갔고, 집 안 곳곳을 뛰어다니며 혀에 날개가 돋친 듯 좌우 측의 검둥이들과 집 안 사람들 모두에게 이러저러한 일들을 지시했다.

나는 짐을 어떻게 할 건가 보려고 남자들을 따라갔다. 그 늙은 의사와 사일러스 이모부는 톰을 따라 집 안으로 들어갔다. 남자들은 몹시 씩씩거렸고, 그중 몇 사람은 거기 모인 모든 검둥이들한테 본을 보이기 위해 짐을 목매달고 싶어 했다. 그 검둥이들이 짐이 한 것처럼 도망치려는 시도를 하지 않도록, 그런 엄청난 문제를 일으켜 온 가족을 낮이나 밤이나 극심한 두려움에 떨게 하지 못하도록 말이다. 하지만 다른 사람들이 말했다. 그러지 마세나, 그런다고 해결될 일이 절대 아니네. 저놈은 우리 검둥이가 아니니, 저놈 주인이 나타나 우리한테 분명 검둥이의 몸값을 치르라고 할 거야. 그 말이 사람들을 약간 진정시켰다. 단지 올바르게 행동하지 않았다는 이유로 검둥이를 목매달아야 한다고 가장 열성적으로 주장한 사람들이, 검둥이를 목매달고 얻은 만족의 대가를 치르는 것에도 항상 가장 열심인 건 아니었기 때문이다.

그렇긴 해도 그들은 짐한테 엄청 욕을 해댔고 이따금 짐의 머리통 한두 군데를 찰싹 갈겼다. 하지만 짐은 결코 한마디도 하지 않았고 나를 절대 아는 척하지 않았다. 그들은 짐을 지난번과 같은 오두막으로 데려갔고, 다시 그의 옷으로 갈아입히고, 사슬을 채웠다. 이번엔 침대 다리가 아니라 바닥 통나무에 커다란 철사 침을 박았고, 두 다리와 함께 두 손에도 사슬을 채웠으며, 이후론 주인이 오거나, 혹은 주인이 특정 시간이 경과할 때까지 오지 않아 그를 경매로 팔 때까지 빵과 물 말고는 아무것도 먹을 걸 주지 않을 거라고 말했다. 또 그들은 우리가 판 구멍을 막았고, 두 명의 농부들이 매일 밤 총을 들고 오두막 주변을 지키고 서 있을 거고, 낮 동안에는 불도그를 문에 묶어 놓겠다고 했다. 이제, 그들이 볼일을 끝내고 대충 마지막으로 내뱉은 욕설들도 잦아들 무렵 의사가 와서 쳐다보더니 말했다.

"어쩔 수 없는 경우 아니면 그 검둥일 너무 심하게 다루지 말아요. 그 녀석이 나쁜 검둥이가 아니기 때문이라오. 소년을 발견한 곳에 도착했을 때, 나는 누군가의 도움 없이는 절개해 총알을 꺼낼 수 없다는 걸 알았고, 그 아인 내가 도움을 청하려고 혼자 내버려 두고 갈 수 있는 상태가 절대 아니었어요. 아이는 점점 더 조금씩 악화돼 갔고 한참 후엔 완전히 정신이 나가서 나를 더 이상 자기 가까이 오게 하려 하지도 않았다오. 만약 자기 뗏목에 백묵으로 표시를 하면 나를 죽이겠다는 둥, 뭐 그런 정신 나간 헛소리들을 끊임없이 지껄이면서 말이오. 난 그 애한테 내가 할 수 있는 게 아무것도 없다는 걸 알았어요. 그래서 말했죠, 어떻게든 도움이 꼭 필요한데. 내가 그 말을 꺼낸 바로 그 순간, 이 검둥이가 어딘가에서 기어 나와 자기가 돕겠다 하곤, 도와주었는데, 정말 아주 잘 도와줬어요. 물론 난 그 검둥이가 분명 도망자이리라 판단했죠. 거기 내가 있었던 거요! 그리고 난 온 낮과 밤을 죽 거기 붙어 있어야 했어요. 분명, 꼼짝 못 할 상황이었죠! 나한텐 몇몇 감기 환자들이 있었고, 물론 난 읍내로 달려가 그들을 진료하고 싶었지만, 감히 그럴 수가 없었소. 그러다 검둥이가 도망칠지도 모르는데, 그럼 나를 탓할 거 아니오. 거기다 아직, 손 흔들어 신호할 만큼 가까이 다가오는 소형 보트 하나 없었죠. 그래서 난 거기서 꼼짝도 못 하고 오늘 아침 동이 틀 때까지 죽 있어야 했는데, 간호사나 신앙인보다 나은 저런 검둥이는 정말 처음 봤어요. 게다가 저 검둥인 자유를 잃을 위험을 무릅쓰며 그렇게 한 거요. 또 완전히 지쳐 있었는데 말이오. 난 저 검둥이가 최근까지 심한 중노동을 해온 걸 명백히 알 수 있었어요. 그 때문에 난 저 검둥이가 좋아졌지요. 분명히 말하지만, 신사분들, 이런 검둥이는 천 달러의 가치가 있어요—친절하게 대접받을 가치도요. 나는 필요했던 모든 걸

493

갖추게 됐고, 소년은 집에서 치료를 받았을 때만큼 거기서 치료를 잘 받았어요—어쩌면 더 나았을지도 모르죠. 거긴 아주 조용했으니까. 하지만 거기 내가 있었던 거요. 둘을 각기 양손에 놓고. 거기서 오늘 아침 동틀 무렵까지 꼼짝도 못 하고 있어야 했어요. 그때 몇몇 남자들이 탄 소형 보트가 옆을 지나갔는데, 운이 따르려 그랬는지 검둥이가 자기 무릎에 머리를 푹 처박고 돗짚자리 옆에 앉아서 곤히 자고 있었어요. 그래서 난 그 사람들한테 조용히 손짓을 했고, 사람들이 살금 살금 다가와서, 검둥이가 자기가 어떻게 되는지 미처 알아채기도 전에 잡아서 묶었다오. 우리는 그 후 전혀 어려움을 겪지 않았지요. 저 소년도 들뜬 상태 같은 선잠을 자고 있었고요. 우린 노를 감고 뗏목을 소형 보트에 매달아 아주 조용히 순조롭게 끌고 왔고, 저 검둥이는 아주 조금이라도 난동을 부리긴커녕 처음부터 한마디도 하지 않았죠. 저 검둥인 절대 나쁜 검둥이가 아니에요. 신사분들, 이게 저 검둥이에 대한 내 생각이라오."

누군가 말했다.

"흠, 그거 참 듣기 좋은 소리요. 의사 선생, 이 말이 절로 나오는구려."

그러자 다른 사람들도 약간 부드러워졌고 나는 그 늙은 의사가 짐한테 그런 호의를 베풀어 준 것이 몹시 고마웠다. 또한 그게 의사에 대한 내 판단과 일치해서 기뻤다. 의사를 처음 봤을 때 그가 따뜻한 마음씨를 지닌 좋은 사람이라고 생각했었기 때문이다. 모두들 짐이 아주 잘했다고, 알아주고 보상해 줄 만한 가치가 있다고 의견을 모았다. 그래서 모두 흐뭇한 맘이 되어 더 이상 그를 욕하지 않겠다고 시원시원하게 약속했다.

그런 다음 그들은 나와서 자물쇠를 채웠다. 나는 그들이 사슬이 썩어지게 무거우니 한두 개 정도는 끌러 줄 수 있다고 하기를, 또는 빵이랑 물과 같이 고기랑 채소도 줄 수 있다고 하기를 바랐지만, 그들은 그 생각은 하지 못했다. 내가 끼어들지 않는 게 상책이라 판단했지만, 나는 어떻게든 의사의 얘기를 샐리 이모한테 전해 주리라 생각했다. 당장 눈앞에 놓인 거친 파도에서 벗어나는 대로 말이다—내 말은, 해명을 해야 한다는 것이다. 나와 시드가 도망자 검둥이를 찾아 노를 젓고 다녔던 그 빌어먹을 밤의 얘기를 했을 때, 어떻게 내가 시드가 총에 맞았다고 말하는 걸 잊어버렸는가를.

하지만 충분한 시간이 있었다. 샐리 이모는 낮과 밤 내내 환자 방에 붙어 있었고, 사일러스 이모부가 근처에서 멍하니 돌아다니는 걸 볼 때마다 나는 잽싸게 그를 피했다.

다음 날 아침 톰이 훨씬 좋아졌다는 말을 들었다. 샐리 이모는 잠시 눈을 붙이러 갔다고 했다. 그래서 나는 환자 방으로 살짝 들어갔고, 만약 톰이 깨어 있는 걸 발견하면 우리가 같이 가족의 의심을 씻어 낼 만한 이야기를 지어내면 되겠다고 생각했다. 하지만 그 애는 자고 있었고, 또한 아주 평화롭게 자고 있었다. 여기 왔을 때처럼 열에 들뜬 얼굴이 아니라 창백한 얼굴로 말이다. 그래서 나는 앉아서 그 애가 깨길 기다렸다. 30분쯤 지나자 샐리 이모가 살며시 들어왔고, 거기 있던 나는 다시 그루터기에 걸리고 말았다! 그녀가 손짓으로 가만있으라 하면서, 내 옆에 앉아 속삭이기 시작했다. 이제 우리는 진짜 기뻐할 수 있다고, 왜냐하면 모든 징후들이 아주 좋고, 또 저 애가 저렇게 오래 점점 호전되고 편안해지는 모습으로 자고 있으니, 십중팔구 맑은 정신으로 깨어날 거라면서 말이다.

그렇게 지켜보며 우리가 거기 앉아 있는데, 이윽고 톰이 몸을 조금 뒤척이며 아주 자연스럽게 눈을 떠 주위를 살피더니 말했다.

"어이! 내가 왜 집에 있지! 어떻게 된 거야? 뗏목은 어딨어?"

"무사히 잘 있어." 내가 말했다.

"그럼 짐은!"

"마찬가지지." 내가 말했다. 하지만 자신 있게 그 얘길 할 순 없었다. 그는 눈치를 전혀 못 채고 이렇게 말했다.

"잘됐다! 멋지다! 이제 우리 모두 무사하고 안전한 거구나! 너 이모한테 말했어?"

나는 그렇다고 하려 했다. 하지만 그녀가 끼어들어 말했다.

"뭘 말이냐, 시드?"

"아, 이 모든 게 어떻게 된 건가 하는 거요."

"이 모든 거라니?"

"뭐, 모든 일 말예요. 무슨 일이 더 있나요. 우리가 어떻게

496

그 도망자 검둥이를 풀어 줬나 하는 거 말예요—저랑 톰이
요."

"맙소사! 그 도망자를 뭐 어째—얘가 무슨 말 하고 있는 거
야! 아아, 이를 어쩌니, 얘가 또 정신이 나갔네!"

"아니요. 저 정신 안 나갔어요. 제가 무슨 말 하는지 다 안
다고요. 우리가 짐을 풀어 줬어요—저랑 톰이요. 우리가 계획
을 짜서, 그걸 해낸 거예요. 그것도 아주 멋들어지게 해냈다
고요." 그는 말을 시작했고, 그녀는 한 번도 그를 저지하지 않
았다. 그냥 앉아서 그를 빤히 쳐다보고 또 쳐다보며 이야기를
늘어놓도록 놔뒀고, 나는 끼어들어 봐야 아무 소용 없다는
걸 알았다. "와, 이모, 우린 진짜 많은 일들을 해야 했어요—몇
주간 말예요—밤마다 몇 시간 또 몇 시간씩, 이모랑 식구들
이 다 자고 있을 때요. 우린 양초들이랑 침대보랑 셔츠랑 이모
의 드레스랑 숟가락들이랑 양철 접시랑 주머니칼이랑 그 난
상기랑 그 숫돌이랑 밀가루랑을, 끝도 없이 훔쳐야 했어요. 이
모는 뭘로 그 톱이랑 펜이랑 그 글씨 새긴 거랑 이것저것 다
만들었는지 생각도 할 수 없을 거고, 또 그게 얼마나 재밌었
는지 그 재미의 반만큼도 상상할 수 없을 걸요. 거기다 우리
는 관이니 하는 것들을 그린 그림이랑, 강도들한테서 온 익명
의 편지도 지어내야 했고, 피뢰침 타고 오르내리면서 오두막
까지 닿는 굴을 파고 헝겊 사다리 만들어 파이 안에 넣어 구
워서 전달하고 숟가락과 여러 물건들을 이모 앞치마 주머니
랑⋯⋯."

"맙소사, 제발!"

"…거기다 쥐랑 뱀이랑 기타 등등의 것들을 오두막에 채워 짐이랑 친구 하게 한 것도요. 이모가 버터가 든 모자 쓴 톰을 오래 여기 잡아두는 바람에 우리의 이 모든 작전들이 다 엉망이 될 뻔했어요. 왜냐하면 우리가 오두막에서 나가기도 전에 남자들이 왔고, 우린 부리나케 서두를 수밖에 없었는데, 그 남자들이 우리 소릴 듣고 쫓아오는 바람에 제가 한 방 맞게 된 거예요. 우리는 길에서 비켜 숨어서 사람들이 지나가게 했고, 개들이 다가왔는데, 우리한텐 별 흥미 못 느끼고 가장 시끄러운 소리를 따라 달려갔고, 우린 카누를 타고 뗏목 있는 곳까지 아주 안전하게 갔던 거죠. 짐은 이제 자유인이고, 그걸 우리 스스로 해낸 거예요. 정말 굉장하지 않나요, 이모!"

"흠, 내 머리털 난 이래 이런 일은 처음이다! 그러니까 그게 너희들, 너희 어린 악당들이었단 거지. 이 모든 말썽들을 일으키고, 모든 사람의 혼을 쏙 빼놓고 우리를 죽도록 겁에 질리게 만든 게 말이다. 지금 당장 이 자리에서 너희들을 패주고 싶은 마음이 굴뚝같구나. 내가 온종일 여기 붙어 있던 생각을 하면—이 어린 사기꾼, 너 일단 낫기만 해봐, 그럼 내 너희 둘 속의 그 못된 악마를 흠씬 두들겨 패주마!"

하지만 톰, 그 애는 너무 자랑스럽고 신이 난 나머지 멈추지를 못하고 계속해서 혀를 놀렸다—그녀도 불을 뿜듯 중간중간 끼어들면서 마치 고양이들 집회처럼 가끔은 둘이 한꺼번에 말을 하기도 했다. 그녀가 말했다.

"흠, 지금 즐거워할 수 있을 때 실컷 하려무나. 하지만 분명히 말하는데, 네가 그놈 일에 다시 또 참견하다 나한테 걸리면—"

"누구 일에 참견해요?" 미소를 뚝 떨어뜨리고 놀란 얼굴로 톰이 물었다.

"누구 일? 흥, 물론 그 도망자 검둥이지. 그럼 누구겠니?"

톰이 몹시 비통한 얼굴로 나를 보며 말했다.

"톰, 너 방금 나한테 짐이 무사하다고 하지 않았어? 도망친 게 아니었어?"

"그놈이?" 샐리 이모가 말했다. "그 도망자 검둥이가? 물론 아니지. 사람들이 그놈을 다시 잡아 왔다. 아주 안전하고 무사하게. 그놈은 다시 그 오두막에 있어, 빵이랑 물만 먹고, 사슬에 묶인 채로, 소유주한테 가거나 팔릴 때까지 말야!"

톰이 이글거리는 눈으로 콧구멍을 아가미처럼 벌름거리면서 침대에서 똑바로 일어나서 나한테 소리쳤다.

"짐을 가둘 권리는 절대 없어! 얼른 가! 너 단 1분도 꾸물거리지 마. 짐을 풀어 주라고! 짐은 더 이상 노예가 아니야. 이 땅을 걸어 다니는 여느 생명체처럼 자유롭다고!"

"얘가 하는 말이 무슨 뜻이냐?"

"제가 하는 모든 말을 뜻하는 거예요, 샐리 이모. 만일 아무도 안 간다면, 제가 갈 거예요. 저는 짐을 평생 알아 왔고, 저기 톰도 마찬가지예요. 노처녀 왓슨 아줌마가 두 달 전 돌아가셨어요. 그분은 자기가 한때 짐을 강 하류에 팔려고 했던 걸 부끄럽게 여겼고, 또 그렇다고 말했어요. 그래서 그분이 짐을 해방시키라는 유언을 남겼어요."

"그럼 도대체 왜 넌 그 검둥이가 자유라는 걸 알고 있었으면서 그 검둥일 풀어 주려고 했던 건데?"

"그걸 물으시는군요, 참 여자들이란! 난 이걸로 모험을 좀 하고 싶었어요. 핏물에 목까지 몸을 담그고 휘적휘적 건… 맙소사, 폴리 이모!"

파이로 속을 채운 천사처럼 만족스럽고 다정한 얼굴로 막 방 안에 들어와 저기 서 있는 사람이 제발 폴리 이모가 아니기를!

샐리 이모가 뛰어가 목이 떨어져 나갈 정도로 그녀를 꽉 끌어안고 울었다. 상황이 우리한테 점점 불리하게 돌아가고 있어서, 나한텐 그렇게 보여서, 나는 침대 밑에서 적당한 공간을 찾아냈다. 나는 톰의 폴리 이모가 포옹에서 풀려나자 거기 서서 안경 너머로 맞은편의 톰을 바라보고 있는 것을—이를테면 톰을 갈아서 땅에 뿌릴 것 같은 얼굴로 보고 있는 것을 빼꼼히 내다보았다. 그녀가 말했다.

"그래, 고개를 저리 돌리는 게 낫겠구나—내가 너라도 그러겠다, 톰."

"어머, 세상에!" 샐리 이모가 말했다. "쟤가 그렇게 변했수? 아니, 저건 톰이 아니야, 쟤는 시드라고요. 톰은? 톰은… 어, 톰이 어딨지? 좀 전까지 여기 있었는데."

"네 말은 헉 핀이 어딨냐는 거겠지—네가 말한 앤 개야! 내가 톰을 제대로 알아보지도 못하면서 그 오랜 세월 우리 톰 같은 악동을 길러왔다고 생각하진 않는다. 안녕 인사는 그 정도면 충분할 거 같다. 침대 밑에서 나오렴, 헉 핀."

그래서 나는 시키는 대로 했다. 의기양양한 기분은 아니었다.

샐리 이모는 내가 지금껏 만난 사람들 중에서 가장 어리둥절하고 당황한 얼굴을 하고 있었다—딱 한 사람만 빼면. 그건 사일러스 이모부였다. 이모부가 안에 들어왔을 때 사람들이 다 얘기해 주었다. 그건 말하자면 그를 술 취한 사람처럼 만들어서 그 시간 이후로 그는 계속 멍해 있었고, 그날 밤 기도 모임에서 했던 설교로 꽤 떠들썩한 평판을 얻게 되었다. 이 세상에서 가장 나이 든 사람이라도 그가 하는 설교를 이해할 수 없었을 것이기 때문이다. 그래서 톰의 폴리 이모는 내가 누구고 어떤 애인지를 다 말했다. 이젠 내가 나서서 얘기해야 했다. 나는 펠프스 아주머니가 나를 톰 소여로 착각했을 때—펠프스 아주머니가 끼어들어 이렇게 말했다. "아, 그냥 계속 샐리 이모라고 불러라. 이제 그게 익숙하니 바꿔 부르려 애쓸 필요 없다."—내가 처해 있던 상황이 얼마나 곤란했었는지, 하지만 그 외엔 달리 어떤 방법도 없었고, 또 톰이라면 상관치 않을 거란 걸 알고 있었기 때문에, 왜냐하면 그건 톰이 좋아 죽을 비밀스러운 것이라서 톰이라면 이걸로 완벽히 만족스러운 모험을 만들어 낼 수 있기 때문에, 그래서 샐리 이모가 나를 톰 소여로 착각한 걸 그냥 참고 있어야 했는데, 톰이 시드인 척해서 나를 위해 모든 상황이 매끈하게 돌아가도록 만들게 된 것이었다는 얘기를 했다.

톰의 폴리 이모는 노처녀 미스 왓슨이 유언으로 짐을 해방시켰다는 톰의 얘기가 맞다고 했다. 그러니까, 이제 의심의 여지 없이 톰 소여는 해방된 검둥이를 풀어 주겠다고 난리를 치면서 그 모든 생고생을 한 것이다! 나는 그 말을 듣기 전까지는 저런 환경에서 자란 톰이 어떻게 검둥이 풀어 주는 걸 도울 수 있었는지 통 이해할 수 없었다.

흠, 폴리 이모는 샐리 이모가 톰이랑 시드 모두 무사히 잘 도착했다는 편지를 보냈을 때, 이렇게 혼잣말을 했다고 한다.

"야, 이것 봐라! 이 일을 예상했어야 했는데, 아무 감시하는 사람 없이 그 길을 그 애 혼자 떠나보내면서 말이야. 자, 내가 직접 저 강을, 1,100마일의 강을 따라 내려가서 그 형상이 이번엔 어떤 일을 꾸미고 있나 좀 알아봐야겠다. 너한테서 그것에 관한 어떤 답도 들을 수 없을 것 같은 한 말이야."

"뭐, 난 언니한테서 아무 소식도 못 들었는데," 샐리 이모가 말했다.

"음, 이상한데! 얘, 난 너한테 편지를 두 번이나 썼어. 시드가 여기 있다는 게 무슨 말인지 물어보려고."

"글쎄, 난 아무 편지도 받은 게 없어, 언니."

폴리 이모가 천천히 몸을 돌리고 근엄하게 말했다.

"너, 톰!"

"뭐… 뭘요?" 그가 뽀로통하게 말했다.

"나한테 뭘요라고 하지 마, 이 버르장머리 없는 것—그 편지들 내놔."

"무슨 편지들이요?"

"그 편지들 말야. 맹세코 내 널 잡기만 하면, 내—"

"그것들 저기 트렁크에 있어요. 지금. 그것들은 제가 우체국에서 갖고 나왔을 때랑 똑같아요. 전 그걸 읽어 보지 않았어요. 손도 안 댔어요. 하지만 그것들이 말썽을 일으키리란 건 알았죠. 그래서 만약 이모가 절대 급한 게 아니라면, 제 생각엔 그걸—"

"흠, 넌 정말 가죽을 좀 벗겨야겠다. 그래도 전혀 문제될 게 없겠다. 그리고 내가 여기 오고 있다는 걸 알리는 편지 한 통을 또 썼는데 내 짐작엔 저 애가—"

"아니, 그건 어제 도착했어. 아직 읽어 보진 않았지만, 그건 잘 있어. 내가 갖고 있거든."

나는 샐리 이모가 안 갖고 있다는 데 2달러 걸자 하고 싶었지만, 아마 그러지 않는 편이 안전하리란 생각이 들었다. 그래서 절대 아무 말 하지 않았다.

마지막 장

처음으로 혼자서만 톰을 볼 기회를 잡자, 나는 탈옥의 시
간에 뭘 할 작정이었는지 그 애의 생각을 물어보았다—만약
탈옥이 무사히 잘 이루어져서 이미 이전에 자유였던 검둥이
를 자유롭게 풀어 주게 되면 무엇을 할 계획이었는지? 그 애
가 말했다. 자기가 처음부터 계획하고 있었던 건, 만약 우리
가 짐을 안전하게 나오게 하면, 뗏목에 태워 강어귀에 이를
때까지 실컷 모험을 즐긴 다음에 짐이 자유로운 몸이었다는
걸 말해 주고, 짐을 폼 나게 증기선에 태워 집으로 데려가고,
또 잃어버린 짐의 시간들은 돈으로 보상해 주고, 그전에 미리
편지를 써 알려서 모든 검둥이들이 나와 빙 둘러서 있다가 횃
불 행렬과 브라스밴드를 연주하면서 짐을 마을로 행진해 들
어가도록 하는 거였다고 말했다. 그러면 짐은 영웅이 됐을 거
고 우리도 그랬을 거라면서 말이다. 하지만 나는 그렇게 된 거
나 마찬가지라고 생각했다.

우리는 조금도 꾸물거리지 않고 짐의 사슬을 끌러 주었고,
폴리 이모와 사일러스 이모부와 샐리 이모는 짐이 얼마나 홀

릏히 의사를 도와 톰을 간호했는지를 알게 되자 그를 칭찬하느라 야단법석을 떨며 극진히 대접했고, 그가 원하는 음식은 뭐든지 주면서 아무 하는 일 없이 그냥 즐겁게 시간을 보내게 했다. 우리는 짐을 환자 방으로 데려와 이야기꽃을 피웠다. 톰은 우리를 위해 그토록 참을성 있게 죄수로 있어 준 것과 그 역할을 그렇게 잘해 준 데 대한 대가로 짐한테 40달러를 주었고, 짐은 까무러칠 정도로 기뻐하며 불쑥 이렇게 말했다.

"자, 봐, 헉! 내가 너헌티 뭐랬었지?—저기 잭슨섬에 있을 때 내가 뭔 말을 했었냐고? 너헌티 내가 그랬지, 나는 가슴팍 털이 많은디 그게 무신 징조것냐고. 글고 너헌티 그랬었지, 내는 한때 부자였고, 다시 부자가 될 거라고. 근디 그게 실현된 거여. 자, 봤지! 자, 보라고! 내헌티 이런 말 허지 마—징조들은 그냥 징조들이다라고. 내 것은 분명허니께. 내는, 내가 지금 이 순간 이렇게 서 있는 것맨큼이나 확실히 내가 다시 부자가 될 것이란 걸 잘 알고 있었으니께!"

그 후엔 톰이 이야기를 계속 죽 해나가다가 이렇게 말했다. 우리 셋이서 언제 아무 날 밤 여기서 몰래 빠져나가서 장비를 갖추고 저 인디언 구역으로 가 인디언들 사이에서 한 2, 3주 짜릿한 모험을 해보자고 말이다. 그래서 나는 좋다고, 나도 그런 거 진짜 좋아하지만, 장비를 살 돈은 한 푼도 없고 집에서도 전혀 받지 못할 거 같다고 말했다. 지금쯤이면 아부지가 벌써 돌아와서, 대처 판사한테서 그 돈을 전부 가져다 술로 싹 퍼마셔 버렸을 공산이 크기 때문이었다.

"아니, 네 아부진 안 그랬어." 톰이 말했다. "그 돈은 아직 다 그대로 다 있어—6천 달러 그 이상. 네 아부진 그때 이후로 아직 돌아오지 않았어. 어쨌든 내가 출발했을 땐 안 왔었어."

짐이 엄숙한 듯한 얼굴로 말했다.

"그 사람언 더 이상 돌아오지 않을 거여, 헉."

내가 말했다.

"왜, 짐?"

"왜인진 신경 쓰지 마, 헉— 허지만 그사람은 더는 안 돌아와."

하지만 나는 계속 물었고, 그래서 마침내 그가 말했다.

"너 그 강에 떠내려가고 있던 집 기억 안 나? 거기 한 남자가 이불에 덮여 있었고 내가 들어가서 그 이불얼 들춰 보고 너는 못 들어오게 혔던 거? 자, 그러니께, 너는 너 좋을 때 니 돈을 가질 수 있어. 왜냐믄 그게 그 사람이었거던."

톰은 이제 거의 나았고, 몸에 박혔던 총알을 회중시계 끈에 달아 목에 건 채 늘 몇 시인지를 보고 있다. 뭐 거기 대해선 더 이상 쓸 게 없고, 그래서 난 썩어지게 기쁘다. 책을 만드는 게 이렇게 골치 아픈 줄 알았다면 아예 덤벼들지도 않았을 텐데, 이제 더는 쓸 게 없으니까. 그런데 나 먼저 인디언 구역으로 잽싸게 튀어야 할 것 같은 생각이 드는 게, 왜냐하면 샐리 이모가 나를 입양해 문명인으로 만든다는데, 내가 그걸 견딜 수 없기 때문이다. 그게 어떤 건지 알 만큼 안다.

끝. 당신들의 진실한 벗, 헉 핀.

역자의 말

『허클베리 핀의 모험』의 또 하나의 주인공 미시시피강은 미국 미네소타주 북부의 이타스카호 등 수많은 호수를 수원水原으로 하여 많은 폭포를 지나고 몇 개의 지류와 합하며 대륙 중앙을 관류해 멕시코만으로 흘러든다. 자체 길이는 대략 3,734km로, 미시시피강의 수십 개 지류 가운데 하나인 서북쪽에서 흘러내려 온 미주리강과 합치면 세계에서 네 번째로 긴 강이 된다. 헉과 짐의 모험이 시작되는 곳이 그 미주리주 유역의 미시시피강이다. 수계의 광활한 평야와 초원은 미국 원주민들의 오랜 정착지였고, 19세기 유럽인들이 이 미시시피강을 타고 흘러들어와 미국 신대륙에 정착했다. 강둑에 촌락을 이루고 살던 사람들의 삶에 깊숙이 개입하면서 무수히 강변 사람들을 바꿔 가며 흘러 왔던 이 강은, 물들의 아버지, 모든 물이 모이는 곳, 민족의 몸통, 거대한 진흙 강, 위대한 미시시피 등 많은 이름으로 불려 왔다.

그 거대한 강이 한낮의 타는 듯한 햇살이나, 한밤중에도 대낮처럼 환히 적막을 비추는 달, 혹은 모든 걸 한순간 암흑처럼 가려 버리는 먹구름이나 하얀 망각 같은 안개를 만날 때마다, 변화무쌍하게 그 모습을 바꾸고, 가끔 세찬 폭풍우 속에서 포효하는 걸 잠시 그려 본다. 그런 강 위에 한결같이, 그리고 한 점같이 떠 있을 뗏목도 상상해 본다. 그 뗏목에는 고아 소년과 흑인 노예가 타고 있고 그 고단한 두 영혼은, '그래도 뗏목만큼 속 편한 곳은 아무 데도 없다'며 싱긋이 웃고 있다. 뱃멀미가 나듯 속이 울렁거리고 눈물이 날 것 같다. 아마 그 두 자유인에 대한 지독한 향수 때문일 것이다.

1885년 『허클베리 핀의 모험』이 처음 출간되었을 때 매사추세츠주의 콩코드 도서관 위원회는 이 책을 '쓰레기' '빈민가에나 적합한 책'이라며 도서관 장서목록에서 삭제했고, 미국 전역의 많은 학교는 학생들이 읽어서는 안 되는 금서로 지정했다. 학교 교육을 부정하고 거짓말과 상스러운 말, 담배를 입에 달고 사는 불량한 아이가 주인공이었기 때문이다. 그 뒤 1902년 브루클린 공공 도서관은 '니그로' 같은, 아프리카계 미국인을 천시하는 부적절한 언어 사용과 문법의 파괴 등을 이유로 들며 다시 한번 이 책을 금서로 정했다.

이런 논란에도 불구하고 『허클베리 핀의 모험』은 마크 트웨인을 세계 문학사에서 가장 영향력 있고 존경받는 작가들의 반열에 올려놓았다. 마크 트웨인과 같은 시대에 활동하던, 미국 사실주의 문학의 또 하나의 선구자인 윌리엄 딘 하우얼스나, 후대의 20세기 미국 최고의 작가로 꼽히는 어니스트 헤밍웨이, 그 자신이 위대한 흑인 작가이기도 한 랄프 엘리슨은 『허클베리 핀의 모험』을 새로운 미국 문학의 기초가 된 동시에 그 정점에 이른 작품으로 평가한다. 어니스트 헤밍웨이는 "모든 미국

의 현대 문학은 이 한 권의 책에서 시작됐다."라고 하였고 랄프
엘리슨은 "헉과 짐이 없으면 우리가 알고 있는 미국 문학은 절
대 없다."라고 하였다. 또한 영국 시인 T. S. 엘리엇은 허클베리
핀이, 율리시스, 파우스트, 돈키호테, 동 쥐앙, 햄릿과 같은 영
원불멸의 상징적 인물들과 나란히 위치해야 한다고 말한다.

　한때 금서였으면서 동시에 가장 위대한 문학 작품으로 추앙
받는 건 결국 공통된 이유에서일 것이다. 이 책이 동시대 사람
들을 불편하고 불안하게 만드는, 감당하기 어려운 진실을 직면
하도록 했기 때문일 것이다. 『허클베리 핀의 모험』은 당시 미국
사회의 주춧돌이라고 할 수 있는 기독교 윤리에 기초한 도덕과
교육의 허상을 극도의 사실주의적 묘사를 통해 남김없이 드러
내고 마음껏 조롱한다. 하지만 이 책이 금서가 된 또 하나의 이
유는 어쩌면 백인들의 그 허위의식과 위선적인 문명의 대척점
에 선 주인공 허클베리 핀의 모습이 외면하거나 거부하기에는
너무 매혹적이기 때문은 아니었을까.

　『허클베리 핀의 모험』의 주인공 허클베리는 미시시피강 유
역의 미주리주州, 가상의 도시 세인트피터즈버그에 사는 부랑
자의 아들로, 폭력을 일삼는 아버지에게 방치되어 알아서 혼
자 살아가야 하는 처지에다. 행여 자기 자식한테 나쁜 본이 될
까 봐 마을 어른들이 가장 기피하는 아이지만 무사태평하고
느긋한 성격이다. 하지만 세상은 헉이 자신의 천성대로 살도
록 내버려 두지 않는다. 우선 과부에게 입양된 헉은 자기 방식
만 옳다고 고집하며 숨통을 죄는 문명 생활에서 탈출을 시도

하고, 그다음엔 돈을 노리고 자기를 무인도에 감금한 아버지한 테서 탈출한다. 그러던 중, 그 당시 노예들의 지옥으로 알려진 뉴올리언스에 팔려가지 않으려 도망친 짐을 만나 함께 뗏목 여행을 하면서 많은 일들을 겪는다.

뗏목을 타고 가며 헉이 만난 많은 사람들은 교활하거나, 하릴없는 한량들이거나, 자가당착에 빠져 비극을 자초하거나, 선량하지만 어리석거나, 낭만적 환상에 젖어 있다. 이 이야기 속에서 헉은 숱한 살인 사건들을 목격하는 것 외에도 사람들이 죽을 정도의 형벌을 당하는 잔인한 장면들을 목격한다. 하지만 이런 비극적 사건의 피해자나 가해자는 사실 명확하지 않다. 가령 그레인저포드-셰퍼드슨 가문 사이의 반목이 피비린내 나는 결말을 맺게 된 것은 어느 특정인의 잘못보단, 실천적 의미를 전혀 띠지 못하는 허울뿐인 종교와 상류계급의 자가당착적인 윤리 탓이다. 명분을 내세운 살인과 그 살인의 사회적 묵인의 또 다른 예는 보그스 영감의 죽음이다. 강에 침식당하고 있는 마을, 진흙탕 거리를 어슬렁거리며 삶의 권태로부터 벗어나기 위해 필사적으로 구경거리를 찾아 싸움질을 부추기고 말 못하는 짐승을 고문하는 사람들, 적당한 이유만 찾아내면 사람들을 해치거나 죽이는 것도 묵인되는 사회는 얼마나 비정상적인가.

또한 헉은 '같은 인간인 게 부끄럽게 느껴질 정도로' 사람들이 교활하게 남을 짓밟고 이용하는 것을 보게 된다. 자신들을 왕과 공작이라고 자처하는 사기꾼들은 헉과 짐의 뗏목에 기생

해 살면서, 남들 앞에서만 체면을 차리는 사람들의 심리 또는 사람들의 어리석음을 이용해 사기 행각을 벌인다. 그러나 이들을 단죄하겠다고 나선 인간들 역시 사실은 그들보다 크게 나을 게 없다. 그래서 왕과 공작이 결국 끔찍한 형벌을 받게 되자 허클베리 핀은, "서로한테 지독하게 잔인해질 수 있는" 인간들을 보며 같은 인간으로서 차라리 "나 자신을 탓하고 싶은 기분이 들었다"라고 탄식한다. 왕과 공작이 동정을 받을 만한 가치가 있어서가 아니라 그들을 단죄한 인간들이 그럴 만한 자격을 갖추고 있지 않아서다. 그럴 만한 자격을 갖춘 인간이란 누구인가. 아무도 없다. 그럼 사기꾼들을 그냥 용서하는 게 옳은가. 이 대목은 성경에서 예수가 간음한 여자를 두고, '너희 중 죄 없는 자가 먼저 돌을 치라'라고 했던 대목을 상기시킨다. 예수가 그랬듯 헉은 죄가 아니라 죄를 짓고 사는, 죄를 짓고 살 수밖에 없는 인간들에 대한 깊은 절망과 이해를, 그래서 사회적으로 악당으로 지탄받는 인간들까지도 아우르는 인간에 대한 깊은 애정을 보여 준다. 진정한 기독교적 사랑이 아이러니하게도 반기독교적인 주인공이라고 지탄받았던 헉을 통해 구현되고 있는 것이다.

그렇다면 왜 인간은 죄를 짓는가. 헉을 통해 마크 트웨인은 근본적으로 정의롭지 않은 사회에서 옳고 그름은 단지 상대적인 것이라고 말한다. 옳고 그름이 명확하지 않은 사회의 불안정성, 이것이 세계를 위태롭게 하고 예측 불가능한 곳으로 만들고, 그래서 끊임없이 헉을 도망치게 만드는 것이다. 헉은 톰 소여나 다른 '제대로 된 가정교육을 받고 자라난 아이들'처럼 기존 사회체제에 길든 '문명화된' 아이가 아니다. 사람들의 악행을 묵인하고 잘못된 것에 동조하는 사회에 속해 있지 않았던 헉은, 그래서 문명의 대척점에 선 거대한 진흙 강 미시시피로 도망친다.

강을 따라 여행하면서 숱한 위험을 짐과 함께 극복해 가며 헉은 성장한다. 처음에 헉은 짐이 단지 '니그로'이고 노예라서 백인보다 열등하다고 생각하고 짐이 자유로워질 자격이 없다고 느낀다. 미스 왓슨한테 편지를 써서 짐이 어디 있는지 알려야겠다는 마음마저 먹는다. 하지만 자신에 대한 짐의 따뜻한 마음과 배려를 통해 삶의 고단함과 외로움을 견뎌 낼 수 있는 힘을 얻고 드디어 노예가 아닌 한 인간으로서의 짐을 바라볼 수 있게 된다. 그래서 비단 짐 말고도 다른 노예들이 비인간적으로 거래되는 장면을 보고 분노한다. 헉의 입을 통해 노예제도가 부정되진 않는다. 하지만 헉은 짐을 통해 진실한 인간관계란 어떠해야 하는지를, 노예주한테 돌려보냄으로써 친구를 배신하는 건 옳지 않다는 것을 깨닫는다. 헉의 이런 마음은 노예도 똑같은 인간이라고 외치는 어떤 선언보다 훨씬 묵직하고 섬세하며, 세상이 내세우는 어떤 도덕보다 깊은 울림을 갖는다.

마크 트웨인은 수로 안내인이었던 자신의 경험을 바탕으로 이 소설 속 배경이 된 마을들의 모습이나 어떤 구체적인 정황들, 그 상황 속에 있는 사람들의 모습을, 마치 사진을 찍는 듯 극도로 세밀하고 구체적인 스케치를 통해 그리면서 사실성을 극대화한다. 등장인물들의 묘사는 모습에 그치지 않고 말하는 방식을 통해서도 수준 높은 사실성을 완성한다. 단지 방언의 사용뿐 아니라, 그 방언을 쓰는 사람들의 계층에 따라 문법이나 용법을 달리하는 것인데 이것이 문법의 파괴를 부르기도 한다.

마크 트웨인은 이 책을 처음 출간한 후 가진 인터뷰에서 헉이 순전히 가공의 인물이라 주장하였지만, 후에 쓴 자서전에서 톰 블랭컨쉽Tom Blankenship이라는, 마을의 제재소 노동자였던 우드선 블랭컨쉽이라는 술주정뱅이의 아들로부터 영감을 받아 창조했다고 말하고 있다. 톰 블랭컨쉽은 어떤 제한도 받지 않는 자유로운 소년이었고, 어른, 아이 통틀어 그 마을에서 유일하게 독립적인 사람이었기에 흔들림 없이 내내 행복했다고 한다. 마크 트웨인이 매우 중요시했던 가치이자 인간으로서 누릴 수 있는 최고의 행복으로 여긴 것이 바로 이 독립성이었다. 독립성을 지킨다는 것은 정의롭지 않은 사회에 휩쓸리지 않고 인간으로서의 존엄성을 지킨다는 것과 같은 의미였을 것이다. 자서전에서 마크 트웨인은 이렇게 말한다. "난 오늘날까지 어떤 정당에도 속한 적이 없다. 나는 어떤 교회에도 속하지 않았고 그러한 문제들과 관련해 절대적인 자유 상태를 유지해왔다. 그리고 이런 독립성 속에서 나는 어떤 대가를 치르고도 얻을 수 없는 정신적인 안락과 마음의 평화를 찾았다." 이런 마크 트웨인의 모습은 『허클베리 핀의 모험』에서 셔번 대령의 입을 통해, "가장 불쌍한 건 무리 진 인간들"이라는 냉소적인 말로 표현된다.

미국 문학의 링컨으로 불리며 글쓰기와 강연 등으로 제국주의와 노예제의 부당함을 알려 온 마크 트웨인은 『허클베리 핀의 모험』을 1885년에 출간했다. 마크 트웨인이 1835년에 태어났으니 이 책은 그가 식자공, 수로 안내인, 군인, 신문기자, 탐사가, 해외 특파원 등을 거치고 단편집 『캘라베라스 카운티의 유명한 뜀박질 개구리 및 그 밖의 스케치』와 서부 여행기 『고난을 딛고』, 찰스 더들리 워너와 함께 쓴 『도금시대』를 출간하고 『톰 소여의 모험』, 『왕자와 거지』, 그리고 신문에 연재해 오던 『미시시피강의 생활』을 출간한 후, 그의 나이 50세 되던 해 세상에 나온 것이다.

1876년 『톰 소여의 모험』을 마지막으로 한동안 소설을 쓰지 않았던 마크 트웨인은 1882년 여름 미시시피강을 방문한다. 미주리주 미시시피강변 한니발에서 강의 언어를 무의식 속에 내재화하며 유년 시절과 청년 시절을 보냈을 작가에게 미시시피강은 무슨 말을 건넸을까. 서로 무슨 말을 주고받았기에 『허클베리 핀의 모험』 같은 위대한 작품이 탄생한 것일까. 도저히 짐작할 수 없지만, 강둑에 앉아 깊은 생각에 잠겨 새벽을 맞았을 작가를 그려 볼 수는 있다. 그가 앉아 있었을 강둑이, 그가 바라보았을 그 광대한 강이, 그리고 그가 몹시 그립다.

(…) 그 뒤엔 무릎까지 물이 차는 모래사장 끝에 앉아서 날이 밝아오는 걸 지켜보았다. 어느 곳에서도 소리가 들려오지 않

앉고 온 세상이 잠들어 있는 것 같았다―완벽한 고요였다. 오
직 황소개구리들이 가끔 수다 같은 걸 떠는 걸 빼면 말이다.
저 멀리 물 위를 내다보고 있으면 가장 첫 번째로 보이는 건 흐
릿한 띠 같은 거였다―그건 맞은편 숲이었다. 그 밖엔 다른 아
무것도 알아볼 수 없었다. 그러다 하늘 한 자락이 창백해진다.
그 뒤 그 창백함이 점점 둥그스름하게 퍼져 나간다. 그러면 저
멀리 강이 부드러워지고 더 이상 검지 않은 회색이 된다. 아주
저 멀리서 검은 점들이 떠다니는 게 보이기도 한다―그건 장
삿배나 뭐 그런 것들이다. 길고 검은 띠들도 보인다―그건 뗏
목들이다. 가끔 노가 삐걱거리거나 서로 뒤범벅된 목소리들도
들린다. 너무 고요해서 소리는 아주 먼 데서도 온다. 이윽고 물
에 뜬 띠를 볼 수도 있는데 그 띠로 인해 거기 암초가 있다는
걸 알 수 있다. 빠른 물살이 암초에 부딪혀 그와 같은 띠 모양
을 만들어 내는 것이다. 물안개가 몽글몽글 솟아오르고 동쪽
하늘이 붉어지면 강도 불그스름해진다. (본문 pp. 223-222)

자유로운 세상을 꿈꾸는 한 소년과 흑인 노예가 지금도 이
렇게 큰 울림을 주는 걸 보면, 이 책이 탄생했던 19세기와 지금
우리가 살고 있는 21세기가 별반 크게 다를 게 없는 것 같다.
작품의 맛을 잘 살리려면 가능한 한 직역에 가까워야 한다
는 새움출판사의 취지에 맞게 작가가 쓴 단어 하나도 임의로
빼지 않고 다 살리고자 노력하였으나, 작가가 쓴 남부 여러 지
방 사투리는 우리나라의 여러 지방 사투리를 활용할 수밖에

없었다. 이 책의 1인칭 화자인 혁의 눈높이로 쓰인 문법 파괴적인 문장들도 우리말로 옮기기엔 한계가 있어 아쉽다.

　마지막으로 오늘날에도 여전히 큰 의미를 가진 이 고전을 번역할 기회를 준 새움출판사에 감사드린다.

마크 트웨인 연보

1835. 11월 30일, 미국 미주리주 플로리다 마을에서 치안판사인 존 마셜 켈레멘스와 제인 램프턴의 여섯 남매 중 다섯째로 출생. 본명은 새뮤얼 랭혼 클레멘스.

1839. 미시시피강 서쪽의 항구 도시 한니발로 이사, 그곳에서 어린 시절을 보냄.

1847. 아버지 사망. 학교를 그만두고 인쇄소에서 식자공으로 일함.

1850. 형 오라이언이 경영하는 신문사에서 식자공 일을 하며 글을 발표하기 시작.

1853. 신문사를 그만두고 동부로 건너가 뉴욕과 필라델피아에서 신문사 견습 기자가 됨.

1857. 뉴올리언스에서 남아메리카로 가는 기선을 타고 미시시피강을 따라 내려가던 중 수로 안내인의 훈련을 받고 수로 안내인 생활을 시작.

1861. 남북전쟁으로 미시시피강 수로 운행이 중단되어 수로 안내인을 그만둠. 한니발로 돌아와 민병대에 참가. 형 오라이언의 비서 자격으로 서부의 네바다로 감.

1863. 마크 트웨인이라는 필명을 사용하기 시작.

1864. 샌프란시스코에서 신문기자가 됨. 서부에서 활약 중이던 브렛 하트 등의 문인들과 교제.

1865. 단편소설 「캘라베라스 카운티의 유명한 뜀박질 개구리」가 뉴욕의 《새터데이 프레스》에 실리면서 성공적으로 데뷔.

1867. 특파원으로 유럽과 팔레스타인 등을 두루 여행. 만담 강연가로도 경력을 쌓음. 단편집 『캘라베라스 카운티의 유명한 뜀박질 개구리』 출간.

1869. 유럽 여행기 『철부지의 해외 여행기』 출간. 보스턴에서 강연하던 중 소설가 윌리엄 딘 하월스를 만남.

1870. 뉴욕 출신의 올리비어 랭던과 결혼. 코네티컷의 하트포드로 이주. 장남 랭던 클레멘스 출생.

1872. 젊은 시절의 체험을 기록한 『고난을 딛고』 출간. 장녀 수지 출생.

1873. 찰스 더들링 워너와 함께 풍자소설인 『도금 시대』 출간. 이 용어는 후에 시

대상을 대변하는 단어가 됨.

1874. 《애틀랜틱 먼슬리》에 수로 안내인 체험담인『미시시피강의 생활』연재.

1876. 12월 대표적인 장편소설『톰 소여의 모험』출간.

1880. 독일, 이탈리아, 스위스 여행을 기록한『도보 여행기』출간. 7월 셋째 진 출생.

1882. 최초의 중세 소설인『왕자와 거지』출간.

1883. 미시시피강으로 여행을 다녀온 뒤『미시시피강의 생활』을 보완하여 자전적 장편소설『미시시피강의 삶』출간.

1884. 영국과 캐나다에서 장편소설『허클베리 핀의 모험』출간. 뉴올리언스 출신 작가 조지 워싱턴 케이블과 함께 순회공연에 오름.

1885. 미국판『허클베리 핀의 모험』을 직접 출간.

1889. 중세 영국 왕실을 풍자한 장편소설『아서왕 궁정의 코네티컷 양키』출간.

1894. 찰스 L. 웹스터와 함께 경영하던 웹스터 출판사가 도산. 멜로드라마 형식의 중편소설『멍텅구리 윌슨의 비극』출간.

1895. 부채를 갚기 위해 떠난 세계 강연 여행이 큰 성공을 거두지만 하트퍼드에 있던 큰딸 수지가 뇌막염으로 사망.

1897. 세계 일주의 내용을 기록한 여행기『적도를 따라』출간.

1899. 단편 작품집『해들리버그를 타락시킨 사나이 및 기타 작품』출간. 점차 비관적인 색채가 후기 작품에 투영됨.

1904. 아내 올리비어가 이탈리아에서 요양 중 사망.

1906. 철학적 사유를 담은 에세이『인간이란 무엇인가?』출간.

1907. 옥스퍼드대학에서 명예 문학박사 학위를 받음.

1909. 막내딸 진 사망.

1910. 편집증과 우울증으로 어두운 말년을 보내다 4월 21일 코네티컷주 레딩에서 사망.

1916. 유작『괴상한 타관 사람』출간.